SAM LEÓN

PANDEMÓNIUM
TRILOGÍA DEMON III

Pandemónium
Primera edición: junio, 2021

D.R. © 2021, Sam León

Ilustración en cubierta: Toa Heftiba en *Pexels*
La maquetación ha sido diseñada usando imágenes de *brusheezy.com*

Queda prohibida bajo las sanciones establecidas por las leyes escanear, reproducir total o parcialmente esta obra por cualquier medio o procedimiento, así como la distribución de ejemplares mediante alquiler o préstamo público sin previa autorización.

ISBN: 979-851-311-447-5

Independently published

Para Beto.
Porque lo eres todo.

"La misericordia y la paz se encontraron; la justicia y la paz se besaron. La fidelidad brotó de la tierra y la justicia vino del cielo."
Salmos 85: 10-11

El día y la noche se encontraron. La tempestad y la calma colisionaron. La luz y la oscuridad se fundieron en él y le hicieron ángel. Le hicieron demonio. Le hicieron equilibrio, justicia y tormenta. Le dieron el poder para redimirse y una armadura para llevar a cabo su última tarea.

Forjaron de acero su voluntad y bañaron de amor aquello que era prohibido. Aquello que tanto anhelaba y que ahora tanto teme perder.

Sabe que se acerca el final. Que en su mundo la lealtad y el deber pesan más que cualquier cosa y que, pronto, no quedará elección alguna salvo hacer lo correcto. Salvo hacer cumplir el mandato y renunciar a todo eso que su alma implora. A todo eso que su ser, hecho de tinieblas y revestido de luz, pide a gritos desesperados.

Ha llegado la hora de escoger y el Guerrero no está listo para hacerlo; porque su corazón la ansía y su deber le exige que acabe con ella. Porque su alma pide a gritos su cercanía y su mente le susurra, cruel y despiadada, que no puede tenerla.

Ha llegado la hora de hacer escoger y el Guerrero no está listo para renunciar a ella.

1

PANORAMA

Durante un doloroso instante, no puedo ver nada.

Soy cegada por una luz que parece inundar cada espacio, cada diminuto recoveco del lugar en el que me encuentro, y tengo que parpadear varias veces para acostumbrarme a ella. Cuando finalmente soy capaz de ver algo, me doy cuenta de que, en realidad, la luz no viene de algún punto en específico, sino que este lugar *es* la luz. Un inmenso y abrumador lugar que no tiene inicio o fin y que no es otra cosa más que un lugar blanco en su totalidad. Uno en el que no hay suelo, pero soy capaz de mantenerme en pie; en el que no hay paredes, ni sonidos, ni otra cosa más que absoluta y total... *nada*.

No hay otro modo en el que pueda describirlo: se siente como si habitase en la nada. Como si el mundo entero fuera esta vasta extensión de silencio y soledad.

Barro la vista por todo el espacio y giro sobre mi eje solo para comprobar que me encuentro sola y, justo cuando vuelvo a la posición inicial, me percato del punto oscuro que ha aparecido en la lejanía.

Mi estómago cae en picada en el instante en el que lo hago. De alguna manera *sé* que esa pequeña figura no pertenece aquí. Que no debería estar en este lugar.

Frunzo el ceño, al tiempo que entorno los ojos para intentar enfocar a lo que sea que se ha aparecido allá, a —lo que parecen— muchos metros de distancia de donde me encuentro.

—¿Hola? —El eco de mi voz reverbera en todo el espacio y regresa con fuerza, como si hubiese rebotado en todos los rincones del gigantesco lugar para llegar a mí de nuevo.

Doy un paso.

El suelo helado me llena las plantas de los pies descalzos y me sobresalta la sensación. De cualquier modo, me obligo a tragarme la sorpresa y me paro sobre mis puntas antes de dar un paso más.

—¿Quién anda ahí? —digo, al tiempo que trato de acortar la distancia inmensa que me separa del bulto oscuro.

Un pequeño toque en el hombro hace que me gire con brusquedad para encarar a quien sea que me ha puesto una mano encima, pero cuando lo hago, no soy capaz de ver a nadie.

«¿Qué demonios?».

Una punzada de ansiedad me atraviesa el estómago, pero me las arreglo para empujarla lejos antes de girarme sobre los talones para volver a encarar a la figura lejana. En el instante en el que lo hago, la sangre del cuerpo se me agolpa en los pies.

La silueta ha desaparecido.

—Tú no tienes la culpa de nada, ¿sabes? —La voz que me susurra en el oído hace que los vellos de la nuca se me ericen del horror y giro una vez más solo para encontrarme de lleno con un rostro familiar.

La piel morena de la chica delante de mí y su cabello rizado y alborotado no hacen más que ponerme un nudo en la garganta.

—*Daialee…* —mi voz es apenas un susurro aliviado. Un murmullo anhelante.

La chica sonríe.

—Bess, todo estará bien —me dice, en tono apacible, y el nudo en mi tráquea se aprieta.

—Daialee, ¿cómo…? —No puedo terminar la oración. No puedo hacer otra cosa más que sentir cómo los ojos se me llenan de lágrimas y cómo el nudo de culpabilidad —ese que no ha desaparecido de mi pecho desde que ella se marchó— se aprieta con violencia.

Me guiña un ojo.

—Tienes que confiar —dice—. Todo estará bien.

Quiero arrodillarme ante ella y pedirle perdón. Quiero cerrar mis brazos sobre su cuerpo e implorarle que me disculpe por toda la destrucción que traje a su vida; pero, justo cuando trato de dar un paso para abrazarla, desaparece.

—¡Daialee! —grito, pero el sonido de mi voz regresa luego de rebotar por todo el espacio.

Ansiosa y desesperada giro en un círculo, pero Daialee no está. Mi amiga se ha ido.

Empiezo a correr sin rumbo fijo.

—¡Daialee! —grito, de nuevo; y, esta vez, el sonido que me abandona se quiebra gracias a las inmensas ganas que tengo de llorar.

—Bess, todo va a estar bien. —La voz de mi amiga retumba en todos lados y yo la llamo a gritos una vez más.

—¡¿Daialee, dónde estás?! —La desesperación acompaña mis lágrimas ansiosas y desesperadas.

—Bess, no nos queda mucho tiempo. Solo recuerda que tienes que preguntarle al Arcángel acerca de…

El sonido de un golpe sordo me hace abrir los ojos de manera abrupta. La confusión y el aturdimiento no hacen más que invadirme el cuerpo y llenarme el pecho de una emoción extraña. De un vacío familiar y desconocido al mismo tiempo.

Algo tira de mi pecho.

El corazón me late a toda velocidad, tengo la cara húmeda debido a lágrimas que ni siquiera sabía que estaba derramando y mi respiración es dificultosa.

Parpadeo un par de veces.

No sé cuánto tiempo pasa antes de que la angustia disminuya un poco y empiece a ser consciente de lo que me rodea. Tampoco estoy muy segura del motivo de la opresión que siento en el pecho; pero, cuando todo empieza a tomar forma, el alivio me invade.

Estoy en mi habitación. En esa que se encuentra en la casa de un pequeño pueblo de Carolina del Norte.

Mis pulmones se llenan de aire en el momento en el que me percato de que todo lo anterior ha sido solo un sueño, pero la sensación de agobio que me ha dejado no se marcha. Al contrario, se aferra a mis huesos con fuerza y me inunda el estómago de una sensación ansiosa y extraña.

Cierro los ojos y siento cómo la humedad de las pestañas me moja los párpados, pero trato de no concentrarme en eso. Al contrario, trato de inhalar profundo para eliminar la sensación de incomodidad que se ha arraigado en mis venas.

Otra pequeña y dolorosa sensación me invade el cuerpo.

Hay algo extraño en este lugar. Puedo percibirlo. Puedo… *sentirlo*.

«Pero ¿Qué es?».

El sonido de antes regresa, y es hasta ese entonces que me doy cuenta de que se trata de la puerta siendo golpeada.

Trato de incorporarme. Mi cuerpo entero se queja en el instante en el que lo hago, pero lo ignoro mientras me acomodo entre las almohadas y edredones para echarle un vistazo a la estancia.

Aún me siento aturdida. Aún me siento agitada y angustiada por lo que el sueño dejó en mí; pero a pesar de eso, la extraña sensación de protección que me embarga cuando echo un vistazo alrededor es casi tan grande como la incomodidad que me provoca saber que allá afuera, en el exterior, el mundo ha cambiado por completo.

Han pasado ya dos semanas desde que el mundo entero se enteró de la existencia de las criaturas celestiales e infernales. Han pasado dos semanas desde que viajé a Los Ángeles, California a intentar detener la locura en la que se había convertido el mundo; y han pasado tantas cosas desde entonces, que se siente como si mi existencia entera —la de todo el mundo— se hubiese transformado en un sueño. Un sueño —que más bien se siente como pesadilla— en el que el caos reina y la gente teme por sus vidas.

Luego de lo que pasó con Amon y Mikhail en el techo de aquel edificio del que me lancé con la intención de acabar con todo, las cosas dieron un giro muy… *interesante*… Por llamarlo de alguna manera.

La Legión de ángeles que había tomado posesión de una de las ciudades más importantes del país, luego de que Mikhail tomara su mando, combatió y desterró a una horda de demonios que escapó del Inframundo. La misma que estuvo dispuesta a declararle la guerra a las tropas celestiales.

Todos creímos, cuando esto ocurrió, que las cosas se detendrían; pero no fue así. Para el Supremo, los Príncipes y los demonios, la traición de Mikhail hacia su pueblo no fue otra cosa más que una falta grave al tratado de paz que se pactó hace eones. No fue otra cosa más que una declaración de guerra en la que la tierra se convirtió en el campo de batalla.

Cientos de disturbios e invasiones empezaron a darse en todas las ciudades importantes del mundo; provocando así el pánico total. El cambio de la humanidad como la conocemos.

Según los noticieros internacionales, las fuerzas militares de todos los países afectados intentaron combatir por sus propios medios a los demonios que los invadían, pero lo único que consiguieron, fue enfurecerlos más. Fue desafiar su poder.

La situación delicada que se ha desatado entre la milicia angelical tampoco ha ayudado al caos que reina en el mundo, ya que no todos confían en Mikhail. Ya que, la mitad de aquellos que alguna vez confiaron en él, se rehúsan a seguir sus órdenes.

Según la poca información que le he arrancado a Rael, para gran parte de ellos, al no ser un ángel completamente, no es más que una aberración. Una vergüenza. Una criatura que no merece el puesto de General del Ejército del Creador. La otra mitad de La Legión —esa que ha decidido darle el beneficio de la duda— tampoco está muy convencida de que Mikhail sea la persona adecuada para guiarles en la batalla.

Así pues, con escepticismo, los pocos ángeles que han decidido creer en quien alguna vez fue Miguel Arcángel, han intentado controlar el caos en el que se ha sumido el planeta sin conseguirlo del todo. Han intentado mantener a raya al ejército brutal e implacable que lideran los seis Príncipes del Infierno que restan.

No voy a mentir y decir que la situación es muy alentadora, porque la realidad es otra. Porque el daño ya ha sido hecho y la humanidad ha sido testigo de cosas que jamás podrá olvidar.

El caos que se ha desatado desde que comenzaron los ataques, no ha hecho más que incrementar día con día. La gente de las grandes ciudades está huyendo a las provincias, la comida ha empezado a escasear, la electricidad es un lujo que solo puede darse la gente de los pueblos pequeños y, aun así, a veces es intermitente; las comunicaciones son cada vez más difíciles y escasas, y el único medio relativamente estable que hemos tenido para mantenernos enterados de lo que está ocurriendo es la radio.

Aquí, en Bailey, nadie quiere salir de sus casas. Los supermercados han sido saqueados casi en su totalidad; pero a pesar de eso, entre toda la comunidad —aquellos que no se han marchado a otras ciudades con sus familias—, se ha armado un plan de contingencia por si, en algún momento, la pequeña ciudad es atacada.

En lo que a las brujas y a mí respecta, nos la hemos apañado con todo aquello con lo que los ángeles que Mikhail dejó para custodiarnos —Rael entre ellos—, nos han provisto.

No nos dejan asomar las narices fuera de la casa en la que habitamos y la información que tenemos del exterior y de todo lo que está pasando la obtenemos —a regañadientes— de ellos; pero ni siquiera ellos saben demasiado al respecto, ya que no están allá para verlo. Lo poco que han ido averiguando, ha sido gracias al enlace que poseen y a la información que han traído otros ángeles mensajeros.

Lo último que supimos sobre la Legión, fue que estaban en una ciudad europea, tratando de detener la destrucción que uno de los Príncipes del Infierno inició. Supimos, además, que las fuerzas militares de un montón de países han comenzado a atacar a ángeles y demonios por igual.

Desde entonces, lo único que hemos obtenido es silencio. Total, y absoluto silencio.

Eso está volviéndome loca.

No he sabido absolutamente nada de Mikhail desde lo ocurrido en la azotea del edificio. De hecho, ni siquiera lo he visto; y desde aquello han pasado ya dos semanas.

Sé, sin embargo, que las posibilidades que tengo de volver a verlo son casi nulas. Niara lo oyó de boca de Rael, mientras escuchaba a hurtadillas una conversación entre él y otro de los ángeles que flanquea nuestra casa; y él mismo se encargó de confirmármelo cuando le pregunté por su paradero.

Según lo que me dijo, Mikhail le confesó que no tenía el valor de venir a enfrentarme y que, por más que trató de convencerlo de venir a aclarar todo conmigo, no lo consiguió. Al parecer, la vergüenza que siente es lo suficientemente poderosa como para haberlo hecho decidir no volver a molestarme. No volver a torturarme con su presencia.

No sé cómo me siento al respecto, pero en definitiva, no es satisfecha. A estas alturas, ni siquiera sé si puedo comprenderlo. Si soy capaz de encontrarle lógica a la cobardía que siente de enfrentarme, y a su entereza para combatir contra una legión completa de demonios enfurecidos. No soy capaz de entender cómo maquina su mente, que le hace imposible venir a darle la cara a una chica a la que utilizó, pero le permite arriesgar la vida para intentar detener una guerra.

Así pues, en medio de todo este desastre, no he dejado de insistirle al ángel de los ojos amarillos que trate de convencer a Mikhail de venir a hablar conmigo. Sé que es egoísta de mi parte tratar de hacer que venga a verme cuando la tierra está en una situación tan crítica, pero es que necesito *tanto* verlo. Necesito *tanto* cuestionarle todo aquello que me aqueja.

Si pudiese tenerlo aquí, frente a mí, le haría preguntas. Le haría tantos cuestionamientos como me fuesen posibles, para así poder decidir si es bueno o no depositar todas nuestras esperanzas en él.

Hace apenas unos días conseguí que Rael accediera a enviar a alguien en busca de Mikhail; pero incluso con eso, me dijo que no me ilusionara demasiado. Que el demonio —o arcángel. O lo que sea que es ahora mismo— está decidido a mantenerme alejada de él y de toda la destrucción que se ha desatado.

Lo cierto es que tampoco sé si confiar en él es lo correcto o lo más inteligente. Tampoco he tenido mucho tiempo para analizarlo, ya que Rael, Niara, Dinora y Zianya se han encargado de mantenerme distraída y ocupada —dentro de lo que mi cuerpo magullado permite.

Todavía no sabemos el motivo por el cuál sigo viva. Según lo que nos había dicho Ashrail, era muy probable que yo terminara muerta una vez que la parte angelical de Mikhail me abandonara, ya que esta era la que me proveía de energía para contrarrestar la naturaleza destructiva de los Estigmas; pero, ahora que la energía celestial me ha abandonado, las posibilidades se han abierto y expandido.

Aún no tenemos idea de qué es lo que ha impedido que los Estigmas me consuman. Niara y Rael creen que es debido al lazo que comparto con Mikhail. Que, de alguna manera, ese lazo me provee de la fuerza necesaria para no sucumbir ante la destrucción que llevo dentro; pese a eso, aún no tenemos la certeza de ello.

No voy a mentir y decir que todo sigue igual que cuando la parte angelical habitaba en mí, porque eso no podría estar más lejos de la realidad. Claro que he resentido su falta, al grado de que, las heridas que me habrían tomado días en sanar, ahora están tomando semanas.

Los surcos en mis muñecas han tenido que recibir más atención y he necesitado más descanso del que estaba acostumbrada a tener cuando algo malo me ocurría.

El golpeteo en la puerta es ahora más insistente que antes y me trae de vuelta a la realidad. Mis ojos viajan hacia la madera vieja, pero sigo sin poder espabilar del todo.

«¿Qué es eso que se siente allá afuera?», me susurra el subconsciente y trato de enfocar la atención en todo esto que siento.

Al principio, es solo un zumbido bajo, profundo y extraño; pero conforme le pongo atención, empiezo a ser consciente del rumor denso que ha comenzado a llenar todo el ambiente y de la extraña sensación que me llena el pecho y que nada tiene que ver con los restos de agitación que dejó aquel sueño en mí.

Mi ceño se frunce en confusión.

—¿Bess? —La voz de Rael llega a mí desde el otro lado de la estancia, pero sigo concentrada en la energía oscura y cálida de la que apenas estoy percatándome—. ¿Bess, estás ahí?

No respondo.

No puedo hacerlo. Solo puedo tratar de descifrar de dónde diablos proviene esa energía. Ese extraño *calor*...

La puerta es aporreada ahora y el sonido me hace pegar un salto de la impresión en mi lugar.

—Bess, voy a entrar si no me respondes —Rael suena preocupado ahora.

—Pasa —digo, en voz baja y, a pesar de que acabo de despertar, sueno agotada. Cansada por sobre todas las cosas.

La madera se abre por las bisagras y aparece en mi campo de visión el ángel que ha estado cuidando de mí las últimas semanas —los últimos años.

El gesto contrariado que lleva en el rostro no me pasa desapercibido.

—¿Por qué diablos no contestabas? Empezaba a preocuparme —inquiere con irritación y una sonrisa suave e irritada se desliza en mis labios.

—Estaba dormida —digo—. ¿Qué hora es?

El gesto de Rael pasa de la molestia a la vergüenza.

—A veces olvido que ustedes los humanos tienen necesidades diferentes a las nuestras —masculla—. No es muy temprano, si sirve de consuelo. Son las siete de la mañana. Está amaneciendo apenas.

—¡Que no es muy temprano, dices! —exclamo, con fingida indignación, al tiempo que reprimo una sonrisa—. ¡Son las siete de la *madrugada*! —Hago énfasis en la palabra «madrugada» solo para hacerle sentir un poco más culpable y él aprieta la mandíbula—. ¿Qué ha hecho que vengas a despertarme tan temprano? —digo, a manera de reproche y él hace un mohín.

—Lo lamento. —Sacude la cabeza en una negativa—. Lo que pasa es que no me di cuenta de la hora. Yo…

Hago un gesto desdeñoso con la mano y, con el mero movimiento, la muñeca —el lugar donde se encuentra uno de mis Estigmas— me duele. Me escuece y me arde.

—Al grano, Rael. —Trato de sonar resuelta y juguetona, pero aún no logro deshacerme de la sensación incómoda que me provocó el sueño que acabo de tener—. ¿Qué pasa?

El ángel se pasa la mano por los cabellos castaños y se los echa hacia atrás, antes de mirarme con gesto contrariado. Su expresión es tan aprehensiva ahora, que no puedo evitar sentirme curiosa y ansiosa.

—Rael, si no me dices qué está pasando, te juro por Dios que…

—Mikhail está aquí —me interrumpe y las palabras mueren en mi boca.

Siento cómo la sangre se me agolpa en los pies en el instante en el que el ángel termina de hablar, y el corazón acelera su marcha en una fracción de segundo.

—¿Qué? —digo, casi sin aliento.

—Quiere verte.

Una negativa me sacude la cabeza, pero sigo sin poder ponerle un orden a la maraña inmensa de sensaciones y pensamientos que colisionan entre sí en mi interior.

«Así que eso era...», susurra la vocecilla en mi cabeza, refiriéndose a la energía extraña que percibí hace apenas unos instantes.

—¡Pero tú me dijiste que no iba a volver por aquí nunca! —exclamo, en un tono de voz tan agudo que no lo reconozco como mío.

—¿Y qué quieres que te diga? —Es su turno de negar—. No tengo idea de cómo maquina su cabeza, pero vino. Eso era lo que querías, ¿no es así?

—Sí, pero...

Los ojos de Rael se entornan.

—¿Te estás acobardando, Annelise?

—¡Por supuesto que no! —chillo con indignación, pero el pánico ha empezado a crepitar por mi sistema—. Es solo que creí que no vendría nunca. Tú mismo me dijiste que no guardara muchas esperanzas al respecto.

—Pero vino. Está aquí y quiere verte. ¿Le digo que pase?

—¡No! —exclamo, horrorizada y aterrorizada—. ¿Te ha dicho a qué ha venido o por qué quiere verme? Algo tiene que estar ocurriendo para que quiera enfrentarse a mí luego de haberme rehuido durante todo este tiempo.

El ángel de los ojos amarillos me regala una negativa.

—No lo sé —dice—. No ha dicho ni una sola palabra al respecto. Llegaron él y dos más, y lo primero que hizo fue pedirle a Arael que dejara su guardia para que fuera a buscarme. Cuando me tuvo cara a cara y le pregunté si algo iba mal, se limitó a preguntarme si estabas despierta.

Una punzada de terror se mezcla con la confusión que se ha apoderado de mi sistema y me aferro a ella. Me aferro porque no estoy lista para sentir otra cosa todavía. Porque no estoy lista para verlo aún.

—Dile que no quiero verlo —digo y sueno más asustada de lo que me gustaría.

—¿Qué? —Rael suelta, incrédulo—. ¡Pero si hace dos semanas exigías que uno de nosotros fuera a buscarle para que viniera! ¡¿Tratas de enloquecerme?!

—No estoy lista para hablar con él. —Sé que sueno patética. Sé que fui yo la que dijo que quería verlo en primer lugar, pero no puedo obligarme a mí misma a enfrentarlo todavía—. No estoy en condiciones de hacerlo. Dile que no quiero verlo.

La mandíbula de Rael se aprieta en el momento en el que suelto las palabras, pero no refuta nada más. Se limita a asentir con dureza antes de abandonar la habitación.

Cuando la puerta se cierra detrás de él, me arrepiento. Me arrepiento por completo de haberme negado la oportunidad de tener un cierre. De enfrentarme a Mikhail de una vez por todas.

«Tienes que hablar con él», me susurra la voz en mi cabeza. «No puedes dejar las cosas así, Bess. Tienes que aclarar todas tus dudas respecto a lo que pasó en aquel edificio. Tienes que saber qué diablos fue lo que ocurrió y en qué posición nos deja el hecho de que Ashrail está muerto. El mismísimo Ángel de la Muerte, está muerto. Tienes que preguntarle qué, de todo lo que dijo Amon, es verdad. Por mucho miedo que te dé enterarte de la verdad, tienes que hacerlo».

Cierro los ojos con fuerza.

Una palabrota se construye en la punta de mi lengua, pero la reprimo mientras aparto las cobijas que me rodean y trato —con mucho esfuerzo— de bajar de la cama.

Aprieto la mandíbula cuando apoyo el peso en mis piernas, y las rodillas me fallan. Un sonido ahogado se me escapa cuando la debilidad me alcanza y caigo al suelo con estrépito.

Un escalofrío de puro dolor me recorre el cuerpo cuando la piel hecha jirones de mi espalda se remueve con el impacto.

Me muerdo la parte interna de la mejilla para no gritar, los ojos se llenan de lágrimas y aprieto entre los dedos una de las cobijas que he arrastrado al suelo durante mi caída, mientras trato, desesperadamente, de no echarme a llorar.

La puerta de la habitación se abre de golpe y la oleada de energía que me azota los sentidos me aturde unos instantes.

Mi atención viaja de manera inmediata hacia la entrada y, a pesar de que el cabello me cae como cortina oscura sobre la cara, soy capaz de verlo.

Lleva una armadura plateada que le abraza el torso de una manera naturalmente imposible, unas hombreras que parecen hechas de los materiales más resistentes en el mundo y que le hacen ver más anguloso de lo que en realidad es. Por la espalda, justo por un lado de su cabeza, sobresale la empuñadura de una espada y lleva el cabello, negro como la noche, alborotado y deshecho; la piel ligeramente oscurecida, como si hubiese pasado un largo rato bajo el sol abrasador y la mirada enmarcada por un ceño profundo.

Luce más imponente de lo que recuerdo. Sus facciones, de hecho, lucen más afiladas y oblicuas que nunca y, por un momento, no soy capaz de reconocerlo. De ver, entre las capas y capas de dureza que se ha echado encima, al chico que conocí.

Su mandíbula angulosa se aprieta en el instante en el que me mira aquí, tirada en el suelo, pero no se mueve. Solo me observa con esos impresionantes ojos grises con destellos dorados que tiene. No hace nada más que absorber la imagen que se despliega delante de él.

Entonces, cuando parece superar el pequeño momento de impresión, empieza a acercarse.

—Bess... —Mi nombre en sus labios —en su ronca y profunda voz— envía un estremecimiento por mi columna, pero los Estigmas, que hasta ahora se habían mantenido tranquilos, le sisean. Le reclaman y me exigen que acabe con él.

Sin que pueda controlarlos, los hilos se despliegan a toda velocidad y lo empujan con tanta fuerza, que todos los muebles a mi alrededor —la cama, la mesa de noche, la silla de escritorio— se recorren unos cuantos pasos debido a la onda expansiva de su ataque. Ataque que, por supuesto, no ha hecho más que detener el andar apresurado de Mikhail.

—No te acerques —exijo, con la voz rota por las emociones que, sin más, han empezado a apoderarse de mi sistema: rencor, resentimiento, dolor...

Mikhail no se mueve.

—Bess, déjame ayudarte.

Sin darme tiempo de nada, los Estigmas se envuelven alrededor de la criatura frente a mí —provocándome una oleada intensa de dolor— y lo empujan con más fuerza que antes. Esta vez, consiguen que Mikhail retroceda unos centímetros antes de que él, haciendo uso del lazo que nos une, tire de mí con fuerza para contenerme.

La debilidad hace que los Estigmas cedan su agarre y se retraigan —furiosos y rencorosos— en mi interior, no sin dejarme jadeante y temblorosa. Entonces, cuando me doy cuenta de que aún están demasiado débiles como para seguir atacando, afianzo la cuerda que me une a Mikhail y tiro de ella para hacerle saber que no voy a ceder.

—No te me acerques —digo, en voz es baja, pero la determinación en mi tono es palpable.

La expresión que se apodera de su rostro está a la mitad del camino entre el horror y el orgullo, pero no dice nada. Se limita a acercarse a paso cauteloso pero decidido, antes de intentar levantarme del suelo.

Yo me resisto y forcejeo, pero el dolor que me embarga es tanto, que termino permitiéndole que me lleve en brazos, y me haga sentir débil y vulnerable mientras me deposita con cuidado sobre la cama.

—Ya puedes irte —escupo con toda la frialdad y el veneno que puedo imprimir en la voz. Ni siquiera lo miro mientras hablo. Ni siquiera sé por qué, de pronto, me siento así de enojada.

El silencio que le sigue a mis palabras no hace más que incrementar la ansiedad que ha empezado a crepitarme sobre los huesos.

—Bess, vine hasta aquí porque tú lo pediste. —La voz de Mikhail es un mar de calma y paciencia, y eso solo me hace querer gritar de la frustración—. No voy a irme, así como así.

Cierro los ojos y me obligo a tomar una inspiración profunda. Las ganas que tengo de pedirle que se marche una vez más, son casi tan grandes como la sensación de bochorno que me provoca mi actitud.

No sé por qué me siento de esta manera. Al final del día, fui yo quien le pidió que viniera a hablar conmigo. Fui yo quien exigió su presencia en este lugar. ¿Por qué se me hace tan difícil hablar con él ahora?

Abro los ojos. Cuando lo hago, miro de reojo hacia el lugar donde la criatura en la habitación se ha instalado, y no me pasa desapercibido el hecho de que se ha acomodado a una distancia prudente.

La mirada dura de Mikhail se clava en mí durante un largo momento antes de que me atreva a encararlo de lleno. Un nudo de pura ansiedad se me instala en la boca del estómago en el proceso.

No dice nada. Se queda ahí, quieto, con los ojos fijos en los míos y la expresión seria. Hay una duda extraña en su mirada. Un brillo cauteloso que no hace más que alzar los muros defensivos que he empezado a construir alrededor de mi corazón.

—¿Cómo estás? —La pregunta me sale hosca y brusca de los labios, pero no puedo evitarla. No puedo detenerla, porque realmente quiero saber cómo está. Porque de verdad necesito escuchar de sus labios que se encuentra bien.

El cuestionamiento parece tomarlo por sorpresa.

—Bess —dice, con tacto—, he volado desde el otro lado del mundo para hablar contigo. ¿Estás segura de que eso es lo que quieres preguntarme?

—¿Qué quieres que te pregunte, entonces? —refuto, presa de un arranque nacido del enojo y la frustración—. ¿Sobre lo que pasó en la azotea del edificio en Los Ángeles? ¿Sobre la forma en la que Amon mató a Ashrail? ¿Sobre la manera en la que nos engañaste a todos haciéndonos creer que estabas de nuestro lado?

Dolor crudo e intenso se apodera de sus facciones y me arrepiento de inmediato de haber soltado todo de esa manera. A pesar de eso, Mikhail cuadra los hombros ligeramente y, con las facciones endurecidas, empieza:

—Lo que pasó en la azotea fue la consecuencia de una decisión que tomé cegado por la ambición. —La manera en la que arranca las palabras de sus labios es dolorosa—. No voy a intentar justificar lo que hice diciendo que era un demonio cuando tomé la decisión de jugar el mismo juego que Amon, porque la realidad es que, para ese momento, yo ya empezaba a recordarte. No hay pretexto alguno que valga. Lo único que sí puedo decirte es que me arrepiento de haberlo hecho. De haber participado en esa locura. —Hace una pequeña pausa—. Sé que lo que hice no tiene perdón alguno. Que me aproveché de la buena voluntad de todo el mundo; en especial, de la tuya. Tomé ventaja de los sentimientos que sabía que tenías por mí y te utilicé. —Niega con la cabeza, al tiempo que desvía la mirada—. Y eso nunca voy a perdonármelo.

El nudo que tengo en la garganta es tan intenso ahora, que tengo que tragar un par de veces para deshacerlo un poco.

—Entonces, todo lo que dijo Amon era cierto… —La voz me sale en un susurro tembloroso.

No sé por qué me duele tanto. Supongo que una parte de mí esperaba que todo fuese una mentira. Que todo aquello que el Príncipe dijo no fuera más que una treta para ponerme en contra de Mikhail.

Un par de intensos e impresionantes ojos grises —blancos. Dorados. No lo sé— se posan en mí.

—Absolutamente todo. —Mikhail asiente y las lágrimas me inundan la mirada.

—Dejaste que Amon asesinara a Ashrail —reprocho, con un hilo de voz.

Mikhail asiente una vez más, sin pronunciar una sola palabra.

—Permitiste que Ash arrancara tu parte angelical de mí para luego dejarle morir a manos de Amon. —La ira hace que mi voz tiemble ligeramente y él vuelve a asentir.

Esta vez, el dolor y el arrepentimiento le endurecen el rostro.

—Permitiste que creyera que sentías algo por mí. —Esta vez, cuando hablo, un par de lágrimas traicioneras se deslizan por mis mejillas y él aprieta la mandíbula.

—Si lo hacía —dice, al tiempo que da un paso en mi dirección—. Si lo *hago*.

Niego con la cabeza, al tiempo que me limpio la humedad de las mejillas con las puntas de los dedos.

—No te creo. —Sueno cruel, pero no puedo evitarlo. No puedo hacer nada más que dejar ir la cantidad inmensa de resentimiento y dolor que me escuece el pecho.

—Bess, no puedo cambiar lo que hice —dice, en un susurro ronco—. No puedo regresar el tiempo y evitar lo que pasó. Por más que me gustaría, no puedo hacerlo... Y es algo con lo que voy a tener que vivir el resto de mi existencia. —Niega con la cabeza—. Ni siquiera tengo cara suficiente para disculparme contigo, porque sé que el daño que te hice es irreparable; pero quiero que sepas que voy a hacer todo lo que esté en mis manos para arreglarlo. Para solucionar toda la mierda que empecé. Así sea lo último que haga.

—¿Cómo demonios sé que estás diciendo la verdad? ¿Quién nos garantiza que no vas a traicionarnos?

Mikhail guarda silencio y es todo lo que necesito para saber la respuesta implícita en él. Esa que dice que no hay manera de averiguar si sus intenciones son buenas o no. Si va a ayudarnos o va a utilizarnos una vez más.

Desvío la mirada.

—Lo siento —musita, pero eso solo consigue que la desesperación incremente.

Tomo un par de inspiraciones profundas, mientras trato de ordenar la información en mi cabeza para así poder continuar.

—¿Qué va a pasar ahora que Ashrail ha...? —No puedo completar la pregunta. La sola idea de pronunciar esa palabra en voz alta, lo hace más real que nunca.

Mikhail toma una inspiración profunda.

—Alguien tomará su lugar.

—¿Quién?

—Aún no lo sé. —Se encoge de hombros—. No es algo que yo decida.

Sacudo la cabeza.

—No lo entiendo —digo, presa de una confusión frustrante—. Los espíritus me dijeron una vez que los demonios no pueden morir. Que nunca lo hacen. ¿Cómo es que Ash lo hizo? ¿Es porque no era un demonio completamente?

—En esencia, los seres de nuestra naturaleza son incapaces de morir. No podemos desaparecer del todo porque estamos hechos de energía —explica, con paciencia—. Nuestro cuerpo físico puede perecer. *Morir*. Pero no nuestra esencia. Nuestra energía nunca se extingue. Los demonios y los ángeles no pueden desaparecer. No pueden morir, energéticamente hablando; pero nuestro cuerpo sí puede hacerlo. Puede dejar de existir en el plano terrenal.

El entendimiento que me traen sus palabras es tanto, que no puedo evitar sentirme abrumada por ellas.

—¿Es por eso que alguien más tomará su lugar? —pregunto, una vez digerido todo lo que ha dicho—. ¿Por que su energía sigue aquí y alguien más la tomará?

Mikhail asiente.

—Alguien será elegido para portarla —dice—. Si no es que ha sido elegido ya y aún no lo sabemos.

—¿Y qué pasará con la guerra? —inquiero, aterrorizada—. ¿Con los demonios que han estado invadiendo las ciudades? ¿Con los ángeles? Ellos empezaron todo esto, ¿no es así? Fueron los ángeles los primeros en aparecer en la ciudad. Por eso los demonios han empezado a invadir la tierra.

Es el turno de Mikhail de negar.

—Te equivocas —dice, con aire determinado—. Fueron los demonios los que empezaron a filtrarse en el mundo humano a través de las grietas que Amon hizo en las fronteras energéticas. Los ángeles llegaron a la tierra gracias a que Gabrielle se dio cuenta de lo que estaba pasando. Ella fue la que los mandó a intentar contener a los demonios que lograron descubrir los huecos en el equilibrio.

Frunzo el ceño.

—¿Quiere decir que los demonios están invadiendo la tierra gracias a los estragos que dejó el paso de Amon? —Mi cuestionamiento es más una afirmación que otra cosa.

Mikhail, de nuevo, me regala un asentimiento.

—Y, lamentablemente, ese no es el más grande de nuestros problemas ahora —dice y, por primera vez desde que puso un pie aquí dentro, luce preocupado.

—¿A qué te refieres? —inquiero, sintiéndome inestable debido a la angustia que soy capaz de percibir en él a través del lazo que nos une.

Pese a eso, duda y sé, de inmediato, que no quiere decirme.

El nerviosismo se potencializa.

—Bess, los demonios están poseyendo a la gente. A los humanos —dice, al cabo de un largo y tortuoso momento, y sus palabras me estrujan el estómago con violencia—. Están apoderándose de sus cuerpos y están atacándonos de esa manera. Los ángeles no pueden asesinar humanos. No está permitido que lo hagan. Se supone que nacimos para proteger a la humanidad. A la creación más importante del ser al que servimos. No podemos hacer absolutamente nada para detener a los demonios o para defendernos, si quienes están atacándonos son seres humanos llenos de energía demoníaca. Seres humanos que han sido infestados por seres de naturaleza oscura.

—Oh, Dios mío...

—Nos estamos quedando sin opciones —dice y, de pronto, luce diez años más viejo—. La Legión no confía en mí, los demonios no han dejado de entrar al mundo terrenal y hace meses que Gabrielle ha perdido contacto con el Reino del Creador.

—¿Qué?

—Hace unos días me lo confesó —dice—. Algo está pasando allá arriba también. La puerta al Cielo ha sido cerrada, pero no sabemos desde hace cuánto tiempo. Gabrielle no había tenido necesidad alguna de visitar el Reino porque Ashrail había estado comunicándose con el Creador por medio de la energía que solo él poseía; es por eso que Gabe tardó tanto tiempo en darse cuenta. —Sacude la cabeza con frustración—. El problema es que tampoco tenemos modo alguno de averiguar qué está pasando allá arriba. Hay mucho de qué ocuparse y me temo que, con lo dividida que está la Legión por mi culpa, las cosas solo van a ponerse peor.

—¿Han intentado cerrar las grietas hechas por Amon? —pregunto, sintiéndome cada vez más ansiosa y nerviosa.

Mikhail niega.

—Es imposible acercarse a ellas —dice, con genuina frustración—. La energía que emanan es tan poderosa, que pudre y destruye todo lo que toca.

«Justo como tú, Bess», susurra la insidiosa voz en mi cabeza y me obligo a empujarla lejos.

—Tiene que haber una forma de hacerlo —digo, presa de la frustración—. Tiene que haber una forma de cerrarlas.

La criatura frente a mí no hace más que mirarme con una tristeza que me desgarra el pecho.

—Eso es lo que ahora estamos tratando de buscar: La manera de cerrarlas. Mientras no lo consigamos, los demonios tendrán ventaja sobre nosotros.

—¿Hay algo que podamos hacer para ayudarles? —pregunto, pero de inmediato, Mikhail niega.

—No —dice, lacónico y tajante—. No hay absolutamente nada que puedan hacer las brujas o tú para ayudarnos. Además, aunque lo hubiera, no permitiría que se arriesgaran. No permitiría que se involucraran en esto. Es una guerra que tenemos que librar nosotros. No voy a involucrarlas más de lo que ya lo he hecho.

—Mikhail, pero podríamos...

—No. —La dureza con la que el demonio me habla me hace dar un respingo—. Lo siento, Bess, pero no puedo permitir que te expongas de esa manera. Tu muerte aún supone el inicio del Fin, así que eso no está a discusión.

El escozor que me provocan sus palabras solo hiere un poco más esa parte de mi corazón que, de manera absurda, aún guardaba las esperanzas de que la preocupación de Mikhail fuese realmente por mí y no por lo que mi muerte representa.

—No puedes detener lo que está escrito —refuto, a pesar de la decepción—. No puedes evitar que muera. Algún día tendré que hacerlo y, ciertamente, los Estigmas no van a darme tregua durante mucho tiempo, así que, si hay algo que podamos hacer para detener lo que está ocurriendo, lo mejor será que lo hagamos pronto.

—No voy a exponerte de ninguna manera, Bess —Mikhail espeta—. No voy a permitir que arriesgues la vida solo porque sí y no está a discusión. No se trata de lo que puedas hacer o no por la humanidad. Se trata de que no te corresponde. Tú deberías estar graduándote de la universidad, no lidiando con toda la mierda con la que te he hecho lidiar desde el jodido momento en el que aparecí en tu vida. —Cada palabra que pronuncia suena más enojada que la anterior—. Así que deja ya de intentar convencerme de dejarte hacer algo, porque no vas a conseguir que acceda a nada. Lo siento, Bess, pero no estoy dispuesto a perderte. Nunca más.

«No está dispuesto a perder esta guerra. Eso es lo que realmente quiere decir».

—Pero, Mikhail... —empiezo, pese al nudo que siento en la garganta, pero un sonido brusco me interrumpe a media oración y me hace enmudecer por completo. Después, poso la atención en la puerta de la estancia.

—Adelante —Mikhail dice, y la puerta se abre de inmediato.

Una figura aparece en mi campo de visión casi al instante y el corazón se me estruja cuando lo reconozco. Ha pasado mucho tiempo desde la última vez que lo vi, pero no podría olvidar su rostro nunca. Incluso, aunque quisiera.

Algo dentro de mí se enciende cuando el ángel que ha aparecido en el umbral clava sus ojos en los míos y el reconocimiento tiñe su expresión. De pronto, luce enfermo. Inestable. Yo me siento de la misma manera.

Creí que nunca más lo vería. Que jamás volvería a toparmelo de frente y, sin embargo, está aquí, a pocos pasos de distancia de mí una vez más.

—¿Qué ocurre, Jasiel? —Mikhail, quien parece ajeno a la pequeña conmoción que ocurre entre el ángel de cabello rubio platinado y ojos azul eléctrico y yo.

Jasiel, el ángel que —por órdenes de Rafael Arcángel— se apoderó del cuerpo del prometido de mi tía Dahlia hace años, se aclara la garganta y desvía su atención para posarla en el demonio —arcángel, o lo que sea que es Mikhail en este momento.

—Hubo otro ataque —dice, con la voz enronquecida por las emociones y la mandíbula de Mikhail se aprieta.

—¿Dónde?

—En las costas de Florida. Cerca de la intersección más grande de líneas energéticas —Jasiel suena genuinamente horrorizado.

—Hay que enviar a las tropas para intentar contenerlo —Mikhail ordena, pero el ángel sacude la cabeza en una negativa.

—Las tropas todavía no logran recuperar la ciudad belga que fue atacada hace unos días. Si se marchan de allá, los demonios van a reclamar esa zona como suya —dice, tenso y preocupado.

Una maldición escapa de los labios de Mikhail y un nudo de ansiedad me aprieta el estómago. Luego, se gira para encararme y, con un gesto cargado de disculpa, dice:

—Tengo que ponerme al tanto de la situación —dice—. ¿Podemos hablar de esto más tarde? No puedo quedarme demasiado tiempo. Esta noche, a más tardar, tengo que partir; pero prometo que no me iré sin terminar esta conversación.

Yo, incapaz de pronunciar nada, asiento.

Entonces, Mikhail hace un gesto en dirección a la salida de la estancia, antes de que él y Jasiel se encaminen y desaparezcan a través ella.

2
RETICENCIA

Leo, por quinta vez, el mismo párrafo del libro que me había estado consumiendo los últimos días —cuando Mikhail aún no hacía acto de presencia ni arruinaba mi capacidad de funcionar con normalidad—, antes de rendirme y dejarlo arrumbado sobre la mesa de noche junto a la cama.

Un suspiro largo y pesaroso brota de mi garganta cuando la ansiedad y la desesperación se me asientan en el estómago una vez más. Una maldición baja me abandona los labios, solo porque no sé de qué otra forma canalizar lo que siento. Porque estoy cansada de estar aquí, encerrada en mi habitación —gracias a las heridas de mi espalda que aún no logran sanar del todo—, mientras el mundo entero está cambiando.

He pasado las últimas dos semanas atrapada en este lugar, leyendo libros que pertenecían a Daialee para no sentir que voy a enloquecer.

He pasado todo este tiempo dentro de estas cuatro paredes, sacándole información a cuentagotas a Rael, y esforzándome para no gritar de la frustración cuando vienen Niara, Dinorah y Zianya a intentar hacer como si nada pasara allá afuera. Como si el mundo no estuviese siendo arrasado por fuerzas paranormales.

En medida de lo posible, he podido controlar los pequeños arranques de ira desesperada que a veces tengo cuando me tratan como si fuese algo a punto de romperse; pero hoy, en específico, me siento especialmente voluble e irritable.

La presencia de Mikhail en este lugar no ha hecho otra cosa más que perturbarme los nervios hasta un punto que se siente ridículo y, a pesar de que no lo he visto desde que se marchó de la habitación esta mañana, sentir su cercanía por medio del lazo que nos une es una completa tortura.

Una parte de mí se siente aterrorizada con la idea de que se marche sin avisar, y otra, simplemente espera que lo haga y que no vuelva a poner un pie aquí.

Todavía no sé cómo me siento respecto a él. A su presencia a mi alrededor. A todo lo que pasó hace unas semanas. Lo único que sé es que el resentimiento y el rencor no han dejado de tomar fuerza con cada minuto que pasa aquí. No quiero sentirme de esta manera. No quiero guardar esta clase de sentimientos hacia él, pero mi corazón —mi alma— no deja de almacenar cada una de esas emociones rotas y enfermizas.

Cierro los ojos en el instante en el que el recuerdo de sus besos sobre mi piel me inunda los pensamientos. Trato de empujarlo lejos, pero no logro deshacerme de él. Al contrario, lo único que consigo es hundirme otro poco en su interior, como si de fango se tratase.

El dolor hueco y abrumador que me invade el pecho, parece tomarse de la mano con el sentimiento de traición que me embarga y, de pronto, me encuentro sintiéndome asqueada. Deseando borrar sus caricias de mi piel y los sentimientos profundos que terminaron de arraigarse en mi interior con aquello que hicimos.

Si tan solo lo hubiera sabido. Si tan solo no hubiese confiado en él de la forma en la que lo hice…

«Quizás ahora no dolería tanto».

Otro suspiro largo se me escapa y me obligo a empujar la retahíla negativa a otro lugar. Entonces, me estiro en la cama y desperezo los músculos lo mejor que puedo. Una punzada de dolor me escuece la espalda, pero no me inmoviliza.

Acto seguido —y con mucho cuidado—, retiro el edredón que me cubre para arrastrarme al borde de la cama, donde dudo unos instantes.

Mis pies descalzos tocan la alfombra desgastada y vieja que cubre el suelo, y me debato internamente si debo o no llamar a alguien para que venga a ayudarme a levantarme; sin embargo, tomo la decisión de intentarlo de nuevo. De intentar ponerme de pie para encaminarme por mi cuenta al baño.

Apoyo las plantas con firmeza. Los dedos se me hunden en el material afelpado y, cuando me siento estable y firme, apoyo todo el peso sobre las extremidades inferiores. El dolor que me estalla en la espalda es desgarrador y se me doblan las rodillas.

Apenas tengo tiempo de sostenerme del borde de la mesa de noche para evitar caer con estrépito, pero no logro detener mi encuentro con el suelo del todo. Tengo las rodillas apoyadas sobre la alfombra y todo el cuerpo se ha inclinado hacia adelante. Estoy casi aovillada aquí, junto a la cama, sintiendo como si pudiese desmayarme en cualquier momento.

Aprieto los dientes cuando me empujo hacia arriba y, luego de varios intentos, me las arreglo para conseguirlo. Una pequeña victoria se alza en mi pecho, pero es eclipsada por la sensación de ahogo que me embarga. Tenía tanto tiempo conviviendo con la energía angelical en mi interior, que ahora que no la tengo conmigo para sanarme con la rapidez con la que lo hacía, me siento abrumada por el dolor.

La puerta de la habitación es golpeada justo cuando consigo ponerme en pie y, con el aliento entrecortado, me las arreglo para decir:

—Adelante.

Niara aparece luego de que la puerta se abre, y me alegro de que sea ella quien está aquí y no Mikhail. Habría sido humillante que me encontrara en este estado una vez más.

—¿Qué estás tratando de hacer, tú, pequeña inconsciente? —dice, al tiempo que se apresura hacia mí para envolver un brazo alrededor de mi torso y ayudarme a sostenerme.

—Solo quería ir al baño —digo, al tiempo que dejo que cargue parte de mi peso.

—¿Y no era más sencillo llamarnos para ayudarte?

—Estoy harta de depender de todos para hacer lo que sea. Incluso, algo tan insignificante como caminar al baño —digo, mientras avanzamos hacia el pasillo.

Ella bufa en respuesta, pero no dice nada más.

Cuando llegamos al reducido espacio, me sostengo del borde del lavamanos para que Niara pueda encaminarse fuera de la estancia y dejarme hacer mis necesidades primarias.

Está a punto de marcharse, cuando la luz del foco parpadea. La vista de la bruja y la mía se posa en la lámpara que ilumina la reducida estancia y una punzada de preocupación me invade.

La electricidad tiene días fallando. La subestación no parece estar dañada, pero el constante ir y venir de la energía eléctrica no ha hecho más que poner otra cosa a la lista de cosas que nos mantienen al vilo.

—¿Crees que eso sea a causa de algún demonio o algo por el estilo? —Niara pregunta. El miedo tiñe su voz.

—No —digo, en automático, pero no estoy segura de estar en lo correcto. Todos aquí sabemos que Bailey se encuentra rodeado de líneas energéticas; así que, la idea de que haya una grieta cerca, no es descabellada. Sobre todo, si tomamos en cuenta que Amon nos atacó a apenas unas calles de aquí a Daialee y a mí.

Otro parpadeo en el foco hace que el corazón me dé un vuelco, pero me las arreglo para fijar la vista en Niara.

—Y aunque así lo fuera —me obligo a decir—, estamos bien protegidas aquí. Hay seis ángeles custodiándonos. Estaremos bien si algo llegase a pasar.

Pánico crudo se cuela en la expresión de la bruja, pero se las arregla para asentir.

—Sí —dice, pero no suena muy convencida—, tienes razón.

Lo cierto es que todas somos conscientes de que seis ángeles no podrían defendernos si un ejército de demonios nos atacara. Estaríamos acabadas mucho antes de que los ángeles pudiesen, siquiera, intentar sacarnos de aquí.

Me obligo a empujar el pensamiento lo más lejos que puedo y me las arreglo para esbozar una sonrisa tensa. Entonces, sin ceremonia alguna, ella me corresponde el gesto y sale de la habitación.

Cuando termino, me lavo las manos y me tomo unos instantes para darme el lujo de mirarme en el espejo. La chica de aspecto enfermizo que me observa de regreso es una imagen dolorosa. Difícil de mirar por sobre todas las cosas. Con todo y eso, me obligo a mirarla unos segundos más antes de apartar la mirada y encaminarme fuera del lugar.

Niara está esperándome en el pasillo, así que se apresura a ayudarme a andar una vez más cuando me mira.

No he preguntado el motivo por el cual fue a mi habitación. Estoy bastante segura de que sus poderes extrasensoriales no son capaces de hacerle saber cuándo necesito ayuda, así que la curiosidad pica en mi sistema. A pesar de eso, no la cuestiono. No menciono ni una sola palabra al respecto porque, últimamente, estar juntas se siente... *bien*.

De alguna manera, mantiene unidas las piezas de ambas. Esas que se desmoronaron cuando Daialee murió. Cuando todo este sinsentido empezó a desarrollarse.

—Zianya no quiere que hable de esto con nadie —Niara murmura mientras, a paso tortuoso y lento, caminamos de regreso a la habitación—, pero si no se lo cuento a alguien, voy a volverme loca.

Espero, en silencio, al tiempo que me concentro en dar un paso a la vez.

—He estado soñando con Daialee.

El corazón me da un vuelco.

Poso la vista sobre ella y abro la boca para pronunciar que yo también lo he hecho; pero, por un instante, la impresión es tanta que la voz me traiciona.

La chica de rasgos duros y piel oscura sacude la cabeza una y otra vez, en un gesto ansioso y desesperado.

—Al principio creí que era algo provocado por mi cabeza. Una especie de alucinación o sueño creado por el dolor de la pérdida... —Mira hacia todos lados, ansiosa y nerviosa. Me queda más que claro que no quiere que nadie más la escuche—. Pero, Bess, Daialee me habla en sueños. Me dice cosas. Me pide que te hable. Que te pregunte sobre los demás Sellos. Que te diga que tienes que preguntar por ellos.

—Niara, yo... —empiezo, pero un fuerte golpe retumba a las afueras de la casa y es tan violento, que toda la planta alta vibra ante su intensidad. La alarma se enciende de inmediato en mi sistema y fijo la atención en dirección a las escaleras que dan a la planta baja.

Otro sonido estruendoso lo llena todo y, entonces, las voces airadas me llenan los oídos.

Mi vista viaja hasta Niara, quien, a su vez, me mira. Después —y sin decir una palabra—, se echa a andar a toda velocidad en dirección a la planta baja.

—¡Niara! —la llamo, al ver cómo me deja aquí, de pie a la mitad del pasillo, pero ella ni siquiera se vuelve para encararme.

Una palabrota se me escapa y, como puedo, me giro apoyándome en la pared, antes de empezar a caminar. Aprieto los dientes cuando la quemazón y el ardor me llenan la espalda, pero no me detengo. No dejo de avanzar tan rápido como el cuerpo me lo permite hasta llegar al borde de las escaleras.

Otro golpe estrepitoso invade mi audición y las voces se convierten en gritos y gruñidos. La familiaridad de ellas me eriza los vellos de la nuca y me obligo a dar un paso hacia abajo, aferrándome de la barandilla con tanta fuerza que los nudillos se me ponen blancos.

—¡Quítame las manos de encima, rata asquerosa! —alguien grita y las alarmas se encienden en mi cabeza.

Un gruñido ahogado inunda mi audición y el reconocimiento hace que la sangre se me hiele.

«¿Axel?».

Un escalón más y otro más.

—¡Déjalo ir! —grita Niara y me muerdo la parte interna de la mejilla mientras bajo otro escalón—. ¡No lo entiendes! ¡Él nunca nos haría daño!

—¡¿Qué está mal con ustedes! ¡Es un *demonio*! —La palabra es escupida con sorna y veneno y, de pronto, la sensación de saber que algo horrible está ocurriendo allá abajo me llena la boca de un sabor amargo.

Otros dos escalones más.

—¡Basta ya! —Creo que es Zianya la que interviene—. No pueden hacerle nada si no ha intentado atacarnos. Déjenlo ir y él se marchará y volverá cuando Mikhail haya regresado.

Una carcajada sin humor me llena los oídos.

—Si crees que voy a dejar ir a este demonio para que vaya a decirle a los suyos nuestra ubicación, bruja, estás muy equivocada —dice —supongo—uno de los ángeles que cuidan de nosotros.

Un golpe sordo invade mi audición y le sigue un graznido adolorido.

Es en ese momento, cuando mis pies tocan el último escalón y soy capaz de ver la escena que se desarrolla aquí, justo frente a la puerta principal de la casa.

—Oh, Dios mío... —digo, en un susurro tembloroso cuando veo a Axel ahí, tirado a mitad de la sala, con la cara hinchada y llena de un líquido espeso y oscuro que, asumo, es su sangre.

Uno de los ángeles que custodian la casa está sometiéndolo. Estirando sus alas en un ángulo que luce doloroso y antinatural.

Me apresuro a toda velocidad hacia el demonio menor que yace en el suelo, pero la debilidad de los músculos me traiciona y doy un par de traspiés antes de caer al suelo de rodillas. El impacto —que he podido amortiguar al estirar las manos justo a tiempo— hace que el dolor estalle en mi columna y reprimo un gemido.

La habitación estalla en exclamaciones preocupadas y, sin más, todo el mundo trata de ayudarme a ponerme de pie; con todo y eso, me desperezo de todas las extremidades que me sostienen para arrastrarme hasta quedar junto al íncubo herido en el suelo.

—Bess... —dice, antes de toser un líquido espeso y rojo oscuro, y el corazón se me rompe en mil fragmentos. Se destroza un poco más porque todo vestigio de su personalidad socarrona y juguetona ha desaparecido. Lo único que veo ahora mismo, es a esta criatura asustada que yace en el suelo cerca de la entrada principal.

Impotente y sin ser capaz de pronunciar nada, aparto los mechones húmedos de cabello que se le pegan en la frente. Entonces, presa de un impulso primitivo y enojado, encaro al ángel que sostiene a Axel por las alas.

—Suéltalo —exijo y el ángel, quien no deja de mirarme como si yo fuese poco menos que una cucaracha, sacude la cabeza en una negativa.

La punzada de coraje que me embarga es tan grande, que tengo que apretar la mandíbula para no ponerme a gritar. Los hilos de energía de los Estigmas se desperezan, interesados al percibir el enojo que empieza a embotarme los sentidos.

—Te he dicho que lo sueltes —espeto, incorporándome en una posición arrodillada, pero el ángel ni siquiera se inmuta. La condescendencia que veo en su mirada es tanta, que la sangre me hierve de rabia y de ira casi de inmediato.

Los Estigmas sisean, enojados ante el desafío arrogante y despectivo y, entonces, sin que pueda controlarlos, actúan por voluntad propia y se envuelven con violencia alrededor del ángel. Luego, sin darme tiempo para intentar contenerlos, tiran de su energía con una facilidad aterradora.

Un grito asombrado y torturado escapa de los labios de la criatura que sostiene a mi amigo, pero no me detengo. No puedo hacerlo. *Ya no.*

—¡Bess! —alguien exclama detrás de mí, pero no puedo hacer nada. Estoy paralizada por la energía abrumadora que entra en mi cuerpo a través de los Estigmas. Por el pánico que empieza a invadirme cada poro de la piel.

El terror se mezcla con el dolor creciente en mis muñecas y, sin más, siento cómo algo cálido se cuela entre los vendajes de las heridas y me baña los dedos.

«Por favor, detente. Por favor, detente. Por favor, detente», suplico para mis adentros, pero los Estigmas no paran. No se detienen. Ni siquiera cuando el ángel suelta un grito agónico y se desploma en el suelo, liberando así a Axel.

Gotas de sangre —de mi sangre— golpean el suelo y sé que tengo que parar.

Trato, con toda la voluntad que poseo, de tirar de los hilos de los Estigmas, pero estos no ceden de inmediato como hicieron esta mañana cuando Mikhail irrumpió en la habitación. Se siente como si, allá arriba, se hubiesen dado cuenta de la falta de contención. Como si se hubiesen percatado de que la energía angelical ya no se encuentra conmigo para ayudarme a controlarlos.

El ángel suelta un sonido antinatural y otra punzada de miedo me invade, así que tiro con más fuerza de la energía. Esta vez, los hilos ceden lo suficiente como para permitirme afianzarlos un poco más y tirar de ellos de nuevo.

Finalmente, cuando logro replegarlos de vuelta hacia mí, me apoyo en las palmas de las manos, ignorando por completo el ardor que me corre por los brazos. Mi respiración es dificultosa y las extremidades me duelen. Se siente como si hubiese corrido una maratón. Como si hubiese pasado horas y horas haciendo ejercicio exhaustivo.

Lágrimas cálidas me nublan la mirada, pero no quiero llorar. No quiero hacer nada más que recuperar la compostura mientras Niara y Dinorah se arrodillan a mi lado y me preguntan si me encuentro bien.

Luego de asegurarles que lo estoy, poso la atención en Axel.

Sus alas membranosas están extendidas en el suelo frente a mí y su cuerpo se ha aovillado al tiempo que las extremidades lisas y letales descansan —temblorosas y heridas— en la duela de la estancia.

El ángel que lo sometía se encuentra a pocos pasos de distancia y otro de los ángeles que custodian la casa trata de reanimarlo. En el proceso, le habla en un idioma que no logro entender y eso me irrita de sobremanera, a pesar de que no tengo motivo alguno para sentirme molesta por ello.

—¿Dónde está Rael? —pregunto, luego de unos instantes de silencio. Rael no habría permitido que sus compañeros atacaran a Axel. Mikhail tampoco lo habría hecho—. ¿Dónde está Mikhail?

—Se fueron luego de que ese otro ángel, el de los ojos azules, viniera corriendo a buscar a Mikhail. —La voz de Zianya llega a mí desde la espalda y me giro lo más que puedo para poder echarle un vistazo—. No han regresado desde entonces.

Sacudo la cabeza en una negativa frustrada. Nada de esto habría ocurrido si alguno de ellos hubiese estado aquí.

—Hay que llevar a Axel a la planta superior —digo—. A mi habitación.

Clavo mi vista en los dos ángeles que se encuentran dentro de la casa. Aquel al que ataqué parece estar recobrando el conocimiento.

—Ustedes —espeto, en voz de mando—, súbanlo.

El ángel de cabellos castaños —ese que está ayudando al que ataqué—, dispara una mirada furibunda en mi dirección.

—No voy a tocar a esa cosa —escupe—, y tampoco voy a seguir tus órdenes. No somos tus subordinados. No te equivoques, *humana*.

La manera en la que pronuncia la palabra «humana» es despectiva. Se siente como si fuese más un insulto que otra cosa.

Aprieto la mandíbula.

—Escúchame bien, *ángel*... —Suelto la palabra con tanto asco y repulsión, que suena como si le hubiese llamado «pedazo de mierda»—: Si no quieres terminar como tu amigo —hago una seña con la cabeza en dirección al ángel que, a duras penas, ha recuperado el conocimiento—, te aconsejo que hagas lo que te pido. Ya luego podrás ir a acusarme con Rael, o con Mikhail, o con quien te pegue la regalada gana sobre lo que quieras; pero por ahora, estás sometido a mi voluntad. ¿Estamos?

El ángel de cabellos castaños y ojos verdes me mira con sorna y enojo. Yo le regreso la mirada con la misma repulsión que veo en la suya.

—No puedo esperar a que te asesinen para acabar con todo esto de una maldita vez y para siempre —escupe, al tiempo que se pone de pie y levanta a Axel sin un ápice de delicadeza para echárselo al hombro, como si se tratase de un costal de patatas.

—Sí —suelto, al tiempo que dejo escapar una risa sin humor—. Vete a la mierda tú también.

El ángel ni siquiera me mira cuando me pasa de largo y empieza a subir las escaleras. Es solo hasta ese momento, que un suspiro largo y tembloroso se me escapa.

—Tienes las heridas abiertas —Dinorah me reprime, al tiempo que se acerca y toma una de mis muñecas para examinar los vendajes ensangrentados—. Ya no debes usar ese poder, Bess. Vas a matarte si lo sigues haciendo.

Asiento, como si fuese una pequeña niña regañada por su madre, y cierro los ojos cuando siento cómo empieza a aflojar la tela que protege la piel lastimada.

—Voy a conseguir algo de alcohol y vendas nuevas —Niara dice, al tiempo que se pone de pie y se encamina al baño de la planta baja.

El ángel al que ataqué se encuentra sentado en el suelo de la habitación, con la espalda recargada contra la pared más cercana y los ojos cerrados en un gesto adolorido. El arrepentimiento se me cuela entre los huesos, pero trato de apartarlo tan pronto como llega. Trato de recordarme que esa criatura no va a tener misericordia por mí cuando llegue el momento de tomar las decisiones importantes, y me aferro a eso hasta que la culpa se diluye.

Niara vuelve a los pocos minutos —con las manos cargadas de gasas, alcohol y vendas nuevas— y se deja caer sobre sus rodillas para empezar a trabajar.

El ardor que me invade cuando vierte el alcohol sobre las heridas es tanto, que lloriqueo de manera lastimosa hasta que termina de limpiarlas.

Llegados a este punto, tiemblo de dolor.

El sonido de unos pasos me llena los oídos justo cuando Niara está diciendo algo acerca de mí necesitando unos puntos y, segundos más tarde, una figura familiar aparece en el umbral de la puerta.

Lleva el cabello tan alborotado como siempre y el ceño fruncido en un gesto que se me antoja analítico. Un par de impresionantes alas —una oscura, lisa y membranosa, y otra, que no es más que un haz luminoso— se extienden a sus costados; tan imponentes y abrumadoras, como él mismo lo es.

Mikhail siempre ha sido impresionante; y ahora, con esas alas, lo es aún más.

La atención del demonio —o arcángel. Aún no logro averiguar cómo llamarlo— se posa de inmediato en la escena, y el horror y la cautela tiñen sus facciones casi al instante. Su vista cae en mí y en mis muñecas —las cuales están siendo tratadas por Dinorah y Niara—, y la alarma se enciende en sus facciones.

Algo duro atraviesa su mirada, pero se las arregla para esconderlo mientras, con la mandíbula apretada, se acerca y se acuclilla frente a mí.

—¿Qué pasó? —Su voz suena serena, pero hay un tinte preocupado en ella.

—Tus ángeles atacaron a Axel —digo, sin poder reprimir el enojo que me estruja las entrañas—. Por cierto, está arriba, con uno de ellos.

Rael, quien acaba de aparecer detrás de Mikhail, esboza un gesto preocupado antes de encaminarse a toda velocidad al piso superior.

—¿Te hicieron daño? —Ira cruda y profunda se cuela en su tono, y me saca de balance. A pesar de eso trato de no hacérselo notar y niego con la cabeza.

Mikhail asiente, pero la dureza en su expresión no disminuye ni un poco. Entonces, se incorpora y se encamina en dirección a las escaleras. El saber que va a ir a comprobar a Axel no hace más que enviar algo cálido a mi pecho.

Pese a aquello, hay algo que ha empezado a taladrarme el cerebro. Algo que se ha aferrado a mis pensamientos y ha tomado fuerza ahora que lo tengo frente a mí.

—¡Mikhail, espera! —digo, y él se detiene a medio camino para mirarme por encima del hombro—. Hay algo que necesito preguntarte.

—Adelante —dice estoico, y el nerviosismo se dispara a manera de latidos irregulares.

—¿Dónde están los otros Sellos? —La pregunta se me escapa de los labios en medio de un aliento tembloroso, porque las palabras de Niara han empezado a forzar su camino en mi cabeza. Han empezado a llenarme el pecho de dudas extrañas y dolores insoportables.

Algo sombrío se apodera del gesto del arcángel y, de pronto, me siento enferma. Agobiada con todos los posibles escenarios que me invaden la mente.

Sé que los demás que son como yo están vivos. Estaban bajo custodia cuando Rafael me atacó. Mikhail mismo me lo dijo cuando recién lo conocí. Él debe saber dónde están ahora. Él, ahora al mando de la Legión Angelical, debe saber dónde se encuentran.

—Tú sabes dónde están, ¿no es así? —inquiero, sin aliento. La posibilidad de que estén aún bajo la custodia de los ángeles, después de tanto tiempo, es tan dolorosa como insoportable.

—Bess, ahora no es momento para eso.

—Ah, ¿no? ¿Entonces, cuándo? —escupo, horrorizada ante su evasiva—. ¿Cuando tengas tiempo de inventarte una mentira? ¿Cuando hayas maquinado algo que me mantenga tranquila? ¿Cuándo, Mikhail?

Aprieta la mandíbula, pero no dice nada. Solo me mira fijo y el enojo y la decepción me llenan el cuerpo de una sensación apabullante.

Un nudo me cierra la garganta, pero no tengo oportunidad de recriminarle nada más. No tengo oportunidad de nada, porque un gruñido proveniente del piso superior, nos hace alzar la vista al techo con alarma.

Los puños de la criatura delante de mí se aprietan con fuerza y un dolor sordo se instala en mi pecho cuando, sin siquiera dedicarme una última mirada, se echa a andar hacia la planta alta.

—Sigues siendo el mismo mentiroso de mierda de siempre, ¿no es así? —medio grito, cuando noto que está a punto de desaparecer de mi vista.

No es mi intención ser hiriente, pero sé que lo soy de todas formas. Incluso, me lo dice el gesto que me dedica cuando me regala una última mirada.

No responde. No hace otra cosa más que mirarme con aprensión, antes de continuar su camino.

Mi mirada se desvía cuando sale de mi campo de visión y cierro los ojos con fuerza porque la decepción que siento es tan grande que apenas puedo soportarla.

«Sería más fácil estar enojada con él», susurra la vocecilla cruel de mi cabeza y sé que tiene razón: sería más sencillo sentirme molesta y no decepcionada. Sería más fácil odiarle de verdad y no tener que fingir que todas estas omisiones, silencios y distancias no me lastiman como lo hacen. Todo sería más sencillo, si pudiese odiarle.

3

CONFRONTACIÓN

Para cuando Niara y Dinorah me ayudan a subir a la habitación una vez más, Axel ya está consciente y no le corre sangre por el rostro. Aún luce pálido y débil, pero por lo menos ya no tiene ese aspecto alarmante de hace un rato y, en el instante en el que pongo un pie dentro de la estancia, se levanta de la cama y se encamina hacia mí para envolverme en un abrazo fuerte y cálido.

No me pasa desapercibida la manera en la que evita tocarme la piel. Cuando me abraza, se asegura de que no tengamos contacto directo de ninguna manera.

El alivio que me provoca su gesto —y su presencia en este lugar, luego de haber desparecido durante el mismo tiempo que Mikhail— me reconforta. Me hace sentir tranquila de una u otra manera.

—¿Dónde demonios estabas? —susurro, contra su oído, y él me levanta del suelo unos segundos antes de apartarse para mirarme. Es como si tratase de asegurarse de que me encuentro bien.

—Tenía que irme —dice, al tiempo que sacude la cabeza y frunce el ceño con preocupación—. El Supremo estaba llamándonos a todos por medio de la energía que nos ata al Inframundo. Tenía que ir o iban a venir a buscarme. —Hace una pausa para dar un paso hacia atrás y echarme otro vistazo—. Creí que estarías muerta. Luego de todo lo que dijo Ashrail, de verdad pensé que morirías.

—Yo también. —Asiento, en acuerdo con él, y cierro los ojos solo porque la seguridad de tenerlo aquí me embriaga.

—Tienes más vidas que un gato, eso te lo puedo asegurar —dice, y una pequeña risa se me escapa.

En estos momentos, ni siquiera me importa que la habitación esté llena de gente. No me importa que haya dos brujas, dos ángeles y una criatura a medio camino entre la luz y la oscuridad observando nuestra interacción.

—¿Por qué no volviste antes? —pregunto. Sueno como una madre preocupada.

—Porque no quería atraer a ningún demonio a este lugar. Todo el mundo en el Reino del Supremo sabe de mi amistad con Mikhail. Han estado vigilándome. Sabía que estabas bien. Lo intuía porque, de haber muerto, el mundo humano se habría ido a la mierda; pero no podía intentar volver y arriesgarte de esa manera. ¿Sabes lo que te harían si te encontraran? ¿Sabes lo peligroso que sería que lo hicieran?

Mi ceño se frunce en un gesto preocupado.

—¿Cómo hiciste para venir sin que te siguieran entonces? —inquiero, y la ansiedad se dispara en mi interior.

—Perdí a los soldados que me seguían en una intersección de líneas energéticas. Pude escabullirme y ocultarme entre el desastre que Amon provocó hasta que estuve seguro de que no estaban siguiéndome. —Niega con la cabeza—. Bess, necesitas irte de aquí. Necesitas alejarte de este lugar. Es peligroso. Hay una grieta enorme aquí cerca. Si alguno de los Príncipes se da cuenta, van a venir a invadir esta parte del mundo también.

El miedo —ese que había estado manteniendo a raya durante todo este tiempo— se hace presente y me escuece las entrañas.

—Aquí la mantendremos a salvo. —Rael interviene en la conversación y la vista del íncubo se posa en el ángel—. Agradecemos tu preocupación, pero lo tenemos todo controlado.

—¿Tienes una idea de cuántos demonios conforman solo las legiones que dejó Amon? —Axel espeta con brusquedad en dirección a Rael—. *Miles*. ¿Sabes cuántas criaturas oscuras están decididas a encontrar un hueco en el equilibrio para escapar del Averno? *Cientos de miles*. Están planeando el Pandemónium, ¿sabías eso? Están planeando la aniquilación de la humanidad como la conocemos. Han encontrado la forma de derrotar a los de tu clase, y no van a detenerse hasta conseguir su objetivo. Hasta sumir la tierra en tinieblas y provocar el Apocalipsis y el

Pandemónium, y acabar con todas las criaturas vivas en este planeta.

—Si lo que tratas de hacer es amedrentarnos, no vas a conseguirlo. —El ángel que subió a Axel por las escaleras interviene y toma todo de mí no gritarle que no se meta donde no le llaman.

—¿Qué es el Pandemónium? —pregunto, para tratar de redirigir la conversación al punto inicial.

—Una reunión de demonios. —Mikhail interviene por primera vez. Lleva los brazos cruzados sobre el pecho y la expresión ensombrecida por un sentimiento que no me es familiar. No del todo—. El caos. La devastación materializada en un ejército demoníaco. La reunión de todas aquellas criaturas que habitan el Averno.

Axel asiente con severidad y un escalofrío de puro terror me recorre la espina.

—¡Esto es ridículo! —El ángel intruso insiste—. No están creyendo lo que esta escoria dice, ¿no es así? —Niega con la cabeza—. ¡Es imposible que se logre el Pandemónium sin que nosotros podamos hacer algo al respecto! Los demonios son criaturas débiles que solo pueden alimentarse del poder de su insignificante reino. Jamás lograrán su cometido.

—Eso si no consiguen adueñarse de la tierra. Dominarla. —Mikhail suena sereno, pero su gesto es una máscara de contención. Piedra tallada sobre su rostro para no dejar pasar ni una sola de sus emociones reales.

—¿Y cómo se supone que harán eso? —El ángel bufa, y clavo la vista en Mikhail de inmediato porque *sé* a qué se refiere. Porque *sé* que los demonios realmente pueden adueñarse del mundo como lo conocemos. Ya están haciéndolo. Ya están derrotando a los ángeles al poseer los cuerpos humanos que han empezado a habitar.

—Tenemos que cerrar esas grietas —digo, en dirección al demonio de los ojos grises y este me mira como si hubiese perdido la cabeza.

—Lo sé —dice, pese a que sé que no le gusta para nada que me incluya dentro del grupo de personas que tiene que hacer algo para solucionar todo esto—. Estamos buscando la forma de cerrarlas. Eso te lo aseguro.

—Quizás podamos encontrar algo de información al respecto en alguno de los Grimorios de la abuela de Daialee o...

—Bess —Mikhail me interrumpe—, sé que quieres ayudar. *Lo sé...* pero no puedo dejar que te involucres más en todo esto. No es una lucha que te corresponda.

Niego, sintiéndome más frustrada que nunca.

—Por supuesto que me corresponde. Nos corresponde a todos. A cada maldito ser existente que pueda hacer algo al respecto —refuto—. La vida de todo el mundo está en juego. La de Niara, la de Dinorah, la de cada ser humano, la tuya, la mía... Esta no es una batalla que ustedes, los ángeles, deban lidiar solos. No, si podemos hacer algo. No, si hay algo, por mínimo que sea, que nosotras podamos hacer para ayudarles.

—Bess, tienes que entender que ya no eres la criatura que eras hace unas semanas. —La voz del semi demonio suena ronca y profunda—. Sin mi parte angelical, puedes hacerte daño. Puedes terminar lastimándote o lastimando a otros. Lo entiendes, ¿no es así?

Desvío la mirada porque sé que tiene razón. Que no puedo pretender que soy la misma chica que era capaz de utilizar el poder destructivo de los Estigmas sin resentir todo el daño que estos hacen en mi cuerpo; pero de todos modos, me siento como una completa inútil cuando me lo recuerda.

—Sé que quieres ayudar y lo agradezco. Todos aquí lo hacemos —dice, con una paciencia que me parece insultante—. Pero no puedo permitir que te arriesgues de esa manera. Que arriesgues a todo el mundo de esa forma. Porque, lo sabes, ¿verdad? Sabes que si algo te ocurre... si *mueres*... todo esto se complicará de manera exponencial.

Cierro los ojos y tomo una inspiración profunda.

No quiero sentirme como un objeto, como una cosa utilizable y desechable, pero así lo hago. Así me hace sentir Mikhail con lo que está diciendo. Al final del día, él no se preocupa por mí. No le interesa mi bienestar. Le interesan las consecuencias que mi muerte podría traer y eso me hiere. Abre un poco más la llaga que nació en aquella azotea de Los Ángeles.

—¿Entonces, se supone que debemos quedarnos de brazos cruzados? —Es Niara quien interviene ahora—. ¿Cuánto pasará antes de que los demonios lleguen aquí, Mikhail? ¿Para que nos ataquen o encuentren a Bess y la asesinen? —La bruja niega con la cabeza—. No puedes mantenernos al margen de todo. Es imposible y lo sabes.

—La bruja aquí tiene un punto —Axel interviene.

—¿Y cómo se supone que van a ayudarnos? —Mikhail refuta, con el ceño fruncido—. ¿Qué se supone que van a hacer para mejorar la situación? ¿Qué les hace pensar que van a poder pelear una batalla como esta, si ni siquiera han sido preparadas para ella? El propósito de nuestra existencia, como soldados que siempre hemos sido, es enfrentarnos a esto. Y, no quiero ser desalentador, pero ninguna de ustedes, por muy poderosa que sea, será capaz de enfrentarse a un ejército de demonios cuando se llegue el momento de hacerlo.

—Si nos encuentran estamos muertas, ¿no es así? —Dinorah habla—. ¿Por qué no hacer que valga? Si vamos a quedarnos aquí, esperando un milagro divino, vamos a morir haciéndolo. Y, quizás tienes razón, Miguel. —El lazo que me une a Mikhail se tensa en el instante en el que Dinorah pronuncia su verdadero nombre y, de pronto, me siento abrumada por las emociones que experimento a través de él—. Quizás no seremos capaces de pelear en una guerra como la que se ha desatado, pero *sí* podemos ayudar con las grietas. Investigar sobre ellas. Encontrar el modo de, si bien no cerrarlas, contener todo lo que se encuentre del otro lado justo allá: en el otro lado.

Mi mirada viaja hacia la bruja y el agradecimiento me llena el cuerpo cuando me dedica una mirada apacible y tranquilizadora. Está haciendo esto por mí. Está haciendo esto porque sabe que no voy a poder vivir conmigo misma si no intentamos hacer algo.

Mikhail, por su parte, niega con la cabeza, pero es el turno de Rael de intervenir:

—Quizás no sea una mala idea, Mikhail —dice, con tacto y el demonio —arcángel— posa su atención en el ángel.

—¿Perdiste la cabeza? —escupe, con incredulidad.

—Piénsalo —Rael insiste—. No hay manera alguna de poder ocuparse de todo al mismo tiempo. Tú tienes que estar allá, en el frente de batalla y, ciertamente, Gabrielle no va a poder sola con la carga de intentar entablar comunicación con el Reino y hacerse cargo de las grietas. Un poco de ayuda no nos vendría mal.

—¿Y si no consiguen nada? —El ángel que subió a Axel hasta la habitación inquiere.

Rael se encoge de hombros.

—Entonces nada se habrá perdido.

Mikhail no luce muy convencido, pero no externa su sentir. Lo único que hace, es dejar escapar un largo suspiro antes de encaminarse a la salida de la estancia sin decir ni una sola palabra más.

—Supongo que esa es una autorización para ponernos a trabajar —dice Niara, cuando desaparece por el umbral de manera abrupta.

—¿Qué demonios le sucede? —mascula Axel, con el ceño fruncido—. Él no era así.

—Está preocupado —Rael justifica—. Está tratando de hacerse cargo de todo, pero la realidad es que la situación lo sobrepasa. Nos sobrepasa a todos.

—Quizás habría sido mejor retirarme con el resto cuando tuve la oportunidad —mascula el ángel que subió a Axel y la vista de Rael se posa en él.

—Si quieres marcharte, Sariel, estás muy a tiempo de hacerlo —escupe y el subordinado quejumbroso se encoge ligeramente—. No necesitamos a gente que no está dispuesta a hacer su trabajo. Si tanto te molesta estar aquí, eres libre de irte a la hora que te plazca.

El ángel no protesta. Se limita a fruncir el ceño en un gesto indignado.

Cuando Rael se da cuenta de que las quejas de Sariel han terminado, deja escapar un suspiro cansino.

—Será mejor que yo también me vaya —dice—. Tengo un semi demonio al que convencer de que dejarlas ayudar es lo mejor que podemos hacer en estos momentos.

—Gracias —musito, mientras lo veo encaminarse hacia la puerta y la única respuesta que tengo de su parte es un guiño.

Sariel lo sigue de cerca y, cuando desaparecen por la puerta, mi vista se posa en Niara y Dinorah, quienes lucen horrorizadas y entusiasmadas. Ambas cosas a la vez.

—Será mejor que vaya por los Grimorios al ático —dice Niara, con la voz temblorosa de la ansiedad.

—Yo iré a informarle a Zianya sobre lo que haremos —Dinorah dice y ambas se ponen manos a la obra.

Poso la atención en Axel, quien mira hacia la salida con aprensión.

—¿Qué pasa? —pregunto cuando me percato del gesto triste que lleva grabado en el rostro.

—Luce tan diferente. Tan distante… —murmura y sé que habla de Mikhail.

Yo asiento en respuesta.

—Lo sé. —Sueno más ronca que de costumbre.

—Ahora menos que nunca puedo entender esa obsesión que tenía con volver a ser el arcángel que era —dice, en un susurro pesaroso—. Luce tan *miserable*… —Suspira—. Como sea… Lo mejor es no pensar en eso y ponernos manos a la obra.

Luego, me envuelve un brazo alrededor de la cintura y me empuja hasta que empiezo a avanzar en dirección a la cama.

Pasamos el resto del día investigando sobre Líneas Ley, energía telúrica y cruces energéticos y, para cuando cae la noche, he aprendido cosas que, si bien no resuelven el problema de las grietas, podrían o no ser de mucha ayuda más delante.

Según lo que he podido leer en algunos de los Grimorios que Niara trajo, la energía que corre por debajo de la tierra no es necesariamente positiva. Tampoco es negativa. Simplemente es eso: energía. El poder del planeta. La fuerza que la mueve y circunda todo el globo terráqueo. No hay cosa alguna como un cruce de energía oscura. Es, simplemente, energía que fue utilizada para algún plan con fines oscuros y que fue corrompida por ellos.

No hay nada acerca de estas líneas rompiéndose por algún motivo, aunque sí hay información acerca de líneas dormidas. Líneas por las cuales no transita tanto poder como en otras y que pueden ser activadas con los rituales correctos.

Así pues, Niara, Dinorah, Zianya, Axel y yo no hemos dejado de indagar en los textos antiguos que poseen las brujas; sin obtener el éxito deseado, pero llenándonos de información potencialmente útil.

Para el momento en el que la puerta es llamada una vez más muy entrada la noche, estoy agotada y mi cabeza palpita con incomodidad. Me siento agobiada de tanta información y, al mismo tiempo, con ganas de no parar hasta encontrar algo que pueda ser de ayuda.

—Adelante —digo, mientras aparto la vista del Grimorio que descansa en mi regazo.

El material de la entrada cruje cuando se abre por las bisagras y, de pronto, frente a mí, aparece la imponente figura de Mikhail. Su extraña energía llena cada rincón de la estancia cuando pone un pie dentro, y otra clase de agobio se me asienta en las venas.

Aún viste la armadura y todavía lleva la espada en la espalda. De hecho, ahora que lo pienso, no creo haberle visto sin ninguna de las dos cosas en todo el día. Es como si estuviese preparado para luchar en cualquier momento. Como si no estuviese permitiéndose bajar la guardia, ni siquiera aquí, en este lugar que alguna vez lo vio vulnerable, moribundo y algo *más*.

El calor de los momentos que compartimos aquí, en la cama en la que me encuentro, hace que todo mi ser se turbe y se estremezca con una sensación poderosa, y le ruego al cielo que no sea capaz de sentirla a través del lazo que nos une.

Su vista barre por todo el lugar y se detiene un momento en las pilas de libros antiguos que adornan el suelo de la recamara. Una emoción indescifrable se filtra en su mirada, pero desaparece tan pronto como llega.

—Estamos a punto de marcharnos —anuncia, cuando sus ojos se clavan en mí, y un hueco de desazón se me asienta en el estómago.

—¿Todos ustedes? —Niara pregunta, y suena nerviosa y preocupada.

Mikhail niega.

—Solo Jasiel y yo —dice—. Rael y el resto de los ángeles encargados de custodiar este lugar se quedan.

El alivio que inunda el rostro de la chica es tan grande, que casi sonrío. A pesar de que sabe que si los demonios nos encuentran estamos algo así como muertas, sigue sintiéndose segura con la presencia de estos seres a nuestro alrededor. Aunque me cueste admitirlo, yo también lo hago. También me siento segura con todos esos ángeles malhumorados rondando la finca en la que vivimos.

—Eso tiene más sentido —masculla Niara, antes de cerrar el Grimorio que sostiene entre los dedos—. Supongo que quieres hablar a solas con Bess, ¿no es así?

Para ese punto, Dinorah y Zianya ya se han puesto de pie del escritorio en el que se encontraban. Axel, sin embargo, no parece tener plan alguno de marcharse.

Mikhail asiente, dubitativo.

—Me gustaría hacerlo, si no es inconveniente para ustedes —dice, al tiempo que me mira de soslayo. Yo desvío la mirada solo para que no sea capaz de notar cómo, inevitablemente, un rubor se me extiende por el cuello y me calienta las mejillas.

Niara se pone de pie y se encamina hacia la salida junto con Zianya y Dinorah. Axel sigue tirado sobre la cama con la vista clavada en un libro que parece que va a desbaratarse de tan viejo que está.

—Axel —Niara le llama con las cejas alzadas en un gesto inquisitivo y acusador—, ¿nos vamos?

—En realidad, prefiero quedarme —dice el demonio, y Mikhail dispara una mirada irritada y divertida en su dirección.

—Por favor... —Mikhail pronuncia, al tiempo que reprime una sonrisa y Axel rueda los ojos al cielo.

—¡Está bien! ¡Está bien! —exclama, alzando las manos en señal de rendición—. ¡Lo admito! ¡Perdí contra la humana!

En seguida, se pone de pie y se echa a andar hacia la salida, donde Niara lo espera para cerrar la puerta detrás de ellos cuando se marchan.

Muy a mi pesar, una sonrisa me tira de las comisuras de los labios.

—Bess, respecto a lo que me preguntaste más temprano... —dice Mikhail, al cabo de unos instantes, sin ceremonia alguna—. Sobre los Sellos, quiero decir... —Poso la atención en él y todo vestigio de humor se disuelve de inmediato—. Están en lugares seguros.

—¿Están en lugares seguros o están prisioneros en algún lado? —inquiero. No quiero sonar acusadora y dura, pero de todos modos lo hago.

Mikhail sacude la cabeza, en una negativa incrédula y herida.

—¿Qué clase de monstruo crees que soy? —Su voz es un reproche ronco y bajo, y me arrepiento de haber dicho todo lo anterior. De haber insinuado que era capaz de tenerlos como prisioneros, porque ni siquiera siendo un demonio completo lo hizo conmigo. Porque ni siquiera cuando me mantuvo en aquella cabaña en las montañas fue capaz de tratarme como si fuese del todo una prisionera.

Desvío la mirada.

—Bess, no soy tu enemigo —dice, al cabo de otro silencio—. Yo sé que no confías en mí. No te culpo por no hacerlo. Si yo estuviera en tu lugar, tampoco creería una sola palabra de lo que digo; pero de todos modos, quiero que te metas en la cabeza que no soy el monstruo que crees que soy.

Aprieto los párpados con fuerza.

—¿Dónde están? ¿Por qué no los traes aquí, donde es seguro? —pregunto, con un hilo de voz.

—Porque tenerlos a todos en un mismo lugar sería como entregarlos en bandeja de plata. Sería como poner un maldito foco iluminado sobre sus cabezas. La energía de los ángeles que rodea esta casa y el caos energético que rodea Bailey apenas son capaces de camuflar el poder que emanan tus Estigmas y tu posición como Sello. Imagina lo que pasaría si traigo a los tres restantes. —Hace una pequeña pausa—. Es muy peligroso tenerlos a todos juntos.

—¿Quién está protegiéndolos a ellos?

Lo miro fijo.

—Gabrielle y otro grupo de ángeles —responde.

—¿Están los tres juntos? ¿Por qué ellos sí pueden estar unidos? ¿Por qué soy la única que es excluida? —La voz me sigue sonando a reproche, aunque ahora no tengo la intención de reprochar nada.

—Bess, ellos no quieren estar separados. Pasaron mucho tiempo encerrados en un calabozo gracias a Rafael —dice y un destello de enojo se filtra en su tono, como si realmente le indignara estar contándome esto—. El mismo tiempo, o incluso más, que yo pasé en las fosas y que tú pasaste aquí, escondida con las brujas luego de todo lo que pasó con Rafael, lo pasaron ellos encerrados en un calabozo custodiado por ángeles. No conocen otra cosa más que su propia compañía. Es por eso que no quieren ser separados.

La ira que me embarga cuando termina de pronunciar aquello, hace que me crujan los huesos. No deja de hacerme ruido en la parte posterior de la cabeza.

—¿Qué? —suelto, casi sin aliento, y Mikhail asiente.

—Yo tampoco podía creerlo cuando me enteré —dice, y suena como si estuviese tratando de controlar la ira en su tono—. Ahora que he ordenado que los liberen, están en un lugar seguro; pero los niños no pueden estar separados ni un segundo. Enloquecen si intentamos alejarlos un poco. No hacen nada los unos sin los otros y...

—¿Niños? —lo interrumpo y Mikhail enmudece por completo. El arrepentimiento tiñe sus facciones, como si apenas se hubiese percatado de lo que me ha dicho. Como si su intención nunca hubiera sido revelarme que el resto de los Sellos son, en realidad, niños.

No dice nada. Se queda callado, mirándome a los ojos.

—¿Son *niños*? —La voz me tiembla ligeramente, horrorizada ante la nueva información.

Mikhail me regala un asentimiento duro.

—¿Cuántos años tienen?

—La más pequeña tiene seis.

Incredulidad, horror y coraje se mezclan en mi interior y, de pronto, no puedo pensar con claridad. No puedo hacer otra cosa más que atragantarme con la serie de maldiciones que han empezado a construirse en mi garganta.

Las manos me tiemblan de manera incontrolable, así que debo cerrar los puños para aminorar un poco las sacudidas involuntarias.

Niego, sintiéndome asqueada y aterrada.

—Mikhail, son niños. ¡Por el amor de Dios, son *niños*! —digo, sin poder detener el tono indignado y enfurecido que me tiñe la voz—. ¿Cómo diablos es que los tenían como prisioneros? ¿Cómo demonios los dejas ahí, a merced de unas criaturas que, si bien no están en su contra, tampoco son capaces de sentir un ápice de empatía por los de nuestra especie?

—Están siendo alimentados y cuidados las veinticuatro horas del día, Bess, puedo asegurarte que...

—Ser alimentado y tener un techo sobre tu cabeza no borra el hecho de que están a merced de las criaturas que los encerraron en un maldito calabozo durante más de cuatro años —lo interrumpo y, cada palabra que sale de mi boca suena más enojada que la anterior—. ¡Cuatro años, Mikhail! ¿Cómo demonios Gabrielle no hizo nada antes? ¿Por qué diablos no los dejaron ir cuando Rafael fue arrastrado contigo al Inframundo? ¿Dónde están las familias de esos niños? ¿Cómo se supone que los arrancaron de sus padres? —Para ese momento, estoy temblando debido a la ira que trato de mantener a raya—. Si lo que dices es cierto y la más pequeña tiene seis años, eso quiere decir que ella tenía dos años, o quizás menos, cuando la encerraron en un maldito calabozo. ¿Qué clase de monstruo hace eso? ¿Qué clase de *monstruos* son todos ustedes?

—Bess...

—Tienes que traerlos aquí —suelto, tajante y determinada.

—No puedo hacer eso. Ya te lo expliqué.

—¿Sabes qué es lo que no puedes hacer, Mikhail? —La quemazón en el pecho provocada por la decepción y el enojo es tan intensa, que podría gritar en cualquier instante—. No puedes tener a tres niños encerrados con un montón de ángeles. Sus pesadillas deben estar hechas de esas criaturas, y tú los tienes ahí, rodeados de ellos. Deben estar aterrorizados. Traumatizados con lo que tu gente les hizo. Tienes qué dejarlos ir. Tienes que traerlos con personas como ellos, para que así dejen de temer. Para que así dejen de sentirse torturados por ustedes.

—Bess, si los traigo a este lugar, es muy probable que el Supremo y los Príncipes vengan a buscarlos. Tanto a ti, como a ellos. —Mikhail suena frustrado e irritado—. No puedo exponerlos de esa manera.

—Tampoco puedes mantenerlos del modo en el que lo haces —digo, con la voz enronquecida por las emociones—, por muy bien que los estén cuidando.

Mikhail cierra los ojos y toma una inspiración profunda.

—No hagas esto más difícil de lo que ya es, Bess. Por favor —dice, en voz baja y torturada—. Sé que no puedo pedirte que confíes en mí y en mi buen juicio, pero sí puedo asegurarte que todo lo que hago es pensando en tu bienestar. En el bienestar de esos niños.

Se hace el silencio.

No puedo creer lo que está pasando. No puedo creer que no sea capaz de ver que lo que está haciendo no está bien. Que la vida de esas criaturas no se resume a lo que representan en la guerra que está llevándose a cabo. Al final del día, no dejan de ser niños. Seres humanos que piensan y sienten, y que, ciertamente, no merecen nada lo que les está ocurriendo.

Sé que él tampoco tiene la culpa. Que él, así como yo, no se enteró de nada hasta que tomó el mando de la Legión; sin embargo, no puedo dejar de pensar que él tendría que ser mejor que esto. Que tendría que saber que tener a tres niños lejos de sus padres, es un acto horrible.

A pesar de eso, me obligo a no sentirme furibunda con él. A no recalar mi frustración con lo que Mikhail está haciendo; es por eso que, luego de tomar un par de inspiraciones largas y profundas, trato de relajarme. Trato de poner todos mis pensamientos en orden, para así no desquitar mi coraje con el ser que tengo frente a mí y que, por ahora, lo único que ha hecho desde que recuperó su parte angelical, es mantenerme a salvo.

—Mikhail —digo, al cabo de unos instantes, con voz suave y acompasada; a pesar de lo mucho que me cuesta estar tranquila en estos momentos—. Si realmente piensas en el bienestar de esos niños, por favor, tráelos aquí.

Mi petición pone un gesto doloroso en su rostro; como si tratase de luchar contra el impulso de darme todo lo que le pido. Como si una parte de él estuviese susurrándole que me diera absolutamente todo lo que quiero.

Desecho el pensamiento tan pronto como llega porque es absurdo. Porque es tonto de mi parte pensar que él está dispuesto a hacer algo por mí, solo porque yo se lo pido. En su lugar, lo remplazo con todo aquello que pasó hace unas semanas. Lo remplazo con el engaño y la traición, porque lo prefiero a guardar ilusiones. A seguir lastimándome a mí misma con todo esto.

—Lo siento, Bess —dice y la tortura en su expresión hace que me duela el pecho—, pero no puedo hacerlo.

El escozor que me inunda es tan intenso que no puedo concentrarme en nada más. Que no puedo hacer otra cosa más que apretar los dientes para aminorar el desasosiego que no me deja tranquila.

—Está bien —digo, con la voz entrecortada por las emociones y la expresión de Mikhail me rompe un poco más.

—Lo siento mucho, Cielo —el absurdo apodo con el que me llamó durante tanto tiempo hace que los ojos se me llenen de lágrimas, pero lucho para lanzarlas lejos. Lucho para no derramar ni una sola de ellas—. De verdad, no tienes idea de cuánto lo lamento.

4

LÍNEAS LEY

Mikhail se fue la noche que dijo que lo haría.

Luego de la conversación que tuvimos en mi habitación, se marchó. No hubo ninguna clase de despedida; mucho menos alguna promesa de volver. No hubo nada más que una partida silenciosa y sin ceremonias que, inevitablemente, me dejó con un nudo de incertidumbre en el pecho.

Han pasado varios días desde entonces y, a pesar de eso, solo el pensar en ello me provoca un extraño malestar. Un dolor en el pecho imposible de hacer a un lado.

Así pues, he pasado todo este tiempo tratando de distraerme leyendo y releyendo los Grimorios de las brujas; tratando de averiguar lo más posible respecto a las líneas energéticas que circundan la tierra y los puntos más poderosos de estas.

He aprendido muchas cosas respecto al tema. Por ejemplo, que se les han conocido por muchos nombres, pero que el más popular, es el de Líneas Ley. Según lo que he leído, es una red inmensa de energía que circunda la tierra en toda clase de direcciones. Leí, también, que, en los cruces más importantes de dichas Líneas, hay monumentos antiguos y megalitos donde se cree que las antiguas civilizaciones realizaban rituales espirituales. Es un hecho que estos puntos están cargados de energía, y por eso se considera que las edificaciones en esos lugares son sagradas o poderosas a nivel energético; ese es el motivo por el que la idea no suena descabellada en lo absoluto. Puedo visualizar a un grupo de Druidas haciéndolo.

—Encontré algo que quizás puede servirnos. —La voz de Niara me hace alzar la vista del Grimorio que tengo frente a mí, justo a tiempo para verla abrirse paso hasta donde me encuentro.

—Aquí —dice, mientras señala un párrafo en específico, que se encuentra en un idioma que no entiendo.

No he tenido problema para leer la mayoría de los libros antiguos que las brujas guardan; pero hay unos —los más viejos— que son imposibles de descifrar para mí, ya que están escritos en lenguas muertas de las que no tengo conocimiento alguno.

—No sé leer latín —mascullo y Niara me mira avergonzada.

—Lo siento —dice, antes de aclararse la garganta y explicar—: Básicamente, dice que existen, o existieron, todavía no me queda claro, una especie de sacerdotes o brujos celtas a los que se les denominaba Druidas. Los Druidas, según este texto, eran capaces de detectar las Líneas Ley y los cruces energéticos de las mismas. Dice, también, que eran capaces de utilizar la energía de las Líneas, es decir: el poder de la tierra misma, a su favor.

—Pero Mikhail dice que ni siquiera ellos, los ángeles, pueden acercarse a las grietas abiertas, ¿cómo es que ellos sí podían hacerlo?

Niara sacude la cabeza en una negativa.

—No lo sé —admite—. Pero aquí dice que la magia que utilizaban los Druidas, es magia prohibida. Magia manchada de sangre inocente.

—¿A qué te refieres con *magia prohibida*?

—Los Druidas hacían sacrificios humanos en los cruces de las Líneas Ley, para así tener el permiso de la tierra para utilizar su poder.

La carne se me pone de gallina tan pronto como termina de hablar, pero me las arreglo para empujar el malestar lo más lejos posible.

—¿Y de verdad les funcionaban? —pregunto, sin poder evitarlo—. Los rituales, quiero decir.

Ella se encoge de hombros.

—Supongo que sí —dice—. Si está en un Grimorio, es porque es real.

—Es que no tiene sentido —digo, al tiempo que frunzo el ceño en un gesto contrariado—. ¿Cómo es que un ángel o un demonio no pueden acercarse a las Líneas, pero una persona con habilidades extrasensoriales sí?

—Eso es porque el equilibrio no estaba roto cuando los Druidas experimentaban con las Líneas Ley. —La voz de Dinorah nos hace posar la atención en la puerta de la recámara.

Lleva entre las manos una bandeja con emparedados y jugos embotellados.

—¿A qué te refieres con que el equilibrio no estaba roto? —Niara pregunta, mientras se acerca para ayudarle con lo que carga, y se sienta al filo de la cama para ofrecerme un sándwich y un jugo.

—A que los Druidas nunca se enfrentaron a Líneas rotas o puntos de unión destrozados —Dinorah explica—. Ellos realizaban sus rituales en cruces en perfecto estado. Es por eso que podían hacer uso de la energía que corre por ellas. Ahora, sin embargo, dudo mucho que sean capaces de utilizarlas.

—¿Y crees que un Druida es capaz de intentar hacer algo para reparar los cruces rotos? —inquiero, sintiéndome ligeramente esperanzada con la posibilidad.

Una sonrisa triste se dibuja en los labios de Dinorah.

—Bess, los Druidas ya no existen —dice, con aire amargo y triste—. Y si existe alguno en alguna parte del mundo, dudo mucho que se atreva a proclamarse como tal. Los Druidas le hicieron mucho daño al equilibrio energético. Crearon aberraciones y trajeron al mundo criaturas que nunca debieron abandonar el Inframundo. Es por eso que han sido satanizados por todos aquellos que tenemos la habilidad de experimentar con energía espiritual. Los Druidas son la escoria de nuestra clase y, luego de que los Guardianes nacieron, su existencia se redujo a intentar huir de ellos.

—¿Los Guardianes? —Frunzo el ceño, ligeramente confundida.

—Los Guardianes nacieron de una relación entre un ser humano común y corriente y un Druida. Estos mestizos nacieron con la habilidad de detectar las Líneas Ley. Al nacer, estas personas fueron enseñadas por los Druidas a seguir sus pasos; pero al darse cuenta de la oscuridad de la magia que utilizaban, algunos decidieron oponerse. A ir en contra de las enseñanzas Druidas. —Dinorah hace una pequeña pausa—. Estos mestizos empezaron a intentar impedir que los sacrificios continuaran y lograron encontrar la forma de comunicarse con la energía de las Líneas; quienes les permitieron utilizar su poder para detener a los Druidas, siempre y cuando los mestizos les juraran protección. A partir de entonces, a esos mestizos se les conoce como Guardianes; porque salvaguardan las Líneas Ley y cuidan el equilibrio de estas. Eso implica, por supuesto, acabar con todo Druida que aparezca en la tierra, ya que amenazan el equilibrio que los Guardianes han impuesto.

—Quiere decir que, si hay Druidas en el mundo, están escondidos porque su existencia está siendo amenazada por los Guardianes —dice Niara.

Dinorah asiente.

—¿Y qué hay de los Guardianes? ¿Ellos no podrían ayudarnos a intentar cerrar las grietas? —pregunto, sintiéndome ansiosa.

—Los Guardianes solo pueden utilizar la energía de las Líneas cuando estas se los permiten; pero como está la situación, dudo mucho que ningún Guardián pueda entablar contacto con la energía ancestral que corre por la tierra a través de ellas.

Un suspiro cargado de frustración se me escapa.

—Eso quiere decir que de nada sirve tratar de buscar a uno —suelto, medio irritada y medio derrotada.

Dinorah se limita a mirarme con aprensión.

—¿Cómo es que sabes tanto respecto a los Druidas y los Guardianes? —Niara pregunta, completamente fuera del tema, y la curiosidad nace en mí también.

Dinorah sonríe un poco.

—Conocí a un Guardián hace muchos años —dice, con simpleza; pero algo en la expresión cálida que esboza me dice que hay algo más que eso. Algo que, parece, no quiere contarnos.

—No puedo creer que estemos parados donde mismo, luego de tanto investigar —digo, para darle algo de tregua a la bruja. Ella parece notarlo, ya que me dedica una mirada agradecida antes de tomar otro Grimorio de la alta pila que nos falta por revisar.

—Algo habremos de encontrar —dice ella, con paciencia—. Pongámonos manos a la obra, que no estamos de vacaciones.

Luego, sin ceremonia alguna, abre el grueso libro y se pone a leer.

Yo, sintiéndome un poco desmoralizada por la falta de progreso, la imito y me pongo a trabajar.

Estoy rodeada de caos. El mundo a mi alrededor es un borrón inconexo, extraño y sin sentido. Una maraña de imágenes que pasan frente a mis ojos a toda velocidad y, al mismo tiempo, se siente como si pasaran en cámara lenta.

Sé que algo horrible está ocurriendo. Me lo dice el agujero que tengo en el estómago. Me lo dice la sensación de adrenalina y ansiedad que se me ha instalado en los huesos y se ha arraigado en ellos con violencia.

A pesar de eso, me siento extrañamente... tranquila.

Alguien grita mi nombre en la lejanía, pero ni siquiera me molesto en buscar a quien sea que me llama. La voz familiar repite su grito una y otra vez, pero no hago nada más que sentir cómo el viento me azota la cara. Como una mano diminuta se envuelve en la mía y me la estruja hasta que duele.

Me acuclillo y poso la atención en la figura diminuta que quiere romperme los dedos. Acto seguido, unos preciosos ojos castaños me miran con aire aterrado. No soy capaz de ver nada más que esos ojos, la piel morena que los rodea y el cabello. Cabello oscuro que azota la cara de la pequeña persona que está junto a mí.

«Está bien...», susurra una vocecilla familiar en mi cabeza; y yo lo repito en voz alta:

—Está bien.

«Todo va a estar bien».

—Todo va a estar bien —pronuncio, y la paz que traen esas palabras a mi sistema, solo incrementa el terror que sé que siente mi acompañante.

Me pongo de pie una vez más y poso la atención en algún punto delante de mí. Ese del que una luz cegadora proviene.

Gritos ansiosos y desesperados me piden que me detenga. Que no me mueva de donde me encuentro, pero *sé* que esto es lo que tengo que hacer. *Sé* que no hay otra manera.

Mi vista viaja al lado contrario de la persona de ojos castaños, y me encuentro con dos personas más. A estas no les puedo ver la cara, pero sé que son dos chicos, y que son mucho más pequeños que yo. No les puedo calcular más de trece años.

Mi vista se posa al frente una vez más y cierro los ojos.

—Solo quiero que ellos estén bien —digo, en un susurro, para alguien que no necesita que grite o que hable en voz alta.

«Lo estarán», me aseguran y, entonces, avanzo hacia la luz…

Mis ojos se abren de golpe en el instante en el que el nudo de ansiedad que me atenazaba el estómago estalla. El corazón me golpea con violencia contra las costillas y la respiración se me atasca en la garganta cuando, desorientada, miro hacia todos lados para encontrarle algo de sentido a lo que acaba de suceder.

«Fue un sueño», pienso, pero la ansiedad no se disipa ni un poco.

Cierro los ojos con fuerza y tomo un par de inspiraciones profundas para relajar el latir desbocado de mi pulso, pero no es hasta que me siento un poco más en control de mí misma, que me apresuro a acomodarme en una posición sentada sobre la cama en la que me encuentro.

La penumbra aún invade la habitación y eso hace que busque a tientas el reloj despertador para mirar la hora.

Son las cinco de la mañana.

Aprieto los párpados una vez más y dejo escapar el aire con lentitud para aminorar el andar de mi corazón acelerado, pero la inquietud no se va del todo. Al contrario, se afianza en mis huesos con toda su fuerza.

—Fue solo un sueño, Bess —digo, en voz baja, pero algo dentro de mí no puede dejar de sentirse intranquilo e incierto.

«¿Qué si acabas de tener otro sueño premonitorio, justo como el que tuviste antes de que Mikhail regresara del Inframundo?», la insidiosa vocecilla en mi cabeza me taladra el cerebro y quiero estrellar la cara contra la pared para hacerla callar. Para hacer que se detenga.

Lo cierto es que, desde que eso ocurrió, los sueños me aterrorizan. No del modo en el que lo hacen las pesadillas, pero lo hacen de cualquier forma.

Dejo escapar un largo suspiro y, con cuidado, me pongo de pie para encaminarme hacia la ventana de la habitación que da a la calle. Esa que me da una vista parcial de las montañas lejanas que decoran la vista de Bailey.

La noche se siente particularmente inestable. Como si pudiese percibir mi inquietud. Como si también se sintiera temerosa del sueño que acabo de tener.

A pesar de eso, no dejo de recordarme que no todos mis sueños han sido premonitorios. Que, si bien debo estar atenta a ellos y no pasarlos por alto, el hecho de soñar con algo no garantiza que va a ocurrir.

Además, los últimos días han pasado sin novedad alguna. Eso debería ser una buena señal, ¿no es así?...

Luego de una semana de exhaustiva investigación sin obtener los resultados deseados, nuestros ánimos mermaron al grado de que, ahora, solo de vez en cuando nos sentamos a hojear los Grimorios antiguos que guardan las brujas del aquelarre.

Nadie quiere decirlo en voz alta, pero la falta de respuestas ha hecho que nuestro empuje inicial se diluya con el paso de los días. Yo misma me siento desilusionada por la manera en la que se han dado las cosas. Aunque no quiera admitirlo, todo se ha sentido inútil. Todas las horas de investigación exhaustiva se sienten como una pérdida de tiempo ahora que nos hemos dado cuenta de que no hay nada de utilidad en los textos que elegimos.

Así pues, he pasado la última semana y media de mi vida paseándome por toda la casa, con la cara enterrada en un Grimorio que sé que no me va a dar las respuestas que necesito —pero que igual me hace sentir menos inútil—, y el corazón hecho un nudo de impotencia y frustración.

Mi estado de salud ha mejorado considerablemente, al grado de que ya puedo deambular por la casa a mi antojo. Las heridas que tengo en la espalda y muñecas aún no cierran del todo, pero ya no duelen con cada uno de mis movimientos. Eso, para mí, ya es ventaja. Ahora no paso el día encerrada en mi habitación;

desvenándome los sesos pensando en Mikhail, la guerra y todo lo que ocurre en el mundo exterior.

La figura de uno de los ángeles que custodia la casa aparece en mi campo de visión cuando espabilo un poco y regreso al aquí y al ahora. Está caminando alrededor del perímetro, vestido como si fuese un adolescente cualquiera, y la imagen me parece extraña por sobre todas las cosas.

Sé que Rael les ordenó que lo hicieran de esa manera; que vigilaran los alrededores vestidos como si fuesen seres humanos comunes y corrientes. A pesar de que los vecinos de una manzana a la redonda se han marchado de Bailey y estamos completamente solos en al menos ocho calles, no quiere arriesgarse a causar pánico en la pequeña ciudad en la que vivimos. No quiere tener a un puñado de humanos aterrorizados tratando de darles caza solo porque no son capaces de entender lo que ocurre.

Un suspiro largo y cansado se me escapa, pero me alejo de la ventana y me encamino hacia la salida de la habitación.

No sé exactamente hacia dónde me dirijo, pero no me detengo. Cualquier lugar es mejor que esta habitación. Hacer cualquier cosa es mejor que dar vueltas en la cama para tratar de dormir.

Al llegar a la planta baja, me echo a andar en dirección a la cocina y, a pesar de que no tengo sed, me sirvo un vaso con agua y me lo bebo recargada en la encimera.

Cuando termino, dejo el vaso sobre el lavatrastos y me giro sobre los talones. En el instante en el que lo hago, un grito se construye en mi garganta.

Un sonido ahogado y horrorizado me abandona, pero no logra convertirse en un grito, ya que una mano cálida se apresura a cubrirme la boca. Entonces, el rostro de Niara aparece frente a mí.

El alivio me golpea en oleadas grandes y quiero gritar. Quiero echarme a reír. Quiero tomarla por los hombros y sacudirla por haberme sacado la mierda de un susto.

Ella retira su mano de mi boca y yo dejo escapar el aliento antes de, en voz baja, susurrar:

—¡Casi me matas del susto!

—Lo siento —ella susurra de vuelta. Apenas puedo verle la cara en la penumbra de la cocina, pero casi puedo jurar que hay un destello ansioso en su expresión—. Fui a buscarte a tu habitación, pero no estabas.

—¿Fuiste a buscarme? ¿A las cinco de la mañana? ¿Has dormido algo siquiera?

Niega.

—He pasado la noche entera hablando con Axel respecto a las grietas. Le he preguntado cómo es que los demonios pueden salir a través de ellas y por qué los ángeles no pueden acercarse. —Habla con rapidez, como si alguien estuviese apresurándole para que suelte toda la información.

—¿Y? ¿Qué te ha dicho?

—Dice que pueden salir, pero que no pueden entrar por ellas. Si quieren volver al Inframundo, un Príncipe o un demonio mayor tiene que abrir un portal para que puedan regresar.

—¿Y qué tiene eso de importante? —digo, sin entender el motivo de su mirada emocionada.

—¿Cómo que qué tiene de importante? —ella sisea, aún en un susurro—. Bess, quiere decir que, del otro lado de las grietas, existe la posibilidad de acercarse a ellas. Existe la posibilidad de intentar cerrarlas.

El entendimiento cae sobre mí como balde de agua helada y, durante unos instantes, me siento aturdida.

—Oh, mierda...

Ella asiente, entusiasmada.

—Tenemos que entrar al Inframundo. Tenemos que abrir un portal que nos permita entrar y ver si podemos manipular las Líneas desde allí.

Es mi turno de negar con la cabeza.

—¿Cómo vamos a hacer para entrar al Inframundo? —Sueno horrorizada y entusiasmada en partes iguales.

—Esa es la parte que aún no resuelvo —hace una mueca disgustada—, pero algo se nos ha de ocurrir.

—Absolutamente no. —Rael suelta, tajante, cuando termino de hablar.

Han pasado apenas unas horas desde la conversación que tuvimos Niara y yo en la cocina, pero se siente como si hubiese pasado una eternidad desde entonces.

—¡¿Por qué no?! —chillo, medio indignada.

—¡Porque no! —El ángel alza la voz y no me pasa desapercibido el tinte horrorizado que lo invade—. Mikhail me dejó en este lugar para cuidarte. ¿Qué te hace pensar que voy a permitir que vayas a explorar el bosque en busca de una grieta energética? ¿Qué te hace pensar que voy a permitir que vayas a intentar abrir un portal para entrar al jodido Inframundo? No sabes qué vas a encontrarte del otro lado. Ni siquiera sabes si un ser de tu naturaleza es capaz de visitar el Averno.

—¡Pero...!

—¡Pero nada, Bess! ¡Por el amor de Dios! ¿Es que no estás escuchándote? —me interrumpe—. Sé que quieres ayudar, pero esta no es la manera. Arriesgando tu vida no es la forma.

—Rael, esta podría ser la única oportunidad que tendremos —digo, en un susurro suplicante.

—Y de todos modos no voy a permitir que lo hagas. —Niega con la cabeza—. Tengo órdenes expresas de Mikhail de mantenerte aquí. A salvo. ¿Qué voy a decirle si algo llega a ocurrirte? ¿Qué crees que va a decir si se entera de que, por intentar pescar la luna con las manos, te lastimaste?

—¿Y qué se supone que haga, entonces? —espeto—. ¿Quedarme de brazos cruzados mientras el mundo se va al demonio?

—Bess, no es tu obligación jugar a ser la heroína.

—No estoy jugando a ser nada —protesto, pero Rael ni siquiera se inmuta. No hace nada más que sacudir la cabeza—. Lo único que quiero es ayudar.

—Lo sé —dice, con suavidad—. Todos lo sabemos, pero no podemos permitir que intentes formar parte de una guerra que no te corresponde.

—Rael, *por favor*.

El ángel niega una vez más.

—Lo lamento, Bess, pero no puedo permitírtelo —dice—. No, sin la autorización de Mikhail.

—Mikhail no está aquí —escupo, con más amargura de la que espero.

—Entonces tendrás que esperar a que lo esté para que se lo digas directamente —dice, con determinación y una punzada de enojo me recorre entera.

Quiero gritar. Quiero espetarle que no necesito de la autorización de nadie para hacer nada, pero no lo hago. Me quedo callada. Me muerdo la punta de la lengua para no decir ni una sola palabra y, sin más, me echo a andar hacia la planta alta.

Niara está al pie de las escaleras esperando por mí, y sé, por su expresión, que lo ha escuchado todo.

—¿Vas a intentar convencer a Mikhail? —dice, cuando la paso de largo para dirigirme a mi habitación.

—No.

Alcanza mi paso y mira hacia atrás para cerciorarse de que nadie nos sigue.

—¿Entonces?

—Vamos a ir —digo, en un susurro bajo—. Esta noche.

—¿*Qué?*

Clavo los ojos en ella.

—No voy a esperar a que Mikhail se digne a venir para intentar hacer algo —digo, determinada—. ¿Vienes o no?

El gesto horrorizado de la bruja me llena de pánico, pero me las arreglo para no expresárselo. Para no hacerle saber que estoy aterrorizada.

Ella asiente.

—Iré a buscar a Axel. Él puede llevarnos hasta la grieta más cercana —dice, antes de echarse a andar por el pasillo hasta llegar a la escalera que da al ático.

5

RITUAL

—Déjenme ver si entendí. —Axel dice, en un susurro bajo, mientras nos alejamos a paso rápido de la casa en la que habitamos—. ¿Estamos haciendo esto a escondidas de las cucarachas que brillan?

El sonido de nuestras pisadas sobre la hierba crecida en los patios traseros de los vecinos, es el único ruido que acompaña nuestra caminata silenciosa.

Barro la vista por la extensión de terreno con aire nervioso, para asegurarme de que nadie nos escucha —o nos sigue— y, luego de eso, asiento.

Las cejas del íncubo se disparan al cielo y noto como trata de ocultar una sonrisa burlona a pesar de la oscuridad que nos rodea.

—No sé por qué esto me fascina, pero lo hace —dice, al tiempo que hace ademán de aplaudir de la emoción.

Niara, quien luce como si pudiese vomitar en cualquier momento, lo mira con cara de pocos amigos.

—Esto no es un día de campo —dice, entre dientes—. No hay motivo alguno para estar tan feliz al respecto.

El íncubo le dedica una mirada condescendiente.

—¿Y quién dice que estoy contento? Estoy que me hago en los pantalones del miedo. No tienes idea del desastre que hay allá abajo. Estoy todo menos contento de volver a casa. —Esboza una sonrisa horrorizada—. Es solo que esto de la adrenalina es adictivo. Esto de ir en contra de las reglas siempre me ha parecido... *excitante*.

—Eres un idiota —Niara masculla, pero soy capaz de escuchar la sonrisa en su voz.

—Gracias, cariño —Axel dice—. Es muy amable de tu parte puntualizar mis atributos más grandes.

Una pequeña sonrisa se desliza en mi boca antes de empezar a escalar la cerca baja que rodea el patio de la casa que hemos invadido.

Cuando —con torpeza— logro saltarla sin rompterme los dientes, miro hacia atrás una vez más solo para comprobar que el ruido no haya atraído la atención de los ángeles que vigilan los alrededores.

Niara y Axel saltan la barda con una facilidad de envidia y casi hago un mohín debido a eso. No puedo creer que ambos sean tan físicamente capaces de hacer tantas cosas, mientras que yo soy la incompetencia andando.

—Un par de casas más y podremos tomar la calle —digo, a pesar del hilo disperso y distraído de mis pensamientos. Niara y Axel no parecen darse cuenta de eso y asienten al mismo tiempo.

El resto del camino por los patios traseros es silencioso —dentro de lo que cabe—. Al terminar la calle, por fin nos atrevemos a abandonarlos, para tomar la acera.

Las luces de las luminarias son intermitentes y eso no hace más que ponerme de nervios. Cada sombra proyectada por su errático movimiento hace que la ansiedad aumente de manera exponencial. Cada sonido crepitante que emiten al no recibir la carga adecuada de energía eléctrica me pone los pelos de punta y, para cuando finalmente nos hemos alejado lo suficiente como para considerar la posibilidad de robar un coche abandonado, estoy a punto de pedirles a mis acompañantes que volvamos.

Estar aquí afuera, en este lugar que alguna vez estuvo lleno de gente y que ahora luce como un pueblo fantasma, está haciendo estragos en mi salud mental.

—¿De verdad es necesario que hagamos esto? —Niara suena ansiosa cuando habla, pero no deja de trabajar en el coche que hemos encontrado y que ahora tratamos de robar—. No estamos tan lejos de casa. Si los ángeles llegan a escuchar el motor del coche, van a venir a ver qué sucede.

—A no ser que quieras caminar un montón de kilómetros hasta la carretera, sí: es necesario —Axel responde.

—¿No puedes llevarnos volando o algo por el estilo? —Niara frunce el ceño, pero no despega la vista de los cables con los que maniobra.

—Solo podría llevar a una y no creo que quieras quedarte aquí a esperarnos, ¿no es así? —El íncubo alza una ceja y Niara pone cara de pocos amigos.

—¿Y por qué tengo qué quedarme yo? ¿Por qué no puede quedarse Bess?

—¿Quieren dejar de discutir? —mascullo, pero no sueno enojada en lo absoluto. Al contrario, hay un dejo divertido en mi voz.

Niara hace un pequeño mohín antes de continuar con la tarea que se ha impuesto.

Al cabo de unos instantes que se sienten eternos, hace arrancar el coche con un rugido que reverbera en toda la calle.

La mirada ansiosa de los tres viaja hacia todos lados, a la espera de la aparición de los ángeles —o de algo peor—, pero nada de eso ocurre. No creo que no hayan sido capaces de escuchar el vehículo con todo este silencio. Tenemos que darnos prisa si no queremos que nos encuentren.

—Vámonos —urjo y me precipito al asiento del copiloto, mientras que Axel se instala en el asiento trasero.

Niara azota la puerta para cerrarla y echa a andar el coche a toda velocidad en dirección hacia la carretera.

De vez en cuando echa un vistazo a los espejos retrovisores, solo para cerciorarse de que nadie nos sigue. Una vez que llevamos diez minutos de camino, nos relajamos un poco.

—¿Dónde aprendiste a hacer esto? —inquiero hacia la bruja, mientras observo que el indicador de gasolina marca menos de medio tanque.

—¿Qué cosa?

—Robar coches.

Se encoge de hombros.

—Daialee me enseñó —dice y hay un tinte de nostalgia en su tono—. ¿Dónde lo aprendió ella? No lo sé. Pero un día llegó a casa y me dijo que iba a enseñarme a hacer algo que en algún momento de mi vida podía ser de mucha ayuda. Supongo que no se equivocaba.

El silencio que le sigue a sus palabras está cargado de tristeza. De desasosiego y recuerdos agridulces.

—¿Falta mucho para que lleguemos? —Niara inquiere en un susurro, al cabo de unos segundos.

Axel, quien se ha mantenido silencioso casi todo el camino, dice:

—No. Una vez que lleguemos a la carretera, ustedes mismas notarán el desastre.

Niara asiente, al tiempo que pisa el acelerador otro poco.

No hace falta que Axel anuncie que hemos llegado al lugar indicado. No hace falta que pronuncie una sola palabra porque todo aquí se siente tan mal —tan erróneo— que es imposible no deducirlo.

—Esto no se siente nada bien… —Niara murmura y un destello de pánico se filtra en su tono.

Asiento en acuerdo. En el proceso, trato de deshacerme de la sensación de ahogamiento que me aprisiona los pulmones y la sensación de pesadez que se me asienta en los huesos.

Es como si, de pronto, la forma del mundo se hubiese distorsionado. Como si se hubiese desenfocado el lente del universo y ahora no se pudiera distinguir el lugar correcto de cada cosa. La forma real del tiempo y el espacio.

—Y conforme más cerca estemos, se sentirá peor —Axel dice, en un susurro tenso—. De hecho, no podremos acercarnos demasiado. No si queremos vivir para contarlo.

Aprieto los puños sobre el regazo solo porque su comentario solo evoca las palabras que dijo Mikhail cuando estuvo en casa. Esas en las que afirmó que era imposible acercarse a las grietas.

—¿Cómo sabes que podemos morir si nos acercamos a ellas? —Niara inquiere, al tiempo que aminora la marcha del vehículo.

—No lo sé —dice, en un susurro sombrío—. Cuando estás cerca de ellas, simplemente te das cuenta de que morirás si te acercas demasiado. Es como… el instinto de supervivencia, supongo.

Un escalofrío de puro terror me recorre la espina.

—¿Estás seguro de que con un portal podremos entrar al reino del Supremo? —pregunto, con un hilo de voz, presa de un miedo repentino y atronador—. ¿Estás seguro de que, una vez estando del otro lado, podremos acercarnos a las fisuras?

—Sí —dice, con determinación—. Estoy completamente seguro de ello.

—¿Y cómo vamos a regresar al lado al que pertenecemos si cerramos la salida? —Niara suena aterrorizada ahora.

—Se supone que tendríamos que poder regresar por el lugar donde entramos: el portal —Axel musita, con aire ansioso.

—En teoría —digo, con pánico en la voz.

—En teoría... —él repite, al tiempo que se inclina hacia adelante en el asiento trasero, de modo que es capaz de asomar la cabeza entre el asiento de Niara y el mío—. Si algo no ocurre de este lado y el portal no se cierra, claro está. —Hace una pequeña pausa y luego añade—: O no es cerrado por alguien de mi mundo. Todo esto, claro, si logramos entrar los tres... —Nos mira de hito en hito—. Quiero decir; si su cuerpo humano es lo suficientemente fuerte como para impedir que mueran al poner un pie en el Averno.

—Genial —Niara bufa—. Entonces, si no morimos al entrar al Inframundo y podemos acercarnos a la grieta para intentar cerrarla...

—Y si alguien no cierra el portal por el que entramos —Axel, interrumpe, acotando y Niara asiente, en acuerdo.

—Y si alguien no nos cierra la salida —Niara añade, ahora con el aporte de Axel—, estamos a salvo.

—Así es. —El demonio asiente.

—Si todo sale como esperamos, con suerte, estaremos de regreso para la hora del desayuno —Niara bromea y sé que trata de aligerar el ambiente, pero su comentario no hace más que poner en perspectiva todo lo que podría salir mal esta noche.

—Pan comido, ¿no? —Axel suena aterrorizado. No lo culpo. Yo también lo estoy.

Ambas asentimos, pero ninguna de las dos dice nada más al respecto.

El resto del trayecto lo pasamos en silencio. El único ruido que nos acompaña es el del motor del coche que Niara conduce.

Todos estamos sumidos en nuestros propios pensamientos, sopesando todo aquello en lo que no pensamos al salir de casa hace un rato.

Con cada metro que recorremos, la sensación de pesadez incrementa. La densidad en el aire se vuelve tan gruesa que cuesta respirar. Con cada espacio de terreno que avanzamos, la energía que envuelve todo el lugar se turba y se agita con inquietud, y hace que los hilos de los Estigmas se remuevan con curiosidad en mi interior.

—¿Qué tan lejos estamos de la grieta? —Niara suena ansiosa ahora.

—No demasiado. —Axel también suena tenso y nervioso.

—¿Crees que sea bueno detenernos aquí entonces?

—No —intervengo—. Todavía no.

La mirada que ambos me dedican es escandalizada, pero trato de mantenerme impasible ante ella.

—No podemos acercarnos demasiado —Axel advierte.

—Lo sé. —Asiento, al tiempo que les dedico una mirada tranquilizadora—. Solo quiero estar un poco más cerca, ¿de acuerdo? Para estar seguros de que funcionará.

La boca del íncubo se aprieta en una línea recta e inconforme, pero no dice nada más. Se limita a asentir con dureza antes de clavar su atención en la carretera.

Unos minutos más transcurren antes de que los Estigmas se desperecen y se estiren, alertas a lo que ocurre alrededor. Su curiosidad me zumba en las venas y me llena las puntas de los dedos con un hormigueo incómodo y doloroso. Esa es la señal que necesito para saber que tenemos que detenernos. Si nos acercamos un poco más, no sé si podré controlarlos. Si podré impedir que busquen su camino hacia afuera para absorber lo que sea que ha llenado el aire. Si me atrevo a tentar a su fuerza, no sé si podré retraerlos en mi interior.

—Deberíamos detenernos ya —digo, y siento cómo los hilos sisean y recriminan por la decisión que he tomado.

Niara asiente.

—Sí —dice—. Ha comenzado a dolerme la cabeza. Este lugar es un desastre.

Así, pues, al cabo de unos instantes, Niara se orilla en la carretera y apaga el vehículo.

La oscuridad no se hace esperar cuando los faros del auto se apagan por completo y, durante unos instantes, nos quedamos a ciegas. Durante unos dolorosos segundos, somos engullidos por una oscuridad aterradora. Por un silencio ensordecedor y una horrible sensación de inquietud y desasosiego.

—¿Por qué no se oye nada? —Niara susurra, con un hilo de voz, mientras parpadeo un par de veces para acostumbrarme a la oscuridad.

—¿Qué? —digo, en voz tan baja, que apenas soy capaz de escucharla.

—No se oye nada —suelta, en un murmullo tan bajo como el mío—. No hay viento, ni grillos… *Nada*.

—Lo provoca la grieta. —Axel suena muy nervioso ahora—. Estamos demasiado cerca. Quizás debamos retroceder un poco.

Nadie dice nada luego de eso. Aguardamos en silencio, mientras el peso de lo que estamos sintiendo —de lo que está pasando— se asienta entre nosotros.

De pronto, estar aquí se siente equivocado. Las decisiones que habíamos tomado con tanta certeza esta mañana, se sienten erróneas ahora. Estúpidas por sobre todas las cosas.

A pesar de eso, nadie se atreve a decirlo. Nadie se atreve a admitir que esto se siente como una terrible equivocación.

—¿Creen que si nos alejamos consigamos crear un portal lo suficientemente fuerte como para acceder al Inframundo? —Niara pregunta. Sé que trata de sonar tranquila, pero no lo consigue en lo absoluto. Al contrario, el miedo se filtra en su tono y se mete debajo de mi piel, contagiándome de él.

—No lo sé —Axel admite—, pero estar así de cerca puede ser muy peligroso.

—Estar en cualquier parte del mundo es peligroso en estos momentos —apunto.

—*Touché* —el íncubo responde antes de dejar escapar un suspiro largo—. Supongo, entonces, que nos quedamos aquí.

Niara y yo asentimos al mismo tiempo, pero no nos movemos de nuestro lugar. No hacemos otra cosa más que observar la oscuridad abrumadora que envuelve la carretera.

—Bien —digo, para darnos algo de valor—. Manos a la obra.

Abro la puerta del coche y salgo de él.

El golpe de energía que me recibe cuando bajo del auto me saca de balance y hace que el pánico incremente otro poco. Algo primitivo en mi interior me grita que debemos alejarnos de este lugar, pero la parte de mí que está obsesionada con intentar hacer algo para ayudar, no deja de pedirme que me quede. Que termine lo que empecé y que no sea una maldita cobarde.

Escucho cómo las puertas del coche son abiertas luego de que bajo del vehículo y, sin más, una pequeña luz emerge desde algún punto cercano.

Me toma unos instantes acostumbrarme a la nueva iluminación, pero cuando lo hago, soy capaz de ver el teléfono celular que Niara sostiene entre los dedos. Ha encendido la lámpara que hay en él y lo sostiene para iluminar el terreno en el que nos encontramos.

—¿Por qué cargas con él si no sirve para nada? —inquiero, porque no es un secreto para nadie que la telefonía celular quedó obsoleta hace unas semanas. Ahora, los teléfonos portátiles no son otra cosa más que tecnología desperdiciada. Tecnología avanzada que quedó reducida a cumplir funciones tan simples como reproducir música y dar la hora. Si tienes suerte, quizás puedes utilizar el tuyo como consola de videojuegos básicos, pero nada más.

Niara se encoge de hombros.

—La costumbre —dice, y suena avergonzada—. Por suerte, hoy nos ha servido de algo.

Cuando termina de hablar, coloca la mochila que trajo desde casa sobre el capo del coche, y me acerco para ayudarle a sostener la luz mientras ella saca todo el contenido.

Ha traído un antiguo Grimorio, un encendedor, tres bolsas con sal, velas, agua y el viejo tazón que utilizamos una vez para hacer contacto en el ático —ese que, se supone, guardan Dinorah y Zianya bajo llave.

El mero recuerdo de lo ocurrido en aquella ocasión, me eriza los vellos de la nuca, pero trato de no hacerlo notar. Trato de mantenerme serena porque sé que, si queremos que esto funcione, tenemos que utilizar un instrumento tan poderoso como este.

En silencio, Niara me pasa las bolsas con sal y abre el Grimorio mientras busca algo en él.

—Hay que trazar un círculo de sal en el suelo —murmura y yo, sin perder el tiempo, enciendo una de las velas, se la doy a Axel y él me acompaña hasta el centro de la carretera desierta. Entonces, empiezo a dibujarlo.

Apenas voy a la mitad del círculo, cuando Niara se acerca con el Grimorio entre los dedos, toma otra bolsa de sal y empieza a trazar símbolos dentro de la circunferencia que yo he empezado a formar. Cuando termino, me pide que dibuje un círculo más pequeño en el interior del grande —cuidando de no tocar los símbolos que ella está dibujando ahora—, para luego trazar una estrella.

Ella, al terminar de trazar los símbolos en la circunferencia, se arrastra hacia los espacios entre cada uno de los picos de la estrella y empieza a poner otros ahí. Yo, por instrucciones suyas, coloco una vela en cada punta de la estrella y en cada una de las intersecciones de las líneas de sal que marqué.

Antes de encender las velas, colocamos el tazón al centro del pentagrama y Niara murmura algo en un idioma desconocido mientras vierte un poco de agua en él. Luego, mientras encendemos cada vela, pronuncia otra serie de palabras desconocidas para mí y, cuando termina, toma un puñado de tierra de un costado de la carretera y lo deja caer en el interior del tazón.

—Está listo —murmura, luego de que nos quedamos contemplando el resultado final de lo que será nuestro portal al Inframundo.

Mi vista cae en Axel, quien observa el pentagrama con gesto incierto.

—¿Crees que sea suficiente? —digo, en voz baja y ronca.

Axel asiente, pero no luce convencido.

—Lo que no sé, es si las protecciones que has fijado alrededor sean suficientes —dice, en dirección a Niara; quien, de pronto, luce preocupada.

—Hice todo lo que dice el Grimorio que se necesita para abrir un portal al Inframundo —se justifica—. No conozco nada de este tipo de magia. Es muy oscura. Yo…

—Está bien —la interrumpo, porque sé que está aterrorizada y porque sé que hizo su mayor esfuerzo—. Si algo sale mal, lo detendré.

La mirada horrorizada de la bruja se clava en mí.

—Bess, no puedes utilizar el poder de tus Estigmas…

—No, no puedo —concuerdo, interrumpiéndola—, pero lo haré si es necesario. No voy a dejar que nada les ocurra.

La chica frente a mí me mira con una aprensión dolorosa y asfixiante, y sé, por sobre todas las cosas, que no quiere hacer esto.

—Bess…

—Si algo no empieza a gustarnos, nos detendremos —digo, y no sé si lo pronuncio para tranquilizarla a ella o para tranquilizarme a mí.

Niara no dice nada luego de eso. Se limita a apretar la mandíbula y asentir con brusquedad.

—Bien —dice, tras un suspiro tembloroso—. Hagámoslo.

Para cuando nos sentamos alrededor del tazón, las ganas que tengo de vomitar se han vuelto insoportables. Las ganas que tengo de volver a casa y olvidarme de esta locura, son tan grandes, que apenas puedo mantenerlas a raya.

—Tenemos que tomarnos de las manos —Niara susurra y estira sus manos en dirección mía y de Axel. Mi mano toma la suya, pero cuando estiro la otra en dirección a Axel, duda.

Mi mirada inquisidora se clava en él y una mueca de disculpa se filtra en sus facciones.

—Quemas, ¿recuerdas? —se justifica y frunzo el ceño ligeramente.

—Me abrazaste hace unos días, cuando apareciste en la casa —suelto, acusadora.

—Y no te toqué la piel para nada; además, como estaba feliz de verte, no me importó si quemabas un poco. —Alza las manos como si estuviese apuntándole con un arma.

—Tenemos que tomarnos de las manos —Niara reprime—. Si no lo hacemos, la protección del pentagrama no funcionará.

Una palabrota escapa de los labios del íncubo, pero a regañadientes, estira su mano en mi dirección.

—Si me quedo manco por tu culpa, vas a tener que compensarme alejándote de Mikhail —masculla y, muy a mi pesar sonrío.

—Eres un idiota —digo, pero la sonrisa que tengo en los labios es amplia.

Sus dedos se cierran entre los míos.

Sin perder el tiempo, Niara nos pide que cerremos los ojos y empieza a pronunciar una cantaleta de palabras en un idioma que no conozco. Su voz es suave y tersa, como miel resbalando en la garganta, y no es difícil sentirse hipnotizado por el tono que utiliza para hablar. A pesar de que no sé qué es lo que está diciendo, se siente como si pudiese, de alguna manera, comprender la clase de invocación que está haciendo.

No pasa mucho tiempo antes de que la energía ya densa que nos rodea empiece a revolverse. Para que el poder que corre a través de la grieta se remueva en el ambiente, como si fuese un ser vivo. Una criatura curiosa ante nuestra presencia en este lugar.

Los vellos de la nuca se me erizan cuando un latigazo de algo abrumador me golpea de lleno, pero trato de mantenerme concentrada en lo que Niara pronuncia. Trato de mantenerme aquí, quieta, mientras una especie de calor comienza a arremolinarse en el pentagrama que hemos dibujado.

Una vibración baja y profunda se abre paso en el suelo debajo de nosotros y un destello de terror me invade el pecho. La horrible sensación de pesadez que se asienta sobre mis hombros es aterradora.

Axel se estremece a mi lado. No estoy segura de si es gracias a mi tacto o a la turbulencia que está empezando a arremolinarse en el aire.

Los Estigmas —curiosos e inquietos— se remueven en mi interior y toma todo de mí contenerlos. Impedir que salgan a intentar absorber la energía que nos envuelve.

Niara se detiene de manera abrupta.

Su mano afloja su agarre en la mía, así que tengo que aferrarme con más fuerza para que no me deje ir. Luego, y sin ser capaz de detener mi curiosidad, abro los ojos y los clavo en la figura de la bruja a mi lado.

Lleva la mirada —blanquecina y aterradora— perdida en la nada y sus labios están entreabiertos. Luce justo como lo hacía la primera vez que utilizamos el tazón para hacer contacto.

Un estremecimiento me recorre las venas y los vellos del cuerpo entero se me erizan cuando el pánico se arraiga en mis entrañas.

Dirijo la atención hacia Axel luego de tener suficiente de la imagen de la bruja y toda la sangre se me agolpa en los pies.

Sus ojos, por el contrario de los de Niara, se encuentran completamente ennegrecidos. Su piel ha tomado el tono grisáceo que tiene la de los demonios, sus alas se han extendido a cada lado de su cuerpo con toda la amplitud posible y unos cuernos han aparecido entre su mata espesa de cabello. Él también luce perdido en un trance hipnótico. Él también parece estar en un lugar desconocido y lejano.

Otro escalofrío me eriza los vellos del cuerpo y un nudo de ansiedad y terror se aprieta en mi estómago. La insidiosa sensación de que algo terriblemente malo está sucediendo no deja de taladrarme el pecho. No deja de meterse debajo de mi piel y de paralizarme en el lugar en el que me encuentro.

No sé qué hacer. No sé qué debo pronunciar o qué es lo que debo de hacer para concretar el ritual; mucho menos sé si lo que le pasó a Niara y a Axel es algo normal. Es por eso que me quedo aquí, quieta, mientras trato de decidir mi siguiente movimiento.

Con la mirada recorro todo el lugar, a la espera de que algo —cualquier cosa— suceda, pero nada pasa. Nada cambia.

Una punzada de inquietud me revuelve el estómago, pero trato de ignorarla. Trato de alejarla de mi sistema mientras clavo la vista en el tazón que se encuentra al centro del triángulo que hemos creado con nuestros cuerpos.

Los Estigmas en mi interior se agitan un poco más cuando la energía del lugar se tensa, y una sensación viciosa y extraña comienza a colarse entre mis huesos.

Algo ha empezado a cambiar. Algo está tornándose... *diferente*.

«Pero *¿Qué?*».

El silencio sigue siendo ensordecedor, la densidad que nos rodea es tanta, que no puedo sentir otra cosa que no sea la cantidad de energía que va y viene en este lugar y, justo cuando estoy a punto de soltar la mano de Axel para tomar el Grimorio que descansa sobre el regazo de Niara, lo escucho.

Al principio suena tan profundo, que no logro identificarlo como se debe, pero conforme pasan los segundos, soy capaz de *notarlo*.

Un gruñido ronco, profundo y bajo se abre paso en el silencio. Un sonido que al principio suena lejano, comienza a tomar forma hasta reverberar en cada rincón y cada hueco en la carretera. Hasta hacer que la tierra debajo de nosotros se cimbre y se estremezca al compás de su rugido.

El corazón se me dispara en latidos irregulares y aterrorizados.

Los hilos de los Estigmas se estiran, nerviosos y alertas, ante lo que está ocurriendo y toma todo de mí mantenerlos a raya.

El hedor a azufre me invade las fosas nasales, el olor a podredumbre se me mete en la nariz hasta que me taladra el cerebro y hace que me den ganas de vomitar.

Un escalofrío de puro terror me recorre entera cuando un nuevo gruñido lo invade todo y, de repente, las velas se apagan, la oscuridad lo engulle todo y el gruñido se corta de manera abrupta.

El corazón me golpea con violencia contra las costillas, el pánico me atenaza las entrañas de una manera tan poderosa, que no soy capaz de moverme. Lo único que soy capaz de hacer, es escuchar el sonido irregular de mi respiración. El sonido del pulso detrás de mis orejas.

«Esto está mal. Esto está muy, *muy* mal».

Mi mirada —ansiosa y angustiada— viaja de un lado a otro, en un intento desesperado por ver más allá de mis narices, pero no consigo absolutamente nada. No consigo otra cosa más que acrecentar el terror que ha comenzado a fundirse en mis venas.

En ese instante, otro gruñido ronco y profundo invade todo el lugar y, entonces, el universo implosiona.

6

PELIGRO

Una estallido atronador y estridente me aturde. Un disparo de luz repentino me ciega por completo y el dolor me escuece de pies a cabeza.

Los hilos de energía que se guardan en mi interior gritan y se estiran más allá de sus límites, en un intento desesperado por aferrarse a algo; por detener el movimiento del mundo a mi alrededor.

He dejado de tocar el suelo. He dejado la posición sentada en la que me encontraba y ahora soy una masa lánguida y suave que se suspende en el aire.

Entonces, caigo con estrépito.

Una nueva clase de dolor me estalla en la cabeza cuando impacto contra el asfalto de la carretera, y es tan abrumador, que no puedo concentrarme en otra cosa que no sea la forma en la que me escuece. No puedo hacer otra cosa más que intentar levantarme del suelo, a pesar de que las extremidades no me responden.

Los Estigmas me empujan. Me exigen que me levante y que salga de aquí lo más pronto posible, pero no puedo moverme. No puedo hacer nada porque el mundo no ha dejado de dar vueltas. Porque el dolor en mi cabeza, el mareo y el aturdimiento son tan grandes, que quiero vomitar.

Otro estallido me llena a los oídos y, esta vez, le sigue un rugido tan intenso, que resulta ensordecedor.

Las alarmas se disparan en mi sistema de inmediato luego de eso, y la parte activa del cerebro me pide que me mueva lo más pronto posible y que me aleje de aquí cuanto antes, pero no puedo moverme. El cuerpo no me responde. Mis extremidades no se mueven con la rapidez que me gustaría.

Los oídos me pitan, el corazón me ruge contra las costillas, el sonido de mi respiración llega sordo y lejano y, como puedo, me arrastro por el asfalto mientras aprieto los dientes.

Trato de ponerme de pie una vez más pero no lo consigo.

Un grito horrorizado me alcanza a través de la bruma que me envuelve y sé que conozco la voz de la que proviene. Sé que conozco a quien sea que ha emitido el aterrador sonido.

Los hilos de energía se aferran a todo lo que nos rodea y me afianzo de ellos. Me anclo a ellos porque son lo único estable en mi estado de dolorosa confusión.

Otro rugido me invade los oídos y, esta vez, soy capaz de ordenarle a mi cuerpo que gire sobre su eje para quedar sentada sobre el concreto y así poder mirar en dirección a donde el gruñido proviene.

Toda la sangre se me agolpa en los pies en ese preciso instante.

Niara está allí, tirada en el suelo a pocos pasos de distancia del pentagrama —ya deshecho— que trazamos. Está aovillada y apelmazada contra el concreto, mientras observa fijamente a la criatura abominable y aterradora que se cierne sobre ella.

El corazón me da un vuelco furioso y, sin siquiera procesarlo, los Estigmas se estiran a toda velocidad y se envuelven alrededor de la figura aterradora que parece estar a punto de devorarse a la bruja. Entonces, tiro de ellos. Tiro con tanta violencia, que la criatura suelta un rugido atronador y la humedad cálida de la sangre me llena los vendajes de las muñecas.

En ese momento, la criatura posa su atención en mí.

Es alta. Tan alta, que luce antinatural. La delgadez de su cuerpo es tanta, que soy capaz de notar la manera en la que sus huesos se traslucen debajo del color mortecino de su piel. Sus extremidades son tan largas, que parecen las ramas de los árboles que nos rodean, y sus alas son tan grandes que abarcan la carretera de lado a lado.

Lleva en las muñecas, el cuello y las piernas, grilletes que van atados a gruesas cadenas al rojo vivo. La piel pálida que la envuelve está cubierta de yagas profundas que supuran líquidos oscuros y espesos, y su postura animalesca —agazapada y en guardia— la hace lucir como una bestia a punto de atacar, pese a la figura humanoide que posee.

A pesar de eso, no es todo aquello lo que me eriza los vellos del cuerpo. A pesar de lo imponente que luce, no es eso lo que me hace querer retroceder. Es su rostro lo que lo hace; es la manera en la que sus fauces se extienden casi hasta sus orejas, como una sonrisa aterradora lo haría. Es la falta de ojos en la parte superior de su rostro y la piel desgarrada y carcomida que se encuentra hecha jirones donde debería estar su nariz. Son los cuernos gigantescos que sobresalen de la parte posterior de su cabeza —sin pelo— y la sangre que corre por sus mandíbulas y baña la parte superior de su torso. *Eso* es lo que me hace querer salir corriendo de este lugar.

La energía oscura que emana es tan intensa que me revuelve el estómago. Que hace que se sienta como si algo se me arrastrase debajo de la piel.

Un sonido estridente escapa de la garganta de la criatura y un grito de puro terror se me construye en la garganta cuando abre sus fauces hasta sus límites y una llamarada de fuego brota de ellas.

Los hilos de los Estigmas se tensan ante la amenaza y, antes de que el ataque pueda alcanzarme, se envuelven alrededor de su cabeza y la obligan a girarse, para evitar que me haga daño.

Niara, quien parece haber salido de un estado de profundo estupor, se levanta del suelo a trompicones y corre en mi dirección.

El demonio al que sostengo con el poder de los Estigmas ha empezado a luchar contra su agarre, pero éste es tan firme que no logra liberarse. Una enfermiza satisfacción me recorre entera y los hilos de energía ronronean en aprobación. A ellos les encanta sentirse en control.

Se tensan un poco más y yo, luchando por mantenerlos a raya, tiro de ellos.

—¡Tenemos que irnos de aquí! —Niara chilla, al tiempo que llega hasta donde yo me encuentro—. ¡¿Dónde está Axel?!

Mi boca se abre para responder, pero la bestia a la que sostengo suelta una serie de gruñidos y rugidos estridentes que me ponen la carne de gallina. Acto seguido, otro rugido proveniente de la lejanía, resuena en todo el lugar.

—Oh, mierda... —murmuro, cuando el entendimiento cae sobre mí como baldazo de agua helada, pero no tengo tiempo de reaccionar. No tengo tiempo de hacer nada porque otro rugido y uno más irrumpen el lugar y lo llenan hasta los rincones.

Otro estallido estridente retumba en el espacio y nos lanza lejos. Los Estigmas protestan cuando son arrancados de la figura demoníaca que sostenían, pero se aferran de nuevo a todo lo que pueden para amortiguar la caída. Para evitar que me haga un daño irreparable.

Me toma unos instantes espabilar luego de caer al suelo, pero cuando lo hago, mi vista viaja a toda velocidad por el terreno.

No sé muy bien qué estoy buscando. No sé si trato de encontrar a Niara en medio de todo el caos, o es al demonio al que trato de localizar; pero cuando mis ojos se detienen, el terror me llena las venas.

Decenas... *No*. Docenas y docenas de criaturas aterradoras como la que contuve para proteger a Niara han empezado a aparecer entre las ramas del bosque que nos rodea. Docenas y docenas de bestias monstruosas han empezado a emerger desde la oscuridad que parece engullirlo todo, y posan toda su atención en mí.

Un escalofrío me recorre la espina solo porque no sé cómo diablos es que saben exactamente dónde me encuentro si no tienen ojos; pero la parte activa del cerebro, esa que ha comenzado a dominarme, me dice que deben ser capaces de sentir la energía del poder destructivo que llevo dentro.

Mi vista viaja rápidamente por todo el terreno, de modo que soy capaz de tener un vistazo, por el rabillo del ojo, de Niara, pero el corazón se me hunde en el instante en el que noto que está tirada en el suelo y que no se mueve. El pánico que me embarga es tan paralizante que no puedo pensar. No puedo hacer otra cosa más que mirarla ahí, derrumbada en el suelo, mientras trato de alejar todos los pensamientos aterradores de mi cabeza.

Un gruñido amenazador brota de la garganta de uno de los demonios que han emergido desde las profundidades del bosque, y otro estremecimiento hace que el corazón se me estruje con violencia.

Los Estigmas canturrean en mi interior, curiosos y atentos al desafío que suponen estas criaturas, pero el miedo que siento es más grande que cualquier otra cosa. Es más grande que las ganas que tienen ellos de alimentarse de todo lo que nos rodean.

Una de las siluetas suelta un gruñido bajo y profundo, al tiempo que olisquea en mi dirección y, luego de unos instantes de absoluto silencio, se abalanza sobre mí.

Un grito de puro terror se me construye en la garganta, pero los Estigmas son rápidos y letales. Son tan ágiles y poderosos, que se enredan alrededor de las extremidades de la criatura y la contienen.

Otra de las bestias se abalanza sobre mí a toda velocidad y los hilos se estiran más allá de sus límites para encontrarla en el camino.

Una llamarada de fuego brota de una tercera criatura, pero los Estigmas se estiran con tanta violencia, que logran empujar el rostro del monstruo para desviar la flama intensa con la que trata de atacarme.

El líquido caliente que me corre entre los dedos me hace saber que las heridas de las muñecas se han abierto una vez más, pero no es hasta que trato de tirar de los hilos de los Estigmas sin conseguirlo, que el verdadero pánico me estruja las entrañas.

Otra de las criaturas se abalanza sobre mí y un hilo más se estira y la contiene. El dolor que me escuece los brazos es tan atronador, que me doblo sobre mí misma, al tiempo que reprimo un grito. Un demonio más trata de llegar a mí desde otro ángulo y, finalmente, un último hilo de energía se envuelve a su alrededor y estruja con violencia.

Un sonido estrangulado se me escapa cuando los hilos le exigen más fuerza a mi cuerpo. Cuando le piden más de aquello que no puedo darles, y empiezan a querer tomar la vida fuera de mí para obtener eso que necesitan para alimentar su fuerza.

Tiemblo de manera incontenible de pies a cabeza y el dolor que me invade cuando las criaturas empiezan a luchar contra la prisión que las contiene amenaza con desmayarme. Amenaza con vencerme por completo.

Los monstruos gritan con tanta fuerza que me aturden. Se mueven con tanto frenesí, que los hilos de energía se estiran y se tensan más allá de sus límites a su alrededor y, aquellos que no están atrapados entre la red de energía de mis Estigmas, se abalanzan a toda velocidad en mi dirección.

Un grito que no soy capaz de reconocer como mío se me escapa cuando la energía en mi interior me fuerza más allá de los límites y me desgarra la piel de la espalda.

Las criaturas son lanzadas por los cielos. La tierra ha comenzado a vibrar debajo de mí, el cuerpo me tiembla tanto que los espasmos son incontenibles; y el dolor en mis muñecas es tan insoportable, que siento como si estuviesen clavándome algo en ellas. Como si estuviesen atravesándome los huesos con algún objeto punzante.

Como si alguien estuviese clavándome al suelo.

Estoy a punto de perder el control. Estoy a punto de sucumbir ante el poder abrumador y atronador que me recorre el cuerpo. Estoy a punto de...

Un grito de puro dolor brota de mi garganta y pego la frente al concreto de la carretera cuando siento cómo algo en la espalda se me desgarra una vez más ante las exigencias de los Estigmas.

En ese instante, lo pierdo por completo.

Un sonido aterrador, que no soy capaz de reconocer como mío me abandona y la onda expansiva de energía que lo invade todo, hace gritar a las criaturas que nos rodean.

Mi cuerpo se desploma en el suelo un poco más, mi espalda se arquea en un ángulo doloroso y trato, desesperadamente, de retomar el control de la energía. Trato, con toda la fuerza que poseo, de no perderme en ese limbo en el que suelen engullirme cuando toman el control; sin embargo, no estoy consiguiendo demasiado. No estoy haciendo otra cosa más que rozar con la punta de los dedos eso que busco.

Estoy cayendo. Estoy hundiéndome en un mar denso y espeso, en el que lo único que soy capaz de hacer es dejarme llevar. Dejar que la mente y el cuerpo caigan en la espiral fangosa que me traga poco a poco.

Sé que tengo que pelear, pero no lo hago. Sé que tengo que luchar para salir de aquí, pero no me quedan energías para hacerlo, porque todo ha dejado de doler. Porque ya no hay temblores, ni miedo, ni gritos sin sentido. No hay nada más que el sonido amortiguado de mis pensamientos. De lo que ocurre allá afuera.

Las criaturas chillan. Algo intenso se me remueve en el pecho. Otro grito me retumba en los oídos y los Estigmas sisean furiosos.

La sensación en mi pecho regresa, esta vez con más intensidad que antes, y siento cómo el fango que había empezado a llenarme la cabeza se diluye un poco. Lo suficiente como para darme cuenta de que algo está pasando. Algo está ocurriendo allá arriba; en el lugar del que vine.

Una vocecilla me grita que debo patalear. Que debo intentar salir del extraño lugar en el que me encuentro, pero no puedo empujarme con la fuerza necesaria. No puedo hacer nada más que dejarme llevar por la marea lenta que me arrastra hasta el fondo.

Un tercer tirón me invade y, de pronto, la tensión en el cuerpo disminuye y floto un poco. Floto hacia la superficie lo suficiente como para notar que alguien ha dicho mi nombre. Lo suficiente como para notar la presión constante en mi caja torácica.

La parte activa del cerebro no deja de pedirme que haga algo, que intente escapar, pero no es hasta que siento cómo tiran de la cuerda atada en mi pecho una vez más, que trato de tomar el control de mí misma. De mis pensamientos. De todo lo que me ocurre en este lugar.

Mi mente se ahoga en un mar oscuro y espeso, pero mis manos se estiran casi por voluntad propia, hasta que son capaces de sentir algo. Hasta que algo cálido les llena los dedos.

Una voz familiar me invade los oídos, pero suena tan lejana que no entiendo lo que dice. La cuerda que está atada en mi pecho está más tensa que nunca, pero ya no puede tirar de mí. El fango que me rodea no se lo permite.

Una voz ronca me llena la audición y hace que algo en mi interior se accione. Hace que algo intenso y poderoso se apodere de mi sistema y me corra por las venas. Hace que el lodo se vuelva incómodo y que, lo que hace unos instantes me causaba paz, me haga sentir agobiada. Angustiada por sobre todas las cosas.

La voz dice algo que no logro entender, pero suena tan aterrorizada, que me alerta y me saca un poco del estado de estupor en el que me encuentro.

«¡Abre los ojos!», grita otra voz aterradoramente familiar. «¡Abre los ojos y pelea, Bess!».

La oscuridad que me recibe cuando me digno a mirar al exterior, me asusta. La falta de oxígeno en los pulmones es repentina y, de pronto, me encuentro luchando contra el agua oscura que me engulle. Me encuentro pataleando para intentar salir de este lugar.

Líquido helado me llena los pulmones y siento que me ahogo. Siento que pierdo el conocimiento, pero no dejo de pelear. No dejo de estirarme hasta los límites, porque sé que algo muy malo está ocurriendo. Porque sé que este lugar no es el mío. No aún. No si puedo evitarlo...

Un último tirón me hace saber exactamente la dirección hacia la que debo de avanzar y me aferro a él. Me aferro a la cuerda en mi interior para salir de aquí. Para empujarme hacia ella y abandonar este lugar.

Un grito ahogado me brota de la garganta cuando, de golpe, el mundo toma enfoque. Cuando, sin más, el líquido espeso desaparece y la luz y los sonidos me dan de lleno en los sentidos.

—¡Bess! —dice una voz femenina, pero ni siquiera me molesto en buscar el lugar de donde proviene. Me siento tan aturdida, que no puedo hacer otra cosa más que mirar hacia arriba—. ¡Bess! ¡Gracias a Dios!

La luz cálida que proviene de todos lados le da un poco de claridad al panorama, pero no es hasta que unos brazos delgados se envuelven alrededor de mi cuello, que empiezo a ser consciente del mundo que se dibuja a mi alrededor.

Las copas de los árboles se alzan sobre mi cabeza y las estrellas en el cielo son ocultas bajo las capas y capas de nubes que empañan el cielo. El sonido del fuego crepitando, los gruñidos aterradores de las bestias que trataba contener, y el sonido de unas voces gritando cosas en idiomas que no conozco —así como el hedor a azufre y podredumbre que me llena las fosas nasales—, me hacen sentir incómoda y aturdida.

A pesar de todo, no soy capaz de hilar del todo lo que ha ocurrido. De hecho, ahora estoy tan entumecida, que apenas soy capaz de concentrarme en respirar.

No sé cuánto tiempo paso aquí, aturdida y abrumada; envuelta en el abrazo apretado de la chica de cabellos oscuros y rizados que parece haberse fundido a mí. No sé cuánto tiempo pasa antes de que sea capaz de mover los músculos agarrotados; pero, para cuando soy capaz de hacerlo, los ruidos aterradores han cesado. Los gritos han terminado y el cuerpo al fin me responde.

En seguida, poso una mano —débil y torpe— sobre la espalda de Niara, quien llora en silencio contra mi hombro.

El nudo que siento en la garganta es tan doloroso, que no puedo deshacerlo y sucumbo ante él. Ante las lágrimas aterrorizadas —y aliviadas— que amenazan con abandonarme.

—¿Qué p-pasó? —digo, en medio de un sollozo bajo, para que solo ella sea capaz de escucharme.

—L-Los ángeles... —Niara solloza también—. *Mikhail*...

Su nombre cae sobre mí como balde de agua helada y la sensación de hundimiento y angustia que me causa, es casi tan abrumadora como el recuerdo vago que tengo de haber sentido un tirón violento en el pecho.

«Era él. Siempre es él».

Estoy viva esta noche gracias a él. Niara y yo seguimos con vida porque él está aquí.

Lágrimas nuevas —cargadas de alivio y de vergüenza— se me escapan y el arrepentimiento se me arraiga en las venas como la peor de las sensaciones. Como la más insidiosa de las voces.

Entonces, lloramos. Lloramos en silencio hasta que los sonidos, los gritos y los gruñidos terminan. Hasta que el hedor a carne quemada es insoportable y el silencio reina el lugar.

—Es hora de irnos. —La voz fría, ronca y autoritaria de Mikhail me invade los oídos al cabo de unos instantes que se sienten eternos, y hace que el corazón se me hunda hasta el estómago. A pesar de eso, no me muevo. Ni siquiera me atrevo a respirar porque sé, por sobre todas las cosas, que está furioso. Que está hecho un mar de ira desmedida.

Puedo sentirlo a través del lazo que nos une. Puedo saborearlo en la punta de la lengua.

Mikhail está encargándose de hacerme saber —por medio de la abrumadora conexión emocional que la cuerda que nos ata nos da— que está al borde de la histeria. Que está tan enojado, que podría destrozar el mundo con las manos.

—Niara... —Una voz más amable y familiar, pero que igual suena tensa y enojada, me inunda los oídos—. Tú vienes conmigo.

La bruja se tensa por completo, pero sigue sin apartarse de mí. Siguen sin dejar de aferrarse a mi cuerpo —el cual se encuentra aún tirado en el suelo.

—Niara... —La voz insiste, al cabo de unos instantes y, de pronto, soy capaz de reconocerla. Es Rael quien le llama. Es Rael quien trata de hacer que Niara me deje ir.

La bruja me aprieta un poco antes de, finalmente, soltarme. Cuando lo hace, me siento vacía y expuesta. Vulnerable y lista para recibir la estocada final por parte de Mikhail.

Sin decir una palabra, Niara se levanta del suelo y yo cierro los ojos cuando escucho los pasos lentos y firmes de alguien que se acerca.

Sé, mucho antes de que se acuclille a mi lado y su aroma me invada, que se trata de él. *Lo sé.* Y, a pesar de eso, no me atrevo a mirarlo. No me atrevo a abrir los ojos para encararlo.

No dice nada. De hecho, no se mueve durante unos segundos eternos; pero, cuando lo hace, se limita a meter un brazo por debajo de mi espalda y otro por debajo de mis rodillas para levantarme del suelo.

Un disparo de dolor me recorre la espina y aprieto los dientes para evitar gritar.

No hay nada cálido en la forma en la que me sostiene. No hay ni siquiera un vestigio de la calidez con la que alguna vez me tomó en brazos. No es hosco y malintencionado, como lo era cuando era un demonio completo; pero tampoco es cálido y dulce, como cuando recién lo conocí. Como cuando lo que teníamos no estaba manchado por la traición, la desconfianza y todo este resentimiento que guardo dentro.

—Vámonos de aquí —dice, en dirección a un lugar que no soy capaz de mirar y, entonces, un haz de luz brota de uno de sus omóplatos y un ala de murciélago desgarra la piel de su espalda, antes de emprender el vuelo conmigo en brazos.

7

REDENCIÓN

El camino de regreso pasa como un borrón en mi memoria. Como un espacio de tiempo perdido, del que solo soy capaz de recordar el viento helado golpeándome de lleno. Del que lo único que soy capaz de traer a la superficie, es el dolor y la languidez de mis extremidades.

Cuando Mikhail aterriza frente a la entrada principal de la casa de las brujas, soy un poco más consciente de mí misma, pero aún me siento aletargada cuando sube los escalones del pórtico y le ordena a alguien que abra la puerta.

Una pequeña conmoción nos recibe en el instante en el que nos adentramos en la estancia. Soy capaz de escuchar las voces angustiadas de Dinorah y Zianya en el proceso, pero estas se difuminan cuando, sin ceremonia alguna, Mikhail se encamina al piso superior conmigo en brazos.

Escucho cómo Dinorah pregunta por Axel y cómo Niara responde algo que no soy capaz de entender. Escucho como Zianya suelta un montón de improperios enojados y como la criatura que me lleva en brazos dice algo acerca de alguien ardiendo en fiebre; pero me siento tan ajena a todo lo que me rodea, que apenas soy capaz de poner atención a lo que dice. Tengo mucho frío. Tanto que pequeños espasmos me recorren el cuerpo cada pocos segundos. Que los dientes me castañean ligeramente y las manos me tiemblan.

Apenas soy consciente de lo que pasa a mí alrededor, pero me doy cuenta de que Mikhail no se dirige a mi habitación una vez que nos encontramos en el piso superior, sino al baño. Alguien nos sigue de cerca. Alguien que se ha adelantado unos pasos y se ha adentrado en el reducido espacio y ha abierto la llave del agua.

El frío que siento para ese momento es tanto que tiemblo de pies a cabeza, y tirito y me estremezco como animal moribundo.

Soy introducida en el agua de la tina. Un grito ahogado me abandona cuando noto la frialdad del agua y lucho para salir de ella. Lucho porque estoy congelándome y acaban de introducirme en una bañera llena de líquido helado.

Unas manos firmes me sostienen en mi lugar y la impotencia me tiñe las mejillas de lágrimas. Me llena la garganta de sollozos quedos y frustrados.

Un poco de agua fría es dejada caer sobre mi cabeza y me remuevo ante ella. Trato de apartarme porque estoy muriéndome del frío.

El llanto que me abandona es desesperado y pregunto por mi madre. Le pido a la nada que la traiga de regreso, porque la necesito. Porque, ahora más que nunca me siento tan indefensa, que no puedo dejar de clamar y sollozar por ella.

No sé cuánto tiempo pasa antes de que me saquen de la tina; pero cuando lo hacen, el alivio es inmediato. Alguien me cubre con una toalla, pero de todos modos destilo agua cuando soy sentada sobre la taza del baño.

Una toalla seca cae sobre mi cabeza y me frotan el cabello para secarlo.

—Yo me encargo. —La voz de Dinorah me llena los oídos y las manos que antes me secaban se alejan y son reemplazadas por unas más suaves. Más débiles.

El sonido de la puerta siendo cerrada llega a mí y, entonces, soy despojada de la sudadera empapada que me cubre. Después, las manos de Dinorah me ponen de pie y me ayudan a quitarme el pantalón de chándal y los zapatos deportivos que también llevo puestos.

La ropa interior es lo último que me abandona el cuerpo y me siento expuesta en el instante en el que el material cae al suelo mojado.

El letargo y el aturdimiento han aminorado un poco y, ahora, un poco más consciente de mí misma y sin los temblores que me invadían, soy capaz de tomar la toalla entre los dedos para secarme por mi cuenta.

Al cabo de unos instantes, Dinorah se pone de pie y sale de la habitación para volver a los pocos minutos con algo de ropa.

La sudadera holgada y la ropa interior son lo único que me pongo y, luego de que lo hago, empieza a trabajar en las heridas de mis muñecas.

Las suturas son dolorosas, pero estoy tan acostumbrada a ellas, que apenas les presto atención; el entumecimiento en mis extremidades es tanto, que apenas puedo mover las manos; apenas puedo sentir los dedos.

Dinorah trabaja en silencio y yo la miro a detalle.

Lleva la mandíbula apretada y la boca hecha una línea dura. Su ceño está fruncido en señal de concentración, pero hay algo más en su gesto; algo que me hace saber que está tomando todo de ella no explotar en cualquier momento.

No se necesita ser un genio para saber que también está furiosa… No… *Decepcionada*, de mí.

Una sensación dolorosa me llena el pecho y, de pronto, no puedo seguir mirándola. No puedo seguir viendo cómo trata de repararme cuando lo único que hago es ponerme en riesgo. No puedo seguir viendo cómo su gesto se contorsiona con emociones oscuras y angustiadas.

Quiero pedir perdón. Llorar como una idiota y rogar porque me perdone por todo lo que les he hecho pasar, pero no lo hago. A estas alturas, no tengo cara para hacerlo.

Cuando termina de suturar las heridas en mis muñecas, me ofrece un vaso con agua y un par de pastillas.

—Dina… —digo, con la voz rota y destrozada de tanto gritar, y los costados del cuello me duelen en el proceso. Ella alza las manos en una clara señal de silencio y aprieta los ojos con fuerza.

—Ahora no, Bess —dice, en un tono tan ronco y hosco, que el corazón se me estruja. Que algo en mi interior se rompe.

Un nudo se me forma en la garganta y la mirada se me empaña con lágrimas que no derramo.

Aprieto los dientes y bajo la mirada a mis pies descalzos. Entonces, sin decir nada más, Dinorah se pone de pie y abre la puerta. La figura de Mikhail está ahí cuando lo hace.

La bruja, quien parece turbada por la presencia de Mikhail, se aclara la garganta antes de decir:

—Listo.

Mikhail asiente con dureza y se aparta para dejarla pasar. Cuando Dinorah desaparece por el umbral, se adentra en la reducida estancia.

La energía abrumadora que emana me aturde. Me llena el pecho de una sensación dolorosa y cálida al mismo tiempo. Me hace querer salir corriendo y acercarme un poco más a él.

No dice nada mientras se pone de pie delante de mí. Ni siquiera hace ademán de querer acercarse o de tener intención alguna de querer llevarme a la habitación. Solo se queda ahí, quieto, con los ojos —furiosos y crueles— clavados en mí.

Un gesto duro es realizado por su cabeza en dirección a mis manos y la confusión que me invade es inmediata.

Durante unos instantes, mi cerebro no logra entender lo que trata de decir. No es hasta que lo hace de nuevo y que poso la vista en mis manos, que lo entiendo. Está ordenándome que trague las pastillas.

Así, pues, con los dedos temblorosos y el cuerpo adolorido, me las echo a la boca y le doy un trago largo al vaso con agua.

Una vez que lo he hecho, me quita el cristal de entre los dedos, lo deja sobre el lavamanos y se acerca de nuevo a mí para intentar ayudarme a ponerme de pie. Yo se lo impido. Impido que me levante porque mi dignidad está por los suelos y porque, a pesar de eso, no quiero que crea que necesito de su ayuda o que soy una damisela en apuros a la que debe cuidar las veinticuatro horas del día —aunque, en el fondo, a veces siento que así es.

Mikhail lo intenta de nuevo, pero cuando sus manos me toman los antebrazos, me deshago de su agarre y alzo la vista para encararlo.

Hay ferocidad en su mirada, pero también la hay en la mía.

—Puedo hacerlo sola —digo y la afonía en mi voz suena dolorosa incluso para mí.

Un músculo salta en la mandíbula de Mikhail, pero se aparta sin dejar de mirarme a los ojos. Sin dejar de retarme a moverme por mi cuenta. Él sabe mejor que nadie cuán débil pueden dejarme los Estigmas. Él sabe que, ahora mismo, es un milagro que esté consciente. Por lo regular, el poder destructivo que llevo dentro me drena hasta llevarme a la inconsciencia. Se roba toda mi fuerza y me deja hecha un títere a manos de Morfeo.

Hago acopio de toda la fuerza que poseo y me incorporo con lentitud. El dolor me escuece en la espalda cuando la piel herida se estira y se remueve, pero aprieto los dientes y mantengo mi expresión tan limpia como me es posible.

Mis pies comienzan a moverse con torpeza por el suelo húmedo y resbaloso del baño y Mikhail se aparta del camino cuando estiro una mano para sostenerme del lavamanos. A pesar de eso, me sigue de cerca; como si estuviese esperando a que me desplomara en el suelo en cualquier momento.

Tengo el cuerpo encorvado hacia adelante y mis músculos gritan, no solo por las heridas provocadas por los Estigmas, sino por las magulladuras que recibí al ser lanzada por los aires y caer en el asfalto.

Con todo y eso, no dejo de avanzar. No dejo de aferrarme a todo lo que está cerca para no caer hasta llegar a mi habitación.

Una pequeña victoria se alza dentro de mí cuando consigo entrar en ella sin desmoronarme en el suelo, pero no bajo la guardia. Al contrario, con todo el cuidado del mundo, me encamino hasta la cama y me siento en el borde. El alivio me llena el pecho de una sensación cálida, pero esta desaparece cuando, por el rabillo del ojo, veo a Mikhail.

Está ahí, en el umbral de la puerta, con la mirada fija en mí y la mandíbula apretada.

Sigue furioso, eso lo sé. No esperaba otra cosa luego de lo que ocurrió —a pesar de que todavía no averiguo qué fue, exactamente, lo que pasó—, pero de todos modos, tener su expresión iracunda sobre mí me hace sentir indefensa e inútil.

No me muevo. Tampoco me atrevo a decir nada porque sé que si lo hago la discusión que le seguirá será monumental. De hecho, en estos momentos, ni siquiera me atrevo a mirarlo a la cara.

Él tampoco hace o dice nada. Se limita a quedarse ahí, en el umbral de la puerta, con la vista clavada en mí y la mandíbula apretada con dureza.

Por un doloroso instante, creo que no va a pronunciar palabra alguna. Creo que va a marcharse y a dejarme aquí, sola una vez más; sin embargo, eso no ocurre. Por el contrario, Mikhail toma una inspiración profunda y dice, con la voz enronquecida por la ira que trata de contener:

—¿Tienes una idea de lo estúpido que fue lo que hiciste?

No respondo. No puedo hacerlo. El nudo que ha comenzado a formarse en mi garganta me lo impide.

—¿En qué demonios estabas pensando? —espeta. Esta vez, su voz suena menos contenida y se eleva con cada palabra nueva que pronuncia—. ¿Qué, en el jodido infierno, te pasaba por la cabeza cuando creíste que salir de este lugar para abrir un portal al Averno era una buena idea?

Cierro los ojos con fuerza, solo porque no puedo creer cuán rápido se ha enterado de cuales eran nuestros planes.

—¡Tengo a un condenado pelotón allá afuera listo para contener la mierda que saldrá de la grieta a la que intentabas llegar! —esta vez, su voz suena tan fuerte, que me encojo por instinto—. ¡Has puesto en riesgo no solo a las brujas que viven en esta casa, sino a todas las personas que habitan en esta jodida ciudad! ¡¿Tienes una idea de lo que es eso?! ¡¿Te das cuenta de lo que acabas de hacer?!

Lágrimas nuevas se me agolpan en los ojos y caen cálidas y pesadas por mis mejillas.

Las palabras se terminan en ese momento y, de pronto, lo único que soy capaz de escuchar, es el sonido de mi respiración temblorosa.

—Bess, lo que hiciste fue lo más estúpido que has podido hacer jamás —dice, al cabo de un largo momento, con la voz enronquecida. Suena como si estuviese tratando de contenerse. De no perder por completo los estribos—; así que te lo pregunto una vez más porque de verdad trato de entenderte: ¿En qué diablos pensabas?

Un sollozo estrangulado brota de mis labios y me cubro la boca solo porque no quiero que me escuche llorar. Porque no quiero que se ablande. No merezco que lo haga. Merezco que esté así de enojado conmigo. Que esté hablándome como lo hace porque cometí una estupidez. Cometí un grave, *grave* error.

—Tuviste suerte de que estuviéramos de camino para acá —dice, luego de otro largo silencio—. Tuviste suerte de que, por alguna jodida y extraña razón, me convenciste de traer a esos niños a este lugar, porque de otro modo... —Hace una pausa, como si las palabras que está a punto de pronunciar le parecieran imposibles y dolorosas. A pesar de eso, se obliga a soltarlas—: Porque de otro modo, no sé qué habría pasado.

Mi vista se alza, a pesar de las lágrimas que me nublan los ojos, y lo encaro. Lo encaro porque no estoy segura de estar entendiendo lo que dice.

Él parece notar la confusión en mi rostro, ya que, aún con ese gesto iracundo que lleva tallado en el rostro, pronuncia:

—Los traje. Traje a los condenados niños porque me lo pediste. —Una risa corta y carente de humor escapa de sus labios; como si le avergonzara aceptar que hizo algo solo porque yo se lo pedí.

Un silencio largo y tirante se extiende entre nosotros.

—Me largo a buscar a los otros sellos para traerlos a ti, como símbolo de paz y de lo mucho que deseo tener una tregua contigo, y tú terminas yendo a buscar una entrada al condenado Inframundo. —Se burla de sí mismo con amargura y el arrepentimiento me quema en las venas y me impide respirar con normalidad.

—L-Lo siento —pronuncio, con la voz enronquecida, pero eso solo consigue que Mikhail suelte una carcajada aún más amarga que sus palabras.

—Lo sientes... —espeta y el veneno que tiñe su voz es tanto, que mis ojos se aprietan con fuerza para no tener que mirar el gesto cruel que ha empezado a esbozar—. ¿De verdad lo sientes, Bess? Porque en serio empiezo a creer que haces todo esto solo para imponerte. Para demostrar yo no sé qué carajos.

Niego con la cabeza, al tiempo que me obligo a encararlo.

—No estoy tratando de demostrar nada —digo, en un tono de voz apenas audible.

—Ah, ¿no? Entonces, ¿por qué lo haces? ¿Por qué pones en riesgo tu vida y la de los demás al hacer estupideces como la de hace rato? —La ferocidad de su gesto es tanta, que me encojo en mí misma—. ¿Por qué no entiendes que no puedes ir por ahí tratando de jugar a que puedes reparar las cosas?

Un sonido torturado escapa de mis labios y me apresuro a limpiar las lágrimas lastimosas que me brotan a borbotones de los ojos.

—Haces esto porque tratas de probarme que eres fuerte. Haces esto porque tratas de probarle a todo el mundo que no necesitas de la protección que trato de ofrecerte. Porque tratas de probarle a todos que no me necesitas —niega con la cabeza, y su expresión se endurece otro poco—, pero te tengo una noticia, Bess: No soy tu enemigo. Te lo dije antes y te lo repito ahora: no soy un monstruo. Sé que estás enojada. Sé que estás herida y que necesitas desquitar todo el coraje que llevas dentro, pero arriesgándote así no vas a conseguir absolutamente nada.

Clava sus ojos en los míos.

—Grítame. Escúpeme que soy un hijo de puta y un pedazo de mierda por haberte traicionado. Dime que me odias, que no quieres volver a verme... Haz lo que tengas qué hacer para liberarte de todo eso que llevas atorado adentro; pero, por favor, deja de intentar demostrar tu valía. Deja de intentar demostrar que eres capaz de hacer cosas por tu cuenta porque eso ya lo sé. —La determinación y severidad con la que me mira me hiere tanto como lo que está diciendo—. ¿De verdad crees que no lo noto? ¿De verdad crees que soy tan estúpido como para no notar cuán fuerte eres? Y no hablo de esas condenadas cosas que te dan ese poder aterrador. —Hace una seña en dirección a mis muñecas heridas—. Hablo de ti. Hablo de Bess Marshall: la chica que se ha levantado una y otra y otra vez de las peores situaciones. La chica que ha encontrado la fortaleza de seguir con su vida, no una, sino dos veces luego de haberlo perdido todo. —El dolor que siento en el pecho es tanto, que apenas puedo respirar como se debe—. Eres más que el poder que te dan esos Estigmas, Bess, y no tienes que tratar de probarle nada a nadie arriesgándote como lo haces.

—Tú n-no lo entiendes —suelto, en medio de un sollozo entrecortado.

—¿Qué es lo que no entiendo, Bess? ¿Que quieres ayudar? ¿Que quieres probar que puedes ser de utilidad en esta guerra? —Sacude la cabeza en una negativa dura—. Lo entiendo. De verdad, créeme que lo hago; pero no puedes ir por ahí jugando a la misión suicida solo porque sí.

—Dices eso porque tratas de m-mantenerme con vida. Porque... —empiezo a decir, en un balbuceo estúpido y sin sentido. Ni siquiera yo, en estos momentos, creo eso.

Mikhail ni siquiera me permite terminar de hablar. Ni siquiera me da tiempo de decir una sola palabra más, porque acorta la distancia que nos separa en unas cuantas zancadas y me toma la cara entre las manos; en un gesto desesperado, pero suave al mismo tiempo.

—No, Bess —dice tan cerca de mi cara, que siento su aliento golpeándome la comisura de la boca. Su voz suena susurrada, ronca, profunda e inestable—. *No.*

Niega con la cabeza, sin apartar sus penetrantes ojos de los míos. Está tan cerca ahora, que soy capaz de notar la tormenta de tonalidades grises, blancuzcas y doradas que bailan en su mirada.

—No digo esto porque trato de mantenerte con vida. —Su voz es un susurro tan ronco y grave, que apenas puedo reconocerla como suya—. No digo esto por lo que representas. —Traga duro y recorre mi rostro con la vista. No me pasa desapercibida la forma en la que se detiene unos segundos más de lo debido en mi boca—. Me importa un jodido infierno y parte del cielo si eres o no un Sello Apocalíptico. —Vuelve a mirarme a los ojos—. Te digo esto porque me preocupo por ti. Porque, aunque no me creas, aunque dudes de mí luego de todo lo que pasó, me importas. —Hace una pequeña pausa, permitiendo que sus palabras se filtren en lugares de mi corazón en los que no deberían filtrarse y, luego, continúa—: Porque, cuando haces estas cosas... Cuando te pones en peligro... el mundo se cae a pedazos a mi alrededor. Porque no sé qué demonios habría hecho si algo te hubiese ocurrido esta noche.

Mis ojos se cierran y trato de contener las lágrimas nuevas que amenazan con abandonarme, al tiempo que sacudo la cabeza en una negativa.

—*No* —pronuncio, pero lo digo para mí misma. Lo digo porque no quiero que el calor que me inunda el pecho en este momento se extienda y lo invada todo.

—Sí, Bess —Mikhail dice, con firmeza, pero no deja de hablar bajo—. *Sí.* Esa es la maldita verdad. Aunque no quieras creerla; aunque te cueste aceptarla; esa es la puñetera verdad: me importas. Me importas tanto, que la sola idea de pensar en ti, aquí, corriendo peligro, me hace querer arrancarme la maldita cabeza.

—N-No puedes mantenerme dentro de una caja de cristal. No puedes protegerme de todo —digo, con la voz hecha un susurro áspero y ronco.

—¿Qué se supone que tengo que hacer, entonces? ¿Dejarte ir en modo kamikaze a todas y cada una de las misiones lunáticas que se te vienen a la cabeza? —su ceño se frunce con severidad y determinación—. No, Bess. Lo siento mucho, pero no puedo permitirlo. Necesito que confíes en mí. Necesito que hagamos una tregua. No te estoy pidiendo que me perdones, porque ni siquiera yo he podido perdonarme a mí mismo; pero sí te pido que me dejes arreglar toda esta mierda. Necesito que confíes en que puedo solucionarlo. Cielo, por favor, es lo único que quiero de ti.

Cierro los ojos y el dolor me desgarra el pecho con violencia.

—N-No puedes pedirme eso. No puedes pretender que confíe en ti luego de lo que pasó —suelto, en un susurro inestable y tembloroso.

—Lo sé —asiente, sin apartarse ni un milímetro. Sin apartar sus manos cálidas y grandes de mis mejillas húmedas por las lágrimas—. Lo sé a la perfección.

—Confié en ti. Creí en ti. —Las palabras me salen como un reproche dolido, pero no puedo detenerlas—. Jugaste conmigo. Con todos nosotros. ¿Y ahora quieres que haga como si nada de eso hubiese ocurrido? ¿Cómo si pudiese creer una sola palabra de lo que dices?

Lágrimas nuevas y torrenciales me abandonan y reprimo un sollozo antes de continuar:

—Creí que de verdad sentías algo por mí. Creí que de verdad estabas recordando. Creí que... —No puedo seguir hablando.

No puedo pronunciar nada más porque el llanto es tan intenso que apenas puedo respirar.

Una de las manos de Mikhail viaja por mi mejilla hasta posarse en mi nuca. Sus dedos largos y cálidos se envuelven entre las hebras sueltas de mi cabello y, de pronto, soy hiper consciente de nuestra cercanía. Del modo en el que su respiración y la mía se mezclan en el camino.

—No tienes una idea de cuánto me arrepiento de todo lo que hice —dice, y suena tan torturado, que el pecho se me estruja y duele con cada una de sus palabras—. Si pudiera regresar el tiempo, lo haría todo diferente. Lo haría todo de otra manera, porque no lo merecías. Ashrail tampoco lo merecía. Lo eché a perder. Lo arruiné todo... y es por eso que estoy tratando, con todas mis fuerzas, de solucionar esto. De darte el espacio que necesitas. De alejarme de ti para no hacerte más daño.

Un sonido estrangulado se me escapa de la garganta y todo el resentimiento acumulado se transforma poco a poco en dolor. Crudo e intenso dolor.

Inclino la cabeza, de modo que mi frente termina presionada en su mejilla; y mis manos se cierran en el material delicado que sobresale de la armadura que lleva puesta.

Huele a azufre, sangre y sudor. Huele a humo y tierra. Huele a la batalla que acaba de tener para salvarme la vida, y eso solo consigue quebrarme un poco más.

La mano que mantenía en mi cuello pasa a la cima de mi cabeza y luego a mi frente. La presión que ejerce es tan suave, que el corazón se me aprieta otro poco.

—Todavía tienes fiebre —musita, con aire preocupado, y una nueva emoción se me instala en el pecho. No puedo creer que no esté despotricando en mi contra. Que no esté queriendo asesinarme por lo que hice. No puedo creer que esté aquí, consolándome, cuando no merezco que lo haga.

Un sonido lastimero se me escapa y, entonces, lo pierdo. Pierdo la compostura, la dignidad y todo lo que había estado conteniendo desde lo ocurrido en la azotea de aquel edificio.

No sé cuánto tiempo pasa antes de que el llanto merme. No sé cuánto tiempo pasa antes de que me atreva a apartarme de él para mirarlo a los ojos.

Aún está cerca.

Aún luce torturado.

Aquella máscara de serenidad que ha llevado puesta las últimas veces que hemos conversado ha desaparecido por completo y ahora solo está él: angustiado, herido y vulnerable.

Uno de sus dedos largos y ásperos traza la línea de mi mandíbula y se detiene en la barbilla antes de desviar su vista a mis labios durante unos instantes. Cuando lo hace, su mirada se oscurece varios tonos.

—Voy a odiarme el resto de mi existencia por esto, pero si no lo hago… — susurra, en voz tan baja, que apenas puedo escucharlo. Entonces, sin darme tiempo de procesar nada de lo que ha dicho, acorta la distancia que nos separa. Acorta el suspiro que se interpone entre nosotros y une sus labios a los míos en un beso dulce, lento y pausado. Un beso que me estruja el alma entera y me llena el cuerpo de un calor indescriptible y doloroso.

Mis manos se aferran a sus brazos y su lengua busca la mía cuando el beso se transforma en algo más profundo. El sabor de su aliento se mezcla con el mío y el corazón me golpea contra las costillas con violencia. El lazo que me une a él vibra y pulsa con cada una de las caricias de sus labios y todo a mi alrededor se diluye. Se disuelve en un mar de emociones caóticas y turbulentas. En un mar de sentimientos enterrados y sensaciones olvidadas.

Se aparta con brusquedad. Su respiración es tan agitada como la mía y el lazo entre nosotros parece tirar de mí hacia él; como si tratase de fundirnos en un solo cuerpo. Como si tratase de convertirnos en una sola criatura.

—*In tua cute ego inventi caelum. In tua corde, anima mea* —susurra contra mis labios y, entonces, vuelve a besarme.

8

ERROR

El corazón me golpea contra las costillas con tanta violencia, que el pecho me duele; mis manos temblorosas se aferran con tanta fuerza a Mikhail, que temo estar haciéndole daño; mi boca —ávida y necesitada— no deja de besarle con urgencia y el lazo que me une a él no deja de tirar con brusquedad.

La sangre me zumba en las venas, el pulso late enloquecido detrás de mis orejas y quiero fundirme en él. Quiero acabar con el resentimiento; con las dudas que no me dejan a sol ni a sombra. Quiero, por primera vez en mucho tiempo, bajar la guardia porque ya no puedo más. No puedo soportar la idea de seguir dudando de todo aquel que me rodea.

Un sonido gutural escapa de la garganta de Mikhail cuando una de mis manos se posa en su nuca y las hebras alborotadas de su cabello oscuro se me enredan entre los dedos. Entonces, uno de sus brazos se envuelve alrededor de mi cintura y me atrae hacia él. El dolor en la espalda se detona, pero trato de ignorarlo. De empujarlo lejos, porque *esto* —su beso— eclipsa todo lo demás. Porque todo aquello que había intentado negarme a mí misma está aquí, llenándome el alma; alimentando aquella esperanza que ni siquiera sabía que albergaba en el corazón.

Otra cosa es susurrada contra mis labios cuando el chico frente a mí se aparta un poco, pero el sonido de su voz se apaga cuando vuelve a besarme con urgencia.

El sonido de la puerta siendo abierta lo irrumpe todo y hace que Mikhail se aparte de mí a toda velocidad.

En el proceso, doy un respingo en mi lugar y bajo la mirada para que, quien sea que haya entrado a la habitación sin llamar, sea incapaz de verme la cara.

—Creí que Bess necesitaría un poco de ayuda para controlar tu temperamento de mierda, Miguel —la voz de Rael llena mis oídos y cierro los ojos, al tiempo que siento cómo mi rostro se calienta—, pero creo que la he subestimado. Lo tiene todo bajo control.

—¿Qué es lo que quieres, Rael? —Mikhail suelta. Trata de sonar severo, pero la vergüenza que tiñe su voz delata que se encuentra tan azorado como yo.

La garganta de Rael se aclara y lo miro de reojo justo a tiempo para verlo esbozar una sonrisa taimada.

—Puedo venir en otro momento si así lo desea, comandante —dice, con socarronería. No me pasa desapercibida la burla con la que pronuncia la palabra «comandante», y, muy a mi pesar, una sonrisa abochornada tira de las comisuras de mis labios.

—Rael... —El tono de Mikhail destila advertencia.

—¡Bueno, bueno! Ya. —El ángel se apresura a decir, al tiempo que trata de recomponer el gesto—. ¿Podemos hablar en privado un segundo? Tenemos una situación.

—Puedes hablarlo aquí —Mikhail, deliberadamente, aparta sus manos lejos de mí y, de pronto, me siento abandonada.

Rael lanza una fugaz mirada en mi dirección.

—Realmente, preferiría que lo hablásemos en privado —dice y el tono que utiliza no hace más que encender las alarmas en mi sistema.

—¿Ocurre algo? —inquiero. La culpabilidad que había empezado a evaporarse, se solidifica poco a poco.

—No. —Rael se apresura a responder, pero no da más explicaciones al respecto. Se limita a dirigirse a Mikhail para añadir—: ¿Vamos a afuera?

El intercambio que tienen con la mirada no hace más que formarme un nudo de ansiedad en la boca del estómago, pero cuando la criatura delante de mí me observa, solo soy capaz de encontrarme con una máscara de serenidad.

—Lo siento —dice, y de verdad suena contrariado—. Tengo que ir.

La ansiedad que comenzaba a anidarse en mi estómago ha empezado a transformarse en algo más crudo, visceral y difícil de controlar:

Pánico.

Crudo e intenso pánico.

Estoy segura de que Mikhail es capaz de verlo en mi expresión, pero no hace nada por aminorarlo. No hace nada por amainar la sensación dolorosa que tengo en la boca del estómago.

Un asentimiento torpe es lo único que soy capaz de regalarle después del largo escrutinio, pero él no se mueve de inmediato. Se toma unos últimos segundos para mirarme a detalle antes de ponerse de pie y encaminarse fuera de la estancia.

No puedo dormir.

La sensación ansiosa que tengo en la boca del estómago no me permite cerrar los ojos, y la densidad en el aire no hace nada para ayudarle a mis nervios alterados. No sé, exactamente, qué es lo que me provoca esta extraña opresión en el pecho. Mucho menos sé a qué se debe este hormigueo que me corre debajo de la piel, pero es insoportable. Es aterrador y quiero que termine.

Hace mucho rato ya que dejé de sentir la cercanía de Mikhail a través del lazo que nos une, lo cual solo ha acrecentado el hueco en mi interior; con todo y eso, no me he atrevido a salir de la habitación para averiguar si su ausencia —porque estoy segura de que no está aquí. Lo siento en la atadura de mi pecho— durará apenas unas horas o será algo más duradero; como todas aquellas veces que se ha marchado sin avisar.

No quiero aceptarlo, pero la sola idea de imaginarme de nuevo aquí, atrapada en este lugar, mientras él se encuentra lejos, me oprime las entrañas de manera incómoda y dolorosa.

Todavía no sé cómo me siento respecto a lo que pasó hace unas horas, pero los labios aún me arden debido a nuestro contacto intenso, las manos aún me pican con la necesidad de tocarle y mi mente no deja de reproducir una y otra vez todo aquello que pronunció.

Una parte de mí no deja de decirme que soy una estúpida por sentirme como lo hago; por anhelarle luego de todo lo que ha pasado y de cuánto daño me hizo; sin embargo, no puedo hacer nada para evitarlo. Ahora mismo, mis defensas se han resquebrajado y me han dejado vulnerable. Han dejado expuesta esa parte de mí que aún desea creer... Y no sé si esa sea la decisión más inteligente que puedo tomar.

Cierro los ojos cuando el recuerdo de sus labios sobre los míos me invade la cabeza y tomo una inspiración profunda.

«No puedes bajar la guardia así de fácil, Bess», me reprimo a mí misma, pero el anhelo no se va. Las ganas que tengo de verle de nuevo son más intensas que nunca.

Tomo una inspiración profunda, en un débil intento por aminorar la sensación dolorosa que se ha mezclado con la ansiedad, y aprieto la mandíbula hasta que logro empujar las ilusiones a un rincón oscuro en mi pecho.

Entonces, la sensación incómoda y densa se me arrastra de nuevo debajo de la piel y repta hasta mi nuca. Ahora que la presencia abrumadora de Mikhail se ha ido, soy capaz de percibir mejor este extraño rumor que lo ha invadido todo. Este extraño zumbido ronco y profundo que parece venir desde lo más profundo de la tierra.

«Eso fue lo que provocaste al ir a esa grieta», susurra la vocecilla insidiosa de mi cabeza y el remordimiento se le suma al nerviosismo que se me cuela en los huesos. «Tú has provocado este caos en el ambiente».

La culpabilidad incrementa y trato de incorporarme poco a poco en una posición sentada. El dolor del cuerpo me distrae de la pesadez que lo envuelve todo y, cuando logro superarlo, deslizo los pies hasta la orilla de la cama y me pongo de pie con lentitud.

La debilidad que siento es tanta que las rodillas se me doblan, pero me las arreglo para mantenerme de pie aferrada a la mesa.

Cierro los dedos en el material de las cobijas que cubren el colchón y doy un paso en dirección a la ventana que da hacia la calle. Un par de trompicones me llevan hasta el alféizar y me aferro a él mientras, con los ojos cerrados, trato de absorber el ardor que me escuece la espalda.

Cuando el dolor disminuye, me atrevo a alzar la vista y observar hacia la calle.

La oscuridad de la noche es apenas irrumpida por la suave iluminación que se proyecta a través de las luminarias parpadeantes de la calle. La imagen está tan llena de sombras y siluetas deformadas que apenas puedo reconocer la vialidad que alguna vez fue tan común y corriente como cualquier otra en el mundo. Esa por la que caminaban los vecinos con sus perros durante las noches, las madres con sus hijos pequeños por las mañanas y los padres de familia ataviados en trajes de vestir o uniformes de trabajo por las tardes.

Ahora, bajo el escrutinio de mi mirada, lo único que puedo ver es... *soledad*. Ese vasto terreno de concreto y edificaciones que alguna vez guardaron la vida —sueños e ilusiones— de alguien más. De decenas de personas que ahora solo pueden sentir miedo.

La normalidad se acabó en el mundo. Las preocupaciones que ayer nos atormentaban se han quedado diminutas en comparación a lo que nos aqueja ahora. La humanidad ha cambiado para siempre y solo Dios sabe si quedará alguien, cuando todo esto termine, para contar lo que ocurrió. Si quedará alguien que pueda escucharlo.

Un suspiro entrecortado se me escapa de los labios cuando la realización de esto me azota directo en la cara y quiero llorar porque me siento diminuta. Perdida. Sola. Desolada... Y no puedo siquiera imaginarme cómo es que se sienten todos aquellos que no tienen idea de lo que está pasando. Cuánto terror deben albergar en sus corazones y cuántas ganas de acabar con todo deben sentir ahora.

Un movimiento es captado por el rabillo de mi ojo y, rápidamente, poso la atención en el punto en el que lo he percibido. Entonces entorno la mirada y cambio el ángulo en el que me encuentro hasta que soy capaz de distinguir una silueta.

Mi ceño se frunce en concentración y me muerdo el labio inferior mientras, como puedo, pego la cara al vidrio para observar mejor. En ese momento, soy capaz de distinguirla...

Al principio, con la oscuridad de la noche y mi pésima ubicación, no soy capaz de darle la forma correcta, pero ahora que la he escudriñado con atención, soy capaz de tener un mejor vistazo.

Ahí está ella.

Gabrielle.

Se encuentra de pie a unos pasos de distancia del cerco que rodea el perímetro de la casa, y habla con alguien a quien no soy capaz de ver desde el lugar en el que estoy posicionada.

No lleva aquellas vestiduras extrañas que alguna vez le vi llevar. Tampoco lleva una armadura como la de los ángeles guerreros que he visto acompañando a Mikhail. Va vestida como si fuese cualquier chica común y corriente..., excepto que no luce como una. Dudo que alguien tan imponente como ella sea capaz de pasar desapercibida, aún si utilizara las ropas más simples existentes.

«¿Qué hace aquí?», inquiero para mis adentros y, presa de una curiosidad imperiosa y demandante, me obligo a apartarme de la ventana y encaminarme hacia la salida de la habitación.

En el instante en el que pongo un pie fuera, me azota una oleada de energía extraña y abrumadora. Una que me aturde y me desarma durante unos segundos.

Un escalofrío de puro terror me recorre la espalda cuando la sensación de estar siendo observada me golpea de lleno y miro hacia todos lados solo para asegurarme de que no hay nadie aquí, en el pasillo del piso superior.

La sensación de estar siendo perseguida o vigilada no se va. Al contrario, se aferra con fuerza a mis huesos.

Me digo a mí misma que, si alguien en esta casa está vigilándome, me lo tengo bien merecido. Luego de lo que ocurrió en la carretera, no me sorprendería para nada que alguien estuviese al pendiente de mí las veinticuatro horas del día.

Así, pues, con todo y las ganas que tengo de volver a la seguridad de la recámara, me obligo a avanzar en dirección a la ventana que se encuentra al fondo del corredor. Esa que está justo a un lado de la escalera descendiente.

Me toma una eternidad alcanzar el marco viejo y desgastado y, cuando lo hago, me obligo a mirar hacia la calle. Desde este ángulo tengo una mejor vista. Un mejor ángulo hacia el espacio en el que Gabrielle se encuentra. Lo único que puedo rogarle al cielo es que ella siga ahí, con quien sea que esté conversando.

Mis pies descalzos se alzan sobre las puntas y me estiro lo mejor que puedo para tener un vistazo de la calle. Es en ese momento, que el corazón me da un vuelco. Que una sensación oscura e insidiosa se aferra a mi cuerpo con sus garras afiladas.

Ahí, justo frente a Gabrielle —y dándole la espalda a la casa—, se encuentra Mikhail. A pesar de que no tengo una vista directa de su anatomía, sé que se trata de él. Podría reconocerlo en cualquier parte del mundo.

Trato, desesperadamente, de apaciguar todo aquello que me llena el pecho de sensaciones abrumadoras, y me digo a mí misma que esto no me importa. Que el hecho de que Mikhail y Gabrielle estén allá afuera, teniendo una conversación privada, no es algo que deba afectarme o siquiera incumbirme; sin embargo, no logro deshacerme de esta opresión en el pecho. No logro desperezarme de la dolorosa sensación de ahogo que me embarga.

—No sabía que eras del tipo de chica que espía a sus intereses románticos. —La voz a mis espaldas me hace pegar un salto y tengo que cubrirme la boca para evitar dejar ir el grito que se ha construido en mi garganta.

En ese instante, me giro sobre los talones y me encuentro de lleno con la figura imponente de Rael, quien se encuentra parado a una distancia prudente.

Lleva los brazos cruzados por encima del pecho y una expresión que, a pesar de la oscuridad que nos rodea, puedo reconocer como socarrona y burlesca.

—Casi me matas del susto —siseo, en su dirección, y una risa suave brota de sus labios.

—Gabrielle está aquí porque Mikhail le pidió que viniera —Rael dice, ignorando por completo mi protesta—. El plan inicial era que ella se quedara aquí, con un pelotón entero, protegiéndolos a ti y a los demás sellos; pero luego de lo de esta noche… —Hace una mueca desalentadora antes de añadir—: Están tratando de deliberar qué es lo mejor que se puede hacer ahora mismo.

—¿Qué está pasando allá afuera, Rael? —inquiero, en un susurro asustado—. ¿Qué fue lo que hicimos? ¿Cómo está Niara? ¿Dónde está Axel?

Rael niega con la cabeza, pero la preocupación ha comenzado a invadirle las facciones.

—La grieta aquí ya era enorme, y con el escape de las bestias de esta noche se hizo gigantesca. Todo parece indicar que vamos a tener que marcharnos de aquí —dice, y la culpa me invade el pecho de inmediato—. Mikhail dice que puede con-seguirnos un lugar seguro para ocultarlos a ti y a los otros sellos; pero dice, también, que hacer el viaje podría ser muy riesgoso. —Rael deja escapar un suspiro—. Como te dije antes, aún están tratando de decidir cuál será el siguiente paso.

El peso de sus palabras se asienta entre nosotros y crea un silencio pesado que acompaña la densidad en la energía que lo rodea todo.

—Tu amiga la bruja, se encuentra bien —Rael pronuncia, al cabo de unos instantes que se sienten eternos—. Se fracturó un dedo y tiene el cuerpo magullado, pero no hay nada de qué preocuparse. En cuanto al íncubo... —El ángel deja escapar un suspiro pesaroso—. No hemos podido localizarlo. Es como si se lo hubiese tragado la tierra. De no haber sido porque Niara nos dijo que fue con ustedes, habríamos jurado que habían ido solas hasta ese lugar. No hay ni un solo rastro de su esencia.

El horror se me asienta en los huesos.

—¿Crees que esté...? —No puedo terminar de formular la oración. Decirlo en voz alta lo hace más aterrador que nada en este mundo.

Rael, aún con mi renuencia, parece saber a la perfección lo que no me atrevo a pronunciar, ya que se encoge de hombros, al tiempo que esboza un gesto cargado de disculpa.

—No lo sabemos, Bess. Lo siento mucho.

Cierro los ojos con fuerza y algo desgarrador se me asienta en el pecho.

—¿Hay alguna posibilidad de que haya escapado? —Mi voz es un susurro entrecortado gracias al nudo que ha comenzado a estrujarme las cuerdas vocales.

Rael asiente rápidamente.

—Sí —afirma con seguridad—. Abrieron el portal, Bess. De algún modo, ustedes tres consiguieron abrir un jodido portal al Inframundo. Es por eso que las criaturas que los atacaron dieron con ustedes: porque se percataron del portal —explica—. Tenemos la esperanza de que haya logrado escapar hacia el interior del portal. De que haya logrado introducirse en su reino para salvarse de la destrucción en la carretera.

Una pequeña punzada de esperanza me agita las entrañas y me aferro a ella a pesar de que no debería. A pesar de que no puedo permitir que crezca. Sé que la posibilidad de que le haya ocurrido algo horrible también existe, pero pensar en ella se siente erróneo por sobre todas las cosas.

—Por favor, no dejen de buscarlo —suplico—. Pídele a Mikhail que no deje de buscarlo. *Por* favor.

Un escalofrío de puro terror me recorre luego de que la expresión de Rael se ensombrece, pero me las arreglo para mantener el gesto sereno. Para no mostrar cuán preocupada me ha dejado su expresión.

—Deberías ir a descansar. —Rael habla, y no me pasa desapercibida la forma en la que ha evadido responder a mi petición—. Necesitas recuperarte.

Una protesta se construye en mi garganta y abro la boca para externarla, pero me lo pienso mejor y no la dejo salir de mi sistema. Al contrario, la reprimo y la guardo porque sé que no quiere escucharla, y porque no sé si estoy lista para escucharle hablar de las posibilidades de que algo terrible le haya pasado a Axel.

—No te preocupes por eso ni por nada —dice, al cabo de unos instantes—. Ni siquiera por Mik y Gabe —añade, en tono juguetón y sugerente, al tiempo que me guiña un ojo—, yo me encargaré de ser la mosca fastidiosa por ti.

La manera en la que trata de distraerme hace que una mezcla de indignación y diversión se apodere de mi pecho y, muy a mi pesar, el rubor me calienta el rostro.

—Me tiene sin cuidado lo que hagan esos dos —digo, con todo el aburrimiento que puedo imprimir en la voz.

—Sí, claro.

—Lo digo en serio.

—Lo que tú digas, Bess —Rael suelta y, luego, hace un gesto en dirección al pasillo—. Ve a dormir. Vas a necesitarlo.

Estoy a punto de marcharme, cuando una pequeña inquietud se enciende en mi interior. Un pequeño pinchazo de incertidumbre se abre paso y hace que una imperiosa necesidad se arraigue en mis huesos.

Necesito pedirle a Rael que me cuente lo que sea que averigüe respecto a la situación en la que nos encontramos. Necesito ser capaz de contar con él. De confiar en que no va a ocultarme cosas como todo el mundo; así que, con eso en la cabeza, me aclaro la garganta y alzo el mentón para decir:

—Rael, necesito pedirte un favor.

El ángel sigue mirándome con diversión, pero asiente de todos modos, a la espera de que hable.

—Necesito que… —Hago una pequeña pausa, insegura de mis palabras—. Necesito que, por favor, me mantengas al tanto de todo, Rael. De *todo*.

Él asiente.

—Siempre lo hago.

—No, no lo haces —refuto, esta vez con un poco de dureza colándose en mi tono—. Sabes que no lo haces. Ocultas cosas igual que todo el mundo. Rael, yo necesito saber qué está pasando o voy a volverme loca.

—¿Y para qué necesitas saber qué ocurre, Annelise? ¿Para salir corriendo a abrir portales al Inframundo? ¿Para ponerte en riesgo como lo hiciste esta noche? —Rael me reprime, pero en realidad no suena molesto. Suena como si fuese un padre tratando de hacer entrar en razón a uno de sus hijos.

—Para conocer la magnitud de lo que está pasando. Si yo hubiese sabido qué clase de criaturas se albergaban de aquel lado de las grietas, me lo habría pensado mejor.

—¿Lo habrías hecho? —Rael arquea una ceja y yo me muerdo la lengua para no decir una estupidez en respuesta, porque sé que tiene razón. Un suspiro largo escapa de sus labios y sacude la cabeza en una negativa antes de echarse el cabello hacia atrás. Entonces, luego de escudriñarme unos instantes, dice—: Escucha, Bess. Vamos a hacer un trato tu y yo, ¿de acuerdo?

No respondo. Me limito a esperar a que continúe hablando.

—Yo voy a decirte toda la verdad. Todo aquello de lo que yo me entere irá sin filtro hacia ti —dice, y una punzada de alivio me recorre el pecho al escucharle pronunciar eso—, pero a cambio vas a prometerme que no vas a hacer una locura como la de esta noche. Vas a prometerme que serás prudente y esperarás a que nosotros hagamos lo que nos corresponde; porque si no, Bess, puedes olvidarte de tenerme como tu aliado. De que sea permisivo contigo. Tomaré medidas drásticas la próxima vez que hagas alguna estupidez. Lo digo muy en serio. —Esboza una mueca de fingido horror y añade—: ¿Tienes una idea de la reprimenda que recibí por parte de Mikhail por eso? ¿Tienes una idea de lo jodido que fue tener que enfrentarme a un Miguel Arcademonio enfurecido?

Sacude la cabeza en una negativa horrorizada y una sonrisa tira de las comisuras de mis labios sin que pueda detenerla. A pesar de que sé que está —de cierto modo— hablando en serio, no puedo dejar de sentir como si hubiese ganado una pequeña batalla. Como si hubiese conseguido que Rael dejara de verme como una niña que no debe enterarse de las conversaciones que tienen los adultos, y eso, aunque suene insignificante, para mí es lo mejor que he tenido en semanas.

—Lo siento mucho —musito.

—No, no mientas. Sabes que no lo sientes. —El ángel sentencia y tengo que reprimir la sonrisa aún más—. Por eso te lo estoy diciendo: No juegues conmigo que tenemos un trato, ¿de acuerdo?

Asiento una vez más, incapaz de confiar en mi voz para decir nada, y él hace otro gesto en dirección al pasillo.

—Ahora, a descansar —ordena, pero suena cálido y amable—. ¿Necesitas ayuda para llegar hasta tu habitación?

—No —digo, a pesar de que no me vendría mal una mano—. Lo tengo todo controlado.

Una sonrisa amable se dibuja en los labios del ángel y se aparta de mi camino para dejarme avanzar de regreso a la recámara.

Mikhail no está.

Según Rael, se marchó durante la madrugada con Gabrielle en dirección a la enorme grieta que ahora se encuentra custodiada por un pelotón de ángeles. No quiso mencionar mucho al respecto; pero por el gesto preocupado que llevaba, no me fue difícil suponer que las cosas son más graves de lo que parecen.

Así pues, con la promesa de información nueva cuando la tuviera, Rael se marchó hace un rato.

He pasado lo que va de la mañana aquí, encerrada en mi habitación, sin atreverme a poner un pie fuera de ella. Luego de lo ocurrido anoche, no tengo cara para abandonar este lugar y enfrentarme a Dinorah y Zianya. Mucho menos tengo el valor de ir a buscar a Niara para disculparme por haberla arrastrado al hoyo en el que nos metí.

A estas alturas del partido, la brutalidad de lo que hice me ha golpeado tan fuerte, que me cuesta trabajo estar en mi propia piel. El peso de la decisión tan absurda que tomé se me ha asentado en los huesos y me impide hacerle frente como se debe.

Ni siquiera el hambre me ha hecho capaz de poner un pie fuera de estas cuatro paredes.

Nadie —a excepción de Rael— ha venido a llamar a la puerta. Nadie ha venido a buscarme. Mucho menos han venido a espetarme que soy una inconsciente de mierda… y no sé cómo sentirme al respecto. Tampoco es como si esperase tener la atención de todos fija en mí; sin embargo, luego de lo que pasó, esperaba otra clase de reacción.

El retortijón que siento en el estómago me saca del ensimismamiento y hago una mueca cuando soy consciente del hueco que se ha instalado en la boca de mi estómago. Tengo tanta hambre, que podría vaciar la despensa. Fácilmente, podría comerme todo lo que hay en el refrigerador sin sentir remordimiento alguno.

«¡Tienes que dejar la ridiculez!», me reprime la vocecilla en mi cabeza y cierro los ojos. «¡Ve allá abajo, come y vuelve aquí! ¡Si alguien te dice algo sobre lo que pasó ayer, merecido te lo tienes!».

Sé que mi subconsciente tiene razón. Que debo hacerle frente a lo que sea, pero estoy tan avergonzada de mí misma que la sola idea de enfrentarme a las personas que habitan en esta casa y admitir que cometí la estupidez más grande del siglo, es más difícil de lo que parece.

El sonido doloroso que hace mi estómago hace que la mueca de mi rostro se acentúe.

«¡Anda ya!», me reprimo. «Deja la estupidez y ve por un maldito plato de cereal».

Así pues, luego de unos largos instantes de pensarlo a detalle, decido encaminarme hacia la planta baja.

Me toma una eternidad llegar a las escaleras. Me toma otra conseguir bajarlas sin caer y romperme algo y, justo cuando estoy a punto de avanzar por la sala en dirección a la cocina, lo *siento*.

Algo cálido y abrumador hace que la nuca me hormiguee. Una sensación tibia y electrizante se me cuela debajo de la piel, y me eriza todos y cada uno de los vellos del cuerpo. En ese instante, la sensación que me había embargado durante la madrugada regresa y, de pronto, me siento observada.

Los oídos me zumban, el corazón me late a toda marcha, mis sentidos están alertas y me encuentro aquí, congelada en mi lugar, tratando de digerir lo que está sucediendo.

Es entonces, cuando lo noto.

Ahí, justo detrás de uno de los sillones, soy capaz de notar un suave movimiento. Es tan imperceptible que, durante un instante, creo que lo he soñado; pero cuando la coronilla de una cabeza se asoma, todas las piezas caen en su lugar. Todo a mi alrededor parece colisionar con fuerza y empieza a tener sentido.

«Los niños», me susurra el subconsciente y me tenso en respuesta. El mundo entero ralentiza su marcha porque aquí, justo en esta sala, se encuentra uno de ellos.

Doy un paso dubitativo en dirección al sillón y luego doy otro. Un par de metros son recorridos por mis pies descalzos y, justo cuando estoy por llegar al borde del sillón, la coronilla de cabellos rojizos se eleva lo suficiente para que un par de ojos se encuentren con los míos durante una fracción de segundo.

Un chillido aterrorizado brota de los labios del niño que está del otro lado del sofá, y su intempestivo brinco hacia adelante para huir de mí hace que un grito ahogado se me escape de los labios, mientras que, con torpeza, doy un paso hacia atrás. Un tropezón le sigue a mi movimiento hosco y, cuando menos lo espero, mi trasero golpea con fuerza contra el suelo.

Un sonido estrangulado y lleno de dolor me abandona, y cierro los ojos mientras trato de absorber el escozor.

Un zumbido ronco se apodera de mi audición, un mareo intenso me revuelve el estómago. Me siento tan aturdida, que lo único que soy capaz de hacer, es intentar enfocar la mirada y tener un vistazo de la trayectoria que el niño ha seguido.

Un grito alarmado en un idioma desconocido me llena la audición y le sigue un llanto agudo e infantil. Algo denso y oscuro se apodera del ambiente y el suelo bajo mis pies comienza a estremecerse; sin embargo, estoy segura de que no soy yo quien lo estoy provocando. No estoy haciendo nada de esto.

—Oh, mierda… —Alguien familiar dice a mis espaldas y trato de orientarme sin conseguirlo del todo.

—No, no, no, cariño. —Otra voz conocida me llena los oídos—. No llores. Por favor, no llores…

El llanto incrementa hasta convertirse en un berrido y otro grito de aquel idioma desconocido lo invade todo.

—¡Va a atraer a esas cosas horrorosas! —Soy capaz de reconocer la voz aterrorizada de Niara—. ¡Haz que se detenga!

—¡De acuerdo! —Creo que es Zianya la que habla ahora—. ¡De acuerdo! ¡Me alejo! ¡Me alejo, pero ya detente! ¡Para! *¡Para!*

El temblor de la tierra incrementa y la energía de los Estigmas se remueve con interés a pesar de su debilidad. Entonces, justo cuando un estallido similar al de un cristal rompiéndose lo invade todo, se despereza y se expande de manera amenazadora. Se libera y deja que todo a nuestro alrededor se impregne de su esencia.

Entonces, el alboroto se detiene. El estremecimiento de la tierra desaparece de manera abrupta y el silencio llena cada rincón de la estancia.

Es hasta ese momento, que un poco del aturdimiento se va y soy capaz de alzar la vista. De mirar alrededor y encontrarme de lleno con las tres pequeñas figuras que se encuentran arrinconadas en una esquina de la espaciosa estancia.

La vista de los tres niños está fija en mí y el terror que veo en sus ojos me hace saber que se han dado cuenta a la perfección de lo que acaba de pasar. Que han sido capaces de percibir la energía de mis Estigmas.

Los miro a detalle.

Son dos niños y una niña. Uno de ellos, el más grande de los tres, no puede pasar de los doce años; sin embargo, sus facciones orientales le dan la ilusión de lucir más pequeño. De no ser por su altura, juraría que no pasa de los diez. El otro de los chicos no pasa de los ocho. Lleva el cabello rojizo apelmazado contra la cabeza y tiene la cara repleta de pequeñas pecas, justo como yo.

Mi vista viaja hasta la figura más pequeña y todo el mundo se detiene abruptamente. El universo entero parece haber ralentizado su marcha porque solo puedo verla a ella. Solo puedo ver su gesto lloroso, su cabello largo y oscuro, y sus impresionantes ojos castaños. Esos ojos que he visto antes. Que podría reconocer en cualquier lugar porque se han quedado tallados en mi memoria. Porque *soñé* con ellos. Porque los vi mientras dormía no hace mucho tiempo.

Esos son los ojos que me miraban con terror en aquel sueño que me sacudió hasta el núcleo. Esos son los ojos que me imploraban seguridad y protección.

«¡Es ella! ¡Soñaste con ella! ¡Soñaste con todos ellos!», me grita la vocecilla insidiosa de mi cabeza, y una punzada de pánico crudo se instala en mi pecho. Una oleada de terror me azota con violencia y me taladra los huesos.

—Oh, mierda… —digo, en un susurro horrorizado.

Si soñé con ella debe significar algo. Si soñé con *ellos*, debo tener mucho cuidado.

Quizás Mikhail tenía razón.

Quizás tenerlos aquí no es una buena idea.

Quizás —solo quizás— he vuelto a joderlo todo.

9

DECISIÓN

Nadie se mueve. Me atrevo a decir que, durante unos instantes, nadie se atreve a respirar.

La tensión que se ha apoderado del ambiente es casi tan intensa como el latir desbocado de mi corazón. Casi tan apabullante como la sensación enfermiza que me provoca saber que yo he soñado con estos niños.

Mis ojos barren la extensión de sus pequeños cuerpos y, de inmediato, puedo notar la postura temerosa de la más pequeña. Lleva puesto un chándal oscuro y una sudadera descosida que le va grande; su cabello —enmarañado y larguísimo— es tan oscuro como el de Niara y va descalza. Luce descuidada y sucia, y no puedo evitar sentir una punzada de coraje hacia Gabrielle —que era quién los cuidaba— por ni siquiera tener la consideración de hacerles tomar una ducha.

El pelirrojo lleva el cabello pegado a la frente y su piel blanquísima tiene manchas de suciedad por todos lados. Eso, aunado a la cantidad de pecas que le cubren el rostro, le hace lucir aún más descuidado que la niña. Su vestimenta asemeja mucho a la de ella: una sudadera, unos pantalones de chándal y pies descalzos.

El más grande de ellos —el de aspecto asiático—, lleva el cabello oscuro alborotado, el ceño fruncido en un gesto feroz y postura determinada y protectora. Está parado justo frente a los dos más pequeños, y viste unos pantalones deportivos rotos, y una remera blanca percudida y agujereada. La hostilidad que emana es casi tan poderosa como la energía errática que soy capaz de percibir en él.

El chico —el más grande de ellos— dice algo en un idioma que, creo, es japonés. No entiendo ni una sola palabra, pero por su postura amenazante sé que no ha sido algo amable.

—No hablan inglés. —Dinorah dice a mis espaldas—. Tampoco español, o cualquier idioma que pueda ser entendido por cualquiera de nosotras.

Las palabras de la bruja no hacen más que provocarme una extraña frustración. Un sentimiento de horrible desasosiego porque sé que, haga lo que haga, no vamos a poder hacerles saber que no queremos dañarlos.

—Rael dijo que el más grande le enseñó a los más pequeños a hablar japonés —Niara pronuncia débilmente—. No conocen otro idioma más que ese. También dijo que, al no recordar casi nada del lugar de donde provienen, fue sencillo para ellos aprender el idioma que Haru, el más grande de los tres, les enseñó.

Zianya, quien se ha alejado un par de pasos de los tres niños con mucha cautela, añade sin mirarme:

—Parecen animales salvajes y están a la defensiva todo el tiempo. —Niega con la cabeza y los mira con una tristeza que me saca de balance—. No confían en nadie, no dejan que nadie se les acerque; no quieren comer nada de lo que hemos puesto en la mesa para ellos y, por si fuera poco, la barrera del idioma no ha hecho otra cosa que no sea un obstáculo más entre nosotros. Están aterrorizados.

—No los culpo. —Las palabras se me escapan de los labios sin que pueda detenerlas o filtrarlas, y una sonrisa triste tira de las comisuras de los labios de la bruja.

—Yo tampoco —susurra, y yo me pongo de pie con mucho cuidado.

El chico —Haru— pronuncia otra cosa ininteligible y hace una seña que, claramente, indica que quiere que nos apartemos.

Concediéndoselo, todas retrocedemos un par de pasos.

El chico aprovecha esos instantes y toma de la mano a los dos más pequeños. Luego, sin dejar de mirarnos con recelo, comienza a avanzar en dirección al estudio de la planta baja. Ese lugar en el que las brujas guardan todos sus Grimorios y libros antiguos.

Mientras avanzan, no puedo evitar notar la forma en la que la energía abrumadora y cálida que lo invadía todo, los sigue. Es hasta entonces que me doy cuenta... Son ellos. Ellos —o alguno de ellos— son los dueños de esa extraña esencia que llena cada rincón de la sala.

Cuando desaparecen por la entrada del estudio, toda la tensión que se había acumulado se aligera un poco. Mis ojos se cierran y un suspiro aliviado escapa de los labios de Zianya.

—¿Han estado ahí todo este tiempo? —inquiero, en voz baja, al tiempo que hago un gesto de cabeza en dirección al lugar donde han buscado refugio.

Niara, quien aparece en mi campo de visión, asiente.

—No hemos querido presionarlos —dice, sin apartar la vista de la puerta por la cual los tres niños han desaparecido. Mi atención se posa en ella casi de inmediato y un hueco se instala en mi estómago cuando me percato del color amoratado que tiñe su pómulo derecho; de los cortes y raspones que le ensucian el rostro y de la hinchazón en su ojo izquierdo. Todo, por supuesto, debido a lo ocurrido anoche—. Mikhail dice que son muy volátiles. Que, si se sienten amenazados o asustados, son capaces de provocar un pequeño caos con la energía que poseen.

La sensación enfermiza que me embarga cuando termina de pronunciar aquello, hace que me sienta al borde del vómito.

—¿E-Ellos también tienen...? —No puedo terminar de formular la pregunta.

—¿Estigmas? —Dinorah, quien parece haberme leído la mente, interviene.

Asiento, en respuesta.

—Solo el más grande —ella susurra—. Los más pequeños solo provocan pequeños desastres como el de hace unos momentos. El grande, sin embargo... —La manera en la que deja al aire la afirmación me hace sentir intranquila.

—Llevan un poco menos de doce horas aquí y ya están ocasionando problemas —Zianya interviene y aprieto la mandíbula cuando noto la molestia en su tono—. Esto no puede ser bueno para nosotras. No cuando estamos tan cerca de una grieta.

El dejo acusatorio que hay en su voz me escuece el pecho, pero me obligo a no encogerme sobre mí misma. Sé que su intención, implícitamente, es hacerme sentir culpable por todo esto y, aunque sé que lo soy hasta cierto punto, no puedo dejar que me haga sentir diminuta. No puedo permitirle amedrentarme en estos momentos.

—¿Cómo se llaman? —Mi voz es apenas un susurro.

—El más grande es Haru —Niara susurra—, el pelirrojo Kendrew y la niña se llama Radha. Japón, Escocia y La India. De ahí viene cada uno de ellos.

—¿No hay noticias de sus familias? ¿Sus padres? ¿Alguien cercano a ellos? —inquiero, con apenas un hilo de voz.

Dinorah niega.

—Mikhail dice que no tienen idea del paradero de sus familias. —Habla, en voz baja y con mucho tacto—. Hay tantos seres humanos en la tierra y tanto caos en estos momentos, que no ha habido oportunidad de buscar a alguien que esté relacionado a ellos.

—Y aunque los encontraran… —Niara pronuncia, con pesar—. Aunque los padres de los niños aparecieran, dudo mucho que alguno de ellos pueda recordarlos. Eran demasiado pequeños cuando fueron arrancados de sus hogares.

—Excepto el más grande —apunto, y la tristeza que se me cuela en la voz es inmensa—. Él debe extrañar a sus padres.

El silencio que le sigue a mis palabras pesa más que cualquier otra cosa que pudiera haber sido dicha.

No sé cuánto tiempo pasa antes de que espabile y me obligue a mirar al alrededor. Lo primero que veo cuando lo hago, es a Niara, quien me observa desde el lugar en el que se encuentra, a pocos pasos de distancia.

Ahora que la he encarado de forma más directa, soy capaz de notar el aspecto magullado que tiene y eso, por sobre todas las cosas, me hace sentir como la persona más estúpida existente. No puedo creer lo que le hice. No puedo creer que, por un momento, creí que salir a intentar abrir un portal al Inframundo era una buena idea.

—Niara, yo…

—Necesitas comer algo —Niara dice, como si fuese capaz de leerme el pensamiento. Ni siquiera me da oportunidad de terminar lo que iba a decir. No hace otra cosa más que regalarme una sonrisa significativa, y eso es suficiente para saber que no quiere hablar de lo ocurrido anoche. Que no quiere revivir la pesadilla que fue el haber estado en un lugar tan peligroso como en el que nos adentramos.

—Bess, Niara... —La voz de Zianya me llena los oídos antes de que tome la decisión de no tocar el tema de anoche con Niara, y ambas, como podemos, nos giramos para encararla—. No crean que esto va a quedarse así. Ustedes y yo vamos a tener una conversación respecto a lo que pasó, ¿de acuerdo?

Ninguna de las dos dice nada. Ambas nos limitamos a asentir antes de seguirla hacia el interior de la cocina.

El sonido de la puerta siendo llamada hace que, tanto mi atención como la de Niara, se vuelque hacia la entrada de la habitación.

—Es Rael. —Niara musita unos segundos antes de que el ángel pregunte, desde el otro lado de la puerta, si puede entrar.

Mi vista se posa de manera fugaz en la bruja, quien mira la puerta con expresión extraña. Una pequeña sonrisa incrédula amenaza con tirar de las comisuras de mis labios cuando noto como, de manera suave y discreta, se coloca un mechón de cabello alborotado detrás de la oreja.

«¿Será que...?».

Sacudo la cabeza, en un intento de espabilar y ahuyentar el hilo de mis pensamientos, y me digo a mí misma que luego, cuando tenga oportunidad, trataré de indagar un poco más en el efecto que tiene Rael en la bruja que se encuentra recostada a mi lado, en la cama.

—Adelante —digo e, instantes más tarde, el ángel de cabellos rubios aparece en nuestro campo de visión.

Luce agotado y lleva la armadura sucia. Un claro contraste con el aspecto limpio y compuesto que siempre suele tener.

—Mikhail necesita que bajen —dice, sin ceremonia alguna, al tiempo que nos mira de hito en hito.

Un nudo se apodera de mi estómago casi de inmediato, pero trato de controlar el efecto enfermizo que tiene en mí.

No he visto a Mikhail desde ayer por la noche y, la sola idea de enfrentarlo luego de lo que pasó entre nosotros, no hace más que formarme un nudo en las entrañas.

—¿Las dos? —Niara suena tan confundida como yo lo haría de haber sido la primera en hablar.

Rael asiente.

—Necesita hablar con todas ustedes —dice, y sé que se refiere a las brujas y a mí.

Así pues, como puedo —y con ayuda de Niara y Rael—, abandono la cama y me encamino hasta la planta baja de la casa. Durante todo el trayecto, soy capaz de percibir las extrañas y variadas vibraciones que emite la energía que ha empezado a acumularse en el piso inferior. Poco a poco, mientras descendemos por las escaleras, soy capaz de percibir el aumento de energía angelical en el ambiente y, cuando termino de bajar y alzo la vista del suelo, me congelo en mi lugar.

La imagen que me recibe es tan extraña como inquietante, y el nudo de ansiedad que había comenzado a formarse en la boca de mi estómago se aprieta.

Con la vista, barro la estancia con lentitud solo para absorber lo que me ha recibido, y la sensación nerviosa incrementa otro poco.

Aquí están todos: Dinorah, Zianya, Gabrielle, casi una veintena de ángeles, los tres niños que Mikhail trajo consigo y Mikhail en persona.

El espacio luce tan reducido ahora que está abarrotado de gente, que se siente como si estuviese a punto de desbaratarse a nuestro alrededor. Como si estuviese encogiéndose poco a poco ante la multitud que lo invade.

Mis ojos se detienen unos segundos más de lo debido en Mikhail, pero él no da señal alguna de siquiera recordar que hace menos de veinticuatro horas me besó —y lo besé—. Solo se limita a mirarme con ese gesto inescrutable que lleva tallado en el rostro la mayor parte del tiempo. Ha vuelto a ser el guerrero. Ha vuelto a ponerse la máscara de General de Ejército que utiliza últimamente.

No estoy muy segura de cómo sentirme al respecto. Una parte de mí, esa que aún no logra descifrar del todo si está dispuesta a creer en él, está agradecida por ello. Está agradecida de que no me mire como si todo estuviese bien entre nosotros. Y la otra, esa que no puede arrancarse fuera de la piel todas las caricias y las promesas, se siente traicionada. Decepcionada.

Soy un completo y soberano desastre. No quiero sentirme de esta manera por él y, al mismo tiempo, estoy aquí, debatiéndome internamente si debo o no sentirme afectada por la máscara de indiferencia que lleva puesta ahora mismo.

Cientos de preguntas se me arremolinan en la punta de la lengua cuando él, sin decir una palabra, hace un gesto en dirección a uno de los sillones de la estancia. Decenas de dudas y escenarios fatalistas se deslizan en la red sin principio ni fin que es mi cabeza y, a pesar de que quiero que hable de una vez por todas, me obligo a avanzar hasta donde indica para apretujarme junto a Zianya y Dinorah. Niara me sigue de cerca y se instala a mi lado en el sofá.

El silencio que lo invade todo me pone los nervios de punta, pero me las arreglo para mantener la expresión serena mientras observo como Rael avanza hasta acomodarse detrás de Mikhail. A su lado se encuentra Jasiel y, al fondo —y apartada de los demás ángeles—, se encuentra Gabrielle.

Su postura es desgarbada, pero hay tensión en sus hombros. Hay una rigidez extraña en su mandíbula y una dureza incómoda en la forma en la que se cruza de brazos. No se necesita ser un genio para saber que lo que está sucediendo no le gusta para nada.

—Ocurrió algo, ¿no es así? —Niara es la primera en romper el silencio y su voz suena tan inestable y asustada que, por instinto, estiro una mano para tomar la suya y apretarla en un gesto conciliador.

Mikhail, sin romper el gesto estoico que lleva en el rostro, posa su atención en ella y luego en nuestras manos unidas.

—Me temo que es así —dice, al cabo de unos instantes, y un puñado de rocas se me instala en el estómago.

—¿Qué es? —Dinorah, quien suena un poco más compuesta que Niara, pronuncia, y mis ojos se cierran solo porque no estoy lista para escuchar lo que Mikhail tiene que decir.

Otro silencio se extiende entre nosotros y, por unos instantes, creo que voy a ponerme a gritar de la ansiedad.

—Tenemos que irnos de este lugar. —Las palabras abandonan la boca del demonio —o arcángel— sin ceremonia alguna, y el nudo que sentía en las entrañas se despedaza y se convierte en un hueco. Un agujero inmenso que me llega hasta el pecho y hace que me sienta abrumada.

—¿Por qué? —Zianya interviene, luego de unos segundos de tenso silencio.

Un suspiro largo escapa de los labios de Mikhail y, por primera vez, soy capaz de notar una fisura en la máscara de serenidad que lleva puesta. Soy capaz de notar genuina preocupación en su gesto.

Su lengua moja sus labios, en un gesto tan ansioso y tan humano, que me hace querer estrujarle a él las manos para conciliarlo; para apaciguar lo que sea que está atormentándole el pensamiento.

—Porque la grieta es demasiado grande —dice, con la voz enronquecida por las emociones—. Porque, luego de lo que pasó anoche, es imposible garantizar la seguridad de nadie en este lugar. Es cuestión de tiempo para que los demonios se percaten de lo grande que es, y no podemos permitir que Bess, o cualquiera de ellos —hace un gesto de cabeza en dirección a los niños—, esté aquí cuando eso suceda.

La culpabilidad que se había asentado sobre mis hombros desde anoche me aprisiona el pecho. La sensación de ansiedad y nerviosismo que me había acompañado los últimos minutos detona en el más horrible de los remordimientos y quiero desaparecer. Quiero encogerme en mí misma hasta ser diminuta.

Zianya, quien se encuentra acomodada a mi lado, niega con la cabeza de manera frenética.

—No tenemos a dónde ir —dice, y con cada palabra que pronuncia, el tono de su voz toma una nota de angustia e histeria contagiosa—. No tenemos un solo centavo. N-No…

—Eso no es importante. —Gabrielle interviene y la atención de todo el mundo se posa en ella—. Lo único que importa, es sacarlos a ellos de aquí. —Hace un gesto de cabeza en mi dirección y en la de los niños.

—¿A dónde iríamos? —Dinorah inquiere. Suena menos inquieta que su hermana, pero el nerviosismo es palpable en su voz.

Mikhail abre la boca para responder, pero, en ese momento, algo viene a mi cabeza. Algo insidioso y apabullante me llena el pensamiento y no puedo dejar de pensar en ello. No puedo dejar de obsesionarme con lo que está taladrándome el cerebro.

—¿Qué va a pasar con la gente que vive aquí? —pregunto, sin siquiera darle oportunidad a Mikhail de responder la pregunta de Dinorah—. ¿Qué va a pasar con la gente de Bailey?

Los labios de Mikhail se cierran en una línea dura y apretada, y la sensación de malestar me llena la punta de la lengua de un sabor amargo. El silencio que le sigue a mis palabras es doloroso en todas las formas posibles.

—Bess… —Rael trata de intervenir, pero Mikhail hace un gesto de mano para hacerlo callar.

—Bess, te lo pedí ayer, ¿lo recuerdas? —dice, mirándome directamente—. Te pedí que confiaras en mí y te lo pido de nuevo: confía en mí. Haré lo que esté en mis manos.

—¿Y si eso no es suficiente? —Apenas puedo hablar—. ¿Cuánta gente va a morir si este lugar es infestado por…?

—Mucha —Mikhail me interrumpe—. *Muchísima*, Bess. Y morirá aún más si a ti, o a cualquiera de los habitantes de esta casa les ocurre algo. ¿Entiendes por qué tenemos que marcharnos? ¿Por qué tengo que llevarlos a un lugar seguro?

Lágrimas me inundan los ojos, pero no derramo ninguna. Me las arreglo para apretar la mandíbula y desviar la mirada.

Sé que tiene razón. Quedarnos aquí a tratar de hacer algo es una locura, pero no puedo evitar sentirme impotente y atormentada por todos aquellos que van a sufrir las consecuencias de algo que yo misma provoqué.

—¿A dónde vamos a ir? —Dinorah insiste, al cabo de un rato, y mis ojos se clavan en el suelo solo porque no sé si estoy lista para escucharlo. Solo porque no sé si estoy lista para saber a dónde vamos a huir esta vez.

Mikhail no dice nada de inmediato y eso hace que me obligue a mirarlo. A encararlo justo a tiempo para ver la duda en su gesto y la indecisión en sus ojos.

—¿A dónde vamos a ir, Mikhail? —inquiero, esta vez, sintiéndome al borde del colapso nervioso.

Él clava sus ojos en los míos, y la disculpa y el miedo que veo en sus ojos es tan grande que hace que me duela el estómago.

—A Los Ángeles, California —dice, y el corazón se me cae a los pies.

10
PREPARATIVOS

Se siente como si pudiera vomitar. Como si el mundo entero hubiese detenido su andar apresurado el mismo nanosegundo en el que lo ha hecho mi corazón.

Una oleada de terror se detona en mi sistema y se abre paso en mi interior hasta llenarme por completo. Hasta hacerme sentir enferma en todas las formas posibles.

La sola idea de pensar en Los Ángeles y la devastación que encontramos cuando fuimos allá, me provoca un dolor intenso en el pecho.

El silencio que le sigue a las palabras de Mikhail se asienta en la habitación durante unos segundos antes de que el escándalo estalle. De pronto, una oleada de exclamaciones exaltadas me llena la audición y no soy capaz de hacer otra cosa más que escucharlas expresar todo lo que está mal con el plan de ir a ese lugar.

Todos —ángeles incluidos— elevan sus voces en protestas preocupadas, pero Mikhail se queda ahí, quieto, sin decir una sola palabra.

Es una locura. Una completa y soberana locura y, de todos modos, no puedo hacer otra cosa más que intentar comprender qué diablos es lo que pretende al llevarnos allá.

Mi vista está clavada en el chico —el guerrero— que se encuentra de pie al centro de la estancia con gesto inescrutable y mandíbula apretada.

—Perdiste la maldita cabeza, ¿no es así? —La voz de Niara se eleva y sobresale del resto.

—Ir a Los Ángeles va a conseguirnos la misma sentencia de muerte que nos da el estar en este lugar. —Dinorah pronuncia y mis manos, temblorosas y débiles, se presionan sobre los muslos para aminorar los espasmos incontrolables que me invaden debido al pánico creciente.

—Ir a Los Ángeles es igual o más peligroso que quedarnos aquí. —Escucho decir a Zianya, y la ansiedad que se había mantenido a raya en mi interior, se detona en el instante en el que cientos de escenarios fatalistas empiezan a invadirme.

—Normalmente, no estoy de acuerdo con nada de lo que estas humanas dicen o hacen, pero tienen razón, Miguel —interviene uno de los ángeles de la multitud—, ir a California es una completa locura.

—Yo no pienso poner un pie en ese lugar. —Niara insiste, y suena al borde de la histeria.

—Vas a entregárselos en bandeja de plata a Lucifer. —Otro de los ángeles exclama, señalándome a mí y a los niños.

—Es evidente que no piensas con claridad. —Otro de ellos escupe en dirección a Mikhail, pero este ni siquiera se inmuta. Sigue sin decir nada. Sin detener la ola de incertidumbre y cuestionamientos que parece alzarse cada vez más alta sobre su cabeza.

—¡¿Quieren cerrar la boca todos?! —La voz de Rael retumba en todo el lugar y hace que los presentes enmudezcan casi al instante. Luego, cuando se cerciora de que todos estamos escuchándole, añade—: Está claro que Mikhail ha tomado una decisión precipitada, ¿no es así, Mik?

Su atención se posa en el demonio de ojos grises, pero este se limita mirarlo con toda la seriedad que puede imprimir en el gesto.

—No, no lo he hecho. —La dureza y la determinación con la que habla hace que el terror se vuelva insoportable—. No he tomado ninguna decisión sin antes haber estudiado todos los posibles escenarios. Llevarlos a Los Ángeles es lo mejor que podemos hacer.

La mirada escandalizada de Rael no hace más que reflejar la estupefacción que todos —incluyéndome— sienten. La forma en la que mira a Mikhail dice mucho respecto a lo que le pasa por la cabeza.

Una negativa de cabeza es lo único que Rael puede darle en respuesta al demonio de los ojos grises, pero este ni siquiera se inmuta cuando las protestas se reanudan.

Las voces se elevan a cada segundo que pasa y, de pronto, las exclamaciones son tan altas que me aturden y me abruman por completo. Quiero decir algo. Quiero abogar por la causa —por Mikhail—, pero no puedo hacerlo. No puedo comprender del todo sus motivos para querer llevarnos al campo de batalla.

—¡Silencio! —La voz del demonio truena en toda la estancia al cabo de unos instantes más, seguida de una oleada de energía tan densa que hace que todos guarden silencio de inmediato. Las quejas desaparecen en cuestión de segundos y todo el lugar se llena de una extraña sensación de incertidumbre y miedo.

La mirada de Mikhail —ahora dura, pesada y determinante— barre la estancia con lentitud. La amenaza que irradia es tan abrumadora, que nadie se atreve a pronunciar nada mientras escruta la habitación.

—No estoy aquí para hacer una encuesta o una votación —dice, en un tono tan autoritario que me eriza los vellos de la nuca—. Esto no es una democracia. Mucho menos una consulta o un cuestionamiento sobre cuál será el siguiente paso que daremos. La decisión está tomada: iremos a Los Ángeles.

—Pero es una locura. —La voz me sale en apenas un susurro tembloroso, y su atención se posa en mí. La manera en la que su ceño fruncido enmarca esos ojos tan penetrantes y profundos que tiene hace que me sienta pequeña e indefensa. A pesar de eso, me obligo a decir—: Sabes que es una completa locura.

Mikhail asiente, dándome la razón.

—Es, precisamente, el motivo por el que iremos allá —refuta.

—Es el lugar más peligroso que existe en la tierra ahora mismo, Mikhail. —Apenas puedo pronunciar, mientras sacudo la cabeza en un gesto frenético y aterrorizado—. Es el campo de batalla.

—Y ese lugar, por ser el campo de batalla de esta guerra, es el último lugar en el que a Lucifer se le ocurrirá buscarlos. —Su vista se posa de manera fugaz en el lugar donde los niños se encuentran, antes de continuar—. Es el lugar más seguro para ustedes en estos momentos. Solo piénsalo: está infestado de ángeles y demonios, hay una grieta inmensa en ese lugar… Eso, por supuesto, camuflará tanto tu esencia como la de ellos. —Hace un gesto de cabeza en dirección a los niños—. Además, no planeo llevarlos para dejarlos morir en medio de un fuego cruzado.

—¿A dónde planeas llevarnos, entonces? —Zianya interviene y Mikhail posa su atención en ella.

—A un refugio humano —dice, y otro largo silencio se extiende entre nosotros.

—¿U-Un refugio humano? —Niara, finalmente, inquiere y el demonio de los ojos grises asiente—. ¿Eso existe?

Mikhail asiente una vez más.

—Sabemos que hay uno en la ciudad. Lo tenemos localizado y está flanqueado por ángeles todo el tiempo. Los humanos no saben que estamos enterados de su ubicación y que los mantenemos lo más protegidos posible, pero somos conscientes de que están ahí —explica—. Todos aquellos que no lograron salir de Los Ángeles antes de que el gobierno pusiera en cuarentena a la ciudad por las posesiones, y que no han sido corrompidos por ningún ente de índole demoníaca, están refugiándose ahí, y yo quiero llevarlos a ese lugar. Quiero que todos ustedes —nos mira a las brujas, a los niños y a mí—, se refugien con esa gente y pasen tan desapercibidos como sea posible.

La nueva perspectiva que todo esto le da a la situación es un poco más esperanzadora; sin embargo, no puedo dejar de sentirme inquieta ante la posibilidad de que algo salga mal. De que su plan no funcione y los demonios se percaten de nuestra presencia; y, lo que es peor: que más gente inocente salga herida gracias a nosotros —a mí.

—Sigue siendo una locura —digo, con desesperación, al tiempo que cierro los ojos.

—Lo sé —Mikhail dice, y suena genuinamente pesaroso—. Lo sé, Bess, pero es lo único que tengo ahora. Es lo único que se me ocurre. No pueden quedarse aquí y, transportarlos lejos de un lugar rodeado de líneas energéticas, no es una opción. Tú mejor que nadie sabes que no se camuflaría ni tu esencia ni la de ellos en un lugar donde no haya caos. Ir a Los Ángeles es la mejor de nuestras opciones. La menos catastrófica de todas.

Hace una pausa.

—Pero si alguien tiene una mejor idea —pronuncia, al cabo de unos instantes—, estoy dispuesto a escucharla. De no ser así, lo mejor será que nos preparemos para viajar cuanto antes.

Han pasado varios días desde la reunión a la que Mikhail nos convocó para avisarnos que planeaba llevarnos a Los Ángeles y, desde entonces, la tensión no ha dejado de acumularse en el ambiente.

El nerviosismo es palpable entre todo el mundo —ángeles incluidos— y los temperamentos volátiles están a la orden del día.

Dinorah y Zianya no han parado de discutir por nimiedades y Niara no ha dejado de llorar a la menor provocación.

Sé que están aterrorizadas, así que no puedo culparlas por actuar del modo en el que lo hacen. Me encantaría poder decir que yo me encuentro un poco más en control de mis emociones, pero la verdad es que apenas si he podido conciliar el sueño. Paso los días enteros leyendo los Grimorios de las brujas en busca de algo que pueda servirnos sin conseguir nada en lo absoluto.

A estas alturas del partido, he perdido todas las esperanzas; sin embargo, el seguir investigando —el mantenerme ocupada—, me tranquiliza y me permite sentirme un poco mejor conmigo misma.

En cuanto a los Sellos se refiere, no hemos progresado mucho que digamos. Ya han perdido el miedo que sentían por las brujas y por mí, pero siguen sin querer estar en la misma habitación que nosotras. Comen aquello que Mikhail les ofrece, pero no permiten que nadie más que él se acerque a ellos de esa manera. Ni siquiera Gabrielle, que estuvo velando por su bienestar durante tanto tiempo, puede acercarse sin provocar gritos, llanto y uno que otro destello de energía desbordada.

Los preparativos para el viaje inminente han comenzado, y ahora más que nunca cualquier posibilidad de idear otro plan se siente lejana. Después de todas las protestas, el malestar y el pánico colectivo que experimentamos al recibir la noticia, nadie fue capaz de pensar en nada más; en otras posibilidades para ponernos a salvo sin meternos directamente en la boca del lobo.

La situación en general sigue pareciéndome una completa locura, la cantidad de escenarios horrorosos que me invaden la cabeza a diario es más grande de lo que me gustaría admitir, y sigo sin estar del todo de acuerdo con la idea de huir, y dejar que la gente de Bailey se las arregle como pueda, pero ya no he hecho nada por externar mis inquietudes.

He tratado de convencerme a mí misma de que nada de lo que yo pueda decir al respecto hará que Mikhail cambie de parecer, o que el plan se detenga solo porque sí; así que he pasado los últimos cuatro días de esta manera: con un nudo atorado en el estómago las veinticuatro horas del día y las ganas de gritar a la orden del día.

La presencia de los ángeles en casa tampoco ha hecho mucho por aminorar el estado de permanente ansiedad en la que nos encontramos. Antes, cuando la grieta en Bailey no era tan grande como lo es ahora, nos daban un poco más de espacio. Incluso, a veces se sentía como si no se encontraran aquí en lo absoluto. Lo único que los delataba, era el brillo de su armadura durante las noches, cuando sobrevolaban los alrededores. Ahora, están cerca todo el tiempo: dentro y fuera de la propiedad, en el perímetro, en el cielo… Se han encargado de hacernos notar que se encuentran aquí y que no les agradamos en lo absoluto.

No nos dirigen la palabra, no nos miran —ni siquiera cuando estamos en la misma habitación que ellos— y, cuando lo hacen, es solo para dedicarnos algún gesto desdeñoso o condescendiente.

En cuanto a Mikhail y a mí concierne, no hemos conversado mucho desde aquella reunión de la otra noche. De hecho, apenas sí hemos cruzado un par de palabras durante sus breves visitas a este lugar. Pasa los días enteros coordinando a sus soldados y tratando de buscar a Axel; quien, desde aquella fatídica noche, no ha dado señales de vida.

No quiero admitirlo en voz alta, pero estoy aterrorizada por él. Horrorizada de imaginarme que lo peor pudo haberle ocurrido y, al mismo tiempo, sin poder dejar de pedirle al universo que le haya permitido sobrevivir. De rogarle al cielo que haya logrado escapar a tiempo.

Tengo la vista clavada en la caja de cereal que sostengo entre los dedos, pero mi mente está en otro lugar. Estoy concentrada, de nuevo, en la retahíla de negatividad que no me deja a sol ni a sombra. Tanto, que me toma unos instantes percatarme del pequeño escalofrío que ha comenzado a invadirme.

Me recorre desde la nuca hasta los talones, y una extraña sensación de calidez me embarga casi de inmediato. En ese momento, el hilo de mis pensamientos me trae al aquí y al ahora y, de soslayo y por instinto, miro en dirección a la entrada de la cocina.

Apenas si puedo tener un vistazo de la melena oscura que se oculta detrás de la pared divisoria entre la sala y este lugar, pero es todo lo que necesito para saber de quién —quienes— se trata.

Son ellos. Los niños.

Siempre hacen esto. Pasan el día detrás de mí, pero nunca se atreven a abordarme. Pasan el tiempo siguiéndome a hurtadillas y espiando cada uno de mis movimientos, pero no se atreven a acercarse lo suficiente como para que yo me sienta con la confianza de preguntarles algo. Sé que pueden sentirme, así como yo los siento a ellos. Sé que pueden percibir que somos similares y eso, por sobre todas las cosas, es lo que los atrae hacia mí.

Ahora mismo, a pesar de que no puedo verlos, sé que están aquí. Al menos, los dos más pequeños. Haru, el más grande, suele ser un poco más orgulloso y no me vigila como lo hacen Kendrew y Radha. Solo se les une cuando estoy cerca de Mikhail o Rael.

Una pequeña sonrisa tira de las comisuras de mis labios cuando los oigo cuchichear en ese idioma que no entiendo, pero finjo no verlos mientras, metódicamente, me sirvo un plato de cereal con leche.

Después, me siento sobre la isla de la cocina y me pongo a comer con lentitud.

Me siento observada todo el tiempo, pero me las arreglo para no hacer evidente lo mucho que puedo notar su presencia —y su mirada sobre mí.

Cuando termino, lavo el tazón y lo pongo en su lugar. Entonces, justo como he hecho los últimos días cuando me siguen a la cocina, tomo tres tazones más, vierto cereal y leche en ellos y los pongo sobre la isla antes de marcharme en dirección a la planta alta.

Sé que, como todas las noches, los niños tomarán el cereal y lo comerán porque les encanta.

Mientras subo las escaleras, miro de reojo en dirección a la sala, donde se esconden cuando salgo de la cocina, y noto como el pelirrojo y la niña corren en dirección a la cocina y salen cargando los tazones de cereal.

A Kendrew se le derrama un poco la leche del que lleva para Haru, pero no se detiene. Al contrario, aprieta el paso y desaparece detrás de Radha en el estudio de la casa.

Una sonrisa me baila en las comisuras de los labios y sacudo la cabeza en una negativa mientras subo las escaleras a paso lento pero decidido.

Mi vista sigue fija en la planta baja. Una parte de mí espera que los niños salgan de nuevo de su escondite, pero sé que es tarde y no lo harán. Sé que, luego de cenar, dormirán todos apretujados en ese nido de cobijas y colchas que han creado ahí abajo y nadie sabrá de ellos hasta mañana por la mañana.

Impacto contra algo duro y firme, y doy un paso tambaleante hacia atrás. Mis pies apenas logran mantener el equilibrio en el reducido espacio de los escalones, y me aferro al pasamanos lo más fuerte que puedo para recuperar el control de mis extremidades.

Rápidamente, poso la atención en la figura alta e imponente contra la que he chocado y me toma unos instantes identificar la superficie metálica que aparece delante de mis ojos. Es una armadura. La armadura de un ángel.

Alzo la vista a toda velocidad y un escalofrío de puro terror me recorre la espina dorsal cuando me encuentro de lleno con la mirada gélida de uno de los ángeles que rondan la casa.

No recuerdo su nombre. Tampoco sé si alguna vez lo dijo en voz alta. De hecho, ni siquiera soy capaz de recordar si, antes del incidente de la grieta, alguna vez lo vi rondando por aquí. Sus facciones angulosas y su cabello largo y oscuro me son tan ajenos como el color verde eléctrico de sus ojos fríos.

—Lo siento —musito, a pesar de que sé que no recibiré respuesta alguna y, de inmediato, la expresión de la criatura frente a mí se ensombrece con repudio y condescendencia.

Sus ojos barren la extensión de mi cuerpo con lentitud y un escalofrío de puro terror me recorre la espina. Hay algo erróneo en la manera en la que me mira. Algo que me llena de una sensación incómoda y oscura.

El ángel no dice nada. De hecho, no hace otra cosa más que observarme a detalle, como si me analizara. Otro escalofrío me recorre y me aclaro la garganta antes de musitar algo sobre subir a mi habitación. Acto seguido, me aparto de su camino y empiezo a subir las escaleras.

Él me mira por el rabillo del ojo mientras paso a su lado y me sigue con la vista hasta que quedo fuera de su campo de visión, y eso solo consigue que el miedo y el repelús que ya me provocaba, incremente de manera exponencial.

No me detengo hasta que estoy en la parte superior de las escaleras y, una vez ahí, no puedo evitar echarle un último vistazo.

Sigue ahí. No se ha movido para nada, pero me da la espalda. De alguna extraña manera, sé que *sabe* que estoy mirándole y eso solo consigue inquietarme otro poco. Las ganas que tengo de echarme a correr son grandes ahora; sin embargo, me las arreglo para tomar una inspiración profunda y avanzar a paso lento hacia mi habitación.

No sé cómo explicarlo, pero se siente como si tuviese que demostrarle a él y a todos los ángeles que habitan aquí, que no les tengo miedo. Así que eso trato de hacer: hago acopio de toda mi fuerza y, pese a que quiero apretar el paso, me obligo a recorrer la distancia que me separa de la recámara con una lentitud tortuosa.

Todavía puedo tener un vistazo de las escaleras cuando me detengo frente a la puerta de mi recámara, así que no reprimo las ganas que tengo de volver a mirar.

Toda la sangre del cuerpo se me agolpa en los pies cuando me encuentro con la imagen del ángel, ahí, de pie en la parte superior de las escaleras, con una expresión oscura y burlesca pintada en la cara, y los ojos clavados en mí.

Me ha seguido. Ha subido los escalones para intimidarme y yo no puedo dejar de mirarle. No puedo dejar de aferrar una mano a la manija de la puerta y la otra al borde del pijama que llevo puesto.

Quiero decirle que no le tengo miedo. Que, sea lo que sea que trata de hacer, no está funcionando, pero no me atrevo a hacerlo. Solo lo miro fijo.

—Rael dice que el General estará aquí pronto y que nos quiere a todos en la sala dentro de unos minutos. —El ángel pronuncia, con esa voz de barítono que tiene, y el recelo me invade. Él parece notarlo, ya que añade—: Me lo ha dicho a través de la comunicación que tenemos entre nosotros.

Como para probar su punto, se da unos golpecillos en la sien con uno de sus dedos.

El recuerdo vago de haber escuchado a Mikhail hablar de eso en el pasado, hace que la sensación de desconfianza merme un poco, pero sigo sin bajar la guardia del todo.

Es mi turno de mirarle con condescendencia.

—Bajo en un momento —digo, en el tono más aburrido que puedo y él esboza una sonrisa socarrona y siniestra.

Un asentimiento elegante es dedicado en mi dirección y, sin más, se da la media vuelta y baja las escaleras.

La vocecilla insidiosa en mi cabeza no deja de gritarme que debo de contarle esto a Mikhail. Que debo hablarle sobre el extraño comportamiento de este ángel en particular y, con eso en mente —y con las emociones hechas un manojo—, dejo escapar el aire que ni siquiera sabía que contenía y me introduzco en la habitación.

11
VIAJE

El ángel de hace un rato no mentía. Uno de los ángeles de confianza de Rael, fue a buscarme para decirme que Mikhail quería hablar con nosotros.

Ahora me encuentro en la sala de la casa, instalada en un sillón junto a Niara, Dinorah y Zianya.

Los ángeles que salvaguardan la casa también están aquí, esperando por Mikhail. Los niños, sin embargo, aún se encuentran en el estudio de la casa. Sé, de antemano, que no saldrán de ahí hasta que Gabrielle —o Mikhail en persona— vaya por ellos.

Así pues, aprovecho estos instantes de mediana soledad para susurrarle a Niara al oído que tengo algo que contarle —respecto al ángel de hace un rato—, pero que deberá ser más tarde, para tener más privacidad. Ella me dedica una mirada inquisitiva y curiosa, pero ni siquiera tiene tiempo de cuestionarme qué ha sucedido, ya que, cuando sus labios se abren para hablar, se cierran de golpe porque su atención es captada por algo a mis espaldas.

—¿Qué...?

—Ya están aquí —dice, sin siquiera darme oportunidad de terminar de formular la oración.

En ese instante, mi vista se vuelca hacia la puerta —donde su mirada está fija— y frunzo el ceño ligeramente.

—¿Cómo lo sabes? —musito, en un susurro confundido, mientras regreso la atención hacia la bruja.

Se ruboriza por completo.

Niara no tiene oportunidad de responder. No tiene oportunidad de hacer nada, ya que la puerta principal se abre a mis espaldas y corro la vista hacia ella solo para comprobar que tiene razón: están aquí.

Rael es el primero en entrar y, sin poder evitarlo, miro de reojo a la chica a mi lado. Ella solo lo observa, pero me atrevo a decir que hay algo más en su mirada. Algo cálido que nunca había visto en sus ojos.

Me repito una vez más que, cuando sea oportuno, indagaré sobre eso con ella y, con ese pensamiento en la cabeza, me concentro en lo que sucede a mi alrededor.

Todas las criaturas que faltaban —Gabrielle, Jasiel y Mikhail— están dentro de la estancia y lucen serios; como si acabasen de tener una discusión acalorada que terminó en nada. A pesar de eso, ninguno habla hasta que llegan al lugar en el que nos encontramos todos.

—¿Quieres que vaya por los niños? —Gabrielle pregunta hacia Mikhail y, en el proceso, le pone una mano en el antebrazo. Yo no puedo apartar la vista del lugar en el que lo toca.

El arcángel —o demonio— le dedica una mirada agradecida y un asentimiento suave, y la arcángel se encamina hacia el estudio.

Mikhail, sin esperar un segundo más, barre la sala con la vista. Sus ojos se detienen en mí un segundo más de lo debido, pero nada en su gesto cambia cuando lo hace.

Los instantes que transcurren en silencio se sienten eternos, pero no es hasta que Gabrielle regresa acompañada del resto de los Sellos, que el demonio —o arcángel— da un paso al frente para hablar.

—Tenemos que viajar a la voz de ya —dice, sin ceremonia alguna y, a pesar de que los preparativos para el viaje no se han detenido en lo absoluto, escucharle decir en voz alta que es hora de marcharnos se siente como un puñetazo en el estómago—. No podemos postergarlo más. Cada día que pasa es uno más de peligro y riesgo que corremos en este lugar. No sé por cuánto tiempo más vamos a poder contener a las criaturas que amenazan con salir de esa grieta y, ciertamente, no quiero estar aquí para averiguar si algún día nos derrotarán. Es hora de irnos.

El silencio que le sigue a sus palabras es largo y tenso, pero nadie se atreve a romperlo.

—Viajaremos en grupos pequeños para no llamar la atención —continúa, cuando se da cuenta de que nadie puede articular palabra alguna—. Dinorah, Zianya y Niara viajarán con Rael y tres ángeles que estarán bajo su mando. —La mirada de Mikhail se posa de manera fugaz en tres de los ángeles que nos rodean y estos asienten con rigidez, sin dejar notar nada sobre sus pensamientos—. Gabrielle viajará con Radha, Kendrew y su equipo de trabajo habitual. —Mira al grupo más aislado de ángeles en el proceso y, finalmente, vuelve sus ojos hacia mí—, y Haru y Bess viajarán con Jasiel y conmigo, acompañados, por supuesto, de lo que queda de la cuadrilla de Jasiel —observa al resto de los ángeles, quienes asienten en silencio.

Cuando se ha cerciorado de que todos hemos asimilado lo que ha dicho, posa su atención en el mayor de los niños y, luego, le dice algo en su idioma.

El escucharle hablar un idioma tan diferente al mío, me saca de balance por completo, pero oír la respuesta hostil y furiosa de Haru me turba todavía más.

Mikhail, con una dureza impropia de él, alza la voz y pronuncia algo que no logro entender en lo absoluto. En respuesta, Haru espeta otra cosa y toma la mano de Kendrew y Radha —quienes miran al demonio con horror— para salir corriendo en dirección al estudio.

No he entendido una mierda de lo que han hablado, pero no se necesita ser un experto en japonés para saber que Mikhail le ha hablado sobre nuestra forma de viaje. Tampoco se necesita ser un genio para deducir que a Haru no le ha gustado para nada.

A pesar de eso, Mikhail no hace nada por contarnos qué es lo que ha pasado entre ellos. Se limita a dejar escapar un suspiro largo y pesaroso antes de continuar:

—Mañana por la mañana saldrá el primer grupo. Al mediodía saldrá el segundo y por la noche el tercero. Nos moveremos despacio, y nos veremos a las afueras de Los Ángeles dentro de tres días: para tomarnos nuestro tiempo y llamar la atención lo menos posible.

—¿Por qué no podemos ir todos juntos? —Niara inquiere, en voz baja y aterrorizada.

—Porque, si lo hacemos, será más fácil ser detectados —el demonio de los ojos grises responde—. No podemos darnos el lujo de que nos atrapen solo porque no fuimos lo suficientemente cuidadosos.

Cierro los ojos y tomo una inspiración profunda para aminorar el nerviosismo y la culpa que me embargan. Todo esto es gracias a mí. Si yo no hubiese decidido que tenía que hacer algo para ayudar, nada de esto habría ocurrido. La grieta seguiría pasando inadvertida para los demonios y tendríamos un poco más de tiempo.

—¿Alguien más tiene alguna duda? —Mikhail habla luego de unos instantes de silencio, pero nadie responde. Nadie se atreve a externar cualquier cosa porque estamos demasiado ocupados sintiéndonos mortificados por lo que se avecina. Porque estamos tratando de convencernos a nosotros mismos de que todo esto es por un bien mayor.

—Bien —El demonio asiente con dureza, antes de hacer un gesto hacia Gabrielle—. Ustedes saldrán primero.

—Pero Haru… —Gabrielle empieza.

—De Haru yo me encargo —Mikhail la interrumpe—. Tú solo preocúpate por estar lista mañana a primera hora ¿de acuerdo?

Ella, pese a que no luce muy conforme, asiente. Entonces, Mikhail posa su atención en mí.

—Nosotros saldremos al mediodía —mira a Rael y a las brujas—, y ustedes por la noche. Todos los grupos de viaje recibirán órdenes expresas mías a través de Rael o Gabrielle. —Mira hacia los ángeles que no pertenecen a nuestro grupo—. Deberán acatarlas sin cuestionar ninguna de ellas. ¿Entendido?

Nadie responde.

—¡¿Entendido?! —La voz de Mikhail truena con tanta autoridad que me encojo sobre mí misma.

—¡Sí, señor! —La respuesta al unísono y tan militarizada que todos le dan me eriza los vellos del cuerpo, pero trato de no hacérselos notar.

—Bien. —Mikhail les dedica un asentimiento duro—. Vayan a prepararse. Es todo por ahora.

Acto seguido, y sin siquiera dedicarnos una última mirada, se gira sobre sus talones y se encamina hacia el estudio, donde Haru y el resto de los sellos se encuentran.

A Mikhail no le tomó mucho tiempo disuadir a Haru de dejar a Kendrew y Radha bajo el cuidado de Gabrielle durante tres días. Sea lo que sea que le haya dicho para convencerlo, ha sido lo bastante convincente para que el preadolescente decida confiar en la palabra del demonio —arcángel—, y yo no sé cómo sentirme al respecto.

Saber que Mikhail tiene ese poder de persuasión en todo el mundo me pone los nervios de punta y, al mismo tiempo, no deja de recordarme la forma en la que nos manipuló a todos para hacernos creer que estaba de nuestro lado hace —lo que se siente como— una eternidad.

Me digo a mí misma que las cosas son diferentes y que él realmente recuerda ahora. Que lo que ocurrió es cosa del pasado y que no volverá a suceder nunca más, pero a mi corazón herido le cuesta mucho trabajo hacerse a la idea. No sé si algún día podrá hacerlo del todo. Si será capaz de depositar toda su confianza en él una vez más.

—¿Tienes todo lo que necesitas? —La voz ronca a mis espaldas me hace girar con brusquedad, justo a tiempo para encontrarme con la figura de Mikhail de pie bajo el umbral de la puerta de mi habitación.

La visión es tan abrumadora, que tengo que tomarme unos instantes para absorberla.

No lleva la armadura que le he visto utilizar a diario las últimas semanas, sino unos vaqueros oscuros, una remera gris, una chaqueta de piel y botas de combate. El cabello alborotado en la cima de su cabeza le da un aspecto desgarbado y casi —pero no del todo— descuidado.

Vestido de esta forma, bien podría decirme que es un chico común y corriente y lo creería.

Un asentimiento es lo único que puedo regalarle, mientras coloco un par de mechones de cabello detrás de mis orejas. Esta mañana he tomado un baño largo con agua caliente y he tenido un desayuno sustancioso, solo porque no sé cuándo —si es que algún día vuelve a ocurrir— voy a volver a tener alguna de las dos cosas.

Las expectativas de este viaje son tan inciertas en mi cabeza, que ya no me atrevo a dar nada por sentado. Es surreal pensar que hace unos años, despertar en las mañanas era tan natural para mí como respirar. Ahora, tener un día más —unos instantes más en esta tierra— se siente como un regalo divino.

Me habría encantado darme cuenta antes del obsequio tan valioso que el universo nos otorga al dejarnos, simplemente, *existir*.

—Bien. —Mikhail asiente, pero su gesto sereno y serio no cambia en lo absoluto—. Salimos en cinco minutos. Será mejor que bajes si quieres despedirte como se debe de todo el mundo.

Sus palabras ponen un nudo en mi garganta, pero no entiendo muy bien por qué lo hacen. No sé si es la nostalgia que siento de abandonar este lugar que consideré mío durante mucho tiempo, o si es el hecho de que todo aquello que se sentía lejano hace unos meses ahora es tan tangible como el aire que respiro.

Tomo una inspiración profunda por la nariz y, luego, me echo al hombro la mochila que preparé para el viaje antes de avanzar hacia donde él se encuentra. En el proceso, las heridas casi cicatrizadas en mi espalda se quejan ligeramente, pero las ignoro como puedo. Trato, mejor, de concentrarme en la forma en la que el lazo que me une a él se tensa conforme me muevo en su dirección.

Si él puede percibirlo, no lo demuestra. Su gesto ni siquiera se inmuta cuando lo alcanzo y tiene que apartarse del camino. No me pasa desapercibida la forma en la que trata de no tocarme mientras lo paso de largo. Una parte de mí se siente agradecida por eso; otra, simplemente se siente decepcionada.

A estas alturas, sigo sin averiguar qué es lo que me inspira la criatura que tengo frente a mí. Tampoco sé qué es lo que yo inspiro en él.

Al llegar al piso inferior, lo primero que hago es buscar a las brujas. Todas se encuentran en la cocina, así que no me toma demasiado dar con ellas. Ninguna dice nada respecto al viaje que estamos a punto de emprender, pero no es necesario que lo hagan. Sé que son conscientes del peligro que corremos al ir hasta ese lugar, y del que corremos si nos quedamos aquí, así que ninguna dice nada cuando les digo que es tiempo de marcharme.

Una a una, se limitan a abrazarme y a decirme que pronto nos veremos de nuevo. La única que se atreve a susurrarme algo *real* al oído es Dinorah, quien me pide que me cuide y que no baje la guardia nunca, aun estando con Mikhail alrededor. Eso es lo único que necesito para saber que ella tampoco confía del todo en él.

Al cabo de unos minutos, el demonio en cuestión aparece en el umbral de la puerta y, luego de unos momentos más, anuncia que es hora de irnos.

Las brujas siguen nuestro camino hasta las afueras de la casa, donde Rael, Haru, Jasiel y dos ángeles más nos esperan. Entre ellos se encuentra aquel con el que tuve el incidente de las escaleras. Ese del que solo he hablado con Niara y Rael.

La charla con él no fue provechosa en lo absoluto. Se limitó a decirme que Arael —el ángel en cuestión— era uno de los guerreros más fieles a la causa del Creador, y que no lo creía capaz de traicionarnos. Yo, luego de eso —y pese a la sensación de incomodidad que ese ángel me provoca—, he tratado de confiar en él —y en Rael—; a pesar de que me ha resultado bastante difícil. Todo dentro de mí grita que debo poner cuanta distancia sea posible entre Arael y yo.

Los ángeles también van vestidos como si fuesen personas comunes y corrientes; pero, a diferencia de Mikhail, lucen demasiado... *perfectos*. Como si hubiesen sido sacados de alguna revista famosa.

Es en ese momento en el que me percato de algo que no había notado antes. Hay algo en Mikhail que lo hace diferente al resto de los suyos, y no es precisamente la parte demoníaca que aún alberga en su interior. Es algo más. Algo que lo hace más humano y cálido que el resto. Como si hubiese sido constituido para sentir como nosotros. Para ser empático y protegernos, tal como dicen todos los textos que es su deber.

Rael extiende una mano en mi dirección una vez que he bajado del pórtico, sacándome del ensimismamiento, y me toma unos instantes darme cuenta de que está ofreciéndome un juego de llaves.

—¿Qué es esto? —inquiero al tomarlas.

—Vas a conducir —explica y frunzo el ceño. Él, al notar mi confusión, explica—: Van a salir de la ciudad en auto —hace un gesto de cabeza a un coche de modelo antiguo que se encuentra aparcado en la calle—, para no llamar la atención de la gente. Mientras más bajo sea el perfil, mejor.

El nerviosismo que me embarga es atronador, pero no digo nada más. Me limito a mirarlo a los ojos, antes de dedicarle una sonrisa tensa.

—Prométeme, por favor, que no vas a cometer una locura en el trayecto —bromea, pero puedo notar el filo ansioso en su voz al decirlo.

—Lo prometo —digo, al tiempo que le regalo un guiño que pretendo que sea tranquilizador.

—Lo digo en serio, Annelise. —Me mira con severidad—. Nada de misiones suicidas, decisiones precipitadas o portales al Inframundo.

Sin que pueda evitarlo, mi sonrisa se aligera y ruedo los ojos al cielo.

—Entendido y anotado —digo, al tiempo que muevo la cabeza en un asentimiento continuo.

Él no luce muy conforme con mi respuesta, pero no dice nada más. Se limita a envolverme en un abrazo y musitar que nos veremos muy pronto.

Así pues, luego de una breve —incierta e inquietante— despedida, nos trepamos al coche. Yo, en el asiento del piloto, Mikhail a mi lado, y Haru, Jasiel y el resto de los ángeles en el asiento trasero del vehículo.

Entonces, sin esperar nada más, emprendemos el viaje.

Salir de Bailey nos toma un poco más de cuarenta y cinco minutos, pero no es hasta que estamos en la carretera desierta que Mikhail habla y me dice que, por ahora, viajaremos en auto. Cuando la gasolina que hay en el maletero se acabe, será el momento en el que él y el resto de los ángeles se encargarán de transportarnos.

Yo, sin embargo, no puedo dejar de sentirme incómoda ante la idea de cualquiera de ellos —Mikhail incluido— llevándome en brazos. Sé que no es el momento para pensar en nimiedades tan estúpidas como lo son mis sentimientos, o la traición que, claramente, aún arde en mi pecho; pero no puedo evitarlo. Las emociones contradictorias que tengo hacia el sujeto a mi lado son tantas, que no puedo apartarlas ni un segundo fuera de mi sistema. Mucho menos ahora, que soy capaz de mirarlo de reojo todo el tiempo. De percibir con más fuerza que nunca la tensión del lazo que nos mantiene atados el uno al otro.

No sé cuánto tiempo ha pasado desde que salimos, pero calculo que ha sido ya un tiempo considerable, tomando en cuenta que la noche ha caído ya y que nos hemos detenido a llenar el tanque de la gasolina y para comer algo de la comida chatarra que trajimos para alimentarnos.

—Tenemos que buscar un lugar donde pasar la noche —Mikhail susurra, mientras arrugo en el puño el envoltorio de un paquete de galletas—. No podemos viajar de noche. Es muy riesgoso.

El fugaz pensamiento de Rael y las brujas viajando en la noche hace que un destello de preocupación me invada, pero me digo a mí misma que no pasa nada. Que Mikhail solo está siendo precavido en extremo y que ellos estarán bien. Así pues, con esto en la cabeza, y a pesar de que no sé si habla conmigo, asiento en señal de entendimiento.

—¿Crees que haya demonios rondando por aquí cerca? —No quiero sonar tan asustada como lo hago, pero no puedo hacer nada para detener el temblor de mi voz.

—No —Mikhail responde, al tiempo que mira alrededor con cautela—. No son los demonios lo que me preocupa. Son los saqueadores y los asaltantes humanos que rondan las carreteras a quienes quiero evitar.

La ansiedad hace que me falte el aliento.

—No tenía idea de que los humanos eran más amenazadores que las mismísimas bestias del Inframundo —bromeo, en un intento de aligerar el ambiente, pero no lo consigo. Por el contrario, la mirada del demonio de los ojos grises se agudiza.

—Te sorprendería saber de lo que es capaz de hacer el ser humano para garantizar su supervivencia —dice, en un murmullo ronco—. Además, cuando se trata de mantener perfil bajo, lo peor que podemos hacer es echarlo todo a perder gracias a un confrontamiento. Sea cual sea el tipo.

La ansiedad que se había mantenido a raya en mi sistema incrementa un poco con su comentario.

—Entonces, lo mejor es que nos pongamos en marcha —digo, al tiempo que enciendo el motor del auto una vez más. Los ángeles —quienes se encuentran fuera del auto, estirando las piernas—, se introducen en el vehículo luego de que escuchan el auto e, instantes después, emprendemos camino una vez más.

Nos detenemos en un pequeño hotel de paso a las afueras de Smithville, Tennessee.

Han pasado ya casi ocho horas desde que salimos de Bailey y, a pesar de que este es un pueblo pequeño, luce inquietantemente desierto. La intermitencia en la electricidad en las calles, y la falta de tráfico y movimiento le dan un aspecto aterrador a todo el entorno.

Hace rato que Mikhail —acompañado de uno de los ángeles que viajan con nosotros— fue a inspeccionar el lugar en busca de peligro. Se siente como si hubiese pasado una eternidad desde entonces, pero sé que solo han sido unos minutos. A pesar de eso, me siento angustiada y nerviosa.

No sé por qué no puedo arrancarme esta sensación de ahogamiento que no me deja tranquila. Quiero atribuírselo a la falta de vida en el exterior. A la falta de movimiento y normalidad; pero la realidad es que, quizás, solo soy yo quien se encuentra paranoica al respecto. Quizás, luego de tantas instancias tan aterradoras, solo estoy a la defensiva.

Poso la vista en el espejo retrovisor y, por milésima vez, verifico que no haya nadie allá, en la calle oscura y vacía que se extiende detrás de nosotros. A pesar de que no estoy sola —Haru duerme en el asiento trasero, y Jasiel y otro ángel se encuentran flanqueando el coche—, no puedo dejar de mantenerme alerta en todo momento.

No sé cuánto tiempo pasa antes de que Mikhail y el ángel que lo acompañó regresen; pero, una vez que se encuentran cerca, salgo del vehículo. El gesto de Mikhail es inescrutable, pero hay algo en su ceño fruncido y en la forma en la que aprieta la mandíbula, que me hace saber que algo le inquieta.

—Está abandonado —anuncia su acompañante, pero mis ojos siguen fijos en Mikhail—. Hemos revisado el perímetro del lugar, así como todas las habitaciones, y está todo en orden. Podemos pasar la noche aquí.

Cuando el ángel termina de hablar, la mirada de todo el mundo se posa en el demonio de los ojos grises. Este se limita a mirarme con aprensión durante unos segundos antes de cerrar los ojos, y dejar escapar un suspiro largo y pesado.

Quiero preguntar qué es lo que le incomoda, pero no me atrevo a hacerlo delante de todos. No me atrevo a exponer sus debilidades frente a las criaturas con las que debe lucir más resuelto y decidido.

—Es seguro —dice, pero no suena del todo conforme—, pero de cualquier modo haremos guardias. No podemos confiarnos de nada.

—De acuerdo. —Jasiel asiente—. Arael y yo podemos tomar la primera guardia sin ningún problema.

Mi vista se posa de manera fugaz en el ángel intimidatorio de hace unos días, pero este ni siquiera se inmuta cuando Jasiel pronuncia su nombre. Al contrario, se limita a sentir como si fuese un autómata.

Mikhail parece satisfecho con la iniciativa de Jasiel, ya que, luego de eso, comienza a lanzar instrucciones respecto a las habitaciones que tomaremos. Apenas termina, los ángeles se ponen manos a la obra.

—Necesito que me hagas un favor, Bess —Sus palabras me sacan de balance unos segundos, ya que últimamente apenas me dirige la palabra; pero, atenta, asiento. Él, al ver cómo espero por su petición, continúa—: Necesito que me ayudes a estacionar el coche en otro lugar. ¿Puedes hacer eso por mí?

Murmuro un asentimiento en respuesta y, entonces, ambos trepamos al auto para aparcarlo en un espacio oscuro a espaldas del pequeño edificio habitacional. No dice nada en el trayecto, a pesar de que solo estamos él y yo —y Haru— aquí dentro. Se limita a susurrarme instrucciones, antes de bajar del vehículo, tomar al niño dormido entre sus brazos, y guiar nuestro camino hacia las habitaciones del hotel.

Al llegar al lugar indicado, el arcángel —o demonio— vuelve a verificar la estancia y, una vez que se ha asegurado por segunda vez de que todo está en orden, me da el visto bueno para instalarnos.

El interior de nuestro refugio luce lúgubre gracias a la poca iluminación que baña la habitación; pero cuando trato de encender la luz, Mikhail me lo impide colocando su mano sobre la mía.

De inmediato —y por acto reflejo—, aparto los dedos para dejar de tocarlo. No me atrevo a apostar, pero a pesar de las tinieblas que nos rodean, creo haber visto un destello dolido en su expresión.

—No —dice, en un susurro tan ronco, que un estremecimiento me recorre la espalda—. No podemos darnos el lujo de atraer a nadie aquí.

No sé cómo acortó la distancia que nos separaba en tan pocos instantes —ya que se encontraba junto a la cama donde recostó a Haru—, pero trato de recordarme a mí misma que Mikhail no es una criatura común y corriente; que es un demonio —o un ángel. Aún no lo sé— y que es natural que sea capaz de hacer cosas como esas.

A pesar de eso, no dejan de turbarme en demasía las capacidades sobrenaturales que posee.

—Lo siento —musito, en voz baja y tímida, y su gesto, antes endurecido, se ablanda un poco.

—No te disculpes. —El tono amable y dulce que utiliza me llena el pecho de sensaciones extrañas y cálidas, pero me las arreglo para no sucumbir ante ellas. Por el contrario, me limito a aclararme la garganta y poner cuanta distancia es posible entre nosotros. Él no hace nada por seguirme los pasos. Se queda ahí, junto a la puerta de la entrada, con la vista clavada en mí, mientras me siento con cuidado sobre la cama libre de la habitación. Entonces, cuando volvemos a encararnos el uno al otro en la penumbra de la noche, dice—: Será mejor que me marche.

—¿No vas a quedarte aquí? —Sueno aterrorizada y decepcionada cuando hablo, pero a estas alturas del partido no me importa en lo absoluto.

—No. Quiero estar presente en todas las guardias.

—Necesitas descansar. —No quiero sonar tan preocupada como lo hago, así que me reprimo internamente.

El silencio que le sigue a mis palabras es doloroso y cálido al mismo tiempo. Se siente como si él estuviese tratando de asimilar lo que acabo de decir y la preocupación que se ha visto reflejada en mi tono.

—Estaré bien. —Trata de tranquilizarme, pero hay algo en su tono que se siente extraño. *Erróneo*—. Necesito estar alerta.

La confusión me llena el cuerpo tan pronto como las palabras le abandonan.

«¿Alerta? ¿Para qué necesita estar alerta?».

—Mikhail...

—Tengo que irme —me interrumpe—. Trata de dormir lo más que puedas. Mañana será un día largo.

Un nudo de preocupación se me instala en el estómago, pero ni siquiera sé por qué me siento como lo hago. No sé por qué se siente como si algo estuviese ocurriendo y no estuviese enterándome de ello.

«¡Deja la paranoia, maldita sea!», grita la voz en mi cabeza y trato, con todas mis fuerzas, de escucharla. De hacerle caso, porque sé que suelo obsesionarme con todo aquello que me perturba, y porque quiero confiar en él. Darle el beneficio de la duda a pesar de todo lo que ha pasado.

—De acuerdo. —Sueno pesarosa y resignada, pero si es capaz de notarlo no lo refleja—. Trata de descansar tú también.

Un asentimiento es lo único que recibo por respuesta y, luego, sale de la habitación.

Cuando se marcha, me dejo caer sobre el colchón a mis espaldas y contemplo el techo en la oscuridad.

Estoy agotada, pero mi mente no deja de darle vueltas a lo mismo. No deja de reproducir una y otra vez lo que ha pasado con Mikhail desde que llegamos a este lugar, pero sin llegar a descubrir el motivo de su inquietud. Finalmente, cuando el cansancio es tan grande que empiezo a perder el hilo de mis propios pensamientos, me arropo con el edredón que cubre la cama y me dejo ir.

Un sonido estruendoso me hace abrir los ojos de golpe.

El aturdimiento y el letargo provocados por el sueño apenas me permiten procesar el abrupto despertar. Mi mente, adormilada y confundida, no consigue comprender del todo el motivo por el cual el corazón me late con tanta fuerza, y un dejo de desesperación me invade los sentidos.

El pulso me golpea detrás de las orejas con tanta intensidad que soy capaz de escucharlo; siento las manos temblorosas, un nudo de ansiedad me estruja las entrañas y el pecho me duele. No sé por qué me siento de esta manera, pero no puedo detenerlo. No puedo contener la adrenalina que me llena el torrente sanguíneo.

Me incorporo en una posición sentada y la desorientación me invade al instante. No sé dónde estoy. No reconozco el lugar en el que me encuentro, pero me obligo a abandonar la cama lo más rápido que puedo.

Poco a poco, el sueño va desperezándose fuera de mí y, justo cuando logro recordar que estoy en la habitación de un hotel de paso, otro sonido estridente me llena la audición.

El corazón se me dispara en latidos irregulares, pero apenas tengo oportunidad de procesarlo cuando un tirón brusco me estruja el pecho. La violencia con la que se mueve el lazo que me ata a Mikhail hace que me doble sobre mí misma y ahogue un grito cargado de impresión.

Trato de tomar el control de mí misma, pero no puedo hacerlo. No puedo moverme si la cuerda se estira de esta manera. Si tengo la certeza atronadora de que algo muy —*muy*— malo está ocurriendo.

Como puedo, me abro camino hasta la salida de la habitación, pero en el instante en el que pongo una mano en la manija, sucede…

Un estallido retumba en todo el lugar y, sin más, soy incapaz de escuchar nada.

Acto seguido, dejo de tocar el suelo e impacto con violencia contra algo a mis espaldas.

Un pitido agudo me ensordece; estoy aturdida, desorientada y aletargada. Trato de moverme, pero las extremidades apenas me responden. Trato, desesperadamente, de avanzar. De alejarme del peligro que aún no he visto, pero que el instinto me grita que existe; no obstante, la mente —aletargada y abrumada— apenas puede reaccionar. Apenas puede comprender eso que el cuerpo le exige.

El sonido de mi respiración dificultosa es lo único que puedo percibir ahora mismo, pero el pánico que siento es tan grande que no me atrevo a detenerme a averiguar si realmente me he quedado sorda.

La habitación se ha iluminado en tonalidades cálidas, pero sé que eso no es algo bueno. Sé, por sobre todas las cosas, que se trata de fuego. Otro retortijón brusco me invade la caja torácica y un gemido adolorido se me escapa. Entonces, algo cae sobre mí con tanta brusquedad que me sofoca. Los ojos me lagrimean, la garganta me arde debido al humo que he comenzado a respirar y algo se ha apoderado de las hebras de mi cabello. Un gemido aterrorizado se me escapa y, cuando tiran de mí hacia arriba, este se convierte en un grito de dolor.

Un gruñido gutural y profundo llega a mí en medio del letargo y la lejanía, y un extraño y primitivo miedo me llena las entrañas.

«¡Pelea, Bess! ¡Pelea ahora!», grita la voz en mi cabeza y me aferro a ella. Me aferro a su valor y a su instinto de supervivencia para empezar a forcejear. Los Estigmas, en respuesta, rugen y se desperezan. Están listos para atacar. Están listos para causar cuanta destrucción les sea posible, pero los contengo como puedo.

No puedo darme el lujo de utilizarlos. No mientras viajamos y tratamos de ser discretos.

Un grito llega a mí, pero no me pertenece. Una extraña y poderosa energía empieza a apoderarse de todo el espacio, pero no es mía.

Un destello de poder se libera con tanta fuerza que la onda expansiva lanza lejos a lo que sea que se había posado sobre mí.

Yo aprovecho esos instantes para alejarme lo más posible. Alguien dice algo en un idioma completamente desconocido para mí, pero sigo la voz porque suena urgente. Porque la parte activa del cerebro me grita que debo ir hacia ella.

Es entonces cuando lo veo.

Ahí está, arrodillado en el suelo, con la vista fija en un punto a mis espaldas, expresión horrorizada y sangre manchándole la cara. Un grito violento y airado escapa de sus labios, pero no lo dirige hacia mí. Lo dirige a alguien —o algo— detrás de mí. En respuesta, una oleada de energía oscura y densa lo invade todo. Es por eso que, haciendo acopio de toda mi fuerza —y pese al aturdimiento que aún me invade— me giro sobre mi eje para encarar a nuestro atacante.

En ese instante, el mundo se detiene por completo.

Cuernos enormes sobresalen de su cabellera oscura como la noche, piel ceniza y grisácea tiñe su anatomía y cientos de venas amoratadas aparecen en sus extremidades, cuello y cara. Su mirada —blanquecina, feroz y carente de emociones— me observa con una frialdad que me hiela por completo, y el pánico se cierne sobre mí como una nube inmensa y pesada.

Lleva las alas extendidas… O, al menos, una de ellas, y es tan grande, que de tener ambas, abarcarían toda la habitación; sin embargo, ambos sabemos que no las tiene. Ambos sabemos que dos alas no son posibles en su anatomía porque Amon le arrancó una. Porque él sacrificó una de ellas para hacerme caer en su trampa.

Es en ese instante, que el horror y el pánico me invaden de pies a cabeza.

«No… No, no, no. Por favor, no».

—¿M-Mikhail? —La pronunciación de su nombre en mis labios se siente errónea y equivocada, pero él no parece reaccionar a ella. Ni siquiera parece haberme escuchado. De hecho, tampoco luce como si fuese él mismo. Se siente como si la criatura delante de mí fuese solo un cascarón de él. Una fachada y nada más.

Un sonido gutural y animal escapa de su garganta a manera de respuesta y, sin más, se abalanza sobre mí.

12

OSCURIDAD

Todo pasa tan rápido que apenas puedo procesar lo que sucede. El cuerpo de Mikhail impacta contra mí con una brutalidad que me deja sin aliento, el poder de los Estigmas en mi interior hace su camino hacia afuera a toda velocidad y se envuelve alrededor de su cuerpo, pero no logra aferrarse a él. Ni siquiera logra penetrar en la densa energía oscura y espesa que lo envuelve antes de que mi espalda golpee contra la pared más cercana.

Una oleada de intenso dolor me recorre entera y un grito ahogado se me escapa de los labios.

Haru grita algo en la lejanía, pero no puedo entender lo que dice. Tampoco me importa demasiado en estos momentos. Trato de concentrar toda la atención en la criatura que se ha apoderado de mi cuello y que aprieta de él con tanta fuerza que me impide respirar. Que me impide, incluso, moverme.

Los hilos de los Estigmas sisean furiosos, pero no consiguen aferrarse a él. Ni siquiera consiguen penetrar en esa oscura bruma que exuda del cuerpo y que parece protegerlo de todo. *De mí...*

Pánico total se detona en mi interior cuando sus dedos se cierran aún más alrededor de mi tráquea y jadeo. Jadeo en busca de aire mientras que los ojos se me llenan de lágrimas.

Clavo las uñas en la piel de sus brazos, en un desesperado intento por hacerle daño y obligarle a soltarme, pero nada ocurre. El agarre es tan poderoso y doloroso, que temo que pueda romperme el cuello antes de que la asfixia me asesine.

Pataleo con brusquedad, las hebras de energía tratan de aferrarse a lo que sea que pueda ayudarme y puedo sentir cómo las heridas de las muñecas se me abren con el esfuerzo descomunal que hace mi anatomía.

Un gruñido retumba en toda la estancia cuando los Estigmas logran colarse entre esa armadura de oscuridad que ha creado para sí mismo y se aferran a él. Pese a eso, cuando tiro de ellos para obligarle a apartarse de mí, apenas consigo alejarlo lo suficiente para permitirme a mí misma arrastrarme lo más fuera posible de su alcance.

Mis pulmones luchan por recuperar el aliento mientras toso violentamente, mi vista está manchada con puntos oscuros, el mareo es tan intenso que siento como la habitación entera gira, y me siento tan aturdida que no consigo moverme como me gustaría.

Una mano se cierra en mi tobillo y tira de él con tanta fuerza que pierdo el equilibrio y golpeo el suelo con estrépito. Un grito ahogado se me escapa en el proceso y, pataleo para liberarme sin conseguirlo del todo.

Los Estigmas siguen envueltos alrededor del demonio de los ojos grises. Siguen tratando de penetrar en la espesa bruma de energía demoníaca que lo envuelve, pero apenas consiguen abrir camino hacia su interior y colarse para intentar contenerlo.

Un rugido violento reverbera en todo el lugar y me eriza los vellos de la nuca. El pánico que siento ahora mismo es tan visceral y abrumador, que apenas puedo concentrarme. Que ni siquiera soy capaz de pensar con claridad.

El agarre en mi tobillo es tan violento, que se ha vuelto doloroso y, justo cuando trato de forcejear para liberarme, tira de mí una vez más, arrastrándome unos centímetros del lugar en el que me encontraba.

Los hilos que lo envuelven tratan de apartarlo de mí, pero no consiguen demasiado. Es solo hasta que otro estallido de energía proveniente de algún otro lugar llega a nosotros, que soy capaz de apartarlo de mí lo suficiente como para avanzar a gatas lo más lejos posible de él.

Es hasta ese momento —cuando me alejo—, que me atrevo a girarme y encararlo. Ahí está, agazapado a unos pies de distancia, con esa mirada blanquecina y brillante clavada en mí —como si de un animal en plena cacería se tratase—, el ceño fruncido en un gesto furioso y postura animalesca.

No hay nada humano en la forma en la que se encuentra acuclillado y usa los brazos para equilibrar el peso de su cuerpo. En la manera en la que olisquea en mi dirección e inclina la cabeza, como si se tratase de una bestia curiosa, atenta al siguiente movimiento de su presa. Ni siquiera luce afectado por el ataque que acaba de recibir por parte de Haru —asumo que ha sido Haru—. Ni siquiera luce herido o afligido ante lo que acaban de hacerle, o a la forma en la que los Estigmas tratan de mantenerlo contenido y eso, por sobre todas las cosas me aterroriza.

Él no es Mikhail. Sea lo que sea que es esta criatura delante de mí, no es Mikhail. No hay ni un ápice de humanidad en su mirada. Ni un ápice de reconocimiento, remordimiento o cualquier clase de emoción que no sea la cruda y cruel expresión en blanco que muestra.

Haru, ansioso y desesperado, grita algo desde algún punto de la estancia, y suena como si él también pudiese notar que Mikhail no es él mismo en estos momentos.

El terror incrementa otro poco.

El corazón me late a toda marcha, las manos me tiemblan de manera incontrolable y los Estigmas sisean, sintiéndose amenazados por esta nueva energía que les rodea y que es impenetrable para ellos. Yo, a pesar de eso, no puedo apartar la vista de él. No puedo dejar de concentrarme en la forma en la que el poder destructivo que llevo en el interior se aferra a él para mantenerlo donde se encuentra.

Él no parece querer hacer nada para desperezarse de mí, pero tampoco luce como si los hilos que lo envuelven estuviesen haciéndole daño. Se siente como si, a voluntad, él hubiese decidido quedarse así, mirándome a detalle, como si fuese la presa más fascinante con la que se ha topado en su vida.

Alguien grita algo en la lejanía. Una voz aterradoramente familiar me invade la audición y eso es suficiente para que los instantes de paz terminen. Es suficiente para conseguir que Mikhail ruja y una ola de energía oscura lo invada todo.

Se abalanza sobre mí una vez más.

Las hebras de los Estigmas tejen su camino con tanta velocidad, que ni siquiera puedo procesar lo que hacen. Que ni siquiera soy capaz de predecir lo que harán hasta que, sin más, veo como Mikhail sale despedido al impactar contra el campo de energía que han creado a mí alrededor.

Un gruñido sorprendido escapa de los labios del demonio, pero logra amortiguar su caída unos instantes antes de dejarse ir sobre mí una vez más.

Las muñecas me sangran llegados a ese punto, pero estoy lista para recibirlo y repeler su ataque.

Su cuerpo impacta contra la red tejida por los Estigmas, pero él también está preparado ahora y arremete con más fuerza. Está claro que él también sabía qué era lo que le esperaba al atacarme, es por eso que, con toda la fuerza que puedo, tiro del lazo que nos une. Tiro hasta que su gesto se llena de pánico y confusión, y un grito ahogado se le escapa.

Luego, se dobla en sí mismo en un gesto doloroso.

Los Estigmas aprovechan esos instantes de distracción y, pese a que trato de contenerlos un poco, se envuelven alrededor de él y se tensan con violencia. Esta vez, la energía oscura parece haber disminuido y son capaces de afianzar su agarre con tanta brusquedad que cantan y ronronean en aprobación.

Entonces, tiran. Tiran con tanta violencia que un grito antinatural escapa de la garganta del demonio y arrancan otro de la mía. Que hacen que la criatura frente a mí caiga de rodillas al suelo mientras ellos se alimentan y absorben cuanto pueden de ese poder suyo tan abrumador.

La sangre que me brota de las muñecas me moja las palmas y me gotea entre los dedos, pero no puedo detenerme. No puedo —quiero— parar de absorber la vida fuera de Mikhail.

—¡Bess! —La voz familiar inunda mis oídos, pero no me detengo. Ni siquiera trato de averiguar quién pronuncia mi nombre—, ¡Bess, detente! *¡Bess!*

Aprieto la mandíbula y los puños.

No voy a detenerme. No quiero hacerlo. Voy a hacerle pagar por todo. Voy a hacer que desee haberme asesinado en aquella azotea. Voy a hacer que se arrepienta de todo el daño que me hizo.

—¡Bess, basta ya! —Grita la voz una vez más, pero la ignoro por completo. La ignoro, porque los Estigmas cantan y se estremecen debido a la emoción que les provoca alimentarse de alguien tan poderoso como él. Porque algo dentro de mí —oscuro, retorcido y cruel— exige que no me detenga hasta acabar con su existencia. Hasta que su energía se reduzca a ser un remedo de... *nada*.

Un gruñido me abandona los labios cuando Mikhail se desploma en el suelo. El alarido de dolor que le acompaña a su caída es tan satisfactorio como aterrador y me aferro a él y al mar de emociones encontradas que me golpea cuando alza la vista y sus ojos encuentran los míos.

Algo ha cambiado en ellos. Algo es diferente en el instante en el que alza la mirada para encararme.

El tono blanco aterrador que teñía sus irises se ha pintado de tonalidades doradas. Se ha teñido de un color tan brillante y antinatural, que le dan un aspecto extraño. Es entonces, cuando algo en su mirada se torna distinta. Cuando una especie de reconocimiento parece inundarlo, y una emoción poderosa y desconocida lo llena. Algo doloroso también llega a mí a través del lazo que compartimos y me siento aterrorizada y fascinada. Confundida y horrorizada en partes iguales.

—V-Vete de aquí —gruñe entre dientes, con esa voz ronca tan suya, y el mundo entero se sale de su eje—. ¡Vete de aquí, Bess! *¡Ahora!*

—¡¿A qué diablos estás jugando?! —grito, medio furiosa con él por lo que está haciendo, y medio horrorizada.

—¡Bess, aléjate de mí! ¡Huye! ¡Vete lejos! —dice y, en ese momento, sus ojos se transforman.

La tonalidad dorada desaparece de inmediato y el blanco lo invade todo. Un gruñido aterrador se le escapa y, pese al daño que le hacen los Estigmas, se abalanza sobre mí.

Alguien grita mi nombre. Algo impacta contra mí y me toma por el cuello hasta estrellarme contra algo duro y áspero. Por el rabillo del ojo, soy capaz de ver cómo alguien trata de atacar al demonio, pero algo parece empujarlo antes de que siquiera pueda acercarse. Gritos, caos y dolor me invaden los sentidos, y no puedo respirar. No puedo dejar de jadear en busca de aire mientras, desesperadamente, me aferro a Mikhail como puedo y presiono las palmas contra su cara para empujarlo lejos con toda la fuerza que poseo en este cuerpo tan humano.

Es en ese instante, cuando lo siento...

Al principio, es tan imperceptible, que apenas puedo notarlo. Es tan suave y ligero, que ni siquiera tengo oportunidad de detectarlo hasta que el lazo, los Estigmas, y todo mi cuerpo son capaces de percibirlo en su totalidad.

La familiar energía helada que se cuela en mi interior a través del lazo que me une a Mikhail es tan agobiante y arrolladora, que me toma unos instantes descubrir de qué se trata.

Es la energía angelical de Mikhail.

Es el poder angelical que alguna vez hizo su nido en mi interior, y que ahora parece buscarme a través del lazo que me ata a la criatura contra la que trato de luchar.

«¿Cómo es eso posible?».

La resolución de lo que está ocurriendo cae sobre mí y me golpea con tanta brutalidad, que me quedo en el limbo. Que me quedo quieta, tratando de procesar lo que sucede. Los Estigmas, pese a todo, son más rápidos y piensan en mi supervivencia, ya que, sin siquiera preguntar, se aferran a la energía que trata de llegar a mí y la absorben con tanto ahínco, que un grito ahogado se me escapa cuando soy envuelta por ella.

Entonces, ocurre...

El hormigueo en mis palmas se transforma en un ardor intenso y doloroso y, de pronto, un haz de luz expide de ellas. Una luz incandescente me ciega por completo y le hace gritar. Me hace gritar a mí también y nos funde en una espiral de energía atronadora y estridente.

El lazo que nos une se estira más allá de sus límites, los Estigmas se repliegan en sí mismos, huyendo del estallido de poder que comienza en mis manos y se funde en su interior; en la bruma densa y oscura que lo invade de pies a cabeza.

Gritos, órdenes ladradas en un idioma desconocido y caos lo llenan todo, pero no puedo moverme. No puedo ver nada más que luz, siluetas y sus ojos. Esos ojos blanquecinos que, poco a poco, se tiñen de gris y dorado. Que, poco a poco, cambian la frialdad y la crueldad por una expresión horrorizada y angustiada.

Sus manos dejan de presionar con fuerza. Sus dedos se aferran al material de la sudadera que llevo puesta y su frente se une a la mía con desesperación. Su cuerpo sufre espasmos violentos y dolorosos, y un gruñido poderoso se le escapa cuando la energía angelical me abandona de golpe y un haz de luz brota desde su omóplato herido.

—No quiero hacerte daño —gruñe, en un susurro desesperado, pero no se siente como si estuviese hablando conmigo—. Por favor, no quiero hacerte daño.

Otro espasmo convulsiona su anatomía y un alarido de dolor se le escapa cuando el ala de luz que ha brotado en su espalda se extiende más allá de sus límites y alcanza un tamaño abrumador. Entonces, luego de unos instantes eternos, la luz se apaga y él se desploma en el suelo sobre mí.

El peso de su cuerpo me aprisiona y me asfixia un poco, pero no me aparto. No hago otra cosa más que aferrarme a él, adolorida, agotada y temblorosa.

Sus alas —una luminosa y una de murciélago— están extendidas y nos cubren casi por completo. No me pasa desapercibido el calor apabullante que emana esa que está hecha de luz y aquí, tumbada en el suelo de esta habitación, no puedo dejar de preguntarme qué carajos acaba de pasar. Qué demonios es lo que acaba de ocurrir con él, conmigo y con el lazo que nos mantiene atados.

—¡Bess! —El grito ahogado que llega a mí hace que, luego de unos instantes de aturdimiento, alce la vista.

De inmediato, me encuentro con la figura descompuesta y desaliñada de Jasiel. El hollín ha manchado su piel y las heridas en su perfecto rostro lucen extrañas y antinaturales en él. Lleva las alas extendidas y la remera que le vestía está hecha jirones. Lleva, también, una mano aferrada a un costado, como si este le doliese, o como si tratase de cubrir alguna parte adolorida en su torso y, por la manera en la que camina, casi puedo jurar que se encuentra muy —*muy*— malherido.

—¡Aléjala de él! —dice alguien —creo que es Arael— a sus espaldas, pero no le pongo demasiada atención. Me concentro en tratar de absorber el escenario que me rodea.

La habitación está completamente destruida. La pared que daba a la entrada principal se ha reducido a escombros, el fuego —pese a que ha mermado un poco— aún consume algunos de los muebles que decoraban el lugar y, por si eso fuera poco, creo que hay un ángel muerto en el suelo de la estancia, ya que no se mueve en lo absoluto.

Pánico, terror y confusión se arraigan en mi sistema, pero me las arreglo para empujarlo todo lejos, antes de encarar a Jasiel una vez más.

—¿Q-Qué está pasando? ¿Dónde está Haru? —Mi voz suena ronca y débil. Dolorida.

Jasiel hace un asentimiento en dirección a un rincón de la habitación y, de inmediato, soy capaz de mirar al chiquillo de aspecto oriental. Luce aterrorizado, sucio y hay sangre bañando su rostro. Con todo y eso, no luce herido de gravedad.

Sus ojos están clavados en mí y están llenos de una emoción que no logro descifrar. De una admiración que no estaba en ellos antes y de un terror que me hiela los huesos.

—Bess, necesitas apartarte de Mikhail. —La voz de Jasiel es ronca y tranquila, pero hay un filo tenso en ella—. Ven aquí.

Sus manos se estiran en mi dirección, en la espera de que las tome, pero no lo hago. Me quedo aquí, con los brazos entumecidos alrededor de Mikhail y el corazón latiéndome a toda marcha.

—¿Qué está pasando? ¿Por qué nos atacó? ¿É-Él nos…? —No puedo terminar de formular la pregunta. No me atrevo a pronunciarla porque el solo pensarla —pensar en Mikhail traicionándonos de nuevo— me hace sentir miserable.

Poco a poco, un nudo empieza a formarse en mi garganta, pero trago varias veces para deshacerlo.

—No, Bess. —Jasiel se apresura a decir—. No es lo que crees. Ven aquí. Necesitamos ponerte a salvo. No sabemos si ha vuelto a ser él.

—¿No saben *si ha vuelto a ser él*? ¿Qué se supone que significa eso? ¿Qué diablos está pasando aquí? —La angustia es tanta, que mi voz la refleja a la perfección. Ni siquiera me molesto en tratar de ocultarla.

—Bess…

—No. —Lo corto de tajo—. Dime qué diablos está pasando. ¿Qué carajos acaba de pasarle a Mikhail?

Los ojos del ángel se cierran en ese momento y, sintiéndome impotente y aterrorizada, aprieto la mandíbula hasta que él me encara de nuevo.

—Mikhail no está bien, Bess —dice, al cabo de unos largos instantes—. La energía demoníaca y angelical que habitan en él no han conseguido el equilibrio que requieren. Ninguna de las dos partes ha vencido aún y él... —Deja escapar un suspiro tan cansado, que casi se siente como si el ángel que tengo enfrente fuese un humano y no una criatura celestial—. Tiene esta clase de... *episodios.*

La información se asienta en mi cabeza, pero no logro digerirla del todo.

—¿Episodios?

—Hay una lucha en su interior, Bess. —La voz de Jasiel es seda ahora. Tan suave y neutral, que se siente como si su único objetivo fuera el mantenerme en calma—. La luz contra la oscuridad. Lo que acabas de presenciar, ha sido una batalla ganada por la oscuridad. Una dominación completa de la oscuridad en su interior.

Sacudo la cabeza en una negativa frenética.

—No —digo, al tiempo que siento cómo los ojos se me llenan de lágrimas—. Él recuperó su parte angelical. Él recuerda. Él...

—*Sí* —me interrumpe—. Él recuerda y recuperó su parte angelical... pero la demoníaca no se ha marchado. Sigue ahí y, hasta que la energía angelical que lleva dentro logre transformar a la demoníaca, estas cosas seguirán ocurriendo.

Trato de asimilar lo que acaba de decirme, pero no lo consigo. No logro hacerme a la idea de que algo así sea posible.

—No. —Niego una y otra vez—. No es cierto. Es imposible. Él es un arcángel...

—No, Bess. No lo es. —Jasiel suena cada vez más contundente—. Mikhail no es un demonio, pero tampoco es un ángel. No todavía. No hasta que alguna de las dos partes gane. —Hace una pequeña pausa, como si estuviese tratando de decidir si decirme o no algo más, pero la resolución llega a su rostro casi de inmediato y añade—: Ese es, en parte, el motivo por el cual se ha mantenido alejado de ustedes. De *ti*...

«Está tratando de protegerte», susurra la voz en mi cabeza, y mi pecho se calienta con una emoción familiar y dolorosa. En respuesta, y como si hubiese sido capaz de escuchar y entender todo lo que Jasiel ha dicho, siento un tirón en el lazo que me une a Mikhail.

—Oh, mierda…

—Bess, por favor, ven aquí. —Jasiel extiende una mano en mi dirección, pero no la tomo. No hago otra cosa más que aferrar las manos en el chico inconsciente que yace sobre mí.

—¿Desde cuándo le pasa? —inquiero, en un susurro tembloroso.

—Desde que recuperó su parte angelical. —Jasiel sigue con la extremidad alargada hacia mí, pero no la tomo.

—¿Por qué nunca me dijo nada? —La voz se me quiebra y el gesto de Jasiel se llena de disculpa y tristeza.

—No quería angustiarte —dice—, y nos prohibió que te lo dijéramos. Él solo trataba de protegerte.

En ese momento, lo pierdo completamente. El llanto hace su camino fuera de mí y me llena el pecho de una sensación dolorosa y cálida al mismo tiempo.

Mikhail siempre ha sido así. Siempre ha pensado en mí primero que en él y yo no he hecho más que ser egoísta. Más que cerrarme en mí misma, y en la traición, y en todo aquello que me hirió y lastimó. No he hecho más que juzgarle por aquello en lo que se ha equivocado, sin ser capaz de recordar todo aquello que ha sacrificado por mí.

«¿Por qué? ¿Por qué? ¿Por qué?», digo, para mis adentros, pero ni siquiera sé si estoy recriminándomelo todo a mí o a él. Si estoy reclamándole el no haberme hablado sobre esto antes; o a mí misma, por no querer aceptar que no todo ha sido malo. Que no todo han sido traiciones y malos ratos.

Mis manos se aferran al cuerpo lánguido de la criatura inconsciente que descansa sobre mí y lloro. Lloro mientras lo abrazo y me fundo en el mar de sentimientos y sensaciones encontradas que colisionan en mi interior; y me deshago aquí, al tiempo que susurro una y otra vez cuánto lo siento. Cuánto lamento todo aquello que ha sacrificado y todo lo que ha perdido gracias a que tomó la decisión de protegerme.

Jasiel trata de llegar a mí, pero no le presto atención. Ni siquiera me molesto en dirigirle una sola mirada porque estoy aquí, aferrándome a Mikhail como si no conociera otra cosa en el mundo capaz de anclarme a la realidad. Porque estoy aquí, sintiéndome al borde del precipicio y con el corazón hecho jirones; mientras él, una vez más, está sufriendo las consecuencias de su inmolación por mí.

13

CALMA

Mikhail no ha despertado.

Luego de nuestro enfrentamiento, ha permanecido así, inconsciente. Jasiel ha dicho que no tengo qué preocuparme por eso. Que es normal que, luego de un episodio como el que tuvo, permanezca en ese estado un tiempo. Con todo y eso, no me ha permitido acercarme a él desde entonces.

Luego de la lucha que mantuvimos y de que Jasiel me explicara brevemente lo que estaba ocurriendo, me obligó a alejarme de su cuerpo a la fuerza y fue Arael, el ángel con el que tuve aquel incidente antes de salir de casa, el que nos llevó a Haru y a mí a una habitación alejada del lugar en el que Mikhail nos atacó.

Acto seguido, nos dijo que permaneciéramos ahí hasta que él o Jasiel vinieran y, luego de eso, se marchó.

Hemos estado aquí desde entonces.

Para mantenerme ocupada, he buscado el botiquín de primeros auxilios de la habitación para curarme las heridas. Luego de encontrar un par de vendas, gasas y alcohol, me he lavado las heridas y he improvisado un par de torniquetes para detener el sangrado.

Aún me sorprende cuán fuerte me siento a pesar de haber hecho uso del poder destructivo que llevo dentro, pero trato de no cuestionármelo demasiado. Por ahora, hay cosas más importantes en las cuales ocuparse; es por eso que, cuando termino conmigo, me acerco a Haru con el mayor tacto posible y, a señas, le indico que tengo intenciones de curarle las heridas. Él no objeta para nada cuando empiezo con el minucioso escrutinio a su cuerpo.

Sus muñecas son lo primero que reviso, pero no hallo nada en ellas. Ni una marca, ni una herida… *Nada*. Después, reviso su espalda, pero tampoco logro ver nada. Finalmente, él parece comprender qué es lo que busco, ya que se levanta el cabello de la frente ensangrentada y me da una vista de los extraños —y profundos— cortes que tiene en la parte superior del rostro.

Un escalofrío de puro horror me recorre entera al comprenderlo. Sus marcas… sus Estigmas… son semejantes a las heridas que sufrió el hijo de Dios al llevar la corona de espinas con la que, se cuenta, fue torturado también.

Así pues, con la garganta hecha un nudo y el corazón apelmazado, concentro la atención en limpiar y desinfectar las heridas de un niño que, a sus escasos doce o trece años, tiene que lidiar con mucho más de lo que cualquier persona lidiará jamás.

Cuando termino y hago amago de levantarme, él me detiene tomándome de la sudadera que me viste con suavidad. La alarma se enciende en mi sistema por acto reflejo, pero se disipa cuando, con cuidado, el chico me toma de las manos y me hace girarlas hasta que tiene una vista de mis palmas. Entonces, retira el material de las mangas de la sudadera con delicadeza y observa los vendajes ensangrentados.

No dice nada. No sé si serviría de algo que lo hiciera, ya que ni siquiera puedo entender el idioma en el que me habla; sin embargo, soy capaz de verle el rostro. De notar el entendimiento en sus facciones y la compasión en su mirada. Él sabe, mejor que nadie en este mundo, lo que es cargar con esto. Él sabe a la perfección lo que le hace todo esto a tu mente; a tu salud emocional y mental y eso, por sobre todas las cosas, me hace sentir conectada a él de formas que ni siquiera soy capaz de explicar.

Haru es como yo. No es un niño, como Kendrew o Radha. Él *entiende* la magnitud del poder —y la condena— que cargamos encima.

—Estoy bien —digo, a pesar de que sé que el idioma es un impedimento entre nosotros.

Él alza la vista para encararme y, como si de verdad me hubiese comprendido, asiente. Entonces, murmura algo que no entiendo y me deja ir las manos. Lo único que puedo hacer luego de eso —pese a que no estoy segura de qué es lo que ha dicho—, es dedicarle una sonrisa débil y tranquilizadora. Él, en respuesta, me devuelve el gesto y mi pecho se calienta con una sensación extraña. Con un impulso de protección que hacía mucho tiempo que no sentía y que solo Freya o Jodie —mis hermanas menores— podían despertar en mí.

De pronto, no puedo apartar la vista del niño que tengo enfrente y, sobre todo, no puedo dejar de mirar en él a mis hermanas. De revivir una y otra vez todas las ocasiones en las que traté de protegerlas de las cosas más absurdas de la vida: un mal día, un desamor precoz, una discusión con mamá o papá…

El nudo que siento en la garganta se aprieta otro poco y siento cómo los ojos se me llenan de lágrimas debido a los recuerdos. Él parece notar mi cambio repentino de humor, ya que su ceño se frunce un poco. Con todo y eso, me limito a tragar duro y a parpadear un par de veces para ahuyentar el llanto, para luego obligarme a sonreír.

Acto seguido, y para aligerar otro poco el ambiente, le pongo una mano en la cabeza y le alboroto el cabello apelmazado. Él luce aturdido y confundido por mi gesto, pero no hay molestia en sus facciones. No hay incomodidad ni actitudes defensivas como las que había estado mostrando en casa de las brujas.

A pesar de eso, trato de no hacérselo difícil y me pongo de pie para darle algo de espacio. Quizás lo hago para dármelo a mí. No lo sé. Lo único de lo que tengo la certeza, es de que necesito respirar y recomponerme. De cualquier modo, me las arreglo para lucir despreocupada mientras me instalo sobre una de las camas de la estancia.

No sé cuánto tiempo pasa antes de que, en la desesperación de saber qué demonios está pasando, decida salir de la habitación, pero sé que ha sido demasiado. Los primeros rayos del sol son la única confirmación que necesito para saber que he pasado la noche entera con los ojos abiertos y la mente alerta.

Hace rato que Haru se quedó dormido, así que he tratado de no hacerle demasiado ruido; no obstante —y pese a las insistencias de Arael de pedirme descanso—, no he podido hacer lo mismo.

Así pues, luego de corroborar que sigue dormido y que no hay señales de que vaya a despertar pronto, me encamino hacia la salida de la habitación.

Espero encontrarme de frente con la figura de Arael cuando lo hago —no me sorprendería en lo absoluto si hubiese montado guardia afuera de esta habitación solo para cerciorarse de que no la abandonemos—; pero, en su lugar, me encuentro de lleno con la vista desértica del estacionamiento del hotel y la carretera. No hay señal alguna de él… o de Jasiel… o de Mikhail… y eso me pone los nervios de punta.

Aun así, me obligo a avanzar en dirección a la habitación destrozada al fondo del pasillo. Durante el trayecto, y a pesar de que no hay señal alguna de vida en kilómetros a la redonda, miro hacia todos lados para asegurarme de que no hay nadie cerca. Lo último que necesitamos es que alguien se percate de que estamos aquí. Sobre todo, luego de lo ocurrido anoche. De hecho, me sorprende que nadie del pueblo haya venido a comprobar qué diablos ha ocurrido en este lugar.

El pensamiento que ahora me llena la mente me eriza los vellos de la nuca y cientos de escenarios fatalistas me llenan de humo la cabeza.

Me digo a mí misma que, seguramente, estamos demasiado lejos de Smithville y ese es el motivo por el cual nadie ha venido. Mejor aún, me digo que el mundo ha cambiado tanto las últimas semanas, que un incendio en un hotel de paso a las afueras de un pueblo pequeño en Tennessee es la menor preocupación que tienen los locatarios. Trato de convencerme a mí misma de que, ahora, los seres humanos solo luchamos por nuestra supervivencia, no por las edificaciones que alguna vez significaron algo para nosotros.

Con eso en la cabeza, me obligo a avanzar y a empujar la tormenta gris que me nubla la razón.

No me toma mucho tiempo cruzar el espacio que me separa de la habitación destruida; pero, cuando llego a ella, lo que veo me saca de balance. Aquí no hay nadie. En este pequeño espacio chamuscado y destrozado, no hay absolutamente nadie. Ni siquiera un rastro de cualquiera de los ángeles.

Una punzada de pánico empieza a atenazarme las entrañas y, presa del terror que me invade por sentirme abandonada aquí, en medio de la nada, me apresuro a volver sobre mis pasos y a abrir todas y cada una de las habitaciones a mi paso.

Me rehúso a pensar que fueron capaces de abandonarnos. Me niego a pensar que Jasiel —sobre todo Jasiel— aprovechó la falta de liderazgo de Mikhail para dejarnos a Haru y a mí a nuestra merced.

Puerta tras puerta es abierta, y la desesperación incrementa con cada segundo que pasa; con cada habitación que aparece frente a mis ojos.

Justo cuando estoy a punto del trote, abro una puerta más y los veo.

Alivio, enojo y frustración se mezclan en mi interior, de modo que no puedo hacer otra cosa más que tratar de controlar la oleada de emociones que me invade.

Es por eso que me quedo aquí, al pie del umbral, con la mirada fija en las tres criaturas que se encuentran dentro de la estancia.

Una de ellas, Mikhail, por supuesto, yace boca abajo sobre el colchón de una de las camas. Sigue inconsciente y eso, por sobre todas las cosas, me angustia.

Mi atención viaja, entonces, hacia las otras dos figuras. Una de ellas es Jasiel. La otra, Arael. Quiero preguntar qué ha pasado con el otro ángel, ese que estaba tirado en el suelo de la otra habitación; pero al mismo tiempo la pregunta se siente tan aterradora, que no quiero hacerla. Me horroriza pensar que, quizás —por no decir «seguramente»— está muerto.

—Bess… —La voz de Jasiel me saca del estupor momentáneo y me obligo a posar la vista en él. No sé en qué momento volví a poner los ojos sobre Mikhail.

—¿Qué está pasando con él? ¿Por qué no reacciona? —inquiero, porque es más fácil formular esa clase de preguntas y no aquellas otras que son más aterradoras y dolorosas.

—¿Dejaste solo a Haru? —La mirada reprobatoria de Jasiel casi me hace sentir culpable, pero es el destello aterrado que me encuentro en su expresión, lo que me hace darme cuenta de que ha respondido a mis cuestionamientos con otros.

—Está dormido —resuelvo, con un gesto rápido y, luego, insisto—: ¿Qué está ocurriendo con Mikhail?

—Todavía no lo sabemos —Arael, quien me atraviesa con esa aterradora mirada suya, responde—, pero no podemos quedarnos a averiguarlo. Tenemos que llegar a Los Ángeles en tres días.

Una nueva clase de pánico se me asienta en los huesos ante sus palabras y poso la atención en Jasiel.

—¿Qué está diciendo? No podemos dejarlo. —Hago un gesto en dirección a Mikhail—. No vamos a dejarlo.

La aprensión que veo dibujada en el rostro de Jasiel no hace más que asentarme una sensación nauseabunda en el estómago. Una negativa es lo único que puedo regalarle cuando, con horror, veo algo parecido a la disculpa en su mirada.

—*No* —digo, tajante y determinante—. No vamos a dejarlo aquí.

—La orden expresa era llevarlos a ti y a Haru a Los Ángeles en tres días, y eso es, precisamente, lo que vamos a hacer —Arael refuta y tengo que reprimir el impulso de gritarle que cierre la boca, que estoy hablándole a Jasiel y no a él, pero me trago las palabras y mantengo la vista fija en el único ángel que confío —si es que «confianza» es que puedo llamarle a la sensación de vaga familiaridad que me embarga cada que lo tengo cerca—. Después de todo, él fue el ángel que se apoderó del cuerpo de Nate, el prometido de mi tía. Fue el ángel que, en el último minuto, se arrepintió de haberme entregado a Rafael y prometió buscar a Mikhail para que fuera a rescatarme.

—Jasiel… —Por primera vez en mucho tiempo, pronuncio su nombre en voz alta y la voz me tiembla cuando continúo—: No podemos dejarlo. No puedes pedirme que lo acepte.

El ángel luce torturado ante mi súplica, pero no dice nada. Se limita a mirarme fijo, como si estuviese tratando de decidir qué hacer.

La falta de dirección y de voluntad para tomar una decisión está tallada en sus facciones, así como lo está la determinación que demuestra Arael a seguir las instrucciones precisas sin salirse ni un poco de la línea trazada originalmente.

Eso, de alguna manera, hace que quede claro para mí que los ángeles, sin un líder, son incapaces de tener iniciativa propia. Son incapaces de tomar decisiones por sí mismos. La frustración que eso me provoca es tanta que apenas puedo digerirla.

—¿Es que acaso no has escuchado? —Arael espeta—. ¿O vas a volver a ir en contra de todo lo acordado para hacer tu santa voluntad?

El destello de ira que se apodera de mí es tan grande que siento cómo los Estigmas, pese a estar bastante aletargados y débiles, se desperezan un poco.

—No estoy hablando contigo —escupo, en dirección al ángel entrometido y este contorsiona su gesto en uno furibundo.

—¡Perdimos a uno de los nuestros esta noche! —Alza la voz—. Tu ángel salvador lo asesinó de un condenado movimiento, ¿y tú quieres quedarte aquí, con *él*?

—Prefiero quedarme con él a ir a cualquier maldito lugar contigo. —El tono de mi voz iguala el suyo—. No confío en ti. Ni siquiera confío en él. —Hago un gesto de cabeza en dirección a Jasiel—. ¿Qué te hace pensar que voy a querer ir con ustedes a ningún lado?

Una risa amarga brota de los labios del ángel.

—¿Y confías en Miguel? ¿A pesar de *todo*? —El veneno que tiñe su voz no hace más que confirmar que él está enterado a la perfección de lo que pasó en Los Ángeles. Eso me hace sentir invadida. Ultrajada de un modo inquietante y retorcido.

A pesar de eso, y presa de un impulso envalentonado, doy un paso hacia enfrente y alzo el mentón en un gesto desafiante.

—Si tanto desconfías de él, ¿qué haces aquí? —siseo, y su mandíbula se aprieta—. ¿Por qué decidiste unirte a él si no crees en sus capacidades?

—Creo en las capacidades de quien alguna vez fue Miguel Arcángel. —Hace un gesto en dirección al demonio que descansa sobre la cama—. Ese pobre diablo de ahí no es ni la sombra de quien fue alguna vez.

—Si eso es lo que crees, entonces, vete —escupo, y la mirada del ángel se ensombrece otro poco; acto seguido, poso mi atención en Jasiel una vez más para añadir—: Y si tú crees lo mismo que él —hago un gesto despectivo e impertinente en dirección a Arael—, lo mejor es que tú también te vayas. Mikhail no necesita a quien no quiere ayudar en realidad.

En ese momento, algo cambia en la expresión indecisa y angustiada de Jasiel. Algo parecido a la entereza y la determinación se apodera de sus facciones, como si mis palabras hubieran despertado algo en él.

—Yo creo en Mikhail —dice, con la voz enronquecida por las emociones—. Yo *sé* que él es el único que puede salvar a la humanidad. Así está escrito en su destino.

Son sus palabras las que, de alguna manera, hacen que algo se encienda en mi interior. Una especie de resolución que no sabía que existía en mí. Una clase enfermiza de realización que me atenaza las entrañas y me estremece de pies a cabeza.

Este es el destino de Mikhail. Nuestro destino. Es el final de este largo y tortuoso recorrido, y solo Dios sabe cuánto me aterroriza saber en qué acabará todo.

Trago un par de veces para aminorar la sensación de ahogamiento que me invade.

—Bien. —Asiento, pese a las emociones desbordantes que me empañan la voz—. Entonces, es momento de que intentes comunicarte con Rael… —Hago una pequeña pausa, indecisa de pronunciar las siguientes palabras que me cruzan por la mente, pero, sin más, me obligo a hacerlo—: O con Gabrielle. —Me detengo una vez más—. Tienes qué decirles lo que acaba de suceder. —Mi vista se posa en Arael en ese momento y lo barro con todo el desdén que puedo imprimir—. En cuanto a ti —hago una mueca de desagrado—, puedes irte ya mismo si así lo deseas.

Entonces, sin añadir nada más, me giro sobre los talones y salgo de la habitación con toda la intención de ir en busca de Haru.

～

Arael no se ha marchado. Han pasado ya varias horas desde nuestro confrontamiento y no se ha ido de aquí. No sé qué es lo que pretende al quedarse, puesto a que ha quedado más que claro que no cree en Mikhail, pero ahora mismo estoy tan agotada emocional y mentalmente, que he decidido no enfrentarlo una vez más por ahora.

Es casi mediodía y Mikhail no ha dado señales de mejoría. No sé qué carajos significa eso, pero he tratado de mantenerme lo más positiva posible. No quiero agobiarme ante la idea de él, despertando y siendo una criatura abominable y aterradora. Una incapaz de dominar sus impulsos más primitivos y dispuesta a atacar a diestra y siniestra a todo aquel que se le interponga en el camino.

Jasiel ha dicho que la posibilidad existe. Que, debido a la lucha que lleva dentro, es posible que, luego de uno de esos fuertes episodios, despierte y sea alguien completamente diferente. Que el Mikhail que todos conocimos desaparezca para siempre y solo quede ese demonio lleno de sed de sangre y destrucción.

La sola idea es lo suficiente aterradora como para mantenerme al vilo de las emociones, pero trato de contenerme lo mejor que puedo. De acallar los malos pensamientos y esperar porque las cosas resulten bien.

Varias veces he tratado de llegar a él por medio del lazo que compartimos, pero no he recibido respuesta alguna a los pequeños estímulos —a las suaves caricias y los pequeños tirones que le aplico a la cuerda invisible entre nosotros— que trato de enviarle. La desesperación es tanta llegados a ese punto, que he empezado a considerar la posibilidad de que, quizás, nunca despierte. Si puedo ser sincera, no sé cuál, de todas estas opciones, me horroriza más.

Cierro los párpados y trato de acompasar la respiración. La sensación dolorosa que le acompaña a mi desasosiego es casi tan intensa como la angustia que me aplasta el corazón.

La culpa, el remordimiento y las ganas que tengo de decirle a Mikhail que lamento mucho todo lo que ha ocurrido gracias a mí me hace sentir como si me asfixiara; y aquí, presa de una desesperación ansiosa, aprieto la mandíbula y tiro una vez más del lazo que nos une.

Abro los ojos.

Esta vez, cuando lo hago, una nueva resolución me invade y me pongo de pie con determinación.

En un par de zancadas, acorto la distancia que me separa de la cama donde se encuentra.

Ha pasado un rato desde que Haru y yo nos trasladamos a la habitación en la que Mikhail descansa, mientras Jasiel trata de comunicarse con Rael —o con quien sea— para informarle sobre lo ocurrido. Es por eso que no me toma demasiado llegar hasta donde Mikhail se encuentra tumbado.

Siento la mirada de Haru fija en mí desde que me levanto, pero no dejo que eso me acobarde y me arrodillo junto a la cama para estirar la mano hasta tomar la del demonio —arcángel— entre una de las mías.

Sus dedos, entrelazados con los míos, se sienten débiles en su agarre, pero el calor del cuerpo está ahí. La aspereza de sus yemas y el tamaño grande y fuerte de su palma es el mismo de siempre.

Un nudo se instala en mi garganta.

—Por favor —suplico, en voz tan baja, que apenas puedo escucharme—. Por favor, Mikhail, sé que estás ahí.

Nada.

—Sé que puedes escucharme. —La voz se me quiebra tanto que suena extraña a mis oídos—. Sé que puedes sentirme. Por favor, di que puedes sentirme...

El ardor que siento en el pecho es tan intenso que me duele al respirar.

—Sé que las cosas entre nosotros no están bien. Que no han estado bien en mucho tiempo... —murmuro, con un hilo de voz, presa del pánico. De un impulso ansioso y angustiado—. Sé que me cuesta confiar y que te he dificultado todo las últimas semanas, pero... —El nudo que se aprieta en mi garganta amenaza con arrebatarme las palabras y trago duro para deshacerlo—. Pero si luchas... Si peleas contra la oscuridad y haces todo para quedarte aquí un poco más... —trago duro, para deshacerme del ardor y de las ganas que tengo de echarme a llorar—, prometo luchar también. Prometo pelear contigo. A tu lado. Mikhail, a pesar de todo, yo... yo...

No puedo continuar. No puedo decir una sola palabra pese a que quiero gritar. Decir en voz alta todo esto que he callado durante tanto tiempo, pero no puedo hacerlo. No puedo arrancarlas fuera de mí porque son peligrosas. Del tipo de palabras que comprometen el alma y acaban contigo si se les das la oportunidad.

Lágrimas gruesas y cálidas se agolpan en mi mirada y, sintiéndome una completa cobarde, le aprieto la mano un poco más, con la intención de que sea capaz de *sentir*, exactamente, lo que quería decir, pero no tuve el valor.

Entonces, como la más gloriosa de las sensaciones, ocurre...

Al principio es tan suave, que durante unos instantes creo haberla soñado.

«No, no, no, no... No es posible. No...».

Otra suave vibración me llena el pecho y la sangre se me agolpa en los pies.

—Oh, por todos los infiernos... —Mi voz sale en un susurro tembloroso—. ¿M-Mikhail?

La cuerda que me ata a él vuelve a vibrar ligeramente y una nueva emoción se abre paso en mi sistema. De hecho, me atrevo a apostar que el mundo entero se ha estremecido ante la pequeña caricia que he sentido a través del lazo.

—*Mikhail.* —Su nombre me abandona, como si de una plegaria se tratase y, en respuesta, la atadura se tensa.

Es apenas perceptible, pero es lo suficiente como para hacerme saber que nada de esto ha sido producto de mi imaginación.

El alivio se me filtra entre los huesos a una rapidez dolorosa y dejo escapar un suspiro tembloroso al instante. El sentirlo... el saber que está, de algún modo, aquí, presente... hace que una nueva certeza se instale en mi interior. Él está ahí. *Él* —su verdadera esencia— sigue ahí.

Un escalofrío de pura emoción me recorre la espina dorsal y, sin pensar demasiado en lo que hago, le pongo la mano que tengo libre sobre la cabeza. Las hebras oscuras de su cabello se revuelven entre mis dedos y cepillo hacia atrás, en un gesto que pretende aliviarle... o aliviarme a mí; todavía no logro averiguarlo.

Es mi turno de acariciarle por medio del lazo. Es mi turno para tirar de la cuerda entre nosotros y, en ese momento, soy capaz de *percibirlo*.

No sé cómo explicarlo. Ni siquiera sé si algún día podré poner en palabras exactas lo que siento en estos momentos, pero sé que está aquí. No solo en cuerpo, sino en alma. De una manera que llena cada rincón de mi cuerpo y me hace sentir segura.

—Vas a estar bien —digo en un murmullo suave y, presa de una sensación aterradora, pronuncio—: Está en tu destino. Ya está escrito.

Algo me hace cosquillas en la mejilla. En medio de la bruma de mi sueño, un pequeño hormigueo me recorre la mejilla izquierda y baja hasta mi barbilla. Mi cuerpo, presa de un impulso de supervivencia que va más allá de mi entendimiento, se estremece y sigue con atención el trayecto de… bueno… lo que sea que provoca esta sensación que me recorre el contorno de la cara.

Pese a eso, el cerebro no es capaz de despertar. No está dispuesto a liberarme de la bruma densa que me envuelve.

El hormigueo llega a mi mandíbula y regresa siguiendo la línea del contorno de esta hasta que se une con mi oreja. Algo cálido y familiar me atenaza las entrañas y, finalmente, la consciencia gana. Mis ojos se abren al cabo de unos segundos más y me toma unos instantes de aturdimiento espabilar.

La habitación está bañada de una tonalidad tan cálida, que solo puedo evocar memorias de tardes soleadas y sentir como si estuviese metida en un sueño dulce y etéreo.

Un sueño que, por muy caluroso y afable que parezca, es un poco incómodo, ya que las rodillas me duelen por haber estado en la misma posición durante mucho tiempo; pero, a pesar de que eso podría romper el encanto de todo lo que me rodea, no lo hace. No lo hace porque la imagen que me recibe es tan maravillosa, que bien podría quedarme así, en este lugar y en esta posición, para siempre.

Ojos intensos, del color de la plata… o del oro…, aún no sabría decirlo del todo, me miran fijamente con ese calor extraño que hacía mucho que no expedían. Con esa apabullante emoción que alguna vez vi en ellos y que era tan poderosa que me hacía temblar las rodillas y doler el corazón.

Un nudo me atenaza la garganta.

No me muevo. Ni siquiera me atrevo a respirar. Solo me quedo aquí, quieta, mientras trato de absorber lo que está pasando.

Esto es un sueño.

Tiene que serlo.

De otro modo, no habría explicación para lo que estoy viendo... ¿o sí? ¿O es que en realidad estoy despierta y... y Mikhail también lo está?

—¿Mikhail? —Mi voz es un susurro ronco y tembloroso, y él, en respuesta frunce el ceño un poco.

Ahora, un poco más consciente del entorno, soy capaz de darme cuenta de que la caricia constante en mi mandíbula es suya. Debido a sus dedos cálidos siguiéndome el contorno del rostro como si fuesen la cosa más fascinante por explorar.

No me responde, pero sus ojos me barren el rostro con lentitud y se detienen en mi pómulo, donde arde y escuece por un rasguño que, seguramente, me hice la noche anterior gracias a nuestro confrontamiento. Entonces, como si estuviéramos conectados por el pensamiento, él me pasa el pulgar sobre la herida.

Su ceño se frunce un poco más. Acto seguido, sigue la exploración detallada.

Su vista baja y noto como su rostro es desprovisto de cualquier emoción. Noto como sus ojos se bañan de una oscuridad aterradora y un estremecimiento me recorre el cuerpo al instante. Algo de ira llega a mí a través del lazo y una semilla de miedo se instala en mi interior.

En ese instante, los dedos de Mikhail me abandonan la mejilla y buscan el punto en el que la mandíbula y el cuello se unen. Entonces, con el pulgar me acaricia ahí y el dolor estalla.

Mi espina entera sufre un espasmo de sorpresa y escozor, y la mandíbula del demonio —arcángel— se aprieta.

—¿Fui yo? —Su voz sale en un gruñido gutural, roto y agotado.

Me toma unos instantes comprender lo que dice. De hecho, no lo entiendo hasta que me llevo una mano a la zona en la que me acarició solo para darme cuenta de que me he estremecido de dolor una vez más.

En ese momento, los recuerdos se azotan contra mí. Él me hizo esto. Me apretó el cuello y —asumo— me dejó marcas.

El desasosiego que me trae su expresión dolida es casi tan abrumador como las ganas que tengo de hacer desaparecer todas y cada una de las marcas, para que no sea capaz de torturarse más. Para que el cargo de consciencia no lo obligue a cometer una locura con tal de protegerme de nuevo.

—Bess, lo siento tanto —musita, y sacudo la cabeza en una negativa.

—Descansa —digo, en voz baja, porque de verdad necesitamos que lo haga.

—Bess...

—*Shhh...* —le pongo un dedo sobre los labios mullidos y me sorprende encontrar ese gesto de lo más natural. De lo más normal entre nosotros. No sé qué ha cambiado, pero, de pronto —y al menos en estos momentos—, no me siento tan molesta como hace unos días. Como hace unas semanas—. Luego hablamos sobre eso. Ahora necesitas descansar.

La expresión atormentada que adopta es tan dolorosa que quiero borrársela del rostro.

—Cielo... —Su voz suena agotada y ahogada. Suena, de hecho, como si él se sintiese al borde del colapso.

—Lo sé —musito, porque tengo la certeza absoluta de que iba a volver a disculparse—. No pasa nada. Trata de dormir un poco más.

—No tenemos tiempo —él murmura y yo, irónicamente, esbozo una sonrisa suave.

—Tenemos todo el tiempo del mundo. —Y sé que lo hacemos. El tiempo del mundo está, de alguna manera, en nuestro poder. En nuestras manos. En el momento en el que no podamos detener más el inminente desenlace.

Una negativa confundida es lo único que él puede regalarme y es hasta ese instante que me percato del esfuerzo que le toma moverse.

—Todo va a estar bien —pronuncio, a pesar del terror que me embarga por su debilidad y, sin más, trepo a la cama a su lado y me acurruco cerca del borde junto a él—. Estoy segura de ello.

—Bess... —murmura una vez más, pero yo ya he cerrado los ojos, en un gesto que indica que quiero dormir. Ya me he lanzado una vez más al abismo absurdo de la ingenuidad, porque es esa ingenua esperanza lo único que me queda. Lo único a lo que puedo aferrarme ahora; a pesar de que sé que ya todo está escrito.

14

VULNERABLE

—Bess... —La familiar voz femenina me llena los oídos y abro los ojos.

Todo es blanco a mi alrededor. Blanco inmaculado. Antinatural.

—Bess...

Esta vez, soy capaz de percibir la urgencia en la voz que pronuncia mi nombre y frunzo el ceño.

Conozco esa voz. Conozco ese peculiar sonido dulce, pero no logro unir los puntos en mi cabeza.

Me siento tan aletargada, que apenas soy capaz de mantenerme consciente de lo que me rodea.

—Bess, no tenemos mucho tiempo —urge.

—¿Daialee? —inquiero, en voz baja, al sentirme un poco menos confundida y aturdida, pero no estoy segura de que sea ella quien me habla.

—Bess, escúchame bien. No debes confiar en él, ¿de acuerdo? —dice, y la preocupación en su voz me eriza los vellos del cuerpo. A pesar de eso, giro sobre mi eje con lentitud, mientras la busco en el vasto espacio de nada que se extiende a mi alrededor.

—¿Dónde estás? ¿En quién no debo confiar? —La voz me tiembla un poco, pero me las arreglo para empujar la sensación de malestar lo más lejos posible.

Nadie me responde.

—¡Daialee! —Elevo el tono de mi voz y esta hace eco en algún lugar lejano—. ¡Daialee! ¿Dónde estás?

Silencio.

—¡Daialee! —Camino de un lado a otro, pero sé que no hay modo de saber hacia dónde se fue o dónde está—. ¡Daialee!

Entonces, despierto.

La penumbra es lo primero que me recibe cuando abro los ojos. La desorientación y la somnolencia no hacen nada por mis sentidos aletargados y tengo que parpadear un par de veces para acostumbrarme a la iluminación.

De hecho, me toma unos instantes espabilar y empezar a ser consciente de mi entorno. La habitación me es vagamente familiar, pero no es hasta que los recuerdos vienen a mí de a poco que la reconozco por completo.

Estoy en una habitación de un hotel de paso que se encuentra a las afueras de Smithville, Tennessee... Y estoy sola.

La realización de este hecho hace que me incorpore de golpe. El mareo provocado por el abrupto levantamiento me incapacita unos segundos; pero cuando logro superarlo, corro la vista a toda velocidad por la reducida estancia.

Estoy sola en la cama. Mikhail —quien había estado acurrucado a mi lado— ha desaparecido y no hay señales de él por ningún lado. Haru, quien estaba tumbado en un sillón de la estancia, tampoco está aquí y, presa de una extraña inquietud, me pongo de pie y me apresuro hacia la salida.

Trato de mantener a raya la extraña y horrorosa sensación que me invade el estómago en el proceso, pero es imposible.

Abro la puerta con un tirón brusco.

No hay nadie aquí afuera.

De nuevo, no hay señales de ninguno de los ángeles, de Mikhail, o de Haru, y la sensación de *déjà-vu* que me embarga me pone los vellos de punta.

El sol ha caído lo suficiente como para teñir todo de tonalidades azules y grisáceas, como sacadas de alguna película de suspenso; de esas que tienen aire melancólico, casi tétrico. Eso solo hace que las emociones previas se revuelvan en mi pecho.

La sensación vertiginosa que me embarga me obliga a apretar la mandíbula para tragarme el gemido de pánico creciente que amenaza con abandonarme.

Me obligo a barrer los ojos sobre la extensión de terreno que se despliega frente a mí.

El aparcadero abandonado del hotel me recibe de lleno, pero, una vez más, no hay señal alguna de las criaturas con las que emprendí este viaje en primer lugar. Una punzada de terror me atenaza las entrañas, pero ni siquiera tiene oportunidad de transformarse en algo más, ya que el retortijón de la cuerda en mi pecho me lo impide.

Mi atención viaja, de inmediato hacia un punto a mi izquierda y toda la sangre del cuerpo se me agolpa en los pies cuando lo veo.

Ahí, de pie, vistiendo una sudadera y vaqueros oscuros, se encuentra Mikhail —y Jasiel y Arael— y me mira con gesto inescrutable. Luce agotado, como si hubiese pasado días enteros sin conciliar el sueño, y el nudo de ansiedad se aprieta cuando, con lentitud y cuidado, avanza hacia mí.

De pronto, todo ocurre tan rápido que ni siquiera soy del todo consciente de mis movimientos. No soy del todo consciente de la manera en la que avanzo hacia él; primero con paso dubitativo y temeroso, y luego a trote. Tampoco tengo mucha noción de la manera en la que, cuando me percato de cuánto nos hemos acercado, me detengo en seco.

Las emociones que colisionan en mi interior son tan poderosas, que tengo que pararme un segundo a pensar qué diablos es lo que quiero hacer: si golpearlo, abrazarlo o exigirle a gritos una explicación.

Apenas hay un palmo entre su cuerpo y el mío, y todo dentro de mí se contrae de anticipación al darme cuenta de ello. El corazón me late a toda marcha y las manos me tiemblan tanto que tengo que cerrarlas en puños sobre el material de la sudadera que me viste. Sus ojos, que ahora son una tormenta grisácea y dorada, me barren el rostro con lentitud y se posan unos instantes más de lo debido en mis labios. Entonces, alza una mano y me acomoda un mechón de cabello rebelde detrás de la oreja.

El nudo que siento en la garganta es insoportable y siento los ojos llenos de lágrimas sin derramar.

—Bess... —pronuncia, con suavidad, y sacudo la cabeza en una negativa frenética.

—Creí que... —Mi voz es apenas un susurro roto y tembloroso—. Creí que no...

Él asiente, como si de verdad entendiera qué es lo que trato de decir, aunque ni siquiera yo misma sé qué carajos hago.

—Lo siento tanto —musita, con esa voz suya tan ronca y tan apacible, y una nueva oleada de angustia me golpea. Angustia por él, por mí y por lo que ocurrió hace casi veinticuatro horas.

Un sonido similar a un gemido escapa de mis labios y, sin siquiera detenerme un segundo a pensar en lo que hago, le golpeo en el pecho con el puño. La sorpresa que veo reflejada en sus facciones solo incrementa la desesperación dentro de mí y atesto otro golpe en su dirección.

Él, aturdido, da un respingo, no por la fuerza del ataque, sino por el ataque mismo y, cuando estoy por golpearlo una vez más, me sostiene por el antebrazo y tira de mí hacia él.

Mi pecho impacta contra el suyo y forcejeo por ser liberada. A pesar de eso, no me deja ir. Al contrario, envuelve sus brazos a mi alrededor y me aprieta contra sí con más intensidad de la que sé que le gustaría.

Un chillido incoherente —y que pretende ser un reproche por haberme ocultado una cosa más— escapa de mis labios, y él hunde una mano en mi cabello y me presiona la cabeza contra su pecho de una manera tan protectora, que la ira previa se mezcla con una sensación aplastante de seguridad que apenas me permite respirar. Que me impide hacer otra cosa más que llorar de terror. De alivio. De liberación por todo lo que ha pasado.

Palabras tranquilizadoras son murmuradas contra mi cabello y un estremecimiento me sacude entera cuando siento la caricia constante y persistente a través del lazo que nos une. Es tan suave y dulce, que me llena el cuerpo de una calidez apabullante.

Finalmente, luego de unos instantes más de reticencia, me doy por vencida y aferro los dedos al material suave que le cubre el torso. Acto seguido, permito que la debilidad se haga cargo. Que el miedo y el alivio nos fundan en este amasijo de piernas, brazos y calor.

—Mikhail —la voz de Jasiel irrumpe el silencio, luego de unos instantes, pero no me muevo del hueco que el demonio ha creado para mí entre sus brazos—, tenemos que ponernos en marcha.

Mikhail se tensa en respuesta, pero no dice nada durante un largo momento. Se siente, de hecho, como si tratase de decidir qué es lo que debe hacer; pero al cabo de unos segundos de vacilación, deja escapar un suspiro pesaroso y cansado, y pronuncia:

—Tenemos que irnos, Bess —Su voz suena ronca y es apenas un murmullo, pero es tan plana y carente de emociones, que una punzada de enojo me recorre.

Las ganas que tengo de apartarme y exigirle una explicación se vuelven insoportables; pero, a pesar de eso, me las arreglo para tomar una inspiración profunda y mantener las emociones a raya. No estoy lista para dejarlo ir. No todavía.

Los brazos de Mikhail me dan un último apretón luego de unos segundos más y, entonces, me deja ir dando un paso hacia atrás.

El vacío que me deja su contacto es tan doloroso que apenas puedo soportarlo y me pregunto, por primera vez, si el apego que siento por él es saludable.

«No debe ser saludable».

—Haru ya está en el auto —anuncia, en ese tono distante y frío que ha estado utilizando últimamente, y el pecho me escuece en respuesta.

Aparto la mirada de la suya.

De pronto, las ganas que tengo de volver al cómodo rencor que sentía por él hace unos días son tan grandes e intensas, que apenas puedo soportarlas; pero sé que es imposible. Por más que quiera o trate, nunca podré odiarle del todo.

—Viajaremos de noche por el retraso que tuvimos —Mikhail continúa y la sensación de hundimiento me agobia un poco más. No puedo creer que esté hablando como si nada hubiese ocurrido. No puedo creer que ni siquiera esté tratando de explicar qué carajos fue lo que pasó con él hace casi veinticuatro horas—. Espero que puedas conducir un poco más antes de que tengamos que recurrir al vuelo para seguir avanzando.

Mis ojos, que habían estado evitándole desde que nos separamos, se alzan y lo encaran, y todo el enojo reprimido se agolpa en mi interior y me hace temblar las manos.

—¿Eso es todo? —La decepción y la frustración hacen que la voz me suene rota y apagada—. ¿De verdad vas a hacer como si nada hubiera pasado?

Una emoción desconocida centellea en su mirada en el instante en el que escupo esas palabras, y algo adolorido y profundo se acentúa en la expresión inescrutable que lleva tallada en el rostro, pero desaparece tan pronto como llega.

—Ahora no hay tiempo para eso, Bess. —La dureza en su tono me encoge el cuerpo entero, pero ni siquiera parece darse cuenta de lo mucho que me afecta lo que dice. Al contrario, se limita a apartarse del camino y pasar de largo a mi lado, avanzando por el corredor en dirección a las escaleras.

De cerca le siguen Jasiel y Arael, quienes actúan como si no hubiesen escuchado ni una sola palabra de lo que he dicho.

El enojo que intentaba controlar ruge en mi interior.

—No puedes hacerme esto otra vez. —Mi voz suena más áspera y dura de lo que espero, pero consigue que se detenga en seco y me mire por encima del hombro.

—Vámonos —espeta, y lágrimas nuevas se agolpan en mis ojos—. *Ahora*.

La única respuesta que recibe de mi parte es un tirón duro y violento en el lazo que nos une. Es un claro desafío y él lo sabe, ya que se gira sobre su eje y clava su mirada en mí.

—No tengo tiempo para esto. No esta vez —dice, en un tono tan ronco y pesado, que un escalofrío me recorre entera—. Tenemos que seguir avanzando.

—No voy a ir contigo a ningún lado —refuto, a pesar de que la idea de quedarme sola es aterradora—. No sin una explicación de lo que pasó.

—Bess, por favor, ahora no es el momento —Jasiel interviene con suavidad, pero ni siquiera lo miro. Mantengo la mirada fija en el demonio que tengo enfrente.

—No me importa si tengo que llevarte a rastras, Bess —Mikhail suena tranquilo y acompasado cuando habla, pero el ceño profundo que se ha formado entre sus cejas me hace saber que está a punto de perder los estribos—, así que toma la decisión que más te apetezca: la de ir por tu propio pie o la de ir a la fuerza. No vas a quedarte aquí. Vas a venir quieras o no, ¿entendido?

Me cruzo de brazos.

—*¿Entendido?* —repite, al no tener respuesta de mi parte y yo alzo el mentón en un gesto cargado de desafío.

196

Una palabrota muy impropia de un arcángel escapa de sus labios y acorta la distancia que nos separa en un par de zancadas. Cuando se detiene está tan cerca que tengo que reprimir el impulso de encogerme sobre mí misma. Sé que trata de intimidarme, pero no voy a permitir que lo consiga.

—Bess, te juro por lo más sagrado que existe que si no empiezas a moverte ahora mismo... —Se interrumpe y yo esbozo una sonrisa cruel.

—¿Qué? —Le reto, con desdén—. ¿Vas a intentar asfixiarme de nuevo?

Un centenar de emociones relampaguean en su mirada en el instante en el que las palabras me abandonan y noto como sus ojos se desvían hasta los moretones que —seguramente— tengo en el cuello.

—Bess, por favor, sé sensata —la voz de Jasiel llega a mí y aprieto la mandíbula.

Estoy a punto de replicar. De hacer un comentario mordaz y despectivo en su dirección, pero una voz diferente habla antes:

—Ayer dijiste que no irías a ningún lado sin él —dice Arael, con ironía—, ¿y ahora dices que no vas a ir a ningún lado *con* él? Definitivamente, alguien necesita empezar a ser consistente con sus decisiones.

Mi vista viaja hacia atrás de Mikhail, en dirección a donde el ángel se encuentra.

—Lo dice quien quería abandonarle aquí, a su merced, y que ahora está acatando sus órdenes sin chistar. —El veneno en mi voz me hace sonar amarga y dura, pero no me importa.

El destello iracundo que surca la mirada de Arael me pone la carne de gallina, pero me obligo a no apartar la vista cuando, en un arranque de furia, avanza hacia mí a toda velocidad.

—Ten mucho cuidado con la manera en la que me hablas, *humana* —escupe la palabra como si fuese la cosa más asquerosa que han pronunciado sus labios, y el enojo incrementa—. No olvides que puedo partirte el cuello en dos si...

—Si hay alguien aquí que debe cuidar la manera en la que habla, ese eres tú, Arael. —La voz de Mikhail interrumpe la diatriba del ángel con tranquilidad, pero su tono tiene un dejo tan belicoso y gélido, que este detiene su discurso de inmediato al escucharlo—. Y de una vez te lo advierto: si vuelves a hacer cualquier mínima insinuación acerca de herir, hacer daño, ponerle un dedo encima o, incluso, te atreves a respirar demasiado cerca de Bess, quien va a terminar con el cuello partido en dos, eres tú.

No quiero apartar la vista de Arael porque no quiero darle el gusto de verme vulnerable, pero la declaración de Mikhail me resulta tan retorcidamente dulce, que no puedo evitar mirarle por el rabillo del ojo.

El demonio tiene la vista fija en mí y su gesto es de lo más sereno, pero la hostilidad que emana el resto de él es tan abrumadora, que no hay necesidad alguna de que pose la vista en el ángel para dejar en claro que no está haciendo una amenaza al aire. De hecho, suena como si estuviese declarando una verdad simple y llana. Como quien habla acerca de algo tan ordinario como hacer las compras del supermercado o dar un paseo por el parque.

Es eso, por sobre todas las cosas, lo que hace que una punzada de algo cálido me atraviese de lado a lado.

Los ojos de Arael se endurecen al instante, pero no dice nada más. Se limita a apretar la mandíbula antes de retroceder un par de pasos para darme algo de espacio vital. En ese momento, toda mi atención se vuelca hacia Mikhail, quien sigue actuando como si nada de lo que ocurrió hace veinticuatro horas tuviese importancia.

—Necesito que me digas qué está pasando contigo —digo, tan firme y serena como puedo. Quiero que se dé cuenta de que esto no es una rabieta. Que me preocupo por él y que quiero saber qué es lo que está sucediéndole para así evaluar la situación. Para así no volver a ser tomada con la guardia baja una vez más—. Y quiero la verdad.

Una emoción relampaguea en las profundidades de sus ojos, pero es ahogada por ese gesto inescrutable que lleva tallado en el rostro. Sé que no quiere hablarme respecto a los episodios que sufre, pero también sé que sabe que no tiene alternativa; así que, al cabo de unos largos momentos de silencio, toma una inspiración profunda y ladra en dirección a Jasiel y Arael:

—Vayan con Haru. Bess y yo tenemos una conversación pendiente.

Escucharle decir eso debería traer alivio y felicidad a mi sistema, pero lo único que consigue es hacer que sienta las rodillas débiles. Que sienta el pulso acelerado hasta un punto que raya en lo ridículo.

Los ángeles parecen renuentes a dejarnos solos, pero no sé a qué se deba: si a su miedo a que Mikhail revele algo que no debería, o a el miedo que sienten de que me haga algo.

Con todo y eso —y luego de un largo instante cargado de miradas evaluadoras—, se dan la vuelta y avanzan en dirección a las escaleras descendentes.

Mikhail no dice nada. Ni siquiera cuando ya han pasado un par de minutos desde que los ángeles se marcharon; es por eso que, presa de un destello de impaciencia, me cruzo de brazos —más para abrazarme a mí misma que para lucir molesta— y digo:

—¿Y bien?

Es hasta ese momento, que me doy cuenta… Él no estaba mirándome. Tenía los ojos clavados en mí, pero su mente estaba en otro lugar; uno tan lejano, del que solo fue capaz de volver hasta que rompí el silencio que nos envolvía.

Se aclara la garganta.

—No estoy muy seguro de qué es lo que quieres que te diga —dice y, pese a su tono sereno y un poco irritado, soy capaz de notar la vulnerabilidad con la que habla. La forma en la que sus hombros, antes cuadrados e imponentes, se inclinan un poco hacia adelante, en una postura incierta e insegura.

Sacudo la cabeza, en un intento por ponerle orden a la cantidad de preguntas que se arremolinan en mi mente.

—¿Por qué no me lo dijiste? —La voz me sale en un susurro tembloroso y dolido y, de pronto, me pregunto por qué me siento tan afectada. Por qué me importa el no haber estado enterada de lo que le ocurría.

Por un momento creo que va a fingir demencia y preguntarme de qué hablo, pero la manera en la que su gesto se endurece me dice que no está dispuesto a seguir ocultándolo. Ya no.

—Porque no quería preocuparte —dice, en un tono tan neutro y tan tranquilo, que me saca de balance—. Porque no quería añadirle más peso a la carga que llevas sobre la conciencia.

Su respuesta es tan simple, que el pecho me escuece ante la crudeza de su declaración. Ante la manera en la que trata de restarle importancia al hecho de que, una vez más, solo trataba de no hacerme sentir mal.

—¿Qué es, exactamente, lo que te pasa? —Apenas puedo hablar, pero no puedo hacer nada para cambiar la forma en la que la voz me sale de los labios. Me siento tan abrumada, que las palabras me abandonan entre bocanadas de aire demasiado largas y susurros rotos.

Silencio.

—Bess, en las fosas del Inframundo estuve a punto de terminar mi transformación. —Cuando habla una vez más, suena un poco más inestable, como si luchase contra algo para obligarse a hablar. Como si arrancase las palabras de sus labios a la fuerza—. ¿Entiendes lo que es eso? ¿Lo que significa? —Niega, al tiempo que frunce el ceño ligeramente—. Estuve a punto de ser un demonio completo, y lo hubiese sido, de no ser porque escapé. Porque yo sabía que había algo aquí, en este plano, que estaba deteniéndome. Impidiéndome ser la criatura más poderosa del Averno. Porque estabas tú, con esta atadura entre nosotros, que me hacía vulnerable. Escapé, no porque no deseara convertirme en una criatura de oscuridad completa, sino porque tenía que acabar con la única de mis debilidades. Tenía que destruir, de alguna manera, aquello que me hacía endeble. —Hace una pequeña pausa, permitiendo que sus palabras se asienten entre nosotros—. Salí del mismísimo Infierno con la sola intención de acabar contigo. Aun cuando no sabía qué o quién eras tú.

—Pero ¿Qué tiene que ver todo esto con lo que pasó anoche? —inquiero, con un hilo de voz.

—Tiene todo que ver, Bess. —La mirada compasiva que me dedica me hace sentir como una completa idiota porque no logro entender lo que trata de decir—. Estuve a punto de cumplir mi cometido y, lo más importante, estuve decidido a asesinarte más veces de las que me gustaría admitir.

—Pero no lo hiciste —pronuncio, y no sé si trato de declarárselo a él o si estoy tratando de convencerme a mí misma de que no lo hizo porque, en el fondo, algo en él era capaz de recordarme.

La tristeza que veo en sus facciones me estruja las entrañas de manera dolorosa.

—No, no lo hice... Pero porque no sabía si al hacerlo iba a morir contigo. —La admisión entrecortada me escuece el pecho—. Bess, el único motivo por el cual no te asesiné, fue porque me di cuenta de que lo que nos une es más poderoso que un artilugio de magia negra hecho por un puñado de brujas. La unión entre nosotros es tan poderosa que, de alguna manera, *sabía* que iba... no... que *voy* a morir si tú lo haces. —Sacude la cabeza una vez más—. No sé a qué se deba: si al hecho de que planté en ti mi energía angelical, o a la forma en la que tu condición de Sello se adaptó al lazo, a mi energía y a mi condición de ancla; pero sé que, de alguna forma, este lazo es más poderoso de lo que cualquiera de los dos imagina. ¿Por qué crees que sigues aquí? ¿Por qué crees que el poder que te dan tus Estigmas no te ha asesinado todavía?

Niego con la cabeza, aún incapaz de ver qué es lo que trata de hacerme entender. Todo lo que ha dicho es nuevo, pero no me aclara en lo absoluto qué es lo que está pasando con él.

Mikhail parece notar la confusión tallada en mi rostro, ya que deja escapar un suspiro antes de mirarme con infinita tristeza.

—Bess, te digo todo esto porque necesito que entiendas lo peligroso que puedo llegar a ser para ti —dice—. Porque necesito que entiendas que, a pesar de que me has devuelto esa energía angelical a la que renuncié para mantenerte a salvo, la demoníaca es fuerte y aún existe en mí. Se ha fortalecido durante mi estadía en el Averno y, aunque la energía angelical lucha con brutalidad por mantener a raya la oscuridad, esta no siempre es capaz de sosegarla. Soy un verdadero peligro para ti. *Especialmente* para ti. —Hace una pequeña pausa, como si sopesara las palabras que está a punto de pronunciar. Como si tratase de decidir si está dispuesto a mostrar una parte de él que, asumo, lo hace vulnerable y, al cabo de unos instantes más, dice—: Cuando estás cerca, la... —traga duro—, la oscuridad me habla. No literalmente, pero puedo *sentir* como...

—Te habla en el oído. Lo sé. —Lo interrumpo, porque de verdad sé de qué habla. Los Estigmas hacen eso conmigo todo el tiempo. Se enroscan y se envuelven a mi alrededor. Me susurran en los oídos toda clase de cosas y tratan de doblegarme la voluntad—. Me pasa lo mismo.

Un destello de sorpresa atraviesa el gesto de Mikhail y me doy cuenta de que es la primera vez que se lo digo a alguien. Es la primera vez que admito que el poder de los Estigmas hace eso conmigo.

—Bess, la oscuridad me pide que acabe contigo. —Habla de la oscuridad como si fuese poseedora de consciencia y voluntad. Del mismo modo en el que yo hablo de los Estigmas para mí misma. Eso me hace sentir conectada a él de una forma en la que nunca pensé que lo haría—. Me pide que corra el riesgo y te elimine del camino, porque prefiere verme muerto a permitirse una vulnerabilidad. —La máscara de tranquilidad que tiñe su mirada se resquebraja y me muestra el verdadero terror que alberga en su interior. Una expresión tan dolorosa en sus facciones, que apenas puedo soportarla—. Tengo *tanto* miedo de ella.

—Mikhail...

—Tengo miedo de no poder controlarla. De que estés cerca cuando me domine, justo como lo hizo anoche, y haga algo de lo que me arrepienta el resto de mis días. —Me interrumpe y noto cómo aprieta los puños en sus costados—. Me aterra hacerte daño, Bess.

Lágrimas nuevas me inundan los ojos.

—P-Por eso me evitas. —No es una pregunta. Es una afirmación—. Por eso te alejas de mí. Por eso...

—Deberías odiarme. —Me interrumpe, y la frustración que se filtra en su tono ronco me deja sin aliento—. Deberías quererme lejos de ti. Deberías... —Se detiene, cierra los ojos y se lleva las manos a la cabeza en un gesto tan desolado y desesperado, que me duelen los huesos de la angustia. De la impotencia de no poder hacer nada para ayudarle a sobrellevar esa batalla—. Yo me detesto. Me aborrezco a mí mismo por lo que te hice.

Abre los ojos para encararme y el dolor demencial que veo en su mirada hace que una estaca se me clave en el pecho, justo donde debe estar el corazón.

—No soporto estar en mi propia piel solo de pensar en lo imbécil que fui —continúa—. En lo cegado que estaba por la necesidad de poder. Por la necesidad de arrebatarte eso que me pertenecía y ser, finalmente, el amo y señor del Inframundo. —En una zancada acorta el resto de la distancia que nos separa y noto cómo eleva las manos, como si fuese a ahuecarme la cara con ellas, pero se detiene a medio camino y aprieta los puños. Los nudillos se le ponen blancos—. Y no puedo dejar de preguntarme... *¿por qué?*

No puedo responder. No puedo hacer nada más que tragar duro para tratar de eliminar el nudo en mi garganta, y parpadear para alejarme las lágrimas de los ojos.

—¿Por qué no me odias? —suelta, en un susurro agobiado y desesperado—. ¿Por qué exiges verme? ¿Por qué te pones en peligro? ¿Por qué estás cerca de mí, cuando soy la persona más peligrosa en este universo para ti? ¿Por qué me lo pones tan difícil cuando lo único que quiero es mantenerte a salvo?

Lágrimas calientes y pesadas se deslizan por mis mejillas y tengo que reprimir el sollozo lastimero que amenaza con abandonarme.

—Te traicioné, Bess. —Su voz suena tan rota que, de no estar mirándole a los ojos, secos por completo, juraría que está a punto de echarse a llorar—. Te utilicé. Me metí en tu cama con la única intención de hacer que confiaras en mí. Incluso yo me odio por eso. Deberías empezar a hacerlo tú también.

—N-No puedo... —digo, en medio de un sonido estrangulado, pero es cierto—. De verdad lo intento, pero *no puedo*.

Algo primitivo se apodera de su expresión y sus manos, finalmente, me ahuecan el rostro.

—¿Qué tengo qué hacer, chiquilla tonta, para que entiendas que no soy bueno para ti? —dice, entre dientes, con desesperación—. ¿A qué jodido infierno tengo que llevarte para que comprendas que soy el ser más despreciable que ha pisado la tierra? ¿Por qué no entiendes que voy a acabar con nosotros si me das la oportunidad de hacerlo?

De pronto, la respuesta viene a mí como caída del cielo. Como un rayo atronador en el mismísimo centro de la tierra y las palabras me abandonan antes de que pueda procesarlas:

—Porque confío en ti.

Pánico crudo y visceral se apodera de las facciones de Mikhail y el poder de sus emociones es tan apabullante, que el lazo que nos une se estruja con brusquedad.

—No deberías —dice, sombrío y aterrorizado.

—Lo sé. —Asiento y las lágrimas me caen a raudales por las mejillas—. Lo siento.

Una negativa le sacude la cabeza.

—Eres una tonta —dice, pero la dulzura en su tono le quita toda la malicia a la declaración—. Eres una idiota... Y yo lo soy más por permitirme este tipo de libertades. Por permitirme el privilegio de tocarte...

Sus pulgares trazan caricias suaves en mis mejillas y se llevan las lágrimas lejos de mi cara. En ese momento, poso mis manos sobre las suyas y las aprieto contra mí, de modo que su agarre se intensifica.

Su mirada se oscurece de inmediato y, un sonido ahogado y torturado escapa de su garganta cuando giro la cara para plantar mis labios en la parte interna de su muñeca, en un beso ligero y rápido.

—Me lleva el jodido Infierno —suelta, en un gruñido primitivo—. Vas a volverme loco.

Entonces, sin ceremonia alguna, acerca su rostro al mío y me besa con ferocidad.

15

TRAIDOR

Una mano grande y firme se apodera de mi nuca y cambia el ángulo de mi rostro, de modo que este se inclina hacia un lado, dándole entrada amplia a la lengua ávida que, sin pedir permiso, me invade la boca. Un sonido a mitad del camino entre un grito ahogado y un gemido me abandona, y un brazo se envuelve alrededor de mi cintura y me atrae hacia el pecho cálido y duro de Mikhail.

Mis manos se deslizan casi por voluntad propia hasta el rostro de mandíbula angulosa y piel cálida, y correspondo a la caricia abrumadora y embriagante que ejercen los labios del demonio sobre los míos.

Mi corazón es un amasijo de latidos irregulares y no hay ni un solo pensamiento coherente cruzándome la cabeza. Soy un montón de emociones encontradas, amontonadas en un cuerpo que apenas puede mantenerse en pie. Soy un millar de sensaciones y terminaciones nerviosas que empiezan y terminan en los labios de Mikhail.

—¿Qué estás haciendo conmigo? —El murmuro ronco y torturado sale su boca en medio de un resuello tembloroso, pero no me da oportunidad de responder. No me da oportunidad de nada porque su beso está de nuevo sobre mí.

El contacto es desesperado. Angustiado. No hay nada dulce en él porque se trata de poseer y reclamar. De tomar todo aquello que es prohibido y saborearlo, aunque sea durante unos instantes.

Dedos ansiosos se deslizan por mi cintura y se detienen en la curva de mi cadera, justo donde el trasero empieza y, de pronto, me encuentro deseando que se deslicen un poco más. Me encuentro anhelando que me toque como aquella noche hace —lo que se siente como— una eternidad.

Arqueo la espalda hacia él y un gruñido ronco retumba en su pecho cuando mis dedos se envuelven en su nuca. Acto seguido, la caricia se rompe.

Su frente se une a la mía cuando deja de besarme, pero no me atrevo a abrir los ojos. No estoy lista para volver a la realidad. No todavía.

El sonido de mi respiración dificultosa es lo único que irrumpe el silencio en el que se ha sumido todo y, durante unos deliciosos instantes, me permito creer que todo estará bien. Que, finalmente, todo tomará el curso correcto solo porque estoy entre sus brazos. Porque, desde que lo conozco, he deseado esto con él. Incluso, cuando no podía tocarlo porque le hacía daño.

—Necesito decírtelo ahora, porque no sé si después tendré el valor de hacerlo —murmura, con la voz enronquecida y su aliento caliente me golpea en los labios—. Necesito decírtelo ahora, porque luego no voy a permitirme un ápice de debilidad. Ni siquiera por ti.

Mis ojos se abren y encuentran los suyos en el proceso.

—Estoy enamorado de ti, Bess Marshall —su voz es un susurro tembloroso e inestable. Un suave suspiro que me calienta el alma entera—. Estoy completamente condenado a vagar por este mundo encadenado a ti; y no por la manera en la que este lazo nos une a ambos —al decir esto, siento como una caricia dulce vibra y pulsa entre nosotros—, sino por la forma en la que tu corazón le habla al mío. Y, que el universo, el destino y el mismísimo Creador me perdonen, pero haré hasta lo imposible por mantenerte a salvo. Y no por lo que representas para el mundo, sino para mí. —Hace una pequeña pausa solo para contemplarme a detalle—. Quiero que sepas que hago esto por convicción propia, no por deber. Porque, ahora mismo, el mundo entero puede irse al demonio siempre y cuando tú estés a salvo.

Sus ojos me barren el rostro una vez más y sus manos suben hasta mis mejillas, de modo que sus pulgares pueden trazar caricias suaves en ellas.

—Y no espero que me perdones. No espero que te arrojes a mis brazos y confíes en mí, porque sé que las cosas no funcionan de esa manera; pero no quería quedarme con esto atascado en el pecho. —Guarda silencio unos instantes mientras yo absorbo todo lo que acaba de decirme. Entonces, deposita un beso casto en mi frente—. Ahora te voy a soltar. Voy a dejarte ir, y todo volverá a ser como lo era hace quince minutos, porque no puedo permitirme a mí mismo el riesgo de herirte. No una vez más. Nunca más, si está en mis manos decidirlo.

—Mikhail, yo...

—No lo digas —me interrumpe, en un suspiro torturado y doloroso—. Por favor, no lo digas. Sea lo que sea, no te atrevas a decírmelo, porque si lo haces... —traga duro—. Si lo haces, no voy a tener el valor de alejarme de ti, y no quiero ser así de egoísta.

Asiento, incapaz de confiar en mi voz para hablar y, luego, decido que le diré lo que siento de otra manera. Le diré cuánto me importa de la única manera en la que sé que podrá entenderlo...

Mis manos —que se habían posado en su pecho— se deslizan hasta su nuca, y enredo los dedos entre las hebras oscuras de su cabello antes de atraerlo hacia mí. Antes de acortar la distancia que nos separa y probar el sabor de sus labios una vez más e imponer un ritmo pausado, dulce y profundo; capaz de hablar por mí. De decirle cuánto me importa.

Un gruñido ronco abandona sus labios en el instante en el que mi lengua busca la suya, y me besa de regreso. Me besa como si tuviese todo el tiempo del mundo para hacerlo. Como si el mundo no estuviese cayéndose a pedazos a nuestro alrededor.

Esta vez, cuando nos separamos, no se permite ni un segundo más en mi compañía. No le permite a sus manos el privilegio de tocarme y se aparta, imponiendo una distancia prudente entre nuestros cuerpos.

Cuando sus ojos y los míos se encuentran una vez más, todo vestigio de tortura desaparece de su expresión. Todo vestigio de emoción se desvanece y lo único que soy capaz de ver es esa máscara inescrutable que se ha echado encima durante las últimas semanas.

—Es hora de irnos —dice, con la voz enronquecida por las emociones provocadas por nuestro contacto y el corazón me escuece y arde.

A pesar de eso, me obligo a asentir. Entonces, él gira sobre su eje y se echa a andar en dirección a las escaleras. Yo me permito unos instantes más para recomponerme, pero cuando me siento lo suficientemente serena como para no echarme a llorar cuando lo tenga enfrente de nuevo, lo sigo.

Nos quedamos sin combustible al final de nuestro segundo día oficial de viaje.

La noche casi ha caído para ese momento y los ángeles —y el demonio— al mando tratan de decidir cuál es la mejor de nuestras opciones: si continuar nuestro camino durante la noche o descansar un poco antes de seguir avanzando.

Arael no ha parado de abogar por algo de descanso y, por primera vez, estoy de acuerdo con algo de lo que dice. Quiero descansar. He pasado las últimas dieciocho horas sentada tras un volante. Siento los músculos tan agarrotados y la cabeza me duele tanto, que solo puedo pensar en dormir.

Finalmente, luego de un acalorado debate, Mikhail cede y decide darnos algo de tregua.

Así pues, luego de eso, emprendemos camino en busca de algún refugio para pasar la noche. Para hacerlo, tenemos que recurrir al vuelo, y trato de no lucir afectada cuando Mikhail, en lugar de tomarme en brazos y llevarme con él, lleva a Haru. Yo, como apenas tolero estar en presencia de Arael, opto por viajar bajo el cuidado de Jasiel.

Media hora más tarde, aterrizamos sobre el claro de un bosque frondoso que se encuentra a los costados de la carretera que inicialmente seguíamos. El viaje por aire ha sido mucho más rápido que por tierra, pero también ha sido más agotador; así que, para el momento en el que pisamos el suelo una vez más, me siento como si pudiese dormir una vida entera.

—Jasiel —la voz de Mikhail me llena los oídos cuando le ofrezco a Haru un sándwich que saqué de una máquina expendedora de la recepción del hotel en el que estábamos—, Arael y yo iremos a revisar el perímetro. Tenemos que asegurarnos de que estamos a salvo. Tú quédate aquí con Bess y Haru.

A propósito, me obligo a mantener la atención fija en el chiquillo que me sonríe mientras le paso una botella de agua, pero, por el rabillo del ojo, sigo el movimiento de él y Arael.

Una punzada de algo doloroso me atraviesa cuando lo veo desplegar sus alas de un movimiento furioso, pero ni siquiera entiendo por qué. A estas alturas del partido, no entiendo por qué me siento tan desolada cada que lo veo. No quiero pensar demasiado en que, quizás, ha sido su confesión más temprana la que me tiene así, pendiendo de un hilo y sintiendo como si, en cualquier momento, fuese a estallar de la angustia; pero no puedo dejar de hacerlo. No puedo dejar de atribuirle esta revolución interna al hecho de que me ha dicho que realmente *siente* algo por mí.

Poso la atención en él.

La oscuridad de su ala demoníaca es eclipsada por la belleza luminosa que sobresale de su omóplato cicatrizado, y eso le da un aspecto sombrío y maravilloso a la vez. La dualidad de Mikhail —esa que tanto le aterra—, materializada de manera tangible en sus alas, es el espectáculo más bello que he tenido la oportunidad de presenciar.

—¿Estás seguro de que quieres que me quede aquí? —La voz de Jasiel hace que desvíe la vista en su dirección—. ¿Estarás bien?

Mikhail clava su vista en el ángel y noto como una nota sombría tiñe su gesto. Es en ese momento, cuando *lo sé*. No sé cómo lo hago, pero tengo la certeza absoluta de que algo está ocurriendo, ya que ambos se miran como si tratasen de decírselo todo con los ojos.

No estoy segura de que se trate de esa inestabilidad de la que Mikhail me habló esta mañana, pero sospecho que tiene mucho que ver con eso.

La sola idea de imaginarme estar en medio de otro episodio como el último me pone los nervios de punta, pero trato de convencerme a mí misma de que la serenidad que hay en su gesto no es ensayada.

—No podemos dejar a Haru y a Bess sin compañía —El demonio pronuncia, pero suena como si no estuviese seguro de querer ir con Arael a revisar el perímetro del lugar—. Te necesito aquí.

—Pero...

—No está a discusión, Jas —Mikhail suena duro y paternal al mismo tiempo—. Necesito que te quedes con ellos.

—Yo puedo quedarme —Arael interviene, y la atención de todo el mundo se posa en él.

La duda tiñe el gesto del demonio de los ojos grises, pero no dice nada durante un largo momento. Se siente como si estuviese teniendo una lucha interna.

—Si necesitas que Jasiel vaya contigo, yo puedo quedarme con los Sellos. —La manera en la que Arael evita llamarnos por nuestro nombre a Haru y a mí, me llena el pecho de un sentimiento oscuro y peligroso.

Él no nos ve como criaturas que piensan y sienten. Nos ve como objetos que necesitan ser resguardados en un lugar seguro; no como seres capaces de racionar.

La mirada de Jasiel está clavada en Mikhail, pero él no ha apartado los ojos de Arael. Sé que está tratando de decidir qué hacer. De discernir si es buena idea o no dejarnos bajo su cuidado.

«Mikhail no confía en Arael...», susurra la vocecilla insidiosa de mi cabeza, pero trato de empujarla lejos. Ahora mismo, envenenarme el alma es lo último que necesito.

—No lo sé, Arael. Yo...

—Soy perfectamente capaz de cuidar de ellos, aunque sea unos minutos. —El ángel interrumpe la diatriba del demonio de los ojos grises y quiero protestar. Quiero pedirle a Mikhail que no se atreva a dejarnos a solas con él, pero no lo hago. No lo hago porque, desde que abandonamos el hotel, no he sido capaz de dirigirle una sola palabra.

Finalmente, los ojos del demonio se cierran durante unos instantes antes de encararle. Esta vez, cuando lo hace, hay resolución en su gesto.

—De acuerdo —dice, en dirección al ángel y una protesta se construye en mi garganta—. Arael, tú te quedarás aquí y Jasiel me acompañará. —Su vista se posa de manera rápida y fugaz en Haru y en mí antes de añadir—: No nos tardaremos demasiado.

Cierro las manos en puños, pero me las arreglo para morderme la lengua y no protestar por nuestras condiciones actuales. En su lugar, observo como Jasiel despliega sus alas para unirse a Mikhail, quien ahora nos mira con fijeza, como si tratase de decidir si decirnos algo o no.

Al cabo de unos instantes, parece decidir que no es necesario, ya que clava su vista en el cielo y, sin más preámbulos, sus alas —una luminosa y otra demoníaca— se extienden otro poco y se baten, elevándolo en vuelo. Jasiel lo imita al cabo de unos segundos.

Se siente como si hubiese pasado una eternidad antes de que, finalmente, me obligue a apartar la vista del punto en el que Mikhail se encontraba para enfocarme en Haru y en nuestra cena improvisada.

Los minutos pasan sin novedad alguna, pero cada minuto que paso bajo el ojo crítico de Arael se siente como una estocada. Como un yugo del que no puedo deshacerme del todo, por más que trate de hacerlo.

Pese a eso, me aseguro de lucir tranquila mientras, en silencio, como un emparedado idéntico al de Haru.

No tengo hambre. De hecho, la inquietud que siento es tanta, que apenas puedo tragar lo que me he metido a la boca, pero me obligo a tratar de alimentarme lo más que puedo. De mantenerme serena mientras me repito una y mil veces que tengo que dejar la paranoia y confiar un poco más en el juicio de Mikhail hacia estas criaturas que, hasta hace unas semanas, le consideraban un traidor.

La vista de Haru se posa de vez en cuando en el cielo y sé, sin que diga absolutamente nada, que él también se siente inquieto sin Mikhail alrededor. No puedo culparlo. Después de todo, Mikhail fue quien lo sacó a él y al resto de los Sellos del cautiverio en el que los mantenían los ángeles.

Así pues, decido que, para distraerlo un poco y borrar ese gesto angustiado de su rostro, debo llamar su atención y le ofrezco una botella de agua.

—Agua —pronuncio, en el afán de hacerle saber lo básico de la lengua que hablo, para así poder comunicarnos aunque sea un poco.

Él observa la botella, con la boca llena de comida, y luego clava sus ojos en mí. Yo le hago un gesto con la cabeza para que tome mi ofrenda y él así lo hace antes de repetir con entendimiento:

—Agua.

Una sonrisa se me desliza en los labios y, luego, pongo una mano sobre mi pecho.

—Bess —digo, señalándome a mí misma, para luego extender los dedos hacia él, a manera de saludo.

Él de inmediato entiende lo que trato de decirle y envuelve su mano en la mía.

—Haru —dice, poniéndose la mano libre en el pecho, para señalarse a sí mismo. Mi sonrisa se ensancha y le regalo un cálido guiño.

Los siguientes minutos son una completa tortura. La ausencia y la demora de Mikhail y Jasiel no han hecho más que ponerme los nervios de punta, al grado de considerar la posibilidad de ir a buscarlos. De abandonar este lugar y ponerme a gritar sus nombres como una loca desquiciada.

En lugar de eso, me obligo a mantenerme aquí, acurrucada con la espalda recargada sobre el tronco de un árbol y Haru arrebujado contra mi cuerpo, bajo el cobijo de una manta.

Tengo los ojos fijos en el cielo medio cubierto por las copas de los árboles, y, sin poder evitarlo, tiro de la cuerda en mi pecho con la esperanza de recibir una respuesta que no llega.

Al menos, no de inmediato.

Cuando lo hace, es con una sutileza tan cálida y suave, que tengo que volver a tirar de ella para confirmar que ha sido real y no solo un producto de mi imaginación.

Sentir a Mikhail desde el otro lado de la cuerda me tranquiliza los nervios casi de inmediato. Me hace saber que todo está bien y que, seguramente, han encontrado algo de importancia y por eso están tardando tanto.

Con eso en mente —y sintiéndome un poco más relajada, me acurruco aún más con la cobija y cierro los ojos, en un intento de conciliar el sueño —o de dormitar, aunque sea un poco.

Una ráfaga de viento helado me saca de la bruma de mi sueño, pero la pesadez amenaza con arrastrarme de vuelta a los brazos de

Morfeo. La parte activa del cerebro, esa que me exige estar alerta todo el tiempo, me pide que despierte y averigüe qué está ocurriendo; pero el cansancio acumulado me domina. Las horas y horas de viaje en carretera le reclaman a mi cuerpo y le obligan a sumergirse en ese mar denso creado solo para el descanso.

Algo similar a un gemido quedo y bajo llega a mí, pero es sofocado tan pronto como llega y, de pronto, lo único que soy capaz de escuchar es el sonido de las hojas quebrándose. El sonido del follaje de un árbol siendo removido sin descanso.

El ruido, que antes era manejable y tolerable, ahora se transforma en algo incómodo. Algo que hace que me remueva en mi lugar una y otra vez, en busca de alguna posición que me permita volver al sueño previo.

Otro pequeño ruido sofocado llega a mí y, esta vez, algo en mi interior me exige movimiento. Me exige que abra los ojos y averigüe qué, en el infierno, está sucediendo.

Todo se vuelve blanco. El sueño ha ganado y ahora el sonido de las hojas removidas se convierte en un suave rumor en la habitación blanca que, ahora, es familiar para mí.

Estoy en el lugar donde Daialee me visita. Ese en el que me habla.

—¡Bess! —La voz de mi amiga me llena los oídos y suena urgente y angustiada—. ¡Bess, despierta! —El rostro de la chica aparece en mi campo de visión y pego un respingo debido a la cercanía. De inmediato, sus ojos viajan hacia un punto a mi derecha y vuelven para encararme, horrorizados— *¡Ahora!*

Manos heladas me tocan los hombros y me sacuden una sola vez antes de que mis ojos se abran de golpe.

El aturdimiento es aterrador y abrumador, y solo hay penumbra en todo lo que me rodea. Tonalidades azul muy oscuro tiñen el cielo, y las estrellas han empezado a pintar el precioso lienzo que se extiende sobre mi cabeza. Los árboles murmuran susurros ansiosos provocados por el viento y tengo que parpadear varias veces para recordar el lugar en el que estoy.

El frío se cuela en mi interior del lado en el que la manta ha dejado de cubrirme, y es cuando me percato...

«¡Haru!».

Mi vista viaja al espacio vacío a mi lado; ese que llenaba el chiquillo con el que viajamos y, de inmediato, una punzada de miedo me recorre.

—¿Haru? —Mi voz suena ronca a mis oídos debido al sueño, pero ni siquiera sé cuánto tiempo ha pasado desde que cerré los ojos hasta ahora—. ¿Arael?

Me pongo de pie, aún aturdida y aletargada, y miro hacia todos lados, en busca de alguien.

«¿Dónde está Mikhail? ¿Dónde está Jasiel? ¿Por qué estoy sola?».

—¿Haru? —Mi voz se eleva y reverbera entre los árboles oscurecidos del bosque. El aspecto siniestro que tiene todo el lugar me pone la carne de gallina, y la falta de respuesta termina por darle a mis nervios alterados un pinchazo de dolor e inquietud.

—¡Haru! —Mi voz se encuentra a la mitad del camino entre un grito y la voz de mando. Estoy medio trotando por todo el claro en busca de él. De Arael. O de cualquier cosa que me diga qué carajo ha pasado.

—¡Arael! —grito, al tiempo que me adentro un poco en el bosque—. ¡Haru!

Mis pasos se detienen y trato de aguzar el oído para percibir algo —cualquier cosa— que me indique hacia dónde ir.

La sensación insidiosa que me provoca este mal presentimiento que ha empezado a invadirme, hace que el pulso me lata con fuerza. Hace que sienta el corazón como si estuviese a punto de explotar dentro de mi caja torácica.

Mi vista viaja entre los árboles oscurecidos por las tonalidades de la noche y, en un intento desesperado de sentirme un poco más en control de mí misma y de la situación, tiro del lazo que me une a Mikhail. Tiro con el afán de hacerle saber que me siento inquieta, que necesito de su presencia a mi alrededor, y que estoy asustada.

La falta de respuesta no hace más que ponerme un nudo de ansiedad en la boca del estómago y, justo cuando estoy a punto de volver a gritar el nombre de Haru, escucho algo. Un pequeño alboroto de hojas, una especie de gemido y entonces...

Nada.

Mi atención se vuelca de inmediato en dirección contraria a la que venía y, sin pensarlo demasiado, me echo a correr a toda velocidad con la plena certeza de que algo terrible está sucediendo.

—¡Haru! —grito, sin saber si voy en la dirección correcta, pero con la seguridad de este presentimiento que grita con todas sus fuerzas que es así, que estoy en el camino indicado; y los pulmones arden por el esfuerzo. Las ramas bajas y los arbustos me golpean mientras me abro paso por el terreno irregular y, entonces, cuando estoy a punto de llamar a gritos al chiquillo de cabello oscuro y ojos almendrados, lo siento...

Un tirón brusco me llena el pecho de una sensación extraña e inquieta, y tiro de regreso, solo para hacerle sentir a Mikhail mi preocupación y mi angustia.

—¡Haru! —grito, con toda la fuerza de mis pulmones y casi caigo de bruces cuando un agujero particularmente profundo me hace tropezar. Apenas logro detener el impacto de mi cuerpo contra el suelo y, presa de un impulso primitivo e instintivo, me levanto lo más rápido que puedo para seguir corriendo.

Mi boca se abre una vez más para gritar el nombre del niño. Los pulmones se me llenan de aire de nuevo y, entonces, justo cuando estoy a punto de gritar, los veo.

Están ahí.

Los dos.

Uno sobre el otro.

Arael con las manos alrededor del cuello de la figura escuálida de Haru, y Haru en el suelo, pataleando, arañando y forcejeando por su libertad.

La anatomía burda y tosca del ángel casi cubre la totalidad del niño que trata de liberarse, y durante unos instantes, no soy capaz de moverme. No soy capaz de respirar. No soy capaz de hacer nada.

No sé cómo es que llegué hasta aquí. No sé qué fuerza de la naturaleza, o del poder que llevo dentro me hizo dar con ellos de la manera en la que lo hice y, francamente, ahora mismo no me importa.

Los hilos dentro de mí gritan y cantan ante el poder avasallador de mis emociones y, sin que yo pueda hacer nada para impedirlo, se desenvuelven a una velocidad aterradora.

«¡Quítale las putas manos de encima!», quiero gritar, pero ningún sonido sale de mis labios. Ningún sonido es capaz de abandonarme la garganta, porque los Estigmas ya han hecho su camino hacia Arael —quien apenas se ha percatado de mi presencia—. Porque la energía destructiva que llevo dentro ya se ha enredado en cada extremidad del ángel y, con una facilidad aterradora, han comenzado a absorber la vida fuera de él.

Un grito sorprendido y adolorido escapa de los labios de la criatura, quien se aparta de Haru para encararme, pero que ni siquiera consigue mirarme a la cara, ya que se derrumba en el suelo gracias al poder destructivo de los Estigmas.

Siento los músculos agarrotados y la ira hierve en mi interior a borbotones. Hierve con tanta violencia, que temo que pueda derramarse por cada poro de mi cuerpo y materializarse.

Arael grita algo ininteligible y los Estigmas sisean furiosos ante el desafío que el ángel trata de imponer. Por primera vez en mucho tiempo, dejo que hagan su voluntad. Dejo que se estrujen alrededor de la energía ahora parpadeante del ángel y devoren todo a su paso.

Los árboles crujen a mí alrededor, la tierra se estremece debajo de mí y me siento poderosa. Me siento mejor de lo que nunca antes me sentí. Eso me aterroriza.

«Iba a matarlo», susurra la voz en mi cabeza. «Iba a matarlo mientras dormías. Iba a deshacerse de él, para luego deshacerse de ti».

Aprieto los puños y siento cómo mis vendajes se humedecen con la sangre que ha empezado a salirme de las muñecas. No es demasiada. No es tanta como espero y eso me saca de balance unos instantes.

«¿Por qué?».

Alguien grita mi nombre.

Creo que es Haru.

Alguien trata de pedirme que me detenga, pero no lo hago. No lo hago, porque la vista de su figura, acurrucada y temblorosa en el suelo, me hace querer venganza. Me hace querer cobrarme lo que le ha hecho a Haru mientras dormíamos. Mientras se suponía que nos cuidaba.

No quiero detenerme. No voy a hacerlo. No pararé hasta que los Estigmas no puedan alimentarse más. Hasta que se llenen de esta revitalizante y extraña energía que sé que no me pertenece, pero que llega a mí a través los hilos tensos de energía envueltos alrededor de Arael.

Un espasmo violento convulsiona el cuerpo del ángel y le sigue otro más. Un sonido acuoso y torturado escapa de sus labios y, entonces, deja de moverse.

Los Estigmas gritan y cantan victoriosos, y yo, presa de la resolución de lo que acaba de suceder, me quedo quieta. Completamente inmóvil, mientras trato de asimilar lo que acabo de hacer.

Los ojos de Haru, quien yace en el suelo, jadeante, están fijos en mí y están llenos de terror y... *¿admiración?*

Los Estigmas, al notarlo, ronronean con persuasión. Sé que tratan de pedirme que me alimente de él también. Tratan de convencerme de dejarles robar la vida fuera de Haru, pero los obligo a detenerse y retraerse.

No me atrevo a moverme hasta que me aseguro de que no tratarán de abandonarme y hacer su voluntad. No me atrevo a hacer nada hasta que los siento completamente en mi interior y, acto seguido, avanzo en dirección al chico derrumbado en el suelo, quien no ha dejado de respirar con dificultad.

El miedo en su gesto se suaviza cuando me arrodillo frente a él y, con cuidado, estiro los brazos para alcanzarle. Él no se aparta cuando lo hago y, solo hasta ese momento, me atrevo a inspeccionarlo. Me atrevo a tantearle los hombros, los brazos y la cara solo para asegurarme de que se encuentra bien.

El agradecimiento que tiñe su mirada cuando nuestros ojos se encuentran es como un bálsamo para mi pecho.

—¿Estás bien? —pregunto, con un hilo de voz, a pesar de que sé que no entiende lo que le digo.

Él abre la boca para responder, pero entonces, otro sonido lo irrumpe todo:

—¡Bess! —El grito en la voz de Mikhail hace que el terror y el alivio me invadan en partes iguales—. ¡Haru! ¡Arael!

El pánico en la expresión de Haru despierta uno similar en mí y, presa de un impulso maternal, le aparto el pelo de la cara y le regalo el gesto más tranquilizador que puedo esbozar.

—No pasa nada —digo, pese a que no puede entenderme—. Todo está bien. Él te atacó primero. No pasa nada.

—Oh, mierda... —La voz de Jasiel llega a nosotros y vuelco la atención hacia donde se encuentra.

Justo detrás de él está Mikhail. No me pasa desapercibido el tono ceniciento de su piel, ni las pequeñas venas amoratadas y negruzcas que le tiñen la piel del cuello y de la cara; mucho menos lo hace su gesto agotado y torturado.

Quiero preguntar qué ha ocurrido. Quiero preguntar si ha tenido otro episodio y por eso se ha marchado, dejándonos a merced de Arael, pero no lo hago. En su lugar, me limito a mirarlo, mientras espero por su reacción.

Su vista viaja de Arael hacia mí y termina en Haru. Entonces, vuelve a encararme.

—¿Qué pasó aquí? —Su voz es ronca y profunda y me provoca un nudo en la garganta.

Mi boca se abre y, justo cuando estoy a punto de responder, Haru le dice algo en ese idioma suyo que no entiendo. Los ojos de Mikhail se clavan en el chiquillo, quien habla y habla sin parar, mientras me toma las manos y las estruja con violencia.

Con cada palabra que Haru pronuncia, el gesto de Mikhail se endurece y, de pronto, luce tan descompuesto, que casi no parece él. Que se siente como si estuviese viendo una mala versión del demonio de los ojos grises.

Se hace el silencio.

—¿Qué ha dicho? —Jasiel irrumpe la quietud al cabo de unos instantes. Suena impaciente y angustiado, y no aparta la vista del cuerpo de Arael.

—Arael atacó a Haru. —Mikhail pronuncia casi en un gruñido—. Casi lo mata. —Su vista se posa en mí una fracción de segundo, antes de volver a clavarse en el cuerpo inerte del ángel—. Bess lo impidió.

—Oh, jodido infierno... —Jasiel suelta, pero los ojos de Mikhail no lo encaran. Se quedan clavados en el cuerpo de su compañero unos instantes antes de volverse hacia mí una vez más.

—Tenemos que poner a Gabrielle y Rael bajo alerta —dice, sin apartar su vista de la mía, con gesto horrorizado e impotente—. Hay traidores en nuestras filas.

16

ANSIEDAD

Jasiel no ha podido contactarse con Rael, Gabrielle o cualquiera de los ángeles que acompañaban sus reducidos grupos de viaje.

Eso, aunado a lo que ocurrió hace no más de un par de horas, nos tiene a todos al borde de un ataque de histeria.

El ángel en cuestión hace rato que dejó de preocuparse por mantener la compostura, pero Mikhail no ha dejado de lucir en control de sí mismo. Yo, por mi parte, no he dejado de crearme mil y un escenarios fatalistas en la cabeza que, por más que trato, no puedo apartar lejos. Estoy cayendo en una espiral de angustia y pánico tan grande que apenas tengo tiempo de pensar y de ser consciente de mí y de lo que ocurre a nuestro alrededor.

—¿Qué vamos a hacer? —Jasiel irrumpe el silencio en el que nos hemos sumido, y suena impaciente y preocupado.

A pesar de que su pregunta ha sido echa al aire, sus ojos están fijos en Mikhail, en un obvio confrontamiento. La pregunta no es para Haru o para mí. Es para el demonio de los ojos grises y él lo sabe a la perfección. Todos lo hacemos.

No responde. Se limita a mirar al ángel con una expresión que se encuentra a la mitad del camino entre la frustración y la serenidad ensayada. Está claro que él tampoco lo está pasando bien. Que su mente, al igual que la nuestra, corre a toda marcha en busca de una respuesta a todas aquellas preguntas nuevas que han surgido las últimas horas.

—¿Creen que se encuentren bien? —El cuestionamiento me abandona los labios casi de inmediato y tres pares de ojos —el de Haru incluido— se posan en mí. El gesto cargado de disculpa que Jasiel me dedica me revuelve el estómago.

La sola idea de pensar en las brujas —esas mujeres que han sido mi familia durante los últimos años— en peligro o... *peor*, me produce un dolor agudo en el estómago. Un ardor intenso en el pecho. Un espasmo de pura angustia me recorre el cuerpo solo de imaginarme lo peor, y cierro los ojos con fuerza para ahuyentar la imagen tortuosa que ha empezado a formarse en mi mente.

El silencio es la única respuesta que tengo a mi pregunta y, a pesar de que agradezco la honestidad y el hecho de que nadie ha tratado de ofrecerme falsas esperanzas, me siento miserable. Al borde del colapso.

—Debo ir a buscarlos. —La voz de Mikhail llena el ambiente luego de un largo rato. Poso la vista en él y noto, de inmediato, como Jasiel lo mira también. El demonio debe notar la confusión en nuestros rostros, ya que, al cabo de unos instantes más, añade—: A Gabrielle y a Rael. Debo encontrarlos.

Jasiel niega.

—¿Estás loco? —suelta, con desesperación—. No puedes hacer eso. Es peligroso para Bess y Haru que se queden sin la protección de un ángel de tu jerarquía. Yo solo, por más que quisiera, jamás podría enfrentarme a un demonio mayor si nos llegásemos a topar con uno. Lo sabes.

—Jasiel, yo soy un demonio mayor. —Mikhail suena sereno, pero hay un dejo de tristeza en su declaración.

—No. —Jasiel ataja—. No lo eres. No del todo. Eres un demonio mayor, por supuesto... pero también eres un arcángel.

—Soy un peligro para ustedes.

—Y también un escudo grande y poderoso. Tu poder va más allá del bien o del mal, Mikhail. Tienes que entenderlo —el ángel refuta—. No puedes huir solo porque te da miedo herir a alguien. Si te vas y algo sucede, vas a lamentarlo el resto de tu existencia. No permitas que el miedo te ciegue.

El gesto de Mikhail es surcado por una emoción ansiosa y aterrorizada.

—No es miedo lo que siento —refuta, y su tono se llena de frustración—. Tenemos que averiguar si Gabrielle, Rael, las brujas y el resto de los Sellos se encuentran bien. Tenemos que encontrarlos y ponerlos a salvo.

—Pues hagámoslo —Jasiel asiente, con determinación—, pero hagámoslo de la manera correcta. Vamos a Los Ángeles; al punto de reunión. Hasta donde yo sé, si ellos están bien y el único

222

traidor era Arael, estarán esperándonos allá mañana. Llevamos un día de retraso si ese es el caso. Tenemos que irnos lo más pronto posible y ver si han logrado completar el viaje.

Mikhail niega con la cabeza.

—¿Y qué si no lo hicieron? ¿Qué si no consiguieron llegar?

—¿Qué si sí lo lograron? —Jasiel suena desesperanzado, a pesar de su intento de optimismo—. Tenemos que confiar en ellos, Mikhail. Tenemos que confiar en que lograrán llegar a la ciudad.

La mirada del demonio luce cada vez más descompuesta.

—Si en los grupos de viaje de Gabrielle y Rael hay traidores y alguno de ellos no llega al punto de reunión —el ángel continúa—, entonces, dejamos a Bess y a Haru en el refugio humano y vamos a buscarlos. —Mis ojos están fijos en Jasiel, quien, a pesar de lucir asustado, habla con firmeza—. Tenemos que garantizar la seguridad de ellos dos primero. Esa fue tu orden: mantener a todo el mundo a salvo. Estoy seguro de que Gabrielle y Rael tratarán de acatarla, así se les vaya la vida en ello.

La mandíbula de Mikhail se aprieta ante la declaración de Jasiel, pero la duda se filtra en su expresión y ese simple gesto me hace saber cuánto se preocupa por en ellos. Cuánto le importan Gabrielle y Rael y lo mucho que le asusta el saber que pueden estar en peligro.

—Ellos harán todo lo posible por conseguir llegar a Los Ángeles —la voz del ángel es baja ahora, pero suena más determinado que antes—; así haya traidores en el camino.

—Está bien. —La voz de Mikhail rompe el silencio luego de unos instantes. Está más que claro que las palabras que abandonan sus labios no son aquellas que quiere pronunciar. Él quiere ir a buscarlos. Cerciorarse de que se encuentran bien—. Vayamos a Los Ángeles. Si no están allá, entonces haremos lo que dijiste: nos aseguraremos de que Bess y Haru se mezclen en el asentamiento humano, y luego iremos a buscarlos.

Jasiel asiente, pero luce tan inquieto como Mikhail.

—Confío en que nada malo les ha ocurrido —dice, pero no suena convencido—. Ellos llegarán a Los Ángeles. Allá nos encontraremos. Ya lo verás.

El demonio no dice nada. Se limita a asentir con brusquedad, antes de girarse sobre sus talones y avanzar en dirección a los árboles que rodean el claro donde nos encontramos.

Poso la vista en él y lo observo de espaldas, mientras noto cómo sus hombros y sus brazos se tensan ante el escenario aterrador que se despliega delante de nosotros.

—Será mejor que descansen. —La voz de Jasiel me saca del estupor y me obligo a encararlo. No me mira. Sus ojos están fijos en Mikhail, pero no luce como si realmente lo mirase. Es como si su mente estuviera en otro lugar. A pesar de eso, parpadea un par de veces y desvía su atención hacia mí—. Dentro de unas horas más partiremos, así que deben tratar de dormir.

El sonido de su voz es amable, pero la tensión no se va.

Yo no puedo responder, así que me limito a asentir mientras me obligo a girarme en dirección al árbol en el que dormía hace un rato; sin embargo, luego de dar un par de pasos, me detengo en seco y miro a Jasiel por encima del hombro.

—¿Por qué tardaron tanto en regresar, Jasiel? —Mi voz es apenas un suspiro tembloroso. Un resuello que delata cuánto miedo me da saber su respuesta.

El ángel abre la boca, pero la cierra de inmediato. Pareciera como si tratase de decidir si debe o no decirme la verdad.

—Estuvo a punto de tener otra crisis. —Se sincera.

Un escalofrío de puro terror me recorre entera.

—¿Siempre son así de frecuentes? —pregunto, con un hilo de voz, al tiempo que me giro para encararlo una vez más.

Niega y desvía la mirada.

—Antes eran bastante esporádicas. Se han vuelto peor con el paso del tiempo. —Traga duro—. Bess, creo que... —Se detiene con brusquedad, como si no quisiera pronunciar eso que tiene en la cabeza—. Creo que Mikhail va a perderse en la oscuridad que lleva dentro.

El peso de sus palabras cae sobre mí con tanta brutalidad, que me falta el aliento. Que el corazón se salta un latido y las entrañas se me retuercen ante el poder de mis emociones.

—No lo hará —digo, con tanta determinación que casi me lo creo—. Él es fuerte. Es el General del ejército del Creador. Es el mismísimo Miguel Arcángel.

—Bess...

—*No.* —Lo corto de tajo, porque no quiero escucharle decir que no debo guardar esperanzas. Porque no estoy lista para escucharle decir que el Mikhail que yo conozco va a desaparecer para siempre si las cosas siguen así—. Por favor, no.

Entonces, sin darle tiempo de decir nada más, me obligo a girar de nuevo y avanzar con Haru siguiéndome el paso de cerca. Me obligo a recostarme contra el árbol elegido y me arrebujo debajo de la manta, con la mente llena de humo y el corazón hecho un nudo de dolor y ansiedad.

Esta noche será muy larga. Y, por más que me gustaría que fuese diferente, algo me dice que no será la última que se sienta de esta manera.

Llegamos a Los Ángeles con menos de un día de retraso de viaje. Pese a lo que pasó en Tennessee, de alguna manera, Jasiel y Mikhail se han encargado de hacernos llegar apenas medio día más tarde de lo planeado. Eso ha logrado hacerme sentir aliviada.

Para el momento en el que ponemos un pie a las afueras de la ciudad, cerca del punto de reunión acordado, es de madrugada; así que la prioridad del ángel y el demonio es buscar un lugar para pasar lo que queda de la noche.

Ninguno de los dos habla cuando, con mucha cautela, nos abrimos paso hasta una casa abandonada que ha sido previamente revisada de pies a cabeza por Mikhail. Tampoco hablan cuando, en silencio, nos instalamos en la sala. El único momento en el que los escucho murmurar algo, es cuando deciden quién hará la primera guardia de la noche. Por supuesto, es Mikhail quien la toma. Es él quien obliga a Jasiel a quedarse adentro, con Haru y conmigo, para escabullirse bajo el cielo nocturno.

Paso la noche envuelta en una bruma de sueño ligero y alerta. A diferencia de hace unos días, que podía dormir un poco más y con más profundidad, mis horas de sueño se han reducido a este extraño manto de ligereza que me permite despertar a la primera señal de movimiento... O peligro. Tal es el caso, que me he despertado todas y cada una de las veces que Jasiel y Mikhail se han relevado para dormir.

Al llegar la mañana, es el ángel quien nos despierta y nos hace saber que es hora de marcharnos. Yo aprovecho la estancia en la casa para hacer mis necesidades primarias como una persona decente, lavarme la cara y ponerme el último cambio de ropa limpia que traje desde Bailey. Una vez lista y aseada, estiro los mechones de cabello corto hasta sus límites y los amarro en una pequeña —y ridícula— coleta en la base de mi nuca: el único lugar en el que puedo conseguir que se mantengan.

Finalmente, al cabo de apenas veinte minutos de habernos puesto en pie, nos encaminamos hacia la salida de la casa para emprender el viaje en dirección al punto de reunión.

Con la luz de la mañana, soy capaz de tener un vistazo de la desolación que lo invade todo. La vista de las casas abandonadas y las calles desiertas envían una punzada de dolor a mi sistema, pero me las arreglo para mantener el gesto inescrutable mientras barro los ojos por todo el terreno.

—Llegó la hora. —Mikhail pronuncia, en voz baja y tensa—. Vámonos de aquí.

—¿Crees que aún estén esperándonos en el punto de reunión? —inquiero, dirigiéndole la palabra a él en específico, luego de haber pasado los últimos días evitando hacerlo.

—Deberían. —Jasiel es quien responde—. Acordamos vernos al mediodía del día de ayer, pero también procuramos darnos un lapso de veinticuatro horas más para reunirnos en caso de que algún imprevisto se nos atravesara. En teoría, estarán esperándonos hasta el mediodía de hoy.

Mis ojos están fijos en el ángel ahora.

—¿El lugar de reunión está muy lejos de aquí? —pregunto, esta vez sin molestarme en mirar a Mikhail, porque sé que no va a responderme.

Jasiel niega.

—No, pero de todos modos tenemos que darnos prisa. Las rondas de seguridad de los humanos del asentamiento son alrededor de las dos de la tarde. Si queremos que tanto las brujas como ustedes, los sellos, alcancen a refugiarse antes de esa hora, debemos estar a tiempo en el punto de reunión —explica—. De otro modo, tendremos que esperar hasta que las brigadas recolectoras salgan del asentamiento para poder acercarlos a ellas; pero no nos gustaría que fueran ellas quienes los encontraran. Los recolectores salen armados y tienen órdenes de disparar a cualquier cosa que consideren una amenaza, por pequeña que esta sea. No queremos arriesgarnos a que los ataquen sin siquiera darles la oportunidad de explicarse. De decirles que son humanos, que no han sido poseídos por algún demonio y que necesitan refugio.

La sola idea de imaginarnos siendo atacados por un puñado de personas aterrorizadas, me eriza los vellos de la nuca, y un estremecimiento de puro horror me recorre entera.

—Será mejor que nos demos prisa, entonces. —Me obligo a decir, luego de que me aclaro la garganta para sonar resuelta.

Jasiel, sin decir una palabra, asiente, pero su atención se vuelca hacia Mikhail de inmediato. Está esperando a que él de la orden expresa, y no puedo evitar pensar en la poca capacidad de decisión que tienen estos seres. De lo mucho que dependen de un líder y una dirección para funcionar como se debe.

Una punzada de lástima me recorre, pero la empujo lejos y me concentro en la forma en la que Haru se encamina hacia el demonio de los ojos grises. Él sabe que Mikhail no viajará conmigo, así que ni siquiera se molesta en hacérnoslo difícil. Se limita a avanzar hasta el lugar en el que se encuentra y treparse en la espalda de la criatura en cuestión.

Esa manera de viajar tan peculiar parece encantarle al chico de los ojos almendrados y a Mikhail no parece molestarle. Yo, pese a eso, viajo de otro modo con Jasiel: del mismo en el que lo hacía con Mikhail cuando este se permitía tocarme... o estar cerca de mí.

Llegamos al punto de reunión —el cual no es otra cosa más que la cima de un edificio cerca del centro de la ciudad— con mucho tiempo de antelación al mediodía. No hay absolutamente nadie cuando lo hacemos.

Al aterrizar, Mikhail y Jasiel revisan los pisos superiores del edificio solo para verificar que estamos solos y para buscar a los demás, pero regresan con las manos vacías y las caras tensas por la preocupación al cabo de un rato.

No puedo culparlos. Llegados a este punto, yo también me siento aterrorizada. Muerta de miedo ante la infinidad de escenarios fatalistas que han comenzado a hacerse presentes.

—¿Qué vamos a hacer? —El sonido de mi voz es aterrorizado, pero a estas alturas del partido, no me importa. Estoy al borde del colapso nervioso y no me interesa pretender que no es así.

—Esperar. —La respuesta viene de la voz de Mikhail y mis ojos viajan a él de inmediato.

El gesto sereno e inescrutable que esboza me hace querer golpearlo.

—¿*Esperar?* —escupo, con incredulidad.

Él asiente.

—Todavía no es mediodía —dice, con una tranquilidad que amenaza con sacarme de mis casillas—. Acordamos esperar hasta el mediodía y eso es lo que haremos.

—Debieron llegar hace veinticuatro horas, Mikhail —siseo, al tiempo que acorto la distancia que nos separa y lo encaro.

—Igual que nosotros. —Asiente y clava sus ojos en los míos—. A ellos, al igual que a nosotros, pudo habérseles atravesado algo. Tenemos que esperar y darles tiempo para llegar.

Sé que tiene razón. Que, antes de perder la compostura, debemos agotar todas nuestras opciones y, aunque la idea de esperar sea insoportable, es lo único sensato por hacer ahora.

Aprieto la mandíbula y me trago una maldición. Las ganas que tengo de gritar son tan grandes que temo no poder reprimirlas por mucho más tiempo, pero me obligo a hacerlo y a apartarme de Mikhail. A morderme la punta de la lengua para no decir cualquier estupidez provocada por el calor del momento y avanzo lo más lejos que puedo de él. En estos momentos, si pudiera huir de mí misma, lo haría. La tortura mental a la que me he sometido es tan abrumadora, que apenas puedo mantener la ansiedad a raya.

Los minutos pasan con una lentitud agonizante. Cada maldito instante se siente eterno; como si se estiraran más allá de sus límites con la única intención de volverme loca y, sé, con cada segundo que pasa, que algo ha sucedido. Que algo les ocurrió en el camino, justo como a nosotros; y sé, por sobre todas las cosas, que no corrieron con nuestra suerte.

No quiero ser así de fatalista, pero hay algo dentro de mí que no deja de susurrarme una y otra vez que no van a llegar.

Para cuando se llega el mediodía me siento tan histérica y fuera de mí, que he comenzado a morderme las uñas hasta un punto doloroso. La ansiedad que experimento es tan brutal que siento que voy a vomitarme encima en cualquier instante.

—Mikhail —la voz de Jasiel irrumpe el silencio en el que nos hemos sumergido y mi vista se posa en él de inmediato. Se encuentra de pie, con la mirada fija en el horizonte y gesto descompuesto—, no han llegado.

Silencio.

—No van a llegar. —continúa, al no obtener respuesta—. Algo debió ocurrirles en el camino.

Escucharle decir eso en voz alta instala un nudo en la base de mi garganta.

Mikhail, quien había mantenido su rostro fijo en un punto en el cielo, se vuelve para mirarlo. Su expresión es tan sombría, que un escalofrío me recorre entera, pero es el silencio con el que le responde a Jasiel lo que termina de acentuar esa aura oscura que lo ha envuelto.

Luce descompuesto, agotado y preocupado, y esta vez no trata de ocultarlo. No trata de ponerse la máscara de serenidad encima porque sabe que algo ha pasado. Algo muy, *muy* malo…

—¿Qué vamos a hacer, Mikhail? —Jasiel insiste, y suena cada vez más angustiado.

Los ojos del demonio se cierran con fuerza y noto como toma una inspiración profunda. Está tratando de tomar una decisión, eso me queda claro, lo que no sé es qué tan seguro puede llegar a sentirse de su siguiente movimiento.

Cuando sus ojos se abren de nuevo, su expresión cambia. El brillo asustado de su mirada ha sido reemplazado por una determinación que casi me hace sentir cobijada. Que casi me hace sentir como si todo fuese a estar bien.

—Lo que dijimos que haríamos —Mikhail responde, con seguridad—: Nos aseguraremos de que Haru y Bess estén sanos y salvos en el asentamiento humano, y luego iremos a buscar al resto.

—¿Crees que estén a salvo en el asentamiento? —Jasiel inquiere—. Luego de lo que ocurrió con Arael, no confío en nadie. Ni siquiera en los ángeles que están custodiando a los humanos desde la lejanía. Tú mismo me dijiste hace un rato, allá abajo, mientras revisábamos todo, que no podemos contactarnos con ningún ángel con puesto aquí, en la ciudad, porque la traición de Arael lo ha cambiado todo.

—¿Qué, en el infierno, es lo que sugieres, entonces? —La voz de Mikhail estalla, de pronto, dejando al descubierto su verdadero estado de ánimo—. ¿Quieres que nos quedemos con ellos y esperemos lo mejor para las brujas, los niños y el resto de aquellos que *sí* están de nuestro lado?

La mirada de Jasiel luce tan desencajada, que casi no puedo reconocerlo.

—¿Qué va a pasar si dejamos a Bess y a Haru aquí y alguien trata de hacerles daño? —dice.

—Bess y Haru son perfectamente capaces de manejar a quien sea que trate de acercárseles con dobles intenciones. —La declaración de Mikhail envía un cálido espasmo a través de la frialdad en la que se ha convertido mi sangre. A través de la ansiedad y la angustia de saber que es probable que algo horrible ha pasado con el resto de nosotros.

Jasiel enmudece y mira con fijeza al demonio, como si tratase de decidir si se ha vuelto loco o si concuerda con lo que ha dicho.

—Sé que estás preocupado, Jas. —Esta vez, cuando Mikhail habla, suena más tranquilo y recompuesto—. Yo también lo estoy, por eso te pedí que no te contactaras con nadie aún: porque no estoy seguro de nada de esto. —Hace una pequeña pausa—. Me encantaría que las cosas hubieran sido de otro modo. Que el viaje de todos hubiese sido fácil y llevadero; lamentablemente, no fue así. Es por eso que necesitamos ponernos en marcha cuanto antes. Cuanto más tardemos, más peligro corren todos. Tenemos que averiguar qué paso y, si podemos hacer algo para ayudarlos, ponernos manos a la obra. —Mikhail da un paso en dirección al ángel—. Y sé que es difícil confiar en que no van a traicionarnos de nuevo. Sé que es difícil no desconfiar de todo el mundo cuando nos hemos dado cuenta de que hay motivos para

hacerlo, pero también sé que no podemos meter a todos en una misma categoría por culpa de unos cuantos. La maldad existe, Jas, eso ya lo sabes… pero también existe la bondad, las buenas intenciones, la lealtad, el honor y el sentido del deber. Quiero pensar que son más aquellos que están de nuestro lado, que aquellos que no; y, si me equivoco y hay alguien ahí afuera listo para ponernos a prueba, confío en que Bess, o Haru, o tú, o quien sea el involucrado, hará lo posible por sobrevivir. Por no permitir que la oscuridad gane. Así ésta se encuentre dentro de nosotros.
—Habla de él mismo. Del poder demoníaco que lleva dentro, y eso no hace más que enviar una punzada de dolor a través de mi pecho.

Sus ojos se posan en mí.

—Bess es poderosa. Aterradoramente poderosa. —La manera en la que me mira hace que algo cálido me invada—. Ella puede cuidar de sí misma y de Haru un par de días si las cosas se complican. ¿No es así, Bess?

Durante unos instantes, no puedo hacer nada. No puedo apartar la vista de él y procesar el hecho de que está depositando su entera confianza en mí, en los Estigmas y en ese poder que tanto me aterra, a pesar de todas las decisiones cuestionables que he tomado las últimas semanas.

Yo, incapaz de confiar en mi voz para hablar, asiento.

Un destello de algo que no puedo reconocer atraviesa la mirada del demonio, pero desaparece tan pronto como llega y es reemplazada por un asentimiento duro que pretende ser resuelto.

—Está decidido, entonces —dice, mientras vuelve su atención a Jasiel—. Dejaremos a Bess y a Haru solos en el asentamiento durante unos días, bajo el cuidado de aquellos ángeles que se encuentran aquí y que consideramos de confianza, mientras encontramos al resto.

Jasiel, inseguro, pero más tranquilo expresa lo de acuerdo que está con la decisión.

Mi boca se abre para hablar. Para cuestionar durante cuántos días será esa ausencia suya que ya ha empezado a formar un vórtice de ansiedad en la boca de mi estómago, cuando ocurre…

Un grito ronco e ininteligible me inunda los oídos, al tiempo que un Haru aterrorizado pasa a mi lado como bala, mientras pronuncia cosas en ese idioma suyo que no entiendo.

A mi cabeza le toma unos instantes procesar que el grito ha venido del chiquillo y mi cuerpo entero gira sobre su eje al darme cuenta de que algo está sucediendo. Que algo ha provocado el terror del preadolescente que viaja con nosotros.

Es en ese momento, cuando el corazón se me cae al suelo. Es en ese preciso instante, en el que el suelo debajo de mis pies se estremece.

Una mancha oscura y viscosa comienza a extenderse por todo el suelo de la azotea en la que nos encontramos. Una que es aterradoramente familiar y que evoca recuerdos paralizadores.

Esas cosas se llevaron a Mikhail al Inframundo. Esas condenadas cosas crearon el Inframundo tal como lo conocemos y, hasta hace poco, servían a Amon.

Los creadores del Infierno están aquí, en el techo del edificio en el que nos encontramos y están expandiéndose. Extendiéndose más allá de sus límites hasta abarcar un montón de terreno.

Un sonido aterrorizado amenaza con escaparse de mi garganta, el pánico comienza a expandirse por todo mi cuerpo y, de pronto, cuando mis pies, por inercia, empiezan a moverse en dirección contraria a la amenaza que nos asecha, los creadores comienzan a formar una silueta.

17

BATALLA

La figura es alta y esbelta. Me atrevo a decir que es más alta que Mikhail. Mucho más alta que cualquier ser humano promedio y, poco a poco, envuelta en líquido negro y viscoso, empieza a tomar forma definida.

En el instante en el que lo hace, la energía a nuestro alrededor se condensa. Se vuelve pesada. Oscura. Peligrosa.

—Jas —la voz de Mikhail llega a mí, pero no puedo apartar la vista de la criatura que los Creadores están trayendo hasta aquí—, lleva a Haru y a Bess a un lugar seguro.

—Pero, Mikhail...

—Jasiel, haz lo que te digo. —La protesta de Jasiel es interrumpida por la voz del demonio y el material oscuro y denso que ha empezado a apoderarse de todo el terreno se retrae y se aleja para mostrar al ser que ha traído desde *sabe-Dios-dónde*.

Es una mujer. Y es hermosa...

... Y aterradora.

Su piel es tan pálida que casi me atrevo a decir que es blanca y no de un tono que pueda catalogarse como natural; sus ojos son de una tonalidad violeta eléctrico que solo es eclipsada por la pupila rasgada que los atraviesa; su cabello —negro como la noche— cae desperdigado sobre sus hombros y está completamente desnuda.

Un centenar de venas amoratadas cubre toda su extensión y un par de enormes cuernos alargados sobresalen entre la mata oscura y rebelde que es su melena.

Una sonrisa aterradora, llena de dientes afilados, se desliza en sus labios en el instante en el que sus ojos se posan en nosotros y, casi de inmediato, la oleada de energía oscura —que ya era abrumadora— comienza a llenar cada rincón. Cada recoveco del espacio en el que nos encontramos.

Un estremecimiento me sacude entera cuando me percato de que la masa viscosa en el suelo se extiende hasta abarcar gran parte de la azotea y, es entonces cuando soy capaz de percibir el calor que expide. De sentir el bochorno que provoca su energía apabullante.

La mujer delante de nosotros luce relajada cuando clava sus ojos en nosotros, pero hay algo aterrador en la forma en la que nos mira.

—¡Al fin los encontré! —Un escalofrío de puro terror me recorre de pies a cabeza en el instante en el que barre la vista sobre mí y Haru y, por instinto, doy un paso más hacia atrás.

Ella parece notar la inseguridad que me provoca su escrutinio, ya que su sonrisa se ensancha con satisfacción.

—Jasiel… —La voz de Mikhail suena tan tensa ahora, que casi aparto la vista de la mujer delante de mí para encararlo. *Casi.*

—Francamente, no sé qué hay de especial en ustedes —dice ella, ignorando por completo al resto de las criaturas aquí arriba. Mientras habla, su cabeza se inclina en un gesto curioso y sus ojos se llenan de malicia—. Supongo que tendré qué averiguarlo.

—*¡Ahora!* —El demonio de los ojos grises truena en voz alta y, como si todos fuésemos sacados de nuestro estupor, comenzamos a movernos.

Mikhail se ha interpuesto entre la mujer y yo, mientras Jasiel me tira del brazo para hacerme reaccionar. Yo, presa de un instinto de supervivencia tan abrumador como la energía que nos envuelve, empiezo a moverme a toda velocidad.

Haru corre delante de Jasiel, quien, a su vez corre delante de mí y, de un movimiento furioso, extiende sus alas, preparándose para el vuelo. No puedo evitar quedarme sin aliento al ver la extensión impresionante que sus extremidades son capaces de alcanzar.

—¡Haru! —grita el ángel, y el chiquillo vuelca su atención un segundo antes de que Jasiel envuelva su mano alrededor de su brazo. Acto seguido, y sin detenerse, me mira por encima del hombro y me extiende su mano libre al tiempo que grita—: ¡Bess!

Mis dedos se cierran alrededor de los suyos y me aprieta con tanta fuerza que duele; sin embargo, no aminoro la presión de nuestro agarre. Al contrario, trato de aferrarme a él lo más que puedo.

Nos acercamos al borde de la azotea. Estamos tan cerca, que puedo sentir el pavor escalando a través de mis extremidades —ardientes por el esfuerzo físico— hasta que me atenaza el corazón.

No vamos a lograrlo. Jasiel no va a poder volar si carga el peso de ambos. Si sus intenciones son hacernos saltar y volar con nosotros a cuestas, vamos a morir. Vamos a ser un poco menos que sopa de órganos en el pavimento. Vamos a…

—¡Salten! —El grito brota de su garganta, y el terror construye un sonido lastimero y doloroso en la mía—. ¡Ahora!

«Mierda, mierda, mierda, mierda…».

Mis pies dejan de tocar el suelo.

Un grito eufórico y aterrado proveniente de la voz de Haru me estremece la espina y nos quedamos suspendidos en el aire durante unos instantes antes de que la gravedad tire de nosotros.

Mi brazo —el cual sigue aferrado a Jasiel— duele cuando el tirón brusco provocado por el intento del ángel de mantenerme sujeta me estira los ligamentos, pero la caída no se detiene. La sensación vertiginosa no para y me deja sin aliento.

Jasiel suelta un sonido a medio camino entre un gruñido y un grito, y bate sus alas en un intento desesperado por detener nuestro impacto contra el suelo. Alzo la vista para encararlo —y para no mirar al pavimento—, y logro ver cómo las venas de sus brazos y cuello saltan a la vista ante el esfuerzo que hace para detenernos.

Cierro los ojos. Cierro los ojos y le ruego al cielo que algo ocurra. Que algo suceda para que no muramos de esta manera. No luego de tanto. No luego de todo lo que hemos pasado.

«Vamos a morir. Vamos a morir. ¡Vamos a morir!».

La caída se detiene.

Aturdimiento, confusión, alivio… Todo se arremolina en mi interior y me corre a toda velocidad a través de las venas, pero no me atrevo a abrir los ojos. No me atrevo a dejar ir el aire que aún contengo en los pulmones.

Algo me cae sobre la mejilla. Es cálido y húmedo, y hace su camino a través de la superficie de mi piel.

El mundo entero se detiene. El viento, el tiempo y todo aquello que corre y viaja con el universo parece haberse quedado suspendido en el aire. Parece haber perdido la capacidad de moverse, mientras que un hedor metálico y familiar me llena la nariz.

Abro los ojos.

Jasiel me mira.

Su gesto desencajado, aturdido y horrorizado me llena de una sensación oscura e insidiosa. Mis labios se abren para formular una pregunta, pero un hilo de algo carmesí sale de su boca y me cae sobre el pómulo.

Es sangre. *Su* sangre.

—*Jas…* —Mi voz es un susurro. Una súplica. Un sonido a medio camino del pánico y el horror.

Los brazos del ángel tiemblan y su boca se cierra unos instantes antes de que una tos incontrolable —que me baña de aquello que le brota de los labios— lo asalte.

Lágrimas de puro terror me nublan la mirada, pero me obligo a desviar los ojos hacia a su torso. Es entonces, cuando lo veo.

Hay algo atravesándole el cuerpo. Una especie de guadaña de carne, hueso y cartílago ennegrecido que se curva a su alrededor para impedir que caiga.

Haru grita con horror. Un sonido similar al de un sollozo se me escapa, pero no puedo apartar los ojos del ángel que, aferrándose al hilo de vida que le queda, nos aprieta de las manos con fuerza.

Una silueta se asoma sobre el hombro de Jasiel, pero a contraluz lo único que soy capaz de ver son unos enormes cuernos, una abrumadora musculatura y un par de inmensas alas de murciélago.

Un gruñido escapa de la criatura —que, claramente, no es la mujer de la azotea— y, luego, estira una larga extremidad hacia el chiquillo a mi lado.

—¡Haru! —grito, pero ya está siendo sostenido por una mano completamente negra, con manos como garras y venas enrojecidas, como si el mismísimo fuego de las fosas del Infierno corriera a través de ellas.

El chico forcejea y grita algo que no entiendo, pero sus esfuerzos son inútiles. La criatura ha levantado al chico sin esfuerzo alguno y se lo ha echado al hombro. Los Estigmas, presas de un impulso asesino, sisean y tratan de desperezarse, pero no lo consiguen. Están demasiado débiles por el encuentro que tuve con Mikhail hace unos días.

Otra mano —idéntica a la que a la que se llevó a Haru— trata de llegar a mí. Jasiel, como puede, intenta de impedirle que me tome, pero no lo consigue. Su cuerpo está tan débil, que apenas logra tensar su agarre en mí antes de que los dedos largos y burdos de la criatura aferren la parte delantera de mi sudadera y tiren de mí con una facilidad aterradora.

Jasiel intenta detenerme. Intenta sostenerme ahí durante una fracción de segundo, antes de que sus dedos se aflojen. Antes de que la vida se fugue de su cuerpo por completo.

La energía en mi interior trata, con todas sus fuerzas, de defenderme, pero solo consigue desperezarse un poco, antes de que sea lanzada sobre un hombro abominablemente grande.

Un gruñido que podría jurar que es de satisfacción retumba y reverbera debajo de mí y, entonces, la bestia emprende el vuelo. Un grito se me escapa mientras observo cómo la cosa hecha de carne que atraviesa el cuerpo de Jasiel —y que, desde esta perspectiva, luce muy similar a una cola de dragón—, se retrae en dirección a la criatura que nos lleva a cuestas; dejándome así con la vista del cuerpo del ángel cayendo en picada hacia el asfalto.

Lágrimas de horror y desasosiego me abandonan y sollozo. Lloro abrumada y aterrorizada, al tiempo que los Estigmas —débiles y desgastados— luchan y tratan de aferrarse a todo aquello que se mueve para absorber algo de energía. Para hacer algo que detenga el caos que está rodeándonos.

Nos movemos a toda velocidad. Todo pasa como un borrón a mi alrededor y mis oídos pitan. La parte activa del cerebro trata de hacer algo por pedirle a la energía en mi interior que se mueva, pero apenas consigue mantenerme consciente. Apenas consigue registrar que seguimos elevándonos del suelo tan rápido, que se siente como si pudiese vomitar en cualquier instante.

Haru grita algo ininteligible. El demonio que nos lleva a cuestas gruñe —o grita también, no estoy segura— y la velocidad a la que avanzamos disminuye. Yo aprovecho esos pequeños instantes para removerme y liberarme del agarre casi doloroso que ejercen sobre mí.

—¡Bess! —La voz de Haru pronunciando mi nombre hace que me vuelque a toda velocidad en su dirección. En ese instante, la resolución de lo que está ocurriendo me golpea.

Las manos del niño están puestas sobre la enorme cara del demonio y una nube de humo ha comenzado a emanar de él. Como si le *quemara*.

«Oh, mierda...».

Mi vista cae unos instantes sobre mis manos desnudas al caer en cuenta del efecto que tenemos en las criaturas de su naturaleza y, sin pensarlo dos veces, las presiono contra la espalda del demonio.

Un alarido escapa de las fauces de la criatura de aspecto animalesco que nos ha arrancado de Jasiel, y la lucha comienza.

El demonio trata de apartarnos de él sin dejarnos caer. Sus alas baten con furia, sus garras manotean en movimientos hoscos y un golpe es atestado en mi cara por una de sus garras. El dolor que estalla es tan intenso, que mis manos lo dejan ir y pierdo el equilibrio.

El sabor de la sangre me llena la boca, pero no es eso lo que me invade de terror. Lo que hace que mi estómago caiga en picada.

Es la forma en la que, casi en cámara lenta, comienza mi descenso.

Las manos —garras— torpes del demonio tratan de alcanzarme, pero no lo consiguen porque una extraña y abrumadora energía ha comenzado a emanar del chiquillo que lleva colgado del cuello. Porque las manos de Haru han comenzado a iluminarse con una luz cálida e incandescente que las hace lucir como si estuviesen al rojo vivo.

Un sonido antinatural escapa de su garganta y, por más que trato de aferrarme a algo en el aire, no puedo hacerlo.

Estoy cayendo a toda velocidad.

Esto es todo.

Se acabó.

Voy a estrellarme contra el asfalto.

Voy a *morir*...

Alguien me aferra la muñeca con tanta brusquedad, que casi puedo sentir cómo los ligamentos me gritan de dolor ante la violencia con la que mi caída es detenida. Ante la velocidad con la que soy arrastrada en el aire.

Rápidamente, mi vista se eleva, aterrorizada de todos los posibles escenarios existentes, y un destello de alivio me llena el pecho cuando me encuentro de lleno con la figura de Mikhail, sosteniéndome con tanta fuerza que duele.

—¡Sostente! —El demonio de los ojos grises instruye y yo, como puedo, aferro mi mano a su antebrazo. Acto seguido, hace un giro brusco, haciéndome ahogar un grito cuando algo —una figura oscura y compacta— pasa a toda velocidad junto a mí.

Busco, desorientada, a la figura, y es en ese momento, en el que me percato de que no es solo una.

Decenas de criaturas han comenzado a saltar del techo del edificio para volar a nuestro alrededor mientras tratan de derribarnos; sin embargo, Mikhail es más rápido. Más ágil.

Un rugido aterrador inunda todo el espacio y mi vista busca, entre el centenar de puntos negros y borrosos que pasan como flechas a nuestro alrededor, a la criatura que lo ha emitido. No se necesita ser un genio para saber que es aquella que tiene a Haru en su poder.

—¡¿Dónde está Haru?! —chillo, al tiempo que trato de localizar al inmenso demonio entre todo el caos.

—¡*Ahí!* —Mikhail grita y, luego, suelta un gruñido y tira de mi peso hacia arriba para envolver uno de sus brazos alrededor de mi cintura—. ¡Sujétate fuerte!

Mis brazos y piernas se envuelven a su alrededor y se aferran a su torso con fuerza. Acto seguido, hundo la cara en su pecho y él, sin más, despereza su agarre en mí y aumenta la velocidad a la que nos movemos.

La sensación vertiginosa que me provoca su vuelo frenético, aunado al sonido del viento golpeándome los oídos, apenas me permite pensar con claridad. Apenas me permite procesar lo que ocurre.

Mikhail grita algo que no logro entender y un giro brusco de trecientos sesenta grados hace que ahogue un grito. Un segundo giro violento nos sacude y, entonces, algo me golpea el costado con brusquedad.

El aliento se me escapa de los pulmones y mi agarre en el cuerpo de Mikhail se debilita.

Puntos negros oscilan en mi campo de visión cuando trato de abrir los ojos.

El dolor es insoportable. Las ganas que tengo de echarme a llorar lo son aún más y, de pronto, me encuentro jadeando en busca de aire.

La voz de Mikhail llega a mis oídos, pero no puedo concentrarme en ella. No puedo hacer nada más que tratar de recuperar el ritmo de mi respiración.

Otro golpe nos sacude y, esta vez, comenzamos a descender a toda velocidad. El impacto de otra cosa nos da de lleno y luego una más hace que mi agarre en el demonio se afloje.

Un par de brazos fuertes y firmes me envuelven, y me pegan contra el pecho cálido y desnudo del demonio de los ojos grises.

Acto seguido, la luz se va. El sol es cubierto por una manta oscura y, cuando alzo la vista, lo hago justo a tiempo para observar cómo Mikhail agacha la cabeza. Me toma unos segundos registrar qué es lo que está haciendo, pero, cuando lo hago, el corazón se me estruja con violencia.

Está cubriéndonos con sus alas. Está envolviéndonos en un manto hecho por su ala demoníaca y aquella luminosa mientras caemos en picada.

Cierro los ojos y hundo la cara en su cuello mientras gira sobre su eje para llevarse él la peor parte de nuestro impacto inminente.

Instantes más tarde, sucede.

El cuerpo de Mikhail cae primero, pero eso no impide que el aire se me escape de los pulmones por completo cuando hago contacto con el suelo. El estallido de dolor que me invade es tan abrumador, que no puedo pensar. No puedo concentrarme en otra cosa más que en el calor abrasador que me llena las venas.

Los brazos del demonio de los ojos grises se aflojan en mí y salgo disparada, rodando sobre el asfalto. Golpeándome con todo a mi paso.

No puedo escuchar otra cosa más que el zumbido constante en mi audición. No puedo moverme de la posición aovillada en la que he quedado. Ni siquiera puedo luchar contra la pesadez que amenaza con arrastrarme a un estado de inconsciencia.

Me duele todo el cuerpo. Cada parte de mí grita y se retuerce de agonía, y un sonido aterrador me abandona los labios cuando trato de colocarme boca arriba. Se siente como si cada hueso en mi cuerpo se hubiese roto. Como si cada ligamento se hubiese desgarrado y cada uno de mis órganos estuviese a punto de estallar y, a pesar de eso, no puedo dejar de luchar por mantenerme despierta. Por abrir los ojos y tener un vistazo de la aterradora escena que se desencadena allá arriba, a muchísimos metros de distancia de donde me encuentro.

Una figura inmensa —la del demonio que tiene a Haru— se precipita a toda marcha hacia el suelo. Una estela de humo y luz le siguen en el proceso y decenas de criaturas animalescas, similares a los murciélagos ordinarios, chillan y vuelan alrededor de esta.

Los creadores del Infierno se deslizan por el costado del edificio del que acabamos de bajar —o caer—, mientras que otra figura, una esbelta y femenina, aparece en la cima de todo. Un par de alas enormes enmarcan a la criatura que, claramente, está controlando al resto de nuestros atacantes y desciende con lentitud, sin importarle que su criatura más abominable está a punto de caer al suelo derribado por el poder de Haru.

«¡Mikhail!», grita la parte activa de mi cerebro. «¿¡Dónde está Mikhail?!».

Entonces, como evocado por el poder de mis pensamientos, su rostro —cubierto de suciedad y sangre— aparece en mi campo de visión. Su expresión horrorizada se relaja cuando nuestros ojos se encuentran, pero ni siquiera me da tiempo de preguntarle cómo se encuentra; ya que ahueca un costado de mi rostro con suavidad.

—Gracias al cielo —susurra, sin aliento, antes de añadir con urgencia—: Vamos a estar bien. Voy a encargarme de esto.

Acto seguido, alza la vista, despliega sus alas y levanta el vuelo.

El dolor que sentía ha mermado un poco. La sensación de entumecimiento es lo único que me acompaña ahora y, a pesar de que debería estar tratando de levantarme, no lo hago. No puedo hacerlo. Si me muevo, voy a desmayarme de dolor. A pesar de que Mikhail amortiguó lo peor de nuestra caída, se siente como si en cualquier momento fuese a deshacerme en el suelo.

En la lejanía, soy capaz de observar cómo lucha contra los demonios. Soy capaz de ver como trata de llegar a Haru en medio del caos… Y soy capaz de ver cómo las pequeñas criaturas —que solo puedo describir como murciélagos demasiado grandes— se cuelgan de él: alas y extremidades, con la sola intención de derribarlo.

Quiero ayudarle. Quiero utilizar los Estigmas para ayudarle, pero estos, por más que tratan, son incapaces de responder. De liberarse y hacer eso que siempre hacen cuando estoy en peligro.

Haru cae. Mikhail lo alcanza en el aire y una bandada de animales —demonios— los engulle. Haru cae de nuevo, pero el demonio de los ojos grises se despereza de las pequeñas figuras y lo alcanza de nuevo, justo antes de que la cara del chico se estrelle sobre el techo de un autobús cerca de donde me encuentro. El chiquillo es depositado ahí y yo hago un esfuerzo descomunal por colocarme sobre mi costado, para intentar levantarme.

El dolor es abrasador. El escozor de mis heridas es tan intenso, que reprimo un gemido cuando trato de incorporarme sin éxito.

Haru grita algo en un idioma desconocido y suena aterrado. Mi vista —llena de lágrimas no derramadas— se alza hacia el lugar al que el chiquillo mira, y el mundo ralentiza su marcha. El universo entero comienza a moverse con más lentitud, porque el demonio gigantesco, ese que estuvo a punto de sucumbir a manos de Haru, sostiene a Mikhail por el torso, mientras que, con su mano libre, le desgarra parte del ala demoníaca.

18

SALVADOR

Un grito de puro horror se construye en mi garganta en el instante en el que la voz de Mikhail se desgarra en un sonido aterrador. Tan inhumano y agonizante como el que amenaza con escaparse de mis labios.

Lágrimas de impotencia y rabia se me agolpan en los ojos, y los Estigmas, pese a su debilidad, sisean furiosos; dispuestos a intentar hacer algo —lo que sea— para ayudarle. Dispuestos a llevarse fuera de mi cuerpo los últimos trazos de vida con tal de detener la locura que se lleva a cabo.

El demonio que sostiene a Mikhail afianza su agarre en el ala casi destrozada del arcángel y, sin más, da un último tirón; desgarrando así el ala de murciélago en su totalidad.

Un grito se me escapa de los labios, llanto incontrolable cae por mis mejillas y una sensación de ira desmedida me invade de pies a cabeza.

Las figuras que sobrevuelan alrededor del demonio chillan y se regocijan en la victoria que el demonio gigantesco obtiene sobre nosotros y, desde más arriba, la mujer que fue traída por los Creadores del Infierno mira la escena.

Luce satisfecha. Calmada, serena y en control de la situación. Como si las cosas estuviesen saliendo tal cual las ha planeado.

Los Estigmas vibran en mi interior. Su energía destructiva me susurra al oído que ha llegado el momento de hacer un verdadero sacrificio con tal de acabar con ella. Con tal de acabar con todo aquel que le ha hecho un daño a Mikhail; para que así, él sea capaz de salvar al resto de los sellos. Para que sea capaz de rescatar a la humanidad misma de la locura que ha envuelto al mundo.

Así pues, con esto en la cabeza, los dejo desperezarse. Los dejo arrastrarse con lentitud fuera de mí mientras tantean todo a su paso en busca de algo qué absorber. Algo con qué fortalecerse.

Los hilos se entretejen por todo el suelo. Tratan de aferrarse a cualquier cosa que emane energía y, justo cuando creo que están a punto de encontrar algo, se detienen.

Confusión, alarma y terror se mezclan en mi pecho cuando, de la nada, las hebras se retraen y regresan hacia mí con pereza y lentitud.

El horror que me invade me retuerce las entrañas y trato, desesperadamente, de retomar el control sobre ellos para obligarlos a avanzar. Ellos, sin embargo, ignoran todas mis protestas y se retraen con lentitud parsimoniosa. La impotencia que me llena el cuerpo es tanta, que tengo que apretar los dientes para no gritar.

Estoy a punto de volver a intentarlo. De tratar de empujar la energía de los Estigmas fuera de mí, cuando lo *siento*.

Empieza como una pequeña oleada de calor. Un suave soplo tibio que forma espirales en la energía que nos rodea y lo impregna todo de un poder abrumador, denso y... *¿luminoso? ¿Oscuro?*... No sabría describirlo.

Las criaturas que vuelan en el aire comienzan a moverse, inquietas ante esta nueva energía, y, sin más, la tierra debajo de mí empieza a temblar.

Los edificios comienzan a mecerse al ritmo impuesto por el movimiento del suelo y, presa de una sensación de familiaridad aterradora, trato de incorporarme en una posición sentada para tratar de localizar a la criatura capaz de hacer esto.

En ese momento, el mundo se detiene por completo.

El universo entero detiene su curso y Haru está ahí, al centro de todo, con la mirada —blanca en su totalidad— clavada en el caos que reina en el cielo, y las manos teñidas de... *luz*.

Un escalofrío me recorre la espina. Haru alza las manos...

... Y todo explota.

Los cristales de los edificios y los autos estallan, las alarmas de los vehículos abandonados se encienden, el suelo se resquebraja, la tierra se estremece con tanta violencia que se siente como si en cualquier momento fuese a partirse en dos para engullirnos, y los demonios en el cielo se marchitan y caen de manera estrepitosa por todos lados.

Chillidos horrorizados invaden todo el espacio y un rugido particularmente aterrador me aturde cuando, sin más, la criatura que sostiene a Mikhail cae en picada con el demonio de los ojos grises en brazos.

Los Creadores del Infierno se retraen ante el estallido de energía proveniente de Haru y la mujer que lo observaba todo desde una distancia prudente, suelta un alarido de dolor.

El chiquillo que está provocando todo el caos suelta una especie de rugido que no suena como si pudiese provenir de su boca y, acto seguido, la longitud de sus brazos se llena de pequeñas venas iluminadas. La mujer en el techo gruñe y se abalanza en picada en su dirección, y un grito se construye en mi garganta; sin embargo, él está listo para recibirla. Para provocar una oleada intensa de energía que la detiene en su lugar; como si cientos de hilos se hubiesen envuelto alrededor de ella y la hubiesen inmovilizado de golpe.

Acto seguido, la mujer empieza a gritar. La manera en la que la voz le abandona la garganta es tan aterradora, que me encojo sobre mí misma mientras ella se retuerce en ángulos antinaturales, tratando de escapar de lo que sea que Haru está haciéndole.

Un gruñido horroroso brota de la garganta del niño y, de repente, todo se ilumina. Se llena de una luz tan incandescente, que debo apartar la mirada unos instantes.

Los Creadores del Infierno tratan de llegar a la mujer a través del manto luminoso que lo ha cubierto todo, pero no parecen ser capaces de romper el campo energético que ha creado Haru a su alrededor.

La lucha que se lleva a cabo es tan brutal, que espirales oscuros y luminosos se entretejen en el aire, como si tratasen de engullirse los unos a los otros.

El movimiento de la tierra es cada vez más aterrador e intenso, pero la lucha no cesa. La pelea entre la oscuridad de las criaturas viscosas y la luz que emana Haru no se detiene ni un instante. Ni siquiera cuando los edificios empiezan a crujir ante la intensidad del terremoto que ha provocado el chico que no ha dejado de pelear para salvarnos.

La oscuridad logra colarse en una grieta en la fortaleza luminosa que ha creado Haru y un gruñido se le escapa cuando, sin más, los Creadores del Infierno se envuelven alrededor de la mujer a la que Haru mantenía cautiva, y consiguen engullirla por completo, para luego disolverse y retraerse en el suelo.

El chico suelta un grito, mientras trata de alcanzar a la oscuridad que se disipa en el suelo, pero es inútil. Se ha marchado y se ha llevado consigo a la mujer que nos atacó. Se ha ido y nos ha dejado aquí, hechos pedazos.

La luz se apaga de golpe. La energía de Haru se disuelve luego de unos instantes más de extraña intensidad y, sin más, el chico cae desplomado sobre el techo del autobús.

El silencio lo invade todo luego de eso y, de pronto, como si nada hubiese ocurrido, la tierra deja de temblar. El mundo entero se detiene durante una fracción de segundo y luego, reanuda su marcha a su ritmo habitual; como si nada de lo que pasó hubiese tenido importancia. Como si Haru no acabase de salvarnos la vida a todos.

Un zumbido me llena la audición mientras que, aturdida, me obligo a mirar alrededor para comprobar que nada ha sido producto de mi imaginación —por mucho que me gustaría que así fuera.

Decenas y decenas de cuerpo oscuros y marchitos invaden el suelo, pero ninguno se mueve. Ninguno de ellos agoniza o trata de escapar de aquí luego de lo que Haru provocó.

Los mató a todos. Se encargó de no dejar a ninguno vivo y, por retorcido que suene, la satisfacción que me llena el cuerpo al darme cuenta de ello es casi inmediata.

Una punzada de algo oscuro y retorcido se me cuela en las venas, pero lo empujo lejos porque me aterra sentir esta clase de emoción tan retorcida, dolorosa y satisfactoria.

Mi mirada barre el terreno una vez más, solo para comprobar que, efectivamente, no ha quedado ni una sola de esas criaturas vivas y es solo hasta ese momento que me atrevo a echarme un vistazo a mí misma.

Me duele el hombro —ese que alguna vez me disloqué tratando de escapar de una iglesia repleta de fanáticos religiosos—, me arden las costillas y creo que me he roto varios dedos de la mano derecha. Uno de mis ojos ha comenzado a cerrarse debido a la inflamación y, cada que trago saliva, soy capaz de probar el sabor de mi sangre.

Con todo y eso, trato de levantarme. Me toma un par de intentos lograrlo y, cuando finalmente lo hago, el dolor es tan insoportable que me desplomo en el suelo una vez más. Tengo que apretar los dientes para no gritar. Tengo que contener la respiración para que la agonía cese lo suficiente como para poder relajarme.

No sé cuánto tiempo pasa antes de que vuelva a intentar moverme; sin embargo, cuando lo hago, trato de que sea diferente y me arrastro por el suelo con toda la lentitud que me es posible.

Se siente como si pasara una eternidad antes de que, por fin, llegue hasta el autobús donde sé que Haru se encuentra y, haciendo acopio de toda mi fuerza, me afianzo en el neumático para empujarme hacia arriba.

—¡Ha-Haru! —medio grito. Mi voz suena tan rota y agonizante, que ni siquiera puedo reconocerla.

No tengo respuesta.

—¡Haru! —repito y, esta vez, golpeo el metal del vehículo con la palma de mi mano sana abierta.

Silencio.

Un nudo de impotencia comienza a formarse en mi garganta y, justo cuando estoy a punto de gritar de nuevo por el chiquillo, lo escucho.

Al principio no logro distinguirlo del todo. Suena tan bajo y lejano, que se siente como si fuese producto de mi imaginación; sin embargo, cuando agudizo el oído, soy capaz de notarlo.

Es un gemido. Un sonido ronco y adolorido que llega a mí desde algún punto no muy lejano. Un destello de esperanza me invade. Una pequeña flama se enciende en mi pecho y, por más que trato de decirme a mí misma que debo huir y esconderme, no puedo evitar querer ir hasta donde el sonido proviene porque, muy en el fondo, sé a quién le pertenece. Sé de quién se trata.

—¿M-Mikhail? —El sonido de mi voz es tan esperanzado, que me siento patética.

En respuesta, algo en el pecho tira de la cuerda tensa con suavidad y, en ese momento, mis defensas caen el suelo.

Lágrimas aliviadas y ansiosas brotan de mis ojos mientras sollozo algo que ni siquiera yo logro entender. Mientras me arrastro por el suelo y sigo el tirón del lazo que me ata la caja torácica.

Conseguir avanzar hasta donde Mikhail yace es una completa proeza. Comprobar que sigue vivo luego de la caída brutal que experimentó a manos de la criatura que le arrancó un ala, es la sensación más abrumadora que he podido experimentar.

Ver el desastre ensangrentado que es su espalda, es la peor de las torturas.

Piel, cartílago y los restos de un ala demoníaca que ya no está en su lugar es lo único que puedo distinguir entre la alarmante cantidad de sangre oscura y espesa que le cubre los omóplatos, y las lágrimas —que ya me caían a raudales por las mejillas— se vuelven incontenibles.

—Lo siento mucho —sollozo, sin atreverme a tocarlo, pero estirando las manos como si tuviese toda la intención de hacerlo—. Lo siento mucho, amor.

Está inconsciente. De hecho, luce tan quieto, que de no ser por el constante tirón que siento en el pecho, juraría que esta…

Cierro los ojos con fuerza, mientras ahuyento el pensamiento lo más lejos que puedo porque es demasiado doloroso. Demasiado insoportable.

Tengo que hacer algo. Tengo que sacarnos de aquí. Escondernos en algún lugar y curar nuestras heridas. Tengo que…

—No deberíamos estar aquí, Julia. —Soy perfectamente capaz de escuchar la voz de un chico haciendo eco entre los edificios, y todos los vellos de la nuca se me erizan en un instante.

—Deja de quejarte. —Esta vez, es una chica la que habla—. Solo quiero echar un vistazo, ¿de acuerdo?

Son humanos… y están cerca. *Muy* cerca. Tienen que estarlo, de otro modo, sería incapaz de entender a la perfección lo que dicen.

—¡Un vistazo! —El chico bufa, y su voz suena más clara y nítida—. Lo que vas a conseguir es que nos maten a todos.

—¡Oh, cierra la boca! Solo quiero…

—¿Conseguir que nos exilien? ¿Hacer que un demonio o un andante nos siga hasta la guarida y conseguir que muera el resto de la civilización como la conocemos?

—¡Tú lo viste! ¡Viste el espectáculo de luces en el cielo! Solo quiero echar un vistazo. —Ella insiste y, desesperada por el sonido tan cercano, trato de quitarme la sudadera que llevo encima para cubrir la espalda magullada de Mikhail. No sé qué serían capaces de hacernos si supieran *qué* es él.

—¡Por Dios, Juls! ¡Seguro era uno de esos ángeles que sobrevuelan la ciudad! ¡Ya detente y regresemos al maldito camión! —El chico exclama.

—Si vas a seguir quejándote, Ian, lo mejor será que te marches. Te alcanzaré en unos minutos, ¿de acuerdo? —La chica —Julia— refuta mientras que, con el cuerpo adolorido, forcejeo con la sudadera.

—Hank va a enojarse mucho si se entera de lo que estás haciendo. —El chico pronuncia—. Ya no te dejará salir a las brigadas de abastecimiento.

—Hank no va a enterarse si no se lo dices. —Ella sentencia y, esta vez, suena tan cerca, que una punzada de terror me invade por completo—. Además, sabes que él no es así. Hank siempre es justo y amable.

—Pero Hank no está a cargo y lo sabes. —El chico replica—. La protección que él puede darnos terminará si el comandante se entera de lo que estamos haciendo.

—Ian, si solo viniste detrás de mí para sermonearme, lo mejor que puedes hacer es quedarte aquí a vigilar mientras echo un vistazo.

—Julia… —El chico suelta, con frustración, antes de soltar un suspiro exasperado.

—Ian, te juro por Dios que voy a volarte la tapa de los sesos si no te detienes ahora mismo.

Otro suspiro invade mi audición.

—¡De acuerdo! ¡Haz lo que quieras! Solo… no tardes, ¿de acuerdo?

—Gracias. —Ella responde, pero no suena agradecida en lo absoluto. Más bien, se escucha fastidiada—. Ahora regreso.

La conversación se termina y el sonido de los pasos acercándose hace eco a mi alrededor.

La poca movilidad que puedo ejercer sobre mí misma debido al dolor, hace que el pánico se vuelva insoportable. Hace que las ganas que tengo de echarme a llorar de la impotencia incrementen y que mis movimientos se vuelvan torpes y ansiosos.

—¿Pero qué demonios pasó aquí?... —Creo escuchar en un susurro.

Apenas he logrado sacarme una manga de la sudadera sin gritar. Apenas he logrado alzar los brazos para pasarme el material por encima de la cabeza y los pasos cautelosos no dejan de acercarse.

Un sonido aterrorizado y adolorido brota de mis labios cuando me doy cuenta del poco tiempo que me queda y, entonces, la voz de la chica —cerca, alerta y alarmada— me llena los oídos:

—¿Quién anda ahí? —Exige, y aprieto los dientes mientras, como puedo, me saco el resto del material lejos del cuerpo.

Tengo que morderme el labio inferior para no gritar cuando me estiro más allá de mis límites para cubrir la espalda del demonio herido que yace boca abajo en el suelo.

En ese instante, un jadeo horrorizado me llena la audición y los pasos se detienen.

—¡No te muevas! —El sonido a mis espaldas me eriza todos y cada uno de los vellos del cuerpo. El terror creciente en mi interior se vuelve insoportable y contengo el aire que se ha quedado estancado en mis pulmones.

Cierro los ojos.

Como reflejo, los Estigmas sisean y tratan de desenroscarse, pero los contengo como puedo. No es muy difícil hacerlo, ya que siguen bastante débiles.

«¿Y si vio su espalda? ¿Y si no lo cubrí bien? ¿Y si notó el trozo destrozado de ala?».

—Levanta las manos. —La autoridad en la voz de la chica me dice que debo tener mucho cuidado con cada uno de mis movimientos; así que, lentamente, suelto el material de la sudadera y levanto un brazo; el único que puedo alzar sin que el cuerpo entero me grite de dolor. Entonces, ella espeta—: ¡Levanta las dos putas manos!

—¡N-No puedo! —Mis palabras suenan aterradas y enojadas en partes iguales y, como para mostrar mi punto, con mucha lentitud, me giro sobre mí misma para darle un vistazo de cuán magullado tengo el cuerpo. Cuando estoy de frente a ella, la miro a los ojos.

Es joven. No le puedo calcular más de veinticinco. Lleva el cabello rubio tan corto como suele ser el cabello de los chicos, y su piel pálida está manchada de tierra y hollín, dándole un aspecto descuidado y desgarbado, pero la fiereza en su mirada castaña me hace saber que no dudaría ni un segundo en dispararme con el arma de alto calibre que sostiene entre las manos si hago algún movimiento en falso.

Viste pantalones holgados negros y una chaqueta que le va grande y, a pesar de eso, no deja de lucir imponente y amenazadora.

Sus ojos barren mi anatomía, evaluándome a detalle, y después, se posan en el chico a mis espaldas. En ese instante, el horror invade su gesto y noto cómo apunta su arma hacia él.

—¡No! —Grito, cuando, por un doloroso instante, creo que ha visto el desastre de su espalda y, como puedo, me arrastro hasta interponerme entre ellos. El arma que sostiene entre las manos es aferrada con más fuerza y aprieto los dientes para tragarme el horror.

—P-Por favor, no —suplico, con la voz enronquecida por el pánico.

—¿Qué carajos son ustedes? —El terror que se cuela en el tono de su voz delata que se encuentra tan asustada como yo.

—Soy humana. —Me apresuro a decir—. S-Soy justo como tú. Soy humana.

La desconfianza en su gesto me hace saber que no cree una sola palabra de lo que digo.

—¿Y él? —Ella inquiere, con brusquedad, mientras hace un gesto en dirección a Mikhail. Es en ese momento, en el que me doy cuenta de que ella no sabe qué es en realidad. Que no tiene ni idea de la naturaleza paranormal del chico que agoniza en el suelo.

«Entonces, ¿por qué está tan alarmada?», susurra la voz en mi cabeza.

—Es humano. —El remordimiento de conciencia me carcome por dentro por la mentira tan atroz que estoy diciendo—. E-Es un humano también.

—¿Qué hacen vagando por esta zona de la ciudad si son humanos? ¿Se supone que crea que, casualmente, se refugiaban aquí? —Bufa, al tiempo que levanta un poco más su arma.

—¡Soy humana! —La voz me sale en un chillido exaltado y aterrorizado—. ¡Lo *somos*!

—¡¿Entonces qué carajos hacen aquí?! —La manera en la que espeta las palabras me hace saber que, seguramente, esta parte de la ciudad ha sido tomada por alguno de los bandos de criaturas paranormales que han invadido el mundo entero.

—¡Buscábamos el asentamiento humano! —Exclamo, cada vez más alterada, y añado en una súplica—: P-Por favor, no nos hagas daño.

La chica entorna los ojos con desconfianza.

—¿Qué fue lo que pasó aquí? —La chica suena un poco menos hostil que hace unos instantes, como si mi petición le hubiese provocado remordimiento.

—E-Estábamos escondidos en el edificio. —Decido soltar un poco de verdad entre la sarta de mentiras que estoy soltando a diestra y siniestra—. Escuchamos los rumores sobre un refugio humano y lo estábamos buscando. —Hago una pequeña pausa, al tiempo que hago un gesto en dirección a los murciélagos gigantes que se encuentran desperdigados por todo el suelo—. Esas cosas salieron de la nada y nos atacaron.

Lágrimas gruesas y cálidas me caen por las mejillas, pero ni siquiera sé por qué estoy llorando.

—¿Y pretendes que te crea que los derrotaron? —Afianza su agarre en el arma.

—¡No! —chillo, con la voz rota por el terror—. ¡*No!* U-Un puñado de… de ángeles l-los derrotaron. Nosotros solo quedamos atrapados en medio de la batalla y nos hirieron. Lo juro. Por favor, baja el arma. *Por favor…*

Una punzada de algo similar a la culpa surca las facciones de la chica, pero desaparece tan pronto como llega.

—¿Solo ustedes dos vinieron a buscar el asentamiento? —La chica inquiere, aún con desconfianza.

Yo, como puedo, señalo en dirección al autobús donde Haru se encuentra.

—No —digo, con un hilo de voz—. Éramos más, pero... —No puedo terminar la oración, porque no me atrevo a mentir más de lo indispensable; así que, sacudo la cabeza en una negativa y desvío el rumbo de la conversación—: H-Hay un chico en el techo del autobús —ella ni siquiera mira en dirección a dónde señalo. Hago una pequeña pausa y, luego, añado—: C-Casi se lo lleva una de estas cosas, pero logró liberarse y cayó ahí. Está inconsciente.

—O muerto. —Ella refuta, y la crueldad de sus palabras me hunde el corazón hasta los pies.

A pesar de que quiero decirle que Haru no puede estar muerto, asiento dándole la razón.

—P-Por favor, déjanos ir —digo, en un susurro lastimero y ronco—. Si no confías en lo que te digo, déjanos ir.

Silencio.

—¿Qué tan malherido está? —La chica desvía la mirada hacia Mikhail, y hace un gesto en su dirección.

—No lo sé. —Me sincero y mis propias palabras hacen que el nudo en que tengo en la garganta se apriete un poco más.

—¿Qué tan malherida estás tú? —Ahora me inspecciona a mí.

—No lo sé.

—¿Puedes levantarte?

Niego con la cabeza.

Ella aprieta los labios en una línea delgada y tensa.

—No van a sobrevivir así.

Me encojo de hombros, en un gesto resignado.

—Tendremos que hacerlo —digo, y la duda surca su expresión.

Otro silencio se apodera del lugar.

La desconfianza aún tiñe el gesto de la chica, pero el arma que sostenía con fiereza ha sido bajada ligeramente. Se nota a leguas que no sabe qué hacer. No la culpo. Yo en su lugar, tampoco lo sabría.

—No puedo prometerte nada, porque yo no lo decido —dice, luego de unos largos instantes más de arduo escrutinio—, pero puedo intentar traer a alguien a curar sus heridas.

El arma que sostenía con fuerza ha bajado lo suficiente como para sentirme un poco menos amenazada por ella, pero aún se siente como si pudiese cambiar de opinión en cualquier momento.

—No es necesario. Solo… déjanos ir.

Ella me regala una mirada dura y enojada.

—¿Eres idiota acaso? Sabes que, esta ciudad no es segura; ni siquiera estando en pleno uso de nuestras capacidades físicas. No quiero imaginarme lo complicado que debe ser sobrevivir en las condiciones en las que ustedes se encuentran —espeta—. Además, si el asentamiento es lo que buscaban, te tengo una noticia: ya lo has encontrado.

—¿Vienes de ahí? —Sueno aliviada y desconfiada en partes iguales.

—Si tienen suerte, quizás puedan quedarse con nosotros hasta que sanen sus heridas. —Su respuesta es altiva y arrogante, pero hay un destello de satisfacción en ella. Como si se sintiese orgullosa de pertenecer a ese grupo selecto de personas—. No puedo prometerte nada. Tengo que consultarlo con mis superiores antes de llevarte al asentamiento y aún tengo dudas respecto a ustedes. —Mira al cuerpo del demonio que yace detrás de mí y luego clava sus ojos en los míos. La desconfianza que tiñe su gesto solo me provoca incomodidad e inquietud.

—No tienes por qué ayudarnos —digo, porque me siento con la imperiosa necesidad de puntualizar que no está haciéndonos un favor. Que somos capaces de ver por nosotros mismos, aunque eso, ahora mismo, sea una horrible mentira.

Rueda los ojos al cielo.

Claramente, sabe que sí necesitamos ayuda. Que encontrar un refugio es lo mejor que podría pasarnos.

—Quédate aquí —dice, ignorando por completo mi declaración—. No tardaré.

No me da tiempo de responder. No me da tiempo de hacer otra cosa más que mirarla correr entre los coches abandonados.

Cuando desaparece de mi vista, una punzada de alivio e inquietud me llena el pecho. Una sensación extraña y ansiosa se apodera de mis entrañas y me hace contener la respiración.

Mi atención se vuelca en la criatura que yace en el suelo inconsciente y, luego, hacia el autobús. Una plegaria silenciosa me brota de los labios en medio de una exhalación temblorosa y me giro sobre mi eje, de modo que soy capaz de poner las manos sobre la espalda de Mikhail.

Mis dedos remueven el material de la sudadera, exponiendo la herida abierta y escandalosa del demonio. Sé que tengo que hacer algo con el trozo de ala que le sobresale entre el tejido herido. Sé que debo deshacerme de él si no quiero que, quien sea que vaya a venir con la chica, descubra la naturaleza del demonio de los ojos grises.

El estómago se me revuelve ante la idea de hacerle daño a Mikhail, pero sé que, si no lo hago, van a descubrirnos y ni siquiera nos van a dar tiempo de dar explicaciones antes de que tengamos una bala atravesada en la frente.

Es por eso que, con esto en mente, tomo una inspiración profunda y coloco mi mano sana —y temblorosa— sobre el trozo de ala que sobresale del omóplato destrozado.

Acto seguido, afianzo mi agarre lo mejor que puedo y, a pesar del grito aterrador que brota de la garganta del demonio en el suelo cuando cierro los dedos alrededor del pequeño muñón, tiro de él con toda la fuerza que puedo.

19

ASENTAMIENTO

Tengo los ojos cerrados, pero soy plenamente consciente de lo que pasa alrededor. Hace rato ya que decidí hacerme la dormida solo para que el puñado de personas que abordan la camioneta en la que viajamos bajen un poco la guardia.

Cuando la chica que nos encontró —Julia— regresó, lo hizo con cinco personas: cuatro hombres y una mujer. De esos cinco individuos, tres de ellos eran jóvenes y a los otros dos no pude calcularles menos de cuarenta.

Al llegar, lo primero que los más jóvenes hicieron, fue bajar a Haru del techo del autobús y, luego de corroborar que seguía vivo, la mujer —quien se identificó como la doctora y veterana de guerra Olivia Harper—, se encargó de revisar nuestras heridas. Mientras lo hacía, sus acompañantes no dejaron de apuntarnos, tanto a Mikhail, como a Haru y a mí, con armas de alto calibre.

Luego de que terminó, y antes de decir nada acerca de nuestro estado físico, me preguntó qué, con exactitud, fue lo que le pasó a Mikhail en la espalda.

De manera improvisada, le dije que las criaturas aladas que nos atacaron lo mordieron en la espalda, tratando de comérselo vivo. Después, preguntó qué le ocurrió a Haru, y repetí la historia que ya le había dicho antes de Julia y, finalmente, inquirió respecto a lo que me pasó a mí. En respuesta, simplemente le dije que, en el intento de escapar, salté desde una ventana del segundo piso de un edificio y me herí en el proceso.

Cuando terminé de hablar, el silencio fue la única respuesta que obtuve y, luego de una exhaustiva evaluación visual por parte de la doctora —y de un hombre de aspecto hosco y cabello entrecano—, rompió el silencio y me hizo saber que el estado de salud de Mikhail no era muy prometedor. Que la herida de su espalda parecía de mucha gravedad y que era probable que, aun recibiendo atención médica, falleciera.

Yo tuve que contenerme de contradecirla y decirle que, contrario a lo que ella cree, su herida tiene más probabilidades de sanar ahora que hace unos momentos, cuando todavía tenía el muñón pegado al omóplato. Lo que dijo Ash cuando fue herido en las alas la última vez no han dejado de retumbar en mi cabeza desde el momento en el que le arranqué el resto del ala de la espalda; así que, si las condiciones de esta nueva herida y la anterior son las mismas, era más probable que Mikhail muriera con el muñón pegado a la espalda que ahora que no lo tiene.

La doctora dijo, también, que Haru parecía estar en perfectas condiciones, pero que necesitaba pasar tiempo en observación, solo para descartar alguna contusión cerebral o algo por el estilo. Respecto a mí, me dijo aquello que ya sospechaba: que tengo el brazo y un par de dedos fracturados y que, probablemente, también una de mis costillas tenga alguna herida de cuidado.

Me dijo que teníamos suerte de estar vivos, pero que no podía garantizar nuestra supervivencia si no recibíamos atención médica inmediata.

El hombre de cabello entrecano, al oírla decir eso, protestó. Fue obvio para todos que las intenciones de la doctora eran las de llevarnos con ellos; sin embargo, su iniciativa no tuvo mucho éxito entre sus compañeros, ya que el hombre empezó a discutir con ella; argumentando que estaba loca si creía que iba a permitir llevarnos con ellos.

Luego de unos instantes de caos y opiniones dichas en voz de mando, la mujer refutó con el argumento de que los humanos debían ayudar a otros humanos. Que, por una vez en la existencia de la humanidad, debíamos ser solidarios y empáticos con nosotros mismos; no esas criaturas egoístas que son capaces de apuñalar al prójimo solo porque sí. Dijo que, si no podíamos echarnos la mano los unos a los otros, merecíamos lo que está pasándonos.

Sus palabras debieron haber calado mucho en el hombre, ya que fue hasta ese momento que dejó de protestar.

Los más jóvenes, no obstante, no estuvieron conformes con el resultado cuando la doctora Harper dijo que nos llevarían con ellos al asentamiento y, luego de otros intensos minutos de discusión, el hombre de cabello entrecano intervino y puso fin a los reproches; dándole así la palabra final a la doctora Harper.

Así pues, a regañadientes y obligados por la doctora y el hombre, nos llevaron hasta el lugar donde la camioneta —esa sobre la que ahora viajamos— se encontraba aparcada.

Al llegar ahí, me di cuenta de inmediato que las personas que fueron a buscarnos no eran las únicas que estaban merodeando la zona. Alrededor de quince hombres y mujeres de aspecto joven y fuerte aguardaban por el pequeño grupo de búsqueda que Julia llevó hasta nosotros.

Al vernos, muchos de ellos protestaron y argumentaron que no podían llevar a extraños a la guarida, pero el hombre —que, claramente, tiene algún tipo de autoridad— les hizo callar diciendo que la palabra final la tendría el comandante Saint Clair —quien sea que ese hombre sea.

Luego de eso, nos instalaron dentro de la camioneta y emprendimos camino en dirección a *Dios-sabe-dónde*.

No ha pasado mucho desde entonces. Apenas puedo calcularle diez o quince minutos, pero me ha parecido una eternidad. A pesar de eso, he tratado de mantenerme imperturbable. Completamente relajada ante el hecho de que estoy rodeada de una veintena de hombres y mujeres armados, dispuestos a asesinarme a la primera señal de provocación.

No sé cuánto tiempo más pasa antes de que el vehículo se detenga por completo y las puertas traseras se abran; pero, cuando lo hacen, lo primero que escucho es a alguien pronunciar que deben informarle al comandante sobre nosotros. De inmediato, sé que ese dichoso comandante es el encargado en este lugar.

Mientras me bajan y me transportan en una improvisada camilla, escucho como alguien más dice que el comandante no se encuentra disponible ahora, pero que le informarán tan pronto como sea posible.

Decido que mi actuación como chica inconsciente debe terminar cuando la camilla en la que soy transportada deja de moverse y soy colocada sobre un material blando y suave; pero no abro los ojos hasta que el jaleo a mi alrededor se convierte en silencio. Hasta que las voces pronuncian que deben informar a la doctora Harper que ya nos han traído hasta el área médica, y los pasos y el sonido de la gente moviéndose a mi alrededor se transforma en paz y quietud.

Lo primero que me recibe cuando abro los párpados, es la incandescente luz de una lámpara que cuelga en el techo. Tengo que cerrar los ojos un par de veces para acostumbrarme a la nueva iluminación; pero, cuando lo hago, trato de incorporarme como puedo y echo un vistazo a lo que me rodea.

La habitación es pequeña y está llena de estantes metálicos de oficina. Ninguna de las personas que nos trajo hasta aquí se encuentra en la estancia y eso hace que una punzada de alivio me recorra el cuerpo de inmediato.

Así pues, con el corazón lleno de una sensación apaciguadora, echo otro vistazo al cuarto en el que me encuentro.

Hay un escritorio repleto de cajas apiladas en las cuales se leen, en etiquetas blancas, los nombres de los activos de algunos medicamentos de uso común. Un montón de cajas más están acomodadas en un rincón de la estancia y, junto a ellas, hay un puñado de aparatos que, asumo, son de uso médico.

Finalmente, mi vista viaja hacia la derecha, donde cuatro catres están acomodados. Tres de ellos están vacíos; sin embargo, ese que está a mi lado está ocupado por Mikhail.

Una extraña sensación de hundimiento me invade por completo cuando tengo un vistazo de su espalda desnuda y magullada. Un extraño nudo de impotencia y frustración se me forma en la garganta, pero me las arreglo para mantenerlo a raya.

—Lo siento —murmuro, a pesar de que no sé si puede escucharme—. Lo siento mucho, Mikhail.

El aliento se atasca en mi garganta cuando el recuerdo de mí arrancándole el muñón sobresaliente de su omóplato me llena la cabeza. La culpa, la quemazón en el pecho y las ganas de echarme a llorar se vuelven intensas. Tan intensas, que no puedo respirar; que el corazón me duele y se me estruja debido al poder demoledor de mis emociones.

—No había otra forma —digo, en un susurro tembloroso y entrecortado—. Lo sabes, ¿no es así?... —Trago duro, en el afán de deshacer el nudo que me impide hablar—. Sabes que nunca haría nada para lastimarte, ¿no es cierto?

Silencio.

—Mikhail, si pudiera…

Un sonido estrepitoso irrumpe mi diatriba y la quietud. Un grito lejano —y aterradoramente— familiar me invade los oídos. La pronunciación de un idioma extraño y conocido al mismo tiempo me llena la audición, y un escalofrío de puro terror me recorre cuando el grito se repite, seguido de un montón de voces desconocidas que gritan y vociferan cosas que no entiendo.

«¡Haru!», grita la voz en mi cabeza y, de inmediato, algo dentro de mí se acciona.

Como puedo, e impulsada por un disparo de adrenalina, bajo del catre en el que me encuentro instalada y, a pesar del punzante dolor que me llena el cuerpo cuando mis pies tocan el suelo, me levanto y empiezo a moverme.

Un gemido adolorido me abandona cuando el dolor en las costillas se vuelve insoportable, pero no me detengo. Me aferro a todo lo que me encuentro para mantenerme de pie y avanzar lo más rápido que puedo.

Alguien grita algo acerca de no herir a un niño y la vocecilla familiar grita algo en ese idioma que no entiendo, pero que empieza a serme familiar.

«¡Apresúrate!», me espeto a mí misma, pero no puedo moverme más rápido. No puedo dejar de doblarme cada vez más debido al dolor que me embarga.

Para el instante en el que mi mano sana se aferra a la manija de la puerta, estoy temblando. De pies a cabeza, me estremezco ante los espasmos de ardor y dolor que me asaltan; con todo y eso, hago acopio de toda mi fuerza de voluntad y abro la puerta de golpe.

La imagen que me recibe me hiela la sangre. Al menos media docena de hombres apuntan con armas de alto calibre hacia Haru, quien se encuentra en el suelo agazapado, como si se tratase de un animal salvaje o una criatura incapaz de erguirse como un ser humano común y corriente; y, al menos, un par de veintenas de personas —todas con gestos horrorizados— miran la escena sin mover un solo dedo. Sin interponerse entre esos hombres y el pobre chiquillo que, sin dejarse amedrentar, los mira desde el suelo.

—¡Haru! —mi voz sale rota y aterrorizada, pero suena lo suficientemente fuerte como para que la atención de todo el mundo se pose en mí.

El gesto de Haru se transforma en el instante en el que clava su vista en la mía y pasa del horror al alivio en cuestión de segundos.

Acto seguido, el chiquillo se levanta del suelo y se echa a correr en mi dirección.

Apenas tengo tiempo de equilibrarme. Apenas tengo tiempo de prepararme para el impacto de su cuerpo contra el mío.

El abrazo apretado de Haru envía un disparo de dolor agudo e insoportable por toda mi espina y cientos de puntos negros oscilan en mi campo de visión debido a la presión que ejerce sobre mí. Los oídos me zumban, el aliento me falta y, durante unos largos instantes, no puedo moverme. No puedo hacer nada más que cerrar los dedos de mi mano sana en el material de la sudadera que utiliza y morderme la parte interna de la mejilla, mientras trato de absorber el dolor.

Un murmullo incoherente escapa de la garganta de Haru y su abrazo se tensa tanto, que no tengo el corazón de apartarle y decirle que está lastimándome.

—Está bien. —La voz me suena tan ronca, que no puedo reconocerla como mía—. Todo está bien. Estamos bien.

Me siento como una completa hija de puta al asegurarle algo de lo que realmente no tengo la certeza, pero es lo único que tengo para él en estos momentos: palabras. Absurdas palabras de aliento.

—¡Levanten las manos! —Alguien grita, y mi vista se clava en la multitud que ahora se ha vuelto hacia donde yo me encuentro.

Seis armas de alto calibre nos apuntan y una punzada de ira me recorre entera. Un disparo de aterradora oscuridad se filtra en mi pecho y me llena la cabeza de ideas siniestras; de imágenes acerca de mí, poniendo en su lugar a toda esta gente con el poder de los Estigmas.

«Quizás deberías hacerlo», susurra la insidiosa vocecilla en mi interior, pero la empujo lo más lejos que puedo. La aparto mientras maniobro, de modo que quedo interpuesta entre el cuerpo de Haru y aquellos de quienes nos amenazan.

—Es un *niño* —suelto, con todo el coraje que puedo imprimir en la voz, al ver que ninguno de los hombres que nos apuntan bajan las armas.

—Pues ese niño atacó a una de nuestras enfermeras —espeta uno de ellos—. Levanten las malditas manos. *¡Ahora!*

Siento los dedos de Haru cerrarse en el material de mi sudadera y una extraña energía densa comienza a emanar de él. El pánico que me envuelve hace que el pecho se me atenace y apriete los dientes, al tiempo que, con la mano sana, trato de tomar una de las suyas para pedirle, de manera silenciosa, que intente controlarse.

—Bajen las armas —pido, en voz calmada y acompasada.

Una risa condescendiente brota de otro de los hombres.

—¡Claro! —espeta, con sarcasmo—. ¿Algo más, su majestad?

—Por favor, bajen las armas —repito. Esta vez, la impaciencia tiñe mi voz.

—Levanten. Las putas. Manos —sisea el hombre una vez más y yo, haciendo acopio de toda mi fuerza de voluntad para no abalanzarme sobre él y golpearle —así eso me cueste la vida—, le doy un apretón a Haru en la mano y lo dejo ir para alzar mi extremidad no lastimada.

—Así me gusta. —El tipo se burla, al tiempo que baja un poco su arma y da un par de pasos más cerca. En respuesta, lo miro con todo el desdén que puedo imprimir—. Ahora, quítate la ropa.

Exclamaciones ahogadas de las personas que miran la escena como espectadores inundan mis oídos, pero nadie hace nada para detener lo que está sucediendo.

—¿Quieres que bajemos las armas? —El asqueroso bastardo canturrea, mientras se detiene frente a mí y adopta una postura amenazante—. Pues, entonces, desvístete.

—Mejor atraviésame el cráneo con una bala —escupo, con repulsión, al tiempo que alzo el mentón en un gesto arrogante—. Lo prefiero.

Una media sonrisa torcida y repugnante surca el rostro del hombre al que apenas puedo calcularle treinta años, y las ganas de vomitar se hacen presentes en mi sistema.

—La gatita tiene garras. —Asiente, en aprobación y, presa de un impulso asesino, quiero mostrarle cuánto daño puedo hacerle solo con las uñas.

—Basta ya, Martin —alguien pronuncia, pero el tipo lo ignora por completo y estira una mano áspera y sucia para tocarme la cara. Yo me aparto con brusquedad, sin importarme el daño que el movimiento me hace a mí misma.

—No te atrevas a ponerme un puto dedo encima, cerdo —siseo, y mi voz suena tan temblorosa debido a la ira contenida que, de alguna manera, logra sonar amenazante.

Una mano se cierra en mi cabello y tira de él con tanta brusquedad, que un gemido adolorido se me escapa. El sujeto en cuestión me hace alzar la cara para mirarle y aprovecho ese momento para escupirle.

Gritos ahogados llegan por todos lados, pero ni siquiera me tomo la molestia de mirar alrededor. Me quedo con la mirada clavada en el hombre que ya se ha limpiado la cara con la mano libre y la ha alzado para golpearme.

Por instinto, me encojo sobre mí misma, pero me obligo a no cerrar los ojos. Me obligo a seguir desafiándole.

—¡¿Qué demonios está pasando aquí?! —Una voz ronca y autoritaria truena en todo el lugar y, de pronto, el mundo entero enmudece. El extraño rumor de voces susurradas que había empezado a extenderse ha terminado por completo.

A pesar de eso, no me atrevo a apartar la mirada del hombre que trata de amedrentarme.

—He dicho: ¿Qué demonios está pasando aquí? —La voz suena tan cerca ahora, que tengo que reprimir el impulso que tengo de buscar al dueño.

Algo oscuro y siniestro surca la mirada de Martin —el hombre que trata de someterme—, pero desaparece tan pronto como llega. Acto seguido, me deja ir y se gira sobre su eje para encarar a la persona que, claramente, tiene la autoridad suficiente como para hacerlo desistir de sus intentos por intimidarme.

—El imbécil ese golpeó a Wanda. —Hace un gesto de cabeza en dirección a Haru—. Solo tratábamos de contenerlo.

Es hasta ese instante, que tengo un vistazo de la persona que ha detenido la extraña interacción.

Es un hombre joven. Demasiado joven, de hecho, para ser poseedor de la autoridad que tiene. Debe ser apenas unos años más grande que yo; sin embargo, hay algo en él que luce tan intimidante y hosco que, de alguna manera, entiendo por qué todos parecen tenerle una especie de… *respeto*.

Es alto, pero no más que el hombre que trataba de intimidarme; la constitución de su cuerpo es mucho más robusta que la de Mikhail, pero sin dejar de lucir atlético y fuerte. Su cabello oscuro cae sin dirección alguna por su frente, cubriendo así, parte de sus ojos oscuros. La piel morena no hace otra cosa más que enmarcar la dureza de sus facciones y no puedo dejar de reparar en el gesto duro y amenazante que esboza cuando mi atacante lo desafía con su postura.

Todo en él grita autoridad, fuerza y determinación. Absolutamente todo en su anatomía exuda liderazgo, seguridad y arrogancia. Está más que claro para mí que este chico, quienquiera que sea, es una figura que inspira superioridad entre todos en este lugar.

—Creo que someter a un chiquillo escuálido al que le doblas la edad con una AK-74, es bastante innecesario, Martin. —La gélida respuesta del chico hace que, por instinto, me encoja sobre mí misma. Si estuviese hablándome así a mí, estoy segura como el infierno que me sentiría intimidada hasta la mierda.

—Te recuerdo que la última vez que trajimos a alguien de fuera, estaba infectado.

—Poseído. —El chico corrige a Martin—. Estaba *poseído*.

No me atrevo a apostar, pero me parece ver, por el rabillo del ojo, como Martin esboza una mueca de disgusto.

En ese momento, el chico que ha venido a detener la trifulca, clava sus ojos en Haru y en mí y, luego de evaluarnos durante unos instantes, vuelve su atención hacia nuestro atacante.

—Está más que claro para mí que el niño no representa ninguna clase de amenaza —sentencia—. No se necesita ser un genio en medicina para notarlo. —Vuelve a echarnos otra mirada—. Ella tampoco parece estar poseída por ninguna clase de entidad demoníaca. —Esboza un gesto tan condescendiente, que me provoca incomodidad y azoramiento—. Francamente, no veo la necesidad de intimidar a nadie del modo en el que lo estás haciendo.

Martin no responde y eso solo confirma mis sospechas: este chico tiene autoridad.

—Que sea la última vez que abusas del poder que el comandante te ha dado, Martin. —Esta vez, cuando el chico habla, suena tan frío y siniestro, que un escalofrío me recorre la espina—. Te quiero a ti y a la bola de imbéciles que te siguen como perros falderos a diez metros lejos de ellos. —Hace un gesto de cabeza en nuestra dirección—. Especialmente, de ella, y de cualquier chica en el asentamiento. ¿Queda claro?

Es en ese momento, que me doy cuenta de que este tipo, quienquiera que sea, sabe a la perfección lo que Martin pretendía hacer conmigo.

—Tengo que hacer el trabajo que se me fue encomendado —Martin refuta. Suena molesto y frustrado.

—Se te encomendó velar por todos aquellos que habitan en este lugar. Se te dio un arma, una misión y autoridad. —El chico asiente, pero su voz suena cada vez más fría y aterradora—. Autoridad de la que has abusado desde el primer día que se te otorgó. Te has aprovechado de tu posición para intimidar y conseguir cosas de otras personas solo para satisfacer tus necesidades primarias, y eso, mi querido Martin, es algo que no estoy dispuesto a tolerar más. —la frialdad en su mirada es tanta, que un nudo de ansiedad se me instala en el estómago—. Así que toma esto como un ultimátum. No quiero, por ningún motivo, enterarme de que vuelves a acercarte a una mujer en este asentamiento. No quiero enterarme de que has vuelto a levantarle un arma a un indefenso. No quiero que siquiera te pase por la cabeza el hacer abuso de ese poder que se te ha dado, porque si lo haces, Martin, te las vas a ver conmigo… —Hace una pausa para que sus palabras se asienten en el cerebro de nuestro atacante—. Y luego, te las vas a ver con el desamparo de las calles de Los Ángeles sin agua, sin un arma para defenderte y sin la oportunidad de volver a poner un puto pie en el asentamiento. ¿Quedó claro?

Silencio.

—¡¿Quedó claro?! —truena, y me encojo sobre mí misma por acto reflejo.

—Sí. —La voz rota de Martin envía una punzada de satisfacción por todo mi cuerpo.

El chico asiente.

—Esto va para cualquiera que se atreva a olvidar que estamos aquí para sobrevivir. Para ayudarnos los unos a los otros. ¿Entendido? —Esta vez, su voz es dirigida a la multitud que nos rodea; sin embargo, nadie en concreto responde. Todo el mundo se limita a murmurar un asentimiento—. Bien —dice—. Ahora, todos retomen sus actividades.

Y así, sin más, todos empiezan a marcharse. Martin y sus secuaces incluidos.

Un suspiro tembloroso se me escapa de los labios una vez que la tensión se fuga de mi cuerpo y cierro los ojos con fuerza.

—¿Están bien? —La voz de la doctora Harper llega a mis oídos y me obligo a encararla. La mujer suena molesta cuando habla—. No debí dejarlos solos. Debí esperar hasta que estuvieran los tres en la enfermería antes de ir a buscar a Quentin. Lo lamento *tanto*.

No respondo. No puedo hacerlo. Me siento tan agotada y aterrorizada, que no puedo hacer otra cosa más que sacudir la cabeza y dejar escapar el aire que ni siquiera sabía que contenía.

La doctora Harper ya ha empezado a llamar a gritos a un montón de personas y ha pedido un par de camillas, material de sutura y una infinidad de cosas más, cuando otra voz llega a mí desde un lugar cercano:

—No sé si felicitar el gesto de valentía que tuviste hacia tu amigo o traer a tu atención el hecho de que ha sido algo bastante estúpido. —La voz ronca que me llena los oídos me hace girar la cabeza en dirección a donde proviene.

Cuando lo hago y me encuentro mirando de frente a la figura del chico que nos defendió, y mi estómago cae en picada. Ahora, desde la cercanía, soy capaz de ver cuán pobladas son sus cejas y cuán mullidos son sus labios. Cuán intimidatorio luce de cerca y cuán inexpresivo es su rostro.

Yo, por instinto, me encojo sobre mí misma.

—Lamento mucho lo ocurrido con Martin. —La ira y la repugnancia que se cuelan en su voz solo consigue atenazarme el estómago un poco más—. No todos en este lugar son como él. Lo prometo. —Me mira a los ojos—. Mi nombre es Hank Saint Clair.

—¿Saint Clair? —La pregunta se me escapa de los labios sin que pueda detenerla y, por unos instantes, Hank luce aturdido—. ¿T-Tú eres el comandante Saint Clair?

El entendimiento parece apoderarse de su expresión y un asomo de sonrisa se dibuja en las comisuras de sus labios; pero esta no llega a formarse del todo.

—No —dice, al tiempo que me mira con un gesto enigmático—. Mi padre, el comandante Saint Clair, no se encuentra aquí ahora mismo, pero confío en que pronto irá a visitarlos al área médica. Por ahora, siéntanse como en casa y permitan que la doctora Harper y su equipo de trabajo los atiendan lo mejor posible. Si necesitan algo, no duden en acercarse a ella o pedir directamente una audiencia conmigo.

No puedo responder. No puedo hacer otra cosa más que mirarle fijamente.

—Sé que es difícil ponerse cómodo luego de lo que acaba de pasar —añade—, pero traten de hacerlo. No somos malas personas. Lo prometo… —se queda en el aire y sé que espera que le diga mi nombre.

—Bess. Me llamo Bess.

—Lo prometo, Bess —dice y, entonces, me regala un asentimiento cordial y gira sobre su eje para alejarse.

20

REALIDAD

—No deberías estar levantada. —La voz ahora familiar de la doctora Harper me hace volcar la atención hacia ella con rapidez.

Han pasado apenas un par de días desde que llegamos al asentamiento, pero, con todo y eso, no hemos conocido mucho. Mikhail y yo hemos pasado todo este tiempo encerrados aquí, en el improvisado cuarto médico que la gente de este lugar ha dispuesto para curar —en medida de lo posible— a sus enfermos. Haru, sin embargo, ha podido conocer un poco más el asentamiento. Su casi perfecto estado de salud lo ha hecho posible.

Los fuertes analgésicos que la doctora me ha administrado, así como todas esas curaciones a las que he sido sometida, me han permitido bajar de la cama y dar un par de pasos hasta esa en la que Mikhail se encuentra instalado. Me han permitido estirar las piernas unos instantes y acariciar el cabello apelmazado de la criatura que ahora yace aquí, en un catre viejo y oxidado, y que lucha por su vida.

Ha tenido fiebre todas las noches y, a pesar de que la doctora ya ha cerrado la herida de su espalda, las cosas no lucen bien para él. La palidez de su piel, las altas temperaturas de su cuerpo, el sudor helado que le perla el cuerpo entero y el color enfermizo y amoratado de sus heridas no han dejado de mortificarme y angustiarme. Sobre todo, ahora, que he dejado de sentir esos pequeños tirones que él le daba al lazo que nos unía.

Desde que dejé de hacerlo, no he podido concentrarme en otra cosa. No he podido pensar en nada que no sea en velarle día y noche; incluso cuando sé que no puedo hacer nada por aliviarle o por mejorar su situación.

—Me siento bien —pronuncio, pero no sé si es del todo cierto. Los medicamentos que traigo encima son tan fuertes que me siento aturdida la mayor parte del tiempo, así que no sé si estoy presentando una mejoría o lo que siento es gracias al efecto de los fármacos.

La mirada severa de la mujer hace que un pinchazo de remordimiento me recorra el cuerpo, pero me las arreglo para desviar la vista de la suya para posarla en el chico a mi lado.

—¿Dónde está Haru? —inquiero. Trato de sonar casual, pero fracaso terriblemente. La verdad es que tenerlo fuera de mi campo de visión me pone de nervios. Después del recibimiento que tuvimos, saber que está allá afuera, merodeando por todo el lugar sin que yo pueda ver por él, me envía al borde de la histeria.

—Chiyoko lo convenció de ir a cenar al comedor. —La sola mención de la mujer de edad avanzada y de descendencia japonesa que ha estado actuando como traductora de Haru, me forma un nudo en el estómago.

No sé si es porque estoy siendo paranoica, pero esa mujer no me da buena espina. Nadie en este lugar —a excepción de la doctora Harper y, quizás, Hank— lo hace.

—*Oh*...

La doctora Harper parece notar algo en mi gesto, ya que añade:

—Le he dicho que lo traiga de nuevo aquí en cuanto terminen.

Aprieto la mandíbula, pero asiento.

—Gracias —musito, al tiempo que poso mi vista en Mikhail.

—No somos malas personas, Bess. —La doctora pronuncia, al cabo de unos minutos de tenso silencio y cierro los ojos—. Sé que no dimos una buena primera impresión, pero no somos los villanos aquí. Todos estamos asustados y reaccionamos con recelo ante cualquier cambio. Sobre todo, si este proviene del exterior.

—¿Cuándo voy a poder ver al comandante? —Corto de tajo su diatriba, pero ni siquiera me digno a mirarla. Me concentro en la manera en la que el cabello oscuro de Mikhail le cae sobre la frente.

—No lo sé —ella suelta, con pesar—. El comandante es un hombre muy ocupado y...

—Si yo fuera él y tres personas aparecieran de la nada en el asentamiento que trato de mantener a flote, estaría muy interesada en conocerlas. En evaluarlas y decidir si merece la pena o no ayudarlas. —La interrumpo—. ¿O es que acaso ni siquiera le han informado sobre nuestra llegada?

—Hank ya ha aprobado su estadía temporal. —La doctora pronuncia, como si esa fuese explicación suficiente—. Si lo ha hecho, es porque considera que no son un peligro para nosotros. El comandante confía plenamente en la capacidad que tiene su hijo de tomar decisiones adecuadas. Hank es...

—Hank no es el comandante. —Vuelvo a interrumpirla y, esta vez, clavo los ojos en ella—. Y no me malentienda, doctora Harper, pero es que todo esto... el no tener respuestas, quiero decir... está volviéndome loca. Necesito saber en dónde diablos nos hemos metido; porque, si ese comandante suyo le ha dado poder y autoridad a un tipo capaz de violentar y humillar a una mujer y a un niño del modo en el que ese sujeto, Martin, lo ha hecho conmigo y con Haru, no quiero ni imaginarme qué son capaces de hacer aquellos que tienen, incluso, más autoridad que Martin. Aquellos que vagan por ahí con el peso de un cargo más alto y que se sienten con el derecho de tomar decisiones sobre la vida de los demás.

La mandíbula de la doctora se aprieta, al tiempo que me sostiene la mirada.

—El comandante no está en el asentamiento ahora —dice, luego de meditarlo unos instantes.

La alarma se enciende en mi sistema en el momento en el que las palabras abandonan su boca. La vocecilla insidiosa de mi cabeza me grita que esta mujer está mintiéndome, pero trato de mantenerla a raya.

—¿No está aquí? ¿Salió aun sabiendo que afuera es un verdadero infierno y que hay un mundo de gente en este lugar que depende de él?

Un suspiro frustrado escapa de los labios de la mujer.

—Las cosas no son tan sencillas como parecen. El comandante salió porque *tenía* que hacerlo —explica, pero eso solo incrementa el recelo en mí.

—¿A qué se refiere con que tenía que hacerlo?

271

—Bess, el comandante está negociando con el ejército para que nos dejen salir de la ciudad —suelta, con exasperación—. Está tratando de conseguir una audiencia con el gobernador para pedirle que nos dejen abandonar esta tierra de nadie. Para que podamos ir a buscar a nuestras familias fuera de Los Ángeles o establecernos en algún otro lugar, lejos de esta locura.

Cientos de preguntas se arremolinan en la punta de mi lengua. Cientos de cuestionamientos amenazan con abandonarme a toda velocidad, pero pongo todo de mí para mantenerlos a raya. No puedo darme el lujo de preguntar a qué se refiere. De hacerle saber que sé muy poco —por no decir que nada— respecto a la situación actual de la ciudad y del modo en el que la milicia estadounidense se ha encargado de mantener a toda esta gente aquí adentro.

—¿Todavía no están dejando salir a nadie? —improviso, pero el gesto extrañado que esboza, me hace saber que sospecha algo.

«¡Maldición, maldición, maldición!».

—No —ella responde, pero no deja de mirarme con esa expresión cautelosa que le ha invadido el rostro—. La milicia no ha dejado de decirnos que es demasiado arriesgado. Nos han provisto de ciertas cosas, como los medicamentos que ves aquí —señala las cajas que llenan los rincones de la estancia—, pero no han accedido a dejarnos salir. —Un suspiro brota de sus labios y se presiona el puente de la nariz como si quisiera aliviar una dolencia con ese mero acto—. Dudo mucho que lo hagan, tomando en cuenta la... *epidemia.*

—¿Hay una epidemia? —Mi voz suena más aguda de lo normal, pero no puedo evitar que suene de esa forma.

Ella hace un gesto desdeñoso con la mano.

—Así le hemos llamado al incremento de posesiones que ha habido las últimas semanas —explica—. La semana pasada, perdimos a seis personas. Cuatro brigadistas que salieron a recolectar alimentos y fueron poseídos por entidades demoníacas. Tres de ellos no resistieron los daños corporales que provoca una posesión, pero uno sí lo hizo... —Me mira con aprensión.

—¿Qué pasó con él? —inquiero, en un susurro tembloroso.

—Asesinó a su esposa y a su hijo de tres años antes de que fuera... *contenido* —suelta, con la voz entrecortada por las emociones, y un escalofrío de puro horror me recorre la espina.

—Oh, mierda... —Las palabras se me escapan sin que pueda procesarlas.

La doctora asiente, al tiempo que baja la vista al suelo.

—Ha sido muy duro. El riesgo es cada vez mayor allá afuera y los ánimos aquí abajo están cada vez más alterados. La gente está aterrorizada, hambrienta y cansada, pero esa no es la mayor de nuestras preocupaciones. —Su rostro se alza y las lágrimas que veo empañando sus ojos me provocan un dolor en el pecho—. Ahora, el noventa por ciento de nuestra población está relativamente saludable, pero tenemos gente enferma de diabetes, hipertensión, asma... Incluso, hay una niña con cáncer. Si las cosas siguen así, no estoy muy segura de qué es lo que nos deparará. No estamos muy lejos de empezar a presentar casos de desnutrición y deshidratación. Sin hablar, por supuesto, de que existe el riesgo de tener algún brote de alguna enfermedad que necesite cuidados especiales. —Hace una pequeña pausa—. Cada cuadro infeccioso que presenta cualquiera de los habitantes del asentamiento es manejado como si se tratase de la peor de las enfermedades. Se aísla a la persona y no se le deja acercarse al resto de la comunidad hasta que estamos seguros de que está curado. Es un trabajo exhaustivo. No sabemos cuánto tiempo más podremos llevar este ritmo de vida. Es por eso que el comandante ha decidido intentar pedir ayuda del exterior. Ha decidido implorarle al mundo que nos dejen en libertad.

Una punzada de culpabilidad me invade en el instante en el que la doctora Harper termina de hablar, pero no puedo decir nada. Solo puedo tratar de asimilar lo que acaba de decirme.

La situación tan precaria en la que viven estas personas las tiene tan aterrorizadas, que no puedo evitar sentirme un poco más empática hacia su renuencia. No puedo dejar de pensar que, en su lugar, probablemente yo tomaría las mismas precauciones que ellos en cuanto a forasteros se refiere.

—¿Cuánto tiempo lleva allá afuera? —inquiero, en un susurro.

—Salió de aquí con una brigada el mismo día que los encontramos a ti y a tus amigos —responde, y un filo ansioso y preocupado invade su voz cuando añade—: Ya debería estar de regreso.

—Seguro algo se le presentó. —Trato de sonar optimista, pero fracaso en el proceso—. No debe tardar en regresar.

La mirada que la doctora Harper me dedica lleva una desesperanza tan abrumadora que me escuece las entrañas.

—Eso espero —dice, con un hilo de voz—. De lo contrario, no sé qué es lo que vamos a hacer.

Hace frío. Mucho frío. El vaho que me brota de los labios es tan intenso, que me empaña la visión durante unos segundos antes de que todo se aclare y tenga un vistazo del lugar en el que me encuentro.

La familiaridad es abrumadora. He estado aquí antes. Es el lugar en el que Daialee suele visitarme. Donde suele hablarme sobre cosas que no comprendo; sin embargo, ahora luce ligeramente diferente.

El espacio —antes blanco, vacío y amplio— ha sido manchado por una sustancia oscura. Densa. *Peligrosa...*

No se mueve. No se expande. No hace nada más que teñir espacios asimétricos y amorfos de un color negro extraño e inquietante.

A pesar de eso, esta vez, no tengo miedo. No me siento aturdida y confundida. Sé a la perfección qué hago en este lugar: Daialee trata de decirme algo.

Giro sobre mi eje con lentitud.

—¿Daialee?

No hay respuesta, así que lo intento de nuevo. Esta vez, me aseguro de sonar fuerte y clara:

—¿Daialee? —El eco de mi voz reverbera en todo el lugar y, durante unos segundos, nada ocurre. El sonido se queda flotando en el aire, como espesa nube de humo, hasta que lo percibo.

Al principio suena lejano y distante; pero poco a poco incrementa hasta convertirse en algo atronador.

El sonido crepitante, similar al que hace la madera al ser quemada o al de la estática de los televisores antiguos invade todo el espacio y me aturde.

De inmediato, una sensación viciosa e inquietante me llena el cuerpo y me pone en estado de alerta. El corazón me bombea a toda velocidad y la temperatura desciende otro poco.

—¿Qué está pasando? —murmuro, para mí misma, y giro sobre mi eje una vez más para tener otro vistazo de eso que me rodea.

Algo malo está ocurriendo en este lugar. De eso no me queda la menor duda.

—¡Daialee! —suelto, en un grito angustiado y, en respuesta, el sonido ruge; como si tuviese vida propia y no le hubiese gustado en lo absoluto que llamara a mi amiga. A pesar de eso, insisto una vez más—: ¡Daialee! ¡¿Dónde estás?!

Esta vez, el rugido que me responde suena tan furioso, que un escalofrío de puro horror me recorre entera y las manchas oscuras en la pared comienzan a expandirse.

Al principio, se siente como si lo estuviese imaginando; pero, al cabo de unos instantes que se me antojan eternos, se hace evidente: la oscuridad está creciendo. Está invadiendo el color blanco inmaculado que reina todo este lugar.

La opresión que se apodera de mi pecho es tan dolorosa, que no puedo respirar. Que no puedo hacer nada más que mirar como la calma y la tranquilidad se ven corrompidas por este horrible velo que no se ve, pero que se arraiga a tus huesos y se filtra en tu alma.

El pánico es atronador y doloroso. Es tan abrumador, que tengo que decirme a mí misma que nada aquí puede hacerme daño. Que este lugar solo existe en mis sueños y que, cuando abra los ojos, todo estará bien.

«¿Estás segura de que todo estará bien?».

Tomo una inspiración profunda para calmar el latir desbocado de mi corazón, pero el miedo no se va. La sensación de que este lugar no debería estar pudriéndose como lo hace, me deja un sabor amargo en la punta de la lengua.

—¡Bess! —El grito de mi nombre se abre paso a través de la estática y, desesperada, giro sobre mi eje.

—¡¿Daialee?! —grito en respuesta—. ¡¿Qué está pasando?! ¡¿Dónde estás?!

Un rostro aparece delante de mí, y un grito de puro terror se me construye en la garganta.

El gesto alarmado y desencajado que tiñe el rostro de Daialee hace que la carne se me ponga de gallina, pero no soy capaz de pronunciar nada. No, cuando ella me coloca una de sus heladas manos sobre la boca.

—Todo fue una trampa. Desde el principio fue una trampa. —Lágrimas sin derramar le empañan la mirada, y la angustia exuda de su cuerpo—. Bess, no puedes confiar en él.

Niego con la cabeza, confundida e incapaz de seguir el hilo de lo que dice.

La primera vez que me advirtió sobre cuidarme las espaldas, había dado por hecho que se trataba de Arael, dado a los sucesos ocurridos luego de que tuvo oportunidad de quedarse a solas conmigo y con Haru.

—¿En quién? ¿En quién no puedo confiar, Daialee? —inquiero, en un susurro tembloroso y aterrorizado.

La estática ruge y reverbera en todo el espacio y ella, presa del pánico, mira hacia todos lados antes de volver a clavar sus ojos en mí.

—Están aquí. Tienes que irte. —La urgencia hace que la voz se le quiebre.

—Pero...

—¡*Ahora!*

Entonces, despierto.

Durante unos instantes, no soy capaz de reconocer el lugar en el que me encuentro. El corazón me golpea a toda marcha contra las costillas y un extraño dolor punzante me palpita en las sienes. Siento la garganta seca y los ojos me arden, pero eso no impide que eche un vistazo alrededor solo para comprobar que estoy en el mismo lugar en el que he permanecido los últimos días: el área médica del asentamiento.

Haru —quien lleva la frente cubierta de gasas y cinta *micropore* para cubrir las heridas que sus Estigmas le han dejado— duerme en el catre junto al mío y Mikhail lo hace dos catres más lejos y, ahí, acuclillada junto a él, se encuentra la doctora Harper.

La imagen de ella, cerniéndose sobre él, me descoloca de inmediato y la alarma me invade en un abrir y cerrar de ojos. Ella, al percatarse de que estoy mirándola, con toda la calma del mundo se endereza y me dedica una sonrisa amable.

—¿Te desperté? Traté de no hacer mucho ruido. Lo lamento —dice, con genuino pesar.

—¿Qué hora es? —inquiero, mientras ignoro su disculpa.

—Tarde. Solo quise venir a dar una ronda antes de que Tim empiece su guardia —dice, al tiempo que toma un termómetro que ni siquiera le vi poner en el cuerpo de Mikhail.

—¿Cómo está? —La pregunta suena asustada y angustiada, pero no puedo controlar la forma en la que el miedo se filtra en mi tono cada que cuestiono sobre su estado de salud.

—No tiene fiebre —dice, pero no sé si esa sea una buena señal. Su temperatura ha subido y bajado constantemente los últimos días—. Esperemos que esta vez se mantenga así. Si lo hace, habrá pasado el momento más crítico de la infección.

Un nudo se me instala en la garganta.

—¿Cree que se ponga bien?

Ella suspira.

—No ha muerto. Ha pasado los últimos tres días sobreviviendo a temperaturas que podrían matarlo en cualquier momento —dice, pero no suena optimista—. Está aferrándose a la vida. Esperemos que su lucha sea suficiente.

El desasosiego me llena el pecho de una sensación abrumadora y el nudo en mi garganta se atenaza otro poco al escuchar las palabras de la doctora. De pronto, la impotencia se abre paso hasta aferrarse a mis huesos y llenarme de cuestionamientos y *hubieras*.

«Si hubiera insistido para que Ash me permitiera quedarme en la habitación cuando le quitaron la primera ala a Mikhail, en estos momentos sabría qué hacer para ayudarle», «Si las brujas estuvieran alrededor, me ayudarían a buscar algo en sus Grimorios para ayudarlo», «Si no hubiéramos salido de Carolina del Norte, nada de esto estaría pasando», «Si no lo hubiera jodido todo al intentar cerrar la grieta de Bailey, aún estaríamos allá, a salvo y lejos de toda esta locura».

Lágrimas de arrepentimiento y culpa se me agolpan en la mirada, pero me obligo a mantenerlas dentro. No puedo darme el lujo de llorar. No cuando todo lo que ha sucedido ha sido una consecuencia de mis actos.

—Hay que ser optimistas, Bess —la doctora dice, en un susurro maternal, y me saca de mis cavilaciones—. Hay que esperar siempre lo mejor, ¿vale?

No respondo. Me limito a mirar fijamente al chico que yace inconsciente a pocos pasos de distancia y, presa de un impulso desesperado, tiro de la —ahora débil— cuerda que nos une.

Espero uno. Dos. Tres segundos… pero nada sucede. La tensión del otro lado de la cuerda se siente tan floja ahora, que me angustia tan solo pensar que ya ni siquiera es capaz de responderme. De percibir que me encuentro justo aquí, del otro lado del hilo que nos mantiene atados el uno al otro, y que muero porque se recupere del todo. Que muero por volver a mirarle a los ojos y decirle de una maldita vez por todas cuán enamorada estoy de él, sin importarme si desea o no escucharlo. Sin importarme si debería o no sentir lo que siento.

De pronto, mi mente vuelve a hace unos días. Regresa a ese hotel de paso a las afueras de aquella pequeña ciudad de Tennessee, en el que me dijo todo lo que sentía por mí. En el que me besó como si fuese la última vez que lo hacía y me dijo que aún me quería. Que aún le importo.

Un par de lágrimas traicioneras se me escapan, pero las limpio con el dorso de mi mano sana. Se siente como si hubiese pasado una eternidad desde entonces. Como si el chico que me sostuvo con fuerza contra su pecho y el que está aquí, moribundo sobre un catre oxidado, fuesen dos criaturas completamente diferentes.

«Son completamente diferentes». Susurra la vocecilla en mi cabeza y sé que tiene razón.

El Mikhail que dejé en ese lugar, no es el mismo que el que está aquí, luchando por su vida. El Mikhail que me sostuvo contra su pecho y me dijo que me quería fue sepultado por él ese mismo día. Fue enterrado debajo de esa coraza que este chico, el que se debate entre la vida y la muerte, se ha puesto encima.

—Bess… —La doctora comienza a hablar, al cabo de unos instantes de silencio, pero el sonido de su voz es cortado de tajo por el de una puerta abriéndose.

Rápidamente, nuestra atención se posa en la entrada de la estancia y la confusión me invade cuando la figura imponente de Hank Saint Clair aparece delante de nosotros.

Él observa a la doctora y luego posa su mirada en mí durante una fracción de segundo, antes de volver su atención hacia la mujer que se encarga de atendernos.

—Lamento la interrupción —dice, en voz baja para no despertar a Haru—. Fui a buscarla a su habitación para informarle que mi padre acaba de llegar y quiere verla, doctora Harper.

La sola mención del comandante me provoca un nudo en el estómago, pero me las arreglo para mantener el gesto tranquilo —tan tranquilo como me es posible, en todo caso.

La mirada de la doctora viaja hacia mí y noto como su expresión se llena de incertidumbre cuando nuestros ojos se encuentran.

Se aclara la garganta.

—Gracias, Hank —dice, en voz baja, pero suena ansiosa, como si no supiera qué otra cosa decir. Estoy segura de que espera que yo le pida que me dejen verlo—. Solo termino aquí y voy a su oficina.

El chico asiente, cordial, pero un brillo curioso tiñe sus facciones. Se ha percatado del cambio en el estado de ánimo de la mujer. De eso no me queda duda.

—¿Está todo en orden? —inquiere, pero suena como si estuviese exigiéndole que le contase qué carajos le pasa por la mente. Como si tuviese la certeza de que Olivia Harper le oculta algo.

La doctora asiente enérgicamente.

—Sí —asegura—. Pasa que le prometí a Bess que haría lo posible para que tu padre... —Se detiene unos instantes, sacude la cabeza, y se corrige a sí misma—: *el comandante*, venga a hablar con ella.

Los ojos de Hank se clavan en mí y, presa de un impulso extraño y primitivo, me encojo sobre mí misma.

Hay algo en la mirada de este chico que me hace sentir pequeña y diminuta. Hay algo en la forma en la que te observa, como si pudiese desvelar tus más profundos secretos con solo dedicarte *esa* mirada.

—Ya me he encargado de hablarle respecto a su llegada: tanto la tuya como la de tus amigos, Bess —dice, tranquilo, y la manera en la que pronuncia mi nombre, como si se tratase del de alguien muy importante, me sobrecoge—. Haré lo posible por concederte una audiencia con él, pero no puedo prometerte nada.
—Hace un gesto apenas perceptible, pero totalitario y, entonces, añade—: De cualquier modo, no tienes nada de qué preocuparte. La estadía de todos ustedes ya ha sido acordada y decidida por mí. No hay necesidad de que mi padre dé el visto bueno.

Una punzada de irritación me llena el pecho.

—No me lo tomes a mal, Hank —digo, con toda la calma que puedo—, pero por mucha autoridad que tengas en este lugar, no voy a sentirme cómoda hasta haber hablado con la persona a cargo de todo, y ese es el comandante Saint Clair.

Los ojos de Hank se llenan de algo que no puedo reconocer, y se siente como si estuviese siendo evaluada una vez más. Como si, de pronto, el chico hubiese decidido darme una segunda evaluación antes de hacerse un juicio sobre mí.

—De acuerdo, Bess —dice, al cabo de unos segundos de silencio, luego de pensarlo durante unos instantes—. Gestionaré una reunión si así lo deseas. Solo te lo advierto: el comandante no es un hombre sencillo. Tendrás que inventarte una mejor historia que la que nos dijiste a nosotros. Él no lo dejará estar como lo he hecho yo.

Toda la sangre del cuerpo se me agolpa en los pies en el momento en el que termina de hablar. El peso que tienen sus palabras es tan abrumador, que el corazón me late a toda marcha. El darme cuenta de que Hank Saint Clair ha sabido desde el primer momento que la historia que les conté es una farsa, me envía al borde de mis cabales.

«¿Por qué no dijo nada? ¿Por qué dejó que se quedaran?», grita la voz de mi cabeza, pero no tengo las respuestas a esas preguntas.

Un escalofrío helado me recorre la espina en el instante en el que sus ojos y los míos se encuentran, pero no soy capaz de decir nada. Ni siquiera soy capaz de moverme.

Él, con todo y eso, luce tranquilo y relajado. Tanto que, como si nada de lo que dijo tuviese importancia, me regala un gesto cordial a manera de despedida. Acto seguido, le obsequia uno a la doctora.

Después, gira sobre sus talones y sale de la habitación.

21

COMANDANTE

En los últimos diez minutos he podido darme cuenta de muchas —muchísimas— cosas.

La primera de ellas, es que el comandante Saint Clair no es, en lo absoluto, como lo imaginaba. Una parte de mí esperaba a un hombre joven —más de lo que en realidad es— dentro de lo que cabe. De aspecto similar al de Hank: imponente, pero amable al mismo tiempo; sin embargo, he podido darme cuenta de que es todo lo contrario.

El cabello lo tiene tan entrecano, que luce de un color gris oscuro; su complexión es tan robusta y musculosa, que me da la impresión de que podría desarmar —y herir de gravedad— a alguien en cuestión de segundos. Sus ojos, contrarios a los de su hijo, son de color verde y lleva una pronunciada capa de vello cubriéndole la mandíbula, dándole un aspecto descuidado y desaliñado. Una imagen nada esperada viniendo de alguien que se hace llamar «comandante».

Rupert Saint Clair, el comandante del asentamiento, es capaz de ponerle los nervios de punta a cualquiera con solo entrar en una habitación. Todo en él grita autoridad, peligro y recelo; como si todos y cada uno de sus movimientos estuviesen pensados a la perfección. Como si no fuese capaz de actuar sin antes analizar todos y cada uno de los posibles escenarios consecuentes a sus elecciones.

Sus ojos —cautos y suspicaces— están clavados en mí y sé, mucho antes de que diga una sola palabra luego de haber terminado de contar mi relato, que no confía en mí. Que no cree una sola palabra de lo que he dicho.

Él, a diferencia de su hijo, no se ha tomado la molestia de hacerme creer que se ha tragado la historia que le he contado.

He decidido atenerme a la versión que le conté a todo el mundo. Cambiar los detalles de ella luego de haberla repetido una y otra vez a la doctora Harper y a todo aquel con un atisbo de autoridad en este lugar, me hace sentir bastante insegura, es por eso que he decidido aferrarme a ella. No sé cómo afectaría nuestra seguridad si me atreviera a contradecirme a mí misma. Nadie quiere quedar como un mentiroso. Mucho menos en circunstancias como las nuestras. La vida de Mikhail, la de Haru y la mía dependen de esto: de qué tan fuerte me aferre a la versión original y haga que el mundo se la crea.

El hombre aclara la garganta.

Detrás de él, se encuentran su hijo, la doctora y un hombre más. Este último se ha presentado como Donald Smith. El tipo es claramente más joven que el comandante, pero no por eso es menos imponente, y no hay que ser un genio para darse cuenta de que tiene tanta autoridad como Hank.

—Verás, Bess... —El comandante pronuncia, con esa voz aguardentosa suya, al tiempo que se cruza de brazos y cuadra los hombros—. Me es bastante difícil comprarme la historia que me cuentas.

No digo nada. Me limito a mirarlo directo a los ojos.

De pronto, estar sentada sobre el catre, sin haberme duchado en días, con la ropa sucia y sin siquiera haberme pasado los dedos entre la maraña que tengo por cabello, me hace sentir como si fuese una completa vagabunda rogando por la misericordia de un hombre que, claramente, no tiene intenciones de ayudar a nadie.

A pesar de eso, alzo el mentón y me obligo a sostenerle la mirada.

—Sigo sin entender qué, exactamente, era lo que hacían tus amigos y tú en esa específica zona de la ciudad si buscaban el asentimiento —dice, pero trato de no inmutarme—. Cualquiera que escuchase lo que acabas de contarme, juraría que buscaban salir de la ciudad; no quedarse. Eso, sin tomar en cuenta que esa área está plagada de criaturas cuya naturaleza es desconocida para nosotros. —Hace una pequeña pausa antes de continuar—: Todos aquellos que hemos vivido el plan de contingencia desde el momento uno, sabemos que esa parte de la ciudad es bastante peligrosa.

Espera unos instantes por una reacción, pero me las arreglo para mantener el gesto impasible. Él, al notar que no hago nada por defenderme o explicarme, sigue hablando:

—Encuentro una completa locura ir a buscar un lugar que se proclama como seguro en ese lugar. —Su ceño se frunce, en un gesto contrariado—. Pareciera que desconocían qué tan peligrosas son esas calles; a pesar de que se dijo una y mil veces, antes de que la ciudad se declarara en cuarentena por todos los medios habidos y por haber, que no era seguro vagar por ese sector. Lo cual me lleva a pensar que ustedes no estuvieron aquí en ese entonces, cuando lo único que se repetía por la radio y en los camiones blindados que rondaban la ciudad: que esa zona no era para nosotros.

El silencio que le sigue a sus palabras es espeso y denso. Tanto, que se siente como si se materializase en el aire. Como si pudieses paladearlo y saborearlo con la punta de la lengua.

—Por otro lado —el hombre continúa, al ver que no soy capaz de refutar nada de lo que ha dicho—, está el informe médico que he recibido por parte de la doctora Harper y que involucra a tu amigo. —Hace un gesto de cabeza en dirección a Mikhail, quien se encuentra inconsciente recostado boca abajo—. Tu historia respecto a que estaba siendo devorado vivo por estas criaturas —hace un gesto que, claramente, denota cuán fantasiosa le parece esa parte de mi relato—, me parece bastante... *increíble*. —Sus ojos se clavan en mí una vez más—. No es un comportamiento que estemos acostumbrados a ver en ellas, y vaya que hemos tenido oportunidad de presenciar su manera de atacar de primera mano. —Hace otra pausa prolongada—. El hecho de que hayan atacado de esa manera a tu amigo es tan extraño, que no puedo dejar de preguntarme si realmente fue eso lo que ocurrió. —Deja escapar un suspiro pesaroso, pero no luce para nada acongojado por la falta de consistencia en mi relato—. A todo eso, súmale el hecho de que la doctora Harper me ha informado acerca de la herida antigua y casi cicatrizada que tiene tu amigo en la espalda, similar a la que tendría un ángel si un ala le fuese arrancada; las extrañas reacciones que ha tenido su cuerpo a los medicamentos que le han sido suministrados, y a las altísimas y antinaturales temperaturas que su cuerpo ha presentado y que, además, ha sobrevivido… —Deja al aire la oración y una punzada de pánico me atraviesa de lado a lado.

El solo hecho de pensar en lo que la doctora vio; en esa cicatriz que quedó en su espalda luego de que Ash y Gabrielle le quitaran el ala que Amon se encargó de lastimar, hace que un nudo de ansiedad y terror me atenace las entrañas.

Sin poder evitarlo, mis ojos viajan en dirección a la doctora, quien aparta la mirada para que no sea capaz de verla directamente. La forma en la que me evade no hace más que con-firmarme que ella, por muy amable que haya sido con nosotros, no está de nuestro lado. Le ha informado acerca de todos y cada uno de los detalles más insignificantes de nuestro estado de salud. No se ha molestado en ocultar ni la más mínima de las anomalías.

«¿Por qué habría de hacerlo?», me susurra el subconsciente y quiero gritar. Quiero golpearme por bajar tan rápido la guardia con ella.

—Tantas irregularidades no pueden ser producto de la casualidad, y creo que estoy lo suficientemente cuerdo como para discernir un par de cosas respecto a ti y tus amigos, Bess. —El comandante continúa y me obligo a mirarle—. La primera de ellas, es que ustedes no estaban dentro de la ciudad cuando empezaron a buscar el asentamiento. Es obvio que no están familiarizados con ella y los lugares de peligro inminente. Vinieron desde el exterior. De eso no tengo dudas. La pregunta aquí es, ¿por qué? —Da un paso en dirección al catre en el que me encuentro—. La segunda, es que ustedes no fueron atacados. Al menos, no de la forma en la que has dicho que ha sucedido. —Se detiene al pie de la cama improvisada y se inclina, de modo que soy capaz de tener una vista del gesto amenazante que ha empezado a esbozar—. Y la tercera, y la más alarmante y preocupante de todas, es que *él*… —Señala a Mikhail, pero no aparta sus ojos de los míos—. No es uno de los nuestros. Lo cual me lleva a muchos cuestionamientos, muchachita… —Hace otra pausa—: ¿Qué hacen unos chiquillos como ustedes viajando con una criatura como esa? ¿De dónde han salido? ¿Quién los ha mandado? ¿Qué, en el maldito y condenado infierno, es lo que está pasando aquí?

—¿Está sugiriendo que Mikhail es un ángel? —Me sorprende lo burlesca y condescendiente que sueno. De hecho, a él también parece tomarle con la guardia baja la soltura con la que hablo—. ¿Está sugiriendo que es un *demonio*? —Una risa carente de humor se me escapa de los labios y niego con la cabeza—. De ser así, ¿por qué viajaría con un par de inútiles como Haru y yo cuando debería estar combatiendo o lo que sea que están haciendo esas cosas? —Clavo los ojos en él, aferrándome a mi historia con toda la fuerza de mi voluntad, pero sintiendo el pánico aferrándose a mis huesos—. No sé qué clase de cuento esté inventándose en la cabeza, señor Saint Clair, pero de una vez puedo decirle que puede buscarle cuantas fallas desee a mi versión de los hechos. Esa es la maldita verdad, quiera creerla o no.

—¿Y se supone que debo creerte? —espeta, mostrándome, por primera vez, la verdadera naturaleza de su temperamento.—. ¿Debo quedarme con lo que has dicho y no hacer cuestionamientos? Ustedes son una amenaza potencial para la gente a la que trato de proteger y no dudaré ni un instante en hacer los cuestionamientos necesarios. En tomar las medidas necesarias para garantizar la seguridad de mi gente.

El silencio se extiende entre nosotros una vez más, pero en esta ocasión, a pesar del temblor que se ha apoderado de mi cuerpo, me siento tranquila. Es su palabra contra la mía. Su demencial desesperación, contra la tranquilidad que, de pronto, me ha entumecido el cuerpo.

Es mi instinto de supervivencia el que está actuando ahora mismo. Es la urgencia de mantener a salvo a Haru y a Mikhail lo que hace que no sucumba ante el terror que me carcome las entrañas.

—Tómelas, entonces —digo, con toda la calma que puedo imprimir y un destello iracundo surca sus facciones—. Tómelas y échenos a la calle. Nos la apañaremos. Siempre lo hemos hecho.

Él asiente.

—A ti y al niño, por supuesto que los echaré a la calle. —Asiente y, entonces, señala a Mikhail—. ¿Pero él? Él se queda aquí.

—No. —Sueno tan tajante y determinante, que me sorprendo a mí misma una vez más—. O todos, o ninguno. Y nunca en calidad de rehenes.

—Estoy seguro de que él te abandonaría a tu merced si tuviera la oportunidad de hacerlo. —El comandante escupe, pero ya ha comenzado a controlarse una vez más. La máscara de calma poco a poco ha empezado a volver a él—. Te abandonará tan pronto esté recuperado.

—Él daría su vida por mí —digo, con una certeza que me eriza todos y cada uno de los vellos de la nuca—. Y yo la daré por él si es necesario. O todos, o ninguno.

—¿Estás admitiendo su naturaleza demoníaca?

Una sonrisa calmada y serena se me dibuja en los labios.

—Yo no estoy admitiendo nada. Solo estoy diciendo que, independientemente de lo que usted crea acerca de nosotros, no voy a permitir que le haga daño. Ni a él, ni a Haru. ¿Entendido?

Silencio.

—¿*Entendido?* —Esta vez, mi voz es un siseo bajo y amenazante.

Es el turno del hombre de sonreír. Está claro que no me tiene ni el más mínimo atisbo de miedo. Dudo mucho que tenga algo de respeto por mi persona en estos momentos.

Él asiente, pero algo en su gesto se siente erróneo.

—Si ese es el modo en el que quieres jugar, está bien. Lo haremos a tu modo. —Da un par de pasos hacia atrás—. A partir de este momento, tanto tus amigos como tú están bajo custodia de las autoridades del asentamiento. No tienen permitido vagar por las instalaciones, ni gozar de los privilegios con los que cuentan todos los habitantes de este lugar. Se acabó el trato benevolente y la atención médica innecesaria y, sobre todo, se acabó la comida caliente. —Hace una pausa antes de hacer un gesto de cabeza en dirección a Mikhail—. En cuanto a él, se acabaron los medicamentos para las altas temperaturas, los antibióticos y la morfina para el dolor que, seguramente, sentirá en la espalda cuando ya no se encuentre bajo los efectos de los fármacos. Ruégale al cielo que tu amigo sea fuerte, porque no desperdiciaré los suministros de mi gente en él. Felicitaciones, Bess. Acabas de ganarle a tu amigo una sentencia de muerte.

Han pasado un par de horas desde la última vez que alguien puso un pie en esta habitación. Desde que Haru fue escoltado por dos hombres armados hasta el área médica y fuimos encerrados aquí. La confusión en el rostro del chiquillo es bastante evidente y eso no ha hecho más que incrementar la sensación de desazón que me embarga. Sé que él estaba empezando a adaptarse; que había conocido a alguien que hablaba el mismo idioma que él y le inspiraba confianza; así que entiendo por qué se siente del modo en el que lo hace.

En lo que a mí respecta, no he dejado de darle vueltas en la cabeza a todo lo que ocurrió con el comandante hace un rato. No he dejado de tratar de planear la manera de salir de este lugar con un Mikhail inconsciente y al borde de la muerte y un niño con el que ni siquiera puedo comunicarme correctamente.

La frustración y el pánico no me han dejado sola ni un solo minuto desde que Rupert Saint Clair se marchó y no sé qué hacer para aminorarlo. Con cada minuto que pasa, los escenarios fatalistas en mi cabeza incrementan y se transforman en fantasmas horribles capaces de destrozar y doblegarme la voluntad.

Estoy desesperada. Tanto, que ni siquiera me ha importado el dolor que siento en las costillas y, en un arranque de pánico y ansiedad, me he puesto a escarbar en lo más profundo de las cajas repletas de medicamentos para robar algunos de ellos. Aún no sé con qué finalidad lo hago, pero estoy segura de que algún uso podré darles. Quizás, pueda mantener a Mikhail con vida si llevo los activos suficientes en las cantidades correctas. Quizás, solo trato de ponerme en movimiento porque esto se siente mejor que no hacer nada.

Haru no ha dejado de mirarme con gesto interrogante, pero ni siquiera me he molestado en tratar de explicarle los motivos de nuestro encierro. Pese a eso, la preocupación en su expresión me hace saber que es plenamente consciente de que algo está ocurriendo.

Cuando termino de revisar todos y cada uno de los rincones del área médica en busca de algo que pueda usar a mi favor, pongo todo lo recolectado en el interior de la funda de la almohada apelmazada con la que he dormido los últimos días, y me arrodillo frente al catre de Mikhail.

—Necesito que me ayudes a sacarnos de aquí. —Le susurro, a pesar de que no sé si puede escucharme—. Necesito que te levantes y me ayudes a escapar. —Me trago el nudo que ha empezado a formarse en mi garganta—. Necesito que me des una señal para saber que estás ahí. Que no voy a perderte si logro sacarnos de este lugar.

Me quedo quieta, a la espera de algo —cualquier cosa— que me haga saber que está escuchándome, pero nada sucede. Mikhail no reacciona. Ni siquiera cuando tiro del lazo que nos une por enésima vez desde que llegamos a este lugar.

La angustia y el desasosiego se abren paso en mi torrente sanguíneo y me escuecen con tanta violencia, que apenas puedo soportarlo. Me siento tan perdida y agobiada, que apenas puedo funcionar con normalidad. Apenas puedo mantener la histeria a raya.

Lágrimas impotentes se me agolpan en la mirada, pero me obligo a mantenerlas dentro. A guardarlas en lo más profundo de mi ser, porque sé que no van a ayudarme en nada.

Tomo un par de inspiraciones profundas antes de levantarme y empezar a caminar —a pesar del dolor— de un lado a otro por toda la habitación.

Necesito salir de este lugar. Necesito conocer otra cosa que no sean las cuatro paredes que me rodean, pero sé que es imposible. Sé que, seguramente, hay alguien afuera de la puerta, asegurándose de que no tratemos de escapar.

—Haru —digo, a pesar de que no estoy segura de qué es lo que quiero hacer, al tiempo que me acerco a él y me siento sobre el catre en el que se ha instalado. Él me mira con atención—, debemos irnos.

Hago un gesto hacia el exterior de la habitación y él mira hacia la puerta.

—*Irnos* —repite, como si conociera esa palabra. Yo, aliviada y agradecida de que ha entendido la palabra más importante de toda mi oración, asiento.

—Irnos —repito, solo para afirmar lo que ya sabe—. Necesito encontrar una salida. ¿Viste una salida? —Hago un gesto de cabeza hacia la puerta y él, confundido, niega.

—Una salida, Haru. —Sueno cada vez más desesperada—. Una...

La puerta de la entrada se abre de golpe sin previo aviso y mi atención se vuelca a toda velocidad hacia ella. La figura imponente de Hank, acompañado de la doctora Harper y la mujer de origen japonés que ha estado haciendo de traductora de Haru llenan la habitación en cuestión de segundos y, sin que pueda evitarlo, el pánico se detona en mi interior.

Los ojos castaños del chico que lidera el grupo —Hank— analizan la escena que se desarrolla delante de sus ojos, pero no dice nada. Se limita a cuadrar los hombros y regalarnos un gesto cordial a manera de saludo.

La curiosidad tiñe su gesto cuando pasea sus ojos de Haru a mí un par de veces y, entonces, sacude la cabeza con incredulidad.

—No sé qué clase de criatura sobrenatural crees que eres, Bess, pero si sigues levantándote de esa cama estando tan malherida como lo estás, vas a terminar con lesiones irreparables. —La voz de Hank suena fresca y jovial. Como si no hubiese estado presente durante la interacción que tuve con su padre. Como si no se hubiera dado cuenta de la forma en la que el comandante me confrontó.

—Nos iremos —digo, sin ceremonia alguna e ignorando por completo su declaración—. Ahora mismo. Solo... —Niego, al tiempo que lo miro con súplica tiñéndome el rostro—. Solo... déjennos ir. A todos.

Los ojos del chico delante de mí se entornan ligeramente, pero su gesto estoico no cambia. Al contrario, se acentúa en sus facciones.

—Me temo que eso no será posible —dice y tenso los hombros por completo ante su declaración ligera y despreocupada—. No voy a dejarte ir en el estado en el que te encuentras. Mucho menos dejaré que te lo lleves a él. —Hace un gesto en dirección a Haru—. Si quieres morir, adelante, pero no voy a permitir que expongas la vida de un niño solo porque crees que desafiar la autoridad de un lugar en el que nadie te conoce ni sabe si eres de confianza es lo más inteligente que puedes hacer.

Las palabras de Hank me saben a reproche y a regaño, pero su gesto es tan sereno, que dudo si de verdad lo ha dicho con la intención de hacerme entrar en razón o solo me lo he imaginado.

—Haru y Mikhail vienen conmigo. No está a discusión —refuto, a pesar de la turbación que me causa lo que acaba de decirme, pero él solo parpadea un par de veces.

—Ya te lo dije: No voy a dejarte ir en el estado en el que te encuentras —dice, y suena calmado y sereno. Me atrevo a decir que suena hasta un poco divertido—. Así que, las cosas serán de esta manera, Bess —hace una pausa que se me antoja melodramática, antes de dar un paso en nuestra dirección y pronunciar—: He hablado con mi padre. Lo he convencido de hacer una concesión con ustedes. Te alimentarás y te recuperarás de todas esas heridas que te has hecho y, luego, tendrás la oportunidad de decir la verdad o de marcharte si así lo deseas. —Me mira a los ojos y tengo que reprimir el impulso de apartar la mirada—. En cuanto a él —hace un gesto en dirección a Haru—, se le dará la oportunidad de decidir si quiere quedarse aquí, en el asentamiento con nosotros, o si quiere marcharse contigo. Y… —esta vez, el movimiento de su cabeza señala a Mikhail—, en lo que a él respecta, si no muere, tendrá la oportunidad de explicarse a sí mismo. Si resulta que su naturaleza es la que creemos que es, se quedará aquí como nuestro rehén. Si tu historia es la real y el pobre diablo solo fue atacado por un puñado de demonios, podrá marcharse contigo si así lo desea.

—Haru y Mikhail vienen conmigo —repito y, esta vez, me aseguro de imprimir toda la determinación que puedo a mis palabras.

—Si te marchas, te marchas sola. —El tono de Hank iguala el mío y un destello iracundo me recorre entera.

—No pueden obligarnos a quedarnos en este lugar. No pueden mantenernos aquí en contra de nuestra voluntad —siseo, en su dirección.

Algo en la expresión del chico delante de mí cambia. Algo oscuro y furioso le deforma las facciones, y le hace lucir peligroso y amenazante.

—Este era el lugar al que querías llegar en primer lugar, ¿no es así? Ya estás aquí. Ya he metido las manos al fuego por ti y tus amigos más de una vez. Sé un poco más inteligente y agradece la oportunidad de sobrevivir que te estoy dando. —La voz de Hank suena más ronca que antes y un disparo de algo salvaje tiñe su mirada—. Recupérate, ponte fuerte, y luego haces lo que te venga en gana. Nadie va a impedir que te marches si eso es lo que quieres; pero lo harás sana. Con todas las posibilidades de supervivencia a tu favor. No voy a cargar con una muerte más sobre la consciencia.

—No puedes retenernos en este lugar.

Una sonrisa —la primera que le he visto esbozar desde que pusimos un pie en este lugar— se desliza en sus labios, pero el gesto no toca sus ojos. De hecho, luce tan condescendiente y siniestro, que me eriza los vellos de la nuca.

—Mírame hacerlo —sisea de regreso.

Entonces, sin darme oportunidad de replicar nada, se gira sobre sus talones y se echa a andar en dirección a la puerta. Una vez ahí, se detiene y le echa un vistazo a la doctora Harper para decir:

—Asegúrate de suministrarles todos los medicamentos necesarios. Los quiero vivos.

—Pero el comandante dijo que…

—Mi padre me ha dado completa y total libertad para manejar esto a mi antojo —Hank la corta de tajo—, así que mantenlos con vida, Harper.

No hablo. Me atrevo a decir que ni siquiera respiro.

—De acuerdo. —Ella murmura y Hank asiente, satisfecho.

—Chiyoko —él pronuncia en dirección a la mujer de descendencia japonesa—, asegúrate de que el chiquillo esté enterado de lo que acabo de decirle a su amiga. Asegúrate, también, de que coma a sus horas y que esté de regreso en este lugar antes del toque de queda.

La mujer asiente, incapaz de pronunciar nada y, después, él desaparece por la puerta, dejándonos a todos aturdidos y confundidos.

«¿Qué diablos es lo que pretende con todo esto? ¿Por qué está desafiando a su padre? ¿Qué demonios está pasando?», grita mi subconsciente, pero no tengo la respuesta. No tengo nada más que la sensación de que hay algo más detrás de este afán suyo de protegernos de su padre y de tenernos en este lugar; a pesar de que sabe que todo lo que ha salido de mi boca no son más que mentiras.

22

SEÑAL

La puerta de la habitación se abre sin ceremonia alguna y la figura imponente de Hank Saint Clair aparece en mi campo de visión.

Lleva puesto un pantalón militar y una remera negra que se ciñe a sus hombros como si hubiese sido mandada a hacer solo para él. Su cabello —deshecho y sin forma alguna— cae sobre su frente y le tapa parte de los ojos, y tiene manchas de hollín en los pómulos y la frente; como si hubiese pasado horas haciendo trabajos mecánicos y se hubiese pasado las manos por la cara en repetidas ocasiones.

Al verlo, no puedo evitar sentir cómo los hombros se me tensan y mis entrañas se contraen.

Ahora mismo, me encuentro instalada en el catre junto al de Mikhail. No estoy haciendo nada en particular. Solo sostengo la mano del chico que ha pasado ya más de cuatro días inconsciente, mientras me siento impotente por no poder ayudarle.

—¿Cómo está? —Las palabras abandonan a Hank con tanta naturalidad, que me saca de balance. De hecho, la manera desgarbada en la que se deja caer en el espacio vacío junto a mí, como si fuésemos lo suficientemente cercanos como para poder invadir el espacio vital del otro, hace que un destello de ansiedad me recorra.

Por acto reflejo, la mano con la que sostengo la de Mikhail aprieta su agarre y, a pesar de que soy consciente de la cercanía de Hank, me obligo a posar la atención en el demonio de los ojos grises.

Mikhail, al contrario de Hank, luce débil y frágil. Un claro contraste con la imagen fuerte e invencible que guardo de él en mi cabeza.

—Igual —respondo y mi voz suena ronca por la falta de uso. Desde el incidente con el comandante, casi no hablo con nadie. La poca confianza que había depositado en la doctora Harper se ha esfumado ahora que sé de qué lado se encuentra. Ahora que sé que absolutamente todo lo que pase en este lugar llegará a los oídos del hombre que amenazó con mantenernos cautivos y en calidad de rehenes.

Así pues, mis interacciones con la gente del asentamiento son casi nulas. Las largas conversaciones que llegué a entablar con Olivia Harper han sido remplazadas por unas extrañas y cortas, que más bien pueden pasar por cuestionamientos rápidos que siempre son respondidos con monosílabos.

—Se pondrá bien —Hank asegura y, de reojo, tengo un vistazo de su perfil anguloso e imponente.

Tiene la vista clavada en el demonio, pero no se siente como si estuviese evaluándolo. La forma en la que lo observa es compasiva; como si de verdad esperase que mejorara.

—Eso espero —musito, pero lo digo más para mí misma que para él.

Algo cambia en su gesto. Algo se apodera de sus facciones y las suaviza hasta hacerlas esbozar un gesto más amable. *Blando.*

Hank no es un chico que entre dentro de los estándares de belleza prestablecidos, eso me queda más que claro —el aspecto hosco y duro de sus facciones es tan peculiar, que me cuesta trabajo discernir si lo encuentro atractivo o no, y eso no me gusta—; pero, definitivamente, hay algo en él que no deja de llamar mi atención. Que no me permite dejar de mirarle cuando está cerca.

El estómago se me revuelve. Descubrir el rumbo que han tomado mis pensamientos durante los últimos segundos hace que un sabor amargo me llene la punta de la lengua. Descubrir que paso el tiempo tratando de averiguar si Hank luce bien o no, me causa una repulsión horrible hacia mí misma.

Me aclaro la garganta.

—¿A qué has venido? —La poca ceremonia con la que hablo ni siquiera parece tomarlo por sorpresa. Es casi como si esperase ser recibido por esa clase de cuestionamientos; por la dureza y la hostilidad que se filtran en el tono de mi voz.

No responde de inmediato. Se limita a mirar al chico que descansa sobre el catre unos instantes antes de clavar sus ojos en mí.

—Solía ir a un restaurante de comida italiana que me encantaba —dice, y la confusión me hace mirarlo. La expresión despreocupada de su rostro y el tono suave de su voz hacen que me sienta ligeramente aturdida—. Cuando estaba en la ciudad, iba a casa de mi madre, divorciada de mi padre, por cierto —acota—; e íbamos a cenar juntos a ese lugar. La comida era fabulosa. La mejor pasta que he probado era preparada en ese lugar. La lasaña era la favorita de mamá, pero yo siempre preferí los raviolis. —Hace una pequeña pausa y, pese a que está mirándome, sé que su mente está en otro lugar. En ese espacio hecho para los recuerdos y la nostalgia—. Cuando no teníamos oportunidad de reservar ahí, íbamos a un lugar de comida japonesa bastante bueno también. —Deja escapar un suspiro—. ¡Diablos! Mataría por un rollo de sushi de ese lugar...

Frunzo el ceño ante la confusión que me provoca el hecho de que esté hablando de comida y él, al percatarse de mi expresión, me regala una sonrisa.

El gesto es amable, pero triste y no entiendo qué demonios está sucediendo. Por qué carajos está hablándome de restaurantes y esas cosas que, ahora mismo, no importan.

—¿No te parece increíble, Bess?

—¿El qué?

—Que hace apenas un par de meses, uno tenía la libertad de elegir el lugar en el que cenaría, con quién lo haría y qué comería. Ahora... —Sacude la cabeza en una negativa—. Ahora no hacemos más que buscar alimentos hasta debajo de las piedras porque necesitamos sobrevivir.

—Me dices todo esto porque... —dejo al aire la oración. No pretendo sonar grosera o arrogante, pero realmente no entiendo a dónde quiere llegar con todo esto.

—Porque, dos o tres veces por semana, dos veintenas de hombres y mujeres salimos de este lugar y arriesgamos nuestras vidas para conseguir algo que darle a la gente que habita el asentamiento —dice, y su gesto se ensombrece con cada palabra que pronuncia—. Porque, dos o tres veces por semana, uno o dos... a veces hasta tres de esos hombres y mujeres mueren a manos de una criatura que no pertenece a este mundo, o a manos alguien que quizás si lo hizo, pero que no lo hace más; para que todos aquí tengan algo que llevarse a la boca... —Su voz se enronquece un poco más—. Y porque acabo de enterarme que hace un día entero que dejaste de probar bocado alguno.

Silencio.

—Bess, estamos partiéndonos el culo para que tengan algo que llevarse a la boca, ¿y tú te das el lujo de desperdiciar la comida? —dice, cuando se da cuenta de que no voy a replicar—. ¿De despreciar el sacrificio que hacen los malditos héroes de este asentamiento?

—Yo no le he pedido absolutamente nada a nadie —refuto y sé que sueno como una completa idiota. Que parezco una niña mimada que no puede hacer otra cosa más que una rabieta cada que no consigue lo que quiere, pero la verdad es que estoy tan angustiada por todo lo que está pasando, que no puedo probar bocado alguno. A pesar de eso, me obligo a decir—: No quiero tu comida, ni tu caridad. Quiero irme de aquí. Eso es lo que quiero.

—Lo harás —Hank replica, tranquilo, pero su mirada me hace saber que está perdiendo los estribos—. Te marcharás tan pronto como puedas dar más de veinte pasos sin desplomarte en el suelo, eso te lo aseguro. Lo que no harás, es burlarte de mi gente. Del esfuerzo que hacemos por poner comida en esa boca suelta que tienes; así que, Bess, no quiero volver a escuchar que no pruebas un solo bocado de lo que se pone en tu plato; porque, si no, van a haber consecuencias.

Una sonrisa cruel se dibuja en mis labios solo para descolocarlo. Hay algo retorcido y satisfactorio en sacar lo peor de estas personas.

—¿De verdad crees que amenazándome vas a conseguir lo que quieres? —Me burlo—. Además, ¿a ti qué te importa si me alimento o no? Toda la gente de este lugar no ha dejado de recordarme cuán poco bienvenidos somos, así que, si muero de inanición, no debería ser un problema para ustedes.

—¿Y qué esperabas, Bess? ¿Que recibiéramos a tres desconocidos que no han dejado de mentir acerca de su origen con los brazos abiertos? ¿Que confiáramos en ustedes cuando todo apunta a que ocultan algo? —Hank niega con la cabeza—. Si quieres ser bienvenida en este lugar, tienes que empezar a hablar con la verdad. Entonces, las cosas cambiarán para ustedes y podrán formar parte de nuestra comunidad.

—¿Estás seguro de ello? —siseo, con todo el coraje que puedo imprimir en la voz—. ¿De verdad formaremos parte, incluso si te digo toda la verdad?

—Vale la pena el intento, ¿no?

Una risa corta y amarga se me escapa.

—Solo… déjanos en paz, Hank. Olvida esa obsesión que tienes con nosotros y déjanos ir de una vez por todas —digo, al tiempo que aparto la vista de la suya para posarla en Mikhail.

—¿Eso crees que es? ¿Una obsesión?

—De otra forma no me explico qué demonios haces aquí, pidiéndome que coma algo. No entiendo qué diablos pretendes conseguir con todas estas atenciones tuyas.

—¿En serio no entiendes qué es lo que consigo si te mantengo con vida y me dices la verdad? —él refuta, y el tono de su voz raya en la desesperación; tanto, que me obligo a mirarlo una vez más—. Son las primeras personas en semanas que encontramos en el exterior. Todo el mundo allá afuera está poseído o no es como nosotros. Ustedes son la primera señal de humanidad que hemos encontrado desde que decidimos encerrarnos en este maldito subterráneo; así que, sí: estoy obsesionado. Obsesionado con la posibilidad de que, allá afuera, quizás hay alguien más. De que, quizás, hay gente que necesita de nosotros, o que, tal vez, haya alguien, por muy distinto que sea a nosotros, dispuesto a ayudarnos. —Su atención se fija en Mikhail durante una fracción de segundo—. Pero si no me dices de dónde carajos han venido y cómo diablos han logrado sobrevivir a esta locura, no consigo nada. Seguimos aquí, atrapados como malditas ratas, mientras el mundo se pudre y nosotros con él.

—¿Estás escuchándote? —replico, al tiempo que niego con la cabeza—. Mikhail no es ninguna clase de criatura extraña dispuesta a ayudarnos. No sé qué cuentos te has hecho en la cabeza, pero él no es diferente de ti o de mí.

—No te creo.

Otra risotada me abandona. Esta vez, el sonido raya entre la histeria y el nerviosismo.

—Hank, por el amor de Dios, *escúchate*. Si Mikhail fuese un ángel o un demonio, ¿por qué diablos viajaría conmigo y con Haru? ¿Por qué se molestaría en estar con nosotros? —refuto.

—Bess, no soy estúpido. —Hank suena tan severo y resuelto, que un escalofrío me recorre entera—. He notado cómo lo miras. He visto cómo cuidas de él... ¿Está mal suponer que, quizás, él se siente de la misma manera que tú?

—¿Y de qué manera crees que me siento? —bufo, en medio de una carcajada cargada de ansiedad.

—Estás enamorada de él. —La certeza con la que suelta las palabras me provoca un retortijón en el estómago—. Y, si mis asunciones son ciertas, él está enamorado de ti. Ese es motivo suficiente para que viaje con ustedes.

Niego, pero no dejo de reír como una completa lunática.

—¿Es en serio? ¿La explicación a tu obsesión con nosotros es la trágica historia de un amor, inexistente, por cierto, entre una humana y una especie de *ángel*? —espeto, y la duda surca su expresión—. En primer lugar, Hank, lamento arruinártelo, pero yo no estoy enamorada de Mikhail y, en segundo, pero no por eso menos importante: Mikhail no es ningún ángel. Mucho menos es un demonio. Lo siento mucho, pero esa es la única verdad.

—Sé que estás mintiendo. Sé que hay algo más detrás de esta renuencia tuya a hablar claro. De este recelo que muestras con nosotros. —Su tono duro iguala el mío.

Mis labios se abren para decir algo, pero las palabras mueren en mi boca cuando ocurre...

Empieza con una extraña sensación en el pecho. Con una diminuta chispa de quemazón que empieza en el centro de mi tórax y se expande hasta llenarme los pulmones. Empieza con el salto de un latido del corazón, pero le sigue una abrumadora sensación de asfixia. Entonces, la cuerda de mi pecho se estira hasta sus límites y, sin poder evitarlo, me doblo sobre mí misma.

Un grito ahogado me abandona los labios cuando el lazo se estruja con brutalidad, y mi vista se nubla cuando el aturdimiento me embarga.

Un pitido agudo me llena la audición y todo da vueltas a mi alrededor.

Hank habla, pero no logro entender una sola palabra de lo dice. El mundo entero parece haberse desenfocado y no puedo hacer nada más que aferrarme al catre sobre el que me encuentro mientras trato, con todas mis fuerzas, de controlar el movimiento errático de la soga que me ata a Mikhail.

No puedo pensar. No puedo decir nada. No puedo *respirar*... No puedo hacer otra cosa más que intentar recuperar el control de mi cuerpo.

Entonces, sucede.

Las luces sobre nuestras cabezas parpadean, un rugido estruendoso retumba en todo el lugar y el techo se estremece. Una palabrota escapa de los labios de Hank y, de pronto, se pone de pie y corre hasta la entrada del área médica antes de gritar algo hacia el exterior. De inmediato, la habitación se llena de gente y, sin más, el rostro de Hank aparece en mi campo de visión.

Alguien me toma por los brazos y me obliga a ponerme de pie, pero las piernas apenas me responden. A pesar de eso, soy empujada hacia la salida del lugar. Mis rodillas se doblan cuando un tirón violento me invade el pecho, y un brazo fuerte y firme me eleva del suelo y me lleva a cuestas en dirección a la entrada.

Quiero protestar. Quiero gritar que se detengan; que Mikhail sería incapaz de hacernos daño y que es inofensivo, pero es en ese momento, que me doy cuenta.

No están alejándome de él. No están sacándome de la habitación porque él es peligroso. Están sacándome de aquí porque está temblando. Porque el suelo debajo de nosotros cruje y se estremece con tanta fuerza, que todo el mobiliario del área médica se sacude de manera violenta.

Detrás de nosotros, la doctora Harper y dos chicos más llevan a cuestas a Mikhail para sacarlo de la reducida habitación y es en ese preciso instante, que la percibo...

Oscuridad. Fría, densa y abrumadora oscuridad se cuela en el ambiente y se funde con otra cosa... Algo cálido e intenso.

La mezcla de energía hace que todo a mí alrededor se sienta extraño y lejano, pero no es hasta que las piezas empiezan a caer en su lugar poco a poco, que el terror me llena los huesos.

Es Mikhail.

Mikhail está provocando todo esto.

«¡Está teniendo otro episodio!», grita la parte activa de mi cerebro y el pánico se detona en un abrir y cerrar de ojos.

En ese instante, trato de desperezarme de quien sea que me lleva en brazos. Trato de deshacerme del agarre firme que ejercen sobre mí, para echarme a correr en dirección a la doctora Harper.

Quiero gritarle a todo el mundo que deben alejarse de Mikhail, porque no sé qué diablos va a ocurrir si la criatura que yace sobre el catre llega a despertar siendo alguien que no es capaz de diferenciar el bien del mal; pero el terror es tan grande que me atenaza los pulmones. Que se deshace por completo de mi capacidad del habla.

—¡Bess! —La voz de Hank truena en mi oído y es todo lo que necesito para saber que es él quien me lleva a cuestas, pero a pesar de su protesta, me obligo a seguir luchando. A forcejear y patalear hasta que me libero de su agarre y mis pies tocan el suelo.

Las rodillas me fallan cuando trato de correr en dirección a Mikhail, pero eso no me detiene. Como puedo, doy traspiés hasta llegar a los chicos que llevan el catre de Mikhail a cuestas.

—¡Bájenlo! —exijo y noto la confusión en sus rostros.

La duda tiñe la expresión de la doctora Harper y abre la boca para preguntar algo, cuando, de pronto, un grito aterrorizado llena mi audición:

—¡Demonios! ¡Demonios volando sobre nosotros!

Un escalofrío de puro horror me recorre la espina cuando la certeza absoluta me invade. Sé que están aquí por *él*. Porque pueden *sentir* la energía oscura y cálida que emana de Mikhail. Ese apabullante poder que lo ha invadido todo en cuestión de segundos.

—¡Todos a sus puestos! —La voz de Hank estalla y los chicos que llevaban a Mikhail lo depositan sobre el azulejo con cuidado antes de salir disparados en dirección a *no-sé-dónde*.

Yo, aprovechando el momento de distracción, me apresuro hasta llegar a Mikhail y me dejo caer de rodillas a su lado para tomarle la mano.

—Por favor, detente —suplico, pero no estoy segura de que pueda escucharme, así que le aprieto los dedos y, como puedo, tiro de la cuerda que nos une.

El tirón que recibo en respuesta es tan violento y firme, que me doblo sobre mí misma y reprimo un gemido adolorido. Mis dedos se cierran con violencia sobre los suyos y aprieto los dientes antes de volver a intentarlo. Esta vez, lo hago lentamente; como si de una caricia se tratase.

El caos que nos rodea es aterrador. Gente corre de un lado a otro ladrando órdenes y un montón de personas más han empezado a conglomerarse en el espacio a nuestro alrededor.

Pese a todo, no aparto la atención del demonio que yace en el catre y que, con todo y el desastre que ha armado, no se ha dignado a abrir los ojos.

—Mikhail, *por favor*—susurro, para que solo él pueda escucharme—. Por favor, detente.

Esta vez, mientras hablo, le aparto el cabello de la cara, pego mi frente a su mejilla y tiro de la cuerda con suavidad. En ese momento, algo viene a mí a través del lazo. Una especie de descarga eléctrica me invade de repente, pero no es dolorosa. No es, ni siquiera abrumadora. Apenas sí logra estremecerme y hacerme dar un pequeño salto de la impresión.

Entonces, algo cálido me invade. Algo dulce, suave y sobrecogedor me llena el pecho y tengo que apartarme para mirarlo a la cara solo para comprobar que sigue inconsciente.

En ese instante, el temblor de la tierra debajo de mis pies se detiene poco a poco y una caricia dulce llega a mí a través del lazo.

El alivio me invade en el instante en el que siento como Mikhail tira de la cuerda; pero, esta vez, lo hace con delicadeza. Como si supiera perfectamente que soy yo quien se encuentra del otro lado. Como si fuese consciente de cada uno de sus movimientos.

El caos que nos rodea aún no se detiene. La gente grita, los niños lloran y la tensión casi puede cortarse con el filo de un cuchillo para mantequilla y, a pesar de eso, no puedo dejar de sentirme aliviada. No dejo de sentirme sobre una maldita nube porque

Mikhail está dando señales de vida. Porque está recuperando esa fuerza aterradora e imponente que posee.

Alguien se arrodilla a mi lado. Alguien me mira fijamente y me obligo a alzar la vista solo para encontrarme con el gesto de un Haru inquisitivo. La cautela en su mirada y la manera en la que me observa me hace consciente de que él *sabe* a la perfección que Mikhail ha sido el causante de todo. Está preguntándome si todo está bien. Si estamos a salvo.

En respuesta, le regalo un asentimiento.

El alivio que invade su rostro es tan grande, que casi asemeja el mío. Que casi asemeja el pinchazo de felicidad que me ha invadido de pies a cabeza.

—¿Bien? —pregunta, y escucharle pronunciar algo en un idioma que conozco, me llena el corazón de una sensación extraña y satisfactoria al mismo tiempo.

Sé que está inquiriéndome si Mikhail está bien, así que asiento y digo:

—Sí. Está bien.

Me estudia unos instantes más.

—¿Tú? —insiste y, sobrecogida por la forma en la que se preocupa por mí, asiento de nuevo.

—Estoy bien. —Le aseguro.

Él asiente, satisfecho con mi respuesta, pero su mirada preocupada se eleva al techo que se alza sobre nuestras cabezas. Mi vista se alza justo como la suya y sé, en el instante en el que lo hago, que él también puede *sentirlo*... Puede sentir la oscuridad que se ha acumulado allá arriba.

—¿Mikhail? —pregunta, en un susurro, antes de volver a mirarme.

Niego con la cabeza.

—No —digo, porque es cierto—. No es Mikhail... pero, definitivamente, él lo atrajo.

No estoy segura de que haya podido entenderme, pero su gesto me hace saber que, si no me ha entendido, ha podido deducirlo por su cuenta.

En ese momento, su vista corre por todo el lugar, para luego mirarme.

—¿A salvo? —pregunta con aprensión y sé que se refiere a toda la gente que habita este asentamiento.

Por primera vez desde que puse un pie fuera del área médica, echo un vistazo alrededor.

Es una estación subterránea del metro de Los Ángeles. Me atrevo a decir, por el tamaño que tiene, que es una de conexión; de esas en las que varias líneas del metro hacen intersección y se necesita mayor espacio para que la gente pueda trasbordar de un tren a otro. La cantidad de letreros y mapas de las rutas de los trenes no hacen más que confirmármelo.

Hay gente por todos lados. Niños, adolescentes, adultos y ancianos se arrebujan en pequeños y numerosos grupos en todo el espacio; mientras que hombres y mujeres armados corren de un lado a otro. Algunos en dirección a los andenes que dan hacia los túneles por los cuales viajan los trenes, otros a las salidas de la estación y unos cuantos más rodean a la multitud; como si estuviesen protegiéndolos a todos.

El terror y el pánico están tallados en el gesto de cada uno de los habitantes del asentamiento y mi corazón se estruja con violencia al darme cuenta de cuán vulnerables son. De qué tan poco preparada estaba la humanidad para enfrentarse a una situación como esta.

—No lo sé —admito, finalmente, y la expresión de Haru se endurece y se llena de un fuego que conozco a la perfección y que me aterra ver en él.

He visto esa expresión impotente. Cientos de veces. He visto esa frustración y esas ganas de hacer algo más veces de las que puedo contar, y me aterra verla en otro rostro que no es el mío. Me aterra encontrarlo en un lugar diferente a mi reflejo en el espejo.

Haru quiere hacer algo. Quiere ayudar... Justo como yo quería hacerlo mientras estábamos en Bailey.

—Yo. —Se señala a sí mismo y cierra las manos en puños antes de decir—: Pelear.

—No —respondo, tajante—. No, Haru.

—Yo...

—*¡No!* —espeto, y me sobrecoge el tono autoritario que utilizo. Él también parece aturdido ahora que lo he utilizado—. No. ¿Entendido?

No dice nada. Se limita a apretar la mandíbula mientras me mira con frustración. Sé que quiere ayudar. Que quiere hacer algo, pero si lo hace solo atraerá más la atención hacia el asentamiento. Si trata de ahuyentar a los demonios que Mikhail ha atraído con el disparo de energía que ha expedido, todo el mundo sabrá que estamos aquí. Los demonios nos buscarán y estaremos muertos. Todos. La gente que habita este lugar incluida.

—Lo siento... —susurro, en su dirección, pero sé que él no quiere escucharme, ya que desvía sus ojos de los míos.

—¡Comandante! —El grito horrorizado llega a mis oídos y todos los vellos de la nuca se me erizan de puro horror. Mis ojos viajan a toda velocidad hacia el lugar de donde la voz ha venido y me topo de lleno con la figura de alguien corriendo, a varios metros de distancia de mí, en dirección a una de las salidas de la estación donde, asumo, está el comandante—. ¡Están entrando por el túnel! ¡Por el maldito túnel!

—¡Código rojo! ¡Repito: código rojo! ¡Todos a sus puestos! —Grita la voz ronca y familiar del comandante desde un punto en la lejanía y, entonces, el caos estalla.

23

VERDAD

Todo el mundo corre. Cada una de las personas que se encuentran en este lugar se abre paso hacia las salidas de emergencia de la estación en busca de una escapatoria. De un refugio que les permita escapar de la inminente invasión que el asentamiento está sufriendo.

Gritos, llanto y órdenes lanzadas en voz de mando que se ahogan en un mar de alaridos angustiados me inundan los oídos, pero no puedo hacer nada. No puedo mover un solo músculo del cuerpo porque el pánico me ha paralizado. Porque la absoluta certeza de saber que estamos encerrados, como si de una ratonera se tratase, me ha golpeado con brutalidad.

Mi vista viaja por todo el espacio y se siente como si el universo entero hubiese ralentizado su marcha. Como si fuese capaz de mirarlo todo en cámara lenta.

Aquellos que tienen armas corren en dirección al túnel. Aquellos que no tienen manera de defenderse, desparecen entre los pasillos que dan hacia las variadas líneas del tren que convergen en este lugar.

De pronto, el sonido de los disparos me truena en los oídos y la voz de alguien diciéndome algo hace que mi vista se vuelque de inmediato hacia el lugar de donde proviene.

El rostro de la doctora Harper aparece en mi campo de visión y sé que está hablando conmigo, pero no logro escucharla. El aturdimiento y el terror son tan grandes, que no puedo ponerle ni un poco de atención.

Tres personas se apresuran a toda marcha hasta el lugar en el que Mikhail, Haru y yo nos encontramos y, luego de gritar algo que no logro procesar del todo, me apartan y levantan el catre donde mi chico de los ojos grises yace.

Acto seguido, un rostro que no reconozco aparece frente a mí y un par de manos me toman por los brazos y tiran de mí para que me incorpore. Espero sentir dolor en las costillas ante la brusquedad con la que soy levantada, pero este nunca llega.

Otra oleada de aturdimiento y confusión se detona dentro de mí, pero ni siquiera tengo oportunidad de pensarlo demasiado porque he comenzado a moverme. He comenzado a avanzar por el camino que la doctora Harper lidera.

Ella lleva a Haru de la mano y corre muy por delante de mí. Detrás, le siguen dos chicos corpulentos que avanzan con mayor lentitud, pero que llevan a cuestas a Mikhail y, finalmente, hasta el final de la hilera, avanzamos otro chico y yo. Él me sostiene como si tuviese toda la intención de ayudarme a avanzar, pero siento que me estorba. Que sus manos alrededor de mi torso y la manera en la que trata de cargar mi peso me reprimen y me impiden moverme con libertad.

No hay dolor. No hay ni un ápice de malestar en mi cuerpo y mi mente empieza a correr a toda marcha. Mi cabeza empieza a tropezar con la infinidad de conjeturas que me invaden de repente y, sin más, todo cae sobre mí como baldazo de agua helada.

Fue Mikhail.

Pude sentirlo. Pude sentir que algo le ocurría al lazo que nos une. Pude sentir, hace no más de unos minutos, como mi cuerpo se llenaba con algo a través de la cuerda que nos ata.

«¿Será que...?».

—Oh, mierda... —Las palabras me abandonan los labios sin que pueda detenerlas y la certeza de lo que está sucediendo se me asienta en los huesos. Se aferra a ellos y me llena el pecho de sensaciones contradictorias.

Él me ha sanado. A través del lazo —y pese a su debilidad— ha hecho algo conmigo. Con mis heridas.

Un nudo se me instala en la garganta y los ojos empiezan a llenárseme de lágrimas sin derramar. Lágrimas de terror, alivio e impotencia por no poder hacer con él lo mismo que él ha hecho conmigo.

Un estallido retumba en cada rincón del lugar y las paredes se estremecen ante la brutalidad de la explosión. Por acto reflejo, todos nos encogemos sobre nosotros mismos y, segundos después, gritos adoloridos y horrorizados me llenan la audición.

La opresión que siento en el pecho al escucharlos me llena de una sensación enfermiza e insidiosa. De un odio profundo y siniestro que se encausa hacia las criaturas que tratan de irrumpir en el refugio.

Chillidos aterradores y animalescos invaden mi audición y el sonido de los disparos incrementa. Eso es lo único que necesito para saber que las criaturas se están acercando. Que los humanos están perdiendo terreno y que los demonios han comenzado a lograr su cometido.

—¡Tenemos que seguir! —La voz de la doctora Harper llega a mis oídos a través del escándalo y la encaro justo a tiempo para verla retomar su paso apresurado.

Haru mira hacia atrás y sé, por el gesto aliviado que esboza, que estaba buscándome con la mirada y que, ahora que me ha encontrado, se siente más tranquilo. Entonces, mira más allá de mí; en dirección al túnel por el cual toda la guardia del asentamiento ha desaparecido.

En ese momento, el horror se graba en sus facciones.

No quiero mirar. No quiero darme cuenta de qué ha visto que ha pintado ese gesto en su rostro, pero no puedo evitarlo. No puedo detenerme de girarme a ver como los humanos —liderados por el comandante— corren hacia el interior de la estación, con una bandada de murciélagos gigantes —similares a los que nos atacaron cuando llegamos a la ciudad— siguiéndoles los pasos.

Durante unos instantes, nada ocurre. Durante una dolorosa fracción de segundo, el tiempo se detiene y el mundo ralentiza su marcha.

Entonces, comienza la masacre.

Los demonios derriban a los hombres y mujeres que tratan de combatir contra ellos. Unos cuantos son derribados por los disparos de las armas de uno que otro chico o chica con buena puntería, pero no es suficiente. Están muriendo. Los humanos que luchan están pereciendo.

Una punzada de terror se mezcla con el odio que hierve a fuego lento en mis venas y, de pronto, la energía que tenía días sin sentir a mí alrededor comienza a sisearme en los oídos.

Los Estigmas, luego de haber pasado días enteros en absoluto silencio, me hablan. Me susurran en los oídos como tenían mucho tiempo sin hacerlo. Se deslizan a través de mí con una facilidad tan aterradora, que casi se siente como si hubiesen recobrado toda su fuerza. Como si se hubiesen alimentado de lo que sea que Mikhail puso en mi cuerpo.

—¡Haru! —El grito horrorizado me saca de mis cavilaciones y, de inmediato, mi atención se vuelca en dirección a donde el chiquillo y la doctora Harper se supone que se encuentran.

En ese instante, el corazón deja de latirme, el terror me atenaza las entrañas y la sangre del cuerpo se me agolpa en los pies.

Haru corre...

... En dirección al desastre.

La doctora Harper le grita que regrese y, paralizada por la intensidad de mis emociones, me tomo una fracción de segundo solo para procesar lo que está pasando antes de echarme a correr hacia el chico.

La doctora Harper grita mi nombre, pero no me detengo. Al contrario, aprieto el paso. Escucho una voz ronca gritando el nombre de Haru y, sin más, lo veo.

Es Hank. Es el hijo del comandante quien se precipita a toda velocidad hacia el chico que trata de detener el desastre. Es Hank quien taclea a Haru unos instantes antes de que un demonio les pase a centímetros de la cabeza.

Haru lucha contra el chico que trata de contenerlo. Por quitárselo de encima, pero Hank es más fuerte y lo retiene en el suelo.

—¡Hank! ¡Cuidado! —Alguien grita más.

Un demonio se precipita hacia Hank —quien se ha acomodado a horcajadas sobre Haru—. Una criatura horrorosa chilla y se abalanza en dirección al hijo del comandante con toda la intención de atacarlo ahora que se encuentra distraído.

Hank apenas tiene tiempo de mirarlo y levantar el arma de alto calibre que sostiene entre los dedos, cuando es embestido con brutalidad por la criatura alada.

La doctora Harper grita algo ininteligible, el comandante llama a su hijo en un bramido angustiado y Haru se arrodilla en el suelo, con el gesto cargado de horror y culpa, y los ojos llenos de lágrimas sin derramar.

Dejo de correr.

Dejo de moverme.

Dejo de respirar porque sé, con toda la seguridad que poseo, que, si no hacemos... *no*... Que si no *hago* algo... todos vamos a morir. Todos —niños, adultos y ancianos— vamos a ser asesinados aquí, bajo tierra, como animales rastreros.

Una exhalación entrecortada me abandona. Un extraño dolor se apodera de mis pulmones. Un terror apabullante me estruja las entrañas, y los Estigmas cantan. La energía en mi interior se remueve con tanta violencia, que me quedo sin aliento hasta que, de pronto, comienza a abandonarme. A expandirse por todo el lugar en forma de hilos invisibles que se aferran a todo lo que se les pone enfrente. A cualquier cosa viviente en este lugar. A cualquier cosa capaz de potenciar sus capacidades de destrucción.

Estoy aterrorizada. Estoy congelada en mi lugar debido al pánico y, a pesar de eso, sé que es lo que tengo que hacer. Que es lo correcto para todos. Así que, sin más, tomo una inspiración profunda y me trago el terror. Tomo una más y guardo la angustia en una caja en lo profundo de mi cerebro.

Acto seguido, tiro de uno de ellos.

El demonio que mantiene a Hank en el suelo sale expedido y, en el proceso, se lleva a otro a su paso. Ambos colapsan contra una columna de concreto, ante la mirada estupefacta de todos los humanos presentes y yo, presa de la euforia y el alivio, dejo escapar un poco del aire que contengo en los pulmones.

Nadie se mueve. Nadie dice nada. Un extraño silencio se expande durante apenas un nanosegundo, hasta que, sin más, los demonios que vuelan por todo el espacio comienzan a rodearme.

Han olvidado por completo su objetivo previo: los humanos; y ahora se concentran en mí.

De inmediato, siento el peso de las miradas de todos. Siento la confusión que emana de cada uno de los presentes... Y siento como los Estigmas se repliegan un poco para luego aferrarse a todas y cada una de las criaturas que sobrevuelan a nuestro alrededor.

El corazón me va a estallar, el aliento me falta y el control que trato de ejercer sobre los hilos se resquebraja con cada segúndo que pasa. Mis ojos encuentran los de Hank y, a pesar de la opresión que me atenaza el pecho, tiro de los hilos con fuerza.

Un grito brota de mi garganta cuando siento cómo los demonios con aspecto de murciélago se resisten, pero todos —absolutamente todos— terminan cediendo. Todos sucumben ante la fuerza demoledora de los Estigmas y caen al suelo de manera estrepitosa.

El tiempo parece haberse detenido. El universo entero parece haber parado su marcha durante un suspiro antes de permitirse el movimiento. Antes de permitir que los demonios que se retuercen en el suelo chillen de manera angustiosa.

Los hilos vibran ante la posibilidad de absorberlos, pero saben que estoy reteniéndolos. Que estoy impidiéndoles hacer su voluntad.

Un pinchazo de dolor me recorre entera cuando los Estigmas me exigen libertad, pero aprieto los dientes solo para demostrarles que sigo teniendo el control y que, mientras así sea, tendrán que obedecerme.

En respuesta, sisean, enojados; pero con todo y eso esperan antes de que les permita acabar con todo y absorber la energía de todas esas criaturas. Entonces, cuando ya no hay más que llevarse, los hacen explotar.

Sangre oscura de hedor putrefacto me salpica de pies a cabeza y, sin más, soy incapaz de sostenerme en pie. De soportar el peso de mi cuerpo y caigo al suelo de bruces, con la cabeza dándome vueltas y los sentidos embotados.

El rostro de Haru se dibuja delante de mis ojos, pero desaparece y es suplido por otro. Uno familiar también, pero menos bienvenido.

Ojos oscuros, gesto agobiado y cejas pobladas fruncidas en un ceño profundo me llenan la visión, pero no me provocan alivio. No me provocan otra cosa más que ansiedad y nerviosismo. Una parte de mí —esa que aún es consciente de lo que pasa a mí alrededor— sabe que debo estar nerviosa. Aterrorizada de ese rostro. De esas facciones. De esa persona a la que no logro ponerle nombre, pero que sé a la perfección que conozco.

Después de eso, todo se diluye. Se desvanece poco a poco hasta que no queda nada.

Cuando abro los ojos, la oscuridad es lo primero que me recibe.

La sensación inquietante que me provoca la lobreguez que lo envuelve todo, me atenaza las entrañas casi de inmediato, y la confusión me llena los sentidos de una alerta aplastante. De pronto, antes de que pueda procesar mis propios movimientos, me incorporo en una posición sentada y parpadeo un par de veces para tratar de adaptarme a la tenue —y casi nula— iluminación.

Las tinieblas de la estancia en la que me encuentro pintan sombras y siluetas por todos lados, y el nudo de ansiedad que me atenaza el estómago se aprieta un poco más.

Poco a poco, los recuerdos comienzan a llenarme el pensamiento:

El tirón en el lazo que me une a Mikhail, la energía exorbitante que emanó de él, el temblor de la tierra, la extraña mejoría de mi cuerpo, la invasión al asentamiento, Haru tratando de ayudar, Hank impidiéndoselo y siendo atacado por un demonio, la sucesión de decisiones que tomé en cuestión de segundos luego de que eso ocurrió…

Todo vuelve y me golpea como tractor demoledor. Me azota directo en la cara y me hace sentir abrumada y aterrorizada en partes iguales.

Trato de ponerme de pie y descubro —justo a tiempo para no irme de bruces— que me encuentro instalada sobre un colchón desnudo a ras del suelo.

La poca luz que se filtra por debajo de lo que, asumo, es una puerta, apenas es capaz de iluminar lo que parecen ser cajas; sin embargo, no soy capaz de apostar que lo son.

Rápidamente, una vez que me encuentro de pie, hago una evaluación de mí misma.

Lo primero que noto —en el estado de terror adormecido en el que me encuentro— es que no estoy atada, ni esposada. Eso, hasta cierto punto, trae alivio a mi sistema.

Lo siguiente que noto, es que nada me duele. El dolor corporal que me había acompañado desde que llegué al asentamiento —gracias a las múltiples heridas que sufrí luego de mi caída en brazos de Mikhail— se ha marchado en su totalidad. Cuando me percato de eso, un nuevo sentimiento se cuela a través de la maraña incongruente que es mi cabeza ahora mismo: incertidumbre.

La sensación de alivio y confusión que me invade es casi tan poderosa como las ganas que tengo de ponerme a gritar. El asunto es que no sé por qué quiero gritar; si por el hecho de haber tenido que descubrirme a mí misma ante la gente del asentamiento, o por el hecho de saber que estoy bien. Sana. Como cuando la parte angelical de Mikhail aún estaba conmigo.

Aun no tengo la certeza, pero todo dentro de mí no ha dejado de gritar que ha sido él. Que ha sido Mikhail, a través del lazo, el que se ha encargado de sanar cualquier daño interno que pude haber tenido.

Por acto reflejo, estiro mi mano lastimada y, el no tener dolor en lo absoluto, hace que otra oleada de alivio se mezcle con la revolución de emociones que amenazan con enloquecerme. En el proceso, son capaz de sentir algo en la muñeca. Algo abultado alrededor que, si bien es firme y me sujeta con fuerza, no me lastima ni me hiere.

Frunzo el ceño y, a tientas en la oscuridad, toco esa parte de mis extremidades para descubrir que son vendajes. Firmes y expertos vendajes hechos en ambas muñecas.

«Los Estigmas», susurra la vocecilla en mi cabeza y tengo que reprimir el impulso que siento de quitar el material que los cubre solo para averiguar qué tan mal lucen ahora.

En su lugar, me obligo a avanzar un par de pasos por la estancia, a pesar de que no soy capaz de ver más allá de mi nariz.

—¿Haru? —Mi voz es un susurro roto y ronco.

Silencio.

—¿Haru? —insisto.

Nadie responde.

«Estás sola», la vocecilla murmura y, presa de un nuevo miedo, comienzo a recorrer la habitación a tientas.

Choco con lo que parecen ser, las cajas que antes visualicé, pero no hay nada en este lugar más allá de ello. Ni un catre, ni otro colchón… Nada. Absolutamente *nada*.

«¡Te encerraron! ¡Te han encerrado aquí!».

Pánico y terror se cuelan en mi sistema en el instante en el que me percato de lo que está ocurriendo y, sin siquiera detenerme a procesar lo que hago, me apresuro hasta esa parte de la habitación en la que, asumo, está la puerta.

La madera es aporreada un par de veces por mis manos antes de que sea capaz de localizar el pomo. Es en ese momento, cuando giro de él…

… Y la puerta se abre.

El alivio y la confusión son tan grandes, que me quedo ahí, quieta, con la mano y los ojos clavados en el cerrojo, antes de atreverme a alzar la vista para encarar a las cuatro personas que me observan con una mezcla de cautela y sorpresa.

Durante un doloroso momento, soy incapaz de moverme. Lo único que puedo hacer, es mirar la escena que se desarrolla delante de mis ojos.

La doctora Harper, Hank, el comandante y Donald Smith —el hombre que parece ser su mano derecha— están ahí, sentados alrededor de un diminuto escritorio metálico, y me observan como si no supiesen qué hacer o qué decir.

El primero en aclararse la garganta, es Hank y mi atención se vuelca hacia él en el instante en el que lo hace.

Luce magullado. Hay un corte en su mejilla izquierda y tiene el pómulo derecho amoratado e inflamado. A pesar de eso, luce intacto.

—¿Cómo te sientes, Bess? —La pregunta me saca de balance, pero me las arreglo para no lucir confundida mientras le doy una segunda evaluación a todo el mundo.

No respondo. Me siento tan aterrorizada y ansiosa, que ninguna palabra viene a mí.

—¿Bess? —Hank insiste, al tiempo que se pone de pie, pero no puedo apartar la vista de su padre, quien me mira como si estuviese decidiendo si debe o no asesinarme ahora mismo.

Rupert Saint Clair no luce, ni por asomo, ansioso o nervioso. Ni siquiera luce amenazado por mi presencia en este lugar. Tampoco es como si debiera hacerlo; pero dadas las circunstancias, verlo así de seguro de sí mismo a mí alrededor me hace sentir inquieta por sobre todas las cosas.

El hombre al mando del asentamiento no dice nada. Solo me mira fijo, al tiempo que hace un gesto de mano en dirección a la silla que su hijo ha dejado libre frente a su escritorio.

Sé que está pidiéndome —ordenándome— que me siente, pero no estoy muy segura de querer hacerlo. No todavía.

—¿Dónde están? —digo y, por el gesto que esboza el comandante, sé que sabe que me refiero a Mikhail y a Haru.

—El chiquillo se encuentra cenando con el resto. El chico malherido está descansando como es debido. —El comandante responde en un tono tan acompasado y suave que la desconfianza incrementa. Entonces, insiste—: Siéntate, por favor.

—¿Somos rehenes? —inquiero y sueno aterrorizada cuando lo hago. Quiero golpearme por eso.

El hombre niega con la cabeza.

—Siéntate, por favor.

Aprieto la mandíbula.

No quiero hacerlo. No quiero ponerlo en una situación de ventaja, pero luego de echarle una mirada cautelosa a todo el mundo avanzo a paso lento hasta donde se me indica.

En el proceso, tengo una vista rápida del lugar. Luce como una oficina. Una diminuta y apretujada oficina que, de hecho, se siente como si se empequeñeciera con cada segundo que pasa.

Hay una puerta a mi derecha, pero Hank —quien se levantó hace unos momentos de la silla que ocupaba—, parece resguardarla, ya que se encuentra recargado junto al marco. Hay una estantería de metal al fondo, pero se encuentra vacía y hay un montón de papeles apilados sobre la superficie del escritorio.

Con cuidado —y a regañadientes—, me siento en el lugar vacío y, una vez ahí, me obligo a cuadrar los hombros y levantar el mentón. Acto seguido, clavo los ojos en los del hombre que me escruta como si pudiese desvelar las profundidades de mi mente con solo mirarme del modo en el que lo hace.

—Hemos pasado las últimas horas tratando de... *entender*, qué fue lo que pasó allá afuera. —Empieza a hablar al cabo de un largo momento de silencio, y me tenso ante la calma ensayada que tiñe su voz—. Hemos tratado de averiguar, basados en lo que sabemos, qué es lo que ocurrió en la estación, pero no hemos conseguido una explicación contundente. —Niega con la cabeza, al tiempo que frunce el ceño en un gesto concentrado y analítico—. Hemos tratado de hablar con el niño con el que viajabas, pero, curiosamente, no ha dicho ni una sola palabra desde que te desmayaste. —La acusación gravada en su gesto hace que tenga el impulso de apartar la mirada de la suya, pero me obligo a mantenerme firme—. En el instante en el que intentamos averiguar qué diablos había pasado, perdió la capacidad de comunicarse. Con todos. Ni siquiera Chiyoko ha conseguido sacarle una sola palabra. —Entorna los ojos en mi dirección antes de esbozar una sonrisa que no toca sus ojos—. Después de todo, el chico es leal a ti al cien por ciento, ¿no es así?

No respondo.

—El asunto es que, no obstante a lo que ha ocurrido, nos hemos salvado. *Sí*, apenas lo hemos conseguido. Apenas hemos logrado contener la amenaza que nos asechaba, pero lo hemos logrado al fin y al cabo… —Hace una pequeña pausa, como si lo siguiente que fuese a decir no le gustara en lo absoluto—. Y todo ha sido gracias a ti… ¿O me equivoco?

Mi primer instinto —el de supervivencia—, es negarlo todo. Es fruncir el ceño y fingir demencia hasta que se cansen de cuestionarme, pero sé que no va a servir de nada. Ellos vieron lo que pasó. No hay modo alguno en el que no hayan sido capaces de notar lo que le hice a todos esos demonios. No se necesitan más de dos dedos de frente para deducirlo.

Es por eso que, presa de un extraño sentimiento de calma, pronuncio:

—¿Me lo está reprochando o me lo está agradeciendo?

No me atrevo a apostar, pero me parece haber visto el atisbo de una sonrisa satisfecha en las comisuras de sus labios.

—Entonces, lo admites. —No es una pregunta. Sabe a la perfección que cualquier otra cosa que salga de mis labios es una mentira.

Mi única respuesta es un largo silencio.

Él asiente.

—¿Eres un ángel? —inquiere.

—No.

—¿Un demonio?

—No.

Otro silencio.

—Entonces, ¿qué diablos eres? —El comandante luce ligeramente exasperado llegados a este punto, pero yo no he perdido esa impasibilidad que se ha apoderado de mí de repente.

—Se los diré todo con una condición —digo, al cabo de unos instantes de tenso y abrumador silencio.

—Creo que no estás en posición de condicionar nada, Bess. —El comandante se inclina hacia adelante, en lo que pretende ser un gesto intimidatorio, pero ni siquiera me inmuto.

En su lugar, me inclino de la misma forma en la que él lo ha hecho y clavo los ojos en los suyos. Los míos, por supuesto, cargados de desafío.

Él, justo como pensaba que haría, retrocede un poco. No me sorprende que lo haga. Después de todo, todos aquí fueron capaces de ver el poder que llevo dentro. De hecho, ahora que lo pienso, estas personas —y los guerreros que luchaban contra los demonios— son los primeros humanos en presenciar una fracción de la destrucción que los Estigmas son capaces de crear.

—Se los diré todo, si ustedes prometen no interrumpirme a mitad del camino. Si me dejan explicarlo todo y, luego, dejan que mis amigos y yo nos vayamos de aquí. —No es una petición. Es una exigencia y el comandante lo sabe a la perfección. Sabe que, por ahora, soy yo la que lleva el sartén por el mango.

Durante un doloroso instante, duda y hace que un nudo de ansiedad se apodere de mi estómago; pero asiente luego de unos segundos y se reclina sobre el asiento.

Cuando lo hace, empiezo a hablar.

Les hablo acerca de mí. Les hablo sobre los Sellos, la profecía y el fin del mundo como lo conocemos. Les hablo acerca de la forma en la que descubrí que era un Sello, y sobre la batalla que comenzó entre ángeles y demonios desde mucho antes que el mundo se enterase de ella.

Les explico, también, la forma en la que mis habilidades se han ido potencializando con el paso del tiempo y de cómo hay más como yo.

Les digo absolutamente toda la verdad... excepto, que no lo hago. Excepto, que omito los detalles más importantes: la identidad de Mikhail y su naturaleza angelical y demoníaca, omito a las brujas y omito, por supuesto, a Haru, Radha y Kendrew.

En la versión de la verdad que les cuento, el ángel que me cuidaba y que pereció haciéndolo, era Jasiel; el lugar en el que me refugiaba era uno custodiado por ángeles y, lo más importante: les hago creer que no tengo idea de dónde se encuentran resguardados el resto de los sellos.

En esta versión, me encargo de hacerles creer que Haru y Mikhail viajaban juntos en la búsqueda del refugio humano en la ciudad y que, gracias a Jasiel, conseguimos que ellos, que conocían la ciudad mejor que nosotros, se comprometieran a ayudarnos. En esta versión alterada de la realidad, me encargo de hacerles creer que el ataque de los demonios ocurrió y que Haru y Mikhail son solo humanos que estuvieron en el lugar equivocado, con las personas equivocadas.

Trato, con todas mis fuerzas, de hacer que ellos queden libres de todo esto porque, si el comandante y su gente deciden asesinarme, Haru y Mikhail deberán sobrevivir. Deberán salir de este lugar, encontrar a los demás y detener toda esta locura.

Para el momento en el que termino de hablar, los ojos de todo el mundo están clavados en mí y el terror puede sentirse en cada partícula de polvo que revolotea en el aire. A pesar de eso, me las arreglo para mantenerme impasible, a pesar de la ansiedad que me provoca la posibilidad de que no me hayan creído un carajo.

—Tus amigos saben qué eres. —La afirmación viene de boca de Hank, al cabo de una eternidad, y me obligo a mirarlo.

—Lo saben —confirmo.

—Y, a pesar de que sabían lo peligroso que era para ellos estar cerca de ti y de… —Su ceño se frunce en el esfuerzo de recordar algo.

—Jasiel. —Le ayudo, y él asiente.

—A pesar de eso, se quedaron con ustedes —continúa—. Decidieron ayudarlos a encontrar este lugar.

Es mi turno para asentir.

—¿Por qué este lugar? ¿Qué empeño el del ángel que te acompañaba en traerte aquí y ponernos a todos en peligro? —Es el turno del comandante de hablar y poso la atención en él.

—La intención de Jasiel no era traerme aquí y ponerlos a ustedes en medio de todo —explico, al tiempo que trato de mantener la exasperación a raya—. Lo que pasa es que aquí, en Los Ángeles, al haberse iniciado todo: la ruptura de las Líneas Ley, la invasión de los demonios y el descenso de los ángeles, hay un caos energético tan grande que es imposible localizar absolutamente nada, ni siquiera a alguien como yo. Creyó que, al ser un desastre energético de proporciones catastróficas, este lugar sería ideal para esconderme.

—Y qué mejor lugar que un refugio humano para pasar desapercibidos. —Es la voz de la doctora Harper la que interviene a hora, pero suena más como si hablara más consigo misma que con el resto de nosotros.

—Tiene sentido —concuerda Donald, la mano derecha del comandante, y una punzada de alivio me recorre entera al darme cuenta de que al menos él y la doctora me creen.

—¿Qué hay de las heridas del chico que no ha logrado despertar? ¿Qué hay de las altas temperaturas a las que ha sobrevivido? —inquiere el comandante y yo parpadeo un par de veces para reprimir el impulso que tengo de apretar los puños y gritar.

—Lo que les he dicho respecto a ellas es verdad —digo, con toda la soltura que puedo—: Fuimos atacados por los demonios y estos trataron de comérselo vivo. En cuanto a las altas fiebres se refiere, bueno, esa he sido yo. Canalicé toda esta energía que apenas entiendo para ayudarle a sobrevivir.

—¿Por qué? ¿Por qué sanar a alguien más en lugar de sanarte a ti misma? —El comandante entorna los ojos, al tiempo que me confronta.

—Por el mismo motivo por el cual salvé a su hijo —refuto—. Porque es un ser humano. Un ser vivo. Alguien que no merece la muerte solo por estar en el momento y el lugar equivocado. Porque, contrario a lo que usted piensa sobre mí, jamás le he tocado un solo cabello a nadie que no amenace mi vida o la de aquellos que me rodean y me importan.

La desconfianza tiñe el gesto del hombre, pero se ha quedado sin argumentos. Ha dejado de hablar para contemplarme como si quisiera hacer mil y un cuestionamientos más.

—¿Qué hay de la invasión que tuvimos esta noche? —La voz de Hank llega a mis oídos y me vuelco para encararlo una vez más—. Hace un momento dijiste que querían esconderte aquí por el caos energético, pero los demonios entraron a este lugar como si hubiesen sabido a la perfección que tú te encontrabas aquí.

Niego, al tiempo que esbozo un gesto confundido y contrariado.

Sé a la perfección el motivo de la invasión. Sé que fue por la fuerza demoledora que emanó de Mikhail, pero no puedo decírselos. No sin delatar su verdadera naturaleza, así que improviso:

—Hubo algo más —miento—. Algo allá afuera. Pude sentirlo... —Frunzo el ceño, como si tratase de recordar con precisión qué fue lo que pasó durante esos momentos.

—Por eso te pusiste mal. —La afirmación de Hank hace que la atención de todo el mundo se pose en él—. Por eso empezaste a tener esa especie de... *ataque*.

Asiento, aferrándome al hilo que él mismo está dándome.

—Algo pasó allá afuera. Una especie de ola de energía... —Sacudo la cabeza en confusión.

—Por eso empezó a temblar —adivina la doctora Harper y le agradezco al cielo que ellos mismos estén llenando los espacios vacíos en mi historia imperfecta.

—Quiero pensar que, quizás, ha sido la ruptura de alguna línea o el despertar de alguna corriente energética lo que atrajo a los demonios a este lugar, pero puedo garantizarles que no fui yo. —Los miro a todos a los ojos, mientras trato de encontrar algún atisbo de amabilidad en sus facciones—. Sé que no tienen más que mi palabra para tener la certeza de ello, pero les juro por lo más sagrado que tengo, que no fui yo.

El silencio que le sigue a mis palabras es largo, tenso y tirante.

—Entiendo que, dadas las nuevas revelaciones, no confíen ni siquiera un poco en lo que digo, pero prometo marcharme de aquí cuanto antes sin causarles problema alguno. —Me apresuro a decir, cuando noto que nadie habla al cabo de unos minutos—. Solo... Solo dejen que nos vayamos de aquí. Dejen que encuentre el modo de trasladar a Mikhail y les prometo que...

—Ustedes no irán a ninguna parte. —La voz del comandante hace que toda la sangre del cuerpo se me agolpe en los pies, pero noto el gesto amable que esboza cuando lo miro a los ojos y todo dentro de mí se sale de balance—. No, si no quieren, por supuesto.

—¿Qué?

—Bess, si tú mueres... si los demonios te encuentran... el resto de nosotros estará un paso más cerca del final. Un paso más cerca de la extinción de la humanidad como la conocemos —dice y, por primera vez, noto cómo la preocupación se apodera de su rostro—. Si nosotros podemos contribuir a la causa y podemos mantenerte oculta y a salvo, y tú así lo quieres, lo haremos. —Deja escapar un suspiro, al tiempo que me mira con un gesto tan paternal que me hace sentir como si tuviese diez años—. No puedo decir que estoy encantado con la idea de saber que nos has mentido todo este tiempo, y tampoco puedo decir que creo cada palabra de lo que dices, pero dadas las circunstancias, todo parece tener sentido.

No sé qué decir. No sé qué pensar. No puedo hacer nada más que mirar fijamente a este hombre, mientras trato de decidir si es prudente o no confiar en él.

—El comandante tiene razón. —Es el turno de la doctora Harper de hablar—. Hemos pasado semana tras semana encerrados aquí, como ratas, esperando a que alguien nos rescate... Quizás, nuestra función en todo esto; nuestro destino, quiero decir, es ayudar. Ayudarte a ti y a los ángeles a detener toda esta locura. A retrasar lo inevitable.

—Es que ni siquiera yo sé qué es lo que estamos retrasando —murmuro y, por primera vez, permito que el terror se cuele en mi tono de voz—. Podría no servir de nada tanto sacrificio.

—¿Y qué más da? —La voz de Hank hace que lo mire de nuevo—. De cualquier modo, nunca hemos tenido nada comprado. Ni siquiera cuando nada de esto había ocurrido.

Un nudo comienza a formarse en mi garganta cuando veo la resignación en la mirada del chico y quiero echarme a llorar. Quiero parar el tren del pensamiento de todos en esta habitación porque no quiero más sacrificios. No quiero que más gente inocente muera por protegerme.

—No puedo permitir que se expongan de esta manera —digo, con un hilo de voz.

—Es demasiado tarde. —Es la voz del comandante la que viene a mí ahora—. Ya estamos expuestos de cualquier modo —dice, y las lágrimas terminan de acumularse en mi mirada. Las ganas de desaparecer terminan por asentarse en mi pecho, porque sé, desde lo más profundo de mi ser, que si lo hago —si desaparezco—, las muertes de inocentes pararán y la culpa desaparecerá por completo.

—Supongo que está decidido. —Hank interviene, pero no soy capaz de decir nada en respuesta—. Tus amigos y tú se quedarán aquí el tiempo que sea necesario.

Aprieto la mandíbula.

—Y, ¿Bess? —La voz del comandante hace que clave mi atención en él—. Si hay algo más, cualquier cosa, que no nos hayas dicho, es momento de que lo hagas; porque, si descubro que sigues ocultándonos información, no seré tan benevolente como ahora. ¿Estamos?

El nudo en mi garganta se siente tan denso, que no puedo responder, así que, asiento con un movimiento rápido y seco. Entonces, el hombre se levanta de la silla y se dirige a la salida de la diminuta estancia.

—Es tiempo de ir a hablar con las brigadas. La naturaleza de Bess no puede saberse por todo el asentamiento. Lo mantendremos en secreto para no crear pánico en la población. —Rupert Saint Clair es todo negocios ahora, pero no deja de dirigirse a su hijo con aire autoritario para decir—: ¿Hank? Encárgate de mostrarle a Bess el lugar.

Acto seguido, sale de la habitación.

24

COMPLICACIONES

—¿Estás lista? —La voz de Hank Saint Clair me llena los oídos cuando estoy terminando de atarme los cordones de las botas y, por acto reflejo, alzo la vista a toda velocidad.

La diversión tiñe los ojos del chico en el instante en el que se percata del estado de alerta en el que me encuentro, pero no sonríe. Nunca lo hace.

He pasado un poco menos de dos semanas en el asentamiento y, en todo este tiempo, no lo he visto sonreír de verdad. Lo único que he conseguido atisbar, han sido muecas torcidas y comisuras de labios alzadas ligeramente.

He comenzado a preguntarme si en realidad tiene la capacidad de hacerlo o si la perdió en el instante en el que toda esta locura comenzó.

—Sí —musito, mientras me levanto del colchón en el que he dormido los últimos días y me encamino en dirección a la salida del dormitorio que me han asignado.

Hank asiente y, luego, hace un gesto en dirección a uno de los corredores que dan al ala principal de la estación subterránea en la que nos encontramos. Acto seguido, empezamos a avanzar.

Ha pasado casi una semana desde que tuve que hablarles a los líderes del asentamiento acerca de lo que represento en el escenario apocalíptico que estamos viviendo. Casi una semana desde que el refugio en el que nos encontramos fue invadido por un montón de demonios, atraídos gracias a la energía abrumadora de Mikhail.

Muchas cosas han pasado desde entonces y, al mismo tiempo, se siente como si no hubiese pasado nada en lo absoluto.

Para empezar, el escrutinio incesante que se había puesto sobre mí ha desaparecido casi por completo. Y digo «casi» porque realmente no tengo la certeza de que no tengan los ojos puestos sobre mí todo el tiempo. Si pudiera apostar, diría que sí lo hacen. Que me vigilan las veinticuatro horas del día. La diferencia es que ahora no soy capaz de notarlo.

Gracias a lo que hizo Mikhail conmigo y mis heridas, he podido abandonar el catre en el que estaba postrada para, de vez en cuando, vagar por el asentamiento y familiarizarme con todo el lugar. A pesar de eso, no lo he hecho demasiado. Paso la mayor parte del día en el área médica en la que mi chico de los ojos grises se encuentra. Solo abandono mi puesto de vigilancia cuando Haru viene por mí para que vayamos a comer algo juntos.

Mikhail no ha despertado todavía. Ha seguido dando señales de consciencia, pero nada consistente aún. De vez en cuando, siento cómo remueve el lazo que nos une, pero nada más que eso. No hay movimientos ni espasmos musculares. No hay respuesta alguna a todos los estímulos que la doctora Harper se empeña en probar en él todos los días.

Ella no dice nada, pero sé que no está muy esperanzada. Sé que, muy en el fondo, cree que Mikhail no va a despertar. Que ha entrado en una especie de coma y que no habrá poder humano que lo haga reaccionar.

Pese a eso, yo no he perdido las esperanzas. Después de todo, es lo único que me queda.

Por lo demás, las cosas han estado tranquilas dentro de lo que cabe. Luego del ataque de los demonios, estuvimos varios días ocultos dentro de los túneles por los que antes funcionaba el tren, mientras las brigadas preparadas para combatir a los demonios limpiaban el desastre y aseguraban las entradas y salidas una vez más.

Cuando todo volvió a la normalidad y pudimos regresar a la estación, todo fue tomando forma poco a poco.

Desde entonces, he logrado fundirme entre la gente y he establecido una especie de rutina que me mantiene en movimiento y lejos de la incertidumbre y los pensamientos caóticos que hacen de mis noches horribles torturas. He logrado ir dando un paso a la vez en este oscuro y extraño curso que ha ido tomando mi día a día.

Aún me pregunto a diario respecto al paradero de Axel, las brujas, los Sellos y los ángeles que viajaban con ellos. Aún me pregunto a diario qué carajos es lo que va a pasar con Haru y conmigo si Mikhail no despierta.

—Tenemos que darnos prisa. —La voz de Hank me saca de mis cavilaciones y me obligo a poner toda la atención en él, al tiempo que acelero el paso para alcanzar el suyo. Sin darme cuenta, me he quedado atrás un par de pasos—. Ya vamos tarde. La brigada está ansiosa. No quiere pasar mucho tiempo allá afuera. No luego del incidente de la semana pasada y de lo que está ocurriendo.

—¿Qué es, exactamente, lo que vieron la última vez que salieron? —cuestiono, inquieta ante la idea de lo que va a responderme.

Hace un par de días fue al área médica exclusivamente a hablar conmigo respecto a algo que vieron las brigadas de abastecimiento.

Hank niega.

—No se trata solo de lo que vieron, sino de eso que dejaron de ver —masculla sin mirarme.

Frunzo el ceño.

—No entiendo.

El chico me dedica una mirada cargada de preocupación.

—Dicen que no había un solo demonio en toda la zona que cubrieron —dice—. Por lo regular, debemos movernos con mucha precaución porque se encuentran en todos lados; pero ahora, tres de las cuatro brigadas que salieron, no vieron un solo demonio en todo el lugar.

—¿Qué hay de la cuarta brigada? —inquiero—. ¿Ellos vieron algo?

Asiente.

—Dice que se toparon de frente con al menos una veintena de ellos, pero que ni siquiera se molestaron en mirarlos. Siguieron su camino, en dirección al lugar donde aparecieron los ángeles por primera vez: el U.S. Bank Tower.

Un pinchazo de preocupación me invade por completo cuando lo escucho hablar, pero me obligo a mantener el gesto impasible. No quiero pensar lo peor, pero la conversación que tuve hace tiempo con Mikhail ha comenzado a salir a la superficie en mi memoria. De pronto, no puedo dejar de pensar en esa plática que tuvimos acerca del pandemónium y de las probabilidades que había de que los demonios estuviesen planeándolo.

No puedo dejar de pensar en que, quizás, eso es lo que está ocurriendo.

—¿Qué hay de los ángeles? ¿Han visto a alguno? —Hablo, mientras, por instinto, desvío la mirada hacia el pasillo por el cual se llega al pequeño cuarto que se ha dispuesto como área médica.

El impulso que tengo de pedirle a Hank unos instantes para ir a ver a Mikhail antes de irnos es atronador e imperioso.

—Sí. Los ángeles siguen rondando con normalidad: sin bajar a tierra firme, ni agredirnos. Sin siquiera echarnos una segunda ojeada. —No me atrevo a apostar, pero casi podría jurar que no le agrada en lo absoluto el hecho de que los ángeles ni siquiera nos consideren amenaza suficiente como para intentar averiguar qué hacemos aquí abajo—. Son los demonios los que han empezado a presentar comportamientos anormales.

Desde el lugar en el que nos encontramos, soy capaz de visualizar las compuertas improvisadas que han sido dispuestas en cada una de las salidas al exterior. Luego de lo que ocurrió con los demonios hace unos días, los altos mandos del asentamiento han puesto particular atención en reforzar la seguridad del lugar.

—Tenemos la esperanza de que, quizás, al ver lo que está pasando, puedas darnos una mejor perspectiva —dice, al ver que no tengo nada para decir luego de escucharle hablar.

—No quiero desilusionarte, pero sé tanto sobre demonios como tú —miento—. No creo ser de mucha ayuda, pero de todos modos puedo intentarlo.

—Hay algo más… —el chico acota y, de inmediato, poso la atención en él.

Nos hemos detenido ya y los guardias de la entrada han comenzado a abrirla para que podamos salir. La penumbra azulada del amanecer se cuela en el espacio que los hombres han abierto para nosotros y, sin darme oportunidad de preguntar qué es lo que no me ha dicho, avanza, obligándome a seguirlo.

—¿De qué hablas? —digo, al tiempo que subo a toda marcha los cinco escalones que me lleva de ventaja—. ¿Qué es eso que no me has dicho?

—Ha venido formándose desde hace un par de días.

—¿Qué cosa?

—Una especie de… *neblina* —masculla y, presa de una sensación dolorosa cargada de pánico, me detengo en seco a la mitad de las escaleras.

El aire gélido de la mañana me provoca un escalofrío, pero estoy segura de que la carne de gallina me la ha provocado el terror que ha empezado a atenazarme el vientre.

—¿Una neblina?

Hank se detiene al ver que no sigo avanzando y se gira sobre sus talones para encararme. Está casi en la superficie y el aire sombrío que le da la poca iluminación que hay aquí afuera, lo hace lucir peligroso y misterioso.

—No es neblina como tal. Es más bien como una nube espesa y oscura. Como nubes de tormenta muy, pero muy bajas —dice—. Al principio, no estábamos seguros de que realmente estuviese formándose, pero ahora es evidente que está ahí y que crece a una velocidad considerable. No sabemos qué significa, o si tenga algo que ver con los recientes acontecimientos, pero pensamos que lo mejor era pedirte a ti que la vieras y nos dijeras si sentías algo, como lo hiciste cuando los demonios entraron al asentamiento.

La sangre se me agolpa en los pies y el miedo —que ya ha comenzado a hacer su nido en mi interior— incrementa un poco más.

Trago duro, en el afán de deshacerme del extraño nudo que ha comenzado a formarse en mi tráquea, pero este no se va. No se disuelve ni un poco.

—Hank… —comienzo, insegura de decirle que, aunque sea capaz de averiguar si esa neblina es o no provocada por algo que va más allá de nuestro entendimiento, no seré capaz de hacer nada para impedir que crezca, pero él me interrumpe.

—Lo sé —dice, y el pesar en su gesto me hace sentir culpable—. Sé que es injusto que te pidamos abandonar el asentamiento cuando el motivo de tu llegada aquí fue el de refugiarte, pero no tenemos a nadie más a quién recurrir. No tenemos a nadie más a quien pedirle ayuda. —Baja un par de escalones, de modo que tengo que alzar el rostro para mirarle a la cara—. La neblina está formándose cerca del único lugar en el cual tenemos contacto con el exterior. Si llega a invadirlo todo, estaremos solos aquí, atrapados con los demonios y los ángeles, en medio de un maldito fuego cruzado.

La perspectiva de quedarnos atrapados sin Mikhail, Gabrielle o alguien capaz de guiarnos en medio de todo este caos, es desoladora y apabullante. Entiendo el temor del comandante y su gente. Entiendo la desesperación y no puedo juzgarlos por querer hacer algo para impedir que lo peor suceda; sin embargo, me siento con la obligación de decirles que, por mucho que quiera ayudar, no sé si podré hacerlo. No sé hasta qué punto podré prepararlos —o protegerlos— para lo que viene.

—Hank —digo, con toda la cautela y el tacto que puedo imprimir en la voz—, entiendo. Entiendo a la perfección el lugar del que vienes y la desesperación que debe estar provocándoles la idea de quedarnos aquí, atrapados en la ciudad, pero necesito que entiendas que, aunque yo pueda confirmar o desechar sus sospechas, nada cambia. Yo no sé más de la situación de lo que ya les he dicho, y tampoco soy una experta en el tema. Solo soy una chica que ha tenido que lidiar con mucho. No soy un ángel, ni un demonio. Tampoco soy la clave para salvar a la humanidad. El motivo de mi existencia es, precisamente, todo lo contrario. Estoy aquí para acabar con todo. —Hago una pequeña pausa, porque incluso mis propias palabras me hieren. Me hacen darme cuenta, por milésima vez, de lo que represento—. Necesito que lo entiendas. Que todos ustedes lo hagan.

Algo salvaje y crudo surca las facciones del chico.

—Pues si estuviera en tu lugar, le enseñaría el dedo medio a quien sea que me haya puesto en la situación de mierda en la que me encuentro y pelearía con uñas y dientes por mi vida. Porque es mía y alguien allá arriba —señala el cielo sobre nuestras cabezas—, decidió que podía tener libre albedrío. —La fiereza con la que habla se siente como una bofetada en la cara. Como un golpe del estómago, capaz de sacar el aire por completo de tu cuerpo—. Y, no sé tú, pero yo, por mi libre albedrío, decido que, si está en mí el impedir pudrirme en esta ciudad de mierda, lo intentaré. Así se me vaya la vida en ello.

No puedo pronunciar nada. No puedo refutar lo que Hank acaba de decirme porque una vocecilla en lo más profundo de mi cabeza susurra en acuerdo. Susurra —queda y baja— que debería estar luchando. Que debería estar aferrándome a la vida con todas mis fuerzas, pero no quiero escucharla. No quiero aferrarme a ella, porque no es sana. Porque sé que, tarde o temprano, la cuenta regresiva llegará al cero, y pronto —muy pronto— todo esto habrá terminado.

El chico delante de mí no me da tiempo de responder. Ni siquiera me da tiempo de ordenarme el pensamiento, ya que se ha girado sobre su eje para continuar su camino.

Yo, presa de una extraña sensación de incertidumbre, avanzo detrás de él hasta la superficie. Está a punto de amanecer, así que soy capaz de distinguir un poco de las ruinas y la desolación que invaden la ciudad en la que nos encontramos.

—Estamos listos. —El hijo del comandante habla hacia la pequeña multitud que se encuentra afuera, cerca de dos grandes camionetas—. Vámonos.

Todos asienten en acuerdo y comienzan a trepar en los vehículos.

El terror me atenaza las entrañas mientras los imito y me instalo dentro de uno de ellos, y el pánico total me estruja el estómago cuando empezamos a movernos.

Es una grieta. El lugar en el que está llevándose a cabo la conglomeración de demonios, es una grieta. Estoy segura de ello. Lo que no entiendo es... ¿por qué? ¿Por qué tan cerca de una grieta? ¿Por qué ahí, si se supone que no deberían de poder estar en ese lugar? ¿Por qué ahí, si son tan destructivas?...

No tiene sentido.

Frunzo el ceño, mientras observo hacia el lugar donde una enorme nube oscura y espesa descansa.

Hace alrededor de diez minutos que le pedí a Hank que ordenara detener los vehículos. Hace cerca de cinco que estoy aquí, de pie, con la mirada clavada en ese lugar, sin lograr colocar todas las piezas en su sitio.

No hemos visualizado ni un solo demonio en todo el trayecto hasta aquí. De hecho, ni siquiera he podido sentir a alguno. Los ángeles son un asunto completamente diferente. Están inquietos. *Muy* inquietos. Me recuerdan a aquella ocasión, hace más de cuatro años; cuando fui capaz de percibirlos por primera vez. Aquella en la que, estando con Mikhail, fui capaz de sentir su inquietud llenando el ambiente.

Saben que algo está ocurriendo. Que deben actuar. Y, no me atrevo a apostarlo, pero estoy segura de que *saben* que algo ha ocurrido con Mikhail. Después de todo, ha pasado ya más de una semana desde la última vez que tuvieron noticias sobre él.

Lo único que espero es que no le haya pasado nada a Rael, las brujas, Gabrielle y el resto de los Sellos. Espero que todos se encuentren a salvo. De lo contrario, salir de Bailey habrá sido en vano.

—¿Y bien? —La voz de Hank me llena los oídos y me saca de mis cavilaciones. Pese a eso, no aparto la vista de la nube oscura que se cierne sobre gran parte de la ciudad.

—Es una grieta —digo, en voz baja—. Están reuniéndose cerca de una grieta.

—Creí que habías dicho que eran muy peligrosas.

—Lo son. —Asiento, al tiempo que mi ceño se frunce en un gesto confundido—. Es por eso que no logro entender con qué afán lo están haciendo. Algo está ocurriendo.

«El pandemónium», me susurra el subconsciente, pero empujo el pensamiento tan pronto como llega porque es aterrador. Porque es capaz de hacerme perder toda esperanza de que esto termine remotamente bien para nosotros.

—¿Debemos preocuparnos? —Hank inquiere.

No me atrevo a responderle. A asegurarle que todo estará bien, cuando las cosas se ven del modo en el que lo hacen. Tampoco me atrevo a ser fatalista y decirle que estamos a poco de perecer en una guerra que está a punto de alcanzar su punto más climático, donde no tenemos ni las más mínimas posibilidades de salir bien librados. No con la Legión dividida y sin Mikhail al mando. No sin el resto de los que son como yo resguardados en un lugar seguro y protegidos de aquellos que amenazan con destrozarnos.

Una pequeña risa ansiosa escapa de los labios del chico que se ha instalado a mi lado y mi corazón se estruja debido a la culpa.

—Estamos jodidos… —masculla, y aprieto la mandíbula.

—¿Qué tan probable es que la gente del asentamiento pueda salir de la ciudad? —pregunto, a pesar de que sé que la respuesta no será favorecedora.

—No podemos. Toda la ciudad está siendo vigilada. Hay militares por todos lados. Nadie entra y nadie sale.

«Pero ustedes pudieron entrar. Haru, Mikhail, Jasiel y tú pudieron entrar. Debe haber una forma», me susurra la vocecilla en mi cabeza, pero me obligo a empujar el destello de esperanza que ha comenzado a formarse dentro de mí, porque no quiero ilusionarme. No quiero idealizar la posibilidad de conseguir salvar a todos los habitantes del asentamiento cuando ni siquiera he podido mantener a salvo a Mikhail. Cuando ni siquiera he podido contribuir en algo a esta guerra de mierda.

—Tenemos que encontrar una forma, Hank —digo, en voz baja, para que solo él sea capaz de escucharme. El resto de la gente que salió con nosotros está alerta a los alrededores, a la espera de cualquier amenaza potencial; ya sea un poseído o algún demonio; sin embargo, no me atrevo a hablar en voz muy alta. No quiero que alguno de ellos vaya a escucharme y se lo diga a alguien más. Si el pánico llega a sembrar su semilla en el asentamiento, estaremos perdidos—. Si no salimos de aquí pronto, ten por seguro que nos quedaremos atrapados en medio de una batalla de tamaño monumental.

Los labios de Hank se abren para decir algo, pero no estoy poniéndole atención. Algo ha logrado invadirme los sentidos y ponerme en un estado de repentina alerta.

La sensación de picazón en la parte trasera de mi nuca ha hecho que me gire sobre mi eje con brusquedad e interrumpa la diatriba del chico a mi lado. Ha conseguido que la alarma se encienda en mí a una velocidad aterradora.

—¿Qué ocurre? —Hank pregunta y suena turbado.

No tengo tiempo de responder. No tengo tiempo de decir nada, porque una figura ha salido chillando, gritando y corriendo a toda velocidad en dirección a uno de los soldados del asentamiento.

—¡No! —grita el hijo del comandante y, de pronto, todo sucede a una velocidad aterradora.

La criatura se ha abalanzado sobre el cuerpo del guerrero, quien ha interpuesto su arma de alto calibre entre él y aquello que le ataca. Otro de los soldados apunta su arma en dirección a la figura que lucha por llegar a su víctima. En ese momento, el sonido de un disparo lo invade todo… Y se hace el silencio.

La figura deja de gritar y de chillar. Deja de moverse por completo y luego cae al suelo gracias al empujón que le da el soldado que estaba sometido en el suelo.

En ese instante, una decena de chillidos aterradores provenientes de todos lados me ponen la carne de gallina, pero no entiendo qué demonios está ocurriendo.

—¡A las camionetas! —La voz de Hank truena y reverbera en la acústica provocada por los edificios que nos rodean—. *¡Ahora!*

Entonces, todos comienzan a correr.

Alguien me tira del brazo con tanta brusquedad que el hombro me duele, pero hago caso al instinto de supervivencia que ha comenzado a invadirme y corro sin quejarme. Corro detrás de Hank, quien me lleva de la muñeca en dirección a la camioneta más cercana.

Los gritos y chillidos incrementan y, sin más, un puñado de criaturas de aspecto humano y animal a la vez, salen de entre los escombros y comienzan a moverse a toda velocidad hacia nosotros.

Un grito se construye en mi garganta, pero me lo trago mientras, con ayuda de otro soldado, trepo en el interior de uno de los vehículos, seguida de Hank y otros dos chicos.

En el instante en el que las puertas se cierran, las camionetas arrancan a toda velocidad, arrollando a su paso a lo que sea que se les interponga.

La carrera apresurada que ha sido impuesta, nos hace tambalearnos de un lado a otro en el interior de los vehículos y, en un giro particularmente brusco, termino cayendo de rodillas, llevándome a Hank en el proceso, directo al suelo metálico.

—¡Siguen detrás de nosotros! —Alguien urge y el conductor de la camioneta acelera un poco más, de modo que es imposible intentar ponerme de pie sin sufrir otro percance.

Se siente como una eternidad antes de que alguien pronuncie que los hemos perdido —quienesquiera que sean aquellos que nos seguían—; pero, de todos modos, nadie parece conforme con la declaración. Al contrario, todos lucen enfermos y asqueados de lo que acaba de ocurrir.

—¿Qué pasó? ¿Qué eran esas cosas? —pregunto, incapaz de quedarme con la incertidumbre atorada en el pecho.

—Personas —dice la voz de una chica, y mi mirada viaja hacia ella.

—¿Personas?

—Poseídos. —Es Hank quien habla—. Todos ellos están poseídos. En algún momento fueron personas. Ahora son como animales. Como criaturas capaces de atacar a lo que sea que se mueva por el mero placer de asesinar.

Un escalofrío de terror me recorre de pies a cabeza, pero no me atrevo a decir nada más. Al contrario, me obligo a mantenerme en silencio, mientras clavo la vista en el vidrio de la ventana trasera de la camioneta.

El sol ha salido ya desde hace un rato, así que soy capaz de notar la destrucción en la que se ha sumido la ciudad que alguna vez fue el sueño dorado de muchos.

Nadie habla en el trayecto de regreso al asentamiento. La charla ligera que se había impuesto cuando salimos de la estación subterránea es ahora inexistente. En su lugar, se ha instalado un silencio tenso y tirante; lleno de remordimientos, desazón y culpa.

No se necesita ser un genio para saber que a nadie le agrada la idea de herir a quien alguna vez fue como nosotros. De hecho, el mero pensamiento de lo que ocurrió hace apenas unos instantes, me pone los nervios de punta.

Todo el mundo espera cuando bajamos de los vehículos. No es hasta que Hank les da permiso de retirarse —luego de pedirles más serenidad a la hora de enfrentarse a situaciones como las que vivimos hace un rato y decirles que no deben sentirse culpables por lo que ocurrió—, que se marchan a descansar.

Hank, luego de cerciorarse de que los vehículos no sufrieron daños considerables, me acompaña al interior del asentamiento.

—Ve a descansar un rato —dice, cuando llegamos a los corredores amplios de la estación—. No te preocupes por las tareas que te asignaron para el día. Me encargaré de que alguien más las haga por ti.

—No pasa nada —digo, al tiempo que le regalo una sonrisa, a pesar del agotamiento emocional que siento—. No voy a poder descansar de todos modos. Ha sido… *demasiado*.

Un suspiro largo y cansado escapa de los labios de Hank.

—Lo lamento, Bess. No debí exponerte de esa manera. Es solo que…

—Lo sé. —Lo interrumpo—. No te disculpes. Yo habría hecho exactamente lo mismo.

La mirada del chico se posa en mí y la amabilidad que veo en ella hace que mi sonrisa se ensanche solo para asegurarme de que ha recibido el mensaje de que todo está bien.

—¿Irás a ver a tu novio a la enfermería? —bromea, pero no sonríe. Lo único que soy capaz de notar, es la forma en la que sus ojos se entornan y las comisuras de sus labios se elevan un poco.

En respuesta, ruedo los ojos al cielo.

—Por milésima vez: no es mi novio —mascullo, pero no he dejado de sonreír.

—Pero irás a verlo. —No es una pregunta.

—Es probable —digo, pero ambos sabemos que así será. Ambos sabemos que, tan pronto como lleguemos a la zona del área médica, me despediré de él y me encaminaré hasta ese lugar.

—¡Es probable! —bufa, y mi sonrisa se extiende un poco más—. ¿Por qué no admites que mueres por dejarme aquí, con la palabra en la boca, para correr al área médica?

Mi boca se abre para hablar, pero las palabras mueren en mis labios cuando un extraño tirón me retuerce el pecho. Es tan distinto a los habituales, que me quedo muda, mientras trato de procesar esta nueva sensación.

El sonido de unos pasos acercándose a toda velocidad me invade la audición y otro movimiento brusco me llena la caja torácica. Entonces, el sonido urgente de una voz llega a nosotros:

—¡Hank, tenemos un problema!

—¿Qué sucede? —Hank inquiere y, presa de un extraño presentimiento, me giro sobre mi eje para mirar al chico escuálido que corre hasta detenerse frente nosotros.

—El chico —dice el muchachito, sin aliento—. El chico *despertó*.

El corazón me da un vuelco.

—¿Mikhail? —Es el sonido de mi propia voz el que me sorprende.

El chico me mira un segundo antes de volverse hacia Hank.

—Le rompió un brazo a Donald, noqueó al comandante e hirió a Harper con un bisturí antes de encerrarse en los baños de mujeres —dice, y siento cómo las rodillas se doblan bajo mi peso—. No ha dejado de exigir ver a la chica. —Hace un gesto en mi dirección—. No ha dejado de gritar que va a matar a todo el mundo si no le llevan a la chica.

Lágrimas me inundan los ojos y, sin esperar por más, empiezo a correr.

Hank grita mi nombre, pero no puedo dejar de moverme. No puedo hacer otra cosa más que correr en dirección al baño de chicas.

Hay una multitud ahí cuando llego, así que tengo que empujar varios cuerpos antes de toparme de frente con la imagen de una doctora Harper sosteniéndose un hombro ensangrentado, un comandante desorientado y un Donald Smith con un brazo torcido en un ángulo antinatural pegado al pecho.

—Bess, no puedes entrar ahí. Es peligroso. Es…

Empujo con poca delicadeza a la doctora para apartarla del camino; interrumpiendo su diatriba y acercándome un poco más a la puerta.

Un chico corpulento está bloqueándola para que nadie se acerque y me detengo frente a él antes de espetarle:

—Quítate.

El chico parpadea un par de veces, inseguro de qué responderme, pero no tiene tiempo de hacerlo. No tiene tiempo de decir nada, porque alguien ya ha envuelto un brazo alrededor de mi cintura y ha comenzado a apartarme de la puerta.

Yo, presa de un impulso aterrado y desesperado, comienzo a luchar para ser liberada.

—¡Bess, con un carajo! ¡Detente! ¡El tipo está en estado de *shock*! ¡Puede hacerte daño! —Es la voz de Hank la que me llena los oídos y es todo lo que necesito para saber que es él quien me sostiene.

—Sí, Bess. No es prudente que… —Comienza la doctora Harper, pero no la dejo terminar.

—Mikhail —digo, en voz de mando, ignorando por completo a todo aquel que no deja de decirme que me detenga—. Mikhail, soy yo.

Un puntapié es dado casi por instinto y, de inmediato, el brazo que me sostenía me libera, dándome el espacio suficiente para acortar la distancia entre la puerta y yo —luego de, por supuesto, empujar a quien la resguarda—. Entonces, golpeo con la palma abierta y tiro del lazo que me une a la criatura que se encuentra allí dentro.

Una vocecilla en mi interior no deja de susurrar que debo tener cuidado. Que no sé en qué condiciones se encuentra Mikhail y que no sé si me busca para hacerme daño o para acabar conmigo; pero la ignoro por completo. Ahora mismo, en lo único en lo que puedo pensar es en verlo. En averiguar si *realmente* se encuentra bien.

Nada sucede.

Mikhail no responde.

No tira del lazo que nos une.

Un pinchazo de ansiedad y desesperación me invade por completo, y pego la frente a la madera de la puerta.

—Mikhail, por favor, abre la puerta —digo, en un susurro entrecortado por el nudo apretado que me atenaza la garganta.

Uno. Dos. Tres segundos pasan…

…Y la puerta se abre.

25

DESPIERTO

El aliento me falta. Todo dentro de mí se contrae. El mundo entero ralentiza su marcha y no puedo moverme. No puedo ordenarle a mi cuerpo que reaccione porque mis ojos están clavados en la figura que se encuentra de pie a pocos pasos de distancia. Porque mi atención entera esta puesta en el chico tan familiar y aterradoramente diferente que me mira con cautela, recelo y... *¿anhelo?*

—Bess... —El murmullo ronco y profundo que sale de sus labios hace que un escalofrío me recorra y que el nudo que tengo en la garganta se apriete.

La pronunciación de mi nombre suena como una plegaria en sus labios. Como un rezo de alivio y agradecimiento susurrado al viento, y yo no sé qué demonios hacer con el huracán de emociones que me azota en ese instante.

Quiero abrazarlo. Quiero acortar la dolorosa distancia que nos separa y fundirme en él, pero mi anatomía no reacciona. No se mueve. Lo único que me permite hacer es mirarle a los ojos.

«¿Qué le pasó a sus ojos?».

Una tormenta de tonalidades doradas —las cuales ahora son el color predominante en sus irises—, grises y blancas baila en la mirada del demonio delante de mí y me deja sin aliento. Me deja con un hueco en el estómago y la sensación devastadora de saber que algo ha ocurrido. Que algo ha *cambiado* dentro de él; pero no es hasta que da un paso en mi dirección, que tengo la certeza de ello. Que una oleada de energía extraña, estridente y abrumadora me da de lleno en la cara.

—Bess. —Mikhail repite, más contundente, y las lágrimas me nublan la vista.

Algo cálido me toca la mano y doy un respingo antes de desviar la atención hasta el lugar donde una extraña electricidad empieza a recorrerme. Es en ese momento, que noto cómo una de sus manos se ha estirado para tocarme; para acariciar la piel de mi muñeca —esa que no está cubierta por vendajes firmes— y dejar una estela de sensaciones que me recorren desde la nuca hasta los talones.

Su toque apenas es perceptible. La forma en la que sus dedos fríos me rozan es tan suave y delicada que, de no estar mirando lo que hace, no sabría decir si está tocándome en realidad o no.

—*Bess* —susurra una vez más, y su voz suena rota. El corazón se me estruja con violencia al escucharle y el lazo que nos une vibra y pulsa cuando, sin más, tira de mí en su dirección.

El mundo entero me da vueltas. Se siente como si el alma estuviese a punto de escaparse fuera de mí y me siento aletargada. Embotada por la brutalidad de las emociones que me saturan los sentidos.

De pronto, me encuentro siendo rodeada por la fuerza de sus brazos. Envuelta por el calor de su pecho y el olor fresco y terroso de su piel.

Tiemblo de pies a cabeza. Quizás es él quien lo hace. No lo sé. De lo único de lo que estoy segura ahora mismo, es de que el mundo —mi mundo— parece haber encontrado su eje. De que, pase lo que pase, este espacio entre sus brazos siempre será mi lugar seguro.

Mis ojos se cierran. Lágrimas pesadas y calientes me resbalan por las mejillas, y mis brazos se envuelven a su alrededor. Un sollozo entrecortado escapa de mis labios y hundo el rostro en su pecho, mientras él me aprieta con fuerza contra su cuerpo y murmura mi nombre sin parar.

No sé cuánto tiempo pasa antes de que, con delicadeza, me aparte un poco para examinarme, pero me siento abandonada cuando lo hace. Indefensa.

—Estás bien. —No es una pregunta. Es una declaración aliviada que me envía un espasmo cálido por toda la espina.

Asiento, incapaz de hablar.

—¿Haru…?

—Está bien. —Le aseguro, interrumpiendo su pregunta y sus ojos se cierran con alivio.

—¿Jasiel? —inquiere, mirándome esperanzado.

Niego y el rostro se le contorsiona en una mueca dolida.

—¿Qué pasó? —No aparta sus ojos de los míos cuando habla. Su gesto es tan confundido y torturado que el corazón se me resquebraja en pedazos diminutos solo de mirarlo—. ¿Qué es este lugar? ¿Dónde diablos están todos?

Mi boca se abre para responder, pero alguien detrás de mí carraspea y hace que enmudezca por completo. Entonces, la voz de Hank me llega a los oídos y me hace volver a la realidad de manera súbita y dolorosa.

—¿Quiénes son «todos»? —dice, y la sangre se me agolpa en los pies.

Mikhail debe sentir algo a través del lazo que compartimos, ya que observa en dirección a Hank —quien se encuentra detrás de mí—, frunce el ceño en desconfianza y me mira de regreso.

El cuestionamiento está fijo en sus facciones y no puedo hacer otra cosa más que mirarle con disculpa, antes de girar sobre mi eje para encarar al hijo del comandante.

—Habla sobre los demás ángeles que viajaban con nosotros —improviso y los ojos de Hank se entornan hacia mí. Es todo lo que necesito para saber que no ha creído una sola palabra de lo que he dicho.

—Creí que era solo uno el que te protegía —suelta, y algo en su voz suena acusatorio, afilado y mordaz.

—¿Tú enviarías a solo uno de tus hombres a proteger a alguien que podría desatar el mismísimo apocalipsis? —digo, con el mismo tono cáustico que utiliza él y su mandíbula se aprieta.

No se necesita ser la persona más observadora del mundo para notar el descontento que ha comenzado a aparecer en el gesto de Hank, pero no dice nada. Se limita a mirar más allá de mi hombro, hacia Mikhail.

—¿Bess? —La voz ronca y profunda a mis espaldas me provoca escalofríos, pero no es algo agradable. Hay algo en la manera en la que habla, que me hace sentir como si estuviese irritado. Como si Mikhail, en estos momentos, estuviese tratando con todas sus fuerzas de no mostrar la verdadera naturaleza de sus emociones—. ¿Qué está pasando? ¿Quiénes son estas personas?

La frustración y la desesperación comienzan a luchar en mi interior, como si intentaran vencerse la una a la otra para dominarme y doblegarme los sentidos.

—La verdadera pregunta aquí es: ¿Quién eres tú? ¿Cómo demonios te las arreglaste para inhabilitar a tres personas con preparación y conocimientos militares? —Hank ataja, con brusquedad, y la alarma se enciende en mi sistema de inmediato.

El pánico amenaza con paralizarme y el terror de escuchar la respuesta de Mikhail me eriza cada vello del cuerpo. Pese a eso, me giro sobre mi eje ligeramente, de modo que tengo un vistazo de los dos chicos que ahora se miran el uno al otro como si tratasen de medir su fuerza. Como si estuviesen evaluándose.

«Están evaluándose», me susurra la vocecilla insidiosa en mi cabeza y aprieto los dientes.

Una de las comisuras de Mikhail se alza en una sonrisa sesgada y condescendiente. El tipo de sonrisa que le conseguiría un puñetazo en la nariz a cualquiera, pero que en él luce encantadora. Como si hubiese sido mandada a hacer para que solo él la utilizara.

En el proceso, la sombra de un hoyuelo se le dibuja en la mejilla.

—Lamento mucho decirte esto, pero si crees que esas personas están calificadas y preparadas para estar en un campo de batalla —hace un gesto en dirección a la pequeña multitud que se ha formado afuera del baño. Específicamente, en dirección a donde el comandante, Donald y la doctora Harper se encuentran—, tenemos un concepto muy diferente de lo que es una preparación militar adecuada.

Un destello iracundo centellea en la mirada de Hank y tengo que reprimir las ganas que tengo de cerrar los ojos y gritar.

—¿Quién demonios eres tú? —Hank ignora por completo el comentario despectivo de Mikhail y le dedica una mirada cargada de advertencia.

Los ojos —dorados, grisáceos y blanquecinos— del demonio a mi lado se llenan diversión y algo más. Algo oscuro y siniestro que me hace preguntarme qué diablos estará pasándole por la cabeza en estos momentos.

—Mi nombre es Mikhail —dice, finalmente, pero el tono que utiliza se siente erróneo. Como si encontrase bastante entretenido todo lo que está pasando.

—Eso ya lo sé —espeta el hijo del comandante y el chico de los ojos grises arquea una ceja en un gesto condescendiente.

—Si ya lo sabes, ¿para qué lo preguntas, entonces? —El tono aburrido y divertido con el que Mikhail responde hace que una mezcla de humor e irritación me invada el pecho.

Esta vez, la ira es tan palpable en el gesto de Hank, que temo que en cualquier momento se abalance en su dirección para propinarle un golpe.

—No sé qué clase de juego absurdo crees que estamos jugando, pero si no me dices de dónde diablos has salido o dónde has aprendido a hacer eso que hiciste con mi gente, te juro que vas a lamentarlo. —La voz de Hank suena tan ronca, que un escalofrío me recorre entera.

—Hank, escucha… —decido intervenir, pero la mirada llena de advertencia que me dedica me hace enmudecer de inmediato.

—No —espeta en mi dirección, interrumpiéndome—. No voy a tolerar ni una mentira más, Bess. Quiero la verdad y la quiero ahora.

—Ten mucho cuidado con la forma en la que le hablas —Mikhail interviene, y la diversión previa se fuga de su voz. Ahora suena tan amenazador, que me encojo sobre mí misma por acto reflejo—. Un poco más de respeto hacia la chica o quien terminará con el brazo roto, el hombro herido o inconsciente en el suelo, vas a ser tú.

—No te tengo miedo.

—No necesito que me lo tengas.

—La arrogancia puede hacerle mucho daño a la gente, ¿lo sabías?

—¿Lo dices por experiencia?

—Eres un hijo de…

—¡Es suficiente! —La voz del comandante se abre paso entre las voces de mando que ahora utilizan tanto Hank como Mikhail y la atención de todos se posa en él.

Apenas puede sostenerse en pie y lleva los ojos entornados, como si le costase trabajo enfocar cualquier cosa con la mirada. Es claro que aún sufre los efectos de lo que sea que haya hecho el demonio de los ojos grises para dejarlo inconsciente.

—Hank, apártate —ordena en un tono tan autoritario, que su hijo, a pesar de lucir como si quisiera combatir aquí y ahora con el chico que tiene enfrente, aprieta la mandíbula y se aparta del camino de su padre.

El hombre, a su vez, da un par de pasos en dirección a la entrada del baño y se detiene a una distancia prudente. No me pasa desapercibido el recelo con el que observa a Mikhail.

—Ha sido suficiente. —Pese a la cautela que tiñe el rostro del comandante, su gesto se endurece hasta convertirse en una máscara de severidad—. No sé quién demonios eres, o de dónde diablos has salido —hace una pequeña pausa para recuperarse del esfuerzo que le toma estar moviéndose—; pero no puedes venir aquí a armar todo este alboroto.

La mirada de Mikhail está fija en el hombre frente a él, pero no dice nada. Ni siquiera luce intimidado. Pareciera, más bien, como si estuviese tratando de decidir si el comandante es una amenaza o no.

—Entiendo lo que debe haber sido para ti el despertar en un lugar desconocido, sin saber qué había sido de quienes viajaban contigo, pero eso no te da el derecho de venir aquí a aterrorizar a todo el mundo. —El padre de Hank suena cada vez más duro y autoritario, pero el demonio ni siquiera se inmuta.

—¿Entonces qué se supone que debía hacer? —Mikhail inquiere, al tiempo que arquea una ceja en un gesto arrogante y soberbio—. ¿Asumir que todos aquí son buenas personas? No sé si está enterado, pero el mundo allá afuera se está acabando.

—¿Así que de eso se trata todo esto? ¿De desconfiar hasta de tu propia sombra solo porque todo allá afuera es un caos? —El hombre refuta—. Nosotros tampoco teníamos la garantía de que lo que esta chica —hace un gesto de cabeza en mi dirección—, ha dicho sobre ustedes y su origen es cierto y, a pesar de eso, les dimos el beneficio de la duda. Les abrimos las puertas del asentamiento y los acogimos como si fueran uno más de los nuestros. No se trata de ir por la vida pensando lo peor de todo el mundo, muchacho. Se trata de aprender a unirnos en los peores momentos. De sacar lo mejor de nosotros y demostrar que aún valemos la pena.

La mirada de Mikhail se posa unos segundos en mí antes de volver hacia el comandante.

—¿Y qué se supone que esperas que haga ahora? ¿Que te agradezca? ¿Que te aplauda para que puedas regocijarte en esa falsa humanidad de la que tanto presumes? —La desconfianza que mana de su voz es tanta, que me pone alerta y a la defensiva.

—No estoy aquí para probar mis buenas intenciones —dice el comandante—. De hecho, si crees que hago esto por otros motivos ajenos al de la tranquilidad y el bienestar de toda la gente que viene a este lugar en busca de ayuda, es tú problema. El mío es el de velar por toda esa gente. Abastecer, cuidar y proteger a todo aquel que lo necesite. Si tú crees que ya no lo necesitas, eres libre de marcharte. —Hace otra pequeña pausa—. Ahora, si lo que quieres es una explicación sobre el motivo por el cual estás aquí, con gusto puedo dártela; siempre y cuando no vuelvas a herir a ninguno de los míos.

—¿Y si no quiero escucharte? —Mikhail lo mira ahora con el ceño ligeramente fruncido y la desconfianza brotando de cada poro del cuerpo—. ¿Y si quiero largarme de aquí sin permitirte decir nada?

—Pues entonces, como te lo dije antes, eres libre de marcharte —dice, y me dedica una mirada rápida—. Así como Bess es libre de decidir si quiere o no marcharse contigo.

Los ojos de todo el mundo se posan en mí. Como si esperasen que tomara una decisión ahora mismo.

En su lugar, clavo la vista en el demonio de los ojos grises y, mientras tiro del lazo que nos une, digo en un susurro suplicante:

—Mikhail, por favor, tenemos que hablar.

Él parece pensarlo durante unos largos instantes; pero, luego de unos segundos de deliberación, asiente.

—De acuerdo. Pero solos tú y yo, Bess. Ningún intermediario.

Asiento.

—Está bien —digo, al tiempo que le dedico una mirada rápida al hombre que se encuentra cerca de la puerta y que me observa como si tratase de decidir si considera esto una buena idea o no—. Hablaremos tú y yo solos.

La mirada de Mikhail —dura, pesada e imponente—está fija en mí y no sé cómo sentirme al respecto.

El nudo de ansiedad que se me ha formado en la boca del estómago me hace imposible pensar en cualquier otra cosa que no sea en la sensación vertiginosa que me provoca el no saber qué diablos está pasándole por la cabeza.

Quiero gritar. Quiero tomarle por los hombros y sacudirlo mientras le exijo aunque sea un par de palabras que me digan algo —lo que sea— que me haga salir de este estado de angustia inexorable.

Hace apenas unos instantes que terminé de relatarle todo lo que ha ocurrido durante su lapso de inconsciencia, pero se siente como si hubiese pasado ya una eternidad. Como si el tiempo se hubiera quedado suspendido en el instante en el que terminé de hablar.

Ni siquiera soy capaz de identificar alguna clase de emoción en sus facciones, ya que su rostro entero es una máscara inescrutable. Una piedra labrada con ese gesto estoico que suele esbozar cuando no quiere que nadie se dé cuenta de sus verdaderos sentimientos.

Estoy segura de que me odia. Debe hacerlo. Le he arrancado el ala que le quedaba. Le he arrebatado *sabrá-Dios-qué* al terminar de quitársela.

Estoy segura, también, de que debe estar pensando que soy una completa idiota por haberme expuesto del modo en el que lo hice al detener la invasión demoníaca que estuvo a punto de acabar con el asentamiento. Estoy segura de tantas cosas, que ni siquiera sé por qué no ha empezado a vociferar. A recriminarme por todas y cada una de las equivocaciones que he cometido sin él al mando.

—Mikhail... —El murmullo suplicante brota de mis labios cuando la angustia alcanza niveles insoportables—, por favor, *di algo...*

Él parpadea un par de veces, como si mi voz lo hubiese sacado de un estado de estupor profundo y luego aprieta la mandíbula.

El ángulo firme y fuerte que contornea su rostro no hace más que darle un aspecto más peligroso y hosco del que ya le han dado sus facciones endurecidas, y su ceño se frunce ligeramente.

Sé, por el modo en el que me mira, que su mente está corriendo a toda velocidad. Que su cerebro no deja de avanzar a mil por hora mientras digiere todo lo que acabo de contarle.

—Cuando los humanos nos rescataron, ¿te cercioraste de que nadie nos seguía? —inquiere, y su pregunta me toma fuera de balance.

De todas las cosas que esperaba escuchar de sus labios, esa era, definitivamente, la única que ni siquiera me había cruzado por el pensamiento.

—No —respondo, horrorizada ante la posibilidad de haber cometido un error tan simple como ese. Estaba tan ocupada tratando de maquinar algo creíble para la chica que nos encontró, que nunca me pasó por la cabeza el cerciorarme de que ningún demonio estuviese cerca—. ¿Por qué?

El ceño de Mikhail se profundiza al tiempo que niega con la cabeza.

—¿No te parece demasiado conveniente que, luego del enfrentamiento que tuvimos, apareciera una brigada de humanos vagando casualmente por la zona más peligrosa de Los Ángeles? —dice, y el nudo que tenía ya instalado en el estómago se aprieta un poco más—. Eso sin mencionar que no fue un enfrentamiento cualquiera, Bess. La mujer que nos atacó no es un demonio cualquiera. Es Baal. Es uno de los siete Príncipes del Infierno. Nada más y nada menos que la asistente personal del Supremo. —Sacude la cabeza en una negativa—. Es imposible que nadie se haya percatado de lo que estaba ocurriendo en, al menos, kilómetros a la redonda; así que no tengo más que dos posibles opciones: o estos humanos son unos estúpidos, o no son quienes te han dicho que son.

Niego, pero no estoy segura si es gracias a la incredulidad que me embarga o al hecho de que nada de lo que dice Mikhail se me había pasado por la cabeza.

—Existen las casualidades —balbuceo, pero ni siquiera yo misma puedo creer del todo lo que digo.

—¿Lo hacen? —Los ojos del demonio son escepticismo puro.

—Nos han acogido. Nos han alimentado, curado y brindado protección, como si fuésemos uno más de ellos durante más de una semana. Incluso antes de saber lo que represento en todo esto. ¿Por qué tomarse tantas molestias si sus intenciones son otras? —digo, esta vez, un poco más convencida de mis palabras. Del razonamiento que trata de abrirse paso a través de la bruma de confusión que me rodea.

La expresión indecisa del demonio me hace saber que él tampoco está convencido de lo que dice. Sabe que tengo un punto a mi favor. Sabe que estas personas no han hecho más que arriesgar sus vidas y su integridad al mantenernos aquí, escondidos entre ellos.

—No lo sé, Bess —niega con la cabeza—, pero no confío en ellos. No luego de todo lo que ha pasado. Debiste...

Se queda callado, como si se arrepintiera de las palabras que estaban por abandonarle.

—¿Qué? —Lo insto, sintiéndome herida y ofendida por el ligero reproche en su voz—. ¿Quedarme ahí, a la mitad de la nada, en la zona más peligrosa de la ciudad, esperando a que la mujer esa, Baal, regresara? ¿Dejarte morir ahí para luego morir víctima de una infección y dejar solo a Haru? ¿Utilizar las pocas fuerzas que me quedaban para tratar de despertarlo y alejarlo de los humanos? —es mi turno de negar con la cabeza—. Hice lo que creí que era mejor para nosotros. Y lamento mucho si no te parece lo adecuado, pero fue lo único que pude hacer para mantenernos con vida.

—No estoy diciendo que lo que hiciste no fue adecuado, Bess, es solo que... —Vuelve a dejar al aire la oración y la punzada de tristeza que había comenzado a formarse en mi pecho, se mancha de algo más. De algo oscuro y doloroso. De algo que me cierra la garganta y pone lágrimas en mis ojos a una velocidad aterradora.

Bajo la mirada al suelo y la clavo en las manos entrelazadas sobre mi regazo.

No sé en qué momento me senté sobre uno de los catres del área médica —que es donde nos han permitido tener algo de privacidad para hablar—, pero ahora me encuentro aquí, sobre uno de ellos, tratando de mantener todas mis piezas juntas; con la frustración manchando la alegría previa de saber que Mikhail ha despertado y que parece ser él mismo a pesar de haber perdido otra ala.

La austera cama cede ante el peso de alguien, y un dedo firme y calloso me alza el rostro por la barbilla.

Está cerca. Muy, *muy* cerca. Su mirada —ahora llena de tonalidades ambarinas y doradas— está fija en la mía y la expresión en su rostro está a medio camino entre la frustración y el entendimiento.

—No te culpo de haber tomado las decisiones que creíste correctas —dice, en un susurro tan ronco y bajo, que un escalofrío me recorre entera—. Tampoco trato de recriminarte nada de lo que ha pasado, porque sé que, de no haber sido por ti, ahora mismo ninguno de nosotros estaría vivo. Probablemente, el mundo como lo conocemos se habría ido a la mierda. Es solo que no confío en esta gente. Hay algo en ese chico… —Niega, al tiempo que frunce el ceño en un gesto cargado de recelo—. Hay algo en todos ellos que no termina de gustarme, y no sé si es porque estoy a la defensiva, o porque realmente esconden algo; pero algo muy dentro de mí no deja de gritarme que no baje la guardia.

—Es que yo tampoco he bajado la guardia —digo, en un susurro entrecortado y su expresión, antes dura y frustrada, se suaviza notablemente.

No dice nada en respuesta. No hace otra cosa más que dejar de tocarme la barbilla con un dedo para, con delicadeza, poner un mechón rebelde de cabello detrás de mi oreja. Entonces, sus ojos pasean por todo mi rostro, como si tratase de memorizar cada peca. Cada imperfección. Cada detalle de mí.

—De verdad estás bien... —murmura, luego de unos segundos, pero suena como si hablase con él mismo.

Asiento, y él deja escapar un suspiro largo y aliviado.

—¿Qué vamos a hacer ahora? —inquiero, a pesar de que no quiero romper el pequeño instante que se ha creado entre nosotros.

—Supongo que tenemos que seguir manteniendo perfil bajo —musita, pero sé que la idea no le agrada en lo absoluto—. Al menos, hasta que averigüemos cuanto podamos respecto al comportamiento de los demonios que viste esta mañana y esa grieta en particular de la que me hablaste. —Hace una pequeña pausa en la que se dedica a acariciar con delicadeza mi mejilla, sobre una cicatriz que no estaba ahí antes del incidente con Baal—. Quizás sea conveniente que estés cerca cuando escuches la historia que me inventaré respecto a los conocimientos militares que tengo. Solo para estar en la misma sintonía.

—De acuerdo —digo, en voz tan baja, que apenas puedo escucharme a mí misma.

—Y, ¿Bess? —dice, mientras clava sus ojos en los míos—. Hiciste lo que tenías que hacer.

El nudo que se había aflojado en mi garganta vuelve a apretarse.

—Incluyendo lo de mi ala —continúa, y las lágrimas vuelven a mí casi como invocadas por alguna especie de conjuro.

—Lo siento *tanto*... —La voz me suena tan rota por el llanto que ha comenzado a abandonarme, que no suena como mía.

—No hay nada que lamentar. —Me consuela, pero hay una tristeza tan grande en sus ojos, que ni siquiera puedo soportar verlo—. Hiciste lo correcto. No lo dudes nunca.

Niego con la cabeza.

—Si pudiera...

—Pero no puedes, Bess —Me corta de tajo, al tiempo que, con un pulgar se deshace de las lágrimas que corren por una de mis mejillas—. No te tortures más con eso. Tenemos mejores cosas en qué pensar, ¿vale?

—¿Qué va a pasar contigo? —inquiero, a pesar de que me ha pedido que lo deje estar.

—No lo sé —admite, y suena aterrorizado—, pero ya habrá tiempo para averiguarlo. Lo importante ahora es solucionar todo esto y lo vamos a hacer juntos, ¿de acuerdo?

Mi pecho se llena de una emoción nueva y desconocida. Una emoción nacida de la forma en la que ha decidido involucrarme en esto. Nacida de estas irrefrenables ganas que tengo de aportar algo a la causa.

—¿Juntos? —Sé que sueno como una niña ilusionada, pero no podría importarme menos.

Él me regala una sonrisa sesgada y dulce. El tipo de sonrisa que podría doblarme las rodillas si no estuviese sentada ahora mismo.

—Juntos, Bess. Pase lo que pase. —Sentencia y el corazón me da un salto.

Va a permitirme ayudarle. Va a permitirme hacer algo para acabar de una vez y para siempre con todo esto.

26

IMPOSIBLE

El silencio llena la estancia luego de que Mikhail termina de hablar. Los ojos de todos los presentes están fijos en él y, de vez en cuando, se desvían hacia mí. El fuerte escrutinio al que somos sometidos me hace sentir incómoda y extraña, pero trato de no hacerlo notar. De mantener el rostro completamente inexpresivo mientras el comandante, su hijo, la doctora Harper y Donald nos observan a detalle.

La historia de Mikhail ha sido sencilla y bastante concisa. En ella, se encargó de dejar en claro que tenía conocimientos militares porque él mismo había formado parte del ejército y se había dado de baja en condiciones honorables al volver de una misión en Irak. Los únicos cuestionamientos que su historia trajo, fueron acerca de su edad —el comandante puntualizó lo joven que luce como para haber estado ya en el ejército— y el rango que alcanzó mientras estuvo en la milicia.

A pesar de eso, Mikhail se encargó de hacer embonar todos los detalles de su historia. Dijo que tenía apenas diecinueve años cuando se enlistó en Florida y veintiuno cuando estuvo en el campo de batalla. Dijo que, al regresar cuatro años después de haber dejado su hogar, decidió darse de baja y, debido a su excelente desempeño durante su estadía en el Medio Oriente, pudo marcharse con un currículum impecable. En cuanto al rango alcanzado y todo lo demás, Mikhail no tuvo problema alguno en aclarar todas las dudas del comandante con una soltura aterradora. No me había dado cuenta de lo bien que sabe mentir y de lo fácil que es para mí creer cada palabra que sale de su boca.

El sonido de una inspiración profunda y larga me llena los oídos y, por acto reflejo, busco a quien parece haber decidido romper con el silencio.

—De acuerdo. —La voz del comandante suena más ronca que de costumbre—. Te creo.

El alivio me llena el pecho como si de un bálsamo se tratase, pero el chico que se encuentra de pie al centro de la estáncia, con los brazos cruzados sobre el pecho y actitud arrogante, no parece inmutarse en lo absoluto.

—*¡Hombre!* Gracias. —Suelta Mikhail burlón y con un deje de sarcasmo en la voz. Algo oscuro se apodera de la mirada del comandante, pero desaparece tan pronto como llega.

—Pero eso no quiere decir que voy a pasar por alto otra subordinación. —Rupert Saint Clair sigue hablando, como si no hubiese escuchado el comentario mordaz del demonio de los ojos grises—. No quiero enterarme de que has causado alguna clase de revuelta o que le haces daño a alguien solo porque sí, porque, entonces, tú y yo tendremos un problema.

Esta vez, a pesar de ni siquiera lucir arrepentido, asiente en entendimiento.

—Ni siquiera notarán mi presencia en este lugar. —Mikhail asegura, con una sonrisa taimada tirando de sus labios.

—Permíteme dudarlo. —Es el turno de Hank de murmurar, aunque parece que habla más para sí mismo que para el resto de nosotros.

Mikhail, a pesar de que sé que pudo oírlo, ni siquiera le dedica una mirada.

—Gracias, comandante, por todas las atenciones. —Asiente, todo cordialidad, y no sé si quiero golpearlo por ser así de cínico o reír a carcajadas porque no puedo creer la facilidad con la que puede hacerle creer a la gente que nada le importa—. Si no le molesta, me encantaría retirarme.

El hombre, que no deja de mirarlo como si tratase de evaluarlo, asiente con lentitud.

—Ve a descansar —dice, y suena despreocupado, pero está más que claro para mí que no ha bajado la guardia ni un poco—. Cuando tu estado de salud mejore, me gustaría hablar contigo de otros asuntos.

Un destello de algo se cuela en el gesto de Mikhail, pero desaparece tan pronto como llega y, en su lugar, lo reemplaza un gesto que raya en el agradecimiento, pero que no llega a serlo del todo. Está a medio camino entre el cinismo y la sinceridad. Ahora mismo, no sabría decir si lo que refleja su rostro es lo que está sintiendo realmente, pero agradezco que la prudencia en él sea más grande que cualquier otro impulso.

—Como usted guste. —El demonio suena sereno y tranquilo, y eso solo me pone los nervios de punta; pero el comandante parece todavía más ansioso que yo.

—La doctora Harper irá a revisar que todo esté en orden contigo. —Hace un gesto de cabeza en dirección a la mujer que nos escruta desde un rincón de la estancia—. Después de todo, no ha habido oportunidad de cerciorarnos que te encuentres bien como es debido.

Mikhail no dice nada. Se limita a asentir al tiempo que el comandante hace un gesto con la cabeza que indica que puede retirarse. Instantes después, el chico barre la habitación con la mirada —deteniéndose un segundo más de lo debido en Hank, quien no deja de lucir receloso y desconfiado— y, luego, se gira sobre su eje y empieza a avanzar en dirección a la salida.

Por supuesto, lo imito.

—¡Bess! —La familiar voz de Hank a mis espaldas hace que me detenga en seco. También hace que Mikhail, quien se encuentra a escasos pasos de distancia, ralentice su andar.

El nudo de ansiedad en mi estómago —que ya se había aflojado considerablemente— se aprieta. Se tensa tanto, que una sensación nauseabunda me llena la boca; como si pudiese vomitar de los nervios en cualquier momento.

A pesar de eso, me obligo a mirarlo por encima del hombro con el gesto más casual e inocente que puedo esbozar.

—¿Sí? —Sueno tímida. Confundida, incluso; y quiero darme un par de palmadas en la espalda a manera de felicitación.

—¿Puedo hablar contigo un momento?

En ese instante, por el rabillo del ojo, soy capaz de ver cómo Mikhail me mira por encima de su hombro. Una extraña satisfacción me llena el cuerpo en un abrir y cerrar de ojos cuando lo hace.

—Claro —respondo y, a pesar de que no sueno entusiasmada con la idea, la mirada del chico de los ojos grises se oscurece.

—A solas. —Esta vez, cuando Hank habla, tiene los ojos fijos en un punto a mis espaldas. No necesito tener ojos en la nuca para saber que, a quien observa de esa forma tan desafiante, es a Mikhail.

—Está bien. —La voz me suena incierta e insegura, pero no puedo evitarlo.

Entonces, sin decir nada más, Mikhail vuelca su mirada hacia enfrente y sale de la habitación sin siquiera echar un último vistazo hacia nosotros.

Cuando la puerta se cierra detrás del demonio, la voz de Hank suena detrás de mí.

—Vamos —dice, y la cercanía me hace pegar un respingo. No me había dado cuenta de que ha acortado la distancia que nos separa hasta convertirla en apenas un par de pasos.

La realización de este hecho me hace sentir extraña. La manera en la que Hank se mueve a mi alrededor siempre me ha hecho sentir de esta manera.

A pesar de eso, me las arreglo para encararlo, regalarle un remedo de sonrisa ligera y seguirlo hasta la salida de la improvisada oficina en la que nos encontramos.

Nunca había estado en la habitación de Hank.

De hecho, ahora que me encuentro aquí, rodeada de sus cosas —de su esencia—, no puedo dejar de preguntarme si esto es una buena idea. Si el estar en este lugar, a solas, con él, es lo mejor que puedo hacer.

Una parte de mí no deja de susurrarme que debo salir de aquí cuanto antes, pero otra, no deja de decirme que estoy siendo una completa ridícula. Que no tiene nada de malo el que esté aquí y que solo me siento de esta manera porque Mikhail ha despertado y siento que le debo algo.

—¿De qué quieres hablar? —inquiero y, a pesar de que trato de sonar serena y tranquila, hay un tinte ansioso en mi voz.

Hank, quien se ha sentado sobre una vieja silla de metal a escribir en una libreta forrada de cuero que descansa sobre el improvisado anaquel metálico que utiliza como escritorio, se toma su tiempo antes de responder:

—Con todo lo de tu *novio* —no me pasa desapercibida la manera en la que escupe la última palabra, como si le pareciera repugnante, pero ni siquiera me mira cuando habla. Sigue con la vista clavada en sus apuntes—, no hemos podido hablar respecto a lo que vimos allá afuera el día de hoy.

Poso la vista en mis pies unos instantes y luego miro hacia el colchón maltrecho que descansa en el suelo. Finalmente, observo la salida de la habitación.

—Cuanto más pronto hablemos al respecto, más pronto podrás correr a los brazos de tu chico. Eso te lo aseguro. —El veneno en la voz de Hank es tanto, que no puedo evitar mirarlo de nuevo.

Cuando lo hago, me encuentro de lleno con una mirada fría. Con un gesto cargado de desdén y sorna.

—Mikhail no es mi novio. —Las palabras salen de mis labios casi por voluntad propia y no entiendo por qué tengo la necesidad de puntualizar algo tan absurdo como eso. Si Mikhail es o no mi novio, no es algo que a Hank Saint Clair deba importarle.

Un gesto desdeñoso es hecho por la mano del chico frente a mí.

—No me lo tomes a mal, Bess, pero no es algo que realmente me interese —dice, y una punzada de enojo me invade el pecho.

—Pues pareciera que lo hace. No dejas de llamarle mi «novio», a pesar de que te he dicho una y otra vez que él y yo no tenemos nada —espeto—. Y, aunque lo tuviéramos, no veo cómo eso es algo que te incumba.

—Tienes razón. No me incumbe. Y, ¿honestamente?, tampoco me importa. Lo que tengas con él, no es asunto mío.

—Me alegra saber que estamos en la misma sintonía al respecto, entonces —suelto, con brusquedad y se pone de pie.

—Lo que sí es asunto mío, Bess, y te voy a ser muy sincero cuando te lo digo —dice y, mientras lo hace, acorta la distancia que nos separa—, es la capacidad tan grande que tienes de mentir solo para salvarle el pellejo.

—¿Mentir para salvarle el pellejo? ¿De qué hablas? Yo nunca he mentido respecto a Mikhail —digo, y la sensación horrible que me deja la declaración en la punta de la lengua me hace sentir abrumada y culpable.

—Ocultaste el hecho de que tiene preparación militar —espeta, y se encuentra tan cerca, que tengo que alzar la cara para poder mirarlo a los ojos.

De pronto, soy tan consciente de su cercanía, que todo dentro de mí se tensa. Que tengo que reprimir el impulso que tengo de dar un paso hacia atrás para poner distancia entre nosotros.

—¿Y eso es importante? ¿De verdad necesitaba decirles: «¡Oh, por cierto! El chico que se encuentra inconsciente en el área médica fue militar»? —escupo, a pesar de la turbación, y el enojo comienza a abrirse paso en mi sistema a toda velocidad; de modo que, con cada palabra que pronuncio, me siento más y más molesta—. Perdóname por estar más preocupada por contarte todo lo demás y omitir el minúsculo detalle del pasado de Mikhail. Perdóname por poner en primera instancia todo lo que al fin del mundo se refiere y no darme cuenta de que te importaba más lo que hacía un chico inconsciente en la enfermería antes de que todo el mundo se fuera *literalmente* al carajo.

—¡No es el maldito pasado del tipo, Bess! ¡Me importa una mierda si fue o no militar en el pasado! ¡Lo que me enerva es la omisión! ¡Es que lo ocultaste! ¡Dijiste que no ocultabas nada más!

—¡Y no lo hago! —estallo—. ¡No oculto nada más! ¡¿Qué demonios quieres que haga?! ¡Lo olvidé! ¡Olvidé por completo mencionarlo! No lo consideré importante y sigo sin considerarlo. De hecho, no entiendo por qué, en el jodido infierno, estamos teniendo una discusión al respecto.

Hank, quien aún luce desencajado y molesto, aprieta la mandíbula y barre mi cara con los ojos. En ese momento, una especie de entendimiento parece invadirlo, ya que el gesto enojado se diluye y le abre paso a una expresión más suave. Confundida.

Durante unos instantes, no soy capaz de comprender el motivo del cambio repentino en su expresión, hasta que soy capaz de percibir el aroma dulce que exhala con cada bocanada de aire que sale de sus labios.

Está cerca. *Demasiado* cerca.

Nadie se mueve. Nadie dice nada. Nos quedamos suspendidos en este pequeño momento y yo no puedo dejar de mirarle. No puedo apartar la vista de sus ojos castaños y feroces. Del lunar que tiene en una sien y de la suave desviación de su nariz.

No sé cuánto tiempo pasa, pero se siente como una eternidad; sin embargo, no es hasta que la sensación de malestar me invade el cuerpo que, poco a poco, empiezo a caer en la cuenta de lo que está sucediendo.

Entonces, como si me hubiesen echado un baldazo de agua helada, el aturdimiento se disuelve y le abre paso a algo oscuro y amargo. Una sensación tan desagradable y apabullante, que me obliga a apartarme de un movimiento brusco.

Algo parece romperse luego de eso. Una especie de tensión que no sabía que existía —pero que ahora he notado con claridad— se desgarra y hace que el peso de mis acciones me llene de sensaciones aterradoras.

Doy uno. Dos. Tres. Cuatro pasos... pero aún me siento demasiado cerca. Necesito alejarme un poco más. Necesito dar diez... Veinte... Cincuenta pasos más.

Necesito irme de aquí.

—Cuando quieras hablar respecto a lo que vimos esta mañana, búscame —digo, haciendo acopio de toda la naturalidad que puedo imprimir en la voz y, sin esperar por una respuesta, me echo a andar a toda marcha en dirección a la salida.

—¡Bess! —Escucho que grita a mis espaldas, pero no me detengo. No hago otra cosa más que salir huyendo.

He pasado los últimos quince minutos de mi vida sentada justo afuera del área médica. Los últimos diez los he pasado tratando de asimilar lo que ocurrió en la habitación de Hank y los últimos cinco, tratando de convencerme a mí misma de que no pasó nada.

El cargo de consciencia que me provoca toda esta situación es tan grande que no puedo obligarme a mí misma a abrir esa puerta y enfrentar a Mikhail.

Sé que no tengo motivo alguno para sentirme de la forma en la que lo hago y, al mismo tiempo, una parte de mí se muere por dar explicaciones de algo que ni siquiera sé qué diablos fue.

«Esto es absurdo», me digo a mí misma. «No le debes nada. Además, no pasó *nada*. ¿Qué demonios te sucede, Bess Marshall?».

Con ese pensamiento en la cabeza, me pongo de pie, envalentonada, pero me detengo en seco en el momento en el que mi mano se cierra sobre la perilla de la puerta.

Cierro los ojos con fuerza y pego la frente al material, incapaz de creer mi falta de valor.

«¡Vamos!», me grita el subconsciente. «¡No has hecho nada malo! ¡Entra ahí de una maldita vez!».

Un gemido frustrado se me escapa de los labios y las ganas que tengo de ponerme a gritar incrementan.

—Es suficiente —murmuro, para mí misma—. Solo... *entra*.

—Había olvidado la frecuencia con la que hablas sola. —El sonido de la voz a mis espaldas me hace soltar un chillido aterrorizado y me giro a toda velocidad.

Sé, mucho antes de encararlo, de quién se trata y, a pesar de eso, no puedo evitar que el estómago me dé un vuelco en el instante en el que mis ojos hacen contacto con los suyos.

La ansiedad —que ya estaba acabando con mis nervios alterados— termina por transformarse en un dolor punzante en la boca de mi estómago y no puedo apartar la mirada de la suya. No puedo dejar de mirar al chico insoportablemente atractivo que me observa como si fuese el ser más absurdo de la tierra.

Una oscura y tupida ceja es alzada con condescendencia y arrogancia, y el miedo se mezcla con una pizca de irritación.

—Por el amor de Dios —digo, entre dientes, luego de dejar escapar el aire con un suspiro aliviado. Una de las comisuras de su boca se eleva en una sonrisa socarrona luego de eso, pero el gesto no toca del todo sus ojos—, no vuelvas a asustarme así.

—Yo no te asusté de ninguna manera. —Mikhail dice, con aire despreocupado, mientras avanza en mi dirección. Por acto reflejo, me aparto de su camino y él, sin lucir ni siquiera un poco afectado por mi movimiento brusco, abre la puerta del área médica—. Eras tú la que estaba a la mitad del camino.

Es hasta ese momento, que me percato de que Haru viene justo detrás de él y de que su sonrisa es más burlona —mucho más burlona, de hecho— que la de Mikhail.

—Eres insoportable —masculló, al tiempo que lo miro entrar en la estancia. Haru también lo hace.

—Dudo mucho que lo sea tanto como tu amigo, el hijo del comandante —dice, y no me pasa desapercibido el tinte venenoso que le pinta la voz.

Algo extraño, dulce y espeso me llena el pecho, pero no es una sensación saludable. Es retorcida y oscura y, de todos modos, me llena de una emoción indescriptible.

—Déjame decirte que no están muy lejos el uno del otro —refuto y, en respuesta, obtengo una mirada siniestra y un ceño desdeñoso.

—¿Esta es tu manera de decirme que te alegras de que me encuentre bien? —dice, y una sonrisa amenaza con abandonarme, pero la contengo como puedo.

—En realidad —digo, al tiempo que echo un vistazo alrededor solo para cerciorarme de que el lugar se encuentra completamente vacío—, venía a ver cómo estabas. Por lo visto, bastante mejor de lo que yo pensaba. Ya hasta has abandonado el área médica y tienes, ¿qué? ¿una hora despierto?

—Le pedí a la doctora Harper que me llevara a ver a Haru. —Él pronuncia, al tiempo que se encamina en dirección al catre donde, hasta hace unas horas, se encontraba recostado—. No estaba de acuerdo, pero igual me llevó.

Mientras habla, me vuelvo sobre mi eje y cierro la puerta principal. Luego de eso, me giro sobre los talones y lo encaro.

Haru, quien se ha dejado caer en el catre junto a Mikhail, no parece dar indicios de estar enterado de lo que hablamos. A pesar de eso, su presencia aquí me reconforta. Hace que esta conversación se sienta más ligera.

—¿Crees que se hayan tragado lo que les dijiste? —digo, al cabo de unos instantes de silencio.

—No. —Mikhail responde, luego de otro par de segundos en silencio. Cuando lo hace, luce meditabundo, como si su mente estuviese corriendo a toda marcha—. Pero nos ha ganado algo de tiempo. De ahora en adelante, tenemos que procurar guardar un perfil bajo. Eso incluye a tus amistades nuevas.

Mi ceño se frunce en confusión.

—¿Amistades nuevas? ¿De qué hablas?

—No es por arruinarte la fiesta, pero tu amistad con el chico Saint Clair nos pone en una posición de desventaja —ataja, y mis ojos se entornan en su dirección.

Me cruzo de brazos.

—¿En qué posición desventajosa nos pone Hank Saint Clair, Mikhail?

El gesto estoico que esboza se siente erróneo. Como si lo hubiese ensayado una y mil veces hasta perfeccionarlo.

—El chico sospecha. Sabe que mentimos.

—Y de todos modos eso no explica el motivo de tu comentario —refuto—. ¿Qué se supone que tiene que ver Hank en todo esto? ¿Insinúas que somos amigos? ¿Que paso tiempo con él?

—Hasta donde tengo entendido, Bess, antes de que yo despertara, estabas con él. Luego de que lo hice, te fuiste con él. Lo único que estoy diciendo, es que debemos ser cuidadosos. *Especialmente,* con él.

«¿Está celándote?».

—No te preocupes. No paso el tiempo con Hank si eso es lo que tratas de insinuar —espeto.

—En realidad no me importa si pasas el tiempo con él o no —suelta y suena tan amargo, que un destello de coraje me invade el pecho.

—Pues pareciera que lo hace —escupo, con todo el veneno que puedo imprimir en la voz—. Lo has traído a colación dos veces en menos de dos minutos.

—Ya te he dicho por qué: no confío en él. —Mikhail suena tan a la defensiva ahora, que la sensación previa de satisfacción enfermiza que antes me embargaba, incrementa.

«Oh, Dios mío, está celándote...».

—¿Estás *celándome*?

En el instante en el que las palabras me abandonan, la mirada de Mikhail se oscurece.

Silencio.

—Mikhail... —Mi voz es un susurro tembloroso e inestable ahora—. ¿Estás celándome?

No dice nada. Se limita a mirarme fijamente, como si su silencio y la expresión salvaje que se ha apoderado de su rostro fuesen capaces de decírmelo todo.

—Mikhail, yo nunca... —digo, al cabo de unos instantes y me quedo sin aliento en el proceso. Entonces, las palabras se atascan en mi garganta cuando un recuerdo fugaz me invade la memoria. Uno en el que me encuentro muy, *muy* cerca de Hank.

Sacudo la cabeza, con la intención de deshacerme del hilo insidioso de mis pensamientos. Yo no me acerqué a Hank con esa intención. Nunca lo he hecho. Lo que ocurrió hace unos momentos —sea lo que sea que haya ocurrido— no fue premeditado. Ni siquiera fui yo quien decidió ir a la habitación de Hank para encararlo.

—No, Bess —Mikhail pronuncia, en un susurro ronco y profundo, y me saca de mis cavilaciones.

Sus palabras se asientan en mi interior y me provocan tantas emociones que no soy capaz de contenerlas. De mantenerlas dentro de mí porque estoy tan cansada de fingir que no siento lo que siento —tan cansada de pretender que no me importa del modo en el que lo hace—, que ya no puedo detenerme. No puedo dejar pasar un día más sin decirle cuán aterrada estaba ante la posibilidad de perderlo.

No estoy dispuesta a pasar un día más sin que sepa que, a pesar de todo, lo que siento por él siempre ha sido más fuerte que cualquier otra cosa.

Sacudo la cabeza en una negativa frenética, al tiempo que doy un paso en su dirección.

—Mikhail, tú sabes que eres el único. —Las palabras se me escapan en un suspiro aterrado—. Tú sabes que... —trago duro—, sabes que yo...

—Bess, *no* —me corta.

—Mikhail, yo nunca he dejado de...

—Bess, detente. —La voz de Mikhail suena tan ronca y firme ahora, que doy un respingo ante la dureza con la que habla. A pesar de eso, su gesto no deja de ser torturado—. No puede ser. Nunca podrá ser y lo sabes.

Un nudo empieza a formarse en mi garganta.

—Mikhail, si tú quisieras, yo...

—Pero no quiero, Bess. No *puedo*.

Sin que pueda evitarlo, los ojos se me llenan de lágrimas y las palabras se me atascan en la bola de sentimientos que tengo en la garganta.

—Lo lamento, Bess —dice, y se siente como si algo dentro de mí se estuviese desgarrando con cada palabra que pronuncia—, pero es tiempo de que te lo saques de la cabeza. Necesitamos concentrarnos en lo que es realmente importante.

La quemazón que dejan sus palabras en mi pecho es tan dolorosa que quiero correr. Abrir la puerta que acabo de cerrar detrás de mí y escapar lejos de esta habitación. De él. De sus palabras y de la bofetada de realidad que acaba de darme de lleno en la cara.

Bajo la mirada a los pies.

El corazón me late fuerte y las lágrimas me inundan la mirada, pero me obligo a tragar duro varias veces para deshacerme del ardor de la tráquea.

—Tienes razón. —Apenas puedo hablar y quiero golpearme por sonar así de afectada—. Concentrémonos en lo que es importante.

Entonces, sin esperar por una sola palabra más suya, me giro sobre mi eje y, haciendo acopio de la poca dignidad que me queda, salgo de la habitación.

27

ACERCAMIENTO

—Creo que le gustas a Hank. —La voz entusiasta y burbujeante de la chica con la que me ha tocado lavar los trastos del almuerzo me llena los oídos; y, en el instante en el que pronuncia aquello, el corazón me da un vuelco.

No digo nada. De hecho, no dejo de concentrarme en la tarea asignada ni un instante mientras, en silencio, digiero lo que acaba de decir.

—Bueno… —La chica continúa, luego de unos segundos, y ahora suena arrepentida—. Eso creemos las chicas de mi dormitorio y yo.

Quiero preguntar por qué, pero, al mismo tiempo, una parte de mí no deja de susurrarme que eso no debería de importarme. Que no debería querer saber por qué una chiquilla —a la que no le calculo más de diecisiete— y sus amigas creen que Hank gusta de mí.

—Yo no lo creía en un principio, pero mi amiga Paige me hizo poner atención en la actitud de Hank y empecé a darme cuenta… —Parlotea y el ánimo previo retoma su fuerza—. Antes, él ni siquiera tomaba sus alimentos en el área común. Siempre lo hacía en las oficinas, con su padre, la doctora Harper y el señor Donald y, desde que llegaste, se sienta en el comedor, con nosotros. También, pasa más tiempo dentro del asentamiento que en el exterior. Antes, pasaba casi todo el día afuera; ya sea en las guardias perimetrales o en las brigadas de abastecimiento. —Hace una pausa que agradezco, ya que he comenzado a sentirme incómoda—. Lo que terminó por confirmar nuestras sospechas, fue su actitud alrededor del chico que dormía. Hank jamás se había portado tan receloso como lo hace con él.

Quiero decirle que eso no significa nada. Que la historia que trata de crear en su cabeza es un producto de su imaginación adolescente y nada más, pero no puedo obligarme a escupir las palabras.

Silencio.

—¿Es cierto que el chico que dormía es tu novio? —La chica insiste, al cabo de un rato—. ¿Es cierto que pelearon por culpa de Hank?

En el instante en el que escucho esas palabras, el plato que sostenía entre mis jabonosos dedos resbala y golpea contra la pila de trastos que trato de limpiar. En ese momento, mi atención entera se posa en la chica y, a pesar de que sé que ella no tiene la culpa de nada de lo que ha estado pasando los últimos días, digo con aire frío y hostil:

—Nada es cierto. Y diles a tus amigas que se ocupen de sus asuntos.

El horror que veo en su expresión no se acerca ni siquiera un poco al que me embarga al darme cuenta del comportamiento que acabo de tener con ella; pero me aferro al orgullo que me llevó a responderle de la forma en la que lo hice y regreso a la tarea impuesta.

Lo cierto es que, por mucho que me gustaría que las cosas fueran diferentes, nada ha salido como esperaba desde que Mikhail recobró el conocimiento.

Después de la discusión que tuvimos hace casi una semana —esa en la que me dejó en claro que entre él y yo nunca va a haber absolutamente nada—, todo se ha tornado extraño entre nosotros.

No voy a negar y decir que no he contribuido bastante al claro distanciamiento que hemos tomado el uno con el otro, pero no puedo evitarlo. No luego de la forma en la que me rechazó. No luego de la forma tan fría y distante en la que ha estado comportándose desde entonces.

Luego de aquella extraña discusión, me pidió que no pasara tanto tiempo en la enfermería. Que se encontraba en mejor estado y que podía prescindir de mí un par de horas. Yo, herida y orgullosa, desde entonces he procurado molestarlo lo menos posible y me he refugiado en la compañía de Hank y su brigada.

Sigo sin entender los absurdos rumores que han empezado a circular respecto a él y a mí, porque en realidad nunca pasamos tiempo solos. Desde lo ocurrido en su habitación la última vez, me he asegurado de que, cuando estamos juntos, siempre haya alguien a nuestro alrededor.

Pese a eso, las habladurías no se han hecho esperar y, con el paso de los días, se han intensificado. Han dejado de ser un suave murmullo para convertirse en el pan de cada día de todos en el asentamiento.

Mikhail no ha hecho ningún comentario al respecto. De hecho, cuando hablamos —que últimamente no es a menudo—, ni siquiera menciona a Hank o el tiempo que ahora he empezado a dedicarle para ganarme su confianza y la de su brigada. Incluso, cuando intenté justificarme y le dije que lo hacía con toda la intención de que me incluyeran en su grupo para enterarme de lo que ocurre allá afuera, en la grieta, dijo que estaba de acuerdo y que le parecía una buena idea que lo hiciera.

Desde entonces, mis días se han convertido en una extraña batalla interna entre el lugar en el que he decidido estar y en el que mi alma anhela que me encuentre. Se han convertido en un extraño estira y afloja entre lo que mi mente me ordena que haga y lo que el corazón me pide a gritos.

Sé que no puedo obligar a Mikhail a cambiar de opinión. No puedo obligarlo a elegirme a mí por sobre todas las cosas, porque sería egoísta. Porque no podría vivir conmigo misma sabiendo que puse mis intereses por encima de los del resto del mundo. Suficiente culpa cargo ya sobre los hombros como para llevar una más. Es por eso que, por mucho que me gustaría confrontarlo y pedirle que admita que quiere estar conmigo, he optado por mantener mis distancias. Por aceptar lo que dijo la última vez que traté de hablarle sobre lo que siento, y dejarlo estar de una vez y para siempre.

—¿Bess? —Otra voz, esta desconocida, llega a mí y me saca de mis cavilaciones de manera abrupta. De inmediato, me giro sobre mi eje y encaro a una chica que no puede pasar de los veinte—. Hank me ha dicho que venga a tomar tu lugar en la cocina y me ha pedido que te diga que te espera en la oficina de su padre cuanto antes. Es urgente.

La chica con la que realizaba la tarea de lavar la vajilla, me mira con una expectación que me hace querer tomarla por los hombros y sacudirla hasta que entienda que entre Hank y yo no hay nada; pero, en su lugar, me obligo a quitarme todo el jabón de las manos, agradecer a la jovencita que vino a avisarme y marcharme de ahí antes de que cometa un asesinato o algo por el estilo.

El camino hasta la oficina del comandante no es largo, pero lo es lo suficiente como para tener que pasar por la explanada principal de la estación; justo donde Mikhail y Haru se encuentran.

Cuando paso cerca, Haru me saluda con un gesto de cabeza y una sonrisa, pero Mikhail ni siquiera me mira. Se limita a continuar con la vista fija en lo que sea que observa en la lejanía.

Me digo a mí misma que eso no me duele. Que no me afecta en lo absoluto y, sintiendo el corazón como una pasa estrujada y adolorida, aprieto el paso hasta llegar al lugar indicado.

Al entrar en la diminuta estancia, me encuentro de frente con un comandante meditabundo y un Hank tenso.

—¿Me llamaron? —inquiero, con cautela, y el comandante asiente, al tiempo que señala la silla que se encuentra delante de su improvisado escritorio.

—Ha pasado algo allá afuera —dice el hombre, sin preámbulo alguno, y el corazón me da un vuelco furioso.

Mi vista viaja del comandante a Hank, pero este no da indicios de querer tomar la palabra.

—¿Qué fue lo que ocurrió? —pregunto, alerta y alarmada. No quiero sonar asustada, pero lo hago de todos modos.

—Hay cada vez más demonios en la ciudad… —Suelta el hombre, luego de un largo silencio—. Y los ángeles se están marchando.

—¿Qué? —El susurro incrédulo escapa de mis labios antes de que pueda detenerlo y un escalofrío de puro terror me recorre de pies a cabeza.

—No sabemos qué diablos está pasando, pero hace días que no vemos un solo ángel en las zonas de búsqueda de alimento. —Esta vez, es Hank quien habla—. Antes, era común verlos merodear allá arriba; pero desde hace unos días que no hay uno solo sobrevolando la ciudad. El último que vimos estaba demasiado lejos. Era como si estuviese… *yéndose*.

—Pero no tenemos la certeza de que están abandonando la ciudad, ¿o sí? —El pánico que se filtra en mi voz solo acentúa el que Hank refleja en su rostro.

—No, pero si no están abandonando la ciudad, ¿dónde están? ¿A dónde se fueron?

Niego, incapaz de procesar del todo la nueva información.

—Se nos está acabando el tiempo. —Es el turno del comandante de hablar y el terror que me provocan sus palabras hace que el corazón se me hunda al estómago con violencia—. Necesitamos averiguar qué, exactamente, es lo que está ocurriendo allá afuera, para así tomar las decisiones pertinentes.

—No hay nada qué decidir —digo, al tiempo que lo encaro—. Tenemos que sacar a toda esta gente de aquí y tenemos que hacerlo ya.

—No voy a abandonar este lugar si no es necesario. No voy a exponer a la gente a una matanza segura en el exterior sin tener la certeza de que es la única manera de garantizar nuestra supervivencia —dice, tajante—. Necesito saber qué tanto puedes acercarte a esa grieta para averiguar qué carajos está pasando.

—¿Quiere que salga allá afuera y me acerque a la grieta para cerciorarse de algo que ya le dije que debe hacer? ¿Para salvar la vida de toda la gente que habita este lugar? —siseo, incrédula y molesta por lo que acaba de decir—. ¿Quiere que arriesgue mi pellejo y el de todo el mundo solo porque usted es demasiado cobarde como para asumir el riesgo de marcharse de aquí?

—No entiendes la magnitud de lo que está ocurriendo…

—No. *Usted* no entiende la magnitud de lo que está ocurriendo. —Lo interrumpo—. No hay nada que pensar. Tienen… —Me detengo en seco un nanosegundo antes de corregirme a mí misma—: *Tenemos* que irnos de aquí cuanto antes.

—¿Y a dónde se supone que vamos a irnos? Todas las salidas de la ciudad están bloqueadas. ¡Estamos atrapados aquí, como malditas ratas! —El comandante espeta con brusquedad—. ¡¿A dónde se supone que voy a llevarme a toda esta gente?! Si voy a conducirnos a una muerte segura, no tiene caso siquiera que intentemos escapar.

El silencio que le sigue a sus palabras es tenso y tirante.

—¿Y por eso pretende que *yo* vaya a averiguarlo? ¿Es que no entendió nada respecto a lo que le dije sobre lo que represento? —digo, en un susurro tembloroso e iracundo.

—Bess, eres la única criatura capaz de detener una horda de demonios enfurecidos. He visto pelear a una infinidad de ángeles y ninguno es capaz de someter a esas cosas del modo en el que tú lo haces. Si hay alguien aquí que puede ayudarnos a averiguar qué está pasando y, sobre todo, a salir de este lugar, esa eres tú. —Hank interviene—. Y sé que es egoísta pedirte que hagas esto por nosotros. Nadie tiene derecho de pedirte que te expongas de esta manera, pero si lo haces, si tomas el riesgo, te prometo que no estarás sola. Los chicos y yo estamos dispuestos a acompañarte y a defenderte con nuestra vida si eso es necesario, con tal de que nos ayudes.

Las palabras de Hank son como una bofetada en la cara. Como un baldazo de agua helada en medio de este extraño calor enojado y aterrorizado que ha empezado a invadirme.

Sé que tiene razón. Que los Estigmas son capaces de hacer cosas impensables y que, si todo llegase a complicarse allá afuera, se encargarían de mantenerme con vida... O, al menos, lo intentarían.

A pesar de eso, no puedo dejar de sentir miedo. No puedo dejar de querer negarme. Ser egoísta y no ver por nadie más que por mi bienestar.

Sé que dije que haría lo que estuviese en mis manos para acabar con todo esto, así eso significase mi muerte; sin embargo, ahora que la perspectiva y la posibilidad de perecer están a la vuelta de la esquina, no puedo evitar sentirme aterrada.

—Sé que tienes miedo. —Hank continúa y, esta vez, suena sereno y templado—. Sé que pedimos demasiado, pero eres nuestra única esperanza. Eres la última carta que tenemos bajo la manga. Por favor, Bess. *Por favor...*

El nudo que tengo en la boca del estómago se aprieta considerablemente cuando mis ojos encuentran los del chico que me mira con fiereza desde el otro lado de la mesa, pero sé qué es lo que tengo que hacer. No hay otra manera. Tengo que devolverle al universo un poco de lo que me he llevado y salvar a estas personas. Por mi familia. Por Dahlia. Por Daialee. Por Jasiel. Por todos aquellos que se han ido en la ardua tarea de cuidarme; es por eso que, a pesar de la opresión que tengo en el pecho y del horrible pánico que me atenaza las entrañas, digo:

—Está bien. Iré. Pero voy a acercarme tanto como la comodidad me lo permita. No más.

El comandante asiente, y un gesto aliviado atraviesa sus facciones.

—De acuerdo —dice y suena tan entusiasmado, que me siento enferma—. Será como tú quieras que sea.

Una dolorosa e intensa opresión me atenaza el pecho. Un nudo grande y firme se ha formado en mi estómago y una sensación nauseabunda me llena la punta de la lengua.

Los vellos de la nuca se me erizan cada pocos instantes y una vocecilla en mi interior no deja de susurrar que no deberíamos estar aquí. Que ni siquiera deberíamos haber abandonado la seguridad del asentamiento para adentrarnos en la ciudad; sin embargo, me obligo a mantener a raya las ganas que tengo de echarme a correr. Me obligo a plantarme en el lugar en el que me encuentro, con la vista clavada en la neblina oscura y espesa que ha comenzado a formarse a los alrededores del U.S. Bank Tower.

No me atrevo a apostar, pero casi podría jurar que ha crecido considerablemente desde la última vez que estuvimos aquí. Desde la última vez que accedí a la locura de abandonar el asentamiento para venir a observar un lugar que *sé*, por sobre todas las cosas, que es peligroso.

Esta mañana, muy temprano, Hank fue a buscarme a los dormitorios de las chicas para venir aquí. Esta mañana, sin siquiera mencionarle a Mikhail —o a Haru— que me marchaba, salí en compañía del hijo del comandante, junto con su brigada de trabajo, a cometer otra estupidez de tamaño monumental.

Ni siquiera tuve el valor de mencionarle a Mikhail respecto a mi conversación con el comandante porque sé que se habría opuesto rotundamente a esto. Habría sido capaz de armar una revuelta tan grande, que nos habría costado la estadía en el asentamiento.

Así pues, con todo y el peligro, los malos presentimientos y las ganas de salir corriendo, vine hasta este lugar solo para llenarme los sentidos de una energía tan aplastante, que ni siquiera puedo escuchar el eco de mis propios pensamientos. Que no soy capaz de hacer otra cosa más que concentrarme en la manera en la que la piel se me eriza del miedo cada pocos segundos.

La grieta es gigantesca y emana una oscuridad tan apabullante, que me siento físicamente agotada. No estamos muy cerca de ella, pero ni siquiera a esta distancia puedo escapar de la picazón que siento debajo de la piel, o del rumor de cientos de energías diminutas que se potencializan con la fuerza demoledora de la grieta.

Incluso, desde el lugar en el que nos encontramos, soy capaz de percibir la cantidad alarmante de criaturas paranormales que circundan los alrededores y eso, por sobre todas las cosas, es lo que me hace sentir más insegura de estar aquí.

Ahora más que nunca la palabra «pandemónium» repica bajo en mis pensamientos. No deja de llenarme los sentidos de este miedo atroz que me roe los huesos y me hace consciente de la magnitud del problema al que nos enfrentamos.

—Debemos irnos —digo, y mi voz suena tan baja, que temo que ninguno de los chicos a mi alrededor me haya escuchado, pero pareciera que incluso ellos pueden sentir la pesadez en el ambiente, ya que, por el rabillo del ojo, soy capaz de ver cómo la gran mayoría asiente en acuerdo.

—¿Qué tan mal está? —Hank inquiere, a mi lado, ignorando por completo mi sugerencia previa.

—Lo suficiente como para querer marcharme de aquí lo más pronto posible —suelto, con brusquedad. No quiero sonar como una completa hija de puta, pero lo hago de todos modos—. Tenemos que irnos, Hank. *Ya.*

Sin darle oportunidad de decir nada, me giro sobre mi eje, en dirección a la destartalada camioneta en la que viajamos, pero una mano firme y fuerte se envuelve en mi antebrazo y hace que me detenga de golpe.

Mis ojos viajan de manera abrupta hacia el agarre instantes antes de clavarse en la persona que me sostiene.

Hank, pese a la amenaza y la ira que hay impresa en mi gesto, no se inmuta.

—¿Qué tan mal está, Bess? —insiste. Esta vez, su voz está cargada de advertencia y amenaza, pero no logro descifrar muy bien el por qué.

—Todo está mal, Hank —digo, entre dientes y me libero de su agarre—. La ciudad entera está infestada de criaturas demoníacas, la grieta es inmensa y la energía que emana es brutal. Dudo mucho que nadie que se acerque a ella sobreviva, pero a estas alturas dudo mucho que sea gracias al poder que exuda. Quien se acerque a ella morirá debido a la cantidad abrumadora de criaturas oscuras que hay en este lugar; y, si no nos marchamos de aquí ahora mismo, definitivamente van a notar nuestra presencia.

—Doy un paso en dirección al vehículo, pero me detengo en seco cuando un pensamiento me viene a la mente. Entonces, presa de una resolución dolorosa, lo miro por encima del hombro y agrego—: Dile a tu padre que, si de verdad quiere salvar la vida de alguien en el asentamiento, debe empezar a planear una manera de sacar a toda esa gente de aquí.

Estamos llegando al subterráneo.

El trayecto de regreso fue tan silencioso y tenso, que el traqueteo de la camioneta fue el único sonido que nos acompañó. No hubo charlas murmuradas, ni órdenes lanzadas a último minuto. No hubo nada más que un extraño vacío que nadie de la brigada se atrevió a llenar.

El vehículo se detiene junto a la entrada del subterráneo cuando llegamos, pero nadie se mueve de sus lugares hasta que la puerta es abierta desde afuera. Es en ese momento, que todo el mundo se dispone a bajar.

El aire helado me golpea de lleno cuando salgo del auto, así que me abrazo a mí misma con fuerza para intentar mantener un poco de calor. La brigada trabaja rápidamente en el armamento que aún se encuentra dentro del vehículo, antes de que Hank, a grandes zancadas, se acerque a mí.

—Lamento mucho lo de hace rato —dice, y la vergüenza en su rostro parece genuina—. No fue mi intención comportarme como un imbécil. Es solo que…

—No te preocupes. —Lo interrumpo, al tiempo que esbozo una sonrisa tranquilizadora en su dirección—. Entiendo a la perfección tu angustia.

El chico delante de mí agacha la cabeza, al tiempo que frota su nuca con una mano, como quien trata de quitarle algo de tensión a los músculos agarrotados.

—Todo esto es tan frustrante.

—Lo sé —respondo, al tiempo que pongo una mano sobre su hombro, en un gesto conciliador—. Pero de alguna manera vamos a resolverlo. Te lo aseguro.

Sus ojos se posan en mí.

—¿Y si no es así? ¿Y si morimos todos en el intento?

Me encojo de hombros, en un gesto que pretende ser resignado.

—Al menos, si morimos, lo haremos luchando. Como tiene que ser.

Las comisuras de los labios de Hank se elevan ligeramente, en un esbozo suave y débil de sonrisa y una pequeña victoria se alza en mi interior, ya que jamás había visto en su rostro nada que se le pareciera.

—Ve a descansar un rato. Haré que te cubran en tus deberes matutinos —dice, y es mi turno de sonreírle.

—Es lo menos que puedes hacer por mí —digo, medio en broma y medio en serio, y su gesto se suaviza un poco más.

—Lo siento, Bess. De verdad, no sabes cuánto lo siento.

Una sonrisa se dibuja en mis labios.

—Estoy bromeando —digo, y me giro sobre mi eje para avanzar hacia la entrada del asentamiento. Entonces, me detengo en seco, lo miro por encima del hombro y añado—: Bueno…, quizás no tanto.

Esta vez, una sonrisa genuina se dibuja en el rostro del chico y me da una vista de su bonita dentadura. Una negativa de cabeza es lo único que me regala en respuesta a pesar del gesto radiante que esboza y, entonces, me echo a andar en dirección al subterráneo.

Las escaleras del metro aparecen en mi campo de visión luego de unos cuantos pasos. Estoy a punto de bajarlas. Estoy a punto de descender por la escalinata, cuando lo *siento*...

Una extraña picazón ha comenzado a recorrerme de pies a cabeza. Una especie de fango ha comenzado a llenar el aire y las manos me hormiguean. Los Estigmas, alertas, se desperezan un poco, pero no logro entender qué diablos es lo que ellos captan que yo no soy capaz de percibir.

En ese instante, un grito aterrador rompe el silencio y el mundo entero empieza a moverse a toda velocidad.

28

TENSIÓN

El estallido de un disparo me ensordece. El estruendoso grito inhumano que resuena entre los edificios abandonados me eriza todos y cada uno de los vellos del cuerpo y me giro sobre mi eje a toda velocidad.

El corazón me late con fuerza contra las costillas y la adrenalina que me invade el cuerpo de un segundo a otro es tanta, que hace que entre en un estado de alerta absoluta. Es en ese momento, que empiezo a notarlo.

Un puñado de figuras humanas y animalescas ha emergido desde las tinieblas entre los edificios y ha comenzado a atacar a las brigadas que, junto con la de Hank, acaban de llegar.

Decenas de gritos aterrorizados me llenan los oídos, pero nadie parece tener el valor de atacar a las criaturas que han comenzado a abalanzarse sobre todo el mundo. Nadie parece querer ponerles un dedo encima porque *saben* lo que fueron en algún momento. Saben que, antes de ser estas cosas monstruosas y aterradoras, eran como nosotros.

La voz de Hank ladra una orden que, por el aturdimiento, no soy capaz de escuchar, pero que parece espabilar a gran parte de sus compañeros de brigada en un abrir y cerrar de ojos.

Disparos, gritos de dolor y chillidos inhumanos lo llenan todo, pero no puedo moverme de donde me encuentro. No puedo dejar de mirar el caos que se despliega delante de mis ojos.

—¡Bess! ¡Entra al asentamiento! *¡Ahora!*—Hank grita y mis ojos viajan hasta donde se encuentra, bañado en sangre, con un gesto desesperado grabado en el rostro.

En ese instante, y como si me hubiesen despertado abruptamente de un largo sueño, parpadeo un par de veces antes de empezar a moverme.

Mis pies, casi por voluntad propia, se giran sobre su eje y, sin más, me encuentro bajando las escaleras que dan al subterráneo a toda velocidad; sin embargo, algo me golpea la espalda con violencia y me hace perder el equilibrio. Trato de meter las manos para amortiguar la caída, pero la vocecilla en mi cabeza me dice que no es una buena idea. Que puedo quebrarme un hueso; y, en su lugar, me cubro la cabeza con ellas.

El impacto contra el suelo me deja sin aliento, pero es el chillido animal contra mi oreja lo que hace que, pese al dolor que me hace gritar las articulaciones, empiece a luchar para quitarme a quien sea —o lo que sea— que tengo encima.

Alguien tira de las hebras de mi cabello y, de inmediato, estiro las manos para enterrar los dedos —y las uñas— en la carne blanda de quien trata de someterme. Aliento rancio me golpea la mejilla y un escalofrío de puro terror me recorre el cuerpo cuando tiran de mi cuero cabelludo con toda la intención de estrellarme la cara contra el suelo.

Los Estigmas dentro de mí se preparan para liberarse a pesar de que trato de controlarlos. Las hebras, furiosas, comienzan a desenredarse a toda velocidad antes de que, sin más, el peso ceda, y el agarre firme en mi cabello desaparezca luego de un tirón más violento y doloroso que el anterior.

Pese a la confusión momentánea que me embarga, aprovecho esos instantes para girarme sobre mi trasero y empujarme con las piernas y los brazos lo más lejos posible de mi atacante y, es entonces, cuando lo veo.

Está ahí, vestido con una remera desgastada, unos pantalones que le van ligeramente grandes y unas botas de combate. El aspecto desgarbado y desaliñado lo hace lucir como si hubiese salido de una película postapocalíptica y, con todo y eso, no deja de lucir tan imponente y abrumador como siempre.

Las hebras oscuras de su cabello se enroscan hacia arriba, sobre su nuca, dándole un aspecto descuidado, pero la tensión en los músculos de sus brazos y la anchura de sus hombros le hacen lucir peligroso y aterrador.

No puedo verlo de frente. Su rostro está completamente volcado hacia mi atacante, pero no por eso deja de lucir impresionante. Mikhail siempre ha sido impresionante.

La criatura en el suelo espabila al cabo de una fracción de segundo y, luego, se abalanza hacia Mikhail con todo el peso de su cuerpo tan pronto como se percata de la presencia del chico. Él, no obstante, parece preparado para el ataque.

De un movimiento ágil y preciso, alza una vara metálica que ni siquiera había visto que sostenía y, sin siquiera dudar un segundo, golpea con violencia un costado del cráneo de mi atacante. El crujido aterrador que resuena en mis oídos me hace cerrar los ojos y ahogar un chillido de horror.

El sonido sordo —como el de un costal cayendo con brusquedad al suelo— que le sigue al anterior, hace que un escalofrío de terror me recorra de pies a cabeza, así que me quedo aquí, tirada en el suelo, con los ojos cerrados y el corazón latiéndome como si quisiera hacer un agujero en mi pecho y escapar.

El pulso me golpea detrás de las orejas y el temblor de mi cuerpo no se ha hecho esperar; sin embargo, no me atrevo a moverme. No me atrevo a hacer nada más que intentar acompasar mi respiración dificultosa.

—¿Qué estabas haciendo allá afuera? —La voz ronca y temblorosa de Mikhail me llena los oídos luego de lo que se siente como una eternidad y una nueva oleada de pánico me recorre entera al darme cuenta de que tendré que decirle qué era lo que hacía.

Abro los ojos y me obligo a encararlo.

Detrás de él, en el suelo, yace el cuerpo de mi atacante y el estómago se me revuelve cuando noto la mancha carmesí que ha comenzado a extenderse con lentitud por todo el suelo.

Lágrimas de alivio y terror me inundan la mirada, pero no derramo ninguna. No hago otra cosa más que obligarme a encararlo con la esperanza de que esa acción se lo diga todo.

El gesto duro que le pinta las facciones hace que me encoja sobre mí misma.

—L-Lo siento —digo, en un susurro ahogado y entrecortado, y su mandíbula se aprieta tanto, que un músculo sobresale del punto en el que se une con su cuello.

Luce desencajado y furibundo. Como si pudiese cerrar sus manos en el cuello de quien sea que se le ponga enfrente y romperlo de un solo movimiento.

«El problema es que eres tú quien está frente a él», susurra la vocecilla en mi cabeza, pero la acallo tan pronto como llega.

Sin previo aviso, la vara ensangrentada entre sus dedos cae al suelo con un sonido estrepitoso y, de pronto, se inclina hacia adelante. Sus manos se cierran con brusquedad sobre mis brazos y, acto seguido, tira de mí con tanta fuerza, que tengo que empujarme con los pies para que no termine arrastrándome.

—¡¿Qué demonios estabas haciendo allá afuera?! —espeta, al tiempo que me sacude con violencia.

Una pequeña multitud ha comenzado a formarse a nuestro alrededor. El escándalo del exterior ha mermado e, incluso, un puñado de brigadistas ha comenzado a descender por la escalera del subterráneo, solo para encontrarse con la aparatosa escena que Mikhail y yo hemos protagonizado.

Un grito se construye en mi garganta cuando el lazo que nos une se estruja con violencia ante la fuerza de sus emociones y un nudo de pánico e impotencia se forma en mi garganta.

«No llores. No llores. No llores», me repito una y otra vez, pero las lágrimas no dejan de acumularse en mi mirada.

—¡¿En qué diablos estabas pensando, Bess?! —La furia en su voz es tanta que mis ojos se cierran una vez más. Entonces, tira de mí con brusquedad y unos brazos fuertes y cálidos me envuelven en un abrazo apretado y ansioso—. ¿En qué diablos estabas pensando, maldita sea? —La voz de Mikhail ahora es un susurro en mi oído y una mezcla de calor y frío me invade el pecho. Una mezcla de alivio y arrepentimiento me escuecen de adentro hacia afuera y me hace imposible respirar con normalidad.

—Lo siento —repito, con la voz rota y el abrazo de Mikhail se aprieta un poco más.

—Eres una inconsciente. —Me regaña, pero suena dulce y aliviado—. ¿Cómo diablos se te ocurre?

Mis brazos se cierran alrededor de su cintura y hundo la cara en el hueco de su cuello.

—Yo no quería —digo, porque es cierto—. Lo siento. Tuve que hacerlo.

Una negativa frenética sacude la cabeza del chico que me sostiene con fuerza.

—No hagas estas cosas sin mí. Nunca me dejes fuera de esto, Bess. Me vuelvo loco solo de pensar en que algo malo pudiese ocurrirte. No vuelvas a exponerte así. No vuelvas a...

El sonido de un carraspeo interrumpe el murmuro frenético de Mikhail y, de pronto, me encuentro extrañando el calor de sus brazos, ya que soy liberada de la prisión apretada en la que me encontraba cautiva.

Es hasta ese momento, que tengo un vistazo de un Hank ensangrentado, justo a unos pasos de distancia de donde nosotros nos encontramos.

Su vista está fija en Mikhail y, de vez en cuando, pasa hacia la figura tirada en el suelo.

—¿Estás bien, Bess? —La voz de Hank es suave y acompasada, pero no es a mí a quien observa. Es a Mikhail a quien no puede quitarle la atención de encima.

Asiento, incapaz de hablar, a pesar de que sé que no está mirándome.

La mirada asesina que Mikhail le dedica me hace saber que está costándole mucho no abalanzarse sobre él para obtener respuestas.

—¿Se puede saber qué diablos hacía Bess allá afuera? —La voz autoritaria de Mikhail le gana un par de miradas curiosas y ansiosas.

Hank, sin lucir ni siquiera un poco intimidado, avanza en nuestra dirección. Su mirada se posa fugazmente en mí y el cuestionamiento que veo en sus ojos es palpable. Muy a mi pesar, el hijo del comandante acaba de darse cuenta de que no le hablé a Mikhail respecto a nuestra excursión matutina.

—¿Por qué no se lo preguntas a ella? —La voz de Hank es seda en mis oídos, pero eso solo provoca que Mikhail, de un movimiento rápido —casi inhumano— inmovilice a Hank contra la pared más cercana.

El rumor de los gritos ahogados y exaltados de todos a nuestro alrededor hace que más y más gente se arremoline cerca.

—¡Mikhail! —No sé en qué momento sucedió, pero ya he acortado la distancia que el demonio impuso entre nosotros al abalanzarse sobre Hank.

—Te lo estoy preguntando a ti, imbécil. —Mikhail habla entre dientes y la mirada del chico contra la pared se oscurece.

—Vuelve a llamarme así y te juro por lo más sagrado que existe que... —Hank se detiene de manera abrupta y arrebatada.

—¿Qué? —insta Mikhail, empujando su antebrazo un poco más contra el cuello del chico.

—¡¿Qué carajos está pasando aquí?! —La voz de mando del comandante hace que la atención de todo el mundo —incluyéndome la mía— se vuelque hacia él.

El hombre se abre paso entre la multitud a paso decidido y seguro, pero se detiene en el instante en el que se percata de la manera en la que el demonio acorrala a su hijo.

—Creí que había sido claro contigo respecto a los buscapleitos. —La voz del comandante destila advertencia y hostilidad, pero Mikhail no aparta la vista de su víctima.

—Y yo creí que tenían una idea de los riesgos que corren al exponer a Bess del modo en el que lo hacen. —Mikhail responde, con la soltura de quien tiene el control de la situación.

Un murmullo creciente comienza a llenar todo el lugar y, a juzgar por el gesto nervioso que esboza el comandante, podría jurar que el comentario de Mikhail le ha dejado saber mucho a todos los presentes.

—¿Por qué no dejas el sinsentido y nos permites hablar como la gente civilizada? —Toda la autoridad previa en la voz del comandante se ha esfumado. Ahora, suena como si tratase de negociar con él.

—Mikhail, *por favor*... —intervengo, porque sé que yo también tengo parte de la culpa de lo que está ocurriendo. Debí habérselo dicho. Debí haberle hecho saber lo que hicimos allá afuera.

Uno.

Dos.

Tres segundos pasan... Y Mikhail deja ir a Hank. No se aparta de él lo suficiente como para dejar de ser una amenaza potencial, pero sí lo suficiente como para que el comandante aligere un poco la tensión de sus hombros.

—Los escucho —dice, sin apartar la vista de Hank, y este lo mira con gesto hostil.

—Aquí no. —El comandante suena tan contundente, que Mikhail aparta la vista de su hijo para posarla en él.

La mirada evaluadora y fría que le dedica me eriza los vellos de la nuca, pero el comandante no da señal alguna de sentirse intimidado.

—De acuerdo —dice el demonio, al cabo de otros eternos instantes; pero no suena para nada conforme con la posibilidad de hablar en privado con estas personas—. Hablemos en otro lugar, entonces. —Clava sus ojos en los míos—. Y espero la verdad completa.

Todos, el comandante incluido, asentimos ante lo autoritario de su voz.

—Acompáñenme a mi oficina —dice el hombre y, segundos después, se gira sobre su eje para abrirse paso rumbo al corredor más cercano.

Para cuando termino de hablar, un silencio sepulcral inunda la estancia.

He hablado ya sobre qué era lo que hacíamos allá afuera y sobre el escenario que presencié al estar tan cerca de la grieta.

El peso de lo que he dicho parece asentarse —pesado y denso— entre todos los presentes y, a pesar de eso, no puedo dejar de mirar hacia el suelo. No puedo dejar de ser una maldita cobarde para encarar al demonio que me observa fijamente.

—La grieta es enorme —continúo, luego de un largo momento—. Hay mucho movimiento cerca. Los demonios están reuniéndose. —Me obligo a alzar la vista para encarar la de Mikhail. Algo oscuro y ansioso se mezcla en su mirada y sé que él también sabe cuál es la palabra que no me atrevo a pronunciar. Sabe que sus sospechas respecto a un posible pandemónium no son infundadas. Está ocurriendo y sucederá delante de nuestras narices si no hacemos algo—. Mientras más tiempo pasemos en este lugar, más peligro corremos. Más peligro corre la gente que habita aquí. Si tienen un plan de evacuación, es tiempo de ponerlo en marcha.

Un suspiro largo y pesado escapa de los labios del comandante y hace que mi atención se pose en él. Su expresión desencajada va acorde con lo derrumbado de sus hombros y el gesto descompuesto que esbozan sus facciones.

—¿Cuánto tiempo tenemos? —inquiere, y niego con la cabeza.

—No lo sé —digo, en voz baja.

—Debe haber algo que podamos hacer. —Hank habla por primera vez desde que pusimos un pie en la oficina de su padre y un bufido escapa de la garganta de Mikhail.

—¿Como qué? —Se burla—. ¿Como ir con tus soldaditos de azúcar a combatir demonios? ¿Como exponer de manera innecesaria la vida de todos aquellos a quienes llamas tus subordinados? No puedes ir a pelear una batalla que sabes que vas a perder.

—Entonces, ¿qué se supone que tengo qué hacer? ¿Huir? ¿Esconderme como lo hacen las malditas cucarachas al encender la luz?

—Esto no se trata de probar tu valía ni la de tus soldados. —Por primera vez, Mikhail no suena condescendiente al dirigirse a Hank. Suena como si realmente tratase de hacerlo entrar en razón—. Se trata de salvar cuantas vidas sea posible. Si llevas ahí a tu gente, morirán. Y no porque no tengan la capacidad de defenderse, sino porque tu oponente no es un humano ordinario. Estás combatiendo contra criaturas que no pertenecen a este plano, cuya naturaleza y capacidades desconoces. Tratar de pelear contra ellos, es ir directo al matadero. Ellos son más. Son más fuertes y, en definitiva, poseen la sangre fría que tú y los tuyos no. Sin dudarlo, matarían a diez de tus soldados antes que puedas matar a uno de los suyos.

Hank no dice nada, se limita a desviar la mirada con gesto impotente grabado en el rostro.

El silencio que le sigue a las palabras de Mikhail, no hace más que acentuar la gravedad de la situación a la que nos enfrentamos y no puedo dejar de sentir como si estuviésemos siendo acorralados.

Un suspiro largo y pesado escapa de la garganta del comandante.

—Teníamos la esperanza de poder permanecer aquí hasta que todo pasara; pero, en vista de los nuevos acontecimientos, lo mejor será empezar a preparar un plan de evacuación —dice, al cabo de un largo momento—. Agradezco mucho, Bess, lo que has hecho por nosotros. Sabemos que ha sido imprudente de nuestra parte el hacerte salir del subterráneo, pero era la única manera.

—No pasa nada —digo, en un murmullo, pero, por el rabillo del ojo, soy capaz de ver cómo el gesto de Mikhail se endurece. Está más que claro que a él no le parece en lo absoluto la forma en la que estas personas me utilizaron.

—Hank —el comandante se dirige a su hijo—, convoca a una reunión de emergencia esta noche. Quiero a todas las brigadas de abastecimiento y seguridad en el comedor a las diez y media, y a todos los civiles en sus dormitorios a las diez. Hay que ser discretos. Lo menos que necesitamos es que empiece a generarse el pánico colectivo.

El chico —que no ha abierto la boca desde que Mikhail lo hizo entrar en razón— asiente.

—¿Qué hay de los guardias perimetrales del turno nocturno? ¿Ellos también serán convocados? —inquiere. Ahora es todo negocios.

—No. —Su padre niega—. Con ellos hablaré mañana por la mañana. Diles que, al terminar su turno, vengan a buscarme. —Dirige su atención hacia Mikhail y hacia mí—. Creo que está de más decir que espero contar con su presencia para la reunión de esta noche. —Clava sus ojos en Mikhail—. Y espero, jovencito, que estés dispuesto a integrarte a alguna de las brigadas. Necesitamos cuanta gente preparada sea posible.

Mikhail asiente en respuesta.

—Cuente conmigo —dice, pero su gesto sigue siendo inescrutable—. Lo único que pido a cambio es que me mantengan enterado de cualquier excursión al exterior que pueda comprometer el bienestar de Bess.

—Bien. Te mantendremos al tanto de todo. —El hombre accede, pero no luce conforme con la respuesta autoritaria del demonio. A pesar de eso, se aclara la garganta y concluye—: Muchas gracias a todos. Pueden retirarse.

Uno a uno, todos los presentes comienzan a abandonar la sala, pero no es hasta que Mikhail hace amago de marcharse, que me atrevo a moverme del lugar en el que me encuentro.

—¡Bess! —La voz de Hank me llena los oídos cuando apenas he dado un par de pasos fuera de la estancia y me detengo en seco para encararlo.

Su gesto se ha suavizado ahora que estamos fuera de la oficina de su padre y, en lugar de lucir como un soldado a la espera de alguna orden de su superior, se ve relajado y... *¿nervioso?*

—¿Sí? —inquiero, curiosa y dudosa de la manera en la que me mira. Esta vez, ni siquiera me molesto en buscar la mirada de Mikhail porque sé que no voy a encontrar nada de lo que busco en ella.

—¿Almorzamos juntos? —dice, y la petición me toma con la guardia baja—. Ahora tengo que ir a organizar la reunión de esta noche, pero cuando termine, pensé que podríamos...

—Bess no va a hacer absolutamente nada contigo. —La voz brusca y violenta de Mikhail suena a mis espaldas y me giro sobre mi eje justo a tiempo para ver cómo avanza a paso decidido hacia nosotros.

—¿Disculpa? —La voz de Hank suena incrédula e irritada y yo, aún sin poder procesar del todo lo que ocurre, sacudo la cabeza en una negativa confundida.

—Luego del modo en el que la expusiste, debería darte vergüenza hasta dirigirle la palabra. —Mikhail espeta, al tiempo que se interpone entre Hank y yo.

Una punzada de coraje se abre paso a través del aturdimiento y, de pronto, en lo único en lo que puedo pensar, es en lo mucho que quiero gritarle. En lo mucho que quiero empujarle y decirle que es un idiota. Que no tiene derecho alguno de decidir con quién tomo o no el almuerzo.

Hace una semana que no me dirige la palabra más de lo necesario. Hace una semana que ni siquiera se sienta cerca de mí, ¿y ahora pretende que le permita estas libertades?

—Mikhail... —suelto, con advertencia.

—¿Por qué habría de sentirme avergonzado? No hubo ni un segundo allá afuera en el que no estuviese al pendiente de ella. Jamás la dejé sola. Jamás la abandoné. Estuve ahí, a su lado, todo el tiempo. —La voz de Hank me interrumpe—. Además, creo que Bess es perfectamente capaz de decidir por ella misma si está o no molesta conmigo por lo que pasó; así que, por favor, apártate de mi camino, que estoy hablando con ella y no contigo.

—Estás tentando a tu suerte, soldadito. —La advertencia en el tono de Mikhail me pone la carne de gallina, pero me obligo a tirar del material de su camisa para hacerlo mirarme.

—Es suficiente, Mikhail —digo, entre dientes, al tiempo que le dedico mi mirada más hostil.

—¿Se puede saber qué diablos está sucediendo aquí? —La voz del comandante hace que todos volquemos nuestros ojos hacia la entrada de su oficina. La mirada furibunda del hombre se posa en Mikhail, su hijo y en mí durante unos instantes antes de que su cabeza se sacuda en una negativa enojada—. ¿Qué diablos tengo que hacer para que dejen de discutir a la menor provocación? ¿A quién carajos tengo que castigar para que entiendan de una vez por todas que no tengo tiempo para lidiar con sus malditas riñas? —dirige su mirada a su hijo y, con un gesto más paternal que otra cosa, le dice—: Ve ahora mismo a hacer lo que te dije. —Acto seguido, mira hacia Mikhail y hacia mí—. Y ustedes, váyanse de aquí antes de que empiece a considerar la posibilidad de encerrarlos a cada uno en un ala diferente del asentamiento.

Hank, a regañadientes, asiente en dirección a su padre; no sin antes dirigirme una mirada cargada de disculpa. Acto seguido, se encamina en dirección al largo corredor.

Una vez que desaparece de nuestra vista, el comandante nos observa de hito en hito una vez más, antes de girar sobre su eje para volver al interior de su oficina.

En el instante en el que la puerta se cierra detrás de él, Mikhail se libera del agarre que aún tengo sobre la remera que lleva puesta y me toma por la muñeca.

—¡¿Pero qué demonios…?! —ni siquiera puedo terminar de formular la pregunta. No puedo, siquiera, hacer amago de liberarme porque, sin previo aviso, se echa a andar llevándome con él.

Su agarre es fuerte y firme, pero no me hiere. Imprime la suficiente fuerza como para hacerme saber que podría lastimarme si así lo quisiera, pero no tanta como para hacerme sentir incómoda. A pesar de eso, trato de liberarme. Trato de deshacerme de él mientras, casi a rastras, me guía por el amplio corredor que da al área común.

—¡Mikhail, suéltame! —digo, sin aliento y entre dientes.

Un tirón brusco hace que haga una mueca adolorida, pero no dejo que eso me amedrente. No dejo que eso me impida seguir peleando por ser liberada.

—¡No puedes hacer esto, con un carajo! ¡Suéltame!

Se detiene. Luego, gira sobre su eje para encararme —sin soltarme de la muñeca.

—¡No! —espeta y la expresión furibunda y demencial que veo en su mirada hace que un escalofrío de puro terror me recorra entera—. ¡No voy a soltarte! ¡No voy a dejarte ir porque tú y yo tenemos qué hablar, Bess! ¡¿Cómo diablos permitiste que te hicieran salir?! ¡¿Por qué, en el jodido infierno, no me lo dijiste?! —Tira de mí un poco más, de modo que mi cuerpo choca contra el suyo. El contacto, sin embargo, no es agradable. Está pensado para intimidar y amedrentar—. Creí que íbamos a hacer esto juntos.

Sus palabras me queman como el más corrosivo de los ácidos y, presa de un impulso envalentonado y enfurecido, tiro de mi muñeca con fuerza para liberarme. Entonces, siseo en su dirección:

—¿Y qué se supone que tenía que hacer? *¿Negarme?* ¿Después de todo lo que han hecho estas personas por nosotros?

Los ojos de Mikhail viajan hacia un punto a mis espaldas durante una fracción de segundo. Acto seguido, vuelve a tomarme por la muñeca.

—Aquí no —dice, en un susurro tenso—. Nos espían.

Sin darme tiempo de nada, retoma el camino en dirección al área médica.

Nos toma apenas unos minutos llegar al lugar indicado y, cuando lo hacemos, Mikhail —luego de cerciorarse de que nos encontramos solos— cierra la puerta con brusquedad.

Acto seguido y, sin un ápice de delicadeza, me acorrala contra a puerta.

Todo sucede tan rápido, que ni siquiera puedo procesarlo. Sus manos me acunan el rostro con firmeza, su abdomen duro se pega al mío blando y sus labios chocan con los míos en un beso feroz y hambriento.

Durante unos segundos, no soy capaz de reaccionar, pero, cuando lo hago, correspondo su caricia sin reparo alguno.

Su lengua y la mía se encuentran a medio camino y un escalofrío me recorre entera cuando siento cómo sus dedos se enredan en las hebras suaves que me cubren la nuca.

La vocecilla en mi cabeza no deja de susurrarme que esto está mal. Que estoy permitiéndole que me bese luego de que él mismo dijo que lo nuestro era un imposible; pero no puedo parar. No quiero hacerlo.

El corazón me ruge contra las costillas, mis manos están aferradas al material de su playera y mis labios —urgentes y ansiosos— no dejan de buscarle. De corresponderle.

No sé cuánto tiempo pasa antes de que nos apartemos el uno del otro; pero se siente como una eternidad. Como apenas un instante.

Su frente se une a la mía. Aliento caliente me susurra contra los labios y un par de pulgares cálidos me trazan caricias dulces sobre los pómulos.

—¿A qué diablos estás jugando? —Le reprocho, sin aliento, y él niega con la cabeza.

—A que puedo renunciar a ti. —El tono enronquecido de su voz me pone la carne de gallina y tengo que obligarme a abrir los ojos para encararlo. Su vista está fija en mí y el anhelo que encuentro en su expresión es tan abrumador que me quedo sin aliento—. A fingir que no me importa en lo absoluto que te pasees por todo el maldito asentamiento junto a ese imbécil. A hacer como que puedo reprimir el impulso asesino que siento cada que estas personas te ponen en peligro.

Todo dentro de mí se revuelve con violencia ante sus palabras, pero no dejo que la ilusión —cálida, dulce y arrolladora— que ha comenzado a embargarme se apodere de la poca cordura que su beso me ha dejado en el cuerpo.

—Creí que habías dicho que no podía ser —digo, en un murmullo entrecortado y tembloroso.

—Y no puede ser, Bess. —La tortura en su gesto es tanta, que mi propio corazón se estruja con violencia—. No se supone que deba besarte. Que deba sentir esto que siento por ti, pero ya me cansé de fingir que no me importas. De pelear contra lo que siento solo porque alguien dijo hace eones que mi deber era liderar la batalla del día final. Que mi deber era romper los siete sellos para enfrentarme a una legión de criaturas que no me importan un carajo.

—No puedes venir y hacer esto, y luego botarme, así como así, mientras tú regresas a ser Miguel Arcángel y te olvidas de mí.

—No soy Miguel Arcángel. —La fiereza con la que habla hace que un nudo se me instale en el estómago—. Ya no. Hace mucho que dejé de serlo. Soy Mikhail. Soy un demonio... Lo que queda de uno. —Sacude la cabeza en una negativa frenética—. Ya ni siquiera sé qué clase de criatura soy en estos momentos. Ni siquiera sé qué, en el jodido infierno, haré para protegerte si ya no tengo mis alas. Si ya no soy capaz de cuidarte como se supone que debo. —Hace una pequeña pausa—. Lo único que tengo ahora mismo, es un sentimiento. Uno que es prohibido y que está enloqueciéndome poco a poco. Que está acabando con la poca cordura que me queda y que crece con cada maldito segundo que pasa.

—Mikhail...

—Bess, no puedo tenerte. No puedo estar contigo. No puedo prometerte un futuro. ¡Maldita sea! Ni siquiera puedo prometerte un mañana. —Traga duro—. No puedo hacer nada más que pasar en vela noches enteras, tratando de buscar la forma de hacer lo que debo, manteniéndote a salvo. —Esta vez, la pausa es más larga que la anterior—. Cielo, lo que siento por ti está acabando conmigo. Está llevándose pedazo a pedazo mi convicción. Mi sentido del deber. Está llevándose absolutamente *todo*... —La angustia que veo en sus ojos es tanta, que el estómago me da un vuelco—. Así que, por favor, deja de torturarme como lo haces. Deja de pasearte por ahí con un tipo que puede darte eso que yo no, porque no sé cuánto maldito tiempo más voy a soportarlo.

Entonces, sin darme tiempo de nada, vuelve a besarme.

Sus labios son urgentes contra los míos y sus besos son tan embriagadores, que no puedo hacer nada más que corresponderle.

Sus brazos se envuelven alrededor de mi cintura y tiran de mí, de modo que mi pecho se pega al suyo. Mis brazos se envuelven alrededor de sus hombros en un abrazo apretado.

Un pequeño suspiro se me escapa de los labios cuando, sus manos se deslizan por debajo del material de mi blusa y se presionan en la piel ardiente de la espalda baja. A continuación, empieza a acariciarme.

Sus manos están en todos lados. Sus besos no han dejado de hipnotizarme. Todo dentro de mí se siente tenso de anticipación y el corazón me ruge contra las costillas.

—Estás acabando conmigo, Bess Marshall —murmura, contra mi boca y, luego, las palabras se terminan. Todo aquello que corría a toda velocidad por mi mente se diluye al entrar en contacto con el fuego ardiente que me dejan sus manos sobre la piel. Todo aquello que estaba por abandonarme los labios queda en el olvido cuando soy sometida al efecto que tienen sus besos en mí.

Mis dedos trémulos alcanzan el dobladillo de su playera y, de un movimiento, tiro de ella para quitársela por encima de la cabeza. Él se aparta unos instantes para ayudarme a remover la prenda y, una vez que lo hemos conseguido, vuelve a envolverme en la fortaleza de sus brazos. En el calor de su pecho y el sabor de sus besos.

—Por favor, no me alejes —digo, contra sus labios y él murmura una negativa—. Por favor, Mikhail, ya no me alejes.

Entonces, deja de besarme.

En ese instante —y sin darme tiempo de procesar qué carajos está ocurriendo—, un extraño tirón violento me estruja el pecho.

Un grito ahogado me abandona los labios.

El suelo debajo de mis pies comienza a moverse…

… Y Mikhail se desploma en el suelo.

29

DUDAS

Un sonido ahogado y estrangulado escapa de la garganta del chico que, hasta hace apenas unos instantes, se encontraba en perfectas condiciones y me aferraba con fuerza.

El ligero temblor que había comenzado a sacudir el suelo debajo de mis pies, incrementa su fuerza y hace que los muebles de toda la estancia empiecen a vibrar.

El estallido que hace un objeto de vidrio al caer me llena los oídos, y otro tirón violento estruja la cuerda que me ata a Mikhail; haciendo que me doble sobre mí misma.

Algo ha invadido cada rincón de la habitación. Algo poderoso y abrumador ha comenzado a llenarme todos y cada uno de los sentidos, y ha empezado a expandirse. A engullirlo todo y sumirlo en una aura pesada y densa.

El aliento me falta, la visión se me nubla, un grito se construye en mi garganta y un pitido agudo me ha invadido la audición. La habitación da vueltas a mi alrededor, Mikhail gruñe en el suelo y el lazo que nos ata se estira con tanta violencia que mi cuerpo se aovilla por voluntad propia.

Gritos lejanos llegan a mí a través del aturdimiento; el rugido de las paredes que nos rodean hace que una punzada de pánico se mezcle entre la confusión y el dolor que me provoca el ataque que está sometiendo a Mikhail, pero no puedo moverme. No puedo conectar el cerebro con las extremidades.

«¡Va a atacarte! ¡Tienes que salir de aquí!», me grita el subconsciente, pero apenas puedo mantenerme en pie. Apenas puedo enfocar algo de lo que ocurre a mi alrededor.

Parpadeo un par de veces, en el afán de espabilar un poco, pero lo único que consigo, es clavar la vista durante unos instantes en el cuerpo tirado y ensangrentado de Mikhail.

«¿Por qué carajos está ensangrentado?».

No me ataca. No se abalanza sobre mí. No hace más que retorcerse en el suelo y gruñir.

La confusión y el aturdimiento hacen que me quede aquí, quieta durante unos instantes, antes de que trate de llegar a él. Antes de que me arrodille en el suelo —pese a que apenas puedo conectar el cerebro con las manos— y trate de llegar hasta donde se encuentra.

Justo cuando mis dedos rozan la piel de su brazo, un estallido de energía me empuja con violencia lejos y hace que mi espalda impacte contra la puerta.

Un grito ahogado se me escapa de los labios, y un tirón particularmente doloroso me llena el pecho.

Entonces, todo se detiene.

El temblor, los tirones en el pecho… Todo para y se sume en un silencio tenso y tirante.

El sonido de mi respiración dificultosa es lo único que soy capaz de escuchar. El latir desbocado de mi corazón es lo único que puedo procesar. Mi mente es una maraña inconexa de preguntas y sensaciones contradictorias y aquí, con la mirada clavada en el bulto en el suelo que es Mikhail, no puedo dejar de preguntarme qué diablos acaba de ocurrir.

La horrible sensación de que algo terrible está pasando se extiende a través de mi torrente sanguíneo y una oleada de pánico me invade por completo.

«Algo le ocurre. Algo pasa con él».

—¿M-Mikhail? —El sonido de mi voz es tembloroso. Débil. *Aterrado*.

Silencio.

El terror y el temblor incontrolable de mis extremidades es abrumador y apenas me permite concentrarme; pero me obligo a avanzar a gatas en dirección al demonio de ojos grises. El resquemor que ha dejado en mi pecho el estira y afloja en la cuerda que nos une, se intensifica conforme me acerco a él, pero lo ignoro lo mejor que puedo cuando me detengo junto a él.

Está boca abajo, en el suelo de la enfermería y el material de la remera que utilizaba está debajo de él, bañada en sangre.

«¡¿De dónde viene tanta sangre?!», me grita el subconsciente, y el pánico incrementa un poco más.

Con manos trémulas tanteo su espalda. El calor de la sangre me llena los dedos y un gruñido adolorido escapa de los labios del demonio cuando presiono las palmas sobre sus omóplatos.

«¡La herida de su ala!».

Sin siquiera pensarlo un segundo, echo un vistazo a la piel lastimada.

Un grito se construye en mi garganta cuando me encuentro de frente con una masa hecha de tejido, piel y sangre. El horror me atenaza el estómago y aprieto los dientes para retener el gemido impresionado y aterrorizado que amenaza con abandonarme.

«¡Sus heridas! ¡Se le abrieron las malditas heridas!».

—¡Mikhail! —Su nombre me sale de los labios en un susurro angustiado, como si solo eso pudiese curarlo. Como si la súplica implícita en el tono de mi voz pudiese remediarlo todo.

Algo denso, abrumador y oscuro comienza a llenar el ambiente. El aire parece espesarse en cuestión de apenas unos instantes, y una opresión extraña me atenaza las entrañas.

Una especie de energía indescriptible comienza a llenar cada rincón de la habitación y los Estigmas, curiosos, se desperezan y se despliegan solo para ser capaces de *sentirlo*.

Una caricia me llena el pecho y mis ojos, abiertos como platos, se fijan en Mikhail.

—Vete… —La voz rota llega a mis oídos antes de que el chico en el suelo encuentre la fuerza suficiente para alzar la cabeza del suelo—. Bess —dice, con los dientes apretados—, vete de aquí.

Niego con la cabeza, incapaz de creer que no esté inconsciente de verdad. Incapaz de entender qué carajos está pasando.

—No —digo, tajante—. Si te dejo aquí, se darán cuenta. Tengo que detenerte. No puedo…

—No te haré daño. —Me corta y sus ojos, determinados y fieros, me miran con toda esa fuerza que siempre han irradiado—. Soy yo. Estoy en control. —Pese a sus palabras seguras, aprieta las manos en puños cuando un espasmo involuntario le recorre el cuerpo—. Es diferente, pero tienes que irte. Tienes que salir del asentamiento ya. Los demonios vendrán de nuevo, como cuando estaba dormido. Tienes que salir de aquí. Llévate a Haru contigo.

La realización de lo que acaba de decirme cae sobre mí como balde de agua helada y, de pronto, otro tirón violento me estruja por dentro.

«Oh, mierda...».

Un grito ahogado escapa de mis labios y un alarido de dolor escapa de Mikhail cuando un espasmo recorre la atadura entre nosotros. *Esto...* lo que sea que está pasándole... es tan poderoso, que soy capaz de sentirlo a través del lazo que nos une. Que, fácilmente, podría ser capaz de llamar la atención de los demonios que rondan la superficie.

—¡Vete ya, Bess! —gruñe con fiereza, pero su gesto adolorido se suaviza cuando susurra—. Estaré bien. Solo... *vete*.

Sacudo la cabeza en una negativa frenética.

Otro ataque brutal llega a mí a través del lazo y las rodillas me fallan. Mikhail reprime un grito y su rostro se contorsiona en una mueca tan tensa y torturada, que todo dentro de mí duele en respuesta.

—¡Vete ya! ¡No sé cuánto tiempo voy a poder...! —No es capaz de terminar de formular la oración cuando, sin más, el suelo debajo de nosotros comienza a temblar una vez más.

«¡Haz algo! ¡Ahora, Bess!», me grita el subconsciente y, como impulsada por un resorte, me empujo hacia arriba y corro en dirección a la salida del área médica.

No miro atrás. Ni siquiera me molesto en mirar a Mikhail una vez más, porque sé que no voy a marcharme sin él. Porque sé que no voy a llevarme a Haru a ningún lado si él no va con nosotros. Porque no voy a permitir que nada le ocurra a la gente que vive aquí abajo.

—¡Haaaank! —El grito estruendoso que me abandona la garganta es el inicio de un rumor de murmullos aterrorizados que viene de todas direcciones. El asentamiento entero ha empezado a moverse en dirección a las rutas de evacuación mientras que, a empujones, voy contra corriente en busca del hijo del comandante... O de alguien que sea capaz de hacer correr la voz.

Finalmente, golpeo de frente con un integrante de la brigada de Hank y, sin siquiera esperar a que trate de enviarme a buscar refugio, le grito:

—¡Tenemos que bloquear todas las salidas! ¡Dile a todo el mundo que tenemos que bloquear las salidas!

—¡Vamos a morir atrapados como ratas si las bloqueamos!

—¡Vamos a morir a manos de una horda de demonios si no las bloqueamos! —grito de vuelta y el chico palidece tanto, que temo que vaya a vomitar en cualquier momento; a pesar de eso, asiente con dureza y se echa a correr en dirección a donde otro de sus compañeros se encuentra.

Mi búsqueda de Hank se reanuda.

No sé cuánto tiempo ha pasado, pero se siente como una eternidad. Se siente como un suspiro. Se siente como si el mundo entero hubiese ralentizado su marcha y hubiese alargado los segundos más allá de los límites posibles.

Me siento ansiosa. Aterrorizada. Aturdida.

Los gritos y las carreras frenéticas que han comenzado a dar los habitantes del asentamiento me abruman tanto, que no puedo concentrarme en nada.

—¡Bess! —El grito familiar hace que gire sobre mi eje con brusquedad en el instante en el que lo escucho. Mi cuerpo impacta contra algo blando y cálido y un par de manos me sostiene por los hombros para estabilizarme.

Mi vista se alza solo para encontrarme de frente con un Hank visiblemente alterado.

—¡¿Qué está pasando?! —dice, alarmado—. Me dijeron que diste la orden de cerrar todos los accesos.

Asiento, incapaz de confiar en mi voz para hablar.

—Ha ocurrido una vez más —suelto, sin aliento—. La energía de la última vez ha regresado. Los demonios vendrán. Tenemos que impedir que entren al asentamiento.

—Me lleva el diablo. —Hank dice entre dientes y, entonces, comienza a ladrar órdenes a diestra y siniestra.

Yo aprovecho esos instantes para echarme a correr en dirección hacia donde todo el mundo lo hace.

—¡Bess! —Hank me grita—. ¡¿A dónde vas?!

—¡Necesito encontrar a Haru! —grito de regreso y, sin darle oportunidad de responder, me echo a andar una vez más.

El caos reina todo el asentamiento. La gente, aterrorizada, corre de un lado a otro en busca de un lugar seguro. Otro temblor particularmente intenso sacude la tierra y las paredes crujen ante la potencia del estremecimiento.

Gritos horrorizados llegan a mis oídos, pero yo no dejo de gritar el nombre de Haru. No dejo de adentrarme en las rutas de evacuación en busca de su paradero.

La energía que antes solo llenaba la enfermería ha comenzado a impregnar todo el asentamiento y, mientras me adentro en la oscuridad de un túnel particularmente solitario, soy capaz de escuchar el sonido de los disparos.

«¡Están aquí!», grito para mis adentros. «¡Los demonios están aquí!».

Pese a eso, no dejo de moverme. No dejo de correr mientras grito el nombre de Haru a todo pulmón.

Una última sacudida vibra debajo de mis pies. Esta vez, es tan brutal y poderosa, que caigo al suelo con un golpe sordo y las paredes a mi alrededor comienzan a resquebrajarse. Una fina capa de polvo cae desde el techo sobre mi cabeza y el horror se me asienta en los huesos cuando, con un rugido atronador, el túnel en el que me encuentro comienza a llenarse de grietas inmensas.

—¡Los túneles se vienen abajo! —grita alguien y, en ese momento, el subterráneo colapsa.

Grandes pedazos de piedra, tierra y concreto caen a pocos metros de distancia de donde me encuentro y, como puedo, me arrastro lo más lejos posible de la zona del impacto antes de cubrirme la cabeza con los brazos y aovillarme en el suelo.

No sé cuánto tiempo pasa antes de que me atreva a levantar la cabeza. Antes de que me atreva a mirar lo que ha ocurrido con el túnel por el que he entrado.

Una nube espesa y densa de escombro y polvo lo cubre todo, y me llena la garganta de una sensación opresiva y asfixiante.

Un ataque de tos me impide respirar de la manera correcta y, como puedo, me cubro la boca y la nariz con el material de la blusa que llevo puesta.

Los ojos me arden y no puedo ver más allá de mis narices. La garganta me quema y no puedo respirar con normalidad. El corazón me late a toda marcha mientras espero alguna otra réplica de los pequeños terremotos provocados por Mikhail.

Un extraño silencio se ha apoderado del inmenso corredor en el que me encuentro y, durante un pequeño instante, me permito saborear la sensación de estar bien.

Una inspección rápida de mi propia anatomía me hace darme cuenta de que no he recibido ningún daño además de un par de raspones provocados por la caída brutal que acabo de tener. Casi me echo a reír a carcajadas de alivio cuando me doy cuenta de esto.

Me pongo de pie.

La adrenalina y el alivio se mezclan en mi sistema y me provocan un ligero temblor nervioso, pero no podría importarme menos. Ahora mismo, lo único que me importa, es saber qué diablos pasó allá afuera ahora que los temblores se han detenido. Qué diablos ocurrió con Mikhail y dónde carajos está Haru.

Me acerco hacia el lugar donde los escombros obstruyen la salida del subterráneo y, sin más, grito:

—¡¿Hay alguien ahí?! ¡Estoy atrapada!

Nadie responde del otro lado.

—¡¿Hay alguien ahí?! ¡Estoy atrapada! —repito, en un grito.

Silencio.

—¡¿Alguien puede escucharme?! ¡Estoy…!

Escucho un ruido a mis espaldas y me quedo muda.

«Oh, mierda…».

Un gemido…

… Y me giro sobre mi eje.

El oscuro corredor está vacío y el corazón se me agolpa en los pies ante la perspectiva de lo que podría ser. Quiero volver a gritar si hay alguien aquí, pero la sola idea de que alguien —o algo— me conteste, me hace temblar de pies a cabeza.

Doy un par de pasos en dirección al pasillo.

—¿H-Hay alguien aquí? —Mi voz es fuerte, pero suena temblorosa. Asustada.

Uno. Dos. Tres segundos pasan... y un gemido suave me llena los oídos.

Durante unos instantes, creo haberlo imaginado. Creo haber sido víctima de mi imaginación inquieta hasta que, de pronto, lo escucho de nuevo.

«Oh, jodida mierda...».

—¿Quién anda ahí? —Sueno demandante y aterrada al mismo tiempo, pero no dejo de avanzar con cautela.

Nadie responde.

Estoy muy lejos de la salida obstruida que da hacia el asentamiento. Muy lejos de Haru. De Mikhail.

—¿Hay alguien...? —Un gemido claro, nítido y fuerte me llena la audición e interrumpe mi pregunta.

Todos y cada uno de los vellos del cuerpo se me erizan y giro con tanta violencia en dirección a donde proviene el sonido, que doy un traspié y caigo sobre mi trasero, de cara a una puerta enorme y metálica.

A toda velocidad, me pongo de pie una vez más y observo la puerta durante —lo que se siente como— una eternidad antes de acercarme a ella.

El corazón me va a estallar. El terror va a hacer que el alma se me escape, pero no puedo detenerme. No puedo parar hasta que tengo ambas manos plantadas en el metal helado de la puerta.

—¿Estás aquí? —pregunto, con la voz hecha un hilo tembloroso... Y un gemido me responde desde el otro lado.

El corazón se me sube a la garganta. El pulso me ruge detrás de las orejas y la ansiedad hace que las manos me tiemblen mientras busco, a tientas, la manera de abrir la puerta.

Está cerrada con llave.

«¿Qué es este lugar? ¿Por qué está cerrado con llave? ¿Por qué hay gente encerrada bajo llave?», mi mente corre a toda velocidad mientras que, uno a uno, los bloques van acomodándose. «¿Es una prisión? ¿Una especie de... *calabozo*?».

—Oh, mierda... —digo, en voz alta y me siento mareada. Asqueada y horrorizada—. Tienen un calabozo —Niego, incrédula—. Tienen un maldito calabozo.

Me siento mareada. Un sabor amargo se ha apoderado de la punta de mi lengua y el estómago se me retuerce con incomodidad cuando las náuseas me llenan la boca. La horrible sensación de malestar que me provoca la realización de este hecho me hace sentir aterrorizada. Paralizada por completo de pánico.

—Quizás es un error. Quizás no son personas vivas. Quizás son espíritus —me digo a mí misma, en voz baja, tratando de convencerme de una realidad más llevadera.

«Pero entonces, ¿por qué está cerrado con llave? ¿Por qué no se sienten como espíritus?».

Me falta el aire. Mi respiración es cada vez más superficial y el corazón me late con tanta fuerza que duele.

Mi cabeza corre a toda velocidad en busca de algún comentario de Hank o del comandante hablando acerca de este lugar, o de personas cautivas, pero no puedo evocar nada. No soy capaz de traer a la superficie ningún recuerdo porque sé, con cada fibra de mi ser, que jamás me hablaron sobre esto. Lo ocultaron. Lo *omitieron*.

«¿Por qué?».

Tiemblo de pies a cabeza. Todo dentro de mí se estremece de manera incontrolable y no sé si es por la ira que poco a poco ha comenzado a invadirme, o por el terror que siento trepando por mis extremidades.

Con todo y eso, me obligo a presionar las palmas sobre el material de la puerta y digo en voz alta, pero trémula:

—¿Hay alguien ahí? ¿Puedes oírme?

Silencio.

Abro la boca para volver a hablar, cuando un gemido débil me responde desde el otro lado de la puerta. El corazón me da un vuelco de inmediato.

—¿Puedes hablar?

Otro gemido roto me responde y la opresión angustiosa dentro de mí se vuelve insoportable.

—Necesito algo más que eso —digo, con desesperación en la voz—. Habla conmigo. ¿Puedes hacerlo?

Silencio.

—¿No puedes hacerlo?

Un gemido me responde.

«No puede hablar», digo, para mis adentros, y me muerdo el labio inferior, mientras trato de ponerle un orden al torrente frenético de mis pensamientos.

—¿Estás prisionero? —inquiero, ansiosa por saber más sobre la persona que se encuentra del otro lado—. ¿Te encerró el comandante?

Otro silencio.

—¿Lo hizo Hank?

Nada.

—Por favor, habla conmigo —suplico, pero, una vez más, no obtengo respuesta alguna.

La sensación de que algo va terriblemente mal me ahoga y me impide pensar en otra cosa más que en el terror que me hace sentir el saber que hay gente encerrada aquí abajo.

«Tienes que hacer algo. Tienes que sacar de ahí a quien sea que esté encerrado», me susurra el subconsciente y cierro los ojos con fuerza.

En ese instante y, presa de un impulso desesperado y decidido, me aparto de la puerta y le doy un par de patadas para ver si cede.

Nada ocurre.

Es en ese momento, que mi búsqueda comienza. Trato de encontrar, entre todo el escombro, algo que pueda ayudarme a forzar el cerrojo; sin embargo, luego de una eternidad dando vueltas, me dejo caer en el suelo y me cubro el rostro con ambas manos.

No sé cuánto tiempo ha pasado, pero el nudo que tengo en la garganta está tan apretado que no puedo respirar. Que no puedo evitar que mis ojos se inunden con lágrimas sin derramar.

El agotamiento es palpable ahora. El dolor en mis sienes amenaza con hacerme explotar la cabeza y me abrazo a mí misma. Me abrazo mientras me acurruco en una bola, con la mente hecha una maraña inconexa y dolorosa.

Poco a poco, el cansancio y el dolor de cabeza ganan terreno en mi sistema y, por más que lucho por mantenerme despierta, no puedo hacerlo. No puedo hacer otra cosa más que dejarme sucumbir ante la pesadez que me invade.

La inquietud me llena cada poro del cuerpo. La sensación desoladora me corre por el torrente sanguíneo antes de que abra los ojos y, cuando lo hago, no hace más que incrementar. Se vuelve pesada y densa, y me llena de un extraño presentimiento.

Conozco el lugar en el que me encuentro y, al mismo tiempo, sé que no lo conozco en lo absoluto. Que ha sido corrompido por algo oscuro y siniestro, y que ya no estoy a salvo aquí.

La blancura del espacio infinito en el que Daialee suele visitarme, está manchada de una sustancia negra. De una especie de líquido espeso y grumoso que emana una energía aterradora.

Los vellos de la nuca se me erizan cuando la sensación de estar siendo observada me hace girar sobre mi eje con brusquedad.

—¿Daialee? —Mi voz suena aterrorizada y reverbera en todo el espacio.

Nadie me responde y trago duro.

Doy un par de pasos.

—¡Daialee! —Esta vez, mi voz es un llamado firme y demandante, pero no tengo respuesta alguna a él.

La sensación de compañía que me embarga es tan abrumadora, que tengo que girar una vez más solo para cerciorarme de que realmente estoy sola. El miedo me atenaza las entrañas. El pánico me eriza los vellos de la nuca y el nudo de ansiedad que siento en el pecho es tan grande ahora, que temo que no haya poder humano que me permita deshacerlo.

—¡¿Dónde estás, Daialee?! —La llamo una vez más y, en respuesta, un sonido estruendoso estremece el lugar hasta los cimientos.

Los Estigmas —a los cuales jamás había sentido actuar en este lugar— sisean con violencia y se desperezan; alarmados. Como si estuviesen de frente a una amenaza. Como si estuviesen listos para atacar, a pesar de que no hay nada ni nadie en este lugar.

Otro estruendo hace que, alerta, mire hacia todos lados.

La sensación de terror crepita por mis músculos y los Estigmas hacen su camino fuera de mí con tanta rapidez, que ni siquiera puedo hacer amago de detenerlos.

—¡Vete de aquí! —El grito horrorizado de Daialee hace que un sonido aterrorizado se construya en mi garganta, y una imagen... Un rostro... *No.* Unos *ojos* aparecen frente a mí.

Grises. Ambarinos. Blancuzcos... *Aterradores.*

Entonces, despierto.

El grito que amenaza con abandonarme es ahogado por el estallido que retumba al fondo, en la oscuridad del espacio en el que me encuentro.

Durante unos dolorosos segundos, no soy capaz de deshacerme de la sensación de confusión y aturdimiento que me embarga, pero cuando mis ojos se acostumbran a la penumbra los recuerdos vienen uno a uno a mí a una velocidad aterradora.

Los retazos del sueño aún flotan como nubes turbias sobre mi cabeza, pero mis ojos están fijos en la puerta cerrada delante de mí. La incomodidad no se disuelve como suele hacerlo el sueño cuando despiertas, al contrario, se arraiga en mi interior y me hace sentir enferma y aterrada mientras me pongo de pie con lentitud.

Otro sonido estruendoso me llena los oídos y, esta vez, el suelo debajo de mis pies se estremece ligeramente. La alarma se enciende dentro de mí, pero se disipa tan pronto como un haz de luz se cuela a través de la pared de escombros que se encuentra al fondo del pasillo.

—¡¿Hay alguien ahí?! —Una voz familiar grita desde el otro lado y la sangre se me agolpa a los pies.

Mis pies, por inercia, se mueven a toda velocidad hacia las piedras gigantescas. Otro rugido llena mis oídos, y un enorme hueco deja entrar un enorme haz de luz al túnel.

El vitoreo de la gente del otro lado del subterráneo me hace saber que hay muchas personas tratando de desbloquear el camino y oleadas grandes de alivio me llenan el cuerpo.

—¡Estoy aquí! —grito, al tiempo que comienzo a escalar con cuidado las enormes piedras.

Cuando llego a la cima, al lugar donde ha comenzado a colarse la luz, empiezo a retirar los trozos más flojos de las piedras de alrededor.

Órdenes lanzadas al aire llegan a mis oídos y el alivio me llena el pecho casi de inmediato. Mis ojos se cierran cuando, al cabo de lo que se siente como una eternidad, se abre un hueco lo suficientemente grande como para que pueda intentar salir por ahí.

Brazos y manos expertas me ayudan a salir del espacio mientras que, con desesperación, me empujo fuera de la prisión creada por el temblor.

Cuando finalmente logro salir, soy recibida por una oleada de gritos jubilosos y eufóricos. Decenas de personas me rodean y me aturden.

Apenas soy consciente de cómo alguien grita que me den espacio y me dejen respirar, cuando un rostro familiar aparece en mi campo de visión.

En ese momento, una oleada de pánico me embarga. Un puñado de rocas se me asienta en el estómago y un grito se construye en mi garganta cuando las piezas van acomodándose en mi cerebro una a una.

—Bess... —La voz ronca me provoca una horrorosa mezcla de malestar y alivio, y no puedo apartar la vista de la criatura que se encuentra arrodillada frente a mí. Esa que se encuentra demasiado cerca y que me ahueca el rostro con ambas manos—. ¡Dios mío! ¡Bess!

Mikhail me tantea los brazos, el rostro y el torso en busca de alguna clase de herida, pero yo no puedo apartar la vista de él. De sus *ojos*.

Grises. Ambarinos. Blancuzcos... *Aterradores*.

De pronto, todas las advertencias de Daialee resuenan con fuerza en mi cabeza. Todas y cada una de las veces que me advirtió acerca de alguien me llenan la memoria de recuerdos tortuosos y, de pronto, me siento asqueada. Horrorizada.

—Con permiso... —La voz de la doctora Harper llega a mí y Mikhail protesta cuando la mujer lo empuja lejos de su camino y le pide a todo el mundo que se aparte para inspeccionarme. El escrutinio ansioso que le da a mi anatomía no disipa ni un poco la horrible sensación de terror que me atenaza las entrañas. Tampoco se lleva la tortura que ha comenzado a atormentarme el pensamiento.

De pronto, no soy capaz de hacer otra cosa más que correr a toda velocidad por el oscuro hilo que son mis pensamientos.

«Daialee te advertía sobre Mikhail. Todo este tiempo ha estado hablando de Mikhail», susurra la insidiosa voz de mi cabeza y un nudo se me instala en la garganta.

—Todo parece ser superficial. —La voz de la doctora me trae de vuelta al aquí y al ahora, pero no es a mí a quien se dirige. Es a alguien más. A alguien que no soy capaz de ver—. De todos modos, necesito tenerla en observación una noche. —Me mira—. ¿Cómo te sientes, Bess? ¿Puedes escucharme?

Asiento.

—Estoy bien —le aseguro, pero sueno débil. Inestable.

Ella me mira con aprensión durante unos instantes antes de asentir.

—Mandaré traer una camilla —dice y, acto seguido, se pone de pie y grita una orden que no logro procesar del todo.

En ese momento, alguien más aparece en mi campo de visión.

—¿Estás segura de que estás bien? —Hank inquiere, pero aún no puedo sacudirme el pánico y el *shock* que me invaden.

Mis ojos se alzan y encuentran a Mikhail, quien está de pie detrás de Hank con la mandíbula y los puños apretados. Luce como si estuviese tratando de contenerse de apartarlo del camino. Como si estuviese tratando de no cometer un asesinato.

Entonces, vuelco mi atención hacia Hank, quien se ha acuclillado delante de mí.

«Tienes que hacerle saber que estás al tanto de la puerta cerrada en ese corredor y tienes que hacerlo ahora mismo», la vocecilla en mi cabeza insiste, y una nueva tormenta comienza a formarse en mis pensamientos.

—Tenemos que hablar sobre la puerta cerrada de ese corredor, Hank —digo, cuando el chico hace amago de ponerse de pie y se congela al instante. Entonces, mira hacia todos lados y, cuando se ha cerciorado de que no hay nadie cerca, me mira directo a los ojos.

Algo cambia en su rostro en ese momento. Una especie de reconocimiento le invade la expresión y el malestar incrementa exponencialmente.

Hank no dice nada, se limita a mirarme un largo momento antes de apretar la mandíbula y asentir.

—Hablaremos luego —promete, justo cuando la doctora Harper está de regreso y, aprovechando el momento de distracción, se pone de pie.

Acto seguido, se marcha y me deja aquí, rodeada del puñado de chicos del asentamiento que trata de subirme a una camilla.

Yo, por más que trato de hacerles saber que puedo caminar perfectamente al área médica, no consigo que dejen de intentar llevarme en brazos cuando, sin más, una voz autoritaria gruñe algo que no logro entender.

Casi de inmediato, una figura imponente se abre paso entre el grupo de chicos y se acuclilla frente a mí para meter un brazo debajo de mis rodillas y otro en mi espalda. Sé, mucho antes de que sus manos entren en contacto conmigo, que se trata de Mikhail; sin embargo, el efecto que su tacto tiene en mí es tan contradictorio que quiero gritar de la frustración. Que quiero exigirle que me baje y me bese al mismo tiempo.

No dice nada mientras avanza conmigo a cuestas. Tampoco lo hace mientras la gente nos mira como si fuéramos el espectáculo más interesante que ha pasado y no el maldito temblor que casi nos entierra vivos aquí abajo.

Cuando llegamos al área médica, Mikhail me deposita sobre una de las camas improvisadas y, se agacha, de modo que nuestros rostros quedan a la misma altura.

—¿Estás segura de que estás bien? —inquiere, con esa voz ronca que no hace más que provocarme escalofríos.

Incapaz de hablar, asiento.

Él aprieta la mandíbula, inconforme con mi respuesta.

—Bien —dice, a pesar de que se nota a leguas que, para él, nada está bien en estos momentos—. Tengo que ir a ayudar en las labores de rescate. Vendré a verte más tarde, ¿de acuerdo?

Asiento, una vez más.

—¿Estás bien? —inquiero, cuando noto el color cenizo que ha adquirido su piel.

—Sí —dice, pero algo dentro de mí susurra que está mintiendo.

—¿De verdad? Hace un rato estabas tirado en el suelo, bañado en tu propia sangre. —No sé por qué sigo preocupándome por él. Por qué, a pesar de lo que vi en mi sueño, no puedo dejar de sentir esta angustia opresora en el pecho cada que algo va mal con él.

Una sonrisa tira de las comisuras de sus labios y el corazón se me estruja.

«¡Maldito sea! ¡Maldito sea él y su jodida sonrisa!».

Me acuna la mejilla con una mano y todo dentro de mí colisiona con violencia.

—De verdad. Estoy bien —susurra y, luego de dejarme una suave caricia sobre el pómulo, sale del área médica.

30

REPULSA

—¿Bess? —La pronunciación de mi nombre me hace espabilar casi de inmediato y, a pesar del aturdimiento, parpadeo un par de veces y dirijo la atención hacia la persona que me llama. El rostro cansado y ojeroso de la doctora Harper me recibe de lleno y luce, además de agotada, preocupada—. ¿Estás segura de que te sientes bien?

No me atrevo a apostar, pero estoy casi segura de que me ha hecho la misma pregunta diez veces en lo que va de la noche.

Sintiéndome aún fuera de foco, asiento con la cabeza.

Sé que no me cree. Sé que piensa que me he golpeado la cabeza o que estoy en estado de *shock*, ya que apenas sí he hablado desde que me sacaron del túnel en el que quedé atrapada; pero la realidad es otra.

La realidad es que no he dejado de darle vueltas una y otra vez a lo que descubrí estando atrapada en ese subterráneo. No puedo dejar de pensar en esa maldita puerta cerrada y en lo que guarda del otro lado; pero, sobre todo, no puedo dejar de pensar en lo que vi en mi sueño. En los ojos de Mikhail y en las advertencias de Daialee.

—¡Doctora Harper, necesitamos su ayuda! —grita alguien en algún punto de la abarrotada área médica y ella, pese a la renuencia que veo reflejada en su rostro, se echa a andar a toda velocidad hacia dónde le llaman.

Cuando desaparece de mi vista, mis ojos se cierran y sacudo la cabeza en una negativa.

Un suspiro largo y tembloroso escapa de mis labios luego de eso, una mano cálida y cubierta por un vendaje se posa sobre la mía.

Mi atención viaja rápidamente hacia Haru, quien no se ha despegado de mí desde que me sacaron de aquel túnel y me sostiene la mano como si, con solo ese gesto, pudiese darme un poco de alivio.

Sus ojos almendrados están cargados de preocupación y su gesto es tan duro, que luce como si hubiese envejecido diez años en apenas unos minutos.

—¿Estás bien? —pregunta, y me saca de balance escucharle hablar en un idioma que entiendo y conozco.

Desde nuestra llegada al asentamiento, su constante convivencia con Chiyoko y el resto de las personas en este lugar, le ha hecho aprender algunas palabras básicas del idioma; sin embargo, no deja de tomarme fuera de guardia la rapidez con la que, en apenas unas semanas, ha aprendido a hacerse entender.

Yo, incapaz de confiar en mi voz para hablar, asiento.

La preocupación en su rostro incrementa, pero no dice nada más. Se limita a apartar su tacto de mi mano y posar su atención en la atiborrada estancia en la que nos encontramos.

El área médica es un completo caos. Decenas y decenas de heridos desfilan dentro y fuera de la reducida habitación, mientras que la doctora Harper y un puñado de personas a su cargo se encargan de atenderlos a todos.

Allá afuera, en los subterráneos, se encuentran las brigadas tanto de abastecimiento, como de seguridad, tratando de salvar a todos aquellos quienes quedaron atrapados entre los escombros que el ataque de Mikhail —quien sigue allá afuera, ayudando en las labores de rescate— provocó.

Según escuché de voz de la doctora Harper, de no haber sido por mi advertencia —que en realidad fue de Mikhail— el escenario habría sido aún más catastrófico. Los demonios que fueron atraídos por el destello brutal de energía que emanó del chico de los ojos grises, habrían logrado irrumpir dentro del asentamiento de no haber sido por ello. De haber ocurrido así, es muy probable que ahora mismo no habría nadie a quien salvar.

El mero pensamiento me pone la carne de gallina, pero me obligo a empujarlo lejos. Me obligo a mantenerlo en un lugar oscuro, porque tengo tantas cosas haciéndome nudos en la cabeza, que no puedo pensar con claridad.

No sé cuánto tiempo pasa antes de que vea entrar a Hank, acompañado de tres chicos, cargando a dos personas que lucen bastante malheridas.

El chico deposita al herido con cuidado sobre una camilla y sus ojos, de manera rápida y fugaz, escanean la estancia. En el instante en el que me encuentra, algo surca su mirada. Un brillo ansioso que no estaba ahí hace unos segundos tiñe su expresión, pero se las arregla para esconderlo mientras, con un movimiento de cabeza, me saluda.

No puedo corresponder el gesto. No puedo hacer nada más que clavar la vista en él hasta que sale de la habitación ladrando órdenes a sus subordinados.

«Tienes que hablar con él y tienes que hacerlo pronto», me susurra el subconsciente y sé que tiene razón. Tengo que hablar con él respecto a lo que encontré. Lo que no sé, es si voy a hablar con Mikhail respecto al sueño que tuve mientras estaba dentro del túnel bloqueado.

Una parte de mí desea confrontarlo; pero otra, esa que ha aprendido a desconfiar de él, quiere callar. Quiere esperar y observar con cautela cada uno de sus movimientos.

«Pero ni siquiera sabes si de verdad ha sido él», la pequeña vocecilla que proviene de una parte más blanda en mí, hace eco en lo profundo de mi mente y me siento estúpida. Tonta por aún ser capaz de darle el beneficio de la duda.

El desasosiego me embarga. Un hueco se abre paso en mi pecho y me llena de una sensación dolorosa y amarga. Una especie de ardor profundo que no se va y parece crecer con cada resquicio de duda que me embarga.

La mano de Haru vuelve a posarse sobre la mía, como si fuera capaz de percibir el tormento por el que estoy atravesando, y una nueva oleada de pesar me invade. Él sabe que algo me tiene inquieta. Sabe que algo ha sucedido y, si él puede notarlo, no quiero ni pensar en qué deberá sentir Mikhail a través del lazo que nos une. La sola idea me horroriza.

—¿Bess? —La voz familiar de la doctora Harper vuelve a llenarme los oídos y abro los ojos de golpe para encontrarla—. ¿Por qué no tratas de dormir un poco?

Una nueva mancha de sangre ha aparecido en su bata y luce todavía más agotada que hace unos minutos.

Quiero protestar. Quiero decirle que, por más cansada que me encuentre, necesito hablar con Hank primero. Que necesito decidir qué carajos voy a hacer con respecto al sueño que tuve hace un rato y solucionar el problema de la grieta. Todo esto, sin mencionar que aún necesito buscar a Rael, Gabrielle, las brujas y el resto de los sellos. Necesito saber qué ha pasado con ellos y necesito, desesperadamente, encontrar la manera de solucionarlo todo. De detener esta locura.

—Es que *no puedo...* —digo, y me sorprende la desesperación con la que pronuncio esto. Suena como una súplica ansiosa. Como una especie de petición implícita. Un llamado de auxilio que no tenía idea de que quería externar.

Algo similar a la compasión y la lástima se dibuja en las facciones de la doctora y la vergüenza me invade de un segundo a otro. La vulnerabilidad que mostré, de pronto se siente terrible.

—Te daré algo para ayudarte a descansar —dice, al cabo de unos instantes y la dulzura con la que habla me sobrecoge.

Un asentimiento agradecido y agobiado es lo único que puedo darle en respuesta y, después de eso, desaparece entre la multitud.

Al cabo de unos minutos, vuelve con un pequeño vaso con agua y una pastilla envuelta en una servilleta.

—No le digas a nadie que tenemos este tipo de medicamentos aquí —dice, en un susurro, al tiempo que deposita la pastilla en mi mano—. Tómatela y trata de dormir un rato. No puedo dejar que te vayas a los dormitorios. Necesito mantenerte en observación, ¿de acuerdo?

Asiento una vez más.

—Bien. —Me regala una pequeña sonrisa y le hace un gesto a Haru para que se levante, pero él no parece tener intenciones de moverse. Ella parece percatarse de que Haru no va a levantarse y su sonrisa se ensancha un poco más antes de añadir—: Llámame si necesitas algo.

—Gracias —digo y, acto seguido, coloco la pastilla entre mis dientes y le doy un trago al contenido del vaso.

Luego de que la doctora se marcha, Haru me obliga a recostarme sobre el catre y se deja caer en el suelo junto a la camilla sobre la que me encuentro. Acto seguido, se pone el gorro de la sudadera sobre la cabeza, se recarga sobre la pared, cruza los brazos sobre el pecho y se arrebuja dentro del material de la prenda que lleva puesta.

Los fármacos ya han empezado a surtir efecto. Puedo sentirlo en el letargo que me hormiguea desde los dedos de los pies hasta la nuca. Los párpados me pesan, la sensación de desconexión se hace presente en toda mi anatomía y, sin poder resistirme mucho al sueño, me dejo ir.

Todavía no termino de sacudirme la sensación de pesadez fuera del cuerpo cuando comienzo a calzarme las botas. No recuerdo habérmelas quitado antes de caer en brazos de Morfeo gracias a las píldoras que la doctora Harper me dio; sin embargo, hace unos minutos, cuando desperté, me di cuenta de que no las tenía puestas.

Trato de no hacerle mucho caso a la inquietud que esto me causa, y me concentro en los nudos dobles que le hago a las agujetas.

Los párpados aún me pesan mientras me pongo de pie y le echo un último vistazo a la ahora tranquila área médica del asentamiento.

Haru yace dormido sobre una colchoneta junto al catre en el que dormí y el caos que reinaba la estancia ha desaparecido por completo.

Ahora, el lugar es un hervidero de gente aparentemente dormida, que no lo está del todo.

Sé que todos están heridos y que sus lesiones son, probablemente, de gravedad —de otro modo no habrían pasado aquí la noche—, pero, en estos momentos, la calma que se respira en el ambiente es tanta, que casi puedo pretender que solo están durmiendo. Que toda la gente aquí dentro está en perfectas condiciones y que, cuando ellos lo decidan, podrán levantarse de esos catres y hacer su vida cotidiana, dentro de lo que estos túneles lo permiten.

El sabor amargo que me deja el hilo de mis pensamientos apenas me permite apartar la vista de la escena, pero con todo y eso —y armándome de valor—, me encamino hacia la salida de la estancia.

Necesito hablar con Hank. Necesito saber qué diablos guardan detrás de esa puerta metálica de la que no sabía nada y, sobre todo, necesito mantener la mente ocupada porque aún no estoy lista para enfrentarme a la posibilidad de Mikhail traicionándonos de nuevo.

Así pues, con una misión impuesta en la cabeza, abro la puerta del área médica con decisión, pero toda mi convicción se drena fuera de mí cuando lo veo.

Su expresión fuera de balance me hace saber que no esperaba en lo absoluto que la puerta se abriera delante de sus narices. Está claro para mí que tampoco esperaba verme a mí aquí, de pie frente a él, lista para abandonar el lugar.

—Bess... —El sonido ronco de su voz envía un espasmo por mi espina, pero todavía no sé si es una sensación agradable o repulsiva.

No respondo. Me limito a mirarlo fijamente, recelosa.

Abre la boca, como si fuese a decir algo, pero las palabras parecen haberse atascado en su interior, ya que la cierra de golpe y me mira a los ojos.

Un estremecimiento de anticipación me recorre entera y, sin más, no puedo dejar de evocar una decena de recuerdos frescos. De besos arrebatados y palabras susurradas entre suspiros rotos.

No hace ni siquiera veinticuatro horas que el chico delante de mí y yo estuvimos en este mismo lugar, besándonos; y se siente como si hubiese pasado una eternidad desde entonces. Como si todo aquello hubiera sido producto de mi imaginación inquieta y nada más.

—¿Te encuentras bien? —La manera en la que me habla hace que las rodillas me fallen, pero me las arreglo para mantener la mirada fija en él y el corazón dentro del cuerpo—. Traté de venir antes a verte, pero las labores de rescate terminaron apenas hace unos minutos.

Una emoción brillante y dulce me invade el cuerpo sin que pueda detenerla y me siento dividida entre las ganas que tengo de fundirme en sus brazos y las dudas que me carcomen de adentro hacia afuera.

—Estoy bien —digo, casi sin aliento y el pecho me duele debido a la fuerza de mis emociones contradictorias.

Los ojos ambarinos de Mikhail me miran a detalle, como si no pudiese creer del todo lo que le digo. Como si notara que una tormenta me surca el pensamiento y no me deja tranquila.

Luce agotado. El tono mortecino de su piel solo acentúa las bolsas debajo de sus ojos y el aspecto enfermo de su gesto. Pese a eso, no deja de verse imponente y peligroso.

—¿Estás segura? —inquiere, y el cuestionamiento que veo en su rostro me hace saber que nota que algo no anda del todo bien.

Asiento, incapaz de confiar en mi voz para hablar y él, a pesar de no lucir muy convencido por mi respuesta, imita mi asentimiento.

Silencio.

—Bess, yo... —dice, al cabo de unos instantes, pero parece arrepentirse a medio camino y retomar el valor para decir—: Escucha, respecto a lo que pasó...

—No pasa nada. —Lo interrumpo, porque no estoy lista para hablar con él de eso. No estoy lista para hablar con él en lo absoluto. Ahora más que nunca, no puedo dejar de revivir en mi memoria el color de esos ojos grises con tintes blancos y dorados. No puedo dejar de pensar en el terror que sentí al verlos en ese lugar en el que Daialee y yo hablamos.

—Bess, todo lo que dije... —él insiste.

—Mikhail, ahora no. —Lo corto una vez más, al tiempo que niego con la cabeza—. No es momento.

El gesto confundido y dolido de Mikhail me quiebra en mil pedazos, pero me las arreglo para mantenerme firme. Me las arreglo para mantener a raya la avalancha de sensaciones que despierta en mí, porque no quiero caer de nuevo en sus redes. Porque primero necesito pensar qué demonios haré antes de confrontarlo.

—¿Qué pasa? —El demonio de los ojos grises insiste, pero me limito a negar con la cabeza.

—Ahora no es tiempo, Mikhail —digo y, en el instante en el que noto la mueca dolida que esbozan sus facciones, miento—: Necesito ir a buscar a la doctora Harper.

—Pero, Bess... —insiste, pero ya lo he rodeado para alcanzar la salida del área médica.

—Hablamos luego. —Esta vez, cuando pronuncio aquello, me aseguro de ser lo más tajante posible antes de abrirme paso fuera de la estancia a paso rápido y decidido.

Sé que él es consciente de que estoy huyendo. De que no quiero confrontarlo, pero no me importa. En estos momentos, nada de eso importa porque estoy al borde de un colapso nervioso. Porque la posibilidad de ser traicionada una vez más es tan insoportable, como dolorosa.

Pasos rápidos y urgentes me llevan tan lejos del área médica como me es posible sin llegar a ponerme a correr y, cuando la distancia es suficiente como para permitirme detenerme a echar un vistazo, lo hago.

El corazón se me hunde dentro del pecho cuando noto que Mikhail sigue mirándome desde la lejanía. Sin poder ser un poco más discreta al respecto, me giro sobre mi eje a toda velocidad y me echo a andar con rapidez en dirección a las áreas comunes para buscar a Hank.

Tengo que hablar con él. Tengo que distraer mi mente durante unos instantes y ocuparme de algo de lo que *sí* puedo tener una respuesta inmediata. Necesito encontrar al hijo del comandante y averiguar qué diablos hay detrás de la puerta en aquel corredor, y por qué demonios no sé absolutamente nada sobre ella.

La figura imponente de Hank Saint Clair se detiene en seco en el instante en el que se percata de mi presencia. Lleva el cabello húmedo, la playera mojada y un puñado de —lo que parece ser— ropa sucia. La ropa militar que viste le hace lucir como una versión más joven de su padre, y la realización de esto me eriza los vellos de la nuca de una manera desagradable.

No dice nada. De hecho, ni siquiera se mueve. Se queda ahí, quieto bajo el umbral de la puerta de su diminuta habitación, con los ojos clavados en mí.

No sé en qué carajos estaba pensando cuando, al no encontrarlo por ningún lado, decidí invadir su privacidad y su espacio personal para esperarlo —y confrontarlo— en su habitación; sin embargo, no ha pasado mucho desde entonces. Al menos, la estadía en este lugar no se ha sentido mayor a unos minutos.

—Iba a ir a verte tan pronto como Harper me avisara que estabas despierta —dice, al cabo de unos instantes de tenso silencio.

—No te creo —digo, porque es cierto.

—No esperaba que lo hicieras. —La sinceridad en su voz me toma con la guardia baja, pero eso no impide que mantenga el gesto inescrutable.

—Supongo, entonces, que ya sabes porqué estoy aquí —digo, con toda la serenidad que puedo imprimir.

Hank, como si lo que acabo de decirle no lo hubiese paralizado durante unos segundos, entra a la habitación, lanza la ropa sucia a un canasto en una esquina de la estancia y se quita la ramera antes de darme la espalda.

La vista de su mitad superior completamente desnuda hace que un extraño calor me suba por el cuello y me ruborice el rostro, pero él ni siquiera se inmuta por mi presencia mientras, con manos expertas, toma otra playera de una pila de ropa doblada en un rincón y se la pone. Entonces, se gira para encararme. Cuando lo hace, recarga su cadera en el improvisado escritorio que descansa frente a la cama.

Se cruza de brazos.

—Honestamente, esperaba que lo hubieses olvidado —dice, al cabo de un largo momento de mutuo escrutinio.

—¿Qué hay detrás de esa puerta, Hank? —inquiero, ignorando por completo su comentario previo y noto cómo todo su cuerpo se tensa en respuesta.

Una inspiración profunda es inhalada por sus pulmones y el aire escapa con lentitud fuera de él al cabo de unos instantes.

—Bess, no puedo hablarte de eso —dice, y suena contrariado—. Es información confidencial.

—¿Entonces así es como funciona? ¿Yo tengo que hablarles siempre con la verdad, pero ustedes pueden ocultarme información a diestra y siniestra? —No pretendo sonar dura y amarga, pero lo hago de todos modos—. No, Hank. Me rehúso a que las cosas sean de esta manera, así que, o me dices qué diablos estás ocultándome o saldré de aquí y le diré a todo el mundo en el asentamiento lo que está ocurriendo allá afuera y las pocas opciones que tenemos.

Algo oscuro y crudo surca sus facciones durante una fracción de segundo, pero desaparece tan pronto como llega.

—Bess —suena exasperado—, no puedes hacer eso. No puedes ir a decirles a todos lo que está pasando. Provocarías una oleada de pánico colectivo del tamaño de toda la ciudad. No puedes perturbar la paz, así como así.

—Pruébame —digo, y sueno tan desafiante, que yo misma me sorprendo.

La mandíbula de Hank se aprieta con violencia durante unos instantes antes de que eche la cabeza hacia atrás, en un gesto frustrado.

Silencio.

—Es una… *prisión* —dice, finalmente, y escucharle decir eso me eriza todos y cada uno de los vellos del cuerpo.

—¿*Qué*? —susurro, a pesar de que lo he escuchado a la perfección.

—Una prisión, Bess. —Me encara y, esta vez, no soy capaz de ver nada más que un gesto estoico y antinatural—. El lugar en el que encerramos a aquellos que violentan las normas del asentamiento y a quienes atentan contra la integridad y la seguridad de los que habitan aquí. —Hace una pequeña pausa—. No podemos mantenerlos con el resto, puesto a que son peligrosos, pero tampoco podemos condenarlos al exilio; es por eso que son retenidos en ese lugar, para mantener el orden y luego darles un juicio justo por sus acciones.

—¿En ese lugar tan pequeño? —Sacudo la cabeza en una negativa—. ¿Cuántas personas están ahí dentro? ¿Quiénes son? ¿Cómo se llaman?

—Eso no puedo decírtelo. —Hank niega—. Es información que solo le concierne a mi padre y a su equipo de trabajo. Lo único que puedo decirte, es que ningún civil sabe nada al respecto y agradecería que siguiera de esa manera. Si alguien se enterara de que tenemos una habitación repleta de gente peligrosa, se generaría un pánico incontrolable y, lo que menos necesitamos es otra cosa de la cual ocuparnos.

—No entiendo por qué generaría pánico. Es sencillo de entender y asimilar —refuto, sin comprender del todo el motivo por el cual mantienen oculto un lugar así. La vocecilla en lo profundo de mi cabeza no deja de gritarme que hay algo más. Que Hank no está diciéndome toda la verdad y que necesito saber por qué.

—Bess, es un maldito calabozo —espeta y, por primera vez desde que entró en la habitación, soy capaz de percibir cuán nervioso le hace sentir el que esté enterada sobre ese lugar—. ¿Cómo crees que van a reaccionar? ¿Cómo diablos crees que van a tomárselo cuando se supone que estamos aquí para garantizar la seguridad y la libertad de cada uno de los habitantes?

Aprieto la mandíbula y me muerdo la punta de la lengua para evitar gritarle a la cara que deje de mentir. Que deje de tratar de minimizar el asunto con un pretexto tan ridículo como ese y me las arreglo para sostenerle la mirada durante un largo momento.

—Y sé que, seguramente, tienes muchísimas dudas —continúa, cuando nota que no estoy lista para hablar todavía—. Sé que es probable que, con esto, tu confianza en mí haya disminuido de manera considerable; pero no podía decírtelo. —Da un par de pasos en mi dirección y tengo que reprimir el impulso de ponerme de pie para poner distancia entre nosotros. Se acuclilla frente a mí—. Por mucho que me encantaría contártelo todo respecto al asentamiento, no puedo. No está permitido. ¿Entiendes eso?

Una de sus manos grandes acomoda un mechón de cabello enmarañado detrás de una de mis orejas y toma todo de mí no apartarme con brusquedad para evitar que me toque. Ahora mismo, lo último que quiero, es tenerlo cerca.

A pesar de eso, me obligo a tragarme la repulsa y asiento.

—Lamento mucho haberte ocultado algo como eso cuando lo único que has hecho es hablarnos con la verdad respecto a tu naturaleza, pero no me correspondía tomar la decisión de hablarte de ello. Mi padre es muy estricto respecto a los asuntos confidenciales y no podía contártelo. No sin desafiar su autoridad —dice, pero yo no puedo dejar de concentrarme en el millar de pensamientos que me embarga ahora mismo.

El terror que me provoca el saber que estoy siendo engañada es casi tan abrumador, como el pánico que me causa la sola posibilidad de pensar en Mikhail traicionándome una vez más.

La colisión de emociones violentas y aterradoras dentro de mí es tan grande, que no puedo pensar en otra cosa. Que no puedo dejar de hacerme un escenario fatalista tras otro, mientras que Hank Saint Clair me ahueca la mejilla con una de sus manos.

Casi quiero vomitar cuando su pulgar me acaricia con suavidad.

—Lo lamento —dice, en un murmullo y siento cómo la bilis me sube por la garganta cuando parpadeo un par de veces y lo miro a los ojos.

La expresión anhelante y suplicante que lleva grabada en el rostro me provoca un retortijón en el estómago, pero no es una sensación agradable.

Me mira los labios.

Una horrible sensación de incomodidad me embarga de un momento a otro y, en ese instante, un recuerdo vago me inunda el pensamiento. Las palabras de una adolescente curiosa diciendome que Hank está interesado en mí bailan en mi cabeza y, de pronto, y a una velocidad aterradora, las piezas van acomodándose casi por sí solas en mi mente.

«Aprovéchate de eso», la voz insidiosa susurra y me siento enferma. Horrorizada ante el lugar oscuro al que van mis pensamientos. «Acércate a él y sácale toda la información posible respecto al calabozo. Gánate su confianza y averigua qué diablos está ocultándote».

Niego, pero lo hago más para ahuyentar el hilo peligroso de mis pensamientos que para responderle al chico que se encuentra acuclillado frente a mí.

—Estoy cansada de que me mientan. —No sé por qué digo eso en voz alta, pero parece accionar algo en él, ya que un destello triste se apodera de sus facciones.

—No te he mentido en nada, Bess —dice, pero suena acongojado y pesaroso—. No quiero que pienses que alguna vez lo he hecho.

—Ocultar también es engañar.

—Lo sé. Y lo lamento, Bess. Nunca ha sido mi intención. Yo... —Hace una pausa, como si estuviese sopesando las palabras que estaba a punto de pronunciar.

«¡Ahora! ¡Es ahora o nunca, Bess! ¡Sabes que le gustas! ¡Aprovéchate de eso! ¡Hazlo ya!».

Me inclino hacia adelante, con toda la intención de acortar la distancia que nos separa. La mirada de Hank se oscurece varios tonos. Sus ojos se fijan en mi boca y me siento enferma. Me siento al borde de la histeria porque no puedo creer lo que estoy a punto de hacer. Porque no puedo creer que la desesperación por saber qué carajos está pasando me esté empujando hasta este punto.

—¿Hank? —digo, en un murmullo inestable y tembloroso.

—¿Sí?

«¡Eres una maldita cobarde! ¡No tienes las bolas! ¡Estúpida de mierda!».

Trago duro y empujo lejos a la voz abrumadora de mi cabeza.

—Bésame —pido y, entonces, sus labios encuentran los míos en un beso fiero y urgente.

Su lengua busca la mía en el camino y correspondo su caricia como puedo. Correspondo a su beso con el corazón hecho un nudo y unas ganas inmensas de apartarme.

«Aguanta un poco más, Bess. Puedes hacerlo. Necesitas la verdad. Necesitas saber qué carajos está ocultándote», me digo a mí misma y me obligo permitirle enredar los dedos en las hebras largas de mi nuca.

Un gruñido escapa de los labios de Hank y, cuando no puedo soportarlo más, me aparto de él.

—Por favor, no vuelvas a mentirme. —Le pido, al tiempo que trato de recuperar el aliento. Al tiempo que trato de recuperar los pedazos de mí misma del suelo porque me siento humillada. Sin orgullo y sin dignidad alguna.

—Nunca más. —Hank promete y, cuando intenta volver a besarme, giro el rostro, de modo que sus labios solo logran besar la comisura de mi boca—. Lo prometo, Bess.

31

IRREPARABLE

He pasado los últimos dos días de mi vida encerrada en el área médica. Tratando de mantenerme ocupada para no tener que enfrentarme a ninguno de los dos chicos que no han dejado de intentar abordarme desde el temblor y el ataque de Mikhail.

Llegados a este punto, está más que claro para todos que estoy tratando de evitarlos a toda costa.

La doctora Harper, incluso, ha tratado de averiguar un poco de lo que ha estado ocurriendo, ya que ha estado presente todas y cada una de las veces en las que he encontrado un pretexto para no estar a solas con alguno de los dos; pero no he sido capaz de decirle una sola palabra al respecto.

Lo cierto es que me he pasado los días enteros tratando de decidir qué diablos es lo que debo de hacer. Todos mis intentos por llegar al lugar en el que hablo con Daialee han sido infructuosos y todos mis esfuerzos por obligarme a convivir con Hank Saint Clair son una completa tortura.

Las habladurías y rumores entorno mío no han dejado de hacerse presentes y, ¿honestamente?, no creo que vayan a irse en mucho tiempo. El cuento de que he cambiado a Mikhail por Hank no ha hecho más que modificarse en cada boca que lo pronuncia, y la versión que dice que ahora mantengo más que una amistad con el hijo del comandante, no deja de provocarme unas náuseas horrorosas.

Mikhail no ha dicho nada al respecto; aunque, siendo sinceros, tampoco es como si le hubiese dado muchas oportunidades de hacerlo. Me he encargado de evitarlo con tanto ímpetu, que no hemos sido capaces de cruzar más de dos o tres palabras cada que trata de abordarme.

Sabe que algo anda mal. No ha dejado de preguntarme qué ocurre a cada oportunidad que tiene, pero no he hecho nada más que evadirle el tema de la mejor manera posible.

No sé cuánto más voy a poder mentirle, y tampoco sé cuánto tiempo más me queda para decidir si confío o no en él. Sé que no es mucho.

Si tan solo pudiera hablar con Daialee una vez más. Si tan solo pudiera preguntarle sobre quién ha estado advirtiéndome todo este tiempo…

—Bess —la voz de la doctora Harper me trae de vuelta al aquí y al ahora de manera abrupta, pero me toma unos instantes espabilar y mirar en su dirección. Cuando lo hago, hace un gesto de cabeza hacia la puerta—, te buscan.

De inmediato, mi atención se vuelca hacia donde la mujer indica y toda la sangre del cuerpo se me agolpa en los pies cuando lo veo. La sensación, no obstante, es muy distinta a la que me provoca cierto demonio que vaga por los subterráneos del asentamiento como si tratase de memorizarlos.

Hank Saint Clair me provoca toda clase de sensaciones, por los motivos más incorrectos de todos. Aún no puedo sacudirme del todo el repelús que su beso me dejó, y tampoco puedo arrancarme del pecho la sensación horrorosa que me provoca el saber que todo este tiempo me ha estado mintiendo.

Si él y su padre fueron capaces de ocultar la existencia de ese calabozo, quien sabe qué otra cosa esconden dentro de estos interminables túneles.

—Casi olvido como luces de tan poco que te he visto los últimos días —dice Hank, cuando está lo suficientemente cerca como para poder escucharlo. Ni siquiera me di cuenta de en qué momento decidió ignorar a todos en el área médica para encaminarse directo hacia mí—. ¿Cómo va todo por aquí?

Ese último cuestionamiento parece ser lanzado al aire; hacia la doctora Harper.

—En orden. —La mujer responde y vuelco la mirada justo a tiempo para verla esbozar una sonrisa cansada y satisfecha—. Todos los heridos están fuera de peligro y algunos ya han podido dormir en sus respectivas habitaciones. Necesito que una brigada salga a buscar medicamentos, pero de ahí en más todo pinta bastante bien.

—Me alegra escucharlo, Harper. Tan pronto como me sea posible, ordenaré una salida al exterior para recolectar todo lo que necesites. —Hank habla, con toda la soltura del mundo, antes de hacer una pequeña pausa y añadir—: Supongo, entonces, que, si las cosas van mejor, no te importará si me robo a Bess para llevarla a cenar, ¿no es así?

En el instante en el que lo escucho decir eso, mi corazón se salta un latido. El horror y el pánico me invaden a partes iguales y quiero gritar. Quiero escabullirme fuera de aquí y sin siquiera echarle un último vistazo a mi refugio temporal.

La mirada de la doctora Harper me busca casi de inmediato y, con gesto indeciso y cargado de disculpa, dice:

—Para nada. Bess es libre de ir a cenar contigo si así lo desea.

Ambos me miran.

—¿Quieres venir? —La pregunta de Hank me sabe más a una orden que a otra cosa, pero me las arreglo para mantener el gesto inescrutable y la expresión inocente cuando clava sus ojos en mí.

—No lo sé. Todavía hay mucho que hacer aquí y...

—Tonterías —Hank me interrumpe—, estoy seguro de que Harper puede prescindir de ti una hora.

La doctora no responde. Se limita a sonreír, como quien se reserva el derecho de opinar respecto a algo que le incomoda. Como quien sabe que podría meterse en serios problemas si externa lo que piensa.

El tono turbio y oscuro que toma su mirada no me es indiferente y, durante una fracción de segundo, me pregunto qué diablos estará pasándole por la cabeza en estos momentos.

—Hank...

—Vamos, Bess. Cenaremos en el comedor. No es como si fuésemos a tener una cita para dos —insiste, y muerdo mi labio inferior.

Una parte de mí no deja de pedirme que ponga cuanta distancia sea posible entre él y yo, pero otra, esa que está empeñada en descubrir qué carajos está pasando en este lugar, no deja de susurrarme que acepte. Que vaya a cenar con él y trate de sacarle cuanta información pueda respecto al calabozo.

—De acuerdo —digo, al cabo de un largo momento, y una sonrisa suave se dibuja en los labios del chico—. Vayamos.

Me siento asqueada. Abrumada ante la idea de ser vista por los espaciosos corredores con él a mi lado; sin embargo, me las arreglo para lucir natural mientras nos encaminamos juntos fuera del área médica.

El abarrotado —e improvisado— comedor es un barullo total. Gente camina de un lado a otro con platos de comida y vasos improvisados. Decenas de chiquillos corren por todos lados jugueteando y riéndose como si allá afuera el mundo no estuviese acabándose.

Una sensación dolorosa me invade, pero trato de empujarla lo más lejos posible para concentrarme en lo que Hank parlotea.

No he podido poner atención a nada de lo que ha dicho y, a pesar de eso, no he dejado de asentir y mirarlo como si realmente lo escuchase. A veces, me aterra la facilidad con la que puedo fingir que todo está bien. Me horroriza saber que soy capaz de hacer estas cosas sin sentir un ápice de remordimiento.

No me pasa desapercibida la forma en la que la gente cuchichea cuando nos miran pasar hasta la fila donde todo el mundo aguarda por sus alimentos. Hank, por supuesto, los ignora a todos mientras toma dos platos y me ofrece uno.

Cuando tenemos comida en ellos, Hank se abre paso entre la gente hasta encontrar una improvisada mesa en la que se encuentra un grupo de chicos. Cuando llegamos, todos ellos parecen entender el mensaje implícito en la mirada que Hank les dedica, y se ponen de pie murmurando algo ininteligible antes de marcharse.

El nudo de ansiedad que me provoca la sola idea de sentarme aquí, a solas, con él, hace que todo el apetito que tenía se esfume en un abrir y cerrar de ojos. A pesar de eso, me obligo a colocar el plato sobre la mesa para sentarme en la banca de metal que se encuentra fija al suelo del subterráneo.

Estoy a punto de sentarme. A nada de acomodarme en el asiento elegido, cuando una mano fuerte, firme y grande se cierra alrededor de mi brazo con firmeza y delicadeza al mismo tiempo.

Mi atención se vuelca hacia la persona que me sostiene, pero *sé* de quién se trata mucho antes de que lo mire. Podría reconocer su tacto en cualquier parte. Podría saber quién es así tuviese los ojos vendados.

Abro la boca para pronunciar su nombre, pero la palabra muere en ella cuando tengo un vistazo de su rostro. Luce agotado. Cansado. El tono pálido de su piel solo acentúa las bolsas debajo de sus ojos y, de no ser porque estoy mirándolo fijamente, podría jurar que lo he visto estremecerse. Es solo hasta que sus ojos —grises, blanquecinos y ambarinos— se posan en mí, que noto que, en su mirada, el fuego habitual que siempre ha habitado sigue intacto. Eso, de cierta manera, me reconforta.

—¿Podemos hablar un minuto? —La voz ronca del demonio suena autoritaria, pero suave, y mi boca se cierra de golpe cuando tira de mí con delicadeza para indicarme el camino.

—¿Se lo estás pidiendo o se lo estás ordenando? —La voz de Hank me inunda los oídos y vuelco la atención hacia él.

Luce amenazador y molesto, y no ha apartado los ojos de Mikhail ni un solo segundo.

Un atisbo de sonrisa se asoma por las comisuras de los labios del demonio y el corazón me da un vuelco porque no puedo creer lo atractivo que luce cuando sonríe de esa manera.

—Un poco de ambas. —El demonio admite y algo oscuro se apodera de la mirada de Hank. En ese momento, los ojos de Mikhail se posan en mí y añade—: ¿Vamos?

Yo, incapaz de confiar en mi voz para hablar e incapaz de enfrentarlo ahora mismo, sacudo la cabeza en una negativa.

—Ahora no puedo —digo, al tiempo que me libero de su agarre.

La confusión y el dolor que veo en sus facciones es tanta, que el pecho me duele. La mirada inquisidora que me dedica luego de mi respuesta es tan evidente, que estoy segura de que todo el mundo podría ver que no puede creer lo que acabo de decirle.

—Solo será un momento —insiste, pero niego una vez más.

—Ahora no, Mikhail —digo, en voz baja y entre dientes, y la mandíbula del demonio se aprieta.

—Cielo…

—Ya te ha dicho que no, ¿es que acaso no entiendes? —Hank interviene, interrumpiendo lo que sea que Mikhail estaba por decir, y algo salvaje y peligroso cruza la mirada del demonio.

—Estoy hablando con Bess —Mikhail suelta entre dientes, y suena tan amenazador, que un escalofrío de puro horror me recorre entera.

—Y Bess ya te dijo que no quiere hablar contigo —Hank refuta, haciendo un ademán que indica que espera que Mikhail se marche cuanto antes.

La mandíbula de Mikhail se aprieta al instante.

Por un doloroso segundo, creo ver cómo las venas de su cuello se tornan amoratadas, pero el color desaparece tan pronto como llega; y, a través del lazo que nos une, una extraña oleada de energía me estremece entera.

Las alarmas se encienden en mi sistema casi al instante.

—No sabía que Bess necesitara vocero oficial para comunicarse conmigo. —La amenaza implícita que escucho en Mikhail hace que el corazón me dé un vuelco.

—No lo necesita, pero como parece que no escuchaste cuando te dijo que no quería hablar contigo…

—Decidiste jugar al caballero de blanca armadura —Mikhail lo interrumpe, con aire socarrón—. Hazte un favor a ti mismo y ahórrate el ridículo. Bess es perfectamente capaz de comunicarse con el mundo por sí sola.

—Mikhail, basta —digo, en voz baja, pero él ni siquiera se inmuta. Mantiene la vista fija en el chico que trata de amedrentarlo.

—Ya la oíste. —Hank aprovecha lo que acabo de decir y se planta con los brazos cruzados sobre el pecho y actitud arrogante—. Ahora, déjala en paz.

Mikhail vuelca toda la atención sobre mí y, mirándome con una intensidad que me deja sin aliento, dice:

—¿Qué está pasando, Bess? ¿Qué está mal? —La desesperación que se filtra en su expresión es tanta, que todo dentro de mí se estremece con violencia—. Necesito saber. Necesito que me lo digas o voy a volverme loco.

El nudo en mi garganta me hace difícil hasta respirar, pero sé que aún no estoy lista para enfrentarlo. Que todavía no he decidido qué diablos voy a hacer; así que, a pesar del remordimiento que me escuece de adentro hacia afuera, abro la boca se para responder.

En ese momento, la voz de Hank me llena los oídos, interrumpiendo cualquier cosa que fuese a salir de mis labios, y acorta la distancia que le separa de Mikhail para tomarlo del brazo y tirar de él con brusquedad. Acto seguido, Mikhail se libera de su agarre con un movimiento tan rápido y certero, que atrae la atención de todo aquel que nos rodea.

—No te atrevas a volver a ponerme un maldito dedo encima. —El demonio escupe con tanta frialdad y violencia, que un escalofrío de puro terror me recorre entera.

El tono de voz que utiliza evoca recuerdos que había tratado de enterrar en el fondo de mi memoria. Recuerdos acerca de él, sobre mí, con las manos alrededor de mi cuello, el rostro desencajado y el gesto furioso. Acerca de nosotros dos, en medio de una tormenta de nieve, luego de mi fallido intento de escape de aquella cabaña en las montañas en la que me mantuvo cautiva.

Un estremecimiento me recorre de pies a cabeza ante la perspectiva de volver a estar delante de esa criatura oscura y siniestra en la que se convirtió al perder su parte angelical.

—O si no, *¿qué?* —Hank le reta y, sin darle tiempo de nada, Mikhail toma al chico de la remera y lo empuja con fuerza, de modo que su cadera golpea contra la mesa sobre la que yacen nuestros alimentos.

Un colectivo grito ahogado inunda el lugar, pero ninguno de los dos parece escucharlo.

—No tienes idea de lo que puedo llegar a hacerte, así que mejor cierra la boca. —Mikhail suena siniestro cuando habla, y el modo en el que acerca su rostro al de Hank —de una manera intimidatoria y agresiva—, hace que el hijo del comandante se encoja ligeramente.

—Mikhail, detente —pido, al tiempo que doy un paso en su dirección, en el afán de apartarlo de Hank, pero no me mira. Ni siquiera sé si ha podido escucharme.

—¿Es una amenaza? —dice Hank, ignorando mi declaración, en voz baja y temblorosa.

—Es una sugerencia. —El demonio espeta, pero su expresión no ha dejado de ser una máscara estoica.

—Hablaré contigo, Mikhail, pero ya basta —digo, mientras, con cuidado, poso una mano sobre uno de los fuertes brazos del demonio—. Por favor, detente.

Su mandíbula está apretada. Todo su cuerpo irradia una hostilidad impropia de él y hay algo tan erróneo en la forma en la que mira al chico que tiene acorralado, que no puedo dejar de temer por su bienestar. Por el bienestar de cualquiera que se atreva a cruzarse por el camino de Mikhail en estos momentos.

No sé cuánto tiempo pasa antes de que, finalmente, el demonio libere su agarre en Hank, pero cuando ocurre, dejo escapar el aire que, hasta hace unos instantes, no sabía que contenía. Una indescriptible sensación de alivio me llena el pecho cuando, a pesar de no lucir del todo conforme con lo que está haciendo, da un par de pasos hacia atrás.

La mirada de Hank está cargada de ira cruda y poderosa, pero no se abalanza sobre Mikhail cuando este le da la espalda para encararme.

La desesperación y angustia que veo en los ojos del chico frente a mí enciende un centenar de alarmas en mi sistema y me siento fuera de balance. Fuera de foco porque, una vez más, no sé qué demonios está pasando.

De pronto, la sensación de estar perdiéndome de algo importante me llena los sentidos con una rapidez atronadora y la inseguridad me llena el cuerpo de un segundo a otro. La dolorosa certeza de saber que tanto Hank como Mikhail ocultan cosas es tan abrumadora, que me quedo sin aliento.

Todos mienten.

La verdadera pregunta aquí es, ¿en quién voy a confiar si todos mienten?...

El cuestionamiento no deja de retumbarme con fuerza en la cabeza, pero con todo y eso me trago la incertidumbre y me obligo a tomar a Mikhail del brazo para tirar de él en dirección opuesta a la muchedumbre que ahora nos mira con aire curioso y lastimero.

—¿Es en serio, Bess? ¿Vas a ceder a sus caprichos? —Hank dice en voz alta, una vez que he impuesto unos buenos diez pasos de distancia entre nosotros.

Lo miro por encima del hombro.

—¿Debo ceder a los tuyos? —espeto. No pretendo sonar tan dura como lo hago, pero no puedo evitarlo.

Los ojos del chico se llenan de un brillo oscuro y hostil.

—Eres una estúpida.

En el instante en el que las palabras abandonan la boca de Hank, un violento tirón sacude el lazo que me une a Mikhail y, antes de que pueda reaccionar, la criatura que hasta hace unos instantes caminaba a mi lado a regañadientes, se gira sobre su eje a una velocidad casi antinatural y avanza en dirección al hijo del comandante.

Un grito se construye en mi garganta cuando me percato de lo que está a punto de ocurrir, pero es demasiado tarde. El puño de Mikhail está levantado en lo alto en un nanosegundo y, al siguiente, está clavado en la nariz de Hank.

El sonido estruendoso que hace el chico al caer al suelo es casi tan escandaloso como el que hace la improvisada mesa al ser golpeada por su cuerpo en movimiento. La comida que se encontraba sobre la madera —ahora rota— se encuentra esparcida por todo el espacio, y la habitación se queda en absoluto silencio.

La espalda de Mikhail sube y baja con el ritmo de su respiración dificultosa, y la forma en la que su cuerpo se yergue en una postura amenazadora y amedrentadora, hace que un puñado de piedras se me asiente en el estómago.

—Mikhail, no... —Ya he comenzado a moverme. A avanzar tan rápido como mis pies me lo permiten hacia donde ellos se encuentran.

—¿Con esa maldita boca besabas a tu madre? —El demonio escupe, sin siquiera permitirme terminar la oración y las piernas de Hank se enredan alrededor de los tobillos de Mikhail para hacerlo caer sobre su trasero.

El jadeo colectivo de las personas a nuestro alrededor —y que ha notado lo que Hank acaba de hacer— es tan escandaloso, que ha comenzado a acercarse más y más gente.

Mikhail, sin embargo, es lo suficientemente ágil como para detener su caída con los brazos y lanzar una patada contundente contra la barbilla de Hank, que lo inmoviliza por completo.

El silencio sepulcral que se apodera de la estancia es tan espeso y denso, que no me atrevo siquiera a respirar. Que no me atrevo a hacer nada más que mirar hacia Hank. Hacia su pecho, para cerciorarme de que *sí* está moviéndose. De que Mikhail no lo ha matado de una maldita patada en la cara.

Un grito rompe el silencio y le sigue otro.

El pánico que ha empezado a invadirlo todo es tanto, que la muchedumbre es cada vez más y más grande con cada segundo que pasa.

Uno de los asistentes de la doctora Harper acude de inmediato y se arrodilla frente a Hank solo para inspeccionarlo; los compañeros de brigada de Hank se precipitan hacia nosotros y, luego de escuchar al pasante de la doctora decir que está vivo y que tienen que llevarlo al área médica, algunos de ellos lo toman en brazos para hacerlo.

El barullo general incrementa con cada segundo que pasa, pero no es hasta que veo a uno de los chicos que pasa todo su tiempo con Hank acercarse a toda velocidad hacia Mikhail, que verdadero terror me inunda las venas.

—No, no, no, no... —digo, mientras acorto lo que resta de la distancia que nos separa, pero es demasiado tarde.

—Estás *tan* acabado... —el chico escupe, y trata de atestar un puñetazo en dirección a Mikhail, pero este lo esquiva y, en respuesta, encuentra el pómulo del pobre diablo con el puño.

Otro brigadista trata de alcanzar al demonio de los ojos grises, pero él se lo quita de encima con una facilidad aterradora, y los gritos horrorizados incrementan.

—¡Mikhail, ya basta! —Exclamo, pero él no parece escucharme. Está cegado por la ira.

Un alarido espeluznante escapa de los labios de otro de los brigadistas que trata de contener a Mikhail y, sin ser capaz de pensar en otra opción para detenerlo, tiro del lazo que nos une con toda la fuerza que puedo.

El demonio se encorva cuando lo hago y recibe un puñetazo por parte de otro brigadista que se encontraba cerca. La mirada salvaje del demonio se posa en mí en ese momento.

Yo aprovecho esos pequeños instantes para tirar del lazo que nos une una vez más.

—Detente —exijo, y él aprieta la mandíbula con violencia—. *Ahora*.

Algo oscuro y aterrador surca la mirada del chico y un estremecimiento me recorre de pies a cabeza, pero me obligo a mantenerme firme y serena mientras que él, con lentitud, se yergue y se planta para encararme.

Sus ojos encuentran los míos y lo que veo en ellos envía espasmos de puro terror a mi sistema; pero me obligo a sostenerle la mirada.

—Que sea como tú quieras —espeta él, con amargura, al cabo de unos momentos y, sin más, se echa a andar en dirección a los dormitorios de los chicos.

Yo, presa de un impulso envalentonado y furioso, lo sigo.

Sé que puede sentirme. Sabe que lo estoy siguiendo y, con todo y eso, ni siquiera se digna a mirarme por encima del hombro mientras avanza en dirección a las habitaciones improvisadas.

No es hasta que gira hacia el interior de una de ellas, que la realización de lo que estoy haciendo me golpea de lleno.

Estoy a punto de entrar al lugar en el que duerme. En el lugar en el que habita y se permite ser vulnerable, aunque sea durante unas horas al día.

El corazón me late a toda velocidad, pero no sé si es debido al enojo que se ha abierto paso en mi sistema o a todo aquello que Mikhail provoca en mí cuando está cerca.

El aliento me falta y se siente como si pudiera vomitarme encima en cualquier momento. La ansiedad que me embarga es casi tan grande como el enojo que se cuece a fuego lento dentro de mí.

Necesito enfrentarlo. Encararlo de una vez por todas y dejarle en claro que no puede exponernos de esta manera.

«¿Pero qué tal si sí quiere hacerlo? ¿Qué tal si sí desea exponerte de esta manera para que Hank y su padre te encierren… O, peor aún, que te entreguen a los demonios? ¿Qué tal si todo este tiempo ha seguido fingiendo y, ahora que ha perdido ambas alas, lo único que desea es acabar contigo cuanto antes?».

Una sensación apabullante me apelmaza el corazón, pero me las arreglo para empujar el oscuro hilo de mis pensamientos en lo más profundo de mi ser cuando, finalmente, me atrevo a adentrarme en la habitación.

No hay nadie aquí. A pesar de que hay seis camas improvisadas desperdigadas por todo el espacio, nadie más que Mikhail —quien se encuentra llenando una mochila de prendas viejas y desgastadas— se encuentra dentro de la estancia.

—¿Se puede saber en qué diablos estabas pensando? —digo, al cabo de unos segundos de completo y absoluto silencio.

Él no parece perturbado por mi presencia en este lugar.

No responde. Continúa inmerso en la tarea que se ha impuesto, y niego con la cabeza.

—¿Qué carajos te sucede? Primero vas y me dices que debo ser discreta. Que debo mantener un perfil bajo para no llamar la atención, y lo primero que haces, es ponerle una paliza al hijo del comandante.

La mirada iracunda y demencial que Mikhail me dedica hace que todo dentro de mí se revuelva con violencia.

—¿Qué carajos me sucede? —espeta, con voz ronca y temblorosa debido a la ira contenida—. ¡¿Qué carajos te sucede a ti?! Tenemos una maldita situación por aquí y tú… —Cierra la boca y aprieta la mandíbula antes de sacudir la cabeza en una negativa.

—Yo, ¿qué? —insto.

Él masculla algo que no logro entender, antes de escupir:

—Nos marchamos de este lugar. Ahora mismo.

—No —escupo de regreso—. No voy contigo a ningún lado. No sin una explicación. ¿Cuál es la situación que tenemos? ¿Qué está pasando?

«¿Qué más me estás ocultando?», quiero decir, pero no logro arrancar las palabras fuera de mi boca.

—Tenemos que irnos de aquí cuanto antes —Mikhail espeta—. *Eso* está pasando.

—¿Por qué?

—¡Porque no confío en nadie en este lugar, maldición! —Alza tanto la voz, que me encojo sobre mí misma debido a la impresión—. ¡Porque todo aquí está mal! ¡Porque hemos perdido mucho tiempo! ¡Porque Jasiel está muerto, no puedo comunicarme con Rael o Gabrielle; tengo a dos sellos perdidos y un montón de preguntas respecto a este lugar que nadie es capaz de responderme! —Con cada palabra que dice, su tono se eleva y la ansiedad en su mirada incrementa un poco—. Así que, hazme el maldito favor de ir por tus cosas, porque nos largamos de aquí cuanto antes.

Niego.

—¿Y a dónde iremos, Mikhail? ¿Dónde nos ocultaremos? —digo—. Tú no has estado allá afuera. No tienes idea de lo que hay allá arriba.

La dureza en la mirada del chico se suaviza.

—Por supuesto que lo sé —dice—, pero lo prefiero a estar aquí.

—Mikhail, no puedes protegernos allá afuera. No en el estado en el que te encuentras. No sin… —Me detengo de inmediato. Las palabras que iban a salir de mis labios mueren en ellos porque son demasiado crueles para pronunciarlas en voz alta. Porque estoy segura de que no quiere escucharlas.

Silencio.

—No soy un inútil —dice, en un susurro, y suena herido cuando lo hace—. Puedo protegerte, Bess. Aunque lo dudes, puedo hacerlo.

Niego una vez más.

—Es que no te creo. —Mi voz es un susurro roto y tembloroso.

El dolor que asalta las facciones de Mikhail es tanto, que un espasmo me recorre entera debido al dolor que siento en el pecho.

—Cielo, soy perfectamente capaz de cuidar de ti. De…

—No me refiero a eso —digo, porque es cierto. No dudo ni siquiera aun poco que sería capaz de ver por mí y por Haru si tuviésemos la necesidad de irnos de aquí. De lo que dudo es de él. De sus intenciones.

La confusión aparece en su rostro durante unos instantes antes de que la resolución caiga sobre su gesto con lentitud.

—No confías en mí. —No es una pregunta. Es una afirmación.

No digo nada.

435

Tengo los ojos llenos de lágrimas sin derramar y un extraño dolor punzante en la cuerda que nos une.

Él tampoco pronuncia palabra alguna. Se queda mirándome durante un largo rato, con el gesto lleno de un dolor indescriptible. De un aturdimiento que me embota los sentidos a mí también y me hace arrepentirme de no haberle mentido. De no haberle asegurado que confío en él, a pesar de que ahora mismo no confío ni en mi propia cordura.

Bajo la mirada al suelo, incapaz de seguir enfrentándolo.

«Díselo. Tienes que decírselo, Bess».

—Una parte de mí aún espera que vuelvas a traicionarnos —suelto, en un susurro tembloroso y ansioso, al cabo de un largo momento—. Que vuelvas a *traicionarme*...

Silencio.

Uno. Dos. Tres segundos pasan...

—Bess, ¿podrías hacerme un favor? —La voz de Mikhail es ronca y pastosa.

Alzo la vista de golpe para encararlo y asiento.

—¿Puedes ir a ver como se encuentra Saint Clair?

La confusión me invade el cuerpo en un abrir y cerrar de ojos, pero su rostro es una máscara estoica y serena.

—¿Qué? —digo, incapaz de comprender del todo lo que está pasando.

—¿Podrías hacerme el favor de ir a ver cómo se encuentra Hank? —repite y su voz suena tan plana y monótona, que algo dentro de mí se resquebraja al escucharla.

—Mikhail... —balbuceo, pero no sé qué diablos es lo que quiero decirle. No sé qué carajos se supone que debo hacer ahora.

—No, Cielo. —Me corta de tajo, al tiempo que me dedica una mirada larga y triste—. Ya no hace falta darle más vueltas al asunto. Todo ha quedado claro.

—Pero...

—Por favor, Bess —me corta, al tiempo que sus facciones se endurecen con una emoción igual de dolorosa que la anterior—. Solo... ve a ver cómo se encuentra Saint Clair.

—Es que no...

—Bess, necesito estar solo.

Cierro la boca de golpe y parpadeo un par de veces para deshacerme, sin éxito alguno, del aturdimiento que me embarga. Un nudo ha comenzado a cerrarme la garganta y las lágrimas han empezado a nublarme la visión, pero me las arreglo para mantener los ojos clavados en él.

—De acuerdo —digo, en un murmullo entrecortado, al cabo de un largo momento; pero no estoy de acuerdo en lo absoluto con lo que acaba de pasar —lo que sea que haya sido.

A pesar de eso, me obligo a darle lo que quiere. Me obligo a girarme sobre mi eje y salir de la estancia lo más rápido que mis pies —y las lágrimas que amenazan con abandonarme en cualquier instante— me lo permiten.

32

INHUMANO

Cuando abro la puerta del área médica, todo el mundo enmudece de golpe.

Cuatro pares de ojos se clavan en mí casi al instante y me quedo aquí, petrificada bajo el umbral, con el corazón hecho un nudo y la cabeza una maraña de pensamientos encontrados y contradictorios.

Todavía no puedo sacudirme del todo la conversación que acabo de tener con Mikhail. Mucho menos he logrado arrancarme del pecho la sensación de haber cometido un terrible error al haber abierto la boca tan rápido. Al haberle dicho eso que viene rondándome en la cabeza desde hace unos días.

A pesar de eso, me las arreglo para empujar todo en un rincón oscuro de mi cerebro, para concentrarme en el panorama que se desenvuelve frente a mí.

No se necesita ser un genio para notar que el comandante —quien llegó al área médica antes que yo— está furioso. Tampoco se necesita tener más de dos dedos de frente para deducir que mi presencia aquí —al menos para él— no es bienvenida.

Se gira sobre su eje para encararme y el gesto duro e iracundo que tiene en el rostro me pone la carne de gallina.

—¿Dónde está? —espeta, con brusquedad y doy un ligero respingo debido al tono que utiliza.

No respondo. No puedo hacerlo.

Solo puedo mirar a la pequeña multitud que me encara. Solo puedo ver —con mucho alivio— a un Hank completamente consciente.

El aspecto de su rostro es lastimoso —tiene la nariz desviada y muy inflamada; hay sangre seca en la remera que lleva puesta, y los ojos han comenzado a hinchársele y a ponérsele morados

439

debido al golpe que Mikhail le propinó en la nariz—; sin embargo, con todo y eso, luce bastante saludable. No parece que las heridas infringidas sean de mayor gravedad.

—¡Te estoy hablando! —El comandante escupe, al tiempo que, a zancadas largas, avanza hasta acortar de manera considerable la distancia entre nosotros. En respuesta, doy un paso hacia atrás—. ¡¿Dónde diablos está tu noviecito de mierda?!

Mi boca se abre para replicar, aterrorizada por la forma en la que este hombre se acerca a mí, pero una voz igual de autoritaria me lo impide.

—¡Basta, papá! —A pesar del estado en el que se encuentra, Hank logra ponerse de pie para caminar hasta interponerse entre nosotros—. Bess no tiene la culpa de lo que ocurrió.

La atención iracunda del comandante se posa en su hijo y, cuadrando los hombros de una manera amedrentadora, exclama:

—¡Desde que llegó no ha hecho más que traer problemas a este lugar! ¡Ella y ese muchachito impertinente que tiene por novio deben marcharse de inmediato!

—¿Por qué? ¿Por que tu hijo se metió en una estúpida pelea con él? ¿Por que tu hijo lo provocó y recibió su maldito merecido? —Es el turno de Hank para hablar.

—¡Porque no sabemos de dónde carajo han salido! ¡Porque el tipejo fue capaz de desarmar a cuatro personas a minutos de haber recobrado el conocimiento por primera vez! ¡Porque sus heridas en la espalda se cerraron casi por arte de magia porque *ella...*! —Me señala con repulsión—. ¡Ella hizo algo con él! ¡Son una abominación! ¡Un peligro para todos en el asentamiento!

—¡Hemos aprendido más sobre lo que está ocurriendo desde que ella está aquí! ¡Más de lo que jamás habríamos aprendido por nuestra cuenta! —Hank refuta—. Además, si lo que Bess nos ha dicho es verdad, si la echas del asentamiento y la asesinan, estaremos acabados.

Silencio.

El comandante no aparta la mirada iracunda de su hijo, pero este no parece amedrentarse ni siquiera un poco. La demencia en la expresión del hombre que se encuentra a escasos pasos de distancia de mí es tan aterradora, que no puedo reprimir el impulso que siento de encogerme sobre mí misma cuando me escruta con atención.

Aprieta la mandíbula.

No se necesita ser un genio para descubrir que está considerando las palabras de su hijo. Que, por primera vez desde que me vio entrar, está pensando en las consecuencias que podría traer para todo el mundo el deshacerse de mí.

—De acuerdo —dice, en voz baja, al cabo de un largo momento, y me da la impresión de que habla para sí mismo—. *De acuerdo.* —reafirma, esta vez, con más seguridad. En el proceso, su cabeza comienza a moverse a manera de asentimiento—. Tienes razón. —Hace un gesto en mi dirección—. Ella puede quedarse. —Hace una pequeña pausa—. *Él* no.

Todo dentro de mí se revuelve en el instante en el que las palabras llegan a mis oídos y un estallido de pánico me recorre entera.

—No... —digo, en un susurro, casi sin aliento, pero nadie parece haberme escuchado. Si lo hicieron, me han ignorado por completo.

—Padre... —Hank protesta, pero el hombre le dedica un gesto que indica silencio para acallarlo.

—Donald —el comandante ladra en dirección a su mano derecha, quien se encuentra en un rincón de la estancia—, encárgate de escoltar al chico fuera del asentamiento. —El nudo que había tratado de contener en mi garganta desde que abandoné los dormitorios de los chicos, se aprieta con violencia y me impide respirar como es debido. Entonces, el hombre añade—: Y, antes de dejarlo marchar, asegúrate de darle un regalo de despedida.

La alarma que se enciende en mi interior en el instante en el que las palabras abandonan al comandante es tan poderosa, que siento cómo las rodillas se me doblan y todo dentro de mí comienza a desmoronarse pedazo a pedazo.

—No —repito, al tiempo que niego con la cabeza frenéticamente, pero nadie me escucha—. No, por favor, tienen que...

—¡Ya basta! —El comandante me corta de tajo, y me dirige un gesto hastiado y furioso—. ¡Cierra la maldita boca o hago que el chiquillo que vino con ustedes se marche con él!

Mi boca se cierra de golpe y lágrimas de impotencia empiezan a inundarme la mirada.

El aliento me falta, el corazón me late con violencia contra las costillas y quiero gritar. Quiero regresar el tiempo y hacerlo todo diferente. Quiero estar en Bailey, con Zianya, Dinorah y Niara. Quiero sentirme segura, en control de la situación y en paz.

«Por favor, lo único que quiero es que todo termine».

El comandante, luego de comprobar que no voy a decir nada más, hace un gesto de cabeza en dirección a Donald y este, sin necesidad de recibir otra instrucción, sale del área médica a paso decidido.

Lágrimas calientes y pesadas se deslizan por mis mejillas cuando me empuja fuera de su camino y desaparece por el umbral. En ese momento, y presa de un impulso envalentonado e impotente, salgo corriendo detrás de él.

Donald ladra una orden a un chiquillo que sale corriendo delante de él. Después de eso, otros tres chicos reciben palabras masculladas por el hombre, y estos asienten antes de echarse a andar a toda marcha en dirección a las habitaciones de los chicos.

«Lo están buscando».

—¡Bess! —La voz de Hank me llena los oídos, pero es interrumpida por una más hostil que retumba desde atrás.

—Si te entrometes, no tendré compasión de ninguno de los tres. —El comandante brama a mis espaldas, pero no me detengo. Sigo abriéndome paso entre la gente que abarrota la explanada principal del asentamiento.

A pesar de lo que ocurrió entre Hank y Mikhail, el curso y el ritmo de la cena parece haber reanudado su marcha habitual, así que toda la zona principal del subterráneo se encuentra repleta de gente.

Al cabo de unos segundos, uno de los chicos que había recibido órdenes de Donald regresa y le dice algo que no logro escuchar.

Acto seguido, el hombre ladra un par de órdenes al aire y tres chicos más aparecen de inmediato frente a él. Entonces, todos se encaminan en dirección a los dormitorios.

—¡No! —digo, sin aliento, pero es inútil. No pueden escucharme. Dudo mucho que se detuvieran si así lo hicieran.

Estoy a punto de llegar a la entrada del pasillo; justo a veinte pasos de donde Donald se encuentra, cuando lo veo.

Está ahí, en el umbral del corredor, con una maleta colgada de un hombro y gesto inexpresivo; con el cabello revuelto, la ropa roída y las botas de combate sucias; con un par de bolsas amoratadas debajo de los ojos y piel tan pálida y mortecina, que pareciese como si estuviese a punto de desvanecerse.

A pesar de eso, luce peligroso. Como si fuese un depredador frente a su presa. Como si no hubiese ser vivo en este planeta capaz de amedrentarlo.

—¿Planeabas irte sin despedirte, muchacho? —Donald se burla, al tiempo que los chicos que lo acompañan bloquean el paso para que Mikhail no sea capaz de burlarlos. Al menos, no sin recibir un par de golpes en el proceso.

El demonio de los ojos grises se encoge de hombros.

—No me lo tomes a mal, pero las despedidas no son lo mío —dice, con aire arrogante, pero aburrido—. Agradezco la comitiva de despedida, pero no era necesaria. Conozco la salida.

—Verás, chico, el asunto es que no puedes irte de aquí, así como así, ¿sabes? —La voz de Donald es terciopelo en mis oídos, pero la amenaza en su tono es filosa y estremecedora—. Te metiste con la persona equivocada.

—No sabía que Hank necesitaba que alguien más lidiara con sus problemas. —Si no fuera porque le estoy viendo el gesto inexpresivo, juraría que Mikhail sonríe mientras pronuncia todo aquello.

—Te abrimos las puertas del asentamiento, muchacho. —Donald ignora deliberadamente las palabras de Mikhail—. Te alimentamos, te vestimos, pusimos medicamento y cuidados a tu cuerpo, y, en respuesta, lo único que hiciste fue ocasionar problemas. —El hombre chasquea la lengua—. Debes entender que cada acción tiene una reacción, y que no podemos dejar que te vayas de aquí sin recibir un escarmiento.

—¿Un escarmiento por qué? ¿Por noquear al hijo de alguien con poder porque le faltó el respeto a la única criatura en este maldito universo que me importa? —Las palabras de Mikhail son como un carbón ardiendo dentro mi pecho. Como una tenaza apretada con violencia en mi intestino grueso.

Doy un par de pasos para acercarme todavía más.

—Mikhail... —Mi voz es un susurro tembloroso y débil, y las lágrimas no han dejado de abandonarme.

—No, Bess —me interrumpe, alzando una mano para detener mi andar sin siquiera mirarme. Su atención está fija en el hombre que está aquí con la única intención de confrontarlo—. No te involucres.

Una carcajada carente de humor abandona la garganta de Donald.

—¡*Oh*, Romeo! —se burla—, ¡Qué noble eres, galante Romeo!

—¿Por qué no vienes y te enseño qué tan galante puede ser este Romeo? —La clara amenaza de Mikhail me pone los nervios de punta, pero eso solo logra que Donald suelte otra carcajada cruel y sin humor.

—Eres simpático, chico —dice—. Es una lástima que tendré que darte tu merecido. —Deja escapar un suspiro cargado de fingido pesar—. La primera vez, me tomaste con la guardia baja, pero, esta vez, la historia será otra.

Una sonrisa arrogante tira de las comisuras de los labios del demonio y un escalofrío de puro terror me recorre entera porque *conozco* esa expresión. Conozco el peligro que se encuentra escondido detrás de ese gesto jovial y divertido que acaba de esbozar.

—¿Quieres comprobarlo? —Mikhail lo reta y, acto seguido, deja caer la mochila que colgaba sobre su hombro.

Donald solo hace un gesto de cabeza y, como si lo hubiesen ensayado cientos de veces, los escoltas del hombre desenfundan sus armas de las cinturillas de sus vaqueros para apuntarlas hacia el demonio de los ojos grises.

Los ojos de Mikhail se oscurecen varios tonos ante el desafío y los Estigmas en mi interior sisean ante la injusticia de las circunstancias.

—Pon las manos en la cabeza, chico —Donald dice, con calma y autoridad—. Lento y sin trucos.

Mikhail no se mueve. No hace nada por obedecer las órdenes del hombre que trata de amedrentarlo y el terror creciente se vuelve insoportable.

Se nota a leguas que está considerando sus posibilidades.

Finalmente, luego de pensarlo un poco más, Mikhail hace lo propio y comienza a elevar las manos para colocarlas detrás de su cabeza. Llegados a este punto, toda la gente ha comenzado a percatarse de lo que ocurre y ha comenzado a esconderse. No se necesita ser un genio para saber que les temen a las balas perdidas que pudiesen escapar de esas armas.

—Date la vuelta. —El hombre ordena y el demonio, dedicándole un gesto hostil, obedece a regañadientes.

Una vez que Mikhail le ha dado la espalda, Donald hace un gesto de cabeza en dirección a uno de sus subordinados y este, de inmediato, se guarda el arma en la cinturilla y se precipita hacia el chico para catearlo.

Es en ese momento, sucede…

Mikhail atesta un codazo hacia la cara del chico. Aprovechando el aturdimiento de su víctima, la toma por el brazo y gira sobre su eje a toda velocidad, de modo que la extremidad del chico queda doblada hacia su espalda en un ángulo antinatural. Entonces, le quita la pistola de un movimiento y la coloca sobre la sien del chico.

Un jadeo colectivo inunda el lugar, pero el gesto de Mikhail no cambia. La tranquilidad y la seguridad de sus movimientos ni siquiera se perturba. Sabe a la perfección que ninguno de estos chicos podría detenerlo. Sabe qué clase de criatura es y cuál es el verdadero poder que guarda dentro de sí.

—Diles a tus hombres que bajen las armas. —Mikhail ordena, apacible, y Donald, con la mandíbula apretada, hace un gesto en dirección a su gente.

Ellos, de inmediato, obedecen al mandato implícito en el rostro del hombre.

—Deja ir al chico, Mikhail. —Por primera vez, Donald suena tenso y preocupado. Se nota a leguas que se preocupa por los suyos y eso me ablanda un poco.

—Lo dejaré ir cuando tú y tus chicos se aparten de mi camino y me dejen ir en paz —Mikhail refuta y el gesto del hombre se endurece un poco más.

Finalmente, luego de un largo momento, Donald hace una seña más y todos sus soldados, a regañadientes, se apartan del camino.

—Levanta la mochila. —Mikhail le dice al chico que lleva como su rehén y este, pálido y horrorizado, se agacha con lentitud para recogerla. El demonio, por supuesto, en ningún momento deja de apuntarle directo—. Dámela.

Se la cuelga al hombro.

—Ahora, camina.

El chico cierra los ojos con fuerza, pero obedece las órdenes del demonio sin chistar.

Cada paso que dan es una verdadera tortura para mí. Cada instante que pasa, es como una eternidad bajo el agua y no puedo dejar de contener el aliento mientras que, a paso lento, se abren camino en dirección a la explanada principal.

—Mikhail, por favor… —digo, pero me detengo porque en realidad no sé qué es lo que quiero pedirle. No sé si quiero que se quede, o que me lleve con él.

Los ojos del demonio se posan en mí y algo doloroso e intenso surca su rostro durante una fracción de segundo. El apabullante tirón que siento en el lazo que nos une lo único que consigue es incrementar la sensación de desasosiego que me atenaza el cuerpo entero.

—Voy a solucionarlo todo, Cielo. Voy a darte la vida que mereces. Mientras tanto, no dejes que nada malo le ocurra a Haru. No dejes que nada malo te ocurra a ti —dice y, por primera vez, escucho una desesperación dolorosa en su voz. Por primera vez, escucho angustia y miedo en su tono—. Lo lamento mucho, amor. Por todo. —Su mano tiembla en el agarre de la pistola y yo me estremezco de adentro hacia afuera—. T-Te…

La cuerda que me ata a él se estruja con tanta violencia, que mis rodillas ceden y un grito ahogado se me escapa. El cuerpo de Mikhail sufre un espasmo incontrolable y el arma resbala de sus dedos. Todos los soldados que hasta hace unos instantes habían bajado la guardia, alzan sus armas para apuntarlas hacia el demonio de los ojos grises, y cuando otro tirón brusco me arranca un grito de la garganta, su rostro… su cuerpo entero… se llena de un centenar de venas amoratadas.

—*No...* —se me escapa, al tiempo que trato de acortar la distancia que nos separa.

Un sonido gutural y antinatural abandona su garganta, el agarre en su víctima se termina por completo y cae sobre sus rodillas unos instantes antes de que el suelo debajo de nuestros pies comience a estremecerse ante la fuerza de su ataque.

Sus manos, ansiosas y desesperadas, se entierran en las hebras oscuras de su cabello y un rugido escapa de su boca cuando su espalda se arquea y las heridas abiertas le manchan de sangre la remera que lleva puesta.

El lazo que nos une pulsa y se estira más allá de sus límites y doy un traspié antes de estrellarme contra el suelo. Los Estigmas gritan en mi interior mientras se precipitan hacia cada rincón de mi cuerpo para llenarme de su energía. Ellos saben que algo está pasando con Mikhail. Pueden sentirlo.

Otro gruñido brota de la garganta del demonio y la mirada se me nubla. Alguien grita órdenes a mis espaldas. La gente ha comenzado a salir de sus escondites; algunos para huir, otros para presenciar lo que está ocurriendo y, en ese momento, el fino material que viste el torso de Mikhail se desgarra. Se deshace y cae hecho jirones cuando un par de haces de luz le brotan de los omóplatos.

El suelo debajo de nuestros pies se resquebraja. Un par de cuernos enormes brotan de entre su melena alborotada y un montón de hebras negras escapan de las heridas abiertas de Mikhail para enredarse con la energía luminosa que se abre paso a manera de alas.

La gente grita, llora y trata de huir. Yo no puedo moverme. No puedo dejar de intentar tirar de la cuerda que me ata a él y que ahora parece estar a punto de romperse.

Todo se detiene.

El temblor debajo de nuestros pies, los tirones en el lazo que nos une, la sensación de desconexión... Todo se detiene de golpe y no puedo hacer más que alzar la vista para clavarla en la figura que se encuentra aovillada a escasos pasos de donde me encuentro.

Los haces de luz lo hacen elevarse ligeramente del suelo, pero las hebras oscuras parecen anclarlo a la tierra. Los cuernos en su cabeza son más grandes de lo que nunca fueron y el tono blancuzco de su piel solo es perturbado por las finas venas amoratadas que lo recorren por completo.

Lleva la cabeza gacha y los brazos y las piernas lánguidos, y todos —absolutamente todos— están mirándolo con horror, miedo y admiración.

Finalmente, los haces y las hebras comienzan a retraerse. La lentitud tortuosa con la que se contraen es un claro contraste con el movimiento espasmódico que tiene su cuerpo cuando, poco a poco, la energía se pliega sobre sí misma, en el interior del demonio.

Hay un charco de sangre debajo de él. Uno muy similar al que dejó en el área médica durante su último ataque, y no puedo dejar de preguntarme qué demonios significa esto. Qué diablos es lo que está sucediéndole.

—¡Tenemos que darnos prisa! ¡Inmovilícenlo ahora! —La voz de Donald me saca de mi estupor momentáneo, pero no logro procesar del todo lo que ha dicho. No es hasta que sus soldados, sin bajar las armas, se acercan al cuerpo de Mikhail.

—¡No se atrevan! —grito, pero estoy tan aturdida y aletargada por lo que acaba de pasar, que apenas puedo conseguir arrastrarme en dirección al demonio de los ojos grises.

Uno de ellos se agacha para corroborar que Mikhail se encuentra inconsciente y saca unas esposas de la parte trasera de su pantalón y las coloca sobre las muñecas del demonio.

—¡Por favor, n-no! ¡Él no ha hecho nada malo! ¡No es p-peligroso! ¡Está aquí para ayudarnos! —suplico, mientras trato de llegar a él, pero es inútil. Es inútil porque el comandante está aquí.

Porque ya ha gritado la orden de que bloqueen todas las entradas del asentamiento y lo aíslen del resto de la gente. Porque dos personas más me han levantado del suelo con brusquedad para comenzar a arrastrarme al lado contrario de donde se han llevado a Mikhail.

No dejo de patalear. No dejo de gritar que Mikhail no es peligroso y que cometen un error, pero nadie parece escucharme. Nadie parece querer, siquiera, mirarme mientras me arrastran por los pasillos hasta llegar a una oficina que luce inhabitada.

Una vez ahí, soy empujada hacia una especie de armario de servicios y, sin decir una palabra, cierran la puerta y me dejan sola.

Ni siquiera termino de arrancarme la sensación de aturdimiento que me dejó el ataque que Mikhail acaba de tener, cuando escucho como le echan llave al armario.

«¡Te encerraron! ¡Maldita sea, te encerraron!», me grita la vocecilla en mi cabeza y una nueva clase de pánico se abre paso en mi interior. Una nueva clase de terror me invade el cuerpo, porque es hasta este momento en el que me doy cuenta de lo que acaba de ocurrir:

Todos en el asentamiento acaban de darse cuenta de que mentí desde el principio. Todo el mundo acaba de descubrir la verdadera naturaleza de Mikhail.

33

CAUTIVERIO

Han pasado horas desde que fui arrastrada hasta el diminuto armario en el que he sido encerrada y no puedo dormir. No puedo dejar de pensar. No puedo dejar de atormentarme con lo ocurrido hace un rato y tampoco puedo arrancarme del sistema la angustia y la preocupación inmensa que siento en estos momentos.

Mis niveles de ansiedad han alcanzado un punto sin retorno tan abrumador, que temo estar a nada de perder la cordura por completo.

Todo el cuerpo me tiembla. Mi estómago es una bomba de tiempo a punto de hacerme vomitar lo poco que tengo dentro, y el corazón me late tan rápido, que temo no ser capaz de hacerlo ralentizar su marcha antes de que me estalle dentro de la caja torácica.

No sé qué está pasando allá afuera porque nadie ha venido a verme todavía. No sé dónde está Mikhail. No sé qué carajos ha ocurrido con Haru y qué diablos pasará con nosotros ahora que la verdadera naturaleza del demonio de los ojos grises ha sido expuesta. Eso, por sobre todas las cosas, es lo que me tiene al borde del precipicio.

Hace unas horas, cuando estaba aovillada en un rincón de la pequeña estancia, sentí un puñado de tirones dolorosos en la cuerda que me ata a Mikhail; pero luego de eso, no he sido capaz de sentir nada a través de él. Estoy volviéndome loca por eso.

Le ruego al cielo que eso signifique que se encuentra bien, pero la realidad es que no tengo la certeza de ello.

He tratado de decirme a mí misma una y otra vez que él se encuentra bien. Que, al menos, se encuentra con vida todavía; pero la angustia no se marcha. No me da tregua y crea escenarios horrorosos en mi cabeza.

Con todo y eso, he tratado de mantener la calma y no he dejado de repetirme una y otra vez que, si algo terrible estuviese ocurriéndole a Mikhail, a estas alturas, lo sabría. El lazo que nos une me lo diría... ¿o no?

Cierro los ojos y ahuyento el pensamiento lo más rápido que puedo.

Ahora mismo, no puedo concentrarme en eso. No puedo permitirme pensar de esa manera, porque voy a enloquecer si me lo permito.

«Piensa, Bess. No puedes quedarte con los brazos cruzados. Tienes que hacer algo», me urge el subconsciente, pero por más que trato, no soy capaz de pensar en nada que no sean escenarios catastróficos. No soy capaz de hacer nada más que ahogarme en el mar de miseria que mi mente se ha creado para ella misma.

«Estoy *tan* cansada».

Me llevo las manos a la cara y reprimo las inmensas ganas que tengo de llorar. Si puedo ser honesta, no he me han abandonado ni un instante desde que dejé la habitación de Mikhail y fui a verificar cómo se encontraba Hank.

No debí hacerlo. No debí decirle que no confiaba en él. Debí esperar. Debí...

El sonido del cerrojo abriéndose me llena los oídos y, a toda velocidad, me giro sobre mi eje.

Sin ceremonia alguna, la puerta se abre, revelando la luz artificial de la habitación contigua. Al ser golpeada de lleno por ella, parpadeo un par de veces y me cubro los ojos con el dorso de la mano solo para tener un vistazo de la silueta que se ha adentrado en el diminuto armario.

—Mi padre quiere verte. —La voz de Hank llena mis oídos mucho antes de que pueda acostumbrarme a la nueva iluminación y mi estómago cae en picada.

Cuando soy capaz de tener un vistazo de su rostro, casi deseo no haberlo hecho.

Un escalofrío desagradable me recorre entera, pero este no es provocado por el aspecto aparatoso que tiene el parche en su nariz, ni la inflamación de sus ojos amoratados. Mucho menos es provocado por el sonido aguardentoso de su voz. Lo que hace que me sienta incómoda y aterrada del chico que se encuentra de pie frente a mí, es la forma en que me mira.

Es la hostil indiferencia con la que se ha plantado en el umbral y la oscuridad que le tiñe la expresión cuando me observa.

Trago duro, pero no digo nada. No soy capaz de hacerlo. Solo me quedo aquí, quieta, mirándolo con fijeza, mientras me escruta a detalle; como si pudiese desvelar mis más profundos secretos con solo verme como lo está haciendo ahora.

Finalmente, luego de un par de eternos segundos, se aparta del camino y hace un ademán hacia el exterior.

Sé que está esperando a que salga de la habitación, pero no quiero hacerlo. No si eso significa tener que estar al alcance de sus manos. En estos momentos, me aterra más la idea de él haciéndome daño, que la de enfrentar a su padre.

Hank no dice nada. Se limita a esperar hasta que, luego de unos largos momentos de tensión, me atrevo a moverme.

Mis pies se sienten pesados y aletargados. Como si estuviese caminando dentro del agua, pero me las arreglo para llegar a la puerta en poco tiempo. Una vez ahí, Hank me toma con firmeza por el antebrazo, como si eso fuese a detenerme en determinado caso de que quisiera huir, y me hace avanzar hasta la salida al corredor.

No sé a dónde nos dirigimos, pero, en definitiva, no es a la oficina del comandante. He estado en ese lugar las veces suficientes como para saber que el pasillo por el cual avanzamos no nos lleva a ese lugar.

Hank nos hace dar un par de giros más hasta que somos introducidos a un andén frío, oscuro y casi desierto. Hay un par de soldados con armas de alto calibre flanqueándolo, pero de ahí en más, el subterráneo que da hacia las vías del tren está desierto en su totalidad.

—Por aquí. —Hank instruye, mientras nos dirige hasta el final de la plataforma y, una vez ahí, nos hace bajar por la pequeña escalera metálica que ahí se encuentra.

En el instante en el que mis pies hacen contacto con la grava, el hijo del comandante tira de mí y me hace avanzar en dirección a las vías y, luego, hacia el interior del túnel por el que, hasta hace no mucho tiempo, corría uno de los medios de transporte más eficaces de la ciudad.

No sé cuánto tiempo caminamos antes de que nos detengamos frente a una enorme puerta metálica. —una muy similar a la que encontré sellada luego de quedar atrapada en el derrumbe provocado por Mikhail—. Una vez ahí, Hank llama con firmeza y, desde el otro lado, la puerta se abre para dejarnos entrar.

La fría y húmeda estancia parece una bóveda de mantenimiento. Hay máquinas enormes por todos lados y, al fondo, hay otra puerta idéntica a esa por la cual entramos. Por un segundo, me pregunto si aquella puerta cerrada que encontré —esa que cumple la función de prisión— se verá igual por dentro que esta. No me sorprendería si así fuera. Tampoco me sorprendería enterarme de que, así como este lugar tiene dos accesos, aquel también lo haga.

Mis ojos echan un vistazo rápido al lugar.

No hay mucho que mirar en realidad. Hay un puñado de cajas apiladas al fondo y, al centro de todo, se encuentra un improvisado escritorio. Detrás de él, por supuesto, se encuentra el comandante y su mano derecha: Donald Smith. Por último, en un rincón, cruzada de brazos —y con gesto angustiado— se encuentra la doctora Harper.

Una pequeña punzada adolorida me recorre entera solo porque una parte de mí esperaba que ella no se encontrase involucrada en todo esto. Porque todavía hay una parte de mí que siempre espera lo mejor de las personas, y verla aquí solo comprueba que siempre supo más de lo que aparentaba. Que siempre ha estado involucrada de una manera muy personal con todo lo que ocurre por debajo de la mesa dentro del asentamiento.

La puerta se cierra detrás de nosotros y, solo hasta que esto ocurre, Hank deja ir el brazo del cual me sostenía. Una parte de mí desea puntualizar que, de haber querido hacerlo, habría podido liberarme, pero me trago las palabras y me muerdo la parte interna de la mejilla para no hablar de más.

Entonces, sin ceremonia alguna, la voz del comandante Saint Clair rompe el espeso silencio en el que se ha sumido la estancia.

—Jugaste bastante bien tus cartas, Bess Marshall —dice e, incapaz de pronunciar palabra alguna, lo miro fijamente—, pero se acabó el juego. —Se pone de pie y avanza a paso lento pero decidido en mi dirección. Una vez que se encuentra frente a mí, en posición amedrentadora, continúa—: Te voy a dar una última oportunidad de decir la verdad porque soy benevolente y porque nos has ayudado a detener una que otra catástrofe potencial dentro del asentamiento; pero más te vale decírnoslo todo, porque si no —se inclina hacia adelante, de modo que nuestros rostros quedan a escasos centímetros el uno del otro. En ese instante, su voz baja hasta convertirse en un susurro amenazador—, tu amigo va a pagarlo muy caro.

—¿Dónde está? —inquiero, con un hilo de voz, pero con la ira encendiéndose en mi pecho.

—Confórmate con saber que está bien... —El comandante responde cuando se yergue sobre sí mismo y se lleva ambas manos a la espalda—. O algo por el estilo.

En el instante en el que pronuncia aquello, los Estigmas dentro de mí sisean con furia y comienzan a desperezarse con lentitud.

El nudo en mi garganta se aprieta ante la idea de Mikhail siendo herido por culpa de estos hombres; estando en el estado tan débil en el que se encuentra, a manos de esta gente.

—No voy a decir una palabra respecto a nada hasta que no lo vea con mis propios ojos —refuto, a pesar de que no estoy en posición de exigir nada—. Hasta que no tenga la certeza de que se encuentra bien.

Una sonrisa condescendiente y cruel es esbozada por los labios del hombre frente a mí y aprieto los puños para evitar sucumbir ante el deseo primitivo que tengo de golpearlo en la cara.

—Discúlpame, Bess, pero creo que no has entendido la posición en la que estás en estos momentos. —Entorna los ojos en mi dirección—. Tienes que saber que, en esta ocasión, soy yo el que pone las reglas.

Niego.

—No voy a decir una sola palabra hasta que no vea a Mikhail —escupo, con toda la entereza que el pánico me permite—. Y a Haru.

El comandante hace un gesto desdeñoso con una mano, al tiempo que me da la espalda y comienza a avanzar en dirección a su escritorio.

—El chiquillo está bien… —dice. Su voz es terciopelo puro, pero su mirada, cuando se gira para encararme, es tan oscura y peligrosa, que una punzada de preocupación me invade el pecho—. Por el momento. —Acota y una sonrisa cruel se dibuja en sus labios—. Pero si no hablas, haré que los hombres que lo custodian a él le saquen la verdad a base de golpes si es necesario.

Sin que pueda evitarlo, la energía de los Estigmas se precipita hasta las puntas de mis dedos y emite un estallido tan repentino, que todos los muebles de la estancia salen despedidos hacia las paredes.

Los gritos de sorpresa no se hacen esperar, pero el comandante no parece siquiera inmutarse ante la amenaza implícita que he lanzado al aire.

—Si le tocan un solo dedo a Haru o a Mikhail, voy a destruir este lugar hasta los cimientos —digo, con la voz enronquecida, luego de un tenso instante de silencio.

En el segundo en el que las palabras terminan de abandonar mi boca, Donald desenfunda el arma que lleva consigo y la apunta hacia mí.

—Ten mucho cuidado con la manera en la que tomas tus decisiones, Bess Marshall. —Rupert Saint Clair habla, con la jovialidad de quien se sabe a cargo de la situación—. No me importaría para nada desatar el mismísimo apocalipsis disparándote entre las cejas.

—Papá… —Hank comienza, pero el comandante alza una mano que lo silencia de inmediato.

—Tienes que entender, muchachita, que ahora soy yo quien pone las reglas —espeta, con brusquedad y violencia—. Te permití muchas cosas, pero ahora ha llegado el momento de tomar las riendas de la situación con mis propias manos. Si no me dices ahora mismo qué carajo es esa *cosa* a la que trataste de hacer pasar por uno de nosotros, voy a sacárselo a palos al chiquillo que vino con ustedes y, después, voy a matar al monstruo ese que está bajo mi custodia.

Lágrimas de impotencia me inundan la mirada, pero no derramo ninguna.

—Bess —la voz de Hank es firme, pero está teñida de una súplica sutil y suave—, dale lo que pide.

No respondo. No me muevo. Me atrevo a decir que ni siquiera respiro en el intento de contener la ira que me hierve en las venas. En el intento de mantener a raya a los Estigmas que rugen furiosos en mi interior.

—No voy a decirle absolutamente nada hasta que no los vea. A los dos —sentencio, con toda la seguridad y firmeza que puedo imprimir.

El gesto furibundo que se apodera del comandante me eriza los vellos de la nuca, pero me las arreglo para alzar la barbilla y clavar los ojos en los suyos con fiereza.

—Bien —dice, al cabo de unos largos instantes—. Tú lo quisiste de esta manera. —Mira a su hijo y luego hace un gesto en mi dirección; entonces, añade—: Llévatela de aquí y trae al niño y a Chiyoko.

—¡Hijo de...!

—¡Papá! —La voz de Hank, fuerte y autoritaria, me interrumpe y el chico se interpone entre su padre y yo—. ¡Dame un poco de tiempo! Permíteme encargarme de esto y te prometo que...

—Te dejé encargarte de ella durante mucho tiempo. —Hace un gesto de cabeza en mi dirección, antes de añadir con brusquedad—: Y mira lo que conseguiste.

—Déjame hablar con ella —Hank insiste—. Sé que puedo llegar a un acuerdo. No podemos asesinarla. Necesitamos que nos proteja, ¿recuerdas?... *La necesitamos.*

Las palabras de Hank no hacen más que acentuar un poco más el mar enfurecido que me canta en las venas. Todo este tiempo ese fue su plan. Todo este tiempo, la posibilidad de utilizarme como escudo humano fue lo que siempre buscaron. Quizás, eventualmente, planeaban canjearme con los demonios para conseguir un boleto de salida de la ciudad. No lo sé. A estas alturas, nada de eso me sorprendería.

El comandante guarda silencio y mira a su hijo largo y tendido. No dice nada, pero hay duda en su expresión. Sé que está sopesando las palabras que Hank acaba de pronunciar.

Al cabo de unos largos y tortuosos instantes, asiente con lentitud.

—La verdad es que no entiendo qué esperas conseguir, pero adelante. Inténtalo. Habla con ella —dice, pero no suena para nada conforme con lo que acaba de decir. No parece conforme con la situación en lo absoluto—. En cuanto a ti... —dice, dirigiéndose hacia mí—, te aconsejo que no te confíes mucho ni te pongas muy cómoda. Hank no va a poder interceder por ti durante mucho tiempo. Tendrás que cooperar o te atendrás a las consecuencias de tu tozudez.

—Lo que hable con su hijo no va a cambiar en lo absoluto mi postura: si no los veo sanos y salvos, no les diré una mierda de nada —digo, al tiempo que clavo los ojos en él.

Las facciones del comandante se endurecen.

—Si esa sigue siendo tu postura, entonces, solo acaban de comprarte unas cuantas horas antes de que tome medidas respecto a ti, el chiquillo y el monstruo que los acompaña. —suelta, en un tono tan siniestro que me estremezco de pies a cabeza. Acto seguido, clava su vista en Hank, hace un gesto de cabeza en dirección a la salida para añadir—: Llévatela. Hemos terminado.

Hank asiente y, de inmediato, vuelve a tomarme del brazo para hacerme girar. Luego de eso, comienza a guiar nuestros pasos en dirección a la salida.

El camino de regreso al diminuto armario es silencioso y tenso, pero no dejo que la sensación de incomodidad que me embarga ante el silencio sepulcral de Hank, me distraiga del impulso de supervivencia que tengo. No dejo que me impida poner atención al lugar por el que avanzamos con el afán de memorizar el camino.

Nunca había estado aquí. Al parecer, el asentamiento es mucho más grande de lo que pensaba y guarda más secretos de los que esperaba descubrir. Eso, por sobre todas las cosas, pone un peso extraño sobre mis hombros. Una sensación insidiosa que me hace sentir incómoda y diminuta.

Llegamos a la habitación en la que fui encerrada sin cruzar palabra y, mientras me suelta, un impulso primitivo y animal me invade y, de pronto, en lo único en lo que puedo pensar, es en echarme a correr. Lo único que me grita el instinto, es que utilice el poder destructivo que llevo dentro para hacerle daño.

Pese a eso, me mantengo quieta en mi lugar. No puedo darme el lujo de dar un paso en falso y arriesgarlo todo de esa manera. Si voy a hacer algo para escapar, tengo que planearlo bien. Si voy a escapar, no voy a hacerlo sola.

El sonido de la puerta siendo cerrada me saca de mis cavilaciones y me giro sobre mi eje justo a tiempo para ver cómo Hank me encara.

La expresión de su rostro es igual de recelosa que la mía.

—Estoy tratando, Bess —dice, luego de un largo silencio—. De verdad, estoy tratando de encontrarle sentido a esto. A todo lo que pasó... —Sacude la cabeza en una negativa—. Pero no puedo.

El gesto torturado que comienza a apoderarse de sus facciones hace que una punzada de arrepentimiento me recorra, pero de todos modos, me quedo en silencio; a la espera de que siga hablando.

—Creí, cuando dijiste que ya no querías más mentiras, que lo había arruinado, ¿sabes?... —Me mira y una sonrisa triste se desliza en sus labios—. Que te había hecho algo horrible al ocultarte lo del calabozo; pero tú... —Hace una pequeña pausa y la expresión dolida que se había apoderado de sus facciones se acentúa un poco más—. Tú hiciste exactamente lo mismo que yo. Me mentiste. Me ocultaste la verdad. Y ahora... —Se relame los labios—. Ahora de verdad empiezo a preguntarme si lo que pasó entre nosotros la última vez solo ocurrió porque querías obtener más información al respecto. No dejo de preguntarme si me besaste porque de verdad sientes algo por mí o solo tratabas de conseguir algo más.

No respondo. Me limito a mirarlo fijamente.

—He metido las manos al fuego por ustedes..., *por ti*, desde el día uno —continúa—. Y no porque esperara alguna clase de retribución a cambio; sino porque me gusta creer en la bondad de la gente. —Hace una pequeña pausa—. Pero ahora, no dejo de cuestionarme si de verdad todo eso ha valido la pena. Si de verdad ha sido buena idea arriesgar tanto por ti, cuando tú no has hecho más que omitir información y jugar conmigo.

—Las cosas no son así, Hank —digo, cuando él concluye—. Yo mentí para protegernos a todos. Mentí para salvarnos la vida.

—¡Los rescatamos del maldito exterior! —exclama— ¡A los tres! ¡Les curamos las heridas, les dimos comida, un techo y un lugar donde refugiarse! ¡¿De qué mierda estabas protegiéndote?!

—¡Hank, escucha lo que estás diciendo, por el amor de Dios! —digo, al tiempo que niego con la cabeza—. ¿Qué se supone que tenía que hacer? ¿Confiar en todos ustedes a la primera de cambios? ¿Hablar sobre Mikhail o sobre mí así, sin recelos y cautelas? —Un bufido exasperado se me escapa, al tiempo que una sonrisa triste se desliza en mis labios—. El mundo allá afuera se está acabando y a mí me han jugado el dedo en la boca tantas veces en el pasado, que ya no puedo confiar en nadie. A veces, ni siquiera confío en mi propio juicio. Así que no esperes un voto de confianza ciega, porque sabes que no funciona de esa forma.

Mis palabras quedan colgando en el aire durante unos instantes. Asentándose entre nosotros. Creando un abismo cada vez más grande y profundo.

—¿Quién es él? ¿*Qué* es? —Sé que se refiere a Mikhail—. ¿Qué es tan especial sobre él que prefieres tener un arma apuntada hacia el pecho antes que decir algo sobre su naturaleza?

—Lo siento, Hank, pero no voy a decírtelo. No, si no tengo la garantía de que él estará bien. De que lo dejarán marcharse y de que Haru podrá ir con él. —La voz se me quiebra ante la realidad de mis palabras. Después de todo, siempre he estado dispuesta a sacrificarme si eso garantiza el bienestar de aquellos que me rodean.

—¿Tanto te importa que estás dispuesta a quedarte aquí solo para que él se marche? —inquiere, pero no respondo. No puedo hacerlo. El nudo que tengo en la garganta es tan grande, que no puedo ni respirar.

—Estás enamorada de él, ¿no es así?
Silencio.

Hank niega y suelta una carcajada corta y amarga. Su gesto, sin embargo, no deja de ser una mueca dolida.

—Bien... —dice, al tiempo que asiente y desvía su mirada de la mía—. Ya entendí.

Entonces, sin decir una palabra más, se gira sobre su eje y sale de la habitación. Acto seguido, escucho cómo le echa llave a la puerta.

Una oleada de desasosiego me invade el cuerpo tan pronto como desaparece de la habitación. La culpabilidad que me provoca el saber que me aproveché de sus sentimientos es tan abrumadora, que no puedo dejar de sentirme miserable. No debí hacer lo que hice. No debí aprovecharme de la situación.

No debí hacer tantas cosas estos últimos días, que no sé ni siquiera por dónde empezar a resarcirlo todo... Si es que aún hay algún modo de hacerlo.

Cierro los ojos.

Una inspiración profunda es inhalada por mis pulmones y me quedo así, con los ojos cerrados y el aire contenido en el pecho, mientras trato de ponerle un orden a la maraña que es mi cabeza.

Cuando dejo ir el aire y abro los ojos, sigo sintiéndome miserable. Sigo sintiéndome como una completa idiota. Sigo tratando de buscar alguna manera de solucionarlo todo.

No sé cuánto tiempo pasa antes de que vuelva a aovillarme en el suelo de la diminuta habitación. Tampoco sé cuánto tiempo ha pasado desde la última vez que alguien estuvo aquí. Hank se fue hace una eternidad y nadie más ha venido a verme desde entonces.

Tengo mucha hambre. El hueco que siento en el estómago es casi tan abrumador como la sensación de angustia que me embarga de pies a cabeza, ante el panorama que me invade.

Al cabo de un largo rato más de tortura mental, el cerrojo de la puerta resuena y la habitación se abre.

Mi vista se alza de inmediato y parpadeo un par de veces para acostumbrarme a la nueva iluminación. Antes de que lo logre, una silueta más pequeña y delicada se adentra en la estancia y cierra la puerta detrás de sí.

De nuevo, no puedo ver nada.

—¿Quién anda ahí? —suelto, con brusquedad, solo porque no me agrada la idea de estar a solas, en una habitación oscura, con *sabrá-Dios-quién*.

—*Shhh…* —Una voz suave y familiar me llena los oídos—. Soy la doctora Harper.

Confusión, alarma y recelo me invaden en un abrir y cerrar de ojos, y entorno la mirada solo para tener un vistazo de su silueta.

—No tenemos mucho tiempo —dice, con urgencia—. Se supone que solo he venido a traerte algo para que comas.

—¿De qué diablos está…?

—Escucha con atención. —me corta de tajo y doy un respingo cuando una mano helada se envuelve en una de las mías—. Voy a ayudarte a salir de aquí, ¿de acuerdo? Voy a ayudarte a escapar.

La declaración hace que el estómago se me hunda hasta los pies y una llama de esperanza se enciende de inmediato en mi interior. No quiero ilusionarme. No quiero confiar demasiado rápido en ella, porque no sé si realmente está tratando de ayudarme o solo está tendiéndome una trampa; con todo y eso, no puedo evitar sentir cómo un nudo se apodera de mi garganta ante lo que acaba de decir.

—¿*Qué*?... —balbuceo. No quiero sonar ilusionada, pero lo hago de todos modos.

Una pequeña llama se enciende delante de mis ojos e ilumina un poco la diminuta estancia en la que nos encontramos.

—Hay una forma de salir de aquí sin ser detectados —explica, rápidamente, luego de encender una vela que no tenía idea que traía consigo—. Estaba planeando escapar y llevarme a cuantos pudiese conmigo cuando las cosas con el comandante se compliquen, pero creo que ustedes necesitan esto más que yo. —La declaración me saca por completo de balance. De todas las personas aquí adentro, jamás imaginé que la doctora Harper quisiera escapar. Que quisiera poner cuanta distancia fuera posible entre ella y el comandante—. Hay que caminar mucho y hay que sortear un par de zonas derrumbadas e inundadas —continúa—, pero es posible salir de este lugar sin pasar por los guardias perimetrales. Haré que lleven a Haru hasta el subterráneo indicado y vendré por ti en la madrugada. Aún no averiguo dónde tienen a Miguel Arcángel, pero prometo que, tan pronto como lo averigüe, lo ayudaré a escapar a él también.

Niego, incapaz de procesar todo lo que está diciéndome. Sintiéndome mareada y enferma al escucharla hablar de Mikhail de esa manera.

—¿Cómo...?

—Él me lo dijo —me interrumpe—. Lo sospeché desde que llegaron. Su cuerpo no actuaba como el de nosotros y las heridas de su espalda, claramente, no fueron hechas por mordidas; pero la verdad es que no tuve la certeza de nada hasta que él mismo me lo dijo. —La doctora debe notar la confusión y el horror en mi rostro, ya que se apresura a explicar—: El día que quedaste atrapada en el derrumbe, yo lo encontré. Estaba bañado en su propia sangre en el área médica. Tenía cuernos en la cima de la cabeza y su piel estaba repleta de venas moradas. —Sacude la cabeza—. No le quedó más remedio que contarme quién era y por qué tenía cuernos. Sé que aún hay muchas cosas sobre esa historia que desconozco, pero le creí. Le creí, y atendí sus heridas; limpié el desastre del suelo y le conseguí una remera nueva para que nadie se diera cuenta de lo que acababa de pasar.

Su mano aprieta la mía y el corazón me da un vuelco.

—Lo sé todo y voy a ayudarte. Voy a ayudarles a los dos, porque sé que de ustedes dependen muchas cosas —concluye y la sensación vertiginosa y aterradora que me invade, apenas me permite pensar con claridad.

—Hay un calabozo —balbuceo, a pesar de que apenas puedo escuchar el rumor de mis propios pensamientos—. Seguramente, lo han encerrado ahí. Tenemos que llegar a él. Tenemos que encontrarlo y sacarlo de ahí.

—No podemos hacer eso. —Suena ansiosa y nerviosa cuando habla—. No tenemos tanto tiempo. Si nos tardamos demasiado buscándolo, nos van a descubrir. Tienes que marcharte con el muchacho y luego, dentro de unos días, cuando logre encontrar una forma de liberar a Mikhail, lo haré.

—No tenemos unos días —urjo y el tono de mi voz refleja cuan aterrada me hace sentir decir esto en voz alta—. Si Haru y yo nos vamos, van a asesinarlo.

Silencio.

—Bess, ni siquiera sé dónde diablos está ese calabozo. —La doctora habla, desesperada por mi necedad. Asustada por ella—. Rupert jamás mencionó nada sobre un calabozo.

—Yo sí sé dónde está. —Le aseguro—. Solo necesito la llave. Si la conseguimos, podríamos…

—Es muy arriesgado. —Me corta—. Cuanto más tiempo pase, más probabilidades hay de que nos atrapen.

—No voy a irme de aquí sin él —sentencio, finalmente, y la doctora Harper enmudece.

—Bess…

—Saque a Haru de este lugar y váyase con él. —La interrumpo.

—Pero…

—Usted quería irse de aquí, ¿no es así? —La corto de nuevo—. Váyase, entonces. Llévese a Haru con usted. Él podrá protegerla —continúo—. Yo iré por Mikhail y los alcanzaremos en cuanto logre liberarlo de ese lugar. Hay que cuadrar un punto de reunión para vernos al amanecer. Si no estamos con ustedes a esa hora, por favor, salga de la ciudad. Llévese a Haru con usted, sáquelo de aquí y manténgalo alejado de cualquier criatura paranormal existente.

—Es una locura. —La mujer suena aterrorizada ante la perspectiva de lo que estoy diciéndole, pero no tenemos otra opción. Esta es, probablemente, la única oportunidad que tendremos de escapar antes de que las cosas se compliquen aún más.

—Es nuestra única oportunidad —digo, y de verdad lo creo—. Es una locura, pero es lo único que tenemos. Si no lo intentamos, no quedará mucho por hacer después. Y si usted no me ayuda, doctora Harper, yo…

—Lo haré. —Me interrumpe, y suena determinada y asustada mientras lo hace—. Te ayudaré. Los ayudaré a los tres.

Asiento, al tiempo que dejo escapar el aire que no sabía que contenía.

—De acuerdo. Entonces, tenemos que ponernos manos a la obra—declaro y, acto seguido, comenzamos a planearlo todo.

34

ESCAPE

Hemos ideado un plan para escapar de aquí. La doctora Harper y yo hemos trazado una estrategia para salir del asentamiento que, ¿honestamente?, no sé si vaya a funcionar. Es una táctica tan arriesgada y arrebatada, que no sé si realmente vaya a ser efectiva y nos hará salir de aquí sanos y salvos.

Con todo y eso, vamos a ponerlo en marcha. Vamos a arriesgarnos porque, ahora mismo, es la única oportunidad que tenemos.

El plan consiste en lo siguiente:

En la madrugada —o, en otras palabras: dentro de unos minutos—, ella vendrá a sacarme de aquí con la llave que logró quitarle al comandante hace unas horas. Antes de hacerlo, irá a buscar a Haru y, en conjunto con Maggie, una persona de su total confianza, lo llevarán a la salida que la doctora ha encontrado.

Esa persona y Haru esperarán ahí por nosotros, mientras la doctora Harper viene por mí.

Cuando lo haga, ambas nos escabulliremos hasta el calabozo y, una vez ahí, vamos a tratar de liberar a Mikhail. Para eso, tenemos un par de opciones.

La primera de ellas es la más complicada. Consiste en que la doctora Harper tratará de tomar el llavero del comandante de su habitación. Al parecer, el comandante y ella tienen un amorío a escondidas de todo el mundo. Con tristeza en la voz, admitió que solo ha sido una táctica de supervivencia. Que se ha metido con ese hombre tan repugnante solo para ganarse su confianza y un lugar privilegiado dentro del asentamiento; no porque realmente sienta algo por él.

Así pues, con eso jugando a nuestro favor, la doctora Harper se adentrará en los aposentos del hombre solo para robarle las llaves. Si lo consigue, tendremos la mitad del trabajo hecho; ya que solo tendremos que sacar a Mikhail de la prisión improvisada y huir lejos. Si no lo hace; si no consigue robarle las llaves, entonces, no nos quedará más remedio que hacer uso del poder destructivo de mis Estigmas para forzar la cerradura.

No me gustaría tener que recurrir a ellos, ya que merman bastante mi bienestar físico desde que la parte angelical de Mikhail regresó al lugar que le corresponde; pero si no tenemos más remedio es lo que se hará.

Luego, una vez que lo tengamos con nosotros, nos escabulliremos para reunirnos con Haru y Maggie en la salida alterna que Olivia ha localizado.

Así mismo, hemos tomado medidas en caso de que algo malo ocurra:

La doctora Harper me ha dibujado un mapa rápido del lugar en el que voy a encontrar la salida secreta y me ha dado instrucciones expresas sobre cómo salir de los túneles en los que vamos a sumergirnos por si, por algún motivo, tenemos que separarnos. También, me ha dicho que Maggie tendrá órdenes expresas de llevarse a Haru fuera del asentamiento si demoramos más de media hora en llegar. Así mismo, le ha dicho que deberá refugiarse con él en el edificio corporativo de un afamado banco —y que se encuentra a apenas unos kilómetros de distancia—, y ahí aguardarán veinticuatro horas. Si ninguna de nosotras llega a buscarlos, tendrán que marcharse de la ciudad. Tendrán que buscar la manera de irse de Los Ángeles, cueste lo que cueste.

Esto último aplica para cualquiera que logre llegar al edificio primero —en caso de que todo se complique, claro está.

Ahora mismo, me encuentro alerta y despierta en el armario en el que fui encerrada. Nadie más —luego de que vino la doctora Harper— se ha aparecido por aquí y tampoco hay señales de que haya alguien custodiando la entrada.

Absolutamente nadie en este lugar sospecha que, si así lo quisiera, podría escapar. Podría utilizar el poder destructivo que llevo dentro para hacerlo todo pedazos.

El pensamiento me reconforta. Me hace sentir en control de la situación, a pesar de que sé que la situación misma nos controla a todos en estos momentos.

Algo resuena del otro lado de la puerta y, atenta, fijo la vista en el lugar en el que se encuentra. No puedo ver nada, pero de todos modos, siento cómo todos los músculos se contraen ante la perspectiva de encontrarme con otra cosa en el momento en el que la puerta se abra. Ante la idea de haber sido descubiertas y toparme de frente con alguno de los hombres de Donald. O, peor aún, de que sea Hank mismo quien se adentre en este lugar para impedir que me marche.

Aguardo unos instantes y, luego, el sonido del pestillo retumba en cada rincón del reducido armario.

La tensión se apodera de mi anatomía en un abrir y cerrar de ojos, y los Estigmas se desperezan y se ponen en guardia.

Acto seguido, la puerta se abre poco a poco.

—¿Bess? —La voz de Olivia Harper llega a mí y me llena de un alivio indescriptible al instante.

—Aquí estoy —digo, con la voz enronquecida y baja, al tiempo que cierro los ojos con fuerza.

—¿Estás lista? —La doctora suena aliviada cuando habla—. Vámonos. No tenemos mucho tiempo.

«Con cautela, Bess», me susurra el pensamiento, mientras salgo del armario. «No confíes del todo. Guarda siempre tus reservas. Esto podría ser una trampa».

Sé que tiene razón. Sé que mi subconsciente podría estar en lo correcto, así que me digo a mí misma que tendré cuidado con ella y pondré especial atención a todos sus movimientos.

—Por aquí. —El susurro de la mujer me saca de mis cavilaciones y me obliga a seguirla a través de los pasillos oscuros, solitarios y silenciosos que conforman esta parte del asentamiento.

Serpenteamos por corredores que jamás había visto hasta que, luego de un par de minutos, uno de ellos nos saca a la explanada principal.

Ahí, la iluminación es tenue; creada por antorchas que solo son colgadas en las áreas comunes por las noches. Desde el espacio oscuro en el que nos refugiamos, soy capaz de ver a dos de los guardias nocturnos; cada uno flanqueando las entradas —y salidas— de los dormitorios.

—¿Maggie sacó a Haru de los dormitorios? —pregunto, en voz muy baja, hacia la doctora Harper; quien no aparta la vista de los guardias.

—No. Lo saqué yo misma —responde, en voz igual de baja que la mía—. Alegué que tenía una fiebre alta y que me preocupaba. Les dije que no quería que contagiase al resto de los chicos de su dormitorio y que tenía que pasar las siguientes noches en el área médica.

—¿Y se lo creyeron así nada más?

Asiente.

—No tienes idea de cuánto cuidamos a los pacientes enfermos —explica—. Un virus mal tratado podría traernos un verdadero desastre. No tenemos los recursos para tratar una epidemia aquí abajo. Todos morirían. Es por eso que, cuando yo digo que alguien duerme en el área médica en calidad de observación, lo hace. Así pude apartar a Haru de los ojos de los guardias.

Es mi turno para asentir, medio aliviada por lo que está diciéndome.

—¿Consiguió el llavero del comandante, doctora Harper? —inquiero, a pesar de que no estoy segura de querer escuchar la respuesta.

Si es afirmativa, me sentiré como mierda por haberla obligado a exponerse una vez más ante aquel horrible hombre.

No responde. Se limita a llevarse una mano al bolsillo del abrigo que lleva puesto para hacer sonar el contenido. Alivio y culpabilidad se mezclan dentro de mí cuando soy capaz de escuchar el tintineo, pero no digo nada. Me limito a mantener la calma mientras mi mente solo piensa en el infierno que debió haber pasado esta mujer dentro de estos túneles.

—Hay mucho movimiento. —La doctora Harper musita, pero no suena como si hablase conmigo. Tiene el ceño fruncido en concentración y se muerde el labio inferior al tiempo que observa a los guardias que nos rodean.

—¿Cómo vamos a avanzar sin que nos noten? —pregunto, y sueno ligeramente preocupada.

La mujer no responde de inmediato. Se queda mirando el escenario que se desarrolla delante de nuestros ojos.

—Toma… —La doctora saca las llaves del bolsillo donde las lleva y me las ofrece. Acto seguido, toma de la cinturilla de su pantalón una linterna que no le había visto y la pone sobre mis manos. Es hasta ese momento, que me mira a los ojos—. Yo los distraeré. Tú ve y busca a Mikhail.

Niego, incapaz de dar crédito a lo que está diciendo.

—Es demasiado arriesgado —protesto, pero ella me guiña un ojo y me regala una sonrisa tranquilizadora.

—No te preocupes por eso ahora. Solo ve a buscar a Mikhail. Te veo justo en este lugar en diez minutos. —Mientras dice eso, hurga en sus vaqueros hasta que saca un reloj de muñeca y lo pone encima del llavero que me dio antes—. Está sincronizado con el mío —levanta una mano y me muestra el reloj que ella utiliza—. Diez minutos exactos, Bess. Si no llego aquí en diez minutos, vayan a esperarme junto a Haru y Maggie.

—Lo mismo digo —digo, al tiempo que la miro a los ojos con determinación—: Si no estamos aquí en diez minutos, vaya a esperarnos junto a Haru y Maggie.

Asiente.

—Media hora, Bess. Recuerda que eso es lo único que tenemos. Maggie y Haru se irán sin nosotros si no llegamos en media hora. —La doctora me recuerda y aprieto la mandíbula mientras, con un movimiento de cabeza, le hago saber que lo he entendido. Ella, al ver mi determinación, dice—: Bien. Con mucho cuidado, Bess.

—Usted también. —El nudo de terror que me atenaza las entrañas apenas me permite hablar.

Una última sonrisa es regalada en mi dirección y la doctora Harper, sin decir una palabra más, cuadra los hombros y se echa a andar en dirección a donde uno de los guardias se encuentra. Cuando está lo suficientemente cerca, comienza a hablarle en voz alta y jovial.

Al cabo de unos instantes, la mujer tiene la atención de los dos guardias y, luego de otros más, consigue que la sigan en dirección al área médica.

En ese momento, me echo a andar a toda velocidad —y tratando de ser lo más sigilosa posible— en dirección al corredor derrumbado.

La pared de rocas que cayó y bloqueó la entrada y la salida de ese lugar, sigue ahí, cerrándole el paso a cualquiera que trate de adentrarse a investigar. Ahora que lo pienso, este derrumbe no pudo venirle mejor al comandante. Con él, las posibilidades de que alguien, por error, descubriera su calabozo, son casi nulas.

«De no haber estado buscando a Haru, tú tampoco sabrías de su existencia».

Sin perder el tiempo —y tratando de mantenerme enfocada en el objetivo—, trepo por las rocas con el mayor cuidado posible hasta que llego al hueco por el cual fui rescatada. Una vez ahí, me introduzco con mucho cuidado en él y bajo hasta llegar al interior de la cámara que los escombros han creado.

El polvo lo inunda todo y se me pega a la garganta cuando respiro; es por eso que tengo que cubrirme la nariz y la boca con la manga de la chaqueta — esa que me ha conseguido la doctora Harper— para evitar toser.

La oscuridad es abrumadora, y apenas puedo ver más allá de mi nariz, pero no me atrevo a encender la linterna todavía. En su lugar, me acerco a la pared izquierda para sentir el instante en el que llegue a la puerta indicada.

El metal helado no tarda en llenarme el tacto luego de unos minutos y el corazón me da un vuelco solo por el hecho de haberla encontrado. Un estallido eufórico me llena el pecho y, presa de él, me apresuro a tomar las llaves para comenzar a probarlas en el cerrojo.

Es hasta ese momento, que me atrevo a encender la luz artificial que se me fue dada.

Me toma varios intentos encontrar una que logre introducirse en la chapa. Cuando eso ocurre, quiero gritar de la emoción.

Giro la muñeca con lentitud. Nada. No es la llave indicada.

La decepción que me invade es eclipsada por la confusión que siento. De pronto, un horrible hormigueo me recorre desde la nuca hasta la mitad de la espalda y una pregunta comienza a rondarme la cabeza. Un cuestionamiento comienza a quemar en lo más profundo de mi ser.

«¿Qué si este no es el único lugar de este estilo? ¿Qué si esta llave abre otro tipo de calabozo, en alguna otra parte del asentamiento?», me susurra el subconsciente y el malestar me forma un nudo en el estómago.

Con todo y eso, me obligo a lanzar las nuevas sospechas en un rincón en lo profundo de mi cerebro y trato de concentrarme en el aquí y el ahora.

Tengo que encontrar otra llave. Tengo que agotar mis opciones antes de arriesgarme a utilizar el poder de los Estigmas y debilitarme.

No sé cuánto tiempo pasa antes de que encuentre otra llave que entre en el cerrojo indicado. Otro destello de emoción eufórica me invade, pero lo contengo mientras, con lentitud, giro la muñeca para hacer ceder el pestillo.

La cerradura da de sí.

Mi corazón se detiene una fracción de segundo para reanudar su marcha a una velocidad vertiginosa. El aliento me falta y, sin más, me siento mareada. El temblor incontrolable de mis manos hace que las palmas me suden y que las llaves se me resbalen de los dedos. A pesar de eso, me obligo a apretar la mandíbula y los dientes antes de tomar una inspiración profunda. Me digo a mí misma que debo mantener la compostura y, con todo y la euforia que apenas me permite moverme, me obligo a empujar la puerta con cautela y lentitud.

El sonido metálico, profundo y chirriante de la pesada entrada solo consigue erizarme un poco más los vellos del cuerpo, y tengo que obligarme a echar un vistazo rápido al corredor solo para cerciorarme de que me encuentro completamente sola.

Cuando logro convencerme a mí misma de ello, empujo un poco más. Luego, doy un paso lento y dubitativo hacia el interior de la estancia.

Tengo el corazón en la garganta. El pulso me ruge detrás de las orejas y las rodillas me tiemblan con cada paso que doy. Estoy tan aterrorizada de lo que voy a encontrarme, que no puedo pensar en nada más. Que no puedo hacer otra cosa más que aferrarme a la linterna que sostengo entre los dedos y cerrar los ojos durante unos instantes solo para calmar el tornado de emociones que me embarga.

Doy un paso más y luego otro, hasta adentrarme en la oscura estancia.

La luz de la lámpara que sostengo apenas ilumina un par de pasos por delante de mí, así que no soy capaz de tener un vistazo real de lo que me rodea. A pesar de eso, me obligo a tragarme el miedo que me atenaza las entrañas para decir:

—¿Mikhail? —Mi voz es un susurro tembloroso.

Silencio.

Uno…

Dos…

Tres segundos pasan… Y, entonces, todo ocurre a una velocidad abrumadora.

Un gemido me responde y el terror me recorre entera. Mi mano se alza de inmediato y apunto en dirección al sonido. En ese instante, el mundo entero comienza a desmoronarse a mí alrededor.

Hay un bulto en el suelo. Un bulto envuelto en harapos sucios y desgarrados que se mueve ligeramente, como si respirara. La opresión que siento en el pecho es tan grande y dolorosa, que apenas puedo mantener el aire en los pulmones. Apenas puedo luchar contra el impulso que tengo de echarme a correr.

En su lugar, doy un paso en su dirección.

Esta vez, mientras apunto la luz hacia él, soy capaz de distinguir otras cosas.

Es una persona. Una… *chica*.

Cabello oscuro, sucio y enmarañado le cubre el rostro; pero ahora, desde el lugar en el que me encuentro, soy capaz de distinguir la curvatura débil y frágil de sus hombros, y de cómo tiene las rodillas pegadas al pecho.

«Oh, mierda».

—¿Puedes oírme? —Mi voz es suave y baja, pero reverbera en toda la habitación debido al silencio sepulcral que lo ha invadido todo.

Levanta la cabeza.

Las rodillas se me doblan, el corazón me da un vuelco, el mundo entero pierde enfoque y un grito se me construye en la garganta cuando un rostro familiar —y desconocido al mismo tiempo— aparece delante de mis ojos.

«No, no, no, no, no…».

—¿*Niara?* —suelto, sin aliento y la chica entorna los ojos en mi dirección, encandilada por la luz que he puesto directamente sobre ella.

—¿Bess? —Una voz a mis espaldas me eriza los vellos de la nuca y me giro con brusquedad para toparme de lleno con otra figura tirada en el suelo.

El rostro pálido de Dinorah me encuentra de lleno cuando luz de la lámpara me permite mirarle la cara, y cientos de preguntas comienzan a correr a toda velocidad en mi cabeza.

«¿Qué están haciendo aquí? ¿Por qué están encerradas? ¿Cómo llegaron a este lugar? ¡¿Qué carajos está pasando?!».

Sacudo la cabeza en una negativa incrédula, al tiempo que absorbo la imagen de la bruja.

Luce, al igual que Niara, magullada y descuidada; sin embargo, ella, al contrario de la chica, tiene marcas de violencia en el rostro: un ojo morado, el labio inferior reventado y un raspón en la barbilla. A pesar de eso, su expresión es completamente centrada —contraria a la de Niara, quien luce como si ni siquiera pudiese hilar sus propios pensamientos.

—Oh, Dios mío... —Las palabras salen de mis labios en un susurro horrorizado y no puedo respirar. No puedo hablar. No puedo hacer nada más que dejar que el pánico, el terror y la ira se arremolinen en mi interior y formen un monstruo aterrador.

—Bess... —Esta vez, la voz de Dinorah suena cargada de alivio, y es en ese instante, que lo pierdo por completo.

Lágrimas de horror y terror me inundan el rostro y caigo de rodillas, frente a Dinorah, mientras envuelvo los brazos alrededor de su cuerpo delgado.

Sollozos desgarradores escapan de mi garganta, y Dinorah pregunta una y otra vez si me encuentro bien. Si estas personas no me han hecho daño.

Una vocecilla en la parte trasera de mi cabeza no deja de gritarme que debo recomponerme de inmediato; que ahora no es tiempo de perder los estribos de esta manera y trato de escucharla. Trato de recomponerme mientras, con dedos temblorosos, me limpio la cara y me aparto de la bruja para encararla.

Ella también está llorando.

Con las manos, tanteo sus brazos solo para cerciorarme de que es real. De que está aquí, delante de mí, y está *viva* y, cuando lo hago, el nudo de sentimientos que me oprimía el corazón se hace un poco más grande que antes.

—Voy a sacarlas de aquí —digo, al tiempo que, sin perder un segundo más, me pongo de pie y tomo la lámpara para echar un vistazo de toda la gente que se encuentra aquí encerrada.

A la primera que veo cuando lo hago, es a Zianya. Está a unos pasos de Dinorah y mira en mi dirección como si fuese perfectamente capaz de verme a pesar de la luz que lanzo directo hacia ella. Unos pasos más al fondo, en una esquina, se encuentran dos pequeños bultos temblorosos que, de inmediato, reconozco como Kendrew y Radha: los otros Sellos.

El alivio que siento al verlos es tan grande, que en lo único en lo que puedo pensar es en lo que sentirá Haru al verlos.

Ninguno de los dos hace ademán de querer mirarme. Al contrario, pareciera que quieren fundirse en la pared para evitar ser notados por mí. Eso, por sobre todas las cosas, me llena de una sensación dolorosa.

La pared del fondo se encuentra vacía en su totalidad y no es hasta que le doy la espalda a Dinorah, que lo veo…

Ahí está, encadenado a la pared, con una especie de collar metálico en el cuello y dos enormes muñequeras de acero le contienen los brazos. Mechones rubios y sucios le caen sobre el rostro —cubriéndole parcialmente la cara— y no lleva remera alguna.

Hay heridas abiertas, como hechas por alguna especie de látigo, cubriéndole el torso; pero a pesar de eso, su mirada no deja de ser dura y feroz. Su gesto no deja de lucir como si hubiese sido esculpido por algún artista renacentista.

—Rael… —Su nombre sale de mis labios con alivio y una pequeña sonrisa tira de las comisuras de los suyos.

—Es bueno verte, Annelise —dice, con la voz ronca y pastosa por la falta de uso.

Escucharlo hablar envía un espasmo por todo mi cuerpo y hace que el llanto previo trate de hacer su camino fuera de mí una vez más.

Una risotada aliviada se me escapa y se mezcla con el sonido de mi voz rota por las lágrimas contenidas. Entonces, aparto la luz de él para seguir recorriendo la estancia.

Finalmente, vuelvo a encontrarme de lleno con Niara, quien luce más despierta y alerta que antes.

—¿Dónde está Gabrielle? —inquiero, al no encontrarla aquí abajo, pero sí ver a los Sellos que se supone que ella protegería durante su viaje a la ciudad. Mientras lo hago, me acerco a la chica para inspeccionar la cerradura de los grilletes que le sostienen las manos. Acto seguido, comienzo a rebuscar en el llavero que traigo conmigo por una llave que pueda abrirla—. ¿Qué pasó con ustedes? ¿Desde hace cuánto están aquí?

El silencio que le sigue a mis palabras me hace saber que nadie quiere hablar de eso; pero luego de unos instantes, la voz de Rael lo rompe por completo.

—No sabemos nada de Gabrielle. La última vez que la vimos, estaba en camino para detener a Baal y a la horda de demonios menores que la acompañaron a invadir Japón —dice, y suena pesaroso mientras lo hace. No me pasa desapercibido el hecho de que se refiere a Baal como chica y no puedo evitar preguntarme si la mujer que nos atacó a nuestra llegada a Los Ángeles es la misma de la que él habla. Creo que es así—. Tuvimos complicaciones en el camino y, en el calor del momento, tomé la estúpida decisión de dejar a las brujas y a los sellos en el asentamiento humano antes de ir a buscarlos a Mikhail y a ti —explica y, mientras lo escucho, sigo probando las llaves sin éxito—. Para nuestra mala suerte, un puñado de humanos poseídos nos atacaron justo cuando una patrulla de humanos abandonaba el asentamiento y nos vieron luchar contra ellos. Nos encerraron tan pronto como tratamos de explicarnos. Hemos estado aquí desde entonces. El hombre al mando, ese que se llama a sí mismo «comandante», solo ha venido aquí a torturarnos. A tratar de amedrentarnos y a exigirme que llame a los míos para que escoltemos a toda la gente que aquí se refugia fuera de la ciudad.

La ira apabullante y cegadora que me invade hace que el estómago me duela y las manos me tiemblen.

Estuvieron aquí todo el tiempo. Estuvieron dentro de estos túneles todo este tiempo y no nos dimos cuenta.

—¿Le dijiste quién eras? ¿Qué hacían aquí? ¿Quiénes eran los niños? —inquiero, sin levantar la vista de la tarea impuesta, pero el enojo en mi voz es palpable.

—Sí —Rael dice y, de pronto, no puedo concentrarme en nada. No puedo hacer otra cosa más que tratar de controlar las emociones furibundas que me invaden—, pero no hizo diferencia alguna. Dijo que, encerrados aquí abajo causaríamos menos problemas. Él y su gente se han dedicado desde entonces a torturarme. A exigirme que llame a los ángeles y los obligue a proteger este lugar.

«¿Por qué contigo se portó diferente?», inquiere mi subconsciente. «¿Por qué, si ya sabía de la existencia de los sellos mucho antes de que tú se lo dijeras, a ti no te encerró en un calabozo?».

Pero ya sé la respuesta a esas preguntas. El comandante estaba tratando de utilizar otros métodos conmigo. La violencia no funcionó con Rael y las brujas. Estaba probando la persuasión. La amabilidad. La empatía... Pretendía conseguir de mí lo mismo que de Rael: protección y una manera de escape. Por eso me obligó a inspeccionar la grieta tantas veces. No dudo ni un poco que, eventualmente, pensaba pedirme que tratase de ayudarles a escapar de aquí. Y lo habría hecho. ¡Maldita sea! Lo habría hecho de no haber sido por lo que pasó hace unas horas...

Cierro los ojos mientras trato de contener el grito enfurecido que se ha construido en mi garganta.

—Hijo de puta —digo, en voz baja, al tiempo que sacudo la cabeza en una negativa y aprieto los dientes.

De pronto, me siento furiosa. Aturdida e iracunda ante las nuevas revelaciones.

—¿Qué estás haciendo tú aquí? —Es el turno de Niara de preguntar y mis ojos se abren para posarse en ella. Luce cada vez más lúcida y despierta, y el gesto confundido que esboza me estruja el pecho—. ¿Cómo llegaste hasta acá? ¿Dónde están Jasiel, Haru y Mikhail?

Trago duro.

—Jasiel está muerto —digo, y mi voz se quiebra en el proceso—. Lo mató un demonio con aspecto de mujer cuando llegamos a Los Ángeles. —Apenas puedo arrancarme las palabras de la boca, pero me las arreglo para concluir al cabo de unos segundos—: Haru está a salvo y Mikhail prisionero. Es a él a quien venía a buscar. Creí que estaría aquí, pero creo que me equivoqué.

Conforme hablo, el gesto de la bruja se vuelve más y más confuso.

—Es una larga historia —digo, porque es cierto—, pero estuvimos aquí, en el asentamiento, todo este tiempo. Justo como ustedes. Ahora no tenemos mucho tiempo, pero prometo contárselos todo tan pronto como salgamos de este maldito lugar.

—Si no tenemos mucho tiempo, amor, no te recomiendo seguir buscando las llaves de estas malditas cerraduras —Rael interviene, y mi atención se posa en él justo a tiempo para verlo encogerse de hombros y añadir—: Y, no me malentiendas, nos liberaría yo mismo, pero al parecer, el comandante y los humanos a su servicio saben perfectamente que nuestro poder radica en nuestras alas; por eso cortaron las mías tan pronto como pudieron someterme. Así que, ¿podrías utilizar ese poder endemoniado que tienes y hacernos el honor?

La nueva revelación hace que un nuevo nivel de enojo me embargue, pero me las arreglo para empujarlo lejos mientras asiento.

Sé que no debería utilizar el poder de los Estigmas todavía. Que puedo mermar mucho mis fuerzas si lo hago, pero también sé que no tenemos mucho tiempo. Tengo que hacer esto y sacarnos de aquí a como dé lugar.

Cierro los ojos una vez más y tomo una inspiración profunda.

Entonces, llamo a los Estigmas.

La energía agitada y violenta en mi interior ronronea en aprobación cuando nota que no trato de refrenarla; pero cuando trata de hacer su camino fuera de mí, la contengo un poco solo para hacerle saber que soy yo quien tiene el control.

Los hilos sisean mientras se desperezan y tejen su camino por todo mi cuerpo antes de abandonarme. Instintivamente, tratan de aferrarse a la energía débil de las personas aquí dentro, pero los obligo a detenerse.

Entonces, trato, con mucho cuidado, de canalizarlos. De visualizar lo que quiero que hagan y de guiar su camino para que obedezcan mis órdenes.

La humedad cálida de la sangre me moja las muñecas, pero la ignoro mientras trato de controlar el poder abrumador que poseo.

Al final, luego de un par de largos instantes, logro hacer que se envuelvan alrededor de las cadenas que los mantienen prisioneros. Acto seguido, tiro de los hilos con brusquedad.

El estallido con el que los eslabones revientan de sus uniones hace que un grito aterrado escape de la garganta de alguien a mis espaldas, pero el sonido es eclipsado por la forma en la que Rael, sin esperar un solo segundo más, comienza a moverse.

—No es por ser aguafiestas —dice, al tiempo que se acerca a Niara y la ayuda a levantarse del suelo—, pero muero por largarme de aquí. ¿Ustedes no?

Una sonrisa aliviada se dibuja en mis labios.

—Vamos. —Es mi turno de decir, al tiempo que ayudo a Dinorah a levantarse—. Les mostraré la salida.

35

RESCATE

Han pasado diez minutos desde la última vez que vi a la doctora Harper. Diez minutos desde que nos separamos; ella para distraer a los guardias de seguridad y yo para adentrarme en la oscuridad de los pasillos sellados para buscar a un arcángel —demonio— prisionero.

Sé que, si estuvo esperándome en nuestro punto de reunión, ya no lo hace más. Seguramente, ha emprendido el camino en dirección a donde Maggie —su persona de confianza— y Haru nos esperan.

Con esto en la cabeza y un millar de escenarios fatalistas hilándose en mis pensamientos, guío el camino de todo el mundo por las zonas más oscuras y poco transitadas del asentamiento.

No hago caso del dolor que siento en las heridas abiertas de las muñecas, ni en la debilidad que, de pronto, me ha embargado por haber utilizado el poder de los Estigmas. Me mantengo enfocada en el objetivo y me obligo a avanzar lo más rápido que puedo.

Por lo poco que he podido hablar con Rael, me he enterado de que, al perder sus alas, su conexión con el resto de los ángeles se rompió por completo; así que no tiene ni idea de cómo están las cosas en la superficie. Como puedo, le cuento a resumidas cuentas todo lo que sé al respecto y todo lo que ha pasado las últimas veinticuatro horas con nosotros aquí.

Lo único de lo que no me atrevo a hablarle todavía, es respecto a mis sueños y a lo que Daialee me advierte en ellos. No me gustaría preocuparlo con eso ahora. No cuando pienso dejarlos encontrar la salida por su cuenta mientras voy a buscar a Mikhail.

Hemos llegado. Estamos en el lugar en el que quedé de encontrarme con la doctora Harper y, justo como pensaba que ocurriría, ella se ha marchado. No la culpo de ello para nada. Así fue nuestro acuerdo y lo siguió al pie de la letra; como yo habría hecho también.

Una vez ahí y, sintiéndome un poco protegida por lo oculto y oscuro de la zona, me detengo y me giro sobre mi eje para encarar a la pequeña multitud que viene siguiéndome. Cuando lo hago, me tomo unos instantes para mirarlos a detalle.

Rael, pese a haber perdido sus alas y haber estado encadenado, no parece dar signos de tanta debilidad como lo hace Niara, quien está siendo ayudada por el ángel a andar. Dinorah y Zianya, por otro lado, lucen agotadas, pero, dentro de lo que cabe, firmes. Los niños, sin embargo, pese a no parecer adoloridos o magullados, no lucen del todo bien. Están tan asustados, que cualquier movimiento en la oscuridad los hace saltar y ocultarse detrás de Dinorah.

Me rompe el corazón verlos así. Me duele el pecho solo de imaginarme las torturas a las que fueron sometidos a manos del comandante y quiero gritar. Quiero ir a buscar a ese hombre y hacerlo pagar por todo el daño que le ha hecho a mi familia.

«Mi familia», repito, para mis adentros, y la sensación que me provoca el solo pensarlo me llena de una determinación que ni siquiera sabía que poseía.

Ellos… Estas personas… son mi familia. Y voy a hacer todo lo que esté en mis manos para mantenerlos con vida.

Un nudo se aprieta en mi garganta ante la resolución que me embarga al darme cuenta de eso, y una sonrisa temblorosa y aterrorizada se apodera de mis labios.

—A partir de aquí, van por su cuenta —anuncio, al cabo de unos segundos de silencio. De inmediato, Rael, Niara, Zianya y Dinorah protestan, pero alzo las manos para acallar sus exclamaciones alarmadas—. Ni siquiera se molesten en intentar detenerme. No voy a irme de aquí sin Mikhail.

La aprensión que veo en el gesto de todos hace que el nudo que tengo en la tráquea se atenace un poco más; sin embargo, nadie hace nada por continuar. Es por eso que, luego de unos instantes más, digo:

—Deberán seguir este mapa. —Del interior de uno de mis bolsillos, tomo la hoja de papel donde la doctora Harper dibujó el mapa hacia la salida y la extiendo en dirección de Rael—. Inicia justo en este punto y termina aquí… —Con el índice, le indico al ángel el lugar donde la doctora Harper dijo que estaba la salida y, luego de eso, tomo el reloj que la doctora me dio y el juego de llaves—. Allá deberá estar esperándolos Haru junto con dos personas más. Vas a decirle a la doctora Harper quién eres, y vas a darle el reloj y las llaves como prueba de que estuvimos juntos. —La mirada férrea de Rael está clavada en mí, como si no pudiese creer lo que estoy pidiéndole que haga—. Váyanse de aquí. Mikhail y yo los alcanzaremos en el punto de reunión afuera del asentamiento, ¿de acuerdo?

—¿Cómo vas a encontrar el camino a la salida si nos llevamos el mapa? —Rael suelta, con preocupación.

—He visto ese mapa las suficientes veces como para conocer el camino a la salida. —Miento, al tiempo que esbozo una sonrisa temblorosa—. Creo que puedo apañármelas sin él.

—Bess, no voy a dejarte.

—Tienes que hacerlo, Rael. Tienes que irte de aquí y llevarte a los Sellos contigo —digo, mientras coloco el mapa, el reloj y las llaves sobre la palma de su mano—. Ponlos a salvo.

—¿Y si te atrapan? —inquiere, con angustia y preocupación en la voz.

—Entonces, los que tendrán un problema en sus manos serán ellos, porque no pienso permitir que me hagan daño. No sin pelear antes —digo, al tiempo que esbozo una sonrisa arrogante y tranquilizadora al mismo tiempo.

El ángel niega con la cabeza, mientras Dinorah y Niara protestan en voz baja.

—Bess, no puedo dejar que te arriesgues de esa manera —insiste.

—No puedes detenerme, Rael. —Es mi turno de negar—. Tengo que hacerlo. Tengo que salvarlo. Lo entiendes, ¿no es así?

—Va a matarme si te dejo ir —dice, pero suena como si hubiese comprendido que no va a poder convencerme de desertar—. No va a perdonármelo nunca.

Una risotada se me escapa.

—Estoy segura de que sabrá que lo hice en contra de tu voluntad.

Una risa horrorizada y corta escapa de los labios del ángel, pero luce como si estuviese a punto de gritar de la frustración.

—¿Qué diablos vamos a hacer contigo, Annelise? —masculla, al tiempo que tira de mí en un abrazo apretado. Entonces, luego de unos segundos, añade—: Sé cuidadosa. No quiero tener que decirle a Mikhail que has muerto porque no te cuidaste bien las espaldas.

Asiento, porque no soy capaz de pronunciar nada. No sin echarme a llorar.

Acto seguido, me aparto de él y envuelvo a Niara en un abrazo apretado para luego reunirme con Dinorah.

—Bess, ten cuidado, por favor —dice, contra mi oído—. Daialee ha estado hablándome en sueños. Trata de advertirnos sobre alguien y...

—Lo sé. —La corto de tajo, al tiempo que aprieto los brazos a su alrededor—. También ha estado hablándome. Seré cuidadosa.

La mujer se aparta para mirarme a los ojos.

—Cuídate de todos. Incluso, de él. —Sé a *quién* se refiere. Ella también sospecha de Mikhail, y un destello de duda y dolor me invaden el pecho; pero me obligo a empujarlo todo lejos.

—Lo haré —prometo, a pesar de todo y me acerco a Zianya.

Ella me abraza con fuerza y murmura contra mi oído que no me exponga a peligros innecesarios. Finalmente, me acuclillo frente a los niños —que se esconden detrás de Dinorah— y les revuelvo un poco el cabello.

Ninguno de los dos se aparta cuando lo hago y me miran con fijeza una vez que termino.

Me pongo de pie una vez más.

—Se nos acaba el tiempo —digo, con la voz entrecortada por el poder de mis emociones y todos asienten en acuerdo—. Nos vemos allá afuera.

—Los estaremos esperando. —Rael me mira como si estuviese reprimiendo el impulso de tomarme en brazos y sacarme de aquí a rastras—. No demoren demasiado.

Asiento una vez más.

—Trataremos de no hacerlo —prometo y, acto seguido, me doy la media vuelta y me echo a andar en dirección al pasillo que da hacia las áreas ocultas del asentamiento.

No sé qué diablos estoy haciendo. No sé cómo se supone que voy a encontrar a Mikhail o cómo demonios voy a conseguir sacarnos de este lugar antes de que alguien se dé cuenta de que no estoy en el lugar en el que debería.

Los niveles de ansiedad y pánico que me embargan son apabullantes y aterradores, pero me las arreglo para mantenerlos bajo control, mientras me escurro en el interior de uno de los oscuros corredores de las áreas que, hasta hace unas horas, desconocía.

—Piensa, Bess... —murmuro, en voz baja, al tiempo que echo un vistazo rápido al pasillo desierto que se despliega delante de mis ojos—. *Piensa.*

Me muerdo el labio inferior con fuerza, al tiempo que trato de serenarme un poco. Me siento tan alterada y nerviosa, que no soy capaz de hilar los pensamientos como debería; sin embargo, no dejo que eso me detenga. No dejo que eso me impida rebuscar en lo profundo de mi cabeza alguna idea que pueda servirme.

—Si yo fuese el comandante, ¿dónde ocultaría a una criatura a la cual no le conozco la naturaleza? —musito, pero la respuesta es obvia: lo ocultaría en el lugar más seguro del asentamiento. La verdadera pregunta aquí es ¿dónde es ese lugar?...

Cierro los ojos y tomo una inspiración profunda.

Mi mente corre a toda velocidad. El corazón me golpea fuerte contra las costillas y los Estigmas, aún despiertos y alertas, se remueven inquietos en mi interior; provocándome un extraño dolor en las muñecas.

Me siento abrumada. Aterrorizada de lo que estoy haciendo y sin idea alguna de cómo diablos voy a salir de esta situación sin ser descubierta. No quiero utilizar el poder de los Estigmas una vez más, porque no sé qué tanto desgaste va a suponer para mi cuerpo. Ahora no puedo permitirme el lujo de sucumbir ante ellos. De perder el control o de mantenerlo a costa de mi bienestar corporal.

Antes, cuando la parte angelical de Mikhail me acompañaba, podía hacer uso de ellos con mayor libertad. Ahora, cada que trato de recurrir a ellos, mi cuerpo lo reciente con mayor intensidad.

Todo era más fácil cuando la energía celestial estaba conmigo. Ella me ayudaba con el dolor. Me aliviaba y me protegía. Incluso, era capaz de impedir que me dañara cuando él tiraba con fuerza del lazo que nos une...

Mis ojos se abren de golpe y la resolución cae sobre mí como baldazo de agua helada.

«¡El lazo!», grita la voz de mi subconsciente y parpadeo un par de veces, solo para tratar de espabilar y poner en orden la oleada de posibilidades que me asaltan.

Sé que puedo sentirlo a través del lazo que nos une. Sé que puedo comunicarme con él de alguna u otra manera a través de la cuerda que nos ata y sé, también, que él puede hacer lo mismo conmigo.

Quizás, si trato de llamarle por ese medio, pueda encontrarlo. Quizás, si trato de enfocar mis energías en eso, pueda sentir dónde se encuentra. Así como él puede hacerlo conmigo cuando estoy en peligro.

Me muerdo el interior de la mejilla, dudosa. Es muy probable que no sirva de nada. Que la conexión que nos une no sea capaz de llevarme a él y que hay mucho en juego. Si no llego a él a tiempo —o si me descubren— estaremos acabados. Tanto Mikhail como yo terminaremos encerrados en un calabozo... o muertos; pero es lo único que tengo. La única alternativa que se me ocurre para encontrarlo.

«Por favor, Dios, permíteme encontrarlo».

Un escalofrío de puro terror me recorre entera ante la posibilidad de ser atrapada por las personas que lideran este lugar, pero me obligo a tomar una inspiración profunda para aplacar la horrible sensación de pánico que ha comenzado a hacer mella en mi estómago.

Sé que mis decisiones últimamente han sido las peores. Sé que ni siquiera puedo confiar en mi buen juicio; pero también sé que tengo que intentarlo. Debo hacer esto, por él. Por mí. Porque, luego de tanto, cometería el más grande de los errores si me quedo de brazos cruzados y no lucho hasta el final.

Sé que voy a morir. Que mi destino está sellado y firmado desde el día que nací… Pero no voy a irme de este mundo sin pelear hasta el final.

Un nudo se me instala en la garganta, pero la resolución ha comenzado a llenarme los sentidos de un valor que me asusta. De una determinación que me aterroriza.

Tomo una inspiración profunda y dejo ir el aire en un suspiro tembloroso. Las manos me sudan, el pulso me golpea con violencia detrás de las orejas y una vocecilla tímida, pero firme, susurra una y otra vez que puedo hacerlo. Que puedo salvarlo. Que puedo sacarnos de aquí si me lo propongo.

Mis ojos se cierran una vez más. Mi corazón se salta un latido, la garganta se me seca y vuelvo a exhalar los miedos en otro suspiro tembloroso.

Entonces, tiro de la cuerda que me ata al demonio de los ojos grises.

Uno.

Dos.

Tres segundos pasan… Y, de pronto, un hormigueo extraño me llena el pecho.

Al principio, creo que lo estoy imaginando, pero la sensación se expande y se intensifica hasta convertirse en una picazón extraña en toda mi caja torácica. En una vibración intensa que se extiende hasta convertirse en un rumor ronco, profundo y poderoso.

La sensación victoriosa es inmediata y es tan grande, que casi me pongo a gritar de la emoción. A pesar de eso, me obligo a mantenerme quieta en mi lugar. Me obligo a enfocar todas mis energías en lo que estoy sintiendo a través del lazo, para no perderlo. No puedo perderlo.

Un suspiro tembloroso me abandona y tiro de la cuerda una vez más.

En ese instante, ocurre.

Se siente como un choque eléctrico. Como si un relámpago proveniente de algún lugar dentro de estos interminables túneles me alcanzara y se estrellara contra mí, para luego dejarme una estela ardiente dentro del pecho. Un camino de fuego que se alarga y se estira hasta *sabrá-el-cielo-dónde*.

El corazón me late con fuerza, la ansiedad y el miedo se mezclan con la euforia que ha comenzado a abrirse paso en mi interior y abro los ojos. Abro los ojos tratando de absorberlo todo sin perder lo que acabo de encontrar. Sin dejar ir el rastro férvido que se ha apoderado de la cuerda que me ata al demonio de los ojos grises.

Las manos me tiemblan, el terror hace que el nudo que tengo en el estómago se apriete y, sin más, no puedo apartar de mí este rumor bajo que hace ruido en la parte trasera de mi cabeza y grita, con todas sus fuerzas, que debo avanzar hacia el largo corredor que tengo delante de mis ojos. Que debo seguir esta extraña y dolorosa sensación que me urge hacia la oscuridad del subterráneo al que, hasta hace unos días, no le conocía la existencia.

«Ve», susurra una voz en mi interior que nunca había escuchado antes, pero que suena tan contundente y segura que me saca de balance.

La confusión instantánea es eclipsada por un sentimiento más poderoso. Una especie de instinto primitivo y apremiante, que no deja de pedirme que comience a moverme y que lo haga rápido.

«¿Y si no logras encontrarlo? ¿Y si esta sensación significa otra cosa? ¿Cómo estás segura de que va a llevarte hasta él?», los demonios de mi subconsciente susurran, pero los empujo lo más lejos que puedo. Me deshago de ellos porque sé que debo hacer esto. Porque sé, con toda certeza, que debo confiar en *esto*. En la conexión que hemos tenido desde siempre.

Así pues, con el pánico lamiéndome las paredes del corazón y la determinación llenándome cada rincón del cuerpo, me echo a andar hacia la oscuridad.

Los pasillos se vuelven más oscuros y lóbregos conforme avanzo y el miedo apabullante y doloroso incrementa con cada uno de los pasos que doy. La opresión que siento ahora mismo es tan intensa, que apenas puedo concentrarme en lo que ocurre a mi alrededor. El terror es cada vez más grande. Cada vez más paralizante, pero no me permito ni un instante de vacilación. Tengo que hacer esto. Tengo que encontrar a Mikhail y sacarlo de este lugar con vida. Así sea lo último que haga.

El mero pensamiento hace que un estremecimiento involuntario me recorra y me pregunto qué tan dispuesta estoy a hacer todo lo posible por salvarlo. Me pregunto qué tanto, de esta necesidad imperiosa que siento de rescatarlo con vida, radica en el hecho de que él es el único que puede liderar al ejército del Creador, y cuánta tiene que ver con lo que siento por él.

Mucho me temo que mis motivos son muy claros. Que hago esto no porque él pueda salvar a la humanidad entera, sino porque el alma me pide a gritos su bienestar; y me siento absurda. Tonta al estar dispuesta a sacrificarlo todo por él, a sabiendas de que podría estar jugándome el dedo en la boca una vez más.

Ahora mismo, quiero pensar que no es así. Quiero creer que puedo confiar a pesar de que todo me grita lo contrario.

No sé cuánto tiempo pasa antes de que comience a notar cómo la calidez en el lazo que me ata a Mikhail incrementa, pero, cuando lo hago, un disparo de adrenalina me recorre y aprieto el paso.

El polvo y la suciedad lo llenan todo, pero no me detengo. Al contrario, avanzo tan rápido que, de pronto, me encuentro trotando en dirección a donde la estela ardiente me lleva. Sé que estoy siendo descuidada; que no estoy prestando ni la más mínima atención a lo que sucede a mi alrededor, pero estoy *tan* ansiosa. *Tan* angustiada, que no puedo hacer más que apretar el paso y echar vistazos alrededor de vez en cuando.

Sé que estoy cerca. Puedo sentirlo. Puedo intuirlo con cada célula de mi ser y, pese a eso, tiro de la cuerda en mi pecho una vez más solo para que él pueda sentirme. Para que el ardor que me embarga se avive y termine de llevarme hasta donde está.

Un suave tirón me encuentra de regreso y me detengo en seco, abrumada por la sensación. Aliviada hasta la mierda por haberla percibido.

Mi respiración agitada y el pulso acelerado son lo único que soy capaz de escuchar y apenas puedo ver a un palmo de distancia de donde me encuentro, pero sé, con toda certeza, que estoy muy, *muy* cerca.

La cuerda pulsa y vibra una vez más y, en respuesta, la hago pulsar también. La hago vibrar un poco, porque sé que Mikhail puede sentirme. Él *sabe* que lo estoy buscando.

Me echo a andar otra vez. En esta ocasión, voy lento, con una mano apoyada en la pared y la otra en el aire, a tientas.

«¿Dónde estás, Mikhail? Por favor, dime dónde estás», suplico, para mis adentros y, como si hubiese sido capaz de escucharme el pensamiento, tira del lazo una vez más.

De inmediato, el fuego que me guio hasta este punto se enciende con renovadas energías y tengo que detenerme en seco porque es demasiado intenso. Demasiado abrumador... Y está demasiado cerca.

La euforia que empieza a embargarme es tanta, que las manos me tiemblan.

Quiero gritar su nombre. Quiero llamarlo a todo pulmón hasta que sea capaz de escucharme, pero, en su lugar, sigo el rastro que ha dejado. Sigo al fuego que nos ata hasta que este es tan poderoso, que comienza a ser doloroso y molesto. Hasta que me hace encontrar una puerta metálica cerrada con llave.

Sé que Mikhail se encuentra allí dentro. Lo sé. Lo *siento*. Y, pese a eso, tiro del lazo una vez más solo para cerciorarme.

La respuesta es inmediata. El tirón contundente que el demonio de los ojos grises le da a nuestra atadura es lo único que necesito para saberlo:

Mikhail está allí dentro.

Alivio, ansiedad, terror, angustia... Todo se arremolina en mi interior y colisiona con tanta fuerza, que no puedo moverme. No puedo hacer otra cosa que no sea tratar de contener las lágrimas que han empezado a acumularse en mis ojos.

Planto las manos en el metal helado de la puerta y trago duro.

Sé que no debo hacer uso del poder de los Estigmas más de lo necesario. Sé que necesito ahorrar todas mis energías o si no, no voy a poder abandonar este lugar en una pieza; pero también sé que es la única manera.

Así que, haciendo acopio de todo el autocontrol que puedo imprimir, cierro los ojos y llamo a los Estigmas. Estos, de inmediato, se desperezan y hacen su camino fuera de mí para aferrarse a la puerta. Al cerrojo que hay en ella.

Entonces, los dejo hacer lo suyo y la cerradura hace un sonido sordo.

Me saca de balance la forma en la que, esta vez, pude controlarlos; pero trato de no pensar demasiado en ellos cuando, finalmente, empujo la puerta con lentitud.

Aún no sé qué es lo que voy a encontrarme del otro lado. Todavía no estoy segura de querer averiguarlo; pero, de todos modos, abro la puerta con los Estigmas completamente alertas y me introduzco en la habitación.

Hay una especie de ventana alta, más parecida a una rendija de ventilación que otra cosa; pero a través de ella, la luz de la luna se introduce y llena de sombras tétricas todo el espacio.

Me toma unos instantes acostumbrarme a la nueva iluminación, pero, cuando lo hago, un grito se construye en mi garganta.

El corazón me da un vuelco, las palmas me tiemblan, los Estigmas sisean, furiosos, y la ira —cruda y cegadora—, me llena el torrente sanguíneo en cuestión de segundos.

Mi cabeza se sacude en una negativa frenética, pero no puedo moverme. No puedo hacer otra cosa más que intentar contener el grito de horror que tengo atorado en la garganta y las lágrimas que han comenzado a nublarme la vista. No puedo hacer nada más que observar con horror la imagen que tengo delante de mí.

Ahí, al centro de la estancia, se encuentra él.

Su cuerpo entero está suspendido en el aire. Sus brazos alzados están acomodados en ángulos antinaturales que lucen dolorosos y hay grilletes que cuelgan de cadenas gruesas en sus muñecas. Su torso entero está cubierto de yagas en carne viva y sangre. *Mucha* sangre.

Su cabeza cae —lánguida y derrotada— hacia adelante; impidiéndome ver su rostro, pero no necesito verle la cara para reconocerlo.

Sé que es él.

—Mikhail... —Mi voz es un suspiro roto. Un susurro tembloroso, horrorizado y dolorido que refleja cuán asqueada me siento.

Él levanta la cabeza...

... Y yo lo pierdo por completo.

Lágrimas pesadas y dolorosas me resbalan por las mejillas y un sonido —mitad gemido, mitad sollozo— se me escapa cuando el demonio de los ojos grises clava el único ojo que no tiene inflamado en mí.

—Bess... —Su voz es un murmullo aliviado. Una suave exhalación que crea un maremoto de emociones en mi interior.

No estoy muy segura de que estoy haciendo, pero ya he comenzado a moverme. Mis pies han comenzado a hacer su camino hasta donde se encuentra y, cuando estoy lo suficientemente cerca envuelvo los brazos alrededor de su cuello en un abrazo apretado y doloroso.

Un gemido adolorido escapa de la garganta del demonio y, como empujada por un resorte, me echo hacia atrás de inmediato.

—*No...* —susurra, con la voz rota contra mi oído, antes de que termine de alejarme por completo—. No me sueltes, Cielo. Por lo que más quieras, no me sueltes.

En ese instante, toda la compostura se fuga de mi cuerpo y lloro. Lloro con fuerza mientras me aferro a él. Lloro porque no puedo creer lo que le hicieron y porque él, a pesar de lo último que pasó entre nosotros, no deja de susurrar palabras dulces contra mi oído.

No deja de reprocharme con suavidad el que esté aquí, en lugar de intentando escapar como —dice él— debería.

—Lo siento —digo, en un susurro tembloroso e inestable, al cabo de unos segundos que me parecen eternos e insuficientes al mismo tiempo—. Lo lamento tanto, Mikhail.

—*Shh...* —Suspira contra mi oído—. No pasa nada, Cielo. Todo está bien ahora.

Me aparto un poco, solo para inspeccionarle el rostro magullado, y lo que veo me escuece de adentro hacia afuera con intensidad. La ira se mezcla con la colisión de sentimientos que ya hacen estragos dentro de mí y no puedo evitar negar con la cabeza, llena de frustración y rabia.

—¿Qué te hicieron? —digo, con la voz enronquecida por la fuerza de las emociones, y él solo cierra el único ojo que tiene abierto para inclinar el rostro hacia la palma que sostengo contra su mejilla.

Yo aprovecho esos instantes para estudiar la forma en la que sus hombros se han salido de su lugar. Cómo le han dislocado los huesos de los brazos con la posición tan incómoda con la que lo han colgado, y cómo su cuerpo entero está lleno de yagas profundas que desvelan la carne debajo de su piel marmolea.

Una nueva punzada de furia me recorre el cuerpo y aprieto la mandíbula para evitar gritar. Para reprimir el impulso que tengo de tirar abajo este lugar.

—No importa ahora. —La voz de Mikhail me saca de mis cavilaciones y clavo los ojos su rostro una vez más—. Tenemos que salir de aquí.

Consciente de lo que dice y del poco tiempo que tenemos, asiento con severidad.

—Te sacaré de aquí —prometo, a pesar de que no sé si voy a poder cumplirlo y él esboza una sonrisa suave.

—No dudo ni un segundo que lo harás, Cielo —dice, con tranquilidad, y no puedo creer la soltura con la que habla—; pero primero, necesito que me hagas un favor.

La confusión me embarga casi de inmediato y él debe verla en mi rostro, ya que me dedica un gesto tranquilizador antes de decir:

—Verás, pegada a estas cadenas y enterrada en mi espalda, donde se supone que deben estar mis alas, está una vara metálica —dice, y no me pasa desapercibido cómo el aliento le falta conforme habla—. ¿Podrías quitármela? Está debilitándome y no puedo liberarme si toda mi energía se está filtrando por las heridas de mis omóplatos.

El horror que siento en ese momento es tanto, que me quedo muda durante unos instantes. Inmóvil, mientras trato de procesar todo lo que acaba de decirme. Entonces, la ira incrementa otro poco.

Mi boca se abre para replicar, pero un sonido metálico lo inunda todo y mi atención se posa a toda velocidad en dirección a la puerta.

El pánico me invade el torrente sanguíneo.

«¡Mierda!».

Hay una figura ahí, de pie en el umbral. Sostiene una linterna y nos apunta con ella, así que no puedo verle el rostro; pero casi de inmediato llamo al poder de los Estigmas y estos, a toda velocidad, se ponen en alerta.

Mikhail entorna los ojos, la figura da un paso hacia el interior de la estancia, y una voz familiar lo inunda todo.

—No sé por qué no me sorprende encontrarte aquí, Bess Marshall —dice Hank Saint Clair, y el terror se apodera de mí por completo.

36

ALIADO

El tiempo parece haberse detenido por completo. El mundo parece haber ralentizado su marcha, dejándonos aquí, suspendidos en el aire durante una dolorosa eternidad; con la luz de la lámpara con la que Hank nos apunta dándonos directo a los ojos.

El terror me escuece las entrañas de adentro hacia afuera cuando, a pesar de que no puedo verlo debido a la incandescente iluminación que me golpea de lleno, puedo escuchar cómo unos pasos lentos, cautelosos y decididos se acercan en nuestra dirección.

De inmediato, los Estigmas se estiran lejos de mí y se envuelven alrededor del chico que ha irrumpido en este lugar y que, seguro como el infierno, va a intentar mantenernos aquí atrapados.

Sus pasos se detienen y sé, de inmediato, que puede sentir lo que acaba de ocurrir. Que, de alguna manera, ha logrado percibir las hebras de energía rodeándole por completo.

La lámpara que sostiene entre los dedos baja, pero sigo sin poder ver absolutamente nada.

Con todo y eso, me las arreglo para parpadear un par de veces, para luego interponerme entre él y el chico que cuelga de un par de gruesas cadenas.

Estoy en absoluta alerta y los hilos que se entretejen alrededor del cuerpo de Hank me piden a gritos que los deje continuar. Que los deje mostrarle tan solo una fracción del daño que él y los suyos le hicieron a Mikhail.

—No te acerques más —advierto y la tranquilidad con la que salen las palabras de mi boca hace que la energía en mi interior ronronee en aprobación.

Silencio.

—¿Estás amenazándome, preciosa? —Su tono es divertido y eso solo hace que los hilos que contengo a su alrededor se tensen un poco ante el desafío.

—¿Por qué no lo averiguas? —Mi tono iguala el suyo y, sin más, una carcajada escapa de sus labios.

Un disparo de ira me llena el cuerpo en el instante en el que la risa reverbera en toda la habitación, como si le hubiese contado el chiste más gracioso del mundo. En ese momento, tiro de las pequeñas hebras que lo invaden todo y Hank enmudece antes de soltar un gemido dolorido.

La lámpara que sostenía entre los dedos cae al suelo y, cuando el dolor comienza a hacerse presente en mis muñecas, me detengo.

De inmediato, los Estigmas protestan; pero como puedo, los contengo. No puedo darme el lujo de comenzar a sangrar. No puedo dejar que me consuman si queremos una oportunidad de abandonar este lugar.

—Ríete de nuevo y juro por lo más sagrado que existe que voy a hacerte pagar por ello. —Sueno tan siniestra, que yo misma me sorprendo, pero me las arreglo para mantener la expresión firme a pesar de que sé que no puede verla.

—Yo no haría eso si fuera tú, Bess. —La voz de Hank, a pesar de sonar dolida, tiene un tono resuelto y divertido.

—¿Estás retándome?

—Para nada, es solo que —hace una pequeña pausa, al tiempo que recoge la lámpara y la coloca en una posición en la que soy capaz de ver cómo se incorpora poco a poco—, si me haces daño, ¿cómo diablos voy a ayudarlos a salir de este lugar?

—¿*Qué*? —La voz tanto de Mikhail como la mía resuenan al unísono y la incredulidad es palpable en ambos.

No me atrevo a apostar, pero en la penumbra, creo ver una media sonrisa arrogante tirando de las comisuras de los labios del chico.

—Vine hasta aquí, completamente solo, con la intención de liberarlo. —Hace un gesto de cabeza en dirección al demonio de ojos grises—. Puedo ser un completo hijo de puta, pero no soy imbécil. Sé que lo necesitamos. Quienquiera que él sea.

Entorno los ojos en su dirección, sin bajar la guardia ni un segundo.

En mi cabeza, las advertencias de Daialee resuenan con fuerza y me llenan de recelo y desconfianza inmediata.

—¿Y pretendes que te crea? ¿Así como así? —Para probar el punto, estiro una mano en dirección al demonio de los ojos grises—. ¿Luego de que permitiste que le hicieran esto? ¿Luego de que permitiste que me encerraran en un armario *quién-sabe-dónde* diablos?

—¿Y qué se supone que debía hacer? ¿Dar un golpe de estado contra mi padre? ¿Decirle que no estaba de acuerdo con sus prácticas para que me mantuviera lejos y no pudiera hacer nada? —Hank refuta—. Bess, mi padre no es un mal hombre, pero está desesperado. No ve más allá de sus narices porque siente que está hasta el cuello de problemas. Él espera una transacción de todo esto: Mikhail y tú a cambio de la libertad de todos en el asentamiento.

Niego.

—¿Y con quién diablos se supone que pretendía hacer esa transacción? —escupo, aún incrédula.

—No lo sé —Hank se sincera—, pero mucho me temo que hay bastantes cosas que no sé respecto a mi padre y a la forma en la que ha comenzado a moverse cuando va al exterior. Las negociaciones que se supone que hacía con la milicia nunca pasaron. Él no está en contacto con absolutamente nadie del exterior.

—¿Y pretendes que te crea luego de todo lo que has ocultado? ¿Luego de haber mantenido en secreto el calabozo? —Sacudo la cabeza en otra negativa frenética—. Ustedes saben cómo contener a una criatura de su naturaleza. —Hago un gesto en dirección a Mikhail, quien, en su debilidad, apenas ha podido levantar la cabeza para observar mi interacción con el hijo del comandante—. ¿Esperas que te compre el cuento de que quieres ayudarnos cuando se nota a leguas que han hecho esto antes?

—Lo hemos hecho antes. —Hank asiente—. Muchas veces. Vinieron muchos antes que ustedes y lastimaron a muchos de los nuestros. Es por eso que tuvimos que aprender a contenerlos. Así esas prácticas no hubiesen sido las más humanitarias.

—¿Y qué hay de la gente que mantenías en el calabozo? ¿De los niños? ¿De las mujeres? —Lo confronto, haciéndole saber de inmediato que estuve allí dentro.

—Los conoces. —No es una pregunta. Es una afirmación, y no respondo a ella. Dejo que el silencio hable por mí.

Al cabo de unos instantes más, continúa:

—Le pedí a mi padre que los dejara ir. Que los niños y las mujeres no tenían que quedarse en el calabozo. Le rogué que interrogara solo al ángel... pero no quiso escucharme. —La ira que se cuela en su voz me saca de balance.

—Y mientras, dejaste que los encadenaran. Que los torturaran y los trataran como si fueran criminales.

—Hice cuanto pude por ellos. —La voz de Hank suena herida ante mis acusaciones—. Los mantuve con vida y dentro de este asentamiento tanto como pude. Lamento mucho no haber podido hacer más por ellos.

Lágrimas de impotencia y de enojo se me acumulan en la mirada.

—¿De verdad lo lamentas, Hank? —Sueno cruel, pero no puedo evitarlo.

El silencio que le sigue a mis palabras es tenso y tirante.

—Bess —el chico habla, al cabo de unos segundos de absoluto silencio—, sé que no confías en mí. Sé que mantuve en secreto muchas cosas que ahora te hacen cuestionarte si debes o no poner todas tus esperanzas en mí, pero creo que, si alguna vez decidiste creer en la bondad de la gente que habita en este lugar, ahora es tiempo de que nos des un voto de confianza. —Hace una pequeña pausa—. Sé que no puedo tratar de convencerte de mis buenas intenciones y que, si así lo quisieras, podrías quitarme de tu camino ahora mismo; pero te pido, por favor, que me permitas ayudarte. Que me permitas demostrarte que no soy como mi padre.

—¿Por qué nos ofreces tu ayuda ahora? ¿Por qué no hacerlo antes?

Silencio.

—Porque, en el fondo, esperaba que mi padre recapacitara. Que entrara en razón y se diera cuenta de que la manera en la que ha estado haciendo las cosas no es la correcta —dice—. Porque, en el fondo, esperaba que mis sospechas sobre ustedes fueran infundadas y que él —hace un gesto de cabeza hacia Mikhail—, solo fuera un pobre diablo con complejo de héroe.

El recelo sigue siendo inmenso en mi interior.

—No sabes quién es él. No sabes qué diablos es lo que quiere —digo, con cautela—. Encerraste y torturaste a un puñado de mujeres y a un niño por menos de lo que Mikhail ha hecho, ¿y ahora resulta que confías en él?

—No confío en él. —Hank suelta y su respuesta me toma con la guardia baja—. Pero confío en ti. En tus buenas intenciones. En la capacidad que tienes de darlo todo por quienes te importan. —Da un paso más cerca, de modo que tengo una vista completa de su rostro amoratado y golpeado a la luz de la luna—. Mentiste por salvarle la vida al chiquillo que viajaba contigo y a la criatura que tienes a tus espaldas —dice—; escapaste esta noche del encierro en el que te encontrabas y, en lugar de huir del asentamiento, fuiste a salvar a aquellos que estaban en el calabozo de mi padre y, no conforme con eso, viniste por él. —Hace un gesto en dirección a Mikhail—. Puedo apostar lo que sea a que, seguramente, Haru también ha sido salvado por tus buenas intenciones; así que, sí, Bess. Confío en ti. Y, si tú confías en él lo suficiente como para arriesgar tu vida viniendo a buscarlo —hace otra seña hacia el demonio de los ojos grises—, entonces, no me queda más remedio que confiar en tu buen juicio y en que sabes lo que haces.

Sus palabras ponen un nudo en la base de mi garganta.

—No tengo una puta idea de lo que estoy haciendo —admito, con la voz entrecortada por las emociones y Hank suelta una risotada histérica.

—Estamos jodidos, entonces —dice, pero no luce preocupado en lo absoluto por mi declaración.

—No confío en ti —digo, en dirección a Hank, al tiempo que ignoro por completo su declaración.

—No espero que lo hagas.

—Podría asesinarte en cualquier instante si trataras de jugarnos sucio —advierto.

—Lo sé. —Asiente.

—Te mataría tan pronto como me sintiera insegura a tu alrededor.

—Es un riesgo que estoy dispuesto a correr.

—¿Por qué haces esto, Hank? —Sueno ansiosa y aterrorizada.

—Porque entiendo lo que está en juego. —Esta vez, su expresión se torna asustada—. Y porque creo que entiendo qué es lo que tú y tus amigos pretenden hacer; y no me queda otro remedio que confiar en ustedes. —Hace una pequeña pausa—. Si esta es la única oportunidad que tiene la humanidad de sobrevivir, quiero tomarla.

—Si Bess no confía en ti, yo lo hago. —La voz de Mikhail a mis espaldas hace que me gire sobre mi eje para encararlo.

La atención del demonio está fija en el hijo del comandante, pero no logro comprender del todo su expresión. No logro entender cómo diablos es que confía en él luego de que permitió que lo encerraran en este lugar.

—Pero, Mikhail...

—No podemos ir por la vida dudando de todo aquel que se nos cruza en el camino, Bess. —Mikhail me interrumpe, al tiempo que posa sus ojos —o, al menos, aquel que no tiene inflamado— en mí—. Sé que es muy difícil para ti el cerrar los ojos y confiar; pero, ahora mismo, *esto*... su ayuda... es lo único que tenemos.

—Dejó que te encerraran aquí. Dejó que te torturaran. —Sacudo la cabeza en una negativa frustrada—. Ellos han hecho esto antes. Saben cómo inmovilizar a las criaturas de tu naturaleza. Es algo que aprendieron a base de prueba y error.

La mirada de Mikhail se posa en un punto a mis espaldas. Justo donde Hank se encuentra.

—Y, de todos modos, voy a darle el beneficio de la duda —dice y, esta vez, su tono es contundente—. Voy a darle la oportunidad de demostrarme que no es el hijo de puta que creo que es.

—¿Y si es una trampa?

—Entonces, me encargaré de hacerlo pagar por ello. —Un escalofrío de puro terror me recorre la espina al escuchar lo siniestro que suena y, a pesar de que quiero protestar, me quedo

498

callada. Me quedo quieta, al tiempo que dejo que las palabras de Mikhail se me asienten en el cerebro.

No estoy de acuerdo. No quiero dejar que Hank guíe nuestro camino. Me rehúso a creer que todo esto lo hace porque está arrepentido, pero sé, también, que no tenemos otra opción. Que un voto de confianza es lo único que tenemos en realidad y que, por mucho que me aterre la idea de saltar al vacío por alguien una vez más, tengo que hacerlo. Tengo que confiar en él. En Mikhail —por mucho que me cueste hacerlo en estos momentos—. En que, en este mundo, aún existen personas con buenas intenciones. Capaces de redimirse y de demostrar que el ser humano siempre es capaz de rectificar. De elegir el camino adecuado, por muy aterrador que este sea.

—De acuerdo —digo, al cabo de un largo momento—. Te daré el beneficio de la duda. Pero si te atreves a traicionarnos, te juro por lo más sagrado que existe que...

—Me matarás. —Hank concluye por mí, al tiempo que esboza una sonrisa confiada—. Lo sé. Me lo has dejado claro, Bess.

—Hablo muy en serio, Hank.

—Yo también lo hago. —El hijo del comandante asiente con solemnidad—. Ahora, si me disculpas, creo que ha llegado el momento de ponernos manos a la obra. Hemos perdido mucho tiempo.

Entonces, sin darme oportunidad de decir nada más, se encamina hacia donde Mikhail y yo nos encontramos y, tomando un llavero del bolsillo trasero de sus vaqueros, comienza a trabajar en las cerraduras que atan al demonio de los ojos grises.

—¿De qué material son las cadenas con las que me ataron? —La voz de Mikhail —ronca, profunda y baja—, reverbera en su caja torácica y, pese al volumen mesurado que utiliza, un escalofrío me recorre.

Trato de recordarle a mi estúpido corazón que ahora no es momento para acelerarse del modo en el que acaba de hacerlo, pero no puedo evitarlo. La cercanía del cuerpo magullado del demonio de los ojos grises hace estragos en mi sistema.

Por mucho que me cueste admitirlo, Mikhail tiene la virtud —y la maldición— de sacarme por completo de mi zona de confort. De envolverme en este halo imponente de su presencia y embriagarme con él hasta que no soy capaz de pensar con claridad.

Aprieto la mandíbula y concentro la atención en el esfuerzo físico de mis músculos y trato de olvidar el hecho de que estoy llevándolo a cuestas por un oscuro pasillo, mientras Hank guía nuestro camino un par de pasos por delante.

Ahora mismo, Mikhail se encuentra tan debilitado por la tortura a la que fue sometido, que apenas puede sostener su propio peso.

Por fortuna —si es que puede llamársele de esa manera—, Hank pudo colocarle los huesos de los brazos de vuelta a su lugar y, solo hemos tenido que concentrarnos en controlar la hemorragia de sus omóplatos antes de abandonar la bodega en la que nos encontramos.

—No lo sé. —Hank pronuncia, sacándome de mis cavilaciones al instante—. No estoy muy seguro, pero creo que mi padre las consiguió de un demonio con el que ha mantenido contacto.

De inmediato, las alarmas se encienden en mi cabeza.

—¿Tu padre ha mantenido contacto con un demonio? —inquiero, cada vez más convencida de que esto... el permitirle ayudarnos... es una pésima idea.

Hank asiente, pero desde el lugar en el que me encuentro, no soy capaz de verle la cara.

—Eso parece. Me enteré hace un rato. —No me atrevo a apostar, pero creo haber escuchado algo de enojo en su tono. Quizás solo soy yo y estas horribles ganas que tengo de confiar en alguien. De creer que existe alguien en este mundo que está dispuesto a ayudarnos—. Lo escuché hablando con Donald y lo confronté. No tuvo más remedio que contarme que, desde hace meses, ha estado en constante contacto con un demonio.

—De ahí consiguió los instrumentos de tortura con los que estuvo divirtiéndose hace un rato. —Mikhail musita y el cuerpo entero se me tensa en respuesta a las imágenes que comienzan a dibujarse en mi cabeza. La sola idea de imaginarme a Mikhail pasando por el martirio al que fue sometido, hace que las ganas de hundir este lugar hasta los cimientos se vuelvan insoportables.

El hijo del comandante vuelve a asentir.

—Sabrá Dios qué fue lo que le dio a cambio a esa cosa para que le diera todo eso. —Sacude la cabeza en una negativa frustrada—. Sigo sin entender cuál era el objetivo. ¿Por qué un demonio le daría a mi padre todos esos instrumentos? ¿Qué era lo que pretendía conseguir?

—Capturarnos. —Mikhail suena certero y determinado—. *Capturarme.*

—Eso creí. —La voz de Hank suena ronca y turbada—. Hasta hace unas horas, creía que su objetivo era capturar a Bess y negociar su salida de Los Ángeles entregándola al mejor postor; pero cuando me enteré de los tratos de mi padre con esos seres y la existencia de… quien sea que seas tú —hace un gesto de cabeza en dirección a Mikhail—, todo se tornó diferente. Oscuro. Sé que hay algo de lo que no me estoy enterando y sé que es malo. *Muy* malo.

—Los demonios sabían que vendríamos. —Esta vez, Mikhail se dirige hacia mí y mis ojos se posan en los suyos.

La preocupación que veo en su rostro refleja la que siento en el pecho. No es necesario que ninguno de los dos diga en voz alta eso que nos pasa por la cabeza: había un traidor entre nosotros. Había alguien que estaba alimentando de información a los demonios. Por eso fuimos atacados tan pronto como pusimos un pie dentro de la ciudad. Estaban *esperándonos*.

De pronto, todo empieza a tener sentido. Capturaron a Rael, las brujas y los sellos por órdenes de quien sea que haya estado en contacto con el comandante Saint Clair.

—Eso mismo pensé yo —Hank dice, y aprieto la mandíbula.

—¿Te dijo tu padre el nombre del demonio con el que estaba comunicándose? —Mikhail inquiere, al tiempo que viramos en una intersección.

—No. —El chico responde—. Me dijo que, cuanto menos supiera de él, mejor. Al parecer, tiene la absurda idea de que, si algo sale mal, el único castigado por el demonio será él. Yo realmente dudo que vaya a ocurrir de esa forma. Si los planes de esa criatura no salen como es debido, estoy seguro de que no solo mi padre va a pagarlo caro. Lo haremos todos nosotros. Sin importar si estuvimos o no involucrados desde el principio.

Nadie dice nada durante un rato luego de eso.

Avanzamos en la penumbra de los corredores, hasta que llegamos a un área que empiezo a reconocer. Estamos cerca de la explanada principal del asentamiento y, con la realización de este hecho, un nudo de anticipación comienza a formarse en mi estómago.

Las voces fuertes y claras —a pesar de la hora— hacen que todo dentro de mí se tense y se ponga alerta. Mikhail, quien había avanzado de buena gana durante todo el trayecto, se detiene en seco cuando tenemos un vistazo del área común y nos percatamos del movimiento que ha comenzado a desatarse con toda la gente de seguridad.

—Me lleva el diablo —Hank masculla, al tiempo que retrocede y se pega a la pared más cercana. Mikhail y yo lo imitamos y nos quedamos así, quietos, mientras nos permitimos unos segúndos para tratar de averiguar qué está ocurriendo.

—¡Comandante, su hijo no se encuentra en su dormitorio! —Un soldado exclama en la lejanía y todos los vellos del cuerpo se me erizan al instante.

—Maldita sea… —La voz de Hank es apenas un susurro, pero la preocupación que la tiñe es suficiente para disparar una nueva oleada de angustia a mi sistema—. Creo que tenemos problemas.

—Tenemos que salir de aquí ya —urjo, pero ninguno de los dos chicos que me acompañan parecen tener intenciones de ponerse en marcha.

—¡Señor! ¡Los rehenes! —La voz de otro soldado me inunda la audición—. ¡No están!

En ese instante, el caos estalla en el área común. Guerreros corren de un lado para otro, mientras que Donald y el comandante ladran órdenes a diestra y siniestra.

La mirada de Hank se vuelca hacia nosotros y el terror que veo en su mirada me revuelve el estómago. A pesar de eso, el chico saca del bolsillo trasero de sus pantalones un llavero más pequeño que el que llevaba para ayudarme a liberar a Mikhail.

—Están solos desde aquí —anuncia—. Trataré de entretenerlos, pero no les garantizo más de un par de minutos. Estas son las llaves de la camioneta verde en la que salimos mi brigada y yo. —Pone las llaves sobre una de mis manos—. Apenas tiene gasolina, pero confío en que podrá llevarlos lo suficientemente lejos como para conseguirles un par de horas. Si es posible, no dejen de moverse. Cuanto más lejos se encuentren, mejor.

—¡Harper tampoco se encuentra aquí! —Una voz más grita en la lejanía y me siento horrorizada.

Hank vuelca su atención en dirección a la explanada y el gesto que esboza me provoca una horrible sensación de malestar. Tiene miedo. Está aterrorizado de su propio padre. Y no puedo dejar de preguntarme qué clase de hombre es Rupert Saint Clair que es capaz de inspirar esta clase de terror en su propio hijo. A qué clase de tortura debió someterlo para que ahora, en lugar de sentirse a salvo con él, solo le tenga miedo. Crudo y poderoso *miedo*.

—Por ningún motivo vayan a detenerse, ¿de acuerdo?

Niego.

—¿Qué es lo que harás?

Una sonrisa trémula y aterrorizada se dibuja en los labios del chico.

—Lo que sea necesario —dice, y un estremecimiento me eriza todos y cada uno de los vellos del cuerpo—. No miren atrás, ¿de acuerdo? Ni siquiera si las cosas se ponen feas.

—Hank...

—Prométanme una cosa... —El chico da un paso en nuestra dirección y la ansiedad con la que nos mira hace que un sabor amargo me invada la punta de la lengua—. Prométanme que van a hacer todo lo posible por salvarnos. Por salvar a la humanidad. Sé que no lo merecemos. Que nos juzgamos los unos a los otros; que somos envidiosos, bélicos y no tenemos respeto ni por nosotros mismos; pero hay algunos que realmente valen la pena. Así que, por favor, hagan lo que esté en sus manos por salvarnos.

Una nueva oleada de angustia me recorre de pies a cabeza, pero no tengo oportunidad de procesarla. De dejarla asentarse en mi interior, porque Hank ya me ha envuelto en un abrazo rápido y le ha dedicado a Mikhail un saludo de respeto. Porque ya se ha dado la media vuelta para detenerse a unos pasos de distancia de nosotros, mirarnos por encima del hombro y decir:

—Esperen por la señal.

—¿Cuál demonios es la señal? —Mikhail inquiere y Hank sonríe.

—Lo sabrán —asevera, y se echa a correr en dirección a la explanada.

37

VORÁGINE

El estallido de un disparo hace que el estómago se me revuelva.

La sensación de pánico incontenible que estalla en mi interior es tan grande, que me deja sin aliento durante unos segundos. Sé que esa es la señal de la que Hank hablaba antes de marcharse; que esta es la indicación clara y precisa de que debemos empezar a movernos cuanto antes... pero no lo hacemos.

Nos quedamos aquí, quietos, con la mirada clavada en el otro y un suave zumbido provocado por la detonación llenando el silencio que se ha apoderado de todo.

Contengo la respiración. Mikhail también lo hace y, en ese preciso instante, un segundo disparo —más cercano que el anterior— retumba en las paredes del asentamiento.

En ese momento, y más por acto reflejo que por otra cosa, comienzo a moverme llevándome a cuestas al chico malherido que carga gran parte de su peso sobre mí.

El terror me escuece las entrañas cuando los gritos horrorizados comienzan a llenarlo todo, pero me obligo a empujarlo a un rincón oscuro en mi cabeza mientras, como puedo, guío nuestro camino hasta la salida del túnel en el que nos encontramos.

El demonio en mis brazos suelta un jadeo adolorido cuando lo obligo a avanzar con el cuerpo pegado a la pared más cercana y mascullo una disculpa antes de urgirlo un poco más. Él no protesta. Se limita a aferrar los dedos al material de la remera roída que llevo puesta y a avanzar tan rápido como su cuerpo debilitado y magullado se lo permite.

La gente ha comenzado a salir de sus dormitorios, los guardias de seguridad corren por todos lados y ladran órdenes que no soy capaz de escuchar del todo. Ni siquiera sé si quiero hacerlo.

Estoy tan concentrada en huir, que dudo mucho que pudiera entender una sola maldita palabra de lo que dicen.

Así pues, hecha un manojo de ansiedad y pánico, nos obligo a hacer nuestro camino hasta la explanada. Una vez ahí, empujo el cuerpo de Mikhail en la penumbra del pasillo que da al baño de las chicas y me introduzco a su lado.

Mi vista viaja a toda velocidad por el escenario que ha comenzado a desarrollarse, y un nudo de pánico me atenaza las entrañas cuando me percato de que hay dos bandos de guerreros que se apuntan los unos a los otros con armas de alto calibre.

La sangre entera se me agolpa en los pies cuando uno de los subordinados del comandante, presa del pánico, comienza a apuntarle a los civiles curiosos que han salido de los dormitorios para averiguar qué ocurre.

Gritos de horror y terror se mezclan con el barullo general y temo por todos aquí. Por su seguridad y por la forma en la que se amenazan los unos a los otros, como si pudiésemos darnos el lujo, como humanidad, de ponernos al tú por tú con el que es como nosotros.

—Tenemos que continuar, Bess —Mikhail me insta y, pese a que no puedo apartar la mirada de la mujer que aferra a una pequeña que llora contra su pecho, asiento.

«Si quieres salvarlos, tienes que marcharte», me susurra la vocecilla en mi cabeza y aprieto la mandíbula porque sé que tiene razón.

Una inspiración profunda es inhalada y empujo todos los pensamientos tortuosos lejos de mi cerebro. Entonces, empiezo a moverme. Mikhail, pese a que apenas puede con su cuerpo, aprieta el paso mientras nos escabullimos entre las sombras de los corredores aledaños a la explanada principal.

Estamos cerca de la salida. Tan cerca, que puedo sentir el frío que se cuela a través de las cortinas metálicas medio abiertas que sellan el asentamiento del exterior.

—Va a haber guardias ahí, Bess. —Cuando habla, Mikhail trata de sonar sereno y tranquilo, pero hay un filo tan tenso en su voz, que temo por lo que está a punto de pedirme—. Vas a tener que inmovilizarlos.

—¿Cómo? —Suelto, en un susurro tembloroso, pero sé perfectamente cómo pretende que lo haga.

—Tú lo sabes. —Hay tristeza e impotencia en su tono y sé, con solo escucharle, que odia la idea de pedirme que haga esto. Odia ponerme a hacer el trabajo sucio.

Tomo una inspiración profunda y me trago el nudo de horror que siento en la garganta. Acto seguido, dejo escapar una exhalación entrecortada y aprieto la mandíbula.

—¿Y si los mato? —Mi voz es un suspiro tembloroso y horrorizado, y Mikhail deja de moverse. Deja de avanzar para, con una de sus manos heridas, hacerme girar el rostro para encararlo.

Hay algo doloroso en su mirada. Algo que me estruja entera y hace que un ardor intenso y abrumador se apodere de mi pecho.

—Bess, tienes que confiar en ti —dice, al tiempo que me ahueca la cara con ambas manos—. Yo lo hago. Confío en ti.

Los ojos se me inundan de lágrimas.

—Siempre que trato de ayudar lo arruino todo. —Sacudo la cabeza, al tiempo que dejo escapar mi confesión torturada y ansiosa—. No quiero arruinarlo más. No quiero intentar hacer algo y complicarlo todo de nuevo. Por mi culpa estamos aquí. Por mi culpa tuvimos que abandonar Bailey. —Hago una pequeña pausa, para tragarme el nerviosismo que ha comenzado a hacer estragos en mi sistema—. Por mi culpa te hicieron esto.

—Bess, no puedes seguir así. —La voz de Mikhail suena tranquila y serena, pero la preocupación que veo en su rostro me habla del centenar de emociones que, seguramente, experimenta—. Desconfiando de todo aquel que te rodea, de ti misma y de tus capacidades, no vas a llegar a ningún lado. No puedes permitir que el miedo te paralice. No eres la suma de tus errores, eres el resultado de un camino de infinitos aprendizajes. Eres Bess Marshall, la chica que, de quererlo, podría doblar al mundo a su voluntad. Llegó la hora de que te des cuenta de ello.

—Tengo tanto miedo —confieso, en un susurro entrecortado y tembloroso.

Él asiente.

—Lo sé —susurra, al tiempo que me acaricia la mejilla con uno de sus pulgares—. Yo también lo tengo.

La sensación apabullante y abrumadora que me embarga al escucharle decir aquello, hace que todo dentro de mí se estremezca. Que cada parte de mi cuerpo se contraiga en respuesta a la vulnerabilidad que ahora me muestra.

—Puedes hacerlo, Bess. —Mikhail me alienta—. Puedes sacarnos de aquí enteros sin asesinar a nadie.

Trago duro.

El pánico me atenaza las entrañas, el corazón me golpea con violencia contra las costillas; el aliento me falta, pero hay algo más mezclándose entre todo eso. Algo poderoso, abrumador y turbulento que me crepita por los músculos y se apodera de ellos. Algo que es capaz de contrarrestar el ardor doloroso en mi estómago y de transformar esta horrible retahíla de negatividad en otra cosa.

Estoy aterrada. Ansiosa. Horrorizada ante la posibilidad de seguir cometiendo error, tras error; pero, de alguna manera, sé que esta es la única manera. Que, confiar en mí —en el poder que llevo dentro—, es lo único que puedo hacer. Hoy y siempre.

Aprieto la mandíbula.

El corazón me va a estallar dentro del pecho. Las lágrimas amenazan con abandonarme una vez más y el cuerpo entero me pide que corra a esconderme en algún rincón de la espaciosa estancia, pero, me obligo a cuadrar los hombros y tomar un par de inspiraciones profundas.

«Puedes hacerlo». Me repito una y otra vez, pese al miedo que me inmoviliza y, entonces, asiento una vez.

—De acuerdo —digo, pero no suena como si se lo estuviese diciendo a él. Realmente, no creo que lo haga—. Lo haré.

Una sonrisa suave tira de las comisuras de los labios de Mikhail y deposita otra suave caricia en mi mejilla antes de dejarme ir.

—Sé que lo harás. —Me asegura y, luego de eso, nos ponemos en marcha una vez más.

Gritos aterrados, estruendos violentos y caos total comienza a llenar el asentamiento y solo puedo rezarles a todos los seres divinos porque ningún inocente salga herido. Porque ninguno de los habitantes de este lugar tenga que sufrir una pérdida más. El mundo allá afuera es lo suficientemente violento como para ponernos los unos contra los otros.

Sorteamos a varios civiles, así como a un puñado de soldados que parecen no percatarse de nuestra presencia mientras nos abrimos paso entre el bullicio en dirección a la salida más cercana.

Una bala perdida se estrella junto a una columna que se encuentra a una distancia cercana y, por instinto, me encojo sobre mí misma. Gritos de pánico me llenan la audición y me aturden, pero no dejo que me distraigan de mi objetivo. No dejo que alejen de mí esta determinación envalentonada que ahora me embarga y, empujando a Mikhail hacia arriba —porque se ha resbalado un poco—, me echo a correr con él a cuestas hasta la cortina metálica a medio cerrar.

—¿Lista? —inquiere Mikhail, cuando el sonido de la voz de Donald llega a nosotros desde el exterior.

La sola idea de enfrentarme a ese hombre me pone los nervios de punta, pero me trago el terror y asiento, al tiempo que permito que la energía de los Estigmas haga su camino fuera de mí.

El pulso me golpea con fuerza detrás de las orejas, el aliento me falta y siento las manos sudorosas; pero no me permito ni un segundo de vacilación cuando, por fin, nos colamos por debajo de la cortina y damos de frente con la escalinata ascendente que da hacia la calle.

El frío de la noche me eriza la piel, y el viento helado me azota de lleno en la cara, pero no permito que eso me haga bajar la guardia.

Tengo todos los sentidos alertas y listos para cualquier cosa. Estoy al borde de la histeria, pero la forma en la que mi cuerpo se mueve, casi por puro instinto, me permite sentirme un poco más segura de mí misma. Más en control.

La anatomía de Mikhail, pese a la debilidad, se tensa por completo mientras, con la mirada, estudia todo el panorama. La voz de Donald vuelve a llegar a mí y, esta vez, la mirada del demonio —o arcángel— me confirma que él también la ha escuchado.

Así pues, con la determinación llenándome los sentidos, me obligo a subir las escaleras con él a cuestas.

Estoy agotada. Los brazos y las piernas me arden debido al esfuerzo físico, pero no permito que eso me detenga. Tenemos que salir de aquí a como dé lugar.

Un guardia aparece en mi campo de visión. Él también me ve, ya que pone los ojos como platos, abre la boca para gritar y se gira sobre su eje. Los Estigmas se precipitan hacia él y se envuelven a su alrededor a una velocidad tan aterradora, que el corazón se me estruja cuando el chico cae de bruces al suelo ante mi ataque; es por eso que tiro de los hilos con violencia para detenerlos. A regañadientes, ceden.

El destello de energía que llega a mí a través de ellos me hace saber que han absorbido un poco de la vitalidad del guardia y le ruego al cielo que haya logrado detenerme a tiempo. Que no le haya hecho más daño del necesario.

—De prisa —dice Mikhail, cuando nota que no puedo apartar la vista del cuerpo en el suelo y tira de mí en dirección contraria a donde este se encuentra.

Yo le dedico una última mirada al chico en el suelo antes de atreverme a seguir el camino que se me indica.

Serpenteamos a través de las camionetas aparcadas en el exterior del asentamiento y, con la mirada, trato de ubicar aquella de la que Hank me dio llaves. No tengo éxito alguno.

La desesperación ha comenzado a embargarme llegados a este punto y, cuando el grito de alguien más percatándose del cuerpo inconsciente de hace unos instantes lo invade todo, no hace más que afianzarse.

Necesitamos salir de aquí ya.

Donald escupe órdenes a las que no puedo poner atención, el sonido de los pasos acercándose envía un disparo de terror a través de mi torrente sanguíneo, pero no me detengo. No paro hasta que, finalmente, alguien nos intercepta.

Mikhail exclama algo cuando nuestro atacante apunta su arma hacia nosotros, pero los Estigmas son más rápidos y envían una onda expansiva de energía que lanza al chico —y a los autos aparcados que nos cubren— lejos de nosotros.

En ese preciso instante, el universo ralentiza su marcha.

El estallido de un arma resuena en la oscuridad de la noche y nos agachamos para cubrirnos. Entonces, cientos de aullidos, graznidos y gritos animales hacen eco en los edificios abandonados que rodean la estación.

Los vellos de la nuca se me erizan al recordar cuán infestada está la ciudad de criaturas que alguna vez fueron tan humanos como cualquier habitante del asentamiento, y que ahora han sido reducidos a esas cosas violentas, capaces de atacar como si se tratasen de los animales más salvajes existentes.

Alguien grita en la lejanía. Al grito le sigue uno más y, luego, una voz autoritaria ordena una retirada. Las balas comienzan a retumbar en todos lados, sonidos animales comienzan a llegar desde todas las direcciones posibles y una figura humanoide cae encima del techo de la camioneta que tenemos a un lado.

El guerrero, que hace unos instantes tenía la atención fija en Mikhail y en mí, ahora apunta su arma en dirección a la criatura, pero esta es más rápida y cae encima de él para atacarlo.

Yo aprovecho esos instantes de distracción para girar sobre mi eje y emprender el camino, cuando, de pronto, lo veo...

Ahí, de pie a pocos pasos de distancia de donde nos encontramos, se encuentra Donald Smith. Lleva un arma de alto calibre entre los dedos y hay una decena de hombres cuidándole las espaldas.

Los gritos y el caos no se han detenido para nada. Su gente sigue luchando contra los poseídos que ahora los atacan y él sigue aquí, de pie, con la mirada clavada en nosotros y un gesto suficiente pintado en el rostro.

Alza el arma.

Y sin siquiera dudarlo, apunta en nuestra dirección y tira del gatillo.

Los Estigmas se estiran y se entretejen, en su afán de protegernos, pero la bala ni siquiera nos pasa cerca. La confusión es inmediata, pero cuando escucho el golpe sordo a mis espaldas y vuelco la atención hacia el sonido, me doy cuenta.

Acaba de dispararle a la criatura que mató al soldado que ahora yace a unos pasos de distancia de nosotros.

Un estremecimiento me recorre ante la realización de este hecho y giro el rostro con lentitud para encararlo.

—¿De verdad pensaban que iban a poder escapar? —el hombre suelta, haciéndose sonar por encima del caos que lo invade todo.

A él no le importa que sus subordinados estén muriendo a manos de estas criaturas. No le interesa en lo absoluto que sus soldados estén aquí, cazándonos, y no protegiendo a los más vulnerables —los habitantes del asentamiento— de estas criaturas que parecen salir de hasta debajo de la tierra y que ahora corren a toda velocidad en dirección a la entrada del subterráneo.

—Se acabó el juego. —El hombre espeta, al tiempo que esboza una sonrisa aterradora—. Y yo gané.

Mikhail trata de empujarme detrás de él, pero se lo impido. Lo detengo antes de erguirme en mi escaso metro y sesenta centímetros, alzar el mentón y esbozar una sonrisa aterrorizada, pero arrogante.

—Creo que no te das cuenta de con quién estás tratando —digo, pese a que ni yo misma creo lo que estoy diciendo. Pese a que estoy a punto de colapsar del pánico que siento.

Una carcajada demencial escapa de la garganta de Donald y los vellos de la nuca se me erizan del horror.

—No te tengo miedo, niñita estúpida —dice, y mi sonrisa horrorizada se ensancha.

—No necesito que lo hagas. —Los Estigmas gritan, triunfantes ante mi declaración y se ponen en guardia. A la espera de que me decida a dejarlos hacer lo suyo.

El hombre hace una seña de cabeza en dirección a sus subordinados y estos, de inmediato, levantan sus armas hacia nosotros.

Pánico crudo e intenso se me instala en la boca del estómago y un doloroso malestar ha comenzado a deslizarse en mi interior.

No puedo detenerlo. No puedo impedir que me llene de terror e inseguridad.

«Recuerda quién eres», susurra una voz suave en lo más profundo de mi cabeza y se abre paso a través de los pensamientos fatalistas que han hecho su camino hasta lo más hondo de mi ser. «No te subestimes, Bess».

Aprieto los dientes y los puños, y alzo el mentón.

La energía destructiva que llevo dentro se revuelve con violencia y, de inmediato, el lazo que comparto con Mikhail se tensa.

Los hilos hacen su camino fuera de mí y se aferran a todo a su alrededor. Se afianzan a cada criatura violenta que nos rodea; a cada vehículo abandonado, a cada arma sostenida.

—Toma tu decisión, muchachita impertinente. —La voz de Donald está cargada de arrogancia y soberbia—. Y tómala bien.

El rumor de la energía que comienza a abrirse paso a través de los hilos que lo invaden todo, hace que las criaturas que alguna vez fueron humanos suelten un chillido estridente y extraño. Los soldados de Donald lucen aterrorizados ante lo que escuchan e incluso Mikhail, a través del lazo, me hace saber que se siente ligeramente turbado.

Pese a eso, ni siquiera me inmuto.

Una extraña resolución ha empezado a invadirme. Una tranquilidad aterradora ha comenzado a adormecerme los sentidos.

—Diles que bajen las armas, Donald. —El sonido de mi voz es tembloroso, pero contundente.

—O si no, ¿qué? —Se burla, pero hay un filo tenso en su voz—. ¿Vas a utilizar ese poder tuyo? —La sonrisa que esboza es cruel—. Sé que no puedes hacer nada. Sé que puedes morir si lo usas. Eres vulnerable. El demonio se lo ha dicho a Rupert. No vas a hacernos nada.

Una sonrisa peligrosa se abre paso en mi rostro y el reto implícito en sus palabras hace que los Estigmas vibren y exijan destrucción y sangre.

—¿Estás seguro de eso? —La amenaza en mi tono hace que, por acto reflejo, la gran mayoría de los soldados afiancen el agarre en sus armas.

—Ríndanse ahora, antes de que su destino sea peor de lo que ya será. —Donald ignora por completo mi pregunta—. Se acabó, Bess. No puedes contra nosotros. No tienes las agallas.

Tiene razón. No las tengo. No quiero herirlos. No quiero hacer más daño del que ya he hecho; pero también sé que, si no les pongo un alto van a matarnos. Van a entregar a Mikhail al demonio ese que ha estado alimentando de información al comandante y que todo —absolutamente todo— habrá sido en vano.

No puedo permitir que eso suceda.

El corazón me late con fuerza contra las costillas, los Estigmas —exigentes e imperiosos— se estrujan alrededor de las criaturas a las que han sometido y estas gritan con más ímpetu que antes. El terror y el remordimiento de consciencia se abre paso a través de la oleada de determinación que me embarga y flaqueo durante unos segundos. Flaqueo y permito que la vulnerabilidad me llene los ojos de lágrimas que no derramo.

—Lo siento mucho —digo, con la voz entrecortada por las emociones, pero no se lo digo a Donald. Se lo digo a sus soldados. A esos chicos que solo siguen órdenes de su superior—. No tienen idea de cuánto.

Luego, lo dejo ir.

Los Estigmas cantan victoriosos, las armas salen despedidas de las manos de nuestros atacantes y una onda expansiva lanza los vehículos lejos de nosotros cuando los hilos de energía empiezan a alimentarse de todo aquello que los rodea.

Los poseídos gritan en la lejanía, los vidrios de los autos y los edificios estallan, y las hebras se aferran a los soldados para estrujarlos con violencia. Gritos ahogados me llenan los oídos y la humedad cálida de la sangre me baña las muñecas cuando, uno a uno, los soldados caen al suelo en estado catatónico.

Tiro de los hilos para detenerlos de asesinar a alguien, pero no me obedecen. El pánico que siento es inmediato y, de pronto, algo frío y dulce me invade el pecho a través del lazo que me ata a Mikhail.

Los Estigmas chillan, quejosos ante la forma en la que esta nueva fuerza comienza a retenerlos y, es en ese instante, que me percato de lo que está pasando.

Está tratando de ayudarme. Está haciendo algo en mí a través del lazo y está ayudándome a controlarlos.

Tiro un poco más y los hilos sueltan a los humanos, pero no dejan ir para nada a los poseídos que aún luchan y gritan para liberarse del agarre doloroso que ejerzo en ellos.

Donald mira hacia todos lados, horrorizado ante lo que está pasando y desenfunda una pistola desde la cinturilla de sus vaqueros. Los hilos, de inmediato, se aferran a su cuerpo y comienzan a absorber la diminuta energía vital que posee. Un grito ahogado escapa de sus labios y los Estigmas me exigen que acabe con él. Me exigen que les permita drenar la vida fuera de este ser humano. Algo oscuro y pesado se cuela en mi interior ante el pensamiento. Algo violento y sediento de sangre me embarga el pensamiento cuando la posibilidad de acabar con la vida de Donald me llena la cabeza.

Sé que está mal. Que no debo hacerlo. Que me convertiría en un monstruo; pero el rencor que siento es tan intenso, que no puedo sacudirme las ganas de acabar con él. De arrancarle cada retazo de vida fuera del cuerpo.

Donald cae al suelo, jadeante, al tiempo que un grito dolorido se le escapa. Contrario a lo que hicieron con el resto de sus soldados; los Estigmas están tomándose su tiempo con Donald. Están… *torturándolo*.

—Bess… —La voz de Mikhail suena preocupada. Sabe perfectamente qué es lo que estoy pensando, pero no puedo detenerme. No puede parar el torrente de ira desmedida que me invade.

El hombre en el suelo grita casi tan fuerte como lo hacen las criaturas que, hasta hace unos instantes, eran un peligro inminente hacia la gente del asentamiento.

—No vale la pena, Cielo. —El demonio detrás de mí susurra y los Estigmas sisean, enojados ante la duda que mete a mi corazón magullado—. Eres mejor que esto. No te ensucies las manos de esta manera. Tú no eres así.

El nudo en mi garganta se aprieta. Las ganas que tengo de gritar de la frustración incrementan porque sé que tiene razón. Porque sé que, si lo mato, no voy a perdonármelo jamás. Porque me convertiría en todo eso que detesto.

Aprieto la mandíbula. Los Estigmas tratan de liberarse del control que ejerzo sobre ellos y hacen que me doble sobre mí misma y apriete los puños —bañados en la sangre de mis muñecas—, mientras trato de contenerlos.

Mikhail tira del lazo que nos une y me estabiliza un poco. Aligera la carga que llevo a cuestas y hace que, con más confianza, tire de los hilos que lo afianzan todo. Que forcejee con ellos hasta que, luego de unos largos y tortuosos momentos de tensión, liberen al hombre que, ahora, yace inconsciente en el suelo.

En ese momento, y presas de un impulso enojado y furioso, los hilos estrujan con violencia a las criaturas que aún sostienen. Absorben la vida fuera de ellos sin que pueda impedírselos antes de que, por fin, medio conformes con el resultado final, decidan obedecerme y replegarse en mi interior.

Para cuando lo hacen, estoy exhausta. Las rodillas me tiemblan y el mundo entero comienza a dar vueltas a mi alrededor.

Voy a desmayarme. Voy a desfallecer.

—M-Mik... —Apenas logro pronunciar, y un brazo firme se envuelve en mi cintura.

—Te tengo, Cielo —El aliento caliente contra mi oreja me envía un espasmo placentero por la columna—. Lo hiciste muy bien, amor. Sabía que podrías.

Un murmullo incoherente me brota de los labios y el brazo a mi alrededor se aprieta. Un beso suave es depositado en mi sien cuando dejo caer la cabeza hacia atrás, a punto de sucumbir ante el desgaste que los Estigmas siempre me provocan.

—Yo me encargo desde aquí, bonita. —La voz de Mikhail llega a mí como a través de un túnel largo y profundo—. Voy a ponernos a salvo.

Entonces, pierdo el conocimiento por completo.

38

ENTREGA

Un sonido sordo se abre paso a través de la bruma pesada que me envuelve y, de golpe, abro los ojos.

La oscuridad total es perturbada solo por los retazos de luz tenue que tiñe figuras extrañas en el techo, y la confusión me aturde durante los instantes en los que no soy capaz de recordar dónde diablos me encuentro.

Rápidamente, mi mente corre a través de la retahíla de recuerdos que empiezan a abrirse paso como torrente y se enciman los unos con los otros.

Pánico, terror y angustia me revuelven el estómago y me siento de golpe, alarmada ante la docena de escenarios fatalistas que me llenan la cabeza.

Es hasta ese momento, que me permito echarle un vistazo a la estancia en la que me encuentro. Apenas puedo ver lo que la luz de la luna alcanza a iluminar, pero no me toma demasiado descubrir que estoy dentro de una especie de oficina abandonada. Hay un par de escritorios al fondo, tapiando una puerta que, asumo, es la principal y hay muebles de oficina destrozados en el suelo. De inmediato, mis niveles de ansiedad disminuyen, pero la confusión no se marcha del todo.

Hay polvo en todos lados y luce como si hubiesen saqueado este lugar hace tiempo. Pese a eso, no puedo dejar de pensar que, no hace mucho, este lugar estaba repleto de gente común y corriente haciendo su vida con normalidad.

El pensamiento hace que el corazón me duela un poco, pero me obligo a compactarlo todo en la parte trasera del cerebro para concentrarme en el aquí y el ahora.

Un movimiento es captado por el rabillo de mi ojo y, a toda velocidad, vuelco la atención hacia el lugar de donde ha provenido. En ese instante, soy capaz de notar cómo una silueta dolorosamente familiar se deja caer con pesadez contra la pared de la habitación.

«¡Mikhail!», me grita el subconsciente y, el alivio me invade entera, como si de un bálsamo se tratase.

—¿Dónde estamos? —inquiero, en voz baja y tímida.

Una exhalación temblorosa escapa de los labios del demonio y las alarmas se encienden rápidamente en mi interior sin que pueda evitarlo.

—Escondidos y a salvo. —Mikhail no suena ni siquiera un poco sorprendido de escucharme despierta. Me atrevo a apostar que él supo a la perfección en qué momento desperté—. Trata de descansar.

—¿Qué fue lo que pasó? —ignoro la sugerencia solo porque necesito entender qué, en el infierno, fue lo que ocurrió.

La tenue luz se cuela por la enorme ventana rota del lugar en el que nos encontramos e ilumina la silueta oscura de Mikhail; es por eso que soy capaz de notar cómo echa la cabeza hacia atrás para recargarla en la pared contra la que se encuentra.

Su nuez de Adán sube y baja cuando traga saliva y no me pasa desapercibida la forma en la que la respiración irregular le mueve el cuerpo. Está muy malherido. De eso no tengo ni la menor de las dudas.

—Te desmayaste y nos alejé lo más posible del asentamiento—dice, luego de unos largos instantes—. No tanto como me habría gustado, pero sí lo suficiente como para sentirme cómodo refugiándonos aquí.

—¿Dónde estamos? —pregunto, en voz baja, al tiempo que inspecciono los torniquetes que, hasta antes de perder la conciencia, no tenía. Mientras lo hago, pequeños retazos de recuerdos se cuelan hasta la superficie; es por eso que, al cabo de unos instantes de silencio, añado—: Se supone que nos reuniríamos con Rael y los demás aquí afuera.

En el instante en el que las palabras terminan de abandonarme, la atención de Mikhail se posa en mí.

—¿Rael? ¿Has hablado con él? ¿Pero cómo…?

—Es una larga historia —digo, en un murmullo, al tiempo que, en un gesto nervioso, jugueteo con el nudo de una de las tiras de tela que me cubren las muñecas. El dolor sordo que me invade mientras lo hago, es un claro recordatorio de lo que hice hace un rato, y el entumecimiento de mis dedos no hace más que acrecentar la sensación de miedo que me provoca pensar en lo cerca que estuvimos de no lograrlo—. Buscándote los encontré. Estaban prisioneros en una bodega muy similar a esa en la que tú te encontrabas. Estaban muy malheridos, así que les dije que se marcharan con Haru y la doctora Harper mientras iba a buscarte.

No me atrevo a apostar; pero, pese a la penumbra, creo que soy capaz de notar cómo sus hombros se relajan un poco luego de escucharme.

—La doctora Harper supo acerca de mí antes que todos en el asentamiento —pronuncia, al cabo de unos instantes y, pese a que no sé si es capaz de verme, asiento.

—Lo sé —murmuro—. Me lo dijo cuando fue a sacarme del lugar en el que me tenían encerrada. De no haber sido por ella, no estaríamos aquí. Fue ella quien lo orquestó todo para que pudiésemos escapar. Solo espero que todo haya salido bien para ellos.

—¿Crees que lo hayan logrado?

—Espero que sí —digo, porque es lo único que me atrevo a pronunciar. Entonces, luego de unos segundos más de silencio, añado—: ¿Qué fue lo que pasó con nosotros? ¿Qué se supone que es este lugar?

—Es un edificio abandonado. —La voz ronca y temblorosa del demonio me provoca un suave e inevitable escalofrío—. No te preocupes. Lo inspeccioné bien antes de asentarnos y... —hace un gesto de cabeza en dirección a la puerta tapiada—, de todos modos, tomé precauciones.

Un extraño dolor se apodera de mi cuerpo en el instante en el que termina de hablar.

Sé que está muy malherido. Que su cuerpo fue torturado con instrumentos hechos exclusivamente para herirlo y, de todos modos, ha hecho todo lo posible por mantenerme a salvo. Por pensar en mí primero que en él.

De pronto, se siente como si el aire me faltara. Como si el peso del mundo me cayera sobre los hombros y no hubiese poder —celestial o humano— que pudiese levantarlo.

La resolución de lo que ha pasado las últimas veinticuatro horas me golpea de lleno y me pone un nudo intenso en la garganta. Me llena la cabeza de pensamientos tortuosos y confusos que no hacen más que abrumarme hasta un punto insoportable.

Tengo los ojos fijos en él. En su silueta perfilada por la luz de la luna. En la forma en la que su pecho se mueve al ritmo de su respiración dificultosa y de cómo sus facciones se han tensado debido al dolor que siente.

«¿Qué es lo que he hecho?», me pregunto a mí misma. «¿Qué es lo que estoy haciendo?».

La sensación dolorida que me llena el cuerpo no se compara ni siquiera un poco con el escozor que me provoca el caos que tengo en el corazón. Con la horrible sensación de desasosiego que me causa verlo en este estado.

Nada de esto habría pasado si no le hubiese dicho que no confiaba en él. Si me hubiera quedado cuando me pidió que me marchara a verificar a Hank, y hubiera hecho algo cuando Donald y su gente trataron de acorralarlo para impedir que se fuera.

Todo esto es mi culpa. Siempre es mi culpa.

La impotencia y la frustración hacia mí misma hacen que el nudo que ya tenía en la garganta se tense otro poco y me quedo aquí, quieta, intentando no llorar; mientras Mikhail respira con dificultad.

—Mikhail, yo… —comienzo, pero las palabras no vienen a mí. No terminan de formarse en mi boca para escupirlas, porque no sé, en realidad, qué es lo que quiero decir. Cierro la boca de golpe y cierro los ojos ante la oleada intensa de sentimientos que me azota.

Lo intento de nuevo. Esta vez, cuando hablo, mi voz suena entrecortada y rota:

—Mikhail, lo lamento mucho.

Silencio.

—Lo lamento *todo*. —Lágrimas gruesas y pesadas se me acumulan en la mirada, pero no derramo ninguna—. Lo eché a perder otra vez. Lo hice terrible una vez más y… —Sacudo la cabeza en una negativa frenética—. Sé que no significa nada. Que no hay nada que pueda hacer para reparar el daño que he causado, pero de todos modos, quiero que sepas que lo siento. Lo siento de verdad.

Mikhail no responde. Se queda callado, como quien se toma su tiempo para digerir lo que ocurre.

—Hace unos meses —la voz de Mikhail suena tranquila cuando irrumpe el extraño silencio en el que nos hemos sumido—, cuando ocurrió lo de Ash y Amon en aquella azotea, supe que había roto algo entre nosotros y que estaría condenado a pagar por ello el resto de la eternidad. Que tu odio y tu desprecio serían parte de la tortura a la que sería sometido por haberte hecho lo que te hice, y que absolutamente nada sería suficiente para enmendar el daño. —Ha abierto los ojos y ahora mira al vacío con el ceño ligeramente fruncido; como quien trata de recordar algo a detalle—. Pero no fue así. Para mi sorpresa, no me odiaste de inmediato. Incluso, cuando me odiabas, sabía que no lo hacías del todo y que había una parte de ti que esperaba que algo ocurriera para así poder justificar toda la mierda que hice... Y eso, de alguna manera, fue una tortura peor. Una tortura más abrumadora. —Sus ojos se posan en mí—. Yo necesitaba que me odiaras, Bess. Necesitaba que me quisieras lejos, para así tener que soltarte. Para poder desprenderme de esta necesidad tan grande que tengo de ti. De tu cercanía... —Niega con la cabeza, como si no pudiese entender del todo lo que está diciendo—. Quería que me dijeras que no confiabas en mí en lo absoluto para así tener las malditas bolas de dejar de fantasear contigo. Para dejar de preguntarme cómo hubiera sido todo si yo no fuese quien soy y tú no fueras quien eres.

Traga duro.

—Esperaba que me mandaras a la mierda para así dejar de despertar todos los días con el deseo de que me miraras como lo hacías cuando confiabas en mí. Cuando aún no había corrompido eso que alguna vez sentiste por mí... —Hace una pequeña pausa—. Y no sabes cuánto le pedí al universo que me despreciaras, para así no tener que ser el que tomara la decisión de alejarse. Para no tener que ser el verdugo una vez más. —Sacude la cabeza en una negativa—. Pero no tenía idea de lo difícil que sería escucharlo. No tenía una maldita idea de cuánto iba a dolerme saber que no confías en mí.

—Mikhail...

—Y no me malentiendas —Me corta de tajo, mientras me mira con fijeza—. *Sé* que te fallé. Que te hice daño. Que te di motivos más que suficientes para no querer confiar en mí nunca más... —La tristeza que veo en su rostro en penumbra me sobrecoge y me envuelve en un manto de infinita zozobra—. Pero de todos modos, una parte de mí esperaba que fueses capaz de darme el beneficio de la duda. Pese a que sé que no tengo cara alguna para pedírtelo, una parte de mí, lo deseaba con todas sus fuerzas.

—Lo intenté —digo, con un hilo de voz—. Intenté confiar en ti. Intenté darte el beneficio de la duda, pero lo único que hacías era alejarme. Empujarme lejos y ocultarme cosas. ¿Cómo diablos se supone que iba a confiar en ti si nunca has sido capaz de decirme la verdad? ¿Si siempre, por protegerme, has ocultado gran parte de lo que está pasando? Si hubiese sabido todo lo que ocurría...

—Si hubieras sabido lo que ocurría, habrías hecho exactamente lo mismo que hiciste esta vez. —Mikhail me interrumpe, y la ligera dureza de su tono me estruja el pecho—. Habrías hecho algo peor. —Niega con la cabeza—. Bess, eres testaruda. Voluntariosa. Imprudente como solo tú puedes serlo. Si hubieses sabido lo que ahora sabes, probablemente, habría tenido que sacarte a rastras del Inframundo. Dios sabe que habría perdido la cabeza si hubiese tenido que hacerlo, pero no dudo ni un segundo que eso habría ocurrido si hubiese sido transparente contigo todo el tiempo.

Otra pausa.

—¿Y sabes qué es lo más irónico de todo esto? —continúa, al cabo de unos instantes—. Que ni siquiera puedo reprocharte nada. Que sé que no puedo pedirte ni siquiera un céntimo de tu confianza porque sé que lo eché a perder. —Una exhalación temblorosa lo abandona—. No te culpo de nada, Cielo. Quiero que sepas que ni siquiera creo que estés equivocada por desconfiar de mí como lo haces. Yo, en tu lugar, no podría confiar ni en mi propia sombra. —Me mira largo y tendido hasta que, entonces, finaliza—: Así que aquí estoy, dividido entre las ganas que tengo de tomarte por los hombros y sacudirte hasta que entiendas que no voy a traicionarte de nuevo, y la necesidad que tengo de decirte que, a pesar de todo, te entiendo. Comprendo el lugar del que vienes.

—Lo único que quería de ti era la verdad —digo, con la voz rota por las emociones que trato de contener dentro, pero que amenazan con desmoronarme en cualquier instante—. Lo único que quería, era que me miraras a los ojos y me dijeras que eras tú quien ha estado a mí alrededor todo este tiempo, y no ese retazo de oscuridad que nos traicionó.

—¿Y qué diferencia hubiera hecho que lo hiciera, Bess? —la amargura en su tono es tan grande que una punzada de dolor me recorre entera—. ¿Qué habría cambiado?

—*Todo* —sacudo la cabeza en una negativa frenética, al tiempo que acorto la distancia que nos separa, pero sin atreverme a invadir del todo su espacio vital—. ¿Es que no lo entiendes? Lo único que quería era sentir que, de alguna manera, te había recuperado.

—Cielo, nunca me perdiste. —Su voz es un susurro roto y el universo entero parece dar una voltereta vertiginosa cuando las palabras le abandonan—. Te pertenecía incluso cuando era un demonio y no te recordaba. Te pertenecía aún en la peor versión de mí mismo. —Dedos suaves y expertos me retiran un mechón de cabello lejos de la frente—. Lo hago ahora, que ni siquiera sé qué es lo que soy. —Niega con la cabeza, al tiempo que inspecciona mi rostro a detalle en la poca iluminación que nos rodea—. Y no sé cómo diablos hacer para cambiarlo. Para darle la espalda a lo que mi alma pide a gritos y cumplir con eso que se me ha encomendado desde hace eones.

Bajo la cabeza, solo porque sé que no seré capaz de contener las lágrimas que se me agolpan en la mirada durante mucho más tiempo. Porque escucharle decir en voz alta todo esto, hace que mi control emocional se vaya al caño.

—Cielo, por favor, no llores… —Mikhail susurra, y lo pierdo por completo.

Lágrimas gruesas y pesadas se deslizan por mis mejillas y dejan un camino de desazón y dolor en mi pecho. Dejan un montón de emociones en carne viva y un mundo de sueños rotos. De fantasías que jamás podrán ser.

　　Un dedo grande se coloca debajo de mi barbilla y me obliga a alzar el rostro para encontrarme de lleno con el gesto torturado y dolido del demonio de los ojos grises. La cercanía de nuestros cuerpos es tanta, que me sobresalto un poco al percibir el calor que emana de él.

　　—Por lo que más quieras, Cielo, no llores —suplica, y mis ojos se cierran antes de que me incline hacia adelante para recargar la frente en su barbilla.

　　El llanto no cesa. Los espasmos que me sacuden el cuerpo no se detienen y lo único que puedo hacer es llorar. Llorar hasta que el corazón me duele y la cabeza me da vueltas.

　　Hasta que no soy capaz de derramar una sola lágrima más y los sollozos se transforman en pequeñas exhalaciones temblorosas.

　　Los brazos de Mikhail, de alguna manera, han terminado a mi alrededor y, pese a que no estamos completamente aferrados el uno al otro, la manera en la que me acoge es abrumadora y dulce.

　　—Una parte de mí esperaba que me eligieras —susurro, al cabo de un largo rato de silencio cálido—. Que decidieras mandarlo todo a la mierda y quedarte conmigo hasta que todo fuese inevitable. —Una sonrisa triste se desliza en mis labios—. Deseaba que fueras egoísta por una vez en la vida y quisieras estar conmigo por ser *yo*, y no por lo que represento... —Niego—. Y sé que es absurdo y tonto... pero de verdad lo deseaba. —El labio inferior me tiembla, mientras que lágrimas nuevas me inundan los ojos.

　　—Cielo...

　　—Y sé quién eres. Sé la clase de persona que eres. —Lo interrumpo—. Sé que eres incapaz de mirar cómo el mundo se cae a pedazos sin que te invadan unas ganas inmensas de hacer algo para impedirlo; y que, por más que así lo quiera, jamás lo dejarás todo por mí, porque no te perdonarías a ti mismo si no intervienes... —Cierro los ojos y niego con la cabeza—. Es por eso que tampoco puedo reprocharte nada. Que tampoco puedo reclamar, porque te entiendo. Entiendo que este es tu destino y que siempre lo ha sido. Que hay una razón más poderosa que lo que yo quiero o lo que tú quieres y que, por más que me gustaría que las cosas fuesen diferentes, no hay nada que se pueda hacer para cambiarlas. —Un suspiro largo se me escapa—. Es solo que a veces me encantaría que no fuese todo tan complicado. Que fuese más fácil y no tuviese que resignarme a un destino que me aterroriza.

—Bess, yo...

—Mikhail —lo corto una vez más, solo porque no estoy lista para escucharle decir que no hay otra manera. Solo porque, en estos momentos, necesito sacar todo esto que traigo dentro porque me hace daño. Porque me lastima y no me deja continuar. Porque necesito decirlo en voz alta o voy a explotar en mil fragmentos—. Mikhail, yo... —Me quedo sin aliento y me acobardo ligeramente; sin embargo, me obligo a aclararme la garganta e intentarlo de nuevo—: Lo único que quiero que sepas es... —trago duro—, que te amo. Siempre te he amado. Ni siquiera cuando era incapaz confiar en ti, podía dejar de hacerlo. —Me aparto un poco para mirarlo a los ojos—. Y no quiero morir sin habértelo dicho.

Algo cambia en su mirada. Algo arrollador y salvaje se apodera de su rostro en el instante en el que termino de hablar y me quedo sin aliento. Me quedo suspendida en el aire —en el tiempo—, con la vista clavada en la tormenta ambarina y grisácea que son sus ojos. En el calor suave de la piel de su pecho contra mis palmas y la manera en la que su aliento cálido me golpea la mejilla.

No sé en qué momento nos acercamos tanto el uno al otro. Tampoco sé en qué momento me incliné hacia adelante, de modo que nuestras narices son capaces de rozarse; pero ahora mismo es lo que menos me importa. Es lo único en lo que no estoy pensando.

Un murmullo en un idioma desconocido escapa de los labios de Mikhail y mis ojos se clavan en sus labios mullidos.

—Bess...

—*Shhh...* —Lo corto con suavidad y su mirada se oscurece un poco más—. No digas nada —pido, en voz queda y temblorosa—. No hace falta que lo hagas.

Entonces, sin más, planto mis labios en los suyos.

Al principio, nuestro contacto es apenas un roce. Una suave presión de mi boca contra la suya. Una caricia dulce creada solo para sentirnos el uno al otro hasta que, de pronto, deja de serlo. Hasta que, sin siquiera planearlo, se convierte en otra cosa. En algo más urgente.

Mis labios se abren para recibirlo y su lengua busca la mía en una caricia hambrienta y vehemente. En una súplica implícita. Una petición temerosa. Un rayo absurdo de esperanza en medio del caos que son nuestras vidas.

Sé que estoy lanzándome al vacío. Que estoy tomando la decisión de confiar en él, a pesar de que aún no estoy segura de si debería hacerlo. Sé que debería escuchar aquello que la cabeza no deja de gritarme y no esto que tanto me pide el corazón, pero no puedo detenerme. No puedo parar.

Es todo o nada. No puedo dudar más. No puedo seguir teniendo miedo de nuestro destino, porque ya está escrito. Porque, si Mikhail está a mi lado, sea cual sea el resultado, sé que será el correcto. Así termine hecha pedazos. Así sea él de quien Daialee me advierte, estaré lista para todo, porque así es como tiene que ocurrir. Porque prefiero enfrentarlo a seguir huyendo. Estoy harta de huir.

Mikhail se aparta de mí con brusquedad y me quedo sin aliento.

—Te amo —susurra—. Te amo y ya me cansé de negarlo. Ya me cansé de luchar contra ello. Te amo, Bess. Te amo con todo lo que soy, lo que fui y lo que seré. En este plano y en todos los que existen. Te amo y te elijo a ti. Por sobre todas las cosas, Cielo mío, te elijo a ti.

Entonces, las palabras terminan y son reemplazadas por besos ávidos. Por caricias dulces y estelas ardientes que comienzan en la comisura de mis labios y terminan en mis clavículas.

Un suspiro roto y tembloroso se me escapa cuando, de un movimiento, Mikhail me recuesta sobre mi espalda y se instala en el hueco que he creado entre mis piernas; sin importarle en lo absoluto cuán magullado está. En ese momento, mientras siento su peso sobre mí, me tomo mi tiempo para acariciarle el rostro. Para pasear las palmas por encima de los ángulos obtusos de su mandíbula y absorber la forma en la que se inclina para encontrar mi tacto.

Sus ojos están cerrados, su torso completamente desnudo y su cabello es una maraña desordenada y sucia.

El corazón se me estruja con violencia cuando su mirada se abre para encontrar la mía y no encuentro otra cosa más que adoración en su gesto. Más que un anhelo contra el que yo misma lucho segundo a segundo.

—Daría todo por poder estar así siempre —confieso, y los ojos de Mikhail se llenan con una emoción salvaje y familiar. Una que sé que compartimos y que nos une más allá del lazo que nos ata o de la conexión que compartimos.

—Renunciaría a todo si eso me garantizara una eternidad a tu lado, Bess Marshall.

Las palabras terminan. Las caricias se reanudan y, a pesar de lo desgastado de su cuerpo y de las heridas abiertas en su espalda, no se detiene. No deja de besarme. No deja de retirar las prendas que me visten con una lentitud abrumadora. No deja de colmarme entera de caricias suaves y besos que se alargan hasta el infinito. De desnudarme el cuerpo, el alma y los sentidos con su abrumadora presencia, y los arrolladores sentimientos y sensaciones que me provoca.

Entonces, cuando estamos así, más vulnerables de lo que nunca hemos estado el uno con el otro, me mira a los ojos y aparta el cabello de mi rostro para besarme la punta de la nariz.

—Siempre has sido tan bonita como el cielo —murmura, contra mi boca y, sin darme tiempo de responder nada, vuelve a besarme. Vuelve a llenarme los sentidos de él antes de hundirse en mí. Antes de llenarme entera y hacer que me aferre a él con todas mis fuerzas.

La luz de la luna se cuela a través de la ventana y mi anatomía entera zumba debido a lo que está ocurriendo entre nosotros. El universo parece haberse detenido por completo y el lazo que me ata a él pulsa y se estira ante la nueva clase de intimidad que compartimos.

El fuego que creía extinto entre nosotros arde con tanta intensidad que amenaza con consumirme por completo. El mundo de emociones que siempre ha provocado en mí está a punto de hacer implosión y lo único que puedo hacer es aferrarme a él. A lo que siento. A estas ganas que tengo de fundirme en él y hacernos uno.

Finalmente, cuando todo termina y cae sobre mí —tembloroso, sudoroso y agotado—, aferro los brazos a su alrededor. Envuelvo las extremidades a su alrededor y lo atraigo cerca de mí para llenarlo del calor de mi piel. Para envolverlo con este atronador y apabullante amor que siento por él y que, por más que es puesto a prueba, no se diluye ni desaparece.

Un espasmo más fuerte que los anteriores lo sacude, y una pequeña alarma se abre paso a través de la bruma lánguida y dulce que me ha llenado los sentidos.

—¿Estás bien? —inquiero, en un susurro tembloroso y débil.

Él asiente, pero otro espasmo violento lo asalta.

—Tengo la sospecha de que había veneno de los aparatos de tortura que utilizaron para inmovilizarme —explica y, de inmediato, el pánico se apodera de mi sistema. Acto seguido, trato de incorporarme para inspeccionar sus heridas. Él, sin embargo, me lo impide y me obliga a mantenerme donde me encuentro, al tiempo que dice—: Pero estoy bien. Solo necesito descansar.

—Mikhail...

—Cielo, estoy bien. —Asegura, en un susurro, y alza la vista para encontrarme—. Ha sido poco. Además, todavía no estoy seguro de que realmente hubiera veneno en ellos. Es muy probable que no. Creo que solo estoy muy débil. Estoy bien.

Hay un tinte amoratado en las venas que le corren por el rostro y luce más pálido que hace un rato.

—Mikhail, no luces bien. —El terror en mi voz es palpable, pero de todos modos, sonríe.

—Gracias —responde, con ironía, al tiempo que sacude la cabeza en una negativa para volver a asegurar—: Estoy bien, amor. Solo necesito guardar algo de reposo. Mañana estaré como nuevo.

Muerdo mi labio inferior, dudosa de sus palabras, pero ensancha su sonrisa y me aparta un mechón de cabello lejos del rostro.

—Me encanta cuando te preocupas por mí —dice, mientras me guiña un ojo.

—Mikhail...

—Estoy bien. —Me asegura una vez más, antes de dejarse caer sobre su espalda para atraerme más cerca. Cuando lo hace, me besa la sien y cubre gran parte de mi cuerpo desnudo con el suyo.

—¿Estás seguro? —El miedo en mi voz es palpable, pero no me importa en lo absoluto sonar como lo hago.

—Completamente, amor —musita—. Solo trata de descansar.

39

VENENO

Mikhail no ha despertado y arde en fiebre.

Hace cerca de quince minutos que abrí los ojos y él, por más que he tratado de hacer que se levante, sigue inconsciente. El sudor que lo cubre por completo contrasta con el temblor incontrolable de su cuerpo, y la tonalidad mortecina que ha adquirido su piel es tan preocupante como el color amoratado que han tomado sus venas.

No sé qué es lo que está pasándole, pero temo lo peor. Temo que sus sospechas sean ciertas y se encuentre intoxicado bajo los efectos de algún poderoso veneno.

He tratado, en medida de lo posible, de mantener la calma, pero no sé cuánto tiempo más voy a poder mantener el pánico que me embarga a raya. Así pues, pese a que sigo siendo presa de este terror visceral y horroroso, me obligo a movilizarme lo más pronto posible.

Sin perder el tiempo, inicio el día enfundándome la ropa y saliendo a buscar algo de agua para bajar las altas temperaturas que asaltan al demonio de los ojos grises.

Antes de abandonar nuestro refugio, me aseguro de cerrar el lugar lo mejor posible y, a pesar de que sé que Mikhail me mataría por salir por mi cuenta sin su protección, me embarco en la aventura de vagar por la ciudad.

El frío de la mañana me pone a temblar casi de inmediato, pero me obligo a ignorarlo mientras, con toda la cautela que puedo, empiezo a buscar en las tomas de agua callejeras.

En el camino, me encuentro con un contenedor de basura lo suficientemente pequeño como para poder llenarlo de agua y acarrearlo hasta el edificio en el que Mikhail nos ocultó.

La tranquilidad de todo el lugar se siente errónea luego de lo que pasó anoche en los subterráneos del asentamiento y en las afueras de la estación por la que escapamos. Se siente como si todo aquello no hubiese sido más que una treta de mi imaginación inquieta. Todo se encuentra tan tranquilo y pacífico, que me cuesta creer que anoche, no muy lejos de aquí, estuvimos a punto de morir.

El pensamiento me provoca una sensación de malestar en el estómago, pero la empujo lo más lejos posible para enfocarme en la tarea impuesta.

No tengo que alejarme mucho del edificio en el que nos hemos refugiado antes de encontrar algo de agua potable, cosa que le agradezco infinitamente al universo.

No me toma mucho tiempo abastecerme y acarrearla —a paso lento pero seguro— hasta nuestro escondite. Antes de entrar en él, me aseguro de que nadie me haya seguido y, por seguridad, hago una búsqueda sensorial, por medio de los Estigmas, solo para asegurarme de que estamos completamente solos.

Así pues, con la plena certeza de que estamos a salvo, me abro paso hasta el piso en el que Mikhail logró ocultarnos.

Al llegar, lo primero que noto, es que algo ha vuelto a cambiar en la energía que emana de él. La angustia previa incrementa cuando percibo la oscuridad que hay en ella y se aferra a mis huesos cuando, al acercarme, noto cómo su piel se ha vuelto aún más mortecina que antes.

Sin perder mucho tiempo, ignoro todo lo anterior y me concentro en la tarea de bajar la temperatura de su cuerpo a como dé lugar.

Paños de agua fría son colocados en su estómago, frente y espalda, y parecen funcionar. Los espasmos, que antes eran incontrolables, ahora son solo pequeños temblores, y el sudor frío que lo cubría ha ido mermando conforme el agua baja la temperatura de su cuerpo; sin embargo, no es hasta que el sol está muy por encima de nuestras cabezas, que Mikhail abre los ojos.

La lucidez aún no ha regresado a su cuerpo, ya que habla en un idioma que no entiendo y su mirada no está fija en nada en concreto. Por el contrario, sus párpados parecen pequeñas mariposas que revolotean sin control; como si estuviese teniendo el peor de los sueños. Como si estuviese alucinando.

«Está alucinando», susurra la insidiosa vocecilla en mi cabeza y me obligo a ignorarla.

—Aquí estoy —digo para él, a pesar de que no sé si realmente puede escucharme y, en respuesta, lo único que recibo es un tirón brusco en el lazo que compartimos.

No sé cuánto tiempo pasa antes de que tenga que salir una vez más a recolectar algo de agua. Esta vez, cuando lo hago, también busco algo para comer. Eventualmente, logro romper el cristal de una máquina expendedora y tomo de ella cuanto puedo cargar en los bolsillos de los vaqueros y dentro del sostén que llevo puesto.

De camino de regreso, tengo que esconderme dentro de uno de los edificios abandonados, ya que soy capaz de ver una camioneta en movimiento que, asumo, es del asentamiento. Cuando se marcha, emprendo camino una vez más.

Al llegar a nuestro refugio, lo primero que hago es revisar el estado del demonio de los ojos grises, pero el panorama no es alentador. La energía que emana es cada vez más turbia y densa, y los espasmos han regresado con más intensidad que antes. Las heridas de su espalda —esas que le hicieron con aquella vara metálica que tenía incrustada en los omóplatos— lucen amoratadas e infectadas; como si estuviesen pudriéndose poco a poco. Como si estuvieran *envenenadas*.

«Él tenía razón. Los aparatos estaban envenenados. Él sabía que los instrumentos de tortura que utilizaron tenían algo», me susurra el subconsciente y el terror incrementa un poco más. «Seguramente, la vara que estaba incrustada en su espalda era la que contenía todo esto que está debilitándolo. Recuerda que el poder de estas criaturas reside en sus alas. El objetivo siempre fue envenenarlo. Debilitarlo hasta matarlo».

Cierro los ojos, al tiempo que el pánico me envuelve, pero me obligo a empujarlo lejos. A alejarlo de mí, porque no puedo permitirme el lujo de perder la compostura o de ser débil ahora.

Tengo qué hacer algo por él y tengo qué hacerlo rápido.

«Antes de que sea tarde».

—¿Qué puedo hacer por ti? —digo, en un susurro desesperado, pero mi cerebro no deja de correr a toda marcha sopesando las posibilidades.

Una vez en el pasado traté de darle un poco de energía por medio de los Estigmas y lo único que conseguí fue enloquecerlo. Fue darle la energía suficiente como para que su cuerpo reaccionara ante los delirios de su mente y su falta de consciencia. Es por eso que la posibilidad de hacer eso ahora se siente equivocada. Temo que vuelva a pasar lo mismo que en aquella ocasión y termine haciéndole más daño.

La angustia ha comenzado a abrirse paso a través de mi torrente sanguíneo y cada vez me es más difícil mantener la compostura.

«Piensa, Bess. Piensa...», me urjo, pero las ideas que alcanzan a rozar la superficie se sienten insignificantes y de poca ayuda.

He descartado desde hace rato la posibilidad de dejarlo solo mientras busco a Rael y los demás para tratar de hacer algo por él, solo porque es muy arriesgado y porque no sé, a ciencia cierta, si voy a ser capaz de encontrarlos.

«Si es que realmente lo lograron...».

La opresión en mi pecho es dolorosa y apabullante; pero la mantengo controlada mientras, una vez más, evalúo todas las opciones.

Es un hecho que los Estigmas están descartados por completo y también la opción de buscar ayuda está fuera de mis alternativas. Lo único que se me ocurre ahora es tratar, por medio del lazo que nos une, de llegar a él. De darle un poco de la energía que llevo dentro para que él pueda recuperarse o aguardar un poco hasta que sea capaz de pensar en algo mejor.

Esta vez, cuando la posibilidad me ronda la cabeza, la tomo de inmediato. Esta vez, cuando las opciones se cierran solo a una cosa, me siento ligera y tranquila. Sé que puedo hacer esto. Sé que puedo ayudarle.

Trago duro.

La sensación vertiginosa que me embarga cuando la resolución se asienta en mí hace que un suave hormigueo me recorra las palmas de las manos. El aliento me falta, el corazón se me acelera, y no puedo hacer más que mirar al demonio que agoniza en el suelo enmugrecido de un edificio abandonado, en medio de Los Ángeles.

Tomo una inspiración profunda y temblorosa, y cierro los ojos.

Trato de enfocarme en la cuerda que me envuelve la caja torácica y me obligo a inspeccionarla. A *sentirla*.

Tiro de ella con suavidad cuando soy capaz de localizarla, pero no obtengo la usual respuesta del otro lado. No encuentro nada más que pura y cruel quietud.

Una punzada de miedo me invade.

Me mojo los labios con la punta de la lengua y tanteo el camino invisible que está trazado entre la criatura en el suelo y yo, y trato de memorizarla. Trato de aprender cada rincón suyo hasta llegar a él. Al origen de esta energía que me ancla y me llena el cuerpo.

La tormenta que me recibe cuando la acaricio es tan abrumadora, que tengo que retroceder un poco antes de atreverme a regresar a ella. Que tengo que dar un paso hacia atrás, para no ser engullida por su fuerza.

Decido no perturbarla luego de un intento más por acercarme y, en su lugar, trato de canalizar toda la energía de los Estigmas hacia la cuerda que se tensa en mi pecho. Trato, con todo el cuidado del mundo, de ordenarle a los hilos que se estiren hasta el lazo que me ata a Mikhail, para que así pueda tomar su energía. Para que así pueda canalizar cuanto pueda hacia mi chico de los ojos grises.

Primero, los Estigmas se resisten y sisean con reticencia, pero, presa de una determinación y un aplomo impropios de mí, los obligo a cooperar. A envolverse alrededor de la cuerda para liberar un poco de ese poder atronador que poseen.

Al principio, no ocurre nada. Mikhail no deja de temblar de manera incontrolable y el sudor frío le cubre el cuerpo; pero al cabo de unos breves instantes, los espasmos ceden un poco. Se vuelven menos intensos; menos frecuentes; y terminan por irse al cabo de un rato.

El gesto torturado que hace unos minutos esbozaba se convierte en uno más suave. Menos doloroso.

Finalmente, luego de una eternidad, Mikhail deja de tiritar. Deja de sudar helado y se relaja un poco sobre el suelo del lugar en el que nos encontramos.

El alivio que me invade es instantáneo, así que continúo con la tarea impuesta. No voy a detenerme hasta que ya no pueda más. No voy a dejar de darle energía hasta que mi propio cuerpo comience a resentir la falta de ella. Si esto va a ayudarle a combatir el veneno que fluye por sus venas, le daré cuanta energía me sea posible.

Mikhail no mejora.

La noche ha caído ya y esta es la tercera vez, en menos de unas cuantas horas, que tengo que proporcionarle energía a través del lazo que nos une.

Estoy exhausta. La debilidad de mi cuerpo ni siquiera me permite ponerme de pie. El cansancio es tanto, que siento que voy a desfallecer en cualquier instante, y los Estigmas sangraban tanto hace un rato, que tuve que apretar el torniquete que Mikhail puso en ellos hace casi veinticuatro horas.

Llegados a este punto, el pánico que me embarga es total y absoluto. Estoy aterrada. Horrorizada ante el escenario que tengo enfrente. Ante la posibilidad de que Mikhail...

«No», me digo a mí misma, al tiempo que cierro los ojos. «Tiene que haber algo que puedas hacer por él».

Un gemido doloroso escapa de la garganta de Mikhail cuando el pensamiento termina de formarse en mi cabeza, y el nudo de ansiedad que ya me atenazaba las entrañas se aprieta un poco más.

Está ahí, a escasos pasos de distancia, con los ojos cerrados, la mandíbula apretada y una fina capa de sudor cubriéndole el cuerpo. Está ahí, lleno de venas amoratadas y la piel tan blanca como el papel y la vida fugándosele sin que yo pueda hacer nada.

Un extraño disparo de enojo me embarga en el instante en el que un espasmo hace que convulsione con una violencia dolorosa, y los ojos se me llenan de lágrimas tan pronto como mi boca se llena de reproches hacia él.

«Dijiste que estabas bien», quiero reprocharle. «Dijiste que no era nada».

Pero sé que no es justo que lo haga. Sé que no es justo que trate de reclamarle el hecho de que me haya ocultado lo mal que se encontraba; porque, en su lugar, habría hecho lo mismo. Porque, la realidad de las cosas es que él ni siquiera estaba seguro de que hubiese veneno corriendo por sus venas.

Lágrimas calientes, pesadas y angustiadas se deslizan por mi rostro y quiero gritar. Quiero salir a las calles y rogar por ayuda. Por pedirle a quien sea que pueda escucharme —ángel o demonio— que haga algo para detener lo que está pasándole. Que detengan eso que le está matando y le salven la vida.

—Mikhail, por favor... —Le suplico, en voz baja, al tiempo que, como puedo, le tomo una mano helada y me la llevo a los labios—. Por favor, no me dejes sola. No me hagas esto. Por favor, no te vayas...

Otro espasmo violento y doloroso le convulsiona el cuerpo y cierro los ojos ante la oleada de impotencia y terror que me invade.

Un sollozo —que asemeja al que haría un niño pequeño que implora por su madre— me abandona y me aferro a él. Me aferro a Mikhail con toda la fuerza que poseo mientras trato, desesperadamente, de pensar en la manera de salvarle.

—No quiero estar sin ti. —Le susurro contra el oído—. No puedo hacer esto sin ti. Si tú te vas, entonces ya no me queda nada, ¿entiendes?... *Nada*.

Un escalofrío recorre la anatomía débil del demonio que yace debajo de mí, pero no hay señal alguna de que me haya escuchado.

Las siguientes horas son una completa tortura. Verlo debilitarse más y más con cada segundo que pasa hace que todo dentro de mí duela. Que todo en mi interior me grite que haga algo.

Lo que más impotencia me provoca de todo esto es que no importa cuánto lo intente, ya no funciona nada de lo que hago por él. La poca energía que me quedaba ha sido reducida a una luz parpadeante en mis intentos de mantenerlo con vida. Ahora, sin embargo, se siente como si no hubiese mucho por hacer.

No he dejado de llorar. No he dejado de culparme por todo lo que está pasándole y hace rato que dejé de contar las veces que le he pedido a Dios que me deje tomar su lugar. Que me lleve a mí y lo salve a él, porque no puedo soportar la idea de vivir en un mundo del que Mikhail no forme parte. Porque, pese a que sé que es muy probable que al morir él lo haga yo también, aún existe la posibilidad de que se vaya y yo me quede aquí.

Sola.

Sin él.

No puedo hacerlo sin él. No quiero.

El sonido de una tos intensa hace que me ponga alerta y me incorpore en una posición sentada justo a tiempo para observar cómo Mikhail se ahoga con la sangre que ha comenzado a brotar de su boca.

De inmediato, giro su cuerpo para que el contenido carmesí deje de asfixiarlo, y una arcada larga hace que expulse algo negro y viscoso junto con otro poco de sangre. El temblor de su cuerpo es incontenible ahora y, a pesar de que la oscuridad de la noche ha caído una vez más, soy capaz de notar cuánto se ha deteriorado su aspecto. Luce enfermo. Luce... *moribundo.*

—B-Bess... —Mi nombre escapa de sus labios como si de un rezo se tratara. Como si fuese una plegaria dicha al viento.

Un rayo de esperanza me invade.

—Aquí estoy —susurro, al tiempo que le limpio la boca y le pongo un paño húmedo en la frente solo porque la fiebre que tenía ha regresado.

—Bess —repite, sin aliento—. Bess, Bess, Bess...

—Estoy aquí —digo, pese a que sé que no puede escucharme y que está delirando una vez más—. Estoy aquí, amor.

Mi mano cálida toma la suya helada y sudorosa, y le doy un apretón suave.

Una arcada más asalta al demonio de los ojos grises y la sangre comienza a brotar de sus labios una vez más.

Las lágrimas en mis ojos son incontenibles, pero ya no sollozo. Ya no ruego. Ya no hago otra cosa más que intentar consolarlo. Más que intentar consolarme a mí misma ante el panorama desolador que se desenvuelve frente a mí.

Le limpio los labios una vez más.

Tiene la mandíbula apretada y sus párpados bailan con el movimiento incontrolable de sus ojos. El cuerpo entero le tiembla y las venas, que hace unas horas tenían una tonalidad amoratada, ahora lucen negras. Putrefactas. Como si cargasen carbón líquido y no sangre dentro de ellas.

La realización de lo que está sucediendo me golpea. En ese preciso instante, todo parece caer en su lugar. Una horrible certeza empieza a abrirse paso en mi pecho y se aferra a cada rincón de mi cuerpo con toda su fuerza.

Mikhail va a morir.

Lo que sea que le hayan hecho ha surtido el efecto deseado, porque, por más que he tratado de mantenerlo con vida, nada ha funcionado.

Un espasmo violento le asalta una vez más y cierro los ojos ante la impotencia que me embarga. Ante el brutal escozor que me quema las entrañas y me corta la respiración.

Terror crudo y poderoso se abre paso en mi interior y me llena de una sensación tan abrumadora y apabullante, que tengo que hacer acopio de toda mi compostura para no quebrarme ante él. Para no romperme en fragmentos diminutos.

Abro los ojos y aparto el cabello de su frente con delicadeza.

Las lágrimas que me invaden la mirada apenas me dejan dibujar las facciones de Mikhail, pero eso no impide que le acaricie con delicadeza cada parte del rostro.

—Está bien —susurro, con la voz entrecortada por las emociones, pese a que nada lo está—. Todo está bien, amor. —Trago el nudo que se me ha formado en la garganta y se siente como si una docena de filosas cuchillas me rasgaran las cuerdas vocales—. Puedes irte ahora.

Por primera vez en lo que va del día, siento una presión suave en el pecho a través del lazo que nos une y todo dentro de mí se tensa ante la sensación casi imperceptible. Es apenas un toque. Un roce que bien podría estar alucinando, pero que, en estos momentos, me trae una paz extraña y abrumadora. Una sensación de alivio que no sabía que necesitaba hasta el instante en el que la experimenté.

—Te amo, Miguel —digo, porque no hay otra cosa que quiera decirle—. Como no tienes una idea. Y no sabes cuánto me habría encantado conocerte en otra vida. De otra forma. Bajo otras circunstancias... —Lágrimas gruesas y calientes se deslizan por mis mejillas, pero ni siquiera me molesto en limpiarlas—. No sabes cuánto me habría gustado poder pasar el resto de mis días a tu lado, pero me conformo con esto. —Trago duro—. ¿sabes por qué? —Sacudo la cabeza en una negativa—. Porque *esto*, el haber coincidido contigo en esta vida, es mejor que no haberte conocido en lo absoluto. Y quiero que sepas, que no tengo miedo —miento—. Que estoy lista para afrontar cualquier cosa que tenga que pasar. —La voz se me quiebra tanto, que tengo que tragar un par de veces antes de, finalmente, susurrar al cabo de un largo momento—: Voy a estar bien. Puedes irte ya.

Una convulsión violenta sacude el cuerpo del demonio una vez más y, esta vez es tan intensa, que puedo sentir cómo algo en el lazo que nos une comienza a estirarse. Como la cuerda que tengo en el pecho empieza a tensarse poco a poco hasta sentirse dolorosa.

Esta vez, el llanto es incontrolable. Esta vez, no puedo hacer nada más que sollozar mientras, como puedo, tomo las manos de Mikhail y limpio de sus labios el líquido carmesí que los últimos rastros del veneno hacen que escupa. Esta vez, no puedo hacer nada más que susurrarle palabras dulces mientras siento como, poco a poco, la cuerda que nos une comienza a romperse. Como la desconexión comienza a expandirse por cada parte de mi cuerpo, hasta que me siento embotada. Aletargada. Lenta. *Destrozada*.

Entonces, cuando el último resquicio de mi unión con Mikhail se rompe, caigo en una espiral inconexa. En una vorágine de sensaciones extrañas y abrumadoras que me aturde y me confunde. En una erupción de energía helada que me corre el cuerpo y hace que me aoville sobre mí misma para tratar de controlarla.

El aliento me falta, el corazón me late a toda velocidad y los Estigmas sisean ante el cambio abrupto que hemos experimentado. Quiero gritar. Quiero hacerme diminuta y desaparecer. Quiero que el ardor intenso que me llena la caja torácica y el vientre desaparezca por completo... pero no lo hace. Al contrario, se estira y se aferra a cada parte de mi cuerpo y me doblega. Me domina y hace que me encoja sobre mí misma aquí, junto al cuerpo moribundo de la única criatura que he amado. Del único ser que ha sido capaz de robarme la cordura con un beso.

El llanto es incontrolable; tanto como lo es el temblor de mi cuerpo. El escozor es insoportable, como un puñado de carbón ardiente llenándome entera; y la tristeza es atronadora. Es tan intensa, que siento cómo me vacía por completo.

El dolor que siento en estos momentos es intolerable. El desasosiego es tan inmenso, que estoy convencida de que voy a morir de la tristeza y no porque la criatura a la que estoy atada está muriendo.

Mis dedos se cierran alrededor de los fríos y temblorosos de Mikhail. Mi mejilla se pega a su brazo sudoroso y alzo la vista para mirarle. Alzo la vista solo para presenciar el momento exacto en el que su pecho deja de moverse. En el que su cuerpo deja de ser torturado por los espasmos y un último aliento —débil y tembloroso— se le escapa.

Sus ojos están abiertos y fijos en el infinito. Su anatomía entera ha dejado de temblar.

Mikhail ha muerto.

Y yo, a su lado, presa de la desconexión tan brutal que experimento, empiezo a desvanecerme.

Esto es todo. Voy a morir yo también.

«Lo lamento», quiero decir, porque sé que le dije que estaría bien cuando muy en el fondo sabía que esto pasaría; pero no logro arrancar las palabras de mis labios.

Un escalofrío intenso e involuntario me recorre entera y aprieto los dientes. El vientre me duele, el pecho me arde, las extremidades me hormiguean y un montón de puntos luminosos y oscuros han comenzado a invadirme la visión.

Los Estigmas se estiran, curiosos; pero no se sienten preocupados en lo absoluto. Ellos están... *¿fascinados?*

Una vocecilla en lo profundo de mi cabeza se cuestiona el por qué, pero sé que ya no importa. Que ya no estaré aquí para averiguarlo.

Es por eso que, empujándolo todo en un rincón en mi cabeza, estiro una mano y le acaricio el rostro a Mikhail.

Acto seguido, cierro sus ojos.

—T-Te.. T-Te am-amo… —susurro y me sorprende el poder pronunciarlo; sin embargo, no soy capaz de decir nada más. No soy capaz de luchar contra la pesadez que me embarga, o de hacer otra cosa que sucumbir ante la oscuridad.

40

OPORTUNIDAD

Estoy de pie en una habitación inmensa y oscura. Líquido espeso, grumoso y negro como el alquitrán lo cubre todo y no soy capaz de ver nada más allá de mi nariz.

El aturdimiento que me embarga es casi tan grande como la confusión que siento en estos momentos, pero eso no impide que, lentamente, gire sobre mi eje para tratar de localizar una salida.

Poco a poco, el desasosiego se va a abriendo paso en mi interior y llena cada rincón de mi cuerpo hasta hacerme sentir inquieta y asustada.

Alguien grita mi nombre y las alarmas se encienden dentro de mí, pero no llegan a perturbarme del todo. Pese a esta extraña sensación de intranquilidad que parece haberse apoderado de todo, se siente como si todo pasara a través de un filtro. Como si me hubiese sumergido en el agua y tratase de escuchar lo que viene del exterior.

Una pequeña luz se enciende justo frente a mis ojos y me sobresalto. Un grito se me construye en la garganta, pero la calidez que emana y la sensación dulce que me provoca en el pecho es tan abrumadora, que no puedo hacer otra cosa más que mirarla.

Alguien grita mi nombre una vez más y aparto la vista de la luz, pero esta no se va. Al contrario, se acerca a mí hasta posarse justo junto a mi cabeza mientras miro hacia todos lados en busca de la persona que me llama con tanta insistencia.

Un gruñido aterrador retumba en las paredes que lo envuelven todo y algo se revuelve en mis entrañas. En ese instante, un rostro familiar y aterrorizado aparece frente delante de mis ojos.

Quiero gritar. Quiero echarme a correr. Quiero lanzar lejos a la chica que me sostiene del brazo con tanta fuerza que me lastima.

Ella mira hacia la luz durante un segundo y luego me mira a mí.

El entendimiento le ilumina la mirada y le ensombrece las facciones antes de echar un vistazo hacia todos lados con ansiedad, como si temiese ser descubierta por algo… o por alguien.

—Tienes que volver —dice, sin aliento—. Ahora, Bess.

Niego con la cabeza.

—No puedo… —digo, mientras trato, desesperadamente, de ponerle un nombre al rostro de fracciones delicadas y suaves que tengo enfrente.

Ella vuelve a mirar la luz que nos ilumina con suavidad y clava sus ojos en los míos una vez más.

—No lo sabes, ¿no es así? —La voz le tiembla cuando habla y la confusión se dispara en el instante en el que pronuncia aquello.

—No sé, ¿*qué*? —Niego, una vez más—. ¿De qué estás hablando?

Los labios de la chica se abren, pero otro rugido retumba en todo el lugar y sus ojos horrorizados se fijan en mí.

—Tienes que irte —ella instruye—. Te has ganado algo de tiempo, pero si no te marchas ahora…

Un tercer gruñido truena en todo el espacio y tengo que encogerme sobre mí misma porque suena demasiado cerca.

—¡Vete! —dice, al tiempo que me empuja—. ¡Vete ya, niña tonta!

Abro los ojos.

La luz del sol me da de lleno en la cara y tengo que parpadear unas cuantas veces para acostumbrarme a ella. Las siluetas dibujadas a contraluz acentúan los colores anaranjados que tiñen la estancia en la que me encuentro.

El graznido de un pájaro en la lejanía me inunda la audición y me quedo quieta, mientras trato de rascar los recuerdos fuera de mi memoria.

Soñé con Daialee.

En mi sueño, no recordaba su nombre, pero sé que era ella.

Trato de traer a la superficie aquello que me dijo, pero no lo consigo. Lo único que logro, es incrementar esta extraña sensación de confusión que me llena el cuerpo.

«¿Dónde estoy?».

Los recuerdos empiezan a invadirme.

La realización de lo que está pasando cae sobre mí como balde de agua helada y hace que me incorpore de golpe en una posición sentada; mis ojos recorren frenéticamente el lugar en el que me encuentro y, en el instante en el que me doy cuenta de ello, mi vista cae en *él*. En el cuerpo sin vida que yace a mi lado.

Un grito se construye en mi garganta, el terror, la angustia y el dolor estallan dentro de mí como si se tratasen de una bomba y el llanto no se hace esperar. Lágrimas pesadas, gruesas y calientes se deslizan sobre mis mejillas mientras me cubro la boca para no gritar. Mientras me recuesto sobre el pecho frío de Mikhail y me deshago en fragmentos diminutos.

Cientos de preguntas se arremolinan en mi cabeza solo porque no logro comprender qué diablos está pasando. Porque, por más que trato, no logro ponerle un poco de sentido a esta locura que creí que acabaría cuando él, al morir, me llevara consigo.

Esto no debería estar pasando. Yo no debería estar aquí. No debería haber despertado.

«¿Por qué diablos lo hice?».

Una nueva oleada de angustia me invade y otro sollozo se me escapa cuando me aparto del cuerpo inerte de Mikhail solo para mirarlo una vez más.

«¿Y si él...?».

El pensamiento ni siquiera se concreta en mi cabeza, cuando empiezo a buscarle el pulso con manos ansiosas y temblorosas.

—No... —suplico, cuando presiono mis dedos en su cuello y no soy capaz de sentir nada. Acto seguido, presiono mis manos contra sus muñecas en busca del familiar latido sin éxito alguno—. ¡No!

Un sollozo ansioso y desesperado se me escapa y, entonces, coloco la oreja sobre su pecho y contengo el aliento.

Nada.

Un sonido mitad gemido, mitad sollozo se me escapa de la garganta y me aparto de él. Me aparto de su cuerpo porque duele demasiado. Porque no puedo con esto. *No puedo más...*

El llanto es incontenible. La quemazón en mi pecho es aterradora y no puedo mirarlo. No puedo levantar la cabeza. No puedo hacer otra cosa más que aovillarme en un rincón de la oficina en la que nos encontramos mientras permito que lo que siento me lleve a un lugar oscuro y doloroso. Un lugar en el que he estado antes y del que no creo que haya podido salir nunca del todo.

De pronto, todo me golpea con brutalidad y no puedo dejar de pensar en todas aquellas personas que se han ido por mi culpa. En todos a quienes perdí a causa de esta guerra sin sentido y de este destino que nunca pedí.

Me odio. Me odio por todo. Debería ser yo quien no despertara. Debería ser yo quien ya no existiera.

«No deberías estar aquí», me susurra el subconsciente. «¿Por qué estás aquí?».

Pero no tengo la respuesta. No tengo otra cosa más que un puñado de preguntas, un vacío del tamaño del mundo y unas ganas inmensas de desaparecer.

«¿Por qué no puedo solo... *desaparecer*?».

No puedo dejar de llorar. No puedo dejar de temblar y sollozar, con el rostro pegado a la pared para no tener que mirarlo y el dolor abriéndose paso a través de cada célula de mi cuerpo. A través de cada partícula existente en mí.

Mi mente es una maraña de dudas, terror, dolor y nostalgia y, de pronto, no puedo dejar de recordar. No puedo dejar de revivir en mi memoria todo aquello que viví a su lado.

Él mostrándome sus alas de murciélago por primera vez. Él, en mi habitación una tarde en la que lo único que me cubría era una toalla húmeda. Él rozándome los labios en un beso imperceptible; envolviéndome en sus brazos. Él rescatándome de una horda de fanáticos religiosos y besándome en un hospital después. Llevándome en brazos entre los rascacielos de Los Ángeles. Sacrificándose por mí. Besándome en su forma de demonio; tomando mis manos, acariciándome el rostro; susurrando palabras dulces a mi oído... Él salvándome una y otra vez. Él haciéndome el amor.

Velando mi sueño. Enfadándose conmigo. Protegiéndome siempre...

Mikhail se ha ido.

Ya no está.

Ha muerto y, en estos momentos, podría jurar que he muerto yo también.

No puedo creerlo.

Está ahí, tendido sobre una manta roída que he encontrado en la calle, con el cuerpo limpio —porque he hecho todo lo posible por retirar de él todo rastro de tortura y mortandad—, con los ojos cerrados y la piel pálida como el papel... Y sigo sin poder creerlo.

Trago para eliminar el nudo que no me ha abandonado desde que abrí los ojos, pero este no se va. Al contrario, se aprieta y me llena los ojos de lágrimas nuevas.

Aún hay muchas cosas que no entiendo de todo esto. Aún hay muchas cosas a las que trato de darles explicación, pero no soy capaz del todo.

No debería estar aquí. No debería poder seguir existiendo cuando se supone que mi vida estaba atada a la de él. Cuando se supone que su muerte traería como consecuencia la mía.

«¿Qué diablos pasó, entonces? ¿En qué momento cambiaron las cosas?».

Las palabras que Daialee pronunció en mi sueño reverberan en la parte trasera de mi cabeza una y otra vez, como una cantaleta incesante que no me deja tranquila. Ella dijo que me había ganado algo de tiempo, pero *¿cómo?*...

Un suspiro tembloroso me abandona en el instante en el que una ráfaga de viento se cuela por la ventana de la oficina, y me eriza los vellos del cuerpo. Mis ojos están fijos en la impresionante figura de quien alguna vez fue Miguel Arcángel y el desasosiego hace que me duela todo.

Ahora más que nunca soy capaz de sentir la ausencia del lazo que me ató a él. Todo dentro de mí parece haberlo resentido. Incluso los Estigmas parecen sentirse fuera de balance. La cuerda estuvo ahí durante tanto tiempo, que ahora se siente como si me faltase algo de vital importancia. Como si estuviese incompleta de alguna u otra manera.

Hace rato que dejé de llorar. Hace rato que pude recomponerme a mí misma y empecé a moverme. Al principio, fue por inercia, pero luego, el objetivo se fue esclareciendo poco a poco.

Necesitaba rendirle homenaje. Necesitaba darle un espacio a su cuerpo. Mikhail más que nadie en este mundo merece una despedida adecuada; es por eso que me concentré en eso: En improvisar este pequeño espacio para él, porque no tengo el corazón de abrir un agujero en la tierra y enterrarlo. Porque no tengo la fuerza suficiente como para soportar la idea de verlo desaparecer en el fondo de un pozo en el suelo.

En su lugar, me encargué de colocar un pequeño ataúd improvisado, hecho de muebles rotos acomodados entre sí; después, le lavé el cuerpo para eliminar cualquier vestigio de tortura o agonía, y lo coloqué aquí, al centro de la estancia, para rendirle unas últimas palabras. Unos últimos instantes.

La noche ha caído hace un largo rato y ahora me encuentro aquí, de pie en medio de una helada habitación, con el corazón hecho jirones, un puñado de flores magulladas entre los dedos y un nudo inmenso en la garganta.

—Porque polvo eres y en polvo te convertirás —digo, en un murmullo roto y tembloroso, mientras trato de evocar los retazos de las palabras que escuché pronunciar a las brujas cuando Daialee murió—. Porque ahora serás alimento y vida, y vivirás donde la tierra hace su magia.

Doy un paso hacia adelante y me arrodillo para colocar el ramillete de flores maltratadas sobre el pecho desnudo del chico que yace ahí, impasible.

Una canción suave y desafinada brota de mis labios. Un canto con el que mi madre solía arrullarme cuando era pequeña y que ahora tengo muy presente en la memoria. A la melodía le siguen una plegaria silenciosa, un reproche resignado y una declaración de amor. Palabras absurdas que ya no sirven de nada porque no está aquí para escucharlas.

Luego, cuando he hablado hasta que la garganta me ha dolido, me quedo así, en silencio, hasta que los rayos de luz de un nuevo día empiezan a asomarse a través de la ventana del lugar en el que estamos.

Entonces —solo entonces—, me inclino hacia él una última vez.

—No sé qué fue lo que pasó. —Le susurro, con un hilo de voz, como si realmente fuese capaz de escucharme—. No sé cómo es que sigo aquí. Mucho menos sé cuánto tiempo es el que el destino acaba de comprarme... pero voy a tomarlo. Voy a tomar la oportunidad... —me detengo unos instantes porque el aliento me falta—, y lo voy a hacer bien. Voy a acabar con todo esto, Mikhail. Voy a detener el Pandemónium pase lo que pase.

Acto seguido, me pongo de pie, echo un último vistazo a su cuerpo para tratar de memorizarle por completo. Luego, me giro sobre mi eje en dirección a la salida de la estancia.

Estoy muy cerca de la grieta.

La energía es tan abrumadora en este lugar, que no necesito un mapa para saber que estoy muy próxima a ella.

Me siento invadida por su poder. Los Estigmas no han dejado de sisear con incomodidad conforme me he acercado, pero su debilidad no les ha permitido oponer resistencia a mis deseos de quietud.

Mi estado de alerta constante ha hecho que no me sienta cansada —a pesar de que he pasado la noche en vela— y la comida chatarra que cargo en los bolsillos ha mitigado un poco el dolor que el hambre me provoca en el estómago.

No ha pasado mucho desde que abandoné el edificio en el que dejé a Mikhail, pero sé que ha sido el tiempo suficiente como para hacerme sentir fatigada, cosa que agradezco. El dolor muscular y la falta de aliento que experimento es tan grande, que no he podido siquiera detenerme a pensar en la posibilidad de ponerme a llorar de nuevo.

Las lágrimas que he derramado luego de haber salido de aquel edificio han sido caminando; siguiendo el camino hacia la grieta —a pesar de que no estoy segura de qué es lo que haré cuando esté lo suficientemente cerca.

Las extremidades me arden y la garganta me duele. La sed hace que mi boca se sienta seca y un sabor amargo me ha inundado las papilas gustativas. Los torniquetes en mis muñecas palpitan con mi pulso y me molestan, pero trato de no ponerles mucha atención. Trato de no pensar en nada para no derrumbarme.

Algo cambia en el ambiente.

Una oleada cálida y repentina parece llegar a mí desde un lugar en el que solo se percibe oscuridad y me pongo alerta de inmediato. Me detengo en seco y miro hacia todos lados, en busca del dueño de la nueva energía que lo ha invadido todo.

Contengo el aliento. El corazón me late con violencia y temo que el golpeteo intenso sea capaz de ser escuchado por quien sea que se encuentra cerca.

Cientos de escenarios fatalistas y caóticos empiezan a inundarme el pensamiento y me siento aterrada. Horrorizada ante la posibilidad de ser emboscada por una criatura oscura por mi cuenta.

Sé que he hecho esto antes. Sé que me he enfrentado a criaturas cuya naturaleza es inexplicable, pero ahora se siente diferente. Ahora, ante esta extraña soledad que me engulle, me siento diminuta. Débil. *Vulnerable*...

«Eres Bess Marshall», digo, para mis adentros. «Eres el Cuarto Sello del apocalipsis. El sello de la mortandad. Si alguien debe tener miedo, es quien sea que se atreva a cruzarse por tu camino».

El pensamiento me reconforta. Me centra de alguna manera y hace que mis sentidos se sientan un poco menos turbados.

Mis ojos barren por todo el lugar y ponen especial atención en el cielo, pero no logran ver nada. No logran encontrar a simple vista al dueño de la energía que ahora ha empezado a incrementar hasta volverse abrumadora.

«¡Atrás de ti!», grita la vocecilla en mi cabeza y me giro sobre mi eje con brusquedad justo a tiempo para *verlo*.

Al principio, creo que lo estoy imaginando. Por un doloroso instante, se siente como si todo pudiese ser una invención de mi mente inquieta; sin embargo, cuando se congela y abre los ojos como platos, las rodillas me fallan.

Viste la sudadera enorme que le vi utilizar los últimos días que estuvimos en el asentamiento y unos vaqueros que le van grandes. Lleva el cabello oscuro alborotado y la expresión feroz que siempre le ha dado aspecto hostil en el rostro.

—¡Bess! —La voz de Haru hace que un nudo de emociones se arremoline en mi garganta y que los ojos se me nublen con lágrimas no derramadas.

Una voz masculina y familiar me inunda la audición, pero habla en un idioma que no soy capaz de entender, a pesar de que he conseguido familiarizarme con él durante las últimas semanas; y, entonces, justo de entre los edificios, emerge Rael.

Un sollozo se construye en mi garganta cuando lo veo renquear en dirección a donde el chiquillo de ojos almendrados se encuentra y me cubro la boca con ambas manos para reprimirlo.

Los ojos del ángel me encuentran y Haru se echa a correr en mi dirección.

—¡Bess! —La voz de Rael está cargada de alivio, pero no puedo responderle. No puedo hacer nada más que reprimir el llanto que se ha abierto paso a través de mí—. *¡Dios mío!* ¡Bess!

Los brazos de Haru se envuelven alrededor de mi cuello y me aferro a él mientras nos dejamos caer al suelo. Un sollozo se me escapa cuando Haru murmura algo que no logro entender del todo.

Acto seguido, se aparta de mí, me sostiene por los hombros y, con el ceño fruncido en confusión, me escudriña a detalle; como si acabase de descubrir algo que lo confundiera en demasía.

—¡Bess! —Rael derrapa en el suelo junto a nosotros y envuelve sus brazos a mi alrededor en un gesto aliviado—. ¡Maldición, Bess! ¡Creímos que algo terrible les había pasado!

—¿Qué están haciendo aquí? ¿Por qué están tan cerca de la grieta? —inquiero, mientras trato de recomponerme. No me pasa desapercibido el hecho de que Haru no ha dejado de mirarme como si fuese la criatura más extraña en el universo, o hubiese algo mal en mí… O como si *supiera* que algo cambió en mí.

—Nos acercamos a ella para investigar cómo estaban las cosas. Estábamos tratando de armar un plan para rescatarlos y detenerlo todo, cuando sentimos una energía extraña y vinimos a ver de qué se trataba. —Rael explica a grandes rasgos, con las palabras arrebatadas y entusiasmadas—. ¿Cómo lograste escapar? ¿Dónde está Mikhail? ¿Lograste liberarlo?

La sola mención de su nombre hace que el hueco en mi pecho se haga un poco más grande, pero me las arreglo para sacudir la cabeza en una negativa.

—T-Tenemos que hablar con calma —digo, con la voz rota y temblorosa y algo oscuro invade la mirada de Rael casi de inmediato. No se necesita ser un genio para darse cuenta de que ya está esperando lo peor.

Traga duro.

—De acuerdo —Rael asiente, pero el entusiasmo previo en su gesto se ha transformado en preocupación pura. Su voz, incluso, se ha enronquecido varios tonos—. Vamos con los demás. Les dará mucho gusto verte.

41

PLAN

El silencio que le sigue a mis palabras es acompañado por miradas cargadas de horror, pánico y desolación.

Las expresiones que tiñen los rostros de todos los presentes están a medio camino entre la histeria y el fatalismo, y no puedo hacer otra cosa más que quedarme aquí, quieta, sentada frente a una pequeña multitud de gente aterrorizada, con el corazón hecho jirones y los ojos ardientes debido a las lágrimas que trato de contener.

Hace un largo rato ya que Rael y Haru guiaron nuestro camino de vuelta al local comercial en el que ellos y las brujas se refugiaron al salir del asentamiento.

Según lo que todos me contaron al llegar, tan pronto como se encontraron con la doctora Harper, los sacó de los subterráneos para llevarlos al punto de reunión que habíamos acordado. Rael dijo que, una vez ahí, esperaron por Mikhail y por mí durante veinticuatro horas antes de comenzar a plantearse la posibilidad de que había ocurrido lo peor.

Rápidamente, me hablaron acerca de su viaje a Los Ángeles, y Niara se encargó de contarme sobre cómo fue que tuvieron que reunirse con Gabrielle y quienes iban con ella justo a la mitad del camino porque, al parecer, había surgido un imprevisto en una grieta en alguna parte de Asia. Me dijo que trataron de comunicarse con alguno de los ángeles que viajaban con nosotros sin éxito alguno. Fue en ese momento, que yo les dije cómo es que fuimos traicionados por uno de ellos y cómo el otro fue asesinado por Mikhail en un ataque. El motivo por el cual no lograron comunicarse con Jasiel es completamente desconocido para mí, pero Rael cree que ha sido porque, cuando esto ocurrió, ellos ya estaban demasiado cerca de la ciudad y la energía que expide la grieta pudo haber afectado las comunicaciones.

Fue así que, al no contar con ninguna forma de comunicarse con Mikhail, Rael y Gabrielle decidieron que sería ella quien iría a tratar de contener el desastre, mientras que Rael se encargaría de llevar a las brujas y al resto de los sellos al punto de reunión que habíamos acordado.

Finalmente, luego de esperarnos durante el tiempo que acordamos que esperaríamos, Rael tomó la decisión de llevar a todos al asentamiento, para luego ir en nuestra búsqueda. El plan inicial era encontrarse con una brigada de abastecimiento haciendo pasar a todos —tanto brujas, como Sellos— por personas comunes y corrientes.

Para su mala suerte, según Rael, fueron atacados por una horda de poseídos y él tuvo que hacer uso de su poder celestial para combatirlos delante de la brigada que los había encontrado.

Niara dijo que los soldados, al ver a Rael desplegar sus alas y enfrentarse a los demonios, lo atacaron con una especie de arpón y lo capturaron para encadenarlo con aquellos instrumentos malditos que se encargaron de contenerlo el tiempo suficiente para arrancarle las alas.

Los detalles de su captura y su estancia son sórdidos y aterradores, pero me obligo a escucharlos todos solo porque necesito saber qué fue lo que les hicieron. Solo porque necesito terminar de armar mis conjeturas, y porque necesito escuchar de su viva voz qué era lo que el comandante y su gente les preguntaban cuando los lastimaban.

Para cuando terminaron de contármelo todo, yo ya había llegado a la certeza absoluta de que hubo un traidor entre nosotros. De que hubo alguien que siempre estuvo cediéndole información al demonio con el que el comandante interactuaba. Ellos estaban esperándonos. Estaban actuando bajo las instrucciones de alguien que sabía a la perfección quiénes éramos.

Luego de eso, fue mi turno de contarles cómo fue que llegamos Mikhail, Haru y yo al asentamiento y todo lo que le siguió cuando nuestra treta fue descubierta. Cuando hablé respecto a la sospecha que tenía Mikhail sobre el veneno en los instrumentos, todos convenimos que la intención del comandante, después de todo, *sí* era acabar con alguien, y ese alguien era Mikhail.

Si su intención hubiese sido acabar con Rael, habría utilizado los mismos instrumentos y no lo hizo. El comandante *sabía* que Rael no era a quien él debía eliminar.

Ahora más que nunca estoy convencida de que todo esto fue planeado con premeditación. Un movimiento hecho por alguien que conocía nuestro plan de pies a cabeza y que siempre ha navegado con bandera de aliado.

El mero pensamiento me hace sentir enferma y nauseabunda.

Para cuando terminé de hablar, todo el mundo enmudeció por completo y ha permanecido así —en silencio— desde entonces.

—Tenemos que hacer algo. —La voz de Rael irrumpe el silencio sepulcral en el que se ha sumido la estancia al cabo de un largo momento.

—¿Estás loco? —Es Niara quien refuta, mirándolo con una expresión aterrorizada e incrédula—. Mikhail está muerto, no tienes comunicación con Gabrielle o con alguien de la legión, has perdido tus alas, y la ciudad está infestada de demonios y criaturas que alguna vez fueron personas. ¿Cómo demonios pretendes que hagamos algo?

—No es una alternativa. —Rael refuta, con firmeza y determinación—. No podemos quedarnos de brazos cruzados cuando tenemos un maldito Pandemónium formándose a la vuelta de la esquina.

—¿Y qué se supone que debemos hacer? —Es la primera vez, desde que llegué a este lugar que escucho hablar a Dinorah—. ¿Cómo, en el infierno, vamos a enfrentarnos nosotros a un Pandemónium? —Sacude la cabeza en una negativa—. Nuestra única esperanza era que Miguel lograse convencer a la Legión de unificarse para así desterrar a los demonios que invaden la tierra, pero ahora está muerto. No podemos hacer nada si el mismísimo Miguel Arcángel está muerto.

Las lágrimas queman en la parte posterior de mi garganta, pero me obligo a mantenerlas dentro mientras absorbo las palabras que Dinorah acaba de pronunciar.

Sé que tiene razón. Todos lo sabemos; sin embargo, me niego a pensar que eso era todo lo que podíamos hacer. Me niego a creer que, pudiendo utilizar la fuerza destructiva que tengo dentro, esa sea nuestra única alternativa.

—Tampoco podemos quedarnos de brazos cruzados. —Zianya pronuncia, luego de un largo rato y la atención de todos se posa en ella casi al instante. El horror y la incredulidad llenan el ambiente y el silencio se vuelve expectante—. El mundo va a acabarse. Si no hacemos algo, de todos modos, nada cambia. El resultado es el mismo: nosotros morimos. La humanidad como la conocemos sucumbirá ante las tinieblas y el poder del Supremo. Entonces, ¿por qué no intentar algo? ¿Por qué no intentar ganarle algo de tiempo al resto de nosotros?

Niara niega con la cabeza y Dinorah aprieta la mandíbula; la doctora Harper, quien se encuentra en un rincón, arrebujada con la chica que escapó con ella, se pone lívida, y Rael se tensa en respuesta. Los únicos que son ajenos a la tensión del momento, son Haru, Kendrew y Radha, quienes se encuentran en el suelo abrazados los unos a los otros, cual cachorrillos recién nacidos.

—No puedo creerlo —Niara susurra, incrédula y horrorizada.

—Sabes que digo la verdad. —Zianya la confronta, para luego mirarnos a todos y decir—: Todos lo saben. —Hace una pequeña pausa—. ¡Vamos! Tenemos a cuatro Sellos del apocalipsis, un ángel y tres brujas poderosas de nuestro lado. Podemos hacer algo. *Sé* que podemos hacer algo.

—¿Como qué? —Dinorah mira con los ojos entornados en dirección a su hermana, como si no pudiese dar crédito a lo que escucha. Como si no lograse comprender del todo lo que ella está diciendo.

Silencio.

Los ojos de Dinorah están clavados en los de Zianya, y ella, no deja de morderse el labio con indecisión; como si no estuviese segura de si debe o no pronunciar aquello que le pasa por la cabeza.

—Te lo dije antes, Dina. —La voz de Zianya es temblorosa e inestable—. Te lo dije luego de que ocurrió, ¿lo recuerdas?

El entendimiento parece asaltar a Dinorah de inmediato, ya que su rostro palidece cuando la realización se le dibuja en las facciones.

—Es una locura. —Dinorah niega, al tiempo que una sonrisa histérica se le dibuja en los labios—. Te lo dije antes.

—¿El qué? —Rael interviene, mirándolas de hito en hito—. ¿Qué es una locura?

Zianya encara al ángel, al tiempo que se moja los labios con lentitud.

—C-Creo que... —Se aclara la garganta—. Creo que lo que hicieron Axel, Niara y Bess fue, de hecho, algo bastante inteligente.

La confusión me invade solo porque no soy capaz de recordar a qué se refiere y mi vista viaja hacia Niara, quien también me observa como si no entendiera una mierda de lo que está pasando.

—¿Lo que hicieron? —Rael, exasperado, ya se ha acercado tanto a Zianya, que ella se encoge ligeramente—. ¿Qué carajos fue lo que...?

En ese momento, cae sobre mí como baldazo de agua helada. Cae sobre todos con tanta brutalidad, que nos congelamos unos instantes.

«Oh, mierda».

—De ninguna maldita manera —Rael sentencia, cuando parece haber recuperado la capacidad de hablar.

—¡Piénsalo un segundo! —Zianya eleva la voz, para hacerse sonar por encima del pequeño caos que ha empezado a formarse—. ¡Es una genialidad! Podemos entrar al Inframundo para tratar de cerrar las grietas desde ahí. Bess puede hacerlo. Tiene la fuerza suficiente.

—¡¿Perdiste la cabeza?! —El ángel espeta.

—¡Podemos hacerlo! ¡Podemos hacerlo mejor de lo que lo hicieron ellos! —Zianya eleva un poco más su tono—. Podemos protegernos. Proteger el portal que necesitaremos para ir al Inframundo, para que así no haya criaturas rondando y no ocurra lo mismo de la última vez.

La discusión estalla en gritos sin sentido. Todo el mundo trata de decir algo, pero nadie es capaz de hacerse notar por encima del barullo.

Es una locura. Todo esto es una maldita locura.

«Pero es la verdad», me susurra el subconsciente. «Puedes hacerlo. Lo sabes».

El malestar me revuelve el estómago cuando el pensamiento se forma en mi cabeza, pero no permito que eso me amedrente. No permito que eso impida que mi cerebro corra a toda velocidad ante las posibilidades que se abren paso en mi interior.

Podría funcionar. Podríamos intentar abrir un portal al Inframundo para cerrar la grieta más grande. Esa que está aquí mismo, en Los Ángeles.

«Si lográramos cerrarla…».

Me falta el aliento. El corazón se me acelera ante la nueva oleada de ideas que me vienen al pensamiento y quiero gritar. Quiero golpearme por estar considerándolo.

—Aún si pudiéramos entrar al Inframundo —mi voz se eleva por encima de la de todos y, en el proceso, me acerco a Zianya—, no existe posibilidad alguna de que localicemos la grieta por nuestra cuenta. En aquella ocasión, Axel nos acompañaba. Él iba a guiarnos hasta ella. Ahora ni siquiera sabemos si está… —Me detengo a medio camino, solo porque no soy capaz de concluir esa oración. Porque, ahora mismo, el saber que Mikhail se ha ido es suficiente. No quiero pensar en Axel como alguien más a quien llorarle.

—¡¿Estás considerándolo?! —Niara chilla, al escuchar lo que me he acercado a decirle a Zianya, pero ni siquiera la miro. Me concentro en la bruja que tengo enfrente y que me mira con una indecisión aterradora.

—¿Y si Axel no está muerto? —El susurro que abandona a la mujer frente a mí hace que, inevitablemente, un destello de esperanza se apodere de mi pecho.

—No hay manera de saberlo —digo, sin dejarme vencer por las ilusiones—. Si Axel estuviera bien, ya habría venido a encontrarnos.

—Axel no sabía que vendríamos a Los Ángeles. —Zianya urge—. Si nos ha buscado, lo ha hecho al otro lado del país, en Bailey.

Llegados a este punto, todos han enmudecido para escuchar lo que hablamos la bruja y yo.

Mi cabeza sigue corriendo a toda velocidad a través de un sinfín de posibilidades y me siento abrumada. Agobiada ante la decena de escenarios que se despliegan frente a mí.

—No podemos volver a Bailey solo para buscarlo —susurro, con un hilo de voz.

Zianya niega.

—No. En eso tienes razón. No podemos volver a Bailey solo para buscarlo… —dice—. Pero sí podemos invocarlo.

—¿*Qué?*…

—Los demonios están atados a su nombre, cariño. Lo sabes —dice, y un gesto cargado de esperanza se filtra en sus facciones aterrorizadas.

Es mi turno para negar.

—En el pasado intenté invocarlo y no pude hacerlo —digo—. Cuando nos fuimos a Bailey lo intenté incontables veces y no conseguí contactarlo.

—Somos tres brujas, cuatro Sellos y un ángel. —Las manos de Zianya se cierran sobre las mías y las aprietan con fuerza—. Si todos nos unimos para invocarlo, podríamos conseguirlo.

—¿Y qué si no funciona?

—¿Y qué si sí?

—Estás loca, Annelise, si crees que voy a permitir que hagas algo como eso —Rael interviene, determinante y autoritario—. No voy a permitir que te arriesgues de esa forma, si tú mueres, el mundo se va a la mierda.

—Y si no muero también se irá a la mierda. Si no hacemos algo pasará, Rael, lo sabes —refuto, encarándolo. Un disparo de ansiedad y angustia me embarga, y no puedo evitar agregar—: No sé cuánto tiempo más estaré aquí. No debería de hacerlo. No se supone que debería estar viva porque estaba atada a Mikhail. En teoría, hace casi veinticuatro horas que el mundo debería haberse convertido en un maldito infierno y no lo hizo. Tenemos que aprovechar esa oportunidad. Tenemos que *intentarlo*.

La mandíbula del ángel se aprieta con fuerza.

—Y no voy a obligar a nadie a hacer esto conmigo —continúo, dirigiéndome hacia todos los demás—, pero quiero que sepan que voy a intentarlo.

—Bess...

—Lo siento, Rael —lo corto—, pero ya me cansé de esconderme. Voy a hacer esto porque es lo único que tenemos. Es nuestra única oportunidad.

—Lo haremos contigo —Dinorah dice, al tiempo que, mirando a su hermana, da un paso hacia enfrente luego de unos momentos de silencio.

Zianya asiente en acuerdo y dejo escapar un suspiro largo cuando Niara se gira sobre su eje con los brazos cruzados sobre el pecho y el gesto descompuesto por la angustia.

—Lo lamento mucho, Rael —digo, cuando él me mira largo y tendido.

—Es una locura. Lo sabes, ¿no es así?

Asiento.

—Y, de todos modos, quiero intentarlo.

He pasado las últimas horas del día hablando con Rael respecto al plan que estamos ideando.

Luego de nuestro confrontamiento previo, el ángel decidió ayudarnos. Argumentó que no estaba en lo absoluto de acuerdo, pero que no iba a perdonarse a sí mismo si no estaba ahí para supervisar que todo salga bien. Dijo que sabía que lo haríamos de todos modos y que solo quería cerciorarse de que vamos a dejarlo por la paz si se pone muy peligroso.

Así fue como nos pusimos manos a la obra.

Ahora mismo, Dinorah, Zianya y Niara —quien decidió ayudarnos a regañadientes luego de una conversación con Rael— se encuentran en el edificio de enfrente, tratando de invocar a Axel con su verdadero nombre. Llevan ya unas horas en ello y la falta de resultados no ha hecho más que angustiarme con el paso de los minutos.

Acordamos que tendrían que hacer la invocación lejos de mí y de los niños, porque no sabemos en realidad quién o *qué* va a acudir a nuestro llamado. Dinorah dice que las probabilidades de que alguien más venga a nuestro encuentro son mínimas, pero que, estando tan cerca de una grieta fracturada, lo mejor es no arriesgarse.

Con esto en mente, cruzaron la avenida desierta que separa el local en el que nos encontramos y se adentraron en el edificio de enfrente para intentarlo.

Nosotros, por otro lado, hemos pasado toda la tarde tratando de idear un plan alternativo en caso de que la invocación del íncubo no logre concretarse.

¿Honestamente? No es muy bueno. Nuestras posibilidades de conseguir un resultado favorable sin Axel son casi inexistentes, pero trato de no pensar mucho en ello. Trato de decirme a mí misma que, si llegásemos a necesitar hacer esto por nuestra cuenta, encontraremos la forma.

Siempre lo hemos hecho.

—¿Cuánto tiempo quieres que esperemos por ustedes antes de ir a buscarlos en caso de que algo salga mal? —La voz de Rael me saca de golpe de mis cavilaciones y parpadeo un par de veces para espabilar.

Clavo los ojos en él.

—No van a esperarnos —declaro, y las facciones del ángel se ensombrecen. De inmediato, su boca se abre para replicar, pero no le doy tiempo de hacerlo y digo—: Tienes que llevarte a los niños lejos de aquí. Tenemos que asegurar su bienestar en caso de que esto falle. No podemos arriesgarnos, así que esos niños y tú se van a ir de aquí tan pronto como Axel y yo entremos al Inframundo a través del portal.

—Pero, Bess...

—No tenemos otra alternativa, Rael —Lo interrumpo una vez más y aprieta la mandíbula mientras me mira un largo momento.

—¡Bess! —La voz urgente que llega a mí hace que mi atención se vuelque hacia la entrada del local—. ¡Bess!

En ese momento, Niara aparece en mi campo de visión dando trompicones. El aliento le falta y lleva el gesto cargado de una emoción que no logro describir.

—¡Axel!... —Apenas logra pronunciar, pero ya me he puesto de pie. Ya he perdido el aliento y el corazón me ha dado un vuelco. Ya he sentido que el mundo se sacude debajo de mis pies y que todo dentro de mí hará implosión en cualquier instante.

Estoy trotando, estoy cruzando la calle cuando, delante de mis ojos, una silueta emerge de la oscuridad.

Me detengo en seco.

Parpadeo un par de veces para eliminar las lágrimas que se me acumulan en la mirada. Para asegurarme de que de verdad estoy mirándolo y no es solo una mala treta de mi mente.

—Axel... —susurro, sin aliento, y el demonio esboza una sonrisa temblorosa antes de empezar a avanzar en mi dirección.

Detrás de él, las figuras de Dinorah y Zianya aparecen y comienzan a acercarse también.

Quiero abrazarlo. Quiero envolver los brazos alrededor de su cuerpo, pero sé lo mucho que lo lastimaría; así que, en su lugar, cuando me alcanza, me limito a mirarlo de pies a cabeza sin poder formular una oración completa.

Luce distinto. Hay un par de bolsas enormes debajo de sus ojos y casi podría jurar que ha adelgazado. Su cabello color caramelo —antes celestial y descuidado— luce apelmazado y largo, como si hubiese pasado mucho desde la última vez que se molestó en mirarse en un espejo.

—Te abrazaría ahora mismo si pudiera, maldita hija de puta —dice, con un hilo de voz, y una mezcla entre sollozo y carcajada se me escapa de la garganta.

—Creí que habías muerto —digo, con un nudo en la garganta.

—No tienes tanta suerte, cariño —dice, al tiempo que me guiña un ojo y esboza una sonrisa cargada de emoción. No me atrevo a apostar, pero creo que sus ojos han empezado a llenarse de lágrimas.

Una pequeña risa ahogada se me escapa y me abrazo a mí misma solo porque no puedo abrazarlo a él.

—No tienes idea de cuánto le agradezco al universo que te encuentres bien. —Apenas puedo pronunciar y él suelta una risa que se mezcla con el par de lágrimas que han comenzado a escapársele.

—¡Oh, mira lo que me has hecho! —exclama, al tiempo que se lleva los dedos a la cara para enjugar las lágrimas que se deslizan por sus mejillas—. ¡No tenemos tiempo para estas cosas! ¡¿Por qué eres así de imprudente, Bess Marshall?!

Una carcajada corta brota de mis labios y niego con la cabeza antes de tratar de recomponerme y dedicarle una larga mirada.

—Mikhail…

—Lo sé. —Asiente, mientras su gesto se torna triste—. Me lo dijeron ya.

Frunzo el ceño, confundida.

—¿Desde hace cuánto que estás aquí? —digo, sin aliento, y él esboza una sonrisa a pesar de lo triste que luce.

—El suficiente como para estar al tanto de algunas cosas —dice, al tiempo que mira de reojo en dirección a las brujas, quienes nos miran desde una distancia prudente.

Niara lleva una sonrisa radiante en el rostro y Zianya también luce satisfecha. Dinorah, en cambio, luce tan enigmática como siempre. Tan seria y lejana como siempre ha sido.

—No voy a mentirte —dice, mientras se vuelve hacia mí una vez más—, el panorama no es muy alentador allá adentro; pero si es lo que quieres, con gusto puedo llevarte hasta donde sea que necesites llegar.

—Gracias —digo, con un hilo de voz, porque no sé qué otra cosa puedo decir y él me dedica un guiño amable.

—Siempre es un placer salvarte el trasero, cariño —bromea y es mi turno de sonreír.

—Hagamos esto —digo, luego de unos segundos de silencio y Axel toma una inspiración profunda antes de asentir en acuerdo.

Entonces, nos encaminamos en dirección al local en el que los demás se encuentran.

42

INFRAMUNDO

El portal está listo.

El atardecer ha caído para cuando esto ocurre y todos —absolutamente todos— estamos alertas, listos para comenzar la segunda parte del plan improvisado que hemos ideado.

La primera de ellas consistió en hacer que Rael se marchara con los niños a un lugar seguro en las fronteras de la ciudad, para evitar exponerlos al peligro en caso de que todo se vaya a la mierda.

Antes de irse, me hizo prometer que, si las cosas se complicaban, regresaríamos y pensaríamos en otra cosa. Yo, luego de mucho rebatirle, accedí a hacer aquella promesa.

Fue hasta ese momento que él, los niños, la doctora Harper y su asistente, emprendieron camino.

El resto del plan es bastante sencillo en realidad. Consiste en abrir el portal, entrar en él lo más rápido posible y cerrarlo una vez estando dentro. De eso se encargarán las brujas —quienes se quedarán aquí— una vez que hayamos conseguido cruzar. Luego, esperarán por nosotros. Si dentro de veinticuatro horas no ha habido cambio alguno en la energía que emana la grieta, ellas también se marcharán. Huirán de aquí porque habrá significado que Axel y yo hemos fallado.

En lo que al íncubo y a mí respecta, nosotros, una vez dentro del Inframundo, nos escabulliremos a través de él hasta llegar a la grieta. Ahí, Axel me cuidará las espaldas mientras, haciendo uso del poder de los Estigmas, trataré de cerrar las fisuras de las líneas energéticas.

En teoría, suena bastante sencillo. El asunto es que no sé qué tan efectivo será cuando estemos ahí, ante la grieta. Ante el centenar de criaturas que, seguramente, estará cerca tratando de escapar del Inframundo para invadir la tierra.

—Llegó la hora. —La voz de Zianya me saca de mis cavilaciones y hace que mi corazón se salte un latido.

Con todo y eso, me obligo a ponerme de pie y encaminarme hasta la parte trasera del local, donde las brujas se han encargado de prepararlo todo.

Al entrar ahí, lo primero que noto es el enorme pentagrama que está pintado en el suelo con lo que parece ser carbón, y de las diminutas fogatas improvisadas que simulan las velas que, se supone, deberían ir en cada una de las esquinas de la estrella al centro de todo.

Símbolos familiares y extraños están dibujados entre el perímetro de los dos círculos concéntricos que rodean la estrella en el suelo, y un extraño dolor se instala en mi estómago cuando un millar de recuerdos comienzan a invadirme el pensamiento.

De pronto, no puedo dejar de pensar en lo que ocurrió la última vez que intentamos hacer esto. No puedo dejar de revivir todas las malas experiencias que he tenido estando en una situación similar.

No quiero hacer esto. Estoy aterrorizada. hecha un manojo de nervios y, de todos modos, sé que esta es la única manera.

Mi vista barre la estancia con lentitud y un puñado de piedras se me instala en el estómago cuando noto los símbolos que las brujas han dibujado en las paredes. Estos son familiares para mí. Las vi hacerlos en todas las paredes de nuestra casa en Bailey tan pronto como llegamos. Recuerdo a la perfección el modo en el que fueron dibujados y luego cubiertos con pintura nueva. Esto bajo la premisa de que, mientras los símbolos estuviesen en casa, ninguna entidad oscura podría entrar en ella sin autorización.

Ninguna de ellas dice nada cuando poso la atención en donde se encuentran y nos dedicamos una larga mirada.

Axel, quien no ha dejado de seguir las instrucciones de las brujas al pie de la letra, está ahí, en un rincón de la estancia, luciendo como si pudiese vomitar en cualquier momento. No se necesita ser un genio para descubrir que la idea de regresar al Inframundo no le agrada en lo absoluto.

No puedo culparlo. Después de lo que nos contó que pasó con él cuando logró escapar —por los pelos— de aquellas criaturas que brotaron de la grieta en Bailey, cualquiera en sus zapatos estaría renuente a regresar.

Nos contó que, luego de haber sido muy malherido y haber tenido que quedarse en el Inframundo —bajo el cuidado de su hermana—, fue capturado por uno de los Príncipes del Infierno y llevado ante el mismísimo Supremo. Al parecer, fue torturado con la intención de que les dijera el paradero de Mikhail y el mío.

Dijo que, por fortuna, pudo escapar y refugiarse hasta sanar lo suficiente como para abandonar el Averno e ir a encontrarnos y que, al salir, lo primero que hizo fue ir a buscarnos; sin embargo, para el momento en el que puso un pie en Bailey, nosotros ya nos habíamos marchado.

Desde entonces, ha tenido que sobrevivir ocultándose entre el caos energético de las grietas para evitar ser detectado por algún demonio con la misión de localizarlo. Teme que, si lo encuentran, lo asesinen por traicionar al Supremo. Es natural que no quiera poner un pie dentro del Infierno cuando las condiciones son tan precarias como ahora.

—Está todo listo. —La voz de Zianya parece sacarnos a todos de un estupor extraño, ya que todos reaccionan ante el sonido de su voz—. Cuando estén listos podemos hacerlo.

Tomo una inspiración profunda y me abrazo a mí misma mientras doy un par de pasos en dirección a donde ellas se encuentran.

Una vez ahí, y sin necesidad de decir nada, Niara me envuelve en un abrazo apretado y doloroso.

—Es una locura —murmura, contra mi oreja.

—Lo sé —susurro, de regreso.

—Por favor, Bess, no lo hagas —dice, sin aliento y un nudo se me forma en la garganta.

—Lo siento —digo, en un murmullo entrecortado, y siento cómo su abrazo se tensa un poco más.

—Eres una tonta —solloza, y cierro los ojos para contener las lágrimas que amenazan con abandonarme. Entonces, añade—: Por favor, cuídate bien. Mantén los ojos bien abiertos.

—Lo haré. —Le aseguro—. Ustedes también manténganse a salvo.

Un asentimiento es lo único que puede regalarme después de eso y, entonces, me deja ir. En el instante en el que se aparta, Zianya llega a mí. También me abraza, pero no dice nada. Se limita a sostenerme contra su pecho de manera protectora. Cuando se aleja, hay lágrimas corriendo por sus mejillas. El nudo en mi garganta se aprieta un poco más cuando me percato de ello.

Quizás nunca fuimos cercanas y tampoco éramos capaces de bajar la guardia la una con la otra, pero de alguna manera aprendí a sentir una especie de afecto extraño hacia esta mujer.

Una sonrisa temblorosa se dibuja en mis labios cuando sus manos aprietan las mías, pero no me da tiempo de decirle nada, ya que se aleja para permitirle a Dinorah abrazarme.

Los brazos de la bruja son tan maternales, que hacen que los ojos se me llenen de lágrimas tan pronto como me acaricia el pelo con una de sus manos.

—Tengo mucho miedo —confieso, solo para ella, y su abrazo se aprieta tanto que me lastima. Mi alma lo agradece. La niña angustiada que vive dentro de mí se siente aliviada por la manera en la que me sostiene.

Se aparta de mí y me retira el cabello de la cara para mirarme con un gesto tan enigmático y maternal, que hace que el corazón me duela.

—No hay nada que temer —susurra, al tiempo que esboza una sonrisa temblorosa—. Él está contigo.

La confusión me invade de inmediato y mi ceño se frunce ligeramente.

—¿Quién...?

—No puedo decírtelo. —Me corta de tajo, con suavidad, y me mira a los ojos con una expresión tan abrumadora y dulce, que un escalofrío me recorre entera—. No me corresponde hacerlo. Confío en que pronto sabrás de qué hablo. Por lo pronto, no temas. No todavía. —Su sonrisa vacila y algo oscuro tiñe su expresión—. Y, por favor, ten mucho cuidado. Hay algo que no se siente bien de todo esto.

La advertencia no hace más que acentuar el destello de terror creciente en la boca de mi estómago, pero trato de no pensar mucho en ella. Trato de enviarla a un lugar oscuro en mi cabeza, porque si no lo hago, voy a acobardarme.

«No puedo acobardarme».

—Lo tendré. —le aseguro, al tiempo que esbozo una sonrisa que pretendo que sea tranquilizadora.

Dinorah me dedica una última mirada larga antes de esbozar una sonrisa triste y apartarse de mí.

—¿Estamos listos ya? —Es la voz de Axel la que hace que volquemos nuestra atención hacia el pentagrama en el suelo.

Asiento.

—Estamos listos.

—De acuerdo —él dice—. Manos a la obra, entonces.

—No te detengas. —La voz de Axel llega a mí desde algún punto a mis espaldas y los vellos de la nuca se me erizan cuando una de las criaturas aterradoras que roen huesos y carne hedionda, gira la cabeza hacia nosotros.

Aprieto la mandíbula y trago duro mientras me escurro en la oscuridad del extraño andador por el que nos hemos filtrado.

Sin poder evitarlo, mis ojos barren rápidamente todo el lugar y un nudo me atenaza las entrañas cuando escucho la voz de una mujer gritando como si estuviesen arrancándole una extremidad.

«Quizás lo están haciendo», susurra la voz insidiosa de mi cabeza, cuando veo a un grotesco animal con cuernos masticando lo que parece ser una mano.

Aprieto el paso y, de manera instintiva, me encojo un poco más.

No sé qué esperaba encontrar cuando caí en la cuenta de que iba a pisar el Inframundo —de hecho, una parte de mí esperaba que nunca tuviese la oportunidad de hacerlo—; pero, definitivamente, no era esto.

Quizás solo es la imagen preconcebida que tenía del Infierno —esa en la que todo es arder en fosas y ver criaturas rojas con cuernos por todos lados— la que me hace sentir como si estuviese en el escenario equivocado; sin embargo, *esto*... Este lugar... Es mil veces peor.

No hay tal cosa como volcanes haciendo erupción o magma corriendo en ríos furiosos. Mucho menos hay llamas ardientes brotando de lugares extraños. Aquí solo hay... *desolación*.

Cruda, cruel y pura desolación.

Hay calles oscuras, hechas de escombros y suciedad. Pilas y pilas de basura hedionda cubren el suelo por el que caminamos hasta volverlo irregular, y hay personas mutiladas escondidas por todos lados. El olor a muerte, sangre y podredumbre hace que quieras vomitar y, para coronarlo todo, cientos de criaturas aladas y demoníacas sobrevuelan las calles en busca de una nueva presa.

Según lo poco que Axel me explicó, esta es una de las secciones más abandonadas por los demonios de mediana o alta jerarquía. Aquí, solo los demonios carroñeros y con la capacidad intelectual de un animal vienen a pasar el rato.

Dijo, también, que decidió que entráramos por aquí, porque era la mejor manera de hacerlo sin ser detectados. Dijo que, con suerte, podríamos avanzar lo suficiente antes de que la energía celestial que llevo dentro alerte a alguien con más capacidad de raciocinio que un perro.

Al parecer, este lugar es al que vienen a perecer las almas de aquellos humanos que, en vida, cometieron pecados imperdonables. Es la eterna condena para ellos porque aquí no pueden morir. No pueden detener el martirio y la tortura a la que son sometidos, y no hay poder existente en el universo capaz de liberarlos de esa maldición.

Un alarido brutal llega a mí en la lejanía y un escalofrío de puro terror me recorre entera. Trago para eliminar la sensación de ardor que tengo en la garganta, el corazón me late a toda velocidad y el nudo que siento en el estómago se estruja cuando la mirada de una de las criaturas bestiales se posa en mí.

—No lo mires. —Axel dice entre dientes—. Sigue caminando.

Aprieto los puños y aprieto el paso un poco más.

—¿Estamos muy lejos? —inquiero, en voz baja para que solo él pueda escucharme.

—No demasiado —Axel masculla—, pero tenemos que darnos prisa. No queremos que tu presencia aquí llame mucho la atención.

Mientras dice esto, los ojos de tres demonios más se posan en nosotros y, por inercia, me acerco un poco más hacia la oscuridad de los callejones abandonados.

—Maldita sea... —El íncubo musita, mientras me empuja hacia el interior de un callejón un segundo antes de que una criatura alada pase a toda velocidad junto a nosotros—. Eres demasiado escandalosa, cariño.

—Lo siento. —Me disculpo, en un susurro, y Axel sacude la cabeza en una negativa.

—Espera aquí —dice, al tiempo que sale del callejón y me deja sola en la oscuridad.

Una protesta se forma en mis labios cuando se marcha, pero ni siquiera me da tiempo de formularla en voz alta y aprieto los dientes cuando desaparece de mi campo de visión.

Al cabo de unos segundos que se me antojan eternos, aparece con una especie de túnica negra y larga que apesta a animal muerto.

Una arcada me asalta y, sin que pueda evitarlo, devuelvo lo poco que comí antes de venir a este lugar.

—Póntela —instruye, y lo miro con cara de pocos amigos.

—¿Estás loco? —Siseo, horrorizada—. Huele a animal muerto.

—Se la he quitado a un tipo que prácticamente era un cadáver, ¿sí? —Rueda los ojos mientras dice esto—. Póntela.

El malestar hace que la cabeza me dé vueltas durante un segundo.

—No voy a ponerme algo que le quitaste a un cadáver —digo, horrorizada.

—Un *casi* cadáver —puntualiza, y disparo una mirada irritada en su dirección antes de que continúe, esta vez, con seriedad—: Bess, llamas mucho la atención. Necesitas mezclarte. Además, espero que la peste del saco disfrace un poco ese olor celestial que emanas. —Me mira suplicante—. Si no lo intentamos, van a descubrirnos pronto.

Un bufido fastidiado se me escapa, pero a regañadientes me pongo la prenda.

Acto seguido, Axel me echa la capucha encima de la cabeza. Quiero vomitar ante el hedor cuando lo hace.

—¿Por qué tú no llamas la atención si no estás transformado en demonio? —Me quejo, al tiempo que salimos del callejón y retomamos el camino.

—Porque ellos pueden olerme. Saben que soy uno de los suyos y que tengo un rango mayor —explica.

—¿No crees que encuentren extraño que alguien como yo, una simple humana, camine con un demonio de tu jerarquía?

—Tienen la inteligencia de un maldito gato, Bess. —La exasperación tiñe la voz de Axel, pero suena divertido mientras lo dice—. Seguro creen que eres mi almuerzo, pero no tratan de venir por ti porque vienes conmigo. El respeto jerárquico aquí en el Averno es bastante importante. Uno no se mete con un demonio de rango más alto.

—¿No te parece muy conveniente que no nos hayamos topado con ningún demonio de alguna jerarquía mayor, por muy poco que ellos vengan? Ahora que lo pienso, ¿no encuentras extraño que hayamos podido entrar al Inframundo con tanta facilidad? —inquiero, al cabo de otros buenos quince minutos de caminata silenciosa.

—Ahora que lo dices —Axel suena ligeramente turbado—, no me había puesto a pensar en ello, pero quiero pensar que es porque, ahora, casi todo el mundo está afuera. En la tierra. Preparándose para el Pandemónium.

Una oleada de malestar se suma al nudo de ansiedad que ya me estruja las entrañas.

—Será mejor que nos demos prisa. —El íncubo urge, al cabo de unos segundos—. Si lo que sugieres es cierto, tenemos qué ser más cuidadosos y rápidos. Cuanto más pronto lleguemos a la grieta mejor.

Aprieto los dientes y asiento, a pesar de que sé que no es capaz de verme, y continúo a paso rápido.

Hace un largo rato que dejamos las calles desoladas del Inframundo. Hace un poco más que nos hemos adentrado en una especie de páramo rocoso.

Una sustancia viscosa y oscura —aterradoramente similar a la que se apoderó del espacio en el que me comunicaba con Daialee— se adhiere a prácticamente todo. La sensación insidiosa, densa y abrumadora que siento en este lugar es más incómoda, incluso, que la que experimentaba en donde nos encontrábamos hace apenas media hora; es por eso que no puedo evitar mirar hacia todos lados cada pocos segundos, solo para cerciorarme de que de verdad estamos solos.

Llegados a este punto, estoy histérica. Paranoica ante el hecho de que no nos hemos topado de frente con absolutamente nada que implique un verdadero peligro.

«Esto no está bien», la vocecilla en mi cabeza no deja de susurrarme. «Esto no está nada bien».

—Estamos muy cerca ya. —Axel anuncia con aire ceremonioso y una punzada de alivio me inunda el pecho cuando lo dice.

—¿Cómo lo sabes?

Axel hace una seña con la cabeza en dirección a un punto en la lejanía.

De inmediato, mis ojos viajan hasta el lugar que indica y el corazón me da un vuelco furioso cuando la veo.

Es como si un rayo perpetuo iluminara el cielo. Como si un relámpago gigantesco bajase del cielo para fracturarlo y encenderlo en fuego.

Es un espectáculo impresionante. Un paisaje devastador y maravilloso. Aterrador y hermoso en partes iguales.

Me falta el aliento. El pulso me golpea con brutalidad detrás de las orejas y siento que voy a desmayarme en cualquier momento.

—¿Cuánto podemos acercarnos a ella? —Trato de no hacer notar mi impresión, pero la voz me tiembla cuando hablo.

—En teoría, podemos salir al mundo humano *a través* de ella —Axel masculla—, pero no sé qué tantas criaturas estén ahí, formadas y listas para salir, ¿sabes? Todos hemos sido convocados.

Aprieto la mandíbula y asiento, a pesar de que me siento aterrorizada ante el panorama que se despliega frente a mí.

—Entonces, ¿qué sugieres? —inquiero.

—Que nos acerquemos lo suficiente como para que tus Estigmas logren llegar a la grieta y hagas lo que tengas que hacer —sentencia, y muevo la cabeza en acuerdo, porque es lo único que puedo hacer ahora mismo.

—Esa es una buena idea —mascullo, y las palabras se acaban mientras seguimos avanzando.

—Creo que no podremos acercarnos más. —La voz de Axel es apenas un susurro. Un murmullo que llega a mí en la lejanía—. ¿Crees que puedas hacer algo desde aquí?

Allá, cerca de cien metros de donde nos encontramos ocultos, se encuentra la grieta, y todo el terreno que la rodea está repleto de monstruos abominables. De criaturas que solo existen en las más siniestras pesadillas, y que lucen tan aterradoras como la desolación y la crueldad del Averno mismo.

—Sí —digo, en respuesta a su pregunta, pese al nudo de nerviosismo que tengo en el estómago—. Creo que puedo intentarlo desde aquí.

—Bien. —Axel suena aliviado y un suspiro tembloroso se me escapa cuando me doy cuenta de lo que está a punto de pasar.

Estoy aterrorizada. Jamás en mi vida había sentido tanto miedo, ni me había sentido tan sola. Si tan solo hubiese podido hacer esto con Mikhail. Si tan solo él pudiera estar aquí, a mi lado…

Cierro los ojos y aprieto la mandíbula.

Tomo una inspiración profunda.

«No puedes permitirte esto ahora», me reprimo. «No puedes desmoronarte ahora. Tienes que hacerlo bien».

El aire que me abandona los labios es una bocanada temblorosa e inestable, pero no puedo evitar que me abandone de esa manera. Estoy muy asustada.

«Por favor», suplico hacia los hilos de energía que aguardan en mi interior y que, durante todo el tiempo que hemos permanecido aquí, se han removido inquietos en mi interior. «No me fallen ahora. Tenemos que hacer esto. Esta vez, no los voy a detener. Voy a dejarlos hacer cuanto quieran si me ayudan a cerrar la grieta».

Me siento absurda por tener una conversación interna con la energía celestial de mis Estigmas, pero al mismo tiempo, no podría importarme menos. Estoy tan asustada, que hacer el ridículo es la menor de mis preocupaciones.

—Hagamos esto... —digo, en voz baja, y los Estigmas se desperezan con lentitud y comienzan a estirarse fuera de mí.

Las hebras se entretejen en el terreno y se estiran más allá de sus límites para comenzar a aferrarse a todo lo que existe aquí dentro cuando, de pronto, lo percibo.

Al principio, se siente como un rumor suave y ronco. Un zumbido profundo y gutural que se cuela a través de los sentidos y te eriza los vellos del cuerpo.

Entonces... Todo estalla.

La onda expansiva me hace volar lejos y los Estigmas gritan, asombrados y horrorizados por la brutal energía oscura que parece envolverlo todo. Hay fuego en todas partes, los demonios gritan, chillan y huyen, y no puedo entender, en mi aturdimiento, qué es lo que está pasando.

Mis ojos viajan a toda velocidad por el terreno irregular y cientos de preguntas se arremolinan en mi cerebro hasta que *lo veo*.

Está ahí, de pie, impasible, y me mira fijamente.

Está ahí, como si el mundo entero no estuviese ardiendo en llamas y me observa con una sonrisa extraña pintada en los labios.

—A-Axel... —Su nombre sale de mi boca en un susurro confundido, cuando, sin más, algo viene a mi memoria como estallido repentino y las palabras de Daialee retumban fuerte y claro en mi cabeza.

«Todo fue una trampa. Desde el principio fue una trampa», escucho fuerte y claro en mi mente. «Bess, no puedes confiar en él».

—Eras tú —digo, con un hilo de voz, al tiempo que el horror, la decepción y la incredulidad se mezclan con la adrenalina. Con el pánico total, la ansiedad y la ira que ha comenzado a arremolinarse en mi interior—. Todo este tiempo fuiste tú…

Una sonrisa suave, taimada y arrogante se desliza en los labios del íncubo y un destello furibundo se apodera de mí en un abrir y cerrar de ojos.

—¡¿Por qué?! —Grito en su dirección—. ¡¿Por qué, maldita sea?! ¡Todos confiábamos en ti! ¡¿Por qué lo hiciste?!

—Dicen por ahí, y cito a tu amiguita: la zorra iluminada, que, si quieres hacer algo bien, tienes que hacerlo tú mismo. —La sonrisa del chico delante de mí se expande—. Yo decidí hacerlo por mi cuenta. —Se encoge de hombros—. Y no me lo tomes a mal, pero el nombre de Axel ya no me gusta tanto.

Niego.

—¡Mikhail confiaba en ti! —espeto, con toda la rabia que puedo imprimir en la voz.

Su rostro se ensombrece.

—¡Y yo confiaba en él! —El bramido que escapa de sus labios hace que un rayo del cielo golpee la tierra con tanta brutalidad, que una decena de grietas se abren en el suelo.

El desplante de poder es tan impresionante, que un grito ahogado se me escapa cuando la tierra se estremece ante el poder de su ira. Axel, definitivamente, no es un demonio menor. Un demonio así jamás podría provocar esto. Está claro que todo este tiempo nos engañó. No es quien dice ser.

—¿Quién demonios eres? —digo, con un hilo de voz—. ¿Quién diablos te ha mandado? ¿El Supremo?

Una carcajada histérica escapa de la garganta del demonio y los vellos del cuerpo se me erizan. Los Estigmas se contraen, aterrorizados ante la energía abominable que ha empezado a llenarlo todo.

—¿Es que no lo entiendes, cariño? —Axel inquiere, una vez superado el ataque de risa—. ¡*Yo* soy el Supremo!

Pánico, horror, ira, dolor… Todo se mezcla en mi interior y me provoca un agujero en el pecho. Unas ganas inmensas de ponerme a gritar.

—¡¿Qué hiciste con Axel?! —exijo, incapaz de creer del todo lo que está pasando, y una carcajada más asalta a la criatura frente a mí.

—No lo entiendes, ¿no es así, Bess? —La sonrisa en su rostro es familiar y aterradora al mismo tiempo—. Axel nunca existió. Todo este tiempo he sido yo: Lucifer. El Supremo. —Abre los brazos en un gesto totalitario—. Y todo este tiempo he estado planeando este momento.

43

PANDEMÓNIUM

Me falta el aliento, el corazón me late a toda velocidad y estoy convencida de que, en cualquier momento, voy a despertar. Voy a abrir los ojos y esto —absolutamente todo— será una pesadilla.

Las lágrimas pican en la parte posterior de mi garganta y no puedo —quiero— creerlo. No puedo —quiero— aceptar lo que mis oídos acaban de escuchar.

La incredulidad hace que sacuda la cabeza en una negativa frenética y me siento al borde del colapso. Al borde de la locura porque mi cerebro no logra procesar lo que Axel acaba de decir.

—No es cierto —digo, con la voz rota por las emociones, y un par de lágrimas traicioneras se me escapan.

—Siempre tan inocente. —El tono dulce y enternecido que el demonio utiliza hace que el estómago se me revuelva—. ¿No te das cuenta? Todo, desde el principio, fue una mentira —Su sonrisa se ensancha al tiempo que avanza en mi dirección.

A pesar de que sus pies se mueven, no toca el suelo. Es casi como si flotara. Como si caminara en el aire.

Venas enrojecidas, como si de ríos de magma se tratasen, tiñen sus brazos, y sus manos —negras como el carbón— casi resplandecen debido a ellas. Sus ojos —antes de un color claro, como el de la miel— ahora son una tormenta hecha de tonalidades ambarinas, blancuzcas y grises. Justo como los de la criatura que perturbó el espacio en el que Daialee y yo nos comunicábamos.

La resolución de este hecho cae sobre mí como balde de agua helada y el llanto incrementa un poco más.

—No... —digo, solo porque no quiero aceptarlo. Porque todo dentro de mí se niega a creer que Axel jamás existió.

—¿Recuerdas aquella vez que te llevaron los fanáticos religiosos? —pronuncia, mientras se toma su tiempo para acortar la distancia que nos separa—. Fui yo el que les hizo saber dónde estabas.

—No es cierto…

—¿Recuerdas cómo te dejé a merced del humano inútil que te invitó a un café para secuestrarte? Fue solo para tener una coartada. —Su sonrisa se ensancha—. ¿El encontrarte luego de que huiste del refugio de Mikhail para escapar a casa de tu amiga Emily? Fue obra mía. Pensaba matarte esa tarde en el apartamento de tu tía, ¿sabías? —Se detiene cuando está lo suficientemente cerca como para que tenga que alzar la vista para encararlo. Cuando lo hago, sus facciones se ensombrecen—. No sabes lo feliz que me hizo saber que Rafael ya estaba ahí para hacer el trabajo sucio. Si hubiera sabido que el imbécil fracasaría, te habría matado yo mismo antes de que ellos te llevaran.

—N-No tiene sentido —digo, en un susurro tembloroso—. Se supone que los tuyos me querían con vida. Mikhail fue enviado para protegerme. Para evitar que fuese eliminada por los ángeles. ¿Por qué querrías *tú* asesinarme?

—Porque todo era una trampa —dice, en voz baja y ronca—. Porque Rafael y yo habíamos llegado a un acuerdo. Un lugar en mi reinado, por la rendición de la Legión de Ángeles a la hora de la batalla final. —Hay algo tan oscuro en su gesto, que no puedo evitar encogerme sobre mí misma cuando esboza una sonrisa aterradora—. El teatrito de mandar a Mikhail a encontrarte cuatro años después de que escapaste de las manos de Rafael, fue orquestado sola y únicamente para tenderle una emboscada, y asesinarlo. Para hacerlo abandonar la fosa en la que estaba transformándose y atacarlo en su momento de vulnerabilidad más grande.

—¿P-Por qué?

—¡Porque era el único capaz de desafiarme! —La voz de Axel truena en todo el lugar y todo se estremece ante la ira en su tono—. ¡No podía darme el lujo de dejarlo vivir y que luego intentase arrebatarme el reino! ¡O, incluso, algo peor! ¡Que tratase de entregárselo a ese al que llama Creador!

—¿Por qué no lo mataste, entonces, cuando fue enviado de vuelta al Inframundo luego de lo de Rafael? ¿Cuándo todos creímos que había muerto?

—Porque creí que no sobreviviría. Porque estaba tan débil, que pensé que perecería ante el fuego de las fosas. —Se encoge de hombros, al tiempo que hace un gesto pesaroso—. Me equivoqué. Y cuando me di cuenta de ello, ya era demasiado tarde. Ya era demasiado poderoso. Es por eso que decidí dejarlo abandonar el Inframundo para que fuera a tu encuentro. —Hace una pequeña pausa y niega con la cabeza, al tiempo que posa su vista en un punto lejano, como quien trata de recordar algo con exactitud. Al cabo de unos segundos de silencio, continúa—: Debes agradecerle a Dinorah. Pudo ocultarte bien durante un tiempo. —Sonríe—. Es una lástima que su hermana sea una fiel devota mía. De otro modo, probablemente habrían podido esconderse de mí durante más tiempo.

—¿*Qué*?

—¿Gracias a quién crees que estás aquí hoy, cariño? —Axel suena como si estuviese contando el chiste más gracioso de todos—. De no haber sido por Zianya, nada de esto habría sido posible.

La quemazón en mi pecho incrementa, el dolor se vuelve insoportable y las lágrimas me corren como torrente por las mejillas. Un sollozo se me escapa en el instante en el que, una a una, las piezas empiezan a embonar entre ellas y, de pronto, no puedo dejar de pensar en Axel. En todas las veces que desapareció en los momentos indicados y apareció con una historia bastante buena acerca de su supervivencia. De cómo me advertía sobre Mikhail siendo un demonio completo, y de cómo fue él quien se encargó de hacernos saber que los ángeles y los demonios habían invadido California a través de la televisión.

Mi mente corre a través de todos aquellos planes de los que fue partícipe, y de cómo todos y cada uno de ellos fallaron miserablemente.

—Por eso no acudías a mí cuando utilizaba tu nombre de demonio para invocarte. —Suelto, en un susurro, horrorizada ante la forma en la que las piezas se acomodan casi por sí solas—. Porque *Lamhey* nunca fue tu verdadero nombre.

La sonrisa de Axel... No... De *Lucifer* se ensancha y asiente.

—Estás en lo correcto, *Cielo*. —El tono despectivo con el que pronuncia la última palabra hace que un disparo de ira se me arremoline en el pecho y el llanto se manche con un sentimiento más insidioso y oscuro.

Los Estigmas sisean ante la fuerza del enojo que me embarga, pero me las arreglo para mantenerlos a raya. Para contenerlos, porque aún hay cosas que necesito saber antes de dejarlos combatir. Aún hay cosas que necesito entender.

—Fuiste tú quien le dijo a Niara que las grietas podían tocarse desde adentro del Inframundo —digo, con un hilo de voz—. Fuiste tú quien nos llevó a la grieta de Bailey. Fuiste tú quien le dijo a los demonios que nos atacaron que estaríamos ahí. Fue una emboscada. Lo que querías era asesinarme.

Una carcajada escapa de la garganta del demonio frente a mí y los vellos de la nuca se me erizan cuando reverbera en todo el espacio.

—No te creas tan importante, cariño —dice, una vez superado el ataque de risa momentáneo—. Lo que quería era asesinar a Miguel Arcángel. Creía que, matándote a ti, él también se iría. —Me mira de pies a cabeza—. Supongo que, otra vez, me equivoqué.

—Sabías que viajaríamos a Los Ángeles. —No es una pregunta. Es una afirmación—. Zianya te lo dijo, ¿no es así? Tú sabías que buscaríamos el asentamiento y te encargaste de localzarlo primero. Te encargaste de llegar al comandante y de hablarle sobre nosotros. —La ira incrementa con cada palabra que pronuncio y mi tono de voz se eleva—. Le diste instrumentos de tortura para contener a cualquier criatura paranormal y envenenaste a Mikhail. ¡Tú lo *mataste*!

Los Estigmas rugen cuando mi voz truena y una onda expansiva emana de las hebras que aún no hacen su camino fuera de mí del todo.

La sonrisa de Lucifer se ensancha. Su gesto se deforma, las facciones se le transforman poco a poco y un par de cuernos enormes brotan de su cabellera ondulada.

De pronto, no soy capaz de ver a Axel. Es alguien más. Alguien aterradoramente parecido, pero al mismo tiempo, diferente en su totalidad.

—Se acabó, Bess —dice, en un susurro dulce y suave—. Gané. Es tiempo de que tú y el resto de los sellos mueran. La tierra es mía. La humanidad es *mía*. Siempre me ha pertenecido.

Sus palabras hacen un hueco en mi pecho y me llenan de dolor el corazón. Me llenan el alma de una angustia aterradora y de un pánico tan apabullante, que no me deja siquiera moverme.

Se acabó.

Nos acorraló.

Asesinó a Mikhail, se encargó de traerme hasta aquí para acabar conmigo y, seguramente, ya tiene al resto de los Sellos consigo. Todos sabíamos hacia dónde escaparían. Lucifer sabía hacia qué punto de la ciudad se dirigirían.

«Oh, mierda».

Las lágrimas son incontrolables ahora. El dolor que siento en el pecho es arrollador y quiero gritar. Quiero tomar al chico frente a mí por los hombros y sacudirlo hasta que me diga que todo esto es una mentira. Hasta que me asegure que él no es en realidad Lucifer y que todo esto es una mala broma. Una mala pasada de mi cabeza atormentada.

El chico delante de mí sonríe y luce tan familiar y distinto al mismo tiempo, que me provocan tanto malestar como consternación.

Las alas del Lucifer se extienden largas, grandes e impresionantes a cada lado de su cuerpo, y emanan una energía tan perturbadora que todo dentro de mí se contrae debido al terror. Está más que claro para mí que, todo este tiempo, estuvo cuidándose de no revelar la verdadera naturaleza del poder abrumador que posee.

La tierra debajo de mis pies empieza a temblar, el cielo sobre nuestras cabezas ruge con furia y las bestias, que antes esperaban pacientes cerca de la grieta, ahora nos rodean y gruñen ante la energía de aquel que se proclama como el Supremo del Inframundo.

El cuerpo del demonio se eleva y las venas carmesí le invaden de pies a cabeza.

Es tan impresionante, que no puedo apartar la vista de él. Es tan poderoso, que los Estigmas se sienten intimidados ante la cantidad de energía oscura que emana de su cuerpo.

Nunca había sentido algo como esto. Nunca había estado frente a una criatura así de fuerte, y aquí, mientras le observo, me pregunto cómo diablos es que nadie fue capaz de darse cuenta de lo que pasaba. Cómo demonios es que pudo ocultarse tan bien entre nosotros.

Los Estigmas sisean —enfurecidos y aterrorizados— y me piden la oportunidad de medir su fuerza contra alguien como él. Me exigen que los deje hacer algo en su contra, pero se los impido. Se los impido porque, si estos son mis últimos instantes de vida, tengo que aprovecharlos al máximo.

«¡Cierra la grieta!», grita la voz en mi cabeza. «¡Cierra la grieta y no dejes que más demonios salgan de aquí! ¡Encierra a ese hijo de puta contigo!».

El terror que me provocan mis propios pensamientos es doloroso, pero sé que no hay otra opción. Sé que no tengo otra alternativa. Es lo único que puedo hacer para comprarles algo de tiempo allá afuera. Para impedir que todas estas criaturas salgan de este horrible lugar para invadir la tierra.

—Lo siento mucho, Bess —la voz de Lucifer me llena los oídos y me eriza los vellos de la nuca—, pero es la única manera.

—No... —Mi voz es un susurro, pero no me importa que no sea capaz de escucharme. Hablo para mí, no para él—. No es la única manera.

Estoy aterrorizada. Paralizada por el pánico brutal que amenaza con destrozarme los nervios; herida hasta el núcleo por la manera en la que Axel... No... *Lucifer* nos engañó a todos durante todo este tiempo; con el corazón hecho añicos por lo que hizo con Mikhail y con la plena certeza de que *esto* es todo. Todo termina aquí y ahora...

... Y no voy a permitir que ocurra sin pelear hasta el último minuto.

Los Estigmas rugen y se estiran a una velocidad aterradora para aferrarse a todo aquello que tiene vida en este lugar. Entonces, cuando lo han afianzado todo, se entretejen entre sí y se estiran hasta alcanzar el borde de la Línea energética destrozada.

Una especie de corriente eléctrica corre a través de cada hilo tejido y cae sobre mí como una descarga dolorosa y abrumadora.

Un grito ahogado brota de mis labios y caigo sobre las rodillas y palmas debido a la corriente de energía que llega a mí a través de los Estigmas.

La cabeza me va a reventar. El dolor que siento en toda la espina es tan atronador que apenas puedo digerirlo. Apenas puedo soportar las ganas que tengo de ordenarle a las hebras que se retiren.

Durante un segundo, Axel —Lucifer— luce confundido; sin embargo, el entendimiento no tarda mucho en invadirle el rostro.

—¡*Oh*, pequeña ingenua! —dice, al tiempo que estira las manos en mi dirección.

De pronto, todo empieza a moverse con una lentitud aterradora.

Un disparo de energía oscura brota de sus manos. Los Estigmas sueltan algunas hebras y estas, a toda marcha, hacen su camino hasta encontrar la brutal energía del Rey de las Tinieblas.

Un sonido mitad gruñido, mitad grito se me escapa de los labios por la brutalidad del ataque al que soy sometida, pero no permito que eso me amedrente.

Líquido cálido me corre entre los dedos y es todo lo que necesito para saber que estoy sangrando de las muñecas. Con todo y eso, aprieto la mandíbula y me obligo a seguir.

Los hilos chillan cuando los obligo a afianzarse con más fuerza del borde de la grieta y un sonido agudo invade mi audición cuando tiro de ellos para comenzar a cerrarla.

El mundo cruje, el cuerpo no me responde, caigo de bruces contra la piedra caliente, y grito. Grito de dolor. Grito mientras lucho por no desfallecer ante el ataque que ejerce Lucifer sobre mí.

Siento cómo la energía de la Línea empieza a ceder. Siento cómo la grieta se mueve y se estira a voluntad de los hilos de mis Estigmas y un disparo de adrenalina me envuelve de golpe.

«¡Está funcionando!».

Las criaturas a las que me aferro chillan porque las hebras han comenzado a alimentarse de ellas. Han empezado a absorber la vida fuera de ellas, para así poder concretar la tarea asignada.

—¡Eres una estúpida! —Lucifer espeta, y levanto la vista justo a tiempo para verlo abalanzarse sobre mí.

Un grito ahogado me abandona cuando los brazos del demonio se envuelven a mi alrededor y me elevan del suelo a una velocidad vertiginosa.

El viento me azota en la cara y trato, desesperadamente, de no perder el control de los hilos. Mientras intento soportar un segundo más de tortura.

Los hilos se aferran a la criatura que me lleva a cuestas y una sustancia viscosa se envuelve alrededor de ellos cuando Lucifer se da cuenta. Entonces, algo nos golpea.

Me quedo sin aliento.

El mundo da vueltas.

Los hilos de energía gritan de dolor y se contraen cuando, de pronto, mi cuerpo impacta contra el suelo.

El dolor estalla en mi costado y, durante unos instantes, creo que voy a desmayarme. El mundo entero da vueltas, los oídos me pitan, me duele todo y me siento aturdida. Abrumada mientras trato de incorporarme.

La gente grita, el fuego arde, el mundo explota y una lluvia de piedras gigantes cae del cielo.

Estoy en medio de una calle. Hay fuego en todos lados. Los edificios caen. Figuras luminosas y oscuras pelean con brutalidad en el cielo, y criaturas infernales corren por la tierra para atrapar a todo aquello que en el suelo se mueve.

El aturdimiento se disipa un poco y parpadeo un par de veces antes de ponerme de pie.

Las muñecas me duelen y siento los dedos entumecidos. Las piernas me fallan y apenas puedo mantenerme en pie. Giro sobre mi eje con lentitud y, cuando veo la luz incandescente que emana la inmensa fisura en el cielo, me golpea…

Estoy fuera de la grieta. Me ha lanzado fuera de la grieta.

La realización cae sobre mí como puñado de rocas en el estómago y, frenéticamente, lo busco. Busco su rostro familiar y sus alas inmensas; sin embargo, lo que encuentro es mucho peor.

Siento un nudo en la garganta, los ojos se me llenan de lágrimas sin derramar y otro destello de horror se me asienta en el estómago.

Ahí están.

Todos ellos.

Dinorah, Niara, Rael, Haru, Kendrew, Radha... Todos delante de mis ojos, arrodillados en el suelo, con una docena de demonios justo detrás de ellos, custodiándolos y, ahí, de pie junto a ellos, tengo un vistazo de Zianya. De pie. En una pieza.

«Hija de...».

Lágrimas impotentes me corren por las mejillas y una nueva oleada de ira me recorre.

En ese instante, algo me golpea por el costado y me derriba al suelo. Una silueta alta, familiar e impresionante aparece en mi campo de visión, pero no me toma mucho adivinar de quién se trata.

Lucifer estira sus manos de nuevo en mi dirección y un disparo de energía escapa de ellas un instante antes de que los Estigmas —débiles y doloridos— repelan el ataque.

Trato de ponerme de pie, pero apenas logro arrodillarme antes de que otro estallido de energía trate de llegar a mí. Los Estigmas se envuelven alrededor del rayo oscuro que brota de los dedos de Lucifer, y siento cómo el dolor estalla en mi espalda.

Es demasiado poderoso. No sé cuánto tiempo más voy a poder retenerlo.

Un gemido adolorido me brota de la garganta cuando, finalmente, los Estigmas logran repeler el ataque una vez más. Me aovillo sobre mí misma cuando esto ocurre.

«No puedo más. No puedo más. No puedo más...».

—¿Eso es todo lo que tienes, cariño? —Lucifer me insta—. Te he visto hacer cosas mejores.

El llanto aterrorizado que brota de mis ojos no es nada comparado con la cantidad de sangre que se me escapa a través de las heridas de los Estigmas; y es ahí, en ese instante, que un recuerdo llega a mí como relámpago.

De pronto, no puedo dejar de evocar ese sueño que alguna vez tuve. Ese en el que estoy de pie frente a una luz incandescente, con el resto de los sellos, en medio del caos.

«Esto es todo. Así es como debe de terminar. Aquí es donde tiene que suceder».

Un sollozo aterrorizado se me escapa y me cubro la boca con una mano, al tiempo que una extraña resolución me invade por completo. Al tiempo que una dolorosa certeza me hace nudo las entrañas.

Voy a morir.

Tengo que hacerlo...

... Pero no voy a hacerlo sin antes llevarme a Lucifer conmigo.

44

UNIÓN

El corazón me va a estallar en cualquier instante. El cuerpo entero me grita debido al pánico y a la adrenalina, y no puedo apartar la vista de la criatura impasible que me mira como si fuese la presa más interesante y vulnerable con la que se ha encontrado jamás.

El pánico me atenaza las entrañas y hace que unas inmensas ganas de vomitar me asalten cuando, con lentitud, el mismísimo Lucifer se abre paso hacia donde me encuentro.

Sus inmensos cuernos contrastan con la belleza y delicadeza de sus facciones. Sus impresionantes alas se extienden —inmensas y aterradoras— hasta que lucen amenazadoras, y la sonrisa fácil que lleva pintada en el rostro hace que todo dentro de mí se revuelva con incomodidad.

No sé muy bien qué es lo que ha sido, pero algo en sus facciones ha cambiado por completo. De pronto, no soy capaz de ver a Axel. No soy capaz de ver a mi amigo en medio de toda esa oscuridad que emana y de los ligeros —pero significativos— cambios en su rostro.

—Vamos, Bess —Me insta—. Demuéstrame de qué estás hecha.

Los Estigmas me piden que me ponga de pie. Que me pare sobre los pies y lo enfrente, pero estoy demasiado débil y agotada. No sé cuánto más podré soportar esto y, francamente, tampoco sé si seré capaz de hacer algo para detener a la criatura que, desde el primer momento, nos jugó el dedo en la boca a todos.

Un ataque más es lanzado en mi dirección y los hilos se encargan de repelerlo de nuevo. Esta vez, sin embargo, la onda expansiva me lanza lejos y hace que mi espalda golpee contra los escombros más cercanos.

Niara grita mi nombre con angustia y, como puedo trato de incorporarme.

—¡Vamos, Bess! —Lucifer grita, al tiempo que un ataque más es expedido. Los hilos apenas logran cubrirme lo suficiente, pese a lo aturdida que me encuentro—. ¡Pelea conmigo! ¡Muéstrame lo que tienes!

Un látigo de energía me azota de lleno y un alarido de dolor brota de mi boca. Una carcajada histérica se le escapa y me siento al borde del colapso. Voy a desmayarme en cualquier momento.

«¡Puedes hacerlo!», me grita la mente. «¡Vamos, Bess! ¡Defiéndete! ¡Acaba con él!».

Entonces, lo dejo ir.

El aire ha escapado de mis pulmones, el pulso me late con violencia detrás de las orejas, mi cuerpo entero tiembla y se derrumba en el suelo. Y luego, la energía que llevo dentro estalla. El poder destructivo de los Estigmas se libera y se reteje para aferrarse a todo lo que está vivo. A todo aquello que puede ser utilizado como medio de alimentación.

Tiro de ellos con todas mis fuerzas.

La tierra se estremece, un grito antinatural me abandona y un calor abrasador nace en mi vientre y me inunda el cuerpo por completo. Los hilos absorben todo a su paso, al tiempo que se aferran a la figura del demonio que nos amenaza, y tiran de su energía con tanta brutalidad, que todo el lugar se impregna de un aura oscura y peligrosa.

Lucifer gruñe adolorido, pero la energía oscura que lo compone se filtra a través de los hilos para detenerlos.

El concreto debajo de nuestros pies se resquebraja, siento cómo las heridas en mi espalda se abren y cómo algo cálido comienza a correrme por la cara. Lucifer arremete con intensidad contra mí, que todo en mi interior comienza a sumergirse en una especie de fango espeso y doloroso. Uno que no me permite moverme con la libertad que me gustaría.

Uno de los hilos es trozado y el dolor que estalla en mi cuerpo es insoportable. Los Estigmas gritan, adoloridos, pero no se rinden. No dejan de luchar contra la fuerza descomunal que tiene el Supremo del Inframundo.

Una luz extraña ha comenzado a iluminarme las manos. Una luz incandescente parece estar emanando de las puntas de mis dedos, pero no estoy segura de lo que eso significa, y tampoco estoy segura de que consiga ayudarme un poco contra la criatura que me enfrento.

Otro hilo es arrancado de raíz y, esta vez, me desplomo en el suelo ante la agonía que siento. Un hilo más es destrozado por la fuerza descomunal de Lucifer y el mundo pierde enfoque.

No puedo más.

Esto es todo.

Voy a morir…

Un estallido retumba en la lejanía y las alarmas se encienden en mi interior, pero el aturdimiento y el estupor apenas me permiten moverme. Gruñidos y rugidos guturales hacen eco en mi audición y la tierra debajo de mí comienza a vibrar.

El disparo de una energía aterradora y familiar me golpea de lleno y, después, un haz de luz impacta con violencia contra el cuerpo de Lucifer.

El ataque al que era sometida se detiene de manera abrupta y los hilos de los Estigmas se retraen ante los segundos de respiro que esto me otorga. Acto seguido, me desplomo contra el suelo y me aovillo sobre mí misma.

Alguien grita mi nombre, pero no puedo alzar la cabeza. No puedo hacer otra cosa más que luchar contra el dolor, el aturdimiento y la debilidad.

Un rostro familiar aparece en mi campo de visión y un par de manos me acunan el rostro. Siento el nombre de la persona que se cierne sobre mí en la punta de la lengua, pero no logro conectar el cerebro con el resto del cuerpo para pronunciarlo.

Otros dos rostros me observan desde ángulos extraños, pero no soy capaz de reconocerlos.

—¿Estás bien? —La voz de Haru me invade los oídos y, como si de un rayo impactando contra la tierra se tratase, todo se conecta en mi interior. Haru está aquí. Me sostiene la cara entre las manos y le sangra la frente; justo en el lugar en el que sus Estigmas se encuentran.

—H-Haru… —Apenas puedo pronunciar y él, con los ojos cargados de angustia, dice algo en un idioma que no entiendo.

Una voz infantil le responde en el mismo idioma y, en ese instante, trato de mirar a quien entabla una conversación con el chiquillo de rasgos orientales. Toda la sangre del cuerpo se me agolpa en los pies luego de eso.

Ellos también están aquí. Kendrew y Radha están aquí, junto con Haru, interponiéndose entre la criatura más oscura existente en el universo y yo.

Quiero gritarles que se vayan. Quiero que huyan y se escondan lejos, pero no logro arrancarme las palabras de la boca. No logro hacer otra cosa que no sea alzar una mano y aferrar los dedos al material de la sudadera que Haru lleva puesta.

Una carcajada aterradora llega a mis oídos y los vellos de la nuca se me erizan ante ella. Todo dentro de mí reacciona ante la sensación insidiosa que el sonido me provoca y, de inmediato, una alarma se enciende en mi cabeza. Como puedo, trato de incorporarme.

Es en ese momento, que lo veo.

Las impresionantes alas de murciélago del Supremo están extendidas, pero sus pies tocan el suelo. Su andar es lento y despreocupado, y una sonrisa aterradora alza las comisuras de sus labios. Luce tan siniestro, que los Estigmas —débiles y agotados— tratan de ponerse en guardia conforme se acerca.

—¡Mira nada más quién vino a socorrerte, Bess! —La voz de Lucifer me llena los oídos—. Lograste ganarte la confianza del mocoso después de todo.

—N-No los metas en e-esto. —Apenas logro pronunciar, con la voz enronquecida y la garganta dolorida.

La mirada de Lucifer se torna aún más oscura.

—Ellos solos se han metido —dice, y un latigazo de energía oscura nos golpea de lleno.

Los Estigmas apresuran su camino hacia afuera y apenas consiguen recibir el impacto del ataque; el cual, no dura demasiado, ya que Haru hace uso de su energía celestial para atacarlo de regreso.

—¡Bess! —Haru grita para llamar mi atención y mis ojos se posan en él. La desesperación le tiñe las facciones y sus ojos almendrados están abiertos como platos. En ese momento, hace un gesto de cabeza en dirección a la incandescente luz que emana de la grieta en la lejanía y, acto seguido, se señala a sí mismo y a sus dos hermanos adoptivos, para luego pronunciar—: Cerrar. Nosotros.

—No... —digo, sin aliento, y asiente mientras esboza una sonrisa temblorosa.

—Sí —dice y, entonces, estira una mano en mi dirección para revolverme el cabello como yo suelo hacerlo con él cuando trato de tranquilizarlo. El gesto hace que los ojos se me llenen de lágrimas—. Confía. Yo puedo cerrar.

Lágrimas calientes y pesadas se deslizan por mis mejillas y, a pesar de que me rehúso a dejarlos involucrarse, asiento. Asiento porque sé que es la única manera. Porque sé que yo nunca podré contener a Lucifer y cerrar la grieta al mismo tiempo.

—No si yo puedo evitarlo. —La voz de Lucifer hace que vuelque mi atención hacia él, pero ya es demasiado tarde.

Se acerca a toda velocidad. Levanta las manos en nuestra dirección y un haz de energía oscura brota de sus manos.

Va a darnos de lleno. Va a golpearnos en cualquier instante. Esto es todo. Se acabó. Vamos a...

Un relámpago de energía abrumadora cae desde el cielo y se impacta contra la tierra frente a nosotros con tanta intensidad, que la tierra misma se estremece y se estruja ante la fuerza con la que toca el suelo.

La energía oscura de Lucifer golpea contra el relámpago que acaba de estrellarse delante de donde nos encontramos, y la confusión es instantánea.

«¡¿Pero qué demonios...?!».

Algo cae en picada desde el cielo. Algo desciende a toda velocidad y, al estrellarse contra el concreto, se interpone entre Lucifer y nosotros.

Es en ese momento, que tengo la oportunidad de mirarlo.

Un par de alas inmensas se extienden —impresionantes, aterradoras y preciosas— delante de mis ojos. Están repletas de plumas negras y todas ellas parecen despedir un halo dorado que las hace lucir resplandecientes; como si estuviesen en llamas.

Lleva un par de cuernos enormes en la cabeza —de la cual solo puedo verle el cabello oscuro— y la energía que emana es tan abrumadora y apabullante, que los Estigmas parecen retraerse ante ella.

Hay algo aterradoramente familiar en esta criatura. Hay algo que hace que me quede sin aliento y el corazón me dé tropiezos cada pocos instantes.

Entonces, mira por encima del hombro y el mundo a mi alrededor empieza a caerse a pedazos.

Una tormenta de tonalidades blancas, grises y doradas tiñe sus impresionantes ojos. Espesas cejas oscuras se fruncen en un ceño profundo, y los familiares ángulos oblicuos de su mandíbula están más tensos que nunca.

Lágrimas calientes y pesadas se me escapan de los ojos, y un grito se me construye en la garganta. Alivio, confusión y angustia se mezclan dentro de mi pecho y quiero gritar. Quiero ponerme de pie y aferrarme a él. Envolver mis brazos alrededor de su cuello y agradecerle al universo por lo que está ocurriendo; sin embargo, en su lugar, solo me atrevo a pronunciar con un hilo tembloroso de voz:

—Mikhail…

—Lamento haber tardado tanto, Cielo —dice, con aquella voz ronca y profunda que tantas cosas me provoca, y el llanto se convierte en un torrente incontenible.

«¿Qué diablos está pasando? ¿Cómo es que estás aquí?», quiero preguntarle, pero no puedo hablar. No puedo hacer otra cosa que no sea hipar y sollozar.

—¡No! —El grito enfurecido de Lucifer retumba en todo el lugar y, luego de captar nuestra atención, se abalanza hacia nosotros.

45

PREMONICIÓN

El cuerpo de Lucifer se estrella contra el de Mikhail con tanta violencia, que la onda expansiva del impacto nos lanza lejos de ellos.

El golpe de mi cuerpo contra el suelo me deja sin aliento y, por un segundo, no soy capaz de reaccionar. El cerebro me grita que me mueva lo más pronto posible, pero las extremidades apenas me responden. Estoy segura de que me he roto algo, pero no dejo que eso me impida arrastrarme lejos de donde la batalla se lleva a cabo.

La confusión aún me doblega los sentidos y una decena de preguntas se arremolina en mi cabeza, pero trato de no pensar mucho en ellas. En su lugar, me enfoco en la tarea de apartarme de aquí, y buscar a los niños.

Como puedo, me empujo con los brazos y las piernas para avanzar a gatas tan rápido como la anatomía magullada me lo permite; pero apenas me muevo un par de metros, cuando otra onda expansiva hace que ruede por el concreto. Por acto reflejo, me cubro la cabeza con los brazos y aguardo unos instantes antes de atreverme a echar un vistazo alrededor.

Haru, Radha y Kendrew se han agrupado en un rincón a unos metros de distancia de donde me encuentro, y miran hacia un punto en el cielo con gesto horrorizado y fascinado.

En ese momento, mi cabeza se alza para ver aquello que los perturba de ese modo, y el corazón me da un vuelco cuando veo el espectáculo luminoso y oscuro que tiñe el cielo.

Allá, en la lejanía, Lucifer y Mikhail luchan con fiereza el uno contra el otro. La energía que emanan es tan poderosa que, con cada impacto de sus ataques, la tierra retumba y cruje con violencia.

Es una imagen aterradora e impresionante en partes iguales.

Un gruñido escapa de los labios de Lucifer cuando Mikhail arremete con brutalidad en su contra, pero no se deja intimidar y atesta un golpe brutal contra el chico de los ojos grises.

Alguien grita mi nombre y mi vista se vuelca justo a tiempo para mirar cómo Dinorah y Niara se acercan llevando a cuestas el cuerpo malherido de Rael.

—¡Axel...! —Niara me dice, horrorizada, cuando está lo suficientemente cerca como para que la escuche; pero no logra concretar sus oraciones—: ¡Zianya!

—Lo sé. —Asiento, al tiempo que Dinorah me ayuda a incorporarme y carga parte de mi peso.

Un gemido adolorido se me escapa cuando tira de mí hacia arriba.

—¿Ese de allá arriba es...?

—Sí. —Corto a Niara a mitad de la oración mientras, como podemos, avanzamos en dirección a Haru, Kendrew y Radha.

—¿Qué no se supone que...?

—Sí. —La corto de nuevo y la confusión y el horror tiñen su rostro.

—¿Cómo...?

—Es el elegido. —Es el turno de Rael de interrumpir a la bruja. Tiene los ojos clavados en el cielo, justo en el lugar en el que la brutal batalla entre el Supremo del Averno y aquel que alguna vez fue Miguel Arcángel se lleva a cabo.

—¿El elegido? ¿A qué te refieres con el elegido?

—Para portar la energía del Hades. De Ashrail... —Rael suena vehemente y orgulloso; como si todo este tiempo hubiese esperado a que algo como esto ocurriera—. Mikhail es el nuevo Ángel de la Muerte. Ha sido elegido para portar ese poder. Puedo sentirlo. Lo emana.

Mi cabeza se sacude en una negativa frenética y trato, dentro de la neblina que turba mi cabeza, de seguir lo que está diciendo.

—Pero él murió —balbuceo, sin aliento, incapaz de atar los cabos sueltos que él parece tener bien agarrados.

Los ojos del ángel se clavan en mí y un fuego extraño se apodera de su mirada.

—¿Estás segura de que fue él quien lo hizo? —dice y la confusión dentro de mí incrementa.

—Lo vi *morir*.

—¿Estás segura de que fue su cuerpo el que pereció? Bess, somos energía y, hasta donde yo sé, había una lucha llevándose a cabo en su interior. Una lucha que no cesaría hasta que una de las dos partes ganara... O ambas partes encontrasen el equilibrio.

—Su corazón dejó de latir. Sus pulmones dejaron de respirar —digo, a pesar de que todo lo que dice Rael ha empezado a tener sentido poco a poco.

—*Hay que morir, para vivir*. —Es el turno de Dinorah de hablar. Sus ojos están clavados en el cielo, en la impresionante batalla que se lleva acabo sobre nuestras cabezas, y recuerdo vagamente haber escuchado algo de lo que dice en la iglesia cuando era pequeña—. Murió la oscuridad en su interior, no él en su totalidad. Murió todo aquello que lo hacía un demonio y se levantó de nuevo como el Ángel de la Muerte. —Sus ojos se posan en mí y la emoción que veo en sus facciones es abrumadora—. Ese era su destino desde el principio. Por eso, desde que cayó, emanaba una energía extraña. Una mezcla de aquello que no podía unificarse, pero que, de alguna manera, terminó diluyéndose muy bien.

El corazón me va a estallar dentro del pecho, cientos de preguntas comienzan a invadirme y, al mismo tiempo, sé que lo que ellos dicen tiene bastante sentido. Siento los ojos llenos de lágrimas y la cabeza me duele, pero no puedo dejar de mirarlo. No puedo apartar la vista de la impresionante criatura en la que se ha convertido.

—Tenemos que salir de aquí ahora. —La voz de Rael me saca de mis cavilaciones de manera abrupta y mi atención se posa en él de inmediato.

Sus ojos siguen clavados en la batalla campal que se desarrolla allá, en el cielo, pero habla con una determinación férrea.

—*No...* —Mi voz es apenas un susurro tembloroso.

—No tenemos otra opción, Bess. —Los ojos de Rael se clavan en mí—. No tenemos mucho tiempo. Apenas pudimos quitarnos de encima a los demonios que nos custodiaban, y eso fue porque Haru se cargó a más de la mitad cuando se liberó para auxiliarte. Debemos escapar antes de que sea demasiado tarde.

—No podemos irnos —sacudo la cabeza en una negativa—. No sin *él*.

—Bess...

—Estoy cansada de huir —lo interrumpo, con un hilo de voz—. Tenemos que hacer algo para detener todo esto. Tenemos que hacerlo ahora.

—Lo lamento, Bess, pero no puedo permitirlo. —Rael me mira con una tristeza infinita, pero la certeza con la que habla no hace más que despertar un destello de enojo en mi interior—. Nos vamos ahora.

Acto seguido, Niara comienza a avanzar llevándolo a cuestas y Dinorah hace lo mismo conmigo. Rael ladra algo en dirección a los niños y los tres se ponen de pie tan pronto como el ángel termina de hablar. Entonces, empiezan a avanzar.

—¡No! —Un grito inhumano truena detrás de nosotros y mis ojos apenas tienen oportunidad de volcarse hacia atrás cuando, sin más, un látigo de energía oscura se estrella a pocos pasos de distancia de nosotros.

Un grito se me construye en la garganta y los hilos de los Estigmas sisean ante el peligro. El corazón me va a estallar del miedo que siento, pero trato de mantenerlo todo a raya. Trato de enfocarme en la pequeña tarea de seguir en movimiento.

Un segundo látigo de energía oscura nos roza por los pelos y, justo cuando estoy girando sobre mi eje, un tercero es dirigido hacia nosotros.

Los Estigmas hacen su camino fuera de mí, pero Mikhail es más rápido que ellos y se interpone, con las alas extendidas, entre el disparo y nosotros.

Su rostro está mirando en nuestra dirección y sus alas —sus impresionantes alas de plumas negras— reciben el poderoso ataque.

Un grito se construye en mi garganta cuando la energía oscura incrementa y empuja a Mikhail ligeramente hacia adelante, de modo que queda tan cerca, que solo tendría que dar un paso para poder tocarlo.

Su rostro está contorsionado debido a la fiereza del ataque, pero sus ojos están clavados en los míos con entereza.

—M-Mikhail... —Apenas puedo pronunciar.

—He tomado mi decisión, Bess —dice, con los dientes apretados y los brazos extendidos; como si necesitase la fuerza de ellos para apoyar la de sus alas—, y acepto absolutamente todas las consecuencias que traerá. —Hace una pequeña pausa y, entonces, su voz se suaviza—. Te elijo a ti. Así tenga que condenarme el resto de mi existencia, te elijo a ti.

Algo se revuelve en mi interior en el instante en el que pronuncia esas palabras. Una llama esperanzada se enciende y parpadea con debilidad, pero ahí está. Ha aparecido y no se apaga. Dudo mucho que pueda hacerlo.

—Así que, ahora, vete —dice, con la voz hecha un nudo de tensión—. Vete, que trataré de encargarme desde aquí.

—No voy a dejarte.

—No voy a permitir que te quedes.

—No quiero perderte —suelto, en un susurro aterrorizado, al tiempo que las lágrimas me asaltan.

Una sonrisa temblorosa se le dibuja en los labios.

—Siempre voy a hallar el modo de encontrarte —dice, y un gruñido se le escapa de los labios cuando el ataque incrementa un poco más—. Vete ya.

Dinorah tira de mí con fuerza para alejarnos de la pelea y, renuente, la sigo tan rápido como puedo.

—Ahora comprendo. —La bruja musita a toda velocidad, pero no suena como si hablase conmigo en realidad—. Entiendo por qué, cuando estabas en peligro, Mikhail podía encontrarte. —Sus ojos se clavan en mí—. Entiendo el motivo, Bess. Mikhail y tú están destinados. Condenados. Ambas cosas.

—¿De qué hablas?

—El deber de Mikhail siempre fue el convertirse en el Ángel de la Muerte. Su caída era necesaria para prepararlo para este momento. Ashrail, incluso, dijo que Mikhail estaba convirtiéndose en algo como él. En una especie de Ángel de la Muerte, ¿no es así?...

Asiento.

—El motivo de esa conexión que comparten, es porque tú eres el Cuarto Sello —dice—. *"Cuando abrió el cuarto sello, oí la voz del cuarto ser viviente que decía: «Ven». Miré, y vi un caballo bayo. El que lo montaba tenía por nombre Muerte, y el Hades lo seguía."* —Me dedica una mirada larga—. Tu conexión con Mikhail radica en el hecho de que él siempre estuvo destinado a convertirse en el Ángel de la Muerte. Aquel que te sigue y te encuentra porque su destino es estar siempre detrás de ti.

Es en ese momento, mientras la escucho hablar y sorteamos los ataques de energía oscura que Mikhail no alcanza a contener, que todo cae en su lugar. Que la respuesta a la eterna pregunta llega a mí.

Por eso siempre hemos tenido una conexión extraña y poderosa. Por eso siempre ha existido entre nosotros una unión que ninguno de los dos es capaz de explicar.

El nudo que tengo en la garganta es casi tan intenso como ese que tengo en el estómago debido al pánico que me embarga.

Rael grita desde la lejanía que nos atrincheremos detrás de una montaña de escombros y así lo hacemos antes de que un estallido salvaje retumbe en todo el lugar. Yo, sin poder evitarlo, me arrodillo y trato de mirar lo que está pasando con Mikhail y Lucifer.

El demonio ha tomado a Mikhail por el cuello y ahora lo empuja con violencia en dirección a la grieta abierta que emana una energía extraña y turbia. El —ahora— Ángel de la Muerte apenas puede extender las alas para impedir que Lucifer lo empuje al interior de la grieta.

Un disparo de energía oscura escapa de las manos del Supremo unos instantes antes de que el cuerpo de Mikhail se introduzca un poco más en el hueco.

—¡Mikhail está tocando la grieta! ¡¿Por qué no le pasa nada?! —grito, histérica, para hacerme oír a través del caos de la guerra que nos rodea.

—Estamos en el campo de energía —Rael explica, al tiempo que suelta un gruñido adolorido—. En el ojo del huracán. Ese pequeño espacio en el que el poder destructivo de la grieta no logra alcanzarte.

Estoy a punto de replicar, cuando un gruñido aterrador escapa de los labios de mi chico de los ojos grises. De inmediato, el pecho se me llena de una sensación horrible. De un presentimiento aterrador y apabullante.

Tengo que hacer algo. Tengo que ayudarle. Tengo que impedir que Lucifer gane e inclinar la balanza hacia el lugar correcto, cueste lo que cueste.

Un puñado de piedras se me asienta en el estómago y mi corazón se salta un latido debido al pánico creciente.

Sé que no hay otra manera. Sé que tiene que ser así, aunque no lo quiera... Y también sé que estoy aterrada por ello.

«No hay otra salida. Tiene que ocurrir ahora. Te has escondido el tiempo suficiente. No tengas miedo. Tienes que confiar», me digo a mí misma y el aliento me falta ante la perspectiva de lo que podía llegar a ocurrir si todo sale mal.

Los Estigmas se revuelven incómodos en mi interior gracias a su debilidad, pero en mi mente ronda una idea aterradora. Una idea que podría no funcionar, pero que es lo único que tengo ahora mismo. Lo único que se me ocurre...

El corazón me late a toda velocidad, la angustia me revuelve las entrañas, pero me las arreglo para tragármelo. Para comprimirlo todo en una bola en mi vientre y, acto seguido, me giro para clavar los ojos en Haru.

Él, en el instante en el que nuestras miradas se encuentran, parece entenderlo y, con una sola mirada, se comunica con sus hermanos adoptivos.

Los oídos me pitan, el corazón me arde y quiero vomitar; sin embargo, no dejo que eso me amedrente y le ordeno a los Estigmas que se deslicen con lentitud fuera de mí y se envuelvan alrededor de a Niara, Rael y Dinorah.

Entonces, cuando los tengo bien afianzados, me detengo, tomo una inspiración profunda y pronuncio:

—Lo lamento mucho.

Acto seguido, tiro de los hilos y las tres figuras se desploman inconscientes en el suelo. En ese momento, me pongo de pie tan rápido como el cuerpo me lo permite, le hago una seña de cabeza a Haru y me echo a correr —o algo por el estilo—, en dirección a la grieta.

Las pisadas apresuradas de los niños me siguen y, cuando logran alcanzarme, me ayudan a avanzar con mayor rapidez.

Llegados a ese punto, Mikhail ha logrado liberarse del impetuoso ataque de Lucifer y ahora luchan a muchísimos metros de altura. Eso nos da algo de tiempo para acercarnos un poco más.

Cuando estoy ahí, lo más cerca que se puede de la luz incandescente, me detengo y barro la vista por todo el lugar.

Estoy rodeada de caos. El mundo a mi alrededor es un borrón inconexo, extraño y sin sentido. La sensación de familiaridad me invade y sé, por sobre todas las cosas, que esto ya lo viví antes.

En un sueño.

En ese entonces no lo comprendía, pero ahora lo hago. *Esto* era lo que tenía que ocurrir. *Así* tenían que ser las cosas. Nunca hubo otra manera.

El nudo en mi garganta se aprieta y los ojos se me llenan de lágrimas asustadas. A pesar de eso, me obligo a mantener el mentón alzado y los dientes apretados.

Mikhail grita mi nombre, pero ni siquiera me inmuto. Mantengo la vista clavada en el espectáculo impresionante que es la grieta delante de mis ojos.

El viento me azota en la cara y el Ángel de la Muerte me llama a gritos de nuevo. Una mano diminuta se cierra en la mía y me aprieta hasta que duele. Mis ojos viajan en dirección a la figura pequeña que me estruja los dedos y me encuentro de lleno con la imagen de Radha, sosteniendo la mano de Kendrew con la mano que le queda libre. Kendrew, por su parte, sostiene la mano de Haru, quien tiene la cara manchada de sangre y suciedad y los ojos fijos en el caos que tenemos enfrente.

Mikhail grita mi nombre una vez más y me acuclillo para quedar a la altura de Radha. Ella me mira con aire aterrado y el remordimiento me escuece las venas por tener que someterla a este tormento.

Esta vez, no hay una vocecilla extraña y familiar hablándome al oído. Esta vez, es la propia voz de mi conciencia la que se abre paso hacia el exterior.

«Está bien», me dice y yo lo repito en voz alta:

—Está bien.

«Todo va a estar bien».

—Todo va a estar bien —digo, a pesar de que no tengo la certeza de ello.

Poso la vista en la luz incandescente de la grieta y el corazón se me estruja ante lo que está por ocurrir.

—Solo quiero que ellos estén bien —pido, en un susurro asustado y cierro los ojos unos segundos—. No permitas que nada malo les ocurra.

«Lo estarán», esta vez, la voz que retumba en mi cabeza no es familiar en lo absoluto. Es una tan distinta, que el pulso me da un tropiezo cuando la escucho.

Una exhalación temblorosa se me escapa luego de eso y, presa de un valor momentáneo y efímero, avanzo hacia la luz.

Los ojos de Haru se posan en mí cuando me detengo a una distancia aterradoramente cerca de la grieta y el miedo que veo en su mirada hace que una punzada de culpabilidad se mezcle con la revolución que traigo dentro.

—Yo lo haré —le digo señalándome a mí misma—. Ustedes solo me darán energía.

El ceño de Haru se frunce en confusión.

—Nosotros cerrar —pronuncia y niego con la cabeza.

—Yo la cerraré —digo—. Tú... —Levanto mi mano que sostiene la de Radha—, no te sueltes. Solo ayúdame.

Haru parpadea un par de veces, en clara señal de aturdimiento.

Sé que no ha entendido del todo lo que le he dicho, pero confío en que lo averiguará cuando llegue el momento de la verdad.

Así pues, con este pensamiento en la cabeza, poso la atención en la grieta frente a mí y cierro los ojos.

Acto seguido, le pido a los Estigmas que me ayuden una vez más.

Una última vez.

46

GRIETA

La energía debilitada de los Estigmas se revuelve cuando le pido que haga su camino hacia afuera, pero le toma demasiado salir y encontrarse con la superficie.

Al hacerlo, los hilos se entretejen entre sí y se empujan a sí mismos hacia el lugar que les indico.

Las hebras suaves comienzan a posicionarse en cada borde de la inmensa grieta y, de inmediato, soy capaz de percibir la abrumadora energía que emana. Una sensación aplastante me invade en el instante en el que los hilos se afianzan a los límites rotos de lo que alguna vez fue una Línea Ley.

Un ardor extraño que nace en mi vientre comienza a invadirme cuando el poder ancestral que corre a través de la grieta comienza a llegar a mí a través de los hilos que lo envuelven todo.

Un destello de pánico me estruja las entrañas, pero no dejo que eso me detenga. No dejo que acabe con mi determinación y concentro toda mi atención en la luz intensa que me encandila.

«Puedes hacerlo», me insto a mí misma y el aliento me falta.

El temblor de mis manos es incontenible, pero me obligo a plantarme con toda la entereza que puedo. Entonces, pese a mi debilidad, tiro de ellos.

Un estallido de poder me azota cuando la energía de la grieta comienza a doblarse, y la tierra debajo de nuestros pies se estremece. Un grito se construye en mi garganta cuando los Estigmas le demandan más energía a mi cuerpo, y caigo de rodillas sobre el suelo porque no soy capaz de contener el dolor insoportable que me invade.

Las heridas en mis muñecas sangran como nunca, siento la espalda hecha jirones y creo que voy a desmayarme.

Haru, de inmediato, se pone en guardia; listo para utilizar su poder para ayudarme; sin embargo, los hilos de mis Estigmas se envuelven a su alrededor y se tensan un poco para impedírselo. En ese instante, sus ojos confundidos se clavan en mí

—¡No! —Apenas logro arrancar de mis labios.

Aprieta la mandíbula.

Acto seguido, y para mostrarle qué es lo que busco en realidad de él, le ordeno a los Estigmas que, con suavidad, tomen un poco de su energía.

El entendimiento surca las facciones del chiquillo y, luego de eso, dice algo en dirección a Kendrew y Radha. Ambos, al escucharlo, me miran horrorizados.

Haru me observa durante un largo momento, como si entendiese a la perfección qué es lo que pretendo, y un músculo se salta en su mandíbula debido a la fuerza con la que cierra la boca. Pese a todo eso, traga duro, toma a sus hermanos adoptivos de la mano y se pone manos a la obra.

Al principio, apenas soy capaz de percibirlos, pero luego de unos instantes lo consigo.

Algo se envuelve alrededor de los hilos de mis Estigmas. Una energía familiar y cálida comienza a enredarse con el turbulento poder que llevo conmigo y se aferran a él con firmeza.

Un disparo de energía entra en mi cuerpo a través de la atadura que el niño —casi adolescente— acaba de crear.

El corazón me late a toda marcha, la vista se me nubla debido a lo cerca que estoy de perder la consciencia, y todo dentro de mí es espasmos y temblores incontrolables. Los Estigmas gritan por el esfuerzo que hacen y la grieta cruje bajo las demandas de la energía que los niños me proveen.

La tierra se sacude hasta los cimientos.

Alguien grita mi nombre.

Un grito antinatural me abandona los labios, pero no se siente como si fuese yo quien lo emitiera.

La luz se vuelve cada vez más incandescente y solo quiero gritarle a Haru que se aleje. Creo que lo hago, pero no estoy segura.

La grieta chilla y se moldea según la voluntad del poder destructivo que llevo dentro, y me desplomo en el suelo cuando siento cómo el hueco comienza a cerrarse.

Algo se estrella contra el borde de la grieta y un disparo de poder oscuro y siniestro lo invade todo.

Trata de llegar a los hilos de mis Estigmas.

En ese momento —y como puedo—, alzo la vista para encontrarme de lleno con la imagen de Mikhail, sosteniendo a Lucifer contra el borde de la grieta luminosa.

Sé, de inmediato, qué es lo que trata de hacer y, haciendo acopio del último soplo de control que me queda, tiro del borde de la grieta para cerrarla cuanto antes.

—¡Bess! —La voz de Mikhail llega a mí en un grito lejano—. *¡Ahora!*

En ese momento, carga hacia adelante con tanta violencia, que el cuerpo de Lucifer es expulsado hacia el interior de la grieta.

Un grito inhumano se me escapa. La tierra se estremece con intensidad. La luz se intensifica. El vientre me duele. La cabeza me da vueltas. No puedo respirar...

...Y el enorme agujero se cierra.

Un estallido lanza mi cuerpo lejos del lugar en el que la fisura se encontraba y caigo en el suelo como si fuese solo un trozo de tela. Una muñeca de trapo arrumbada por un niño descuidado.

El cielo está teñido de tonalidades púrpuras y hay estrellas en él.

Un pitido constante me invade la audición y todo es un borrón inconexo.

Una figura sobrevuela encima de mi cabeza, pero he dejado de prestarle atención. He dejado de mirarla porque aquí está mi madre. Aquí está mi padre. Aquí están Freya y Jodie.

Mis ojos se llenan de lágrimas y parpadeo un par de veces solo para comprobar que realmente están aquí. Que realmente son Dahlia y Nate quienes han aparecido en mi campo de visión, y que son Jasiel y Daialee quienes me sonríen y me miran con orgullo.

«Se acabó, Bess», susurra una voz desconocida en mi cabeza, pero que me trae una paz que jamás había experimentado. «Todo acabó ahora».

Entonces, todo se vuelve... *negro.*

Blanco.

Todo, en su totalidad, es *blanco*.

El suelo inmaculado, la inmensidad del vacío luminoso que me rodea… Absolutamente todo aquí es vacío. Plenitud. Ambas cosas al mismo tiempo.

Conozco este espacio. Lo visité muchas veces en mis sueños, cuando hablaba con Daialee; sin embargo, ahora se siente distinto. Como si se tratase de otro lugar. Uno especialmente hecho para mí.

Estoy parada al centro de todo y ya no hay dolor. No hay malestar. No hay angustia. No hay otra cosa más que una tranquilizadora sensación de paz.

Giro sobre mi eje con lentitud para tener un vistazo de la estancia, pero aquí no hay nada. Solo un espacio grande e interminable.

Es en ese momento, cuando estoy a punto de terminar de girar en redondo, que *la escucho*.

Es una voz tan dulce y cálida, que el corazón se me estruja y un nudo se forma en mi garganta tan pronto como la reconozco.

—Cariño, lo hiciste muy bien. —Mi madre pronuncia y su voz reverbera en cada rincón—. Hiciste lo que tenías que hacer.

—Mamá… —Apenas puedo pronunciar.

—Estamos muy orgullosos de ti —continúa, y las lágrimas que se me escapan son de alivio y liberación—. Siempre supe que podrías hacerlo, mi amor. Ahora puedes descansar. Se ha terminado todo.

El entendimiento me llena el cuerpo tan pronto como sus palabras me llegan a los oídos y, pese a lo que creí que haría… sonrío. Sonrío y me enjugo las lágrimas.

Se acabó.

Por fin se terminó.

Cerré la grieta y ahora estoy aquí, lista para irme.

—De acuerdo —digo, al tiempo que asiento—. Estoy lista para irme ahora. Solo… —Hago una pequeña pausa, a sabiendas de que quizás estoy pidiendo demasiado—. Solo me gustaría poder despedirme… de *él*.

Silencio.

—Está bien. —La voz de mi mamá suena tranquila y serena cuando habla—. El Creador ha dicho que te lo mereces.

Una espiral de energía comienza a formarse a unos cuantos pasos de distancia de donde me encuentro y, poco a poco, se expande hasta formar una especie de agujero negro. Un hueco lo suficientemente grande como para caber en él.

De manera inevitable, se me forma un nudo en el estómago ante la perspectiva de verlo una vez más; pero me digo a mí misma que no tengo tiempo para sentirme nerviosa. Que esta es la última vez que voy a tener la oportunidad de verlo a la cara y que no puedo desperdiciarla.

Mis pasos hacia el agujero son lentos pero decididos, y me llevan hasta el lugar indicado más rápido de lo que espero.

El pulso me late con fuerza detrás de las orejas y me pregunto cómo es posible que sea capaz de provocarme esto incluso en este plano.

Mis ojos están llenos de lágrimas sin derramar y tengo el corazón hecho un nudo de emociones; pero a pesar del mar de sensaciones que amenaza con ahogarme, me planto delante de la espiral.

Líquido turbio y claro me refleja el rostro, como si se tratase de un espejo, y espero durante unos largos instantes antes de que, poco a poco, la imagen empiece a transformarse.

Con lentitud, las facciones femeninas de mi rostro son reemplazadas por unas más duras. Angulosas. Oblicuas...

El rostro de Mikhail se dibuja del otro lado de la espiral y a él le sigue su anatomía. Está muy lejos de aquí. Tan lejos, que cuando trato de introducir la mano para tocarle, mis dedos se encuentran solo con el aire.

—Bess... —Él pronuncia, en el instante en el que se percata de mi presencia y la angustia en su voz me provoca una punzada de dolor.

Sé que esto está doliéndole. Sé que esto lo está torturando como nunca nada lo había hecho.

—¿Se acabó? —inquiero, con un hilo de voz, solo porque necesito que me lo confirme él mismo. Mientras espero por su respuesta, un par de lágrimas traicioneras me abandonan.

Él, con la mandíbula apretada, asiente.

—Todo acabó, Cielo. —Una sonrisa temblorosa se dibuja en sus labios—. Lo conseguiste.

Es mi turno de sonreír, con todo y las lágrimas que me caen a raudales por las mejillas.

—Tengo que irme —digo, al cabo de unos instantes—, pero no quería marcharme sin decirte… —Me quedo sin aliento y me trago un sollozo—. Sin decirte que te amo.

No me atrevo a apostar, pero creo haber visto una lágrima deslizándose por una de sus mejillas.

—También te amo, Cielo.

—No sabes cuán agradecida estoy contigo por todo lo que hiciste por mí todo este tiempo —digo, porque no quiero quedarme con las ganas de hacerlo—. Jamás voy a poder retribuirte tanto; es por eso que espero que el Creador te dé la vida que te mereces. Que te devuelva ese lugar que siempre te ha pertenecido y que seas tan feliz como sea posible.

—Mi lugar está contigo, Bess —dice, y el dolor que escucho en su tono hace que las lágrimas incrementen.

—Y el mío contigo —digo, porque es cierto—. De alguna manera, siempre buscaré el modo de encontrarte. De hacerte saber que aquí estoy. Contigo. *Siempre*. Hasta que tú me lo permitas.

—No quiero perderte. —Su voz se quiebra y un par de lágrimas más se le escapan.

—No me has perdido. —Le aseguro—. Nunca lo harás. Estamos atados, ¿recuerdas?...

Mi sonrisa se ensancha un poco más y el silencio le sigue a mis palabras.

—Voy a estar bien —pronuncio en voz baja, pero no sé si eso es algo que él quiera escuchar—. Lo sabes, ¿no es así?

—Estoy dispuesto a todo por ti, Bess Marshall —dice, con una entereza que me eriza los vellos del cuerpo—. Lo sabes, ¿cierto? —Hace una pequeña pausa—. Solo… Solo necesito, antes de que suceda cualquier cosa, que sepas que te amo. Que siempre voy a amarte. El resto de mi existencia. El resto de mi eternidad. Eres mi cielo. El lugar que yo he elegido como mi paraíso, y siempre será de esa manera. Lo sabes, ¿verdad?

—Mikhail…

—Mi mundo entero volvió a tener sentido en el instante en el que apareciste en mi camino. —Me corta—. Y no quiero quedarme con las ganas de hacértelo saber, Cielo. Te amo. Te amo y te amaré hasta que el mundo deje de existir.

Mi boca se abre para replicar, pero la voz de mi madre me interrumpe:

—Es hora —pronuncia, y una oleada de tristeza inmensa me embarga.

Esta vez, el llanto que se me escapa es intenso e incontenible.

Un sollozo brota de mi garganta sin que pueda detenerlo, y cierro los ojos ante la sensación cálida y fría que me invade.

—Te voy a echar mucho de menos —susurro, al tiempo que lo encaro.

Su mano se estira, como si tratase de alcanzarme, y el gesto me rompe en mil pedazos.

—Yo te echaré de menos aún más. —Me asegura, con la voz enronquecida por las emociones.

—Gracias, Mikhail, por todo.

—Gracias a ti, Cielo, por existir.

En ese momento, la imagen en el espiral se diluye.

Y así, sin más... Mikhail desaparece.

El llanto que se desliza por mis mejillas es incontenible, pero la paz que siento en el pecho es grande, poderosa y abrumadora.

—Bess... —Alguien dice a mis espaldas y me giro justo a tiempo para encontrarme de frente con el rostro amable y dulce de mi madre.

Lleva un vestido veraniego y una sonrisa radiante en el rostro.

—Mamá... —digo, en medio de un sollozo y me aferro a ella.

Sus brazos se envuelven a mi alrededor con dulzura y delicadeza, y me aparta el cabello de la cara.

—Ya pasó, cariño —murmura, con suavidad—. Es hora de irnos.

EPÍLOGO

Sus ojos están clavados en la multitud de personas que, de manera desordenada, hacen una fila delante de las tropas de rangos menores.

Soldados de la Legión están encargándose de darles provisiones a todos los refugiados del interior de la ciudad y su vista recorre cada rostro de aquella hilera con una lentitud tan tortuosa que le hace sentir ridículo. Absurdo ante ese hábito desagradable y desesperado que ha adquirido con el paso de las semanas.

Pese a eso, no deja de hacerlo. No deja de buscarla entre la gente, porque, a pesar de que no lo recuerda, él sí que sabe quién es ella y qué es lo que hace en ese lugar.

Aquel que alguna vez fue nada más y nada menos que Miguel Arcángel busca entre la gente a la chiquilla por la que se enfrentó a todo, y que ahora no recuerda absolutamente nada porque él así lo quiso. Porque ese fue el precio que tuvo que pagar para traerla de vuelta.

Todavía siente los recuerdos de ese día como si formaran parte de un extraño sueño. De un doloroso instante que aún no logra comprender del todo, pero que está ahí, quemando en la parte posterior de su cabeza cada segundo del día. Torturándolo hasta sus límites.

Todavía es capaz de recordar a la perfección lo que sintió al ver a la chica desplomada en el suelo, luego de que empujara el cuerpo de Lucifer a través de la grieta. Incluso, aún es capaz de sentir el peso de su cuerpo entre sus brazos, de cuando la acunó contra su pecho y gritó su nombre en medio de lágrimas desesperadas. De alguna manera, aún es capaz de sentir la tibieza de su piel, el aroma de su cabello y la languidez de sus extremidades.

Mikhail creyó que conocía el dolor más brutal del universo, pero no fue hasta que tuvo el cuerpo inerte de Bess Marshall entre los brazos que se dio cuenta de que no tenía idea de lo que era el sufrimiento.

El resto de lo que pasó fue como un borrón para él. Recuerda que le gritó al Creador, enfurecido por lo que le hizo. Recuerda, también, que le rogó por verla de nuevo. Que amenazó con renunciar a todo si no tenía oportunidad de volver a verla.

De su mente, también es capaz de evocar una memoria sobre ella, a través de una espiral de energía. Un portal que les permitió verse, pero no tocarse.

Sabe que pudo hablarle y que, ahí, en ese momento, tomó la decisión. Así que, cuando ella desapareció una vez más, él se aprovechó de su posición de Ángel de la Muerte y le habló al Creador.

Le pidió por ella. Le rogó que la trajera de regreso, porque la chica no lo merecía. Porque Bess merece una vida larga, pacífica y tranquila. Porque hizo demasiado por la causa y, de no haber sido por ella, nada de esto habría salido tan bien como lo hizo.

Después de todo, fue esa diminuta humana quien cerró la grieta más grande al Inframundo. Fue quien, con ayuda de Mikhail, desterró a Lucifer a sus tierras oscuras muy debilitado por la batalla campal que tuvo con el ahora Ángel de la Muerte.

Esa noche, ahí, en medio de la lucha entre el Cielo y el Infierno, Miguel negoció con el mismísimo Creador por la vida de Bess.

Renunció a ella con tal de que pudiese volver. De que tuviera la oportunidad de vivir esa vida que él siempre quiso darle.

El Creador, ante el acto desinteresado de Mikhail, accedió y la trajo de regreso. La trajo de vuelta, bajo la condición de que perdería todos sus recuerdos sobre él y su historia juntos.

Mikhail, porque la ama, accedió a ello.

Desde entonces, sus días en la ciudad en ruinas se han convertido en un martirio interminable. Uno en el que solo es capaz de mirarla desde la lejanía, y rogarle al cielo que lo esté llevando todo bien.

Bess Marshall no recuerda absolutamente nada sobre él. No sabe quién es Rael. Mucho menos es capaz de reconocer a

Niara. Ni hablar de recordar a Dinorah, quien, durante la batalla, enfrentó a su hermana, Zianya, por haberlos traicionado, y pereció al estar atada a ella.

Para Bess, es como si los últimos cinco años hubiesen pasado en una realidad alterna. Una que le es ajena y de la que no es capaz de recordar nada.

Los espacios en blanco, como la muerte de su tía y su prometido, han sido modificados en su memoria y, para ella, han fallecido en el estallido del edificio en el que vivían debido a una fuga de gas.

Todo lo que alguna vez unió al Ángel de la Muerte con la chica, ha desaparecido para ella, y eso, a pesar de que fue una decisión que él mismo tomó, lo mata poco a poco.

—Mikhail —la voz ronca de Rael le llena los oídos y, de inmediato, se gira para encararlo. Durante unos instantes, se siente avergonzado. Torpe ante la idea de haber sido descubierto buscándola una vez más—, tenemos un problema.

El ceño de Mikhail se frunce un poco.

Desde que lograron controlar la plaga de posesiones y criaturas infernales en el mundo gracias a que Bess cerró la grieta más grande, los problemas son cada vez menos frecuentes.

Ahora, todas las energías están puestas en ayudar a los supervivientes lo más posible hasta que lleguen las órdenes definitivas del Creador. Al parecer, todo aquello del apocalipsis premeditado, fue parte también del plan orquestado por Rafael Arcángel y Lucifer; es por eso que ahora esperan las instrucciones necesarias para reparar la situación.

Lo cierto es, que el mundo, después de esto, jamás volverá a ser igual. Los humanos han descubierto la existencia del mundo energético, y es algo que los marcará para siempre.

—¿Qué ocurre? —El Ángel de la Muerte inquiere, al tiempo que trata de enfocarse en el soldado que, no solo ha recuperado sus alas —un regalo del Creador—, sino que se ha convertido en su mano derecha.

Rael, incierto, mira hacia todos lados y se muerde el interior de la mejilla.

Luego, tira de Mikhail y lo aparta del resto de los ángeles. Luego, se inclina hacia adelante y dice, en un susurro entre dientes:

—Dice Hank que ya se dio cuenta.

—¿Quién ya se dio cuenta de qué? —La confusión en Mikhail incrementa, pero no deja de sacarle de balance la manera en la que Rael habla sobre el hijo del comandante Saint Clair.

No hace mucho tiempo, ese chaval impertinente le había ayudado a escapar de un asentamiento hostil y violento. El saber que sobrevivió —no sin antes pagar el precio de tener que cargar con la muerte de su padre en sus propias manos—, le provoca una sensación de paz indescriptible.

Después de todo, Hank no es una mala persona. Solo es eso… una persona. Con todo lo bueno y lo malo que eso implique.

Le habría encantado poder decir lo mismo respecto a la doctora Harper. Ella, lamentablemente, fue asesinada a manos de Lucifer al oponer resistencia cuando se llevaron a los niños.

—Bess. —Rael lo trae de vuelta al aquí y al ahora, y abre los ojos como platos mientras cabecea, como quien trata de decir algo solo con la mirada para no tener que decirlo en voz alta.

—Rael, no te entiendo un carajo. ¿Quieres hablar claro de una maldita vez?

—Hank dice que Bess le pidió una prueba de embarazo a una de las doctoras voluntarias. —El ángel pronuncia en voz baja, pero para Mikhail se siente como si lo hubiese gritado a todo pulmón.

La sangre del cuerpo se le agolpa en los pies en el momento en el que el ángel termina de hablar y sus ojos se cierran con fuerza.

Había temido por ese momento desde el instante en el que se dio cuenta él mismo al sentir la energía abrumadora que expedía de ella. De su vientre.

No había querido pensar demasiado en ello. Pensaba que tendría más tiempo para asimilarlo antes de que algo como esto ocurriera.

Lo cierto es que nadie esperaba que esto pasara. Nadie, ni en sus más remotos pensamientos, imaginó que aquella noche que compartió con Bess por última vez, traería esto como consecuencia.

La verdad de las cosas es que Bess Marshall espera un hijo suyo. Una criatura que, al ser el producto de un ser divino —y demoníaco— y una chica que había sido destinada para portar en la sangre el apocalipsis mismo, fue capaz de mantenerla con vida luego de que él murió a causa del poderoso veneno que le llenaba las venas.

Un bebé cuya naturaleza es tan peculiar y única, que la hizo fuerte cuando se enfrentó a Lucifer y le proporcionó la resistencia suficiente como para hacerla soportar hasta que la grieta fue cerrada en su totalidad.

La criatura que Bess lleva en el vientre, es una muy poderosa. Una que podría poner en peligro el equilibrio del uni-verso como se le conoce; sin embargo, nadie es capaz de decirlo en voz alta. Al menos, no todavía.

Una palabrota escapa de los labios de Mikhail luego de que Rael pronuncia aquello, y se frota la cara con una mano antes de dejar escapar un suspiro largo.

—¿Qué le han dicho? —pregunta.

—Que tratarán de conseguirle una los próximos días. —Rael suspira—. ¿Qué planeas hacer? Es obvio que ese bebé no puede quedarse con ella. No va a saber cómo lidiar con él.

—No voy a alejarlo de ella, si eso es lo que tratas de insinuar —Mikhail espeta, irritado ante la sugerencia de su subordinado.

—¿Y si el Creador te lo pide?

—Rael... —La advertencia en el tono de Ángel de la Muerte es palpable.

Lo cierto es que aún no sabe qué pasará el día que el Creador se dé cuenta de lo que ha pasado. Espera que nunca tenga que averiguarlo, porque, si no, estarán en muchos problemas.

El ángel está a punto de replicar, cuando la voz de Gabrielle interrumpe su discusión susurrada aclarándose la garganta.

De inmediato, ambos se giran para encararla y la confusión los invade cuando notan la bandeja de comida que lleva entre los dedos.

La nueva cicatriz que surca su mejilla derecha —provocada por las batallas que tuvo que liderar en ausencia de Mikhail— le da un aspecto salvaje y atractivo; sin embargo, no es eso lo que los deja sin habla. Es el hecho de que carga comida humana lo que lo hace.

Gabrielle Arcángel nunca ha probado un solo bocado de los alimentos que consumen los humanos.

—Lamento interrumpir —dice, al tiempo que esboza una sonrisa sabionda—, pero necesito hablar contigo, Mikhail. Tengo un mensaje para ti. Es del Creador.

Inevitablemente, su corazón se salta un latido, pero se las arregla para asentir y despedir a Rael con una mirada.

Gabrielle hace un gesto que indica que quiere que empiecen a moverse y Mikhail la sigue, sin fijarse demasiado hacia donde se dirigen.

—¿Por qué el Creador no se contactó conmigo de manera directa? —inquiere y ella se encoge de hombros.

—No lo sé —dice, pero su sonrisa se ensancha—, pero ha dicho que es urgente.

La confusión incrementa dentro del Ángel de la Muerte.

—¿Qué dijo? ¿Qué mensaje me ha enviado? —Mikhail insta, con impaciencia.

En ese momento, Gabrielle se detiene, se gira para encararlo, pone la bandeja de comida entre sus dedos y lo gira, de modo que queda de frente a la fila de gente que espera por un plato de comida.

En la lejanía, es capaz de ver a Niara y a Rael, quien se acerca y envuelve un brazo alrededor de la cintura de la chica. Al parecer, a ninguno de los dos les importa guardar las apariencias acerca de lo que tienen el uno con el otro —a pesar de que está prohibido— y, junto a ellos, es capaz de ver a Haru, Kendrew y Radha jugueteando y riéndose a carcajadas.

Una sonrisa tira de las comisuras de sus labios cuando los mira así de familiares los unos con los otros y no puede dejar de preguntarse qué pasará con ellos si no logran localizar a sus respectivas familias. O, peor, qué pasará si sí las localizan y ellos no quieren separarse.

Un suspiro largo se le escapa, pero decide que, por lo pronto, no se preocupará por ello. Cuando llegue el momento, sabrá qué hacer.

La hilera atiborrada de personas se mueve. La atención de Mikhail se posa en ella y, en ese momento, pese al hilo abrumador y turbio de sus pensamientos, la mira...

Su cabello está un poco más largo, de modo que se enrosca de manera graciosa por debajo de su mandíbula. Lleva puesto unos pantalones de chándal y una remera que le va grande, y charla con una chica afroamericana a la que le toma unos segundos reconocer como Emily, su mejor amiga del bachillerato. Al parecer, ese fue un regalo adicional del Creador para su chica de la piel de estrellas. Le regresó una cara familiar. Una amiga que la aprecia como si fuese su hermana.

El corazón se le estruja en el pecho al verla sonreír y tiene que reprimir las ganas inmensas que tiene de acortar la distancia que los separa y abrazarla.

Bess lo observa. Sus ojos castaños se clavan en él y comienza a avanzar hacia donde se encuentra.

El estómago de quien alguna vez fue un demonio se revuelve con intensidad y quiere golpearse por ello.

La chica se detiene. Clava su vista en él y luego en la bandeja que sostiene entre los dedos. Está esperando a que se la dé.

Mikhail así lo hace.

Sus dedos se rozan al intercambiar la charola y ella, sin siquiera dedicarle una segunda mirada, se da la media vuelta y avanza hacia su amiga, quien la espera con su propia comida a pocos metros.

En ese momento, Gabrielle se para sobre sus puntas, apoya las manos sobre los hombros del Ángel de la Muerte y se inclina hacia adelante.

—El Creador me pidió que te dijera. —Le susurra al oído—: Que lo disfrutes mucho. Que te lo has ganado.

Mikhail se gira sobre sus talones y la encara, con el ceño fruncido.

—¿Qué demonios...?

—Mikhail... —La dulce voz a sus espaldas le provoca un escalofrío y el corazón se le estruja con violencia.

Gabrielle sonríe, radiante.

—Dijo algo así como: «El tiempo que dure. Conservando él su naturaleza y ella la suya» —Le guiña un ojo.

619

—¡Mikhail! —Bess pronuncia, a sus espaldas y él, todavía confundido, se gira sobre su eje con lentitud.

Lágrimas pesadas y gruesas invaden los ojos de la chica y está ahí, de pie, con la bandeja de comida volcada en el suelo y los puños apretados.

En ese instante, las piezas caen en su lugar. El entendimiento lo azota y se da cuenta de lo que está pasando.

Ella lo recuerda.

Sabe quién es.

—¡Bess! —Apenas puede pronunciar y ella se abalanza sobre él. Acorta la distancia que los separa y se aferra a su cuello con fuerza.

Mikhail está listo para atraparla en el aire cuando salta a sus brazos y le estruja con violencia.

Un balbuceo ininteligible se le escapa de los labios y él hunde una mano entre las hebras desordenadas de su cabello.

—Bess, Bess, Bess… —Su nombre se le escapa como si de una plegaria se tratase, y ella lloriquea algo que no es capaz de entender.

Un beso feroz es arrancado de sus labios cuando Bess, sin importarle que haya un millar de personas mirándolos, le busca la boca y él, gustoso, le corresponde el gesto.

—Te recuerdo. —Ella susurra contra sus labios y un nudo se le aprieta en la garganta—. Te recuerdo, Mikhail.

—Lo sé, Cielo. —Él susurra de vuelta, sin dejar de besarla—. Y no tengo intención alguna de permitir que vuelvas a olvidarme.

ACUERDO

—Deja de preocuparte. —La voz suave de Niara me hace apartar la vista de la ventana de golpe.

El viejo hábito de siempre estar alerta aún no se marcha —pese a que ya han pasado casi siete meses— y casi me hace saltar a la defensiva, pero me obligo a relajarme en el asiento y cerrar los ojos cuando me doy cuenta de que es ella quien se acerca.

La bruja se sienta en la silla frente a la mía y me acerca una taza que contiene algo que huele a hierbabuena. Mis dedos fríos se envuelven alrededor de la porcelana caliente y le doy un sorbo pequeño al líquido humeante mientras ella murmura algo sobre la temperatura de la infusión y las propiedades del tipo de magia que utilizó para darme un poco de sopor sin dañar en lo absoluto al pequeño que cargo en el vientre.

Cuando dejo la taza sobre el alféizar de la ventana, me pongo las manos en la barriga y la froto con suavidad de manera distraída. Un hábito nuevo. *Agradable.*

—¿Qué crees que esté ocurriendo allá? —inquiero, con un hilo de voz, mientras una nueva oleada de ansiedad me embarga.

La criatura en mi interior se retuerce ante la fuerza de mis emociones y me obligo a tranquilizarme, pese a que no me sale muy bien.

Hacía tanto tiempo que no me sentía así de nerviosa, que ahora no sé cómo diablos manejarlo.

—Lo que debe ser. Nada más, Bess. —Niara suena contundente y eso hace que un nudo de emociones se me instale en la garganta.

Nunca se me ha dado bien eso de no hacer nada mientras las cosas pasan; pero, cuando Niara me regala una sonrisa tranquilizadora y coloca una de sus manos sobre mi rodilla, siento como si pudiese esperar un poco más.

No estoy muy segura, pero creo que está utilizando un poco de magia en mí, ya que la energía de los Estigmas —esa que, por alguna extraña razón, se quedó conmigo y dejó de hacerme daño luego de que Mikhail negoció con el Creador por mi vida—, por primera vez en meses, se remueve en mi interior.

Ella no parece notarlo... O, si lo nota, no me lo hace saber; ya que, mirándome a los ojos y con toda la tranquilidad del mundo, dice:

—Mikhail hará hasta lo imposible por mantenerlos a salvo. Lo sabes.

Lo sé. Por supuesto que lo sé...

... Ese es el maldito problema. Mikhail haría todo con tal de mantenerme a salvo; y más ahora que el concepto de «mantenerme a salvo» se ha convertido en no permitirme mover un solo músculo; como si no hubiese cerrado una condenada grieta al Inframundo. Como si estar embarazada fuese el equivalente a ser de cristal o algo por el estilo.

—Sí... —digo tras un suspiro irónico—. No sé si eso sea algo bueno en este caso.

Niara suelta una pequeña risa.

—Lo que trato de decir, es que Mikhail siempre encuentra la manera de salirse con la suya —dice una vez superado su ataque de risa y me guiña un ojo—. Obtuvo a la chica. —Me pone una mano en el estómago de manera cariñosa—. También obtendrá el «y vivieron felices por siempre».

Sonrío porque sé que, de alguna manera, tiene razón. Mikhail siempre encuentra el camino.

—Gracias por venir a acompañarme. —Le digo, mientras le tomo la mano y la aprieto de manera cariñosa.

—No agradezcas. —Sacude la cabeza—. Habrías hecho lo mismo por mí.

Asiento, segura de ello y ambas nos quedamos mirando hacia la ventana con aire pensativo.

La verdad de las cosas es que ninguno de nosotros sabe qué ocurrirá ahora que el Creador nos ha hecho saber que está enterado de mi embarazo. Me aterra la posibilidad de que el peor de los escenarios nos alcance; pero trato de no pensar mucho en ella.

Quiero pensar que el Creador lo tenía todo planeado. Después de todo, fue el embarazo lo que le permitió a mi cuerpo tener las energías para cerrar la grieta. De no haber sido por este pequeño, el desenlace habría sido diferente para todos nosotros.

Para toda la humanidad.

El malestar que me provoca el pensamiento hace que me remueva con incomodidad y que una maldición se me escape.

—Estoy muy nerviosa —mascullo al tiempo que me pongo de pie y me encamino hacia la salida de la estancia. Me detengo antes de abandonarla y regreso sobre mis pasos antes de detenerme frente a la ordenada fila de osos de peluche que Radha ha traído para la habitación del bebé. Tomo uno entre los dedos para juguetear con él.

—Deja de moverte. Me estás poniendo nerviosa a mí. —Niara se queja y le dedico una mirada venenosa.

Estoy a punto de replicar algo mordaz, cuando la voz en grito de Haru llega a nuestros oídos:

—¡Llegaron!

Niara y yo nos miramos durante una fracción de segundo antes de que, a toda velocidad, me encamine hacia la salida de la estancia.

Bajo las escaleras de madera de la casa que el gobierno de los Estados Unidos le dio a Mikhail como compensación por todo aquello que hizo en el Pandemónium, y salgo hacia el bosque que rodea la propiedad.

El frío me quema los pulmones cuando respiro las heladas ventiscas otoñales y me eriza la piel, pero eso no impide que avance a toda velocidad en dirección al claro en el que han aterrizado.

Haru —larguirucho y atlético— corre a grandes zancadas por delante de mí y mi corazón se salta un latido cuando la imagen de Mikhail —con sus impresionantes alas de plumas negras extendidas y esa armadura de guerrero que tenía muchísimo sin usar— me golpea de lleno.

Un nudo me atenaza el estómago cuando Haru lo abraza y Mikhail, en un gesto paternal, le pasa un brazo sobre los hombros y le despeina el cabello.

Pese al ademán tan casual, no puedo dejar de pensar en lo impresionante que luce con las alas extendidas.

He pasado los últimos seis meses de mi vida viéndolo hacer cosas tan mundanas —afeitarse la barba, llenarse de mugre arreglando algo en el garaje, tomar largos baños en la tina conmigo y el bebé—, que verlo de esta manera una vez más me provoca una oleada de sensaciones intensas y abrumadoras. Todas Maravillosas. Todas apabullantes.

A su lado, Rael repliega sus alas, pero mi vista está fija en el —ahora— Ángel de la Muerte. Ese que alguna vez fue Miguel Arcángel y que, tan solo esta mañana, me preparó el desayuno; cual marido hacendoso.

Saber que el hombre con el que duermo todas las noches es la criatura más poderosa existente en el mundo me provoca un conflicto de lo más extraño.

Sus ojos se clavan en mí y me regala una sonrisa suave mientras se acerca a paso ligero. Yo dudo unos instantes antes de echarme a andar a paso rápido en su dirección.

Para cuando nos encontramos —a medio camino—, sus alas ya han regresado al lugar debajo de la piel de sus omóplatos; pero sigue luciendo igual de impresionante que siempre.

La tormenta grisácea y dorada de su mirada se clava en mí y me estudia a detalle mientras un escalofrío inevitable me recorre.

—Está helando y tú solo usas esto —me reprime, mientras toma entre sus dedos el material tejido del cárdigan que llevo puesto, y hago un ademán para restarle importancia.

—No está haciendo tanto frío —replico, para luego añadir—: ¿Qué pasó?

—Pequeña impaciente. —Se ríe y le dedico una mirada irritada.

—Mikhail…

—Vamos adentro y te cuento. De todos modos, es importante que estemos todos.

—¿Todos? —inquiero, mientras se abre paso hacia la casa—. ¿A qué te refieres con *todos*?

—Ya los he mandado llamar. Estarán aquí pronto —dice mirándome por encima del hombro, al tiempo que Haru parlotea en su lengua natal y le cuenta algo que no soy capaz de entender.

Pese a que su inglés ahora es más fluido, sigue prefiriendo el japonés cuando se trata de hablar con Miguel Arcángel... O cuando se trata de hablar de algo que lo entusiasma demasiado.

Un bufido indignado se me escapa, pero a Mikhail no parece importarle en lo absoluto mi incomodidad, ya que se adentra en la estancia sin siquiera dedicarme otra mirada.

Luego, una vez ahí, me hace una seña para que me acerque y me hace sentarme a su lado —mientras escucha a Haru— para después pasarme un brazo por encima de los hombros. Una punzada de irritación me embarga solo porque no puedo creer que espere a que me acurruque aquí, a su lado, cuando todavía no me ha dicho una mierda sobre lo que habló con el Creador acerca de nuestro hijo.

Porque no puedo creer que esté actuando como si hubiese llegado de alguna reunión con alguno de los mandatarios de algún país: tranquilo, como si tuviese la situación en control.

Con todo y eso, me obligo a quedarme aquí, sentada junto a él, porque sé que no hablará hasta que no estemos todos... Y eso quién sabe hasta qué hora será.

Pasa cerca de una hora antes de que la sala de nuestra casa contenga a una pequeña multitud.

Todos: Rael y Niara; Haru, Radha y Kendrew, —y con los padres de Kendrew; quienes, gracias al cielo, sobrevivieron a todo el caos—; Hank Saint Clair, Gabrielle Arcángel y su brigada personal y, una vez que estamos todos aquí reunidos, Mikhail se pone de pie y comienza a hablar:

—Agradezco muchísimo a todos el que hayan venido con tanta premura —dice mirándolos a todos—. Rael, Niara, gracias especiales a ustedes, que dejaron sus vacaciones y viajaron desde muy lejos para estar aquí esta mañana. —Rael sonríe y Niara nos guiña un ojo. Luego, los ojos de Mikhail pasan hacia otro punto de la estancia—. Gabrielle y Hank, que estaban encargándose de la grieta abierta en México. Gracias por venir hasta acá luego de un día de locos. —Ambos, serios y estoicos, asienten con amabilidad—. Señores Duncan —Mikhail se dirige a los padres de Kendrew—, gracias por venir aquí. Sé que esto de tener que vivir cerca de Bess y mío mientras los chicos aprenden a controlar su poder ha sido demasiado para ustedes, así que agradezco infinitamente que estén tratando de adaptarse a todos estos cambios.

Los padres del chico sonríen y dicen algo sobre estar agradecidos de tener a Kendrew, Radha y Haru bajo su tutela.

Debo admitir que, al principio, no estaba segura de que Radha y Haru quedándose con ellos fuese la mejor de las opciones; pero, al final, ninguno de los tres quería separarse y los señores Duncan estaban en la disposición de recibirlos con los brazos abiertos en una casa tan cercana —a apenas dos kilómetros de la nuestra—, que no nos quedó más remedio que permitirles estar juntos, como siempre lo han hecho.

—Como todos ustedes saben, hoy tuve una reunión con el Creador para hablar acerca de mi hijo. —Me mira—. *Nuestro* hijo. —El silencio expectante llena la estancia cuando termina de pronunciar aquello, pero no lo rompe de inmediato. Deja que sus palabras se asienten en el ambiente para luego continuar—: Como esperábamos que sucediera, no está feliz con su existencia. Cree que es una criatura capaz de afectar el orden de las cosas y que es un riesgo innecesario.

Un nudo de impotencia se me instala en la garganta y, de pronto, un miedo enfermizo me corre por las venas.

Silencio.

—Pero, contra todo pronóstico, me hizo una propuesta —dice, al cabo de unos instantes y el terror se mezcla con incertidumbre y confusión.

—¿Qué?

—Él me conoce. Sabe qué clase de criatura creó. Sabe que no voy a permitir que se acerque a mi hijo sin antes darle la batalla de su vida; es por eso que me hizo una propuesta. —Hace una pausa para mirarme fijo, como si lo siguiente que fuera a pronunciar fuese solo para mí—: Una que podemos rechazar de no parecernos conveniente.

El aliento me falta, pero me obligo a escuchar con atención.

—El Creador necesita un Guardián —dice—. Un protector del equilibrio entre el mundo energético y el mundo terrenal. Alguien capaz de controlar el poder de las Líneas Ley y proteger a la humanidad de cualquier amenaza que trate de salir de las Líneas corrompidas. Esas que están dañadas más allá de la reparación.

—Pero los Guardianes ya existen —Niara replica—. Ya había alguien, antes de todo esto, que se dedicaba a mantener el equilibrio del mundo energético y el terrenal.

—Lo sé —Mikhail asiente—, y el Creador lo sabe. Es solo que ahora quiere que nosotros... *todos nosotros*... nos hagamos cargo de ello. —Me mira a los ojos—. Quiere que nuestro hijo sea ese Guardián. Que nuestra descendencia, la de ustedes —mira a Rael y a Niara un segundo, y luego mira a los tres niños—, la de ellos, sea quien se encargue de mantener a la humanidad a salvo ahora que todo ha cambiado.

El silencio que le sigue a sus palabras es tenso y tirante.

—Quiere que entrenemos a nuestros hijos, a los hijos de nuestros hijos, y a los que siguen de ellos, como guerreros capaces de luchar contra cualquier clase de amenaza a su creación. Contra el equilibrio de este delicado ecosistema suyo.

Los ojos de Mikhail se clavan en los míos.

Sé que está extendiéndonos a todos la propuesta, pero también sé que es mi respuesta la única que le importa. Sé que, si yo me niego a aceptar, él le declarará la guerra al Creador. Irá en contra de todos y de todo con tal de mantenerlo alejado de nosotros. De nuestro hijo.

Una punzada de terror me llena el cuerpo ante la perspectiva de volver a pelear.

Estoy cansada de pelear. Y, al mismo tiempo, tan asustada de la perspectiva de tener que enseñar a mi hijo a hacerlo.

—Siempre podemos decir que no, Cielo —dice en voz baja sin importarle que todo el mundo esté aquí y aprieto la mandíbula.

—No me gusta —admito con un hilo de voz.

—A mí tampoco —dice, asintiendo en acuerdo—, pero podría ser la única manera de traer algo de paz para nosotros.

Cierro los ojos con fuerza.

—Si decides aceptar, Bess —Rael habla—, prometo que nos asentaremos cerca de ustedes. —Habla por él y por Niara—. Vamos a entrenar a su hijo para que nunca nada malo pueda pasarle. Y vamos a acompañarlo en su tarea. Hablo en nombre de nosotros —señala a Niara, quien entrelaza sus dedos con él en señal de solidaridad—, y de la Legión.

El pecho se me calienta debido a la emoción tan grande que me embarga.

—Nosotros también estaremos al servicio del hijo del Ángel de la Muerte si así se requiere. —Gabrielle habla por ella y su brigada, y un nudo se posa en mi garganta.

—Nosotros estamos dispuestos a acatar lo que sea necesario si eso garantiza que los niños serán libres de tener una vida larga y próspera —dice la madre de Kendrew, hablando por ella y por su esposo.

Finalmente, Mikhail clava sus ojos en los míos.

—¿Qué dices, Cielo?

Me muerdo el labio inferior.

—Vas a cuidarlo siempre, ¿no es así? —Mi voz suena temblorosa y agobiada.

—A él y a todos los que vengan después de él. Sus descendientes. El resto de la eternidad.

Un suspiro tembloroso se me escapa, al tiempo que me pongo una mano en el vientre de manera instintiva.

—De acuerdo, entonces —digo, pese a que la idea no me encanta—. Hagámoslo.

ISKANDAR

La cálida luz que emite la lámpara del buró junto a la cama que comparto con Mikhail, es lo único que ilumina la habitación.

La noche ha caído hace un buen rato ya, pero las visitas apenas terminaron de marcharse a sus respectivos hogares.

Si puedo ser honesta, lo último que quería era tener un *babyshower*, pero Ems está de visita en casa una temporada y se empeñó en organizarlo. No tuve el corazón de decirle que no. Vino desde tan lejos y arregló las cosas en su trabajo para poder trabajar desde aquí durante un par de meses y ayudarme luego del parto. Por supuesto que no pude negarme cuando sugirió la posibilidad de organizar algo así.

Ahora que lo veo en retrospectiva, no puedo dejar de agradecer que lo haya hecho. Hacía muchísimo tiempo que no pasaba una tarde tan amena en compañía de la gente que quiero.

Nadie faltó. Incluso, Gabrielle y Hank hicieron acto de presencia vestidos como la gente civilizada; y, pese a que no éramos demasiados, lo pasamos increíble y trajeron detalles preciosos para el bebé.

—Ven aquí... —La voz ronca de Mikhail me saca del ensimismamiento en un abrir y cerrar de ojos, pero me toma unos instantes más espabilar y posar la atención en él a través del reflejo en el espejo. Se encuentra recostado en la cama, mientras que yo estoy sentada en el banquillo frente al tocador.

Desde esta perspectiva, soy capaz de tener un vistazo del espectacular hombre medio desnudo con el que comparto la cama, la ducha y todo lo demás.

Le regalo una sonrisa suave y dejo el cepillo con el cual me peinaba el cabello sobre el tocador antes de girarme para encararlo.

Todavía llevo puesto el vestido de invierno que elegí para hoy, pero ya me he deshecho de las botas y las medias gruesas que me cubrían las piernas. También, me he encargado de despeinar el moño con el que intenté ponerle orden a mi melena alborotada.

—Quiero tomar una ducha. —Le digo, al tiempo que esbozo un puchero ridículo.

—Vas a resfriarte. Está haciendo frío. La tomas mañana. —Me reprime, pero lleva una sonrisa sugerente en los labios—. ¿Por qué mejor no vienes aquí e intentamos dormir un poco?

La expresión que lleva en los labios no promete, para nada, una noche de sueño reparador.

Es mi turno de sonreírle.

—¿Estás tratando de seducirme, Mikhail? ¿Luego de darme esta barriga que apenas me permite moverme? —bromeo al tiempo que me levanto y avanzo con lentitud hacia la cama—. ¿Crees que voy a dejar que me toques luego de esto?

Me trepo sobre el colchón con toda la gracia que el bulto que llevo en el estómago me permite, para luego instalarme a horcajadas sobre él.

Para ese momento, estoy sin aliento y agotada, pero me las arreglo para regalarle mi mirada más sugerente.

—Pues estás en todo lo correcto. Por supuesto que voy a dejar que me toques —digo, para luego, añadir—: Las veces que quieras.

Una carcajada ronca se le escapa antes de que se incline para besarme el cuello.

—Ah, ¿sí? —murmura contra mi oreja, y el aliento se me atasca en la garganta.

No soy capaz de responder. Me quedo callada mientras absorbo el contacto suave de sus labios contra el punto en el que la mandíbula se une con el cuello.

—¿Has pensado en algo de lo que nos dijeron hoy? —inquiere, dejando una estela de besos a lo largo de mi cuello, pero no logro entender a qué se refiere.

—¿Acerca de...?

—El nombre que le daremos.

Me aparto para que deje de besarme y así pueda enfocarme en lo que dice.

Me mojo los labios.

Lo cierto es que no habíamos hablado sobre ello. Sobre el nombre que le daremos a nuestro hijo. Desde un principio había dado por sentado que se llamaría como él: Mikhail. O, Miguel.

Hoy, sin embargo, al escucharlo decir abiertamente que le gustaría que nuestro pequeño tuviese su propio nombre, no uno heredado, todo cambió de perspectiva.

No había buscado nombres ni nada por el estilo porque creí que todo estaba claro; pero, con esto, ahora no tengo idea de qué diablos haremos.

—Nos sugirieron nombres muy bonitos —digo, porque no sé qué otra cosa comentar.

—Pero, ¿a ti? ¿Cuál te gusta? —inquiere, suave y calmado.

Me muerdo el labio inferior.

—¿Honestamente? No me había puesto a pensar en eso. Había dado por sentado que se iba a llamar... bueno... tú sabes.

Él asiente, comprensivo, y me regala una sonrisa tranquilizadora.

—Yo tengo uno en mente, desde hace mucho tiempo... —dice, y pocas veces luce así de dubitativo. De... *tímido*—. Pero, no sé si te guste.

Asiento, para instarlo a que continúe hablando.

—Si no te agrada puedes decirlo con toda confianza —pronuncia, para luego añadir—: Es solo una sugerencia, pero estoy abierto a lo que tú...

—Mikhail —lo interrumpo—, solo... *dilo*.

—Iskandar.

—*Iskandar*. —Pruebo el nombre, fascinada de la sensación cálida que me provoca en el pecho.

Asiente.

—Tiene origen griego. Significa «Defensor de la humanidad».

Arqueo una ceja, pero la sonrisa que tira de las comisuras de mis labios lo dice todo.

—Bastante apropiado, ¿no lo crees? —bromeo y Mikhail sonríe.

—Desde que hablé con El Creador, no puedo dejar de pensar en que es un nombre adecuado. Fuerte. Como él.

La manera en la que habla del pequeño que llevo en el vientre hace que el pecho me duela debido a la cantidad de emociones —todas dulces— que me embargan.

—Iskandar... —digo, una vez más, al tiempo que me froto la barriga y sonrío un poco más—. Me encanta.

—¿De verdad? —Mikhail luce aliviado. *Feliz.*

—Lo digo en serio. —Asiento—. Creo que es perfecto para él.

—Yo también lo creo. —Las manos grandes de Mikhail se posan en mi estómago, en un gesto posesivo y familiar.

—¿Qué hay del apellido? —inquiero, embelesada con la imagen de él, inclinado para besarme en el estómago—. Deberá tener uno y Marshall no suena muy apropiado para él.

El demonio debajo de mí se incorpora y me acomoda el cabello detrás de las orejas.

—Marshall es maravilloso —Mikhail me corta, al tiempo que deposita un beso casto sobre mis labios.

Hago un mohín.

—¿Es en serio? ¿Iskandar Marshall? —Hago una mueca de desagrado—. Además, en el registro civil su padre deberá tener un apellido. No puede solo... *no tenerlo.*

Mikhail suspira.

—¿Qué te parece... Knight?

Lo pienso unos instantes.

—Iskandar Knight —pruebo, en voz alta.

—A mí me gusta. —Mikhail se encoge de hombros—. Y puedo utilizarlo para mí mismo cuando sea necesario.

Sonrío.

—A mí también me gusta —concuerdo y me inclino para besarlo.

—La familia Knight —musita, como si no pudiese con la posibilidad de tener una familia.

Si puedo ser sincera, yo tampoco lo hago.

—Nuestra familia, amor —susurro, mientras me inclino para besarlo. Él me corresponde de inmediato.

—Nuestra familia, Cielo —dice, contra mi boca y el corazón se me hincha de esta maravillosa sensación que solo él puede provocarme.

CEREMONIA

—Soy inmensa —digo, mientras me miro en el espejo y examino desde otro ángulo cómo se me ve la barriga en el sencillo vestido blanco que llevo puesto.

Las ganas de llorar debido a la frustración regresan y me digo una y otra vez que no puedo hacerlo. No cuando acaban de terminarme el maquillaje.

Hace un par de semanas, cuando lo compré, no parecía la piñata que parezco ahora.

—Estás hermosa. —Como si se hubiesen puesto de acuerdo para decirlo, Niara y Emily pronuncian al unísono.

Me vuelco para encararlas.

Quiero rugirles que no se atrevan a mentirme. Que sé que luzco abotagada e hinchada, y que los pliegues suaves de tela delicada que inician debajo de la cintilla que enmarca el busto solo acentúan el estado de «súper embarazada» que tengo ahora mismo; pero también sé que ellas no tienen la culpa de nada.

Lo cierto es que, pese a que debería sentirme como la mujer más feliz del mundo por el día que es, la verdad es que soy un manojo de nervios. De recuerdos. De hormonas alborotadas y sentimientos a flor de piel.

Los ojos se me llenan de lágrimas.

—Bess… —Niara se apresura, intentando evitar mi llanto, pero es demasiado tarde.

Lágrimas pesadas y calientes me corren a raudales por las mejillas cuando me envuelve entre sus brazos.

—Oh, maldita sea… —Ems me extiende un pañuelo que no utilizo de inmediato.

—Voy a casarme y mi mamá no está aquí —gimoteo, de nuevo, hecha un mar de emociones encontradas, y al abrazo de Niara se suma el de Emily.

Ambas me aprietan con fuerza sin decir nada de momento, y no es hasta que me recompongo y me aparto de ellas para tratar de limpiarme el rostro sin estropearme el maquillaje —más de lo que ya lo he hecho—, que Niara dice:

—Tú mejor que nadie sabes que lo está, Bess. Quizás no físicamente, pero está aquí, cuidando tus pasos y estoy segura de que está encantada de saber que estás siendo feliz. Porque lo eres, ¿no es así?

Asiento, incapaz de confiar en mi voz para hablar.

—La extraño *tanto*...

Es el turno de Ems de acercarse a mí para acunarme el rostro con las manos.

—Lo sabemos —dice, con dulzura—. Y sé que no somos tu madre o tu padre o tus hermanas, y que nunca podremos remplazarlos, pero nos tienes a nosotros. Y somos tu familia... —Me mira la barriga con una sonrisa en los labios—. Aún cuando ya estás empezando a formar la tuya.

Parpadeo, en un débil intento de ahuyentar las lágrimas nuevas que se me acumulan en la mirada, pero es imposible. Al contrario, se deslizan y tengo que secarlas de nuevo.

—Todo allá afuera está... Oh, joder. —La voz de Rael se interrumpe a sí misma en el momento en el que pone un pie dentro de la habitación, y la atención de todas se vuelca hacia la entrada.

Viste una camisa de botones abierta en color azul claro, unos pantalones negros de vestir y un saco abierto, sin corbata. Mikhail ha requerido que nadie traiga, y la verdad es que es mejor así, puesto a que hemos decidido que queríamos algo muy —muy— pequeño.

Pese a eso, luce impresionante. El cabello dorado que usualmente usa suelto y que le llega a la altura de la barbilla, ha sido recogido en una especie de trenza que, en otros, luciría ridícula, pero que en él luce elegante y de buen gusto.

Sonríe cuando me mira.

—Mikhail va a perder la cabeza cuando te vea. Estás preciosa, Annelise.

Una sonrisa ansiosa tira de mi boca, pero todavía me enjugo las lágrimas.

—Parezco una piñata —lloriqueo, al tiempo que esbozo un puchero.

—¿De qué hablas? Estás espectacular. —Me guiña un ojo—. Y no es por presionar ni nada, pero el juez ha llegado. En el momento en el que estén listas podemos empezar.

—Vamos en un minuto —prometo y él asiente antes de dedicarle una mirada a Niara.

—No puedo esperar para quitarte ese vestido —dice dirigiéndose a la bruja, sin importarle que estemos escuchándole.

—¡Largo de aquí, exhibicionista! —Niara se queja, pero se ha ruborizado por completo, mientras sonríe como una idiota.

Él suelta una carcajada antes de guiñarle un ojo y cerrar la puerta tras de sí.

Cuando lo hace, Emily anuncia que me retocará un poco el maquillaje.

Los polvos traslúcidos, sombras para ojos y las manos expertas de mi amiga hacen que en menos de cinco minutos nos encontremos bajando las escaleras de la casa, en dirección al jardín trasero —el cual se conecta con el bosque que nos rodea.

El corazón me golpea con fuerza contra las costillas cuando atravesamos la puerta trasera, pero no se compara a la forma en la que el pulso me golpea detrás de las orejas cuando veo la preciosa decoración del inmenso jardín.

El césped está recién cortado, así que el olor es increíble y, pese a que hace muchísimo frío y no tarda en empezar la temporada de nieve, aún está verde.

Sobre el claro, se encuentra un montaje con un arco de madera adornado con flores color rosa tenue intrincadas y trenzadas en una enredadera repleta de botones de flores blancas.

Hay una mesa con un mantel blanco justo delante del arco y hay un florero sobre ella. En frente, hay dos bonitas sillas decoradas a juego con las flores y, detrás de ellas, hay unas cuantas hileras de sillas, donde ya hay gente sentada, conversando entre sí.

No estoy segura, pero creo haber visto a Hank junto a Gabrielle, y a Haru, enfundado en esa camisa blanca que no quería usar pero que Mikhail le convenció de ponerse.

Se me va a salir el corazón por la garganta. Estoy muy ansiosa. Aterrada, incluso, pese a que no sé por qué.

—Iré a decirles que estamos listas —Ems anuncia, al tiempo que se acerca al lugar y me deja a solas con Niara.

—Tranquila —dice en voz baja, con una sonrisa divertida en el rostro y es todo lo que necesito para saber que luzco asustada hasta el carajo—, va a pensar que no quieres casarte con él.

Sacudo la cabeza en una negativa.

—No sé porqué estoy tan nerviosa —confieso.

Rueda los ojos al cielo.

—¿Por qué va a ser? Es el día de tu boda, Bess. —Me toma de las manos para apretármelas—. Vas a casarte y, pronto, serás madre. Tu vida está cambiando drásticamente. Tomando un rumbo que nunca habías contemplado porque estabas condenada a otra cosa. A otro destino. —Su sonrisa se ensancha—. Es natural tener miedo; sobre todo, cuando la idea de esta vida nunca te había pasado por la cabeza.

Dejo escapar el aire en una exhalación temblorosa.

—Niara, voy a ser mamá —digo, con un hilo de voz—. Apenas sé cuidar de mí misma. ¿Cómo voy a cuidar de otro ser humano?

—Tal como has cuidado de todos nosotros en su momento: con el alma. —Me guiña un ojo—. Cerraste una grieta al Inframundo, Bess Marshall. La maternidad será pan comido para ti.

Suelto una carcajada histérica y, luego, Ems y Rael aparecen en mi campo de visión.

—Todo listo —Ems anuncia y el nerviosismo, que ya había disminuido, incrementa de nuevo.

Entonces, nos ponemos en marcha.

Todo el mundo está en su lugar para cuando empezamos a avanzar a paso lento hacia el improvisado pasillo entre las sillas decoradas.

Rael va a mi lado y me lleva del brazo, como lo hubiese hecho mi padre de haber tenido la oportunidad de estar aquí.

Creo que hay música de fondo, pero estoy tan nerviosa, que no puedo escucharla. Quiero llorar, pero esta vez es de la emoción. De la felicidad.

El nudo de emociones que tengo en el estómago se aprieta con cada paso que doy. Sé que aquí está todo el mundo, pero no puedo mirar a otro lugar que no sea el final del pasillo. No puedo dejar de mirar hacia el lugar donde él se encuentra.

Está allá, al fondo, y viste un pantalón negro y una camisa blanca inmaculada. Su cabello parece haber sido asaltado por una ráfaga de viento, pero tiene la mandíbula recién afeitada.

Mikhail luce impresionante. Siempre lo ha hecho, pero hoy, parece sacado de una fantasía.

Me sonríe cuando estamos cerca y le regreso el gesto, sintiéndome plena. Segura. Enamorada.

Cuando nos detenemos frente a él, me mira de arriba abajo, con una sonrisa fácil en los labios, pero con los ojos oscuros por las emociones.

—¡Dios! Eres hermosa —dice con la voz enronquecida y reprimo las ganas que tengo de abrazarlo y besarlo.

—Y tendrás la suerte de que sea tu esposa. —Apenas puedo hablar y él suelta una carcajada dulce.

No estoy segura, pero creo que se ha limpiado una lágrima en un gesto discreto del hombro y el brazo.

—Soy la criatura más afortunada de la tierra, amor —dice y, en ese momento, el juez del otro lado de la mesa se aclara la garganta.

Lo encaramos y, luego, empieza la ceremonia.

VIDA

Decir que estoy exhausta es una declaración ligera para la realidad que me embarga. Estoy agotada. Solo puedo pensar en meterme en la cama y dormir hasta el infinito. El día de hoy fue particularmente difícil. Y no es que me esté quejando; por supuesto que no; pero ser la madre de un bebé de casi dos años que, no solo está descubriendo el mundo, sino que, además, está descubriendo el poder de su naturaleza, es una verdadera proeza.

Iskandar es demandante. Autoritario. Rebelde e independiente. Su curiosidad no tiene límites y eso, en combinación con el extraño poder que lleva dentro, no hace más que convertir mis días en un tornado de emociones. Todas aterradoras. Todas maravillosas.

El sonido de la puerta abriéndose en la planta baja me trae de vuelta al aquí y al ahora.

De inmediato, la abrumadora energía que emana de mi flamante marido inunda todo el lugar, y es lo único que necesito para saber que está en casa. El confort que eso le trae a mi cuerpo es casi tan grande como el cansancio que impide que vaya en su búsqueda.

Escucho sus pisadas en las escaleras y, luego, nada...

Cierro los ojos.

Casi puedo visualizarlo asomando la cabeza por la habitación de Iskandar, con gesto de pesar por no haber estado aquí para llevarlo a la cama.

Los pasos se reanudan y aparece en el umbral de la puerta.

La sonrisa fácil que se desliza en sus labios hace que el estómago me revolotee de la anticipación, y se quita la chaqueta llena de nieve, antes de acercarse a la cama para besarme.

—Hola... —murmura contra mis labios.

Está helado.

—Hola. —Suspiro—. Te echamos de menos.

—Y que lo digas —dice, al tiempo que se sienta al borde de la cama, junto a mí—. Solo quería terminar con todo para venir a casa.

—¿Qué era ese asunto tan importante que quería discutir el subsecretario Dayton?

Suspira.

—Quería saber cuándo podrán empezar a poblarse las metrópolis y de paso tratar de negociar la decisión de aislar Los Ángeles y prohibir que la gente se acerque a los alrededores.

Sacudo la cabeza en una negativa.

—Imagino que no le parece la idea de perder una ciudad tan importante como Los Ángeles.

Asiente.

—Pero es una decisión inamovible. La energía es turbia ahí, pese a que la grieta fue sellada. —Habla mientras se deshace de la chaqueta y comienza a desabotonarse la camisa—. Además, todavía hay demonios por todos lados.

—Pasará mucho tiempo antes de que los demonios se vayan por completo, imagino —murmuro.

—Pero hazle entender a esos diplomáticos. Te reto —bufa y una sonrisa se dibuja en mis labios. Luego, cuando se deshace de los zapatos, cambia el tema—: ¿Y a ustedes? ¿Cómo les fue?

Es mi turno de suspirar.

—A veces creo que soy la peor madre del mundo.

—Eres maravillosa —protesta y esbozo un puchero.

—Me sentí horrible cuando lo obligué a comerse todo lo que tenía en el plato de la cena. —Niego—. Pero tampoco es como si hubiese comido mucho en todo el día. No podía dejarlo ir a la cama sin acabarse al menos eso. —Me froto la cara con las manos—. Y, para coronarlo todo, tuve que poner bombillas nuevas en toda la casa. Resulta que a tu hijo le encanta tomar baños de tina largos y, cuando le dije que eso no iba a pasar, que iba a ser una ducha rápida y listo, lloró tan fuerte que los hizo estallar. *Todos*.

Una carcajada suave escapa de los labios de Mikhail y, con todo y el pesar con el que le cuento mi fatídico día, río yo también.

—No te rías de mis desgracias. —Me quejo, pero sigo sonriendo.

Me acuna el rostro entre las manos y me da un beso casto sobre los labios.

—No seas tan dura contigo misma, amor —dice entre besos y mimos suaves—. Lo estás haciendo de maravilla. Iskandar te ama, y yo te amo más, porque, aunque no te das cuenta de ello, estás llevándolo increíble.

—No se siente como si así lo llevara. —Suspiro.

—Pues es así. —Me besa en la punta de la nariz—. Es normal tener miedo y no saber si se hace lo correcto, pero confía más en ti. En tu instinto.

Me aparto para mirarlo a los ojos.

—¿Y si le arruino la vida?

Otra carcajada lo abandona.

—Bess Knight, no tienes remedio —dice, mientras me envuelve entre los brazos—. No vas a arruinarle la vida a nadie. Eres la madre perfecta para nuestro hijo y no hay más. —Apoya sus labios en mi sien y me da un beso suave ahí—. Habrá días que serán un poco más difíciles que otros, pero eso no quiere decir que no seas apta para criar a nuestro hijo.

Suspiro y él me imita.

Cuando vuelve a hablar, lo hace en voz baja y ronca:

— Lo único que lamento, es no haber estado aquí para ayudarte.

Sonrío.

—No lamentes nada. —Me aparto para mirarle a los ojos—. Era algo que tenías que hacer. Además, lo pasamos bien. Nos reímos mucho y también jugamos mucho antes de la cena.

—Odio perderme la cena. —Es su turno de quejarse y sonrío aún más.

—Te guardé un poco de lasaña.

—No es lo mismo si la como solo. —Hace un puchero—. Los extrañé como un loco.

—Y nosotros a ti, amor. —Beso sus labios.

—Si ese hombre me hace perder otra cena con mi familia, juro que voy a asesinarlo.

Es mi turno de reír.

—No puedes abusar de tu poder, señor Ángel de la Muerte.

Bufa.

—Soy el Ángel de la Muerte. Puedo hacer lo que me plazca.

Alzo las cejas en un gesto cargado de fingida indignación.

—Y si tu esposa te lo permite —puntualizo y ríe una vez más.

—Y si mi esposa está de acuerdo —admite y no puedo dejar de reírme. No puedo dejar de envolver los brazos alrededor de su cuello para besarlo.

—Te amo, Mikhail —murmuro contra sus labios.

—Te amo, Bess —responde, y me besa de nuevo.

AGRADECIMIENTOS

Cuando empecé a escribir Demon, siempre supe que sería una trilogía. No tenía muy en claro cuáles serían los arcos importantes de la trama, pero tenía la certeza de que un libro o dos no serían suficientes para terminar de contarles todo lo que quería sobre Mikhail y Bess.

Ahora, muchos años después de haber iniciado ese viaje, me encuentro aquí, escribiendo por última vez sobre ellos. Esta vez, no desde la voz de Bess, sino de la mía, para contarles lo feliz que me hace mirar atrás, a la chiquilla asustada que era cuando Demon me cruzó por la cabeza por primera vez, y darme cuenta del largo camino recorrido.

La trilogía siempre fue un reto para mí. Creo que no es un secreto para nadie que, pese a que sé que no es la mejor historia del mundo, siempre me sentí intimidada ante la posibilidad de salir de mi zona de *confort*. Es por eso que, mirando en retrospectiva, no puedo dejar de sonreír como boba cuando me doy cuenta de lo bien que me sentí luego de cruzar esa barrera. Porque de eso se trata, ¿no? De explorar más allá de nuestros límites.

Lo único que espero, es que ustedes hayan disfrutado de este proyecto tanto como yo. Con sus altas y bajas, fue increíble para mí; pero antes de irme, me encantaría hacer una mención especial de las personas que han estado aquí a lo largo de este largo camino.

Gracias, Genesis, Majo, Tania, Mary, Nair, Monse, Nadia, Abi, porque pasan los años y seguimos aquí compartiendo el mismo gusto que hace ¿tres años? ¿Cuántos eran? Las quiero mucho. No se me acaben nunca.

Gracias, Mariana, Clau, Anita, Mich, Dash, Kath, Lau, Marsch, Ysa, Andre, por ser las mejores lectoras beta del mundo. ¡Las quiero muchísimo!

Gracias, por supuesto, a todas las personitas que desde Wattpad han seguido esta historia. No saben lo feliz que soy de haberlas encontrado.

Gracias a mi familia, porque sé que están aquí, en cada paso, pendientes y listos para apoyarme.

Y, finalmente, gracias, Roberto, por ser. Por estar. Por absolutamente todo. Te amo.

Sobre la autora

Nació un 17 de diciembre de algún año cercano a los 90 en la ciudad de Guadalajara, Jalisco (México).

Es hija de padres mexicanos y tiene dos hermanos que tienden a ser más maduros de lo que ella podrá ser jamás.

Vive con su novio y su perro en una pequeña casa de su ciudad natal, y dedica su tiempo libre —y ese que no lo es tanto— a planear y escribir historias que no sabe si verán la luz en algún momento de la vida, a leer libros con los que tiende a obsesionarse y a enamorarse de chicos que solo existen en tinta y papel.

Sube sus historias a Wattpad, donde puede pasar horas leyendo teorías conspirativas de sus lectoras mientras planea su siguiente asesinato.

Puedes encontrarla cualquier día de la semana viajando en tren, con la cara enterrada en un libro y aspecto de no haber dormido en día

samanthaleon1
samanthaleonbooks
_samanthaleon

Made in the USA
Las Vegas, NV
27 July 2023